ner in Oconomowoc brutal zusammengeschlagen worden – es hatte eigentlich nichts mit Jack oder sonst wem zu tun, oder vielleicht doch, vielleicht war es indirekt Jacks und direkt Hands Schuld – und wir mussten mal eine Weile weg. Ich hatte Schorf im Gesicht und auf dem Rücken und eine böse, birnenförmige Beule oben auf dem Kopf, und ich hatte dieses Geld, das unter die Leute gebracht werden musste, und deshalb würden Hand und ich verreisen. Mein Kopf war eine Kirche, auf der ein Fluch lastete, mit Fledermäusen an der Decke, aber ich riss mich aus dieser düsteren Stimmung und wurde euphorisch, wenn ich an die Reise dachte.

»Wann?«, fragte Hand.

»Heute in einer Woche«, sagte ich.

»Am siebzehnten?«

»Genau.«

»Jetzt am siebzehnten.«

»Genau.«

»Mannomann.«

»Kriegst du die Woche frei?«

»Weiß ich nicht«, sagte Hand. »Kann ich dich mal was ganz Blödes fragen?«

»Bitte.«

»Warum nicht im Sommer?«

»Darum.«

»Oder im Herbst?«

»Mann.«

»Was denn?«

»Ich bezahle alles, wenn wir jetzt fahren«, sagte ich. Ich wusste, dass Hand Ja sagen würde, weil wir seit fünf Monaten nicht mehr Nein sagten. Es hatte einige schwierige Bitten gegeben, aber wir hatten nicht Nein gesagt.

»Und du bist es mir schuldig«, fügte ich hinzu.

»Wieso? Weil – ach verdammt. Also schön.«

»Gut.«

»Wie lange noch mal?«, fragte er.

»Wie lange kriegst du frei?«, fragte ich.

»Wahrscheinlich eine Woche.« Ich wusste, er würde es tun. Hand würde seinen Job kündigen, wenn er keinen Urlaub bekäme. Er hatte jetzt eine ordentliche Stellung, als Sicherheitsbeauftragter in einem Casino am Fluss unter The Arch, aber noch in der Highschool war er eine Zeit lang der zweitbeste Schwimmer von ganz Wisconsin gewesen, und er hatte erwartet, dass auch sein weiteres Leben so ruhmvoll verlaufen würde. Nie wieder hatte er etwas so engagiert betrieben wie damals, und jetzt war er ein Vollzeitdilettant, mit ein paar Erfahrungen als Toningenieur, ein paar mit Autoalarmanlagen, ein paar mit Wetter-Futures an der Börse (ehrlich), ein paar als Zimmermann – wir hatten sogar mal einen Sommer zusammen einen Auftrag erledigt, eine Veranda an einem riesigen Haus, einem zuckerbäckermäßig verzierten Haus am Lake Geneva –, aber er schmiss jeden Job, bei dem er nichts Neues lernte oder seine Würde in irgendeiner Form zu leiden hatte. Zumindest behauptete er das.

»Dann also eine Woche«, sagte ich. »Wir packen die Woche so voll, wie's geht.«

Ich wohnte in Chicago, Hand in St. Louis, aber wir stammten beide aus Milwaukee, oder so gut wie. Wir waren dort auf die Welt gekommen, drei Monate auseinander, und unsere Dads gingen zusammen zum Bowling, bevor meiner zum ersten Mal verschwand, bevor seiner anfing, Schlagzeug zu spielen und Lederwesten zu tragen. Wir sprachen nicht über unsere Väter.

Wir riefen die Fluggesellschaften an, die so genannte Global-Tickets anboten. Mit diesen Tickets konnte man so viel fliegen, wie man wollte, allerdings nur in eine Richtung, einmal rund um den Globus, ohne umzukehren. Normalerweise hatte man dafür zwölf Monate Zeit, aber wir würden es in einer Woche schaffen müssen. So ein Ticket kostete 3.000 Dollar, eine Summe, die für unsereinen unter normalen Umständen und in vernünftigen Zeiten unerreichbar war, aber vor etwa einem Jahr war ich unverhofft zu Geld gekommen, was mich sowohl mit Dankbarkeit erfüllte als auch in dauerhafte Verwirrung stürzte. Meine Verwirrung war grenzenlos. Und jetzt würde ich es loswerden, zumindest das meiste davon, und ich glaubte, Läuterung würde mir wieder Klarheit verschaffen und dass ein schneller Trip um die Welt genau das Richtige dafür war – ich weiß eigentlich nicht, wieso wir diese beiden Ideen zusammenwarfen. Wir stellten uns einfach vor, wir würden einmal ganz drum herumfliegen, innerhalb einer Woche, in Chicago starten, möglichst den ersten Stopp in Saskatchewan einlegen, dann Mongolei, dann Jemen, dann Ruanda, dann Madagaskar – die letzten beiden vielleicht in umgekehrter Reihenfolge –, dann Sibirien, dann Grönland, dann wieder nach Hause.

»Das wird gut«, sagte Hand.

»Und ob«, sagte ich.

»Wie viel werden wir noch mal los?«

»Ich glaube 38.000 Dollar.«

»Einschließlich der Tickets?«

»Ja.«

»Dann verschenken wir also rund, wie viel – 32.000?«

»So zirka«, sagte ich.

»Wie willst du es mitnehmen? Bar?«

»Travellerschecks.«

»Und an wen verteilen wir es?«, fragte er.

»Weiß ich noch nicht. Ich denke, wenn wir erst mal unterwegs sind, ergibt sich das von selbst.«

Und wenn wir immer Richtung Westen reisten, würden wir nur ganz wenig Zeit verlieren. Mit etwa fünf Zwischenstationen könnten wir es leicht in einer Woche rund um die Welt schaffen, und die vergangenen Stunden würden zumindest teilweise wieder aufgeholt, weil wir die Zeitzonen ja immer in westlicher Richtung durchquerten. Von Saskatchewan bis in die Mongolei, so dachten wir, würden wir nur zwei oder drei Stunden verlieren, da wir dem nördlichen Polarkreis folgen würden. Wir würden uns dem Kreisen des Planeten widersetzen und dem Untergehen der Sonne verweigern.

Die Reiseroute wurde an jedem der vier Tage, die wir noch für die Entscheidung hatten, abgeändert, am Telefon, wobei ich in einen Taschenatlas schaute, Hand in St. Louis auf seinen Globus, ein riesiges Ding, so groß wie ein aufblasbarer Strandball, der gefährlich zwischen den Polen eierte – Hand war mal mitten in der Nacht dagegen gelaufen, und seitdem hatte die Welt eine Delle – und das ganze Wohnzimmer beherrschte.

Erste Route:

von Chicago über Saskatchewan in die Mongolei
von der Mongolei nach Katar
von Katar in den Jemen
vom Jemen nach Madagaskar
von Madagaskar nach Ruanda
von Ruanda über San Francisco nach Chicago.

Die Strecke gefiel uns. Aber sie war zu warm, zu sehr auf einen Breitengrad beschränkt. Wir änderten sie wie folgt:

von Chicago über San Francisco in die Mongolei
von der Mongolei in den Jemen
vom Jemen nach Madagaskar

von Madagaskar nach Grönland
von Grönland nach Saskatchewan
von Saskatchewan über San Francisco nach Chicago.

Wir hatten das Wärmeproblem gelöst, waren aber zu sehr ins andere Extrem verfallen. Wir brauchten stärkere Kontraste, mehr hin und her, mehr rauf und runter, während wir uns unablässig gen Westen bewegten. Die dritte Reiseroute:

von Chicago über San Francisco nach Mikronesien
von Mikronesien in die Mongolei
von der Mongolei nach Madagaskar
von Madagaskar nach Ruanda
von Ruanda nach Grönland
von Grönland über San Francisco nach Chicago.

Da steckte alles drin. Es war politisch interessant, klimatisch abwechslungsreich. Wir fingen an, jeder bei sich zu Hause, die Etappen in verschiedene Websites einzugeben, Flugpläne und -preise aufzulisten.

Hand rief an.

»Was ist?«

»Wir sind im Arsch.«

Irgendwas stimmte nicht mit unserem Zeitplan. Er hatte die einzelnen Ziele eingegeben, aber jedes Mal, wenn wir San Francisco verließen – wir mussten dort auf dem Weg von Chicago Station machen –, waren wir nicht schon wenige Stunden, sondern erst zwei *Tage* später in der Mongolei.

»Wie kann das sein?«

»Ich bin dahinter gekommen«, sagte Hand.

»Und?«

»Weißt du, woran's liegt?«

»Woran?«

»Ich werd's dir verklickern.«

»Sag schon.«
»Fertig?«
»Leck mich.«
»Die internationale Datumsgrenze«, sagte er.
»Nein.«
»Doch.«
»Die internationale Datumsgrenze!«
»Jawohl.«
»Ich scheiß auf die internationale Datumsgrenze!«, sagte ich.
»Meinst du, das geht?«, fragte er.
»Keine Ahnung. Wir funktioniert das noch mal?«
»Pass auf, Neuseeland ist zeitlich gesehen der entlegenste Punkt auf der Erde. Bei denen ist zuerst Silvester. Wenn wir also von Chicago aus in westlicher Richtung reisen, sparen wir bis Neuseeland einiges an Zeit. Aber sobald wir da dran vorbeikommen, sind wir einen Tag weiter. Einen *vollen Tag* weiter.«
»Wir verlieren einen ganzen Tag.«
»Wenn wir mittwochs abfliegen, landen wir freitags.«
»Dann bringt es nichts, immer nach Westen zu reisen«, sagte ich.
»Nicht viel. Im Grunde überhaupt nichts.«
Wir riefen eine Fluggesellschaft an. Die Frau am Telefon hielt uns für Volltrottel. Wenn wir in einer Woche rund um die Welt wollten, sagte sie, wären wir siebzig Prozent der Zeit in der Luft. Selbst wenn wir der Sonne folgten, würden wir über dem Pazifik Stunden verlieren.
»Wir müssen Richtung Osten«, sagte Hand.
»Vielleicht zuerst nach Osten, dann nach Westen«, sagte ich.
»Geht nicht. Wir müssen immer in eine Richtung fliegen, wegen der Tickets.«

Die nächste Route:
von Chicago über New York nach Grönland
von Grönland nach Ruanda
von Ruanda nach Madagaskar
von Madagaskar in die Mongolei
von der Mongolei nach Saskatchewan
von Saskatchewan über New York nach Chicago.

»Aber dann verlieren wir bei jedem Flug Zeit«, sagte ich. »In diese Richtung kostet uns praktisch jeder Flug die doppelte Zeit.«

»Scheiße. Stimmt.«

»Wir müssen die Zwischenstationen reduzieren, auf vier vielleicht. Oder sie kürzer machen.«

»Das stinkt mir aber«, sagte Hand. »Da haben wir eine ganze Woche und müssen die Mongolei sausen lassen. Diese Flieger sind einfach zu langsam. Seit wann sind die Dinger so langsam?«

Nächste Route:
von Chicago über New York nach Grönland
von Grönland nach Ruanda
von Ruanda nach Madagaskar
von Madagaskar nach Katar
von Katar in den Jemen
vom Jemen über Los Angeles nach Chicago.

Aber es gab keine Flüge von Grönland nach Ruanda. Oder von Ruanda nach Madagaskar.

»Schwachsinnig«, sagte ich.

»Ich weiß, ich weiß.«

Oder von Madagaskar nach Katar. Es gab einen von Saskatchewan nach New York. Und einen von der Mongolei nach Saskatchewan. Aber keinen von Grönland nach Ruanda. Wir waren stinksauer. Wieso gab es keinen Flug von Grönland nach Ruanda? Fast alle, selbst die von

Ruanda nach Madagaskar, mussten über irgendwelche Städte wie Paris oder London. Wir wollten nicht nach Paris oder London. Oder Beijing, wo sie uns auf dem Weg in die Mongolei eine Zwischenlandung aufdrücken wollten.

»Das ist ja wie im Mittelalter«, sagte Hand.

»Hätte ich nie gedacht«, sagte ich.

Wir mussten noch mehr zurückschrauben. Wir fingen von vorn an.

»Lass uns einfach aufbrechen«, sagt Hand. »Wir besorgen uns die Allroundtickets und entscheiden unterwegs. Wir müssen doch nicht alles im Voraus planen.«

»Einverstanden«, sagte ich.

Aber nein. Die Fluggesellschaft wollte genau wissen, an welchen Flughäfen wir einen Zwischenstopp einlegen würden. Wir mussten keine genauen Daten oder Uhrzeiten angeben, aber sie brauchten die Zielorte, um die Steuern berechnen zu können.

»Steuern?«, sagte Hand.

»Ich wusste gar nicht, dass die das können.«

Wir beschlossen, auf die Rund-um-die-Welt-Tickets zu verzichten. Wir würden in der Mongolei anfangen und von da aus weitersehen. Wir würden landen und einfach wieder zum Flughafen fahren, wenn wir weiter wollten. Oder noch besser: Wir würden landen und direkt am Flughafen die Tickets für den Weiterflug kaufen. Der neue Plan gefiel uns – er passte sowieso besser zu der Gesamtidee, die dahinter stand, nämlich uns von Spontaneität leiten zu lassen, jedem Impuls nachgeben zu können. Wenn wir erst einmal in der Mongolei waren, würden wir ja sehen, welche Flüge es gab, und einen davon nehmen. So viel mehr konnte das auch nicht kosten, dachten wir uns. Wie viel mochte es kosten? Wir hatten keine

Ahnung. Ich musste doch nur in einer Woche rund um die Welt, irgendwann in die Mongolei kommen und acht Tage später in Mexico City sein, zu einer Hochzeit – Jeff, ein gemeinsamer Freund aus der Highschool, heiratete Lupe, die nur von Jeff Guad genannt wurde und deren Familie in Cuernevaca lebte. Eine prächtige Hochzeit, hieß es.

»Bist du eingeladen?«, fragte Hand.

»Du nicht?«, fragte ich.

Ich weiß nicht, warum Hand nicht eingeladen war. Konnte ich ihn einfach mitbringen? Wahrscheinlich nicht. Das hatten wir einmal gemacht, bei der Hochzeit eines anderen Freundes, in Columbus – wir hatten gedacht, sie hätten vielleicht bloß seine Adresse nicht –, und als wir ankamen, wurde uns klar, warum Hand ausgeschlossen worden war. Hand war blond und groß und dunkeläugig, man könnte wohl sagen rehäugig, er war bei Frauen beliebt und besaß eine unstillbare Neugier, die ihr Netz großzügig über alles Mögliche warf, von der Wissenschaft bis hin zu besonders feinfühligen und treuherzigen Frauen. Daher hatte er schon mit zu vielen geschlafen, einschließlich Sheila, der Schwester der Braut, labil und romantisch – und die Sache war nicht gut ausgegangen, und Hand, typisch Hand, hatte das alles vergessen, die Verbindung zwischen Sheila und der Braut, und es war peinlich, die ganze Hochzeit, völlig daneben. Ich war schuld damals, wie ich das unerklärlicherweise immer bin, jedes Mal, wenn Hands Mischung aus Lust – auf Frauen, auf Mysterien und Geheimbünde und Weltraumfahrten, auf die Welt an sich – und purer, unverfälschter, animalischer Dummheit uns unweigerlich in irgendwelche Kalamitäten bringt.

Aber mussten wir denn wirklich um die ganze Welt reisen? Wir beschlossen, nein. Wir würden sehen, was wir in sechs, sechseinhalb Tagen alles sehen könnten, und dann wieder nach Hause fahren. Wir wussten noch nicht genau, womit wir anfangen würden – wir neigten zu Katar –, aber Hand wusste, wo wir aufhören würden.

»Kairo«, sagte er und schickte die zweite Silbe durch einen engen, langen Atemtunnel, das O voller Melancholie und Hoffnung.

»Warum?«

»Wir beenden den Trip auf der Spitze der Cheops-Pyramide«, sagte er.

»Darf man denn immer noch da hochklettern?«

»Wir bestechen früh morgens oder bei Sonnenuntergang einen Wächter. Ich hab das irgendwo gelesen. In Gizeh sind alle bestechlich.«

»Okay«, sagte ich. »Abgemacht. Ende der Reise sind die Pyramiden.«

»Oh Mann«, sagte Hand beinahe im Flüsterton. »Ich wollte immer schon zur Cheops-Pyramide. Ich fass es nicht.«

Ich rief Cathy Wambat an, eine Highschool-Freundin meiner Mutter und Reisebürokauffrau mit einem entzückenden Namen. Sie waren in Colorado aufgewachsen, sie und meine Mom, in Fort Collins, das ich noch nie gesehen hatte, mir aber immer mit einem richtigen Fort vorstellte, mit Holz aus der Gegend erbaut und noch immer die Pioniere vor den Ureinwohnern beschützend. Mittlerweile lebte Cathy Wambat auf Hawaii, wo anscheinend alle wichtigen Figuren der Reisebranche lebten. Nachdem Cathy Wambat unseren Plan gehört hatte, hielt auch sie uns für Volltrottel, sagte das aber irgendwie nett, und machte für uns die Reservierungen – zwei Flüge

von Kairo, der von Hand über New York nach St. Louis, meiner nach Mexico City.
Aber wo sollten wir als Erstes hin? Hand rief wieder an.
»Wir sind bescheuert.«
»Was?«
»Visa«, sagte er.
»Oh.«
»Visa«, sagte er wieder, diesmal gehässig.
»Scheiße.«
Die Hälfte unserer Etappen fiel weg. Saskatchewan war kein Problem, aber Ruanda und Jemen verlangten ein Visum. Was war der Unterschied zwischen einem Reisepass und einem Visum? Ganz genau wussten wir das nicht, aber wir wussten, dass es Wartezeiten gab – drei Tage, eine Woche –, und die Zeit hatten wir einfach nicht. Die Mongolei verlangte ein Visum. Katar legte für ein Land von der Form und der Größe eines Daumens die lächerliche Hybris an den Tag, ein Visum zu verlangen, dessen Ausstellung eine ganze Woche dauern würde. Es waren nur noch drei Tage bis zu Hands Urlaub.
Er rief wieder an. »Grönland verlangt kein Visum.«
»Okay«, sagte ich. »Dann ist das unser erstes Ziel.«
Die Tickets waren spottbillig, bloß 400 Dollar das Stück ab Chicago. Winterpreis, sagte die Frau von Greenland Air. Wir reservierten und trafen letzte Vorbereitungen. Hand würde am Freitag mit dem Auto aus St. Louis kommen, und am Sonntag würden wir abreisen. Unser Ziel war eine Stadt, die wir in keinem Nachschlagewerk und keinem Atlas finden konnten. Die erste Zwischenlandung würde in Ottawa sein, die zweite in Iqaluit – auf Baffin Island – und schließlich würden wir irgendwann gegen Mitternacht in Kangerlussuaq ankommen. Wir einigten uns, dass jeder nur ein Gepäckstück mitnehmen würde –

wenn man beim Einchecken kein Gepäck abgibt, muss man auch nicht warten oder verlorene Stücke suchen. Wir würden mit kleinen Rucksäcken reisen – keine Riesendinger, sondern normale kleine, gedacht für Bücher und Badetücher.

»Jacken?«, fragte Hand.

»Nein«, sagte ich. »Schichten.«

Die Kälte in Chicago in diesem Januar war dreidimensional, lebendig, mörderisch, daher würden wir mit allem am Leib, was wir mitnehmen wollten, zum Flughafen fahren. Wir würden billige Wegwerfklamotten einpacken, so dass wir, sollten wir es je bis Madagaskar schaffen, die schwereren Sachen einfach dort lassen konnten. Und dann auf nach Kairo in T-Shirts und mit leerem Gepäck.

»Okay«, sagte Hand. »Bist du wirklich sicher, dass du das alles bezahlen willst?«

»Ja. Ich muss es weg haben.«

»Ganz sicher?«

»Und ob.«

»Ich will nämlich nicht, dass du das wegen irgend so einer dämlichen Läuterungsgeschichte machst. Die Reise hat mit nichts was zu tun –«

»Nein.«

»Gut.«

»Bis morgen.«

Ich legte auf, selig, und warf mich gegen eine Wand, dann tat ich so, als würde ich einen tödlichen Stromschlag bekommen. Das mache ich immer, wenn ich sehr glücklich bin.

Am Samstag musste ich auf die Zwillinge meines Vetters Jerry aufpassen, Mo und Thor, achtjährige Mädchen. Jerry war der einzige Verwandte, den ich in Chicago hatte. Meine Mom war aus Colorado weggegangen, um meinen Vater zu heiraten, und hatte ihre mittlerweile verstorbenen Eltern, drei Schwestern und vier Brüder zurückgelassen, die alle in oder in der Nähe von Fort Collins geblieben waren. Und jetzt, da Tommy – mein sechs Jahre älterer Bruder, mit eigener Garage und einem Schnurrbart – erwachsen war, war meine Mom nach Memphis gezogen, um in der Nähe alter Freunde zu sein und Kurse in Anthropologie zu belegen. Jerry, der Sohn meiner Tante Terry, der Dritte von fünf, war der erste Anwalt in der Familie, mit einem Foto von sich in den Gelben Seiten, und er hatte Melora geheiratet, deren Strenge – sie sprach nur mit Zischlauten – durch ihre zierliche Figur konterkariert wurde. Sie sah aus wie ein vierzehnjähriger Junge.

Jerry und Melora wussten, dass ich so gut wie immer zu Hause war und Zeit hatte, also baten sie mich um den Gefallen, und da Hand und ich Klamotten und verschiedene andere Sachen einkaufen mussten, nahmen wir Mo und Thor mit. Jerrys überempfindliche Frau fand die Namen, die ich ihren Töchtern verpasst hatte, abscheulich, aber ich war weiß Gott nicht gewillt, zwei achtjährige, hyperaktive Kids, die viel redeten, gern auf dem Bürgersteig vorausrannten und sich nichts daraus machten, herumgeschubst zu werden, Persephone und Penelope zu nennen.

Ein Hupen von Melora signalisierte, dass die beiden da waren. Wir nahmen sie vor der Haustür in Empfang. Sie waren Hand schon dreimal begegnet, konnten sich aber nicht an ihn erinnern.

»Du siehst nicht mehr so schlimm aus«, sagte Mo zu mir, die in ihrer bauschigen, rosa Jacke fast verschwand. Ich zog den Reißverschluss ein bisschen runter, und sie atmete aus.
»Es geht aufwärts«, sagte ich.
»Jetzt sind deine Augen blau«, fügte Thor hinzu, obwohl meine Augen schon immer und noch immer braun waren. Sie trat auf mich zu, und ich ging vor ihr in die Knie. »Und der ist neu«, sagte sie und berührte meine Nase, den gebogenen, roten Streifen, der über den Knochen verlief.
»Der war schon da, Blödi!«, sagte Mo.
»War er nicht«, sagte Thor.
»Er war schon da«, sagte ich, um das Problem zu klären, »aber er ist jetzt dunkler geworden. Ihr habt also beide Recht.«
Wir gingen zu einem hippen Outdoor-Laden, Nylon und Klettverschlüsse und Energieriegel und Karabinerhaken, wohin man auch sah, und eine Kletterwand, die kein Mensch benutzte. Hand und ich brauchten eine Hose, das Beste vom Besten – warm und kalt zugleich, atmungsaktiv und isolierend, voller Taschen. Ich nahm die übliche Khakihose, aber mit mehreren Taschen – das Safari-Fotografen-Modell mit den dicken, rechteckigen Fächern mit Reiß- und Klettverschlüssen, zwei pro Bein. Hand kam laut raschelnd aus der Umkleidekabine – seine Hose war weit, glänzend und reine Synthetik, in einem Grau, das silbrig aussah.
»Du siehst aus wie ein Jogger«, sagte ich.
»Die ist bequem«, sagte er.
»Wie ein Jogger, der einen Haufen in der Hose hat!«, sagte Mo.
»Ja«, sagte Hand, speichelte seinen Daumen ein und steckte ihn Mo ins Ohr, »aber ich fühl mich *schnell.*«

Die Zwillinge rannten herum, und alles im Laden kam uns unverzichtbar vor. Eine klitzekleine, superleichte Taschenlampe für den Schlüsselbund. Getrocknetes Rindfleisch. Ein Erste-Hilfe-Set. Geheimtaschen für Geld und Pässe. Halstücher. Miniventilatoren. Insektenschutzmittel.

Ich mied den Blickkontakt mit anderen, versuchte, allen die Unannehmlichkeit zu ersparen, mich anzusehen. Mein Gesicht sah nicht mehr so schlimm aus wie vor ein paar Wochen, aber es war stellenweise noch ziemlich lädiert, und vom Nasenrücken fielen bläuliche Schatten in meine Augenhöhlen, so dass es aussah, als würde ich schielen oder als wäre ich ein Zyklop. Man sah mir an, was ich war: einer, der von drei Kerlen in einem Stahlkasten zusammengeschlagen worden war.

»Du humpelst immer noch«, sagte Hand.

»Ja«, sagte ich.

»So schlimm ist es auch wieder nicht«, sagte er. »Bloß ein bisschen gruselig.«

Hand kaufte zehn Halstücher, fünf für jeden von uns. Halstücher, sagte er, waren etwas, von dem sich jeder, der von einer Reise zurückkam, wünschte, er hätte mehr davon gehabt. »Du wirst mir noch danken«, sagte er. Das sagte er oft: *Du wirst mir noch danken*. Ich kann mich eigentlich nicht erinnern, dass ich ihm je viel zu danken gehabt hätte.

Mo und Thor kamen von ihrem Erkundungsausflug zurück, das Haar schweißnass, Pullover um die Taille gebunden. Sie wollten gehen.

»Wer will gehen?«, fragte ich Thor. »Du, Mo?«

»Ich bin Thor«, sagte Thor.

»Wer ist Thor?«, fragte ich.

»Ich!«, sagte sie.

»Tut mir Leid«, sagte ich. »Ich kann euch beide einfach nicht auseinander halten.«
»Aber wir sind doch *zwei*eiige Zwillinge!«, sagte sie.
»Was seid ihr?«
Mo verdrehte die Augen. »Zweieiige Zwillinge! Das weißt du ganz genau, du Blödmann.«
Ich strich mir nachdenklich übers Kinn. »Tja, ich glaube, ich hab schon mal davon gehört, aber ich hab's nicht geglaubt. Wahrscheinlich wollte ich es nicht glauben.«
»Was erzählst du denn da?«, sagte Mo. Sie war leicht auf die Palme zu bringen, das Gesicht verkniffen wie der Stielansatz einer Tomate.
»Hört mal«, sagte ich und ging vor den beiden in die Hocke. »Tut mir einen Gefallen. Lasst euch von niemandem einreden, mit euch wäre was nicht in Ordnung. Lasst euch nicht von irgendwelchen Wissenschaftlern oder Psychologen aussortieren und das Gefühl vermitteln, ihr wärt Freaks, bloß weil ihr Zwillinge seid und euch nicht ähnlich seht. Gott hat einen Fehler gemacht, und zugegeben, es war ein ziemlich großer Fehler, denn was sollen das für Zwillinge sein, die sich nicht mal ähnlich sehen? Und damit nicht genug, welche Zwillinge sehen schon so aus wie ihr, wie in Säure getunkte Affen –«
Thor schlug mir mitten auf die Stirn.
»Du hast zu schnell geredet«, sagte sie.
Wir gingen mit ihnen zu Walgreen's. Wir brauchten noch einiges für die Reise. In Wahrheit waren die beiden die mit Abstand am wenigsten ähnlichen Zwillinge, die ich je gesehen hatte, und nur Thor sah aus wie das Produkt ihrer Eltern, die beide blond und hellhäutig waren. Thor war germanisch und zartknochig, Mo dagegen sah eher aus wie ich, mit dunklem, glattem Haar, dunklen Augen, langen, schwarzen Wimpern. Meine Wimpern, lang und

geformt wie Fledermausflügel, sehen aus, als würde ich Mascara benutzen. Mo wird oft für meine Tochter gehalten und hasst das.

Ich kaufte Zahncreme im Reiseformat, einen zusammenklappbaren Becher, eine Sonnenbrille und zwei Sweatshirts für sieben Dollar das Stück, braun und schwarz. Hand hatte sich für eine große Säule Deo entschieden, und wir standen an der Kasse und warteten auf die Mädchen und sahen zu, wie die Frau vor uns einen kleinen Packen Coupons auf die Theke legte. Jeder Coupon war liebevoll ausgeschnitten worden, und die Frau, klein, aber mit einer breiten, lila Brandnarbe am dünnen, zarten Hals, hatte sie alle mit einem breiten Plastikclip gebündelt, der eigentlich dazu gedacht war, Chips in angebrochenen Tüten frisch zu halten.

Ich hasste Coupons. Die Notwendigkeit von Coupons. Ich wollte der Frau die Differenz bezahlen. Sie würde zwei Dollar sparen, und ich wollte sie ihr schenken, damit sie ihre Zeit irgendwie sinnvoller verbringen konnte. *Aber wie?* Ich hatte keine Ahnung. *Vielleicht schneidet sie ja gerne Coupons aus?* Bestimmt nicht. Seit ich zu ein bisschen Geld gekommen war, war das ein ständiger Kampf, der Frust, der mich angesichts von Menschen mit ihren Coupons überfiel, Menschen mit schäbiger Kleidung, Menschen aus El Salvador, die im Keller der Kirche eine Straße weiter lebten – ich kam jeden Morgen daran vorbei, wartete an der Bushaltestelle neben ihrer Tochter, die in weißer Bluse und kariertem Rock auf dem Weg zur Schule war –, und mein Drang, ihnen Sachen zu kaufen, und wenn auch nur was zu essen, und meine Unfähigkeit, aufgrund der eingebildeten, unüberwindlichen Barriere zwischen mir und diesen Fremden mit den ungeschickten Händen, in Kontakt mit ihnen zu treten und ihnen irgendwie zu helfen. Ich hatte mir nie einen Saldo auf dem Konto gewünscht, fühlte mich um einiges wohler auf dem Äquator knapp über oder unter der Null, und ich dachte, ich könnte es irgendwie loswerden, vielleicht mit Hilfe der Coupon-Frau hier bei Walgreen's und den Coupons, aber die Entfernung kam mir endlos und tödlich vor, ich konnte nicht so auf Menschen zugehen, konnte das hier nicht überbrücken, und ich hielt die Situation kaum noch aus.

»Ist das alles?«, fragte Hand.

Jetzt standen Mo und Thor an der Kasse bei Walgreen's. Sie hatten Karten zum Valentinstag gekauft, einen Zwölferpack.

»Jaha«, sagte Mo.

»Haben Sie Briefmarken?«, fragte Thor den Verkäufer.

»Nein«, sagte der Verkäufer.

»Sollten Sie aber«, sagte sie.

»Das macht dann 23,80 Dollar, bitte«, sagte der Verkäufer.

»Brauchst du keinen Sunblocker?«, fragte Hand.

Ich war nicht da.

»Will.«

Ich hörte meinen Namen, aber ich fand den Weg zum Mund nicht. Ich hatte gehört, was gesprochen wurde, aber ich war einfach nicht zugegen.

»Will.«

Ich kroch zurück in meinen Kopf.

»Was?«, sagte ich.

Man sagt, ich spreche langsam. Manchmal wird meine Sprechweise als *lakonisch* bezeichnet. Das Telefon klingelt, ich melde mich, und die Leute fragen, ob sie mich geweckt haben. Es kann passieren, dass ich mich mitten im Satz verirre und die Leute minutenlang im Ungewissen lasse. Ich kann das nicht kontrollieren. Ich rede und bin dabei interessiert und wach, aber dann leiht sich irgendwer – ich bin mir sicher, genau so ist es – irgendwer – und ich wünschte, ich wüsste, wer, weil ich dieser Person einiges zu sagen hätte – kurzfristig meinen Kopf aus. Als würde man sich aus einem Taschenrechner eine Batterie ausleihen, um eine Fernbedienung mit Strom zu versorgen, so leiht sich irgendwer andauernd meinen Kopf aus.

»Sunblocker«, sagte Hand.

»Nein«, sagte ich. Er legte eine Tube zu meinem Packen.

Auf dem Parkplatz sahen wir ein Trio von milchweißen Broncos vorbeifahren –  –, und wir blieben kurz stehen, um ihnen nachzuschauen. Schlimm genug, dass die noch immer in der Farbe hergestellt wurden, und drei auf einmal zu sehen, schien nichts Gutes zu verheißen. Die Mädchen blieben unbeeindruckt, was mich nicht weiter wunderte. Ich hatte aufgegeben, vorhersagen zu wollen, was sie beeindrucken würde. Nur wenige Monate zuvor hatten wir einen erwachsenen Mann gesehen, schon älter und dem Klang nach auf Russisch vor sich hin plappernd, wie er in einem fantastischen blauen Schmetterlingskostüm die Straße entlangtrabte, und das hatten sie toll gefunden. Aber die Broncos ließen sie völlig kalt.

Wir kamen an einem Teenager-Pärchen in nietenbesetzten Lederklamotten vorbei, sie mit einem Iro und er mit geschorenem Kopf, und sein eingebeulter, blutergussblauer Schädel war mit Botschaften übersät, die mit Tinte in der Farbe von rohem Fleisch aufgetragen waren.

Mo nahm Anlauf und – »Hija!«, brüllte sie – trat den Typen gegen den Oberschenkel. Er war schockiert. Hand und ich waren nicht ganz so schockiert. Die Mädchen lernten in der Schule Karate und probierten es gerne an Menschen aus, die irgendwie streitlustig aussahen.

»Scheiße ... was soll'n das«, sagte der Glatzkopf und wischte sich den Fußabdruck von der Jeans. Ich entschuldigte mich. Ich warf Hand einen beschwörenden Blick zu, damit er den Mund hielt.

»Die beiden sind nicht gesund«, erklärte Hand.

Der Glatzkopf sah mich an und blinzelte viel sagend, signalisierte mögliche Aggression. Ich war knapp zehn Pfund schwerer als er; offenbar fühlte er sich durch sein Outfit stärker. Ich konnte mich nicht entscheiden, ob ich diese Konfrontation wollte, ob ich kneifen wollte, um etwas Explosives entstehen zu lassen, mit offenem Ausgang – wie würde es ausgehen? Ich konnte die Situation zu einem echten Konflikt hochschaukeln und eine Form von Erleichterung finden – ein Teil von mir kochte, kochte schon seit Wochen oder Monaten oder länger –

Glatze und seine Freundin taten so, als ob sie Mos Attacke lustig fänden – von wegen –, und gingen weiter. Ich atmete aus, und wir liefen wie ein sich schlängelnder chinesischer Drache zur nächsten Kreuzung und sangen dabei aus vollem Hals den Refrain von Dylans »Froggie Went A-Courtin'«.

Wir lieferten die Zwillinge bei Jerry zu Hause ab, beschränkten die Unterhaltung mit Melora auf unsere Grunz- und ihre keifigen Zischlaute und hasteten dann weiter zur Uniklinik, um uns impfen zu lassen. Schwester Glenda, an die siebzig und mit einer Haut wie Rotholz, tat so, als wäre sie böse auf uns.

»Wann geht die Reise los?« Eine raue, aber melodische Stimme, halb Chicago, halb vom Lande.
»Morgen«, sagten wir.
»Wohin soll's gehen?«
»Grönland.«
»Grönland? In Grönland gibt's keine Malaria! Wieso wollt ihr eine Malariaimpfung? Und was ist mit deinem Gesicht passiert, Junge?«
»Autounfall«, sagte ich.
»Vielleicht fahren wir auch nach Ruanda«, sagte Hand.
»Wie? Was denn nun?«
»Was denn was?«
»Ihr habt eben gesagt, ihr wollt nach Grönland.«
»Na ja, vielleicht beides.«
»Beides geht nicht. Seid ihr Entwicklungshelfer oder so?«
Hand nickte.
»Nein«, sagte ich.
»Ihr seid ziemlich durcheinander. Wie alt seid ihr zwei?«
»Siebenundzwanzig«, sagte ich.
»Und ihr seid nicht krankenversichert?«
»Er schon«, sagte ich.
»Nein, bin ich nicht«, sagte Hand. Obwohl er es war.
»Jedenfalls, ihr könnt heute keine Lariam bekommen. Ihr habt noch keine medizinische Beratung gehabt. Wozu die Eile?«
»Wir haben nur eine Woche«, sagte Hand. »Können *Sie* uns nicht beraten. Wir sind alle da. Beraten wir.«
»Nein, mein Junge, das muss ein Arzt machen. Dauert eine Stunde. Ich könnte das arrangieren, wenn ihr morgen wiederkommt.«
»Was können Sie uns denn ohne Beratung geben?«, fragte ich.
»Typhus und Hepatitis A, B und C.«

»Aber Malaria nicht.«
»Nein. Dazu braucht ihr eine Beratung. Wenn ihr Malaria kriegt, wird es euch Leid tun, dass ihr es so eilig hattet.«
»Ist es tödlich? Malaria?«, fragte ich.
»Immer«, sagte Hand, der viel versprechende Wissenschaftler. »Malaria ist ganz übel.«
»Manchmal«, verbesserte Glenda.
»Wann ist Malaria nicht tödlich?«, fragte ich.
»Wenn ihr in ein Krankenhaus geht, überlebt ihr.«
»Gut«, sagte ich. »Das machen wir dann.«
»Wir können Auto fahren. Wir sind schnell«, sagte Hand.
»Bleibt nachts lieber drinnen«, sagte sie, als sie uns die Arme einrieb. »In Ruanda könnt ihr euch den Erreger von jedem Moskito einfangen.«
Wir dankten Glenda. Sie saß auf ihrem Stahlhocker und winkte uns zum Abschied mit beiden Händen, wie ein Kind, das Seifenblasen in der Luft zerplatzen lässt.

Ich folgte Hand durch die Eingangshalle der Klinik, und als ich um eine Ecke bog, sah ich, dass er mit einer Frau in einem Laborkittel sprach.
Es war Pilar.
»He«, sagte ich. Sie sah so dünn aus.
»Hi«, sagte sie. Wir umarmten uns, und sie roch wie immer nach Hund und irgendeiner Art Minze. Sie fühlte sich schwerelos an. In der Highschool war sie kräftig gewesen, eine Athletin mit breiten Tennisschultern, aber jetzt war sie schlank, die Augen schienen größer und die Wangenknochen ragten zornig von ihren Ohren nach vorn wie gebogene Holzdübel. Sie war vor Jahren mit Jack zusammen gewesen, aber ich sträubte mich gegen die

Annahme – *Das muss es sein.* So einfach ist das nicht –, dass sein Tod ihre Verwandlung bewirkt hatte.
»Was macht ihr denn hier?«, fragte sie. »Was ist mit deinem Gesicht passiert?«
Wir erzählten ihr von den Impfungen, der Reise.
»Für Grönland braucht ihr das gar nicht«, sagte sie.
Wir versuchten, es ihr zu erklären – die Ziele danach, alles.
»Was ist mit deinem Gesicht?«, fragte sie wieder.
»Bin hingefallen«, sagte ich.
»Lügner.«
»Und warum bist du hier?«, fragte Hand.
»Ich arbeite hier. Im Labor«, sagte sie und strich mit den Händen über ihren Kittel, um Hand auf das Offensichtliche aufmerksam zu machen.
»Ach so«, sagte er.
»Und warum nur eine Woche?«, fragte sie. »Warum nehmt ihr euch nicht richtig Zeit, einen Sommer oder mehr? So auf die Schnelle kriegt ihr doch gar nichts mit.«
Ich öffnete den Mund, aber mir fiel keine Antwort ein. Irgendjemand zapfte gerade meinen Kopf an, um eine Kaffeemaschine mit Strom zu versorgen.
Hand blickte nachdenklich zur Decke und pfiff tonlos vor sich hin. Pilar, die Hübsche mit dem olivenfarbenen Teint, die in der Highschool so begehrt gewesen war, hatte mir einmal eine Nacht geschenkt, nachdem sie und Jack nicht mehr zusammen waren, aber damals war klar, dass sie eigentlich Jack wollte, und ich war ein Trostpflaster, ein Annäherungswert. Zwischen Jack und Hand, die beide natürlicher lächeln konnten und die besseren Gesichtszüge hatten – ob nun verprügelt oder nicht –, kannte ich das Gefühl nur allzu gut.
»Wir haben nur eine Woche«, sagte ich.

Pilar hob die Fingerspitzen an die Schläfen, als wollte sie eine Flut zurückhalten.
»Migräne?«, fragte Hand.
»Nein«, sagte sie. »Ich meine, ja.«
»Schön, dich zu sehen«, sagte er und legte den Arm um sie. Nach einer Sekunde trat er zurück, und ich trat vor und umarmte sie, und dann standen wir alle einen Moment lang da, warteten darauf, dass jemand uns sagte, was wir tun sollten. Eine Lautsprecherstimme suchte nach jemandem. Es hörte sich an wie *Dr. Dope*. Hand lachte. Wir alle lachten.
»Der heißt wirklich so«, sagte Pilar, wurde dann wieder ernst. Der Name des Mannes hatte ihr allen Wind aus den Segeln genommen.
»Na denn«, sagte Hand.
Pilar machte mit den Händen ein V und schob das Kinn zwischen die Handflächen. Ihre Augen huschten zwischen uns hin und her und wurden schnell feucht.
»Es ist furchtbar, euch beide zu sehen.«

Wir blieben bis vier Uhr auf, bei mir in der Küche, stellten neue Reiserouten auf, lasen die Website von Grönland. Der Flug ging in acht Stunden.
»Größte Insel«, sagte Hand.
»Amtssprache ist Grönländisch«, bemerkte ich.
»Nicht einfach nur Grönländisch – Westgrönländisch. *Westgrönländisch, wie es in Sisimiut, Maniitsoq und der Gegend von Nuuk gesprochen wird, ist die offizielle Verkehrssprache in ganz Grönland. Ostgrönländisch unterscheidet sich stark vom Westgrönländischen, doch die meisten Ostgrönländer verstehen Westgrönländisch.*«

»Einwohnerzahl 53.000.«
»Fünfundachtzig Prozent des Landes sind von Eis bedeckt.«
»Sie hoffen verzweifelt auf Touristen. Zurzeit kommen rund 8.000 pro Jahr, aber sie wollen 60.000 erreichen.«
»Die haben Namen für ihre Winde. Hör mal: *In Ostgrönland gibt es den bekannten und gefürchteten Piteraq, einen kalten katabatischen Wind. Die bislang stärksten Sturmböen in Ammassalik wurden 1972 verzeichnet, mit einer Geschwindigkeit von 72m/Sek.*«
»Was heißt katabatisch?«
»*Ein wichtiger Hinweis für Grönlandbesucher: Das Wetter kann unvermittelt umschlagen, was mitunter zu technischen Schwierigkeiten führt. Es ist daher stets ratsam, sich am Abend vor der Abreise – oder spätestens am selben Tag – bei Greenland Air zu erkundigen, ob der Flugplan eingehalten wird.*«
»Technische Schwierigkeiten. Meinen die das Wetter?«
»Ich glaube, ja.«
Wir schliefen im Wohnzimmer ein, Hand auf der Couch und ich im Sessel, und als wir um acht wach wurden, hatten wir noch zwei Stunden, um alles zusammenzusuchen und uns auf den Weg zu machen. Wir hatten vereinbart, erst am Morgen zu packen, und wie sich herausstellte, war es im Nu getan, da das eigentliche Packen sich darin erschöpfte, zwei T-Shirts, Unterwäsche, Waschzeug und einen Miniatlas in den Rucksack zu stopfen, was drei Minuten dauerte. Pässe, Tickets, die 32.000 Dollar in Travellerschecks, die Halstücher. Hand hatte ein paar CDs mitgebracht, seinen Walkman, einige Kassetten für die Mietwagen, etliche vom Außenministerium herausgegebene Reiseratgeber und einen Packen Blätter, die er sich von der Website des Seuchenamtes runtergeladen und

ausgedruckt hatte, fast ausschließlich über Ebola. Er konnte endlos über Ebola reden. Ich steckte noch eine Churchill-Biographie ein, die ich gerade las, aber nachdem ich den Rucksack probeweise angezogen und das Gewicht der 1.200 Seiten gespürt hatte, packte ich das Buch wieder aus, riss die ersten 200 und die letzten 300 Seiten raus und steckte es wieder ein.

Wir schliefen erneut auf der Couch ein. Um halb elf wurden wir ruckartig wach –

## DIENSTAG

– und brachen auf und schliefen im Taxi weiter, jeder den Kopf gegen ein Fenster gelehnt, völlig weggetreten. Der Taxifahrer weckte uns, als wir vor dem internationalen Terminal des O'Hare-Flughafens hielten. Die geräuschlosen Eingangstüren öffneten sich für uns und wir trotteten zufrieden zum Check-in, der Flughafen groß und hell, Hand pfiff den entsprechenden Song von John Denver, und am Check-in wurde uns gesagt, dass der Flug gestrichen worden war. Der Flughafen in Kangerlussuaq war wegen Sturm geschlossen.

»Das kann nicht sein«, sagte ich.

»Die katabatischen Winde«, sagte Hand.

»Herrgott.«

»Wir haben doch nur eine jämmerliche Woche.«

Die Frau sagte, wir könnten die halbe Strecke bis Iqaluit fliegen und dann abwarten.

»Wie lange?«, fragten wir.

»Wer weiß?«, sagte sie, ohne mich anzusehen. Sie hatte

mit Hand gesprochen, und mir wurde klar, warum. Mein Gesicht. »*Die* da warten auch.« Sie zeigte auf eine Gruppe von Leuten auf einer Bank gegenüber. Sie sahen aus, als wollten sie nach Grönland, alle mit Parkas, Rucksäcken und Bärten. Wir sahen aus, als wollten wir Softball spielen.

»Wir können nicht warten«, sagte ich.

»Wir müssen los«, sagte Hand.

Grönland hatte sich also erledigt. Katabatisch, dass ich nicht lache. Scheiß auf Grönland. Ich sah Hand an. War das Enttäuschung oder Schock? Die Frau von Greenland Air empfahl uns, die Tickets zu behalten und sie morgen zu benutzen. Hand sah aus, als würde er gleich platzen.

»Wir haben schon so viel Zeit verloren«, sagte er.

»Ist doch erst Mittag«, sagte die Frau.

»Mittag!«, sagte er. Ich wusste nicht, warum er so aufgebracht war. Es war schließlich meine dämliche Idee gewesen.

Wir verließen den Terminal, marschierten in der Kälte auf und ab und spielten unsere Möglichkeiten durch. Hand plapperte. Hand hat manchmal so eine Art mit einem zu reden, die Augen stieren dich an, der Unterkiefer bewegt sich, sodass man entweder große Intensität oder ganz normalen Wahnsinn vermuten könnte.

Ein Lincoln Towncar hielt an, und eine schwarze Familie in bunten Dashikis stieg aus. Ein Träger erschien und half ihnen mit dem Gepäck. Der afrikanische Vater bezahlte den Träger mit zwei Scheinen, nickte bei jedem, als er ihn in die offene Hand des Trägers legte, und der Träger sagte: »Danke, Sir.« Die Familie ging hinein, durch die sich leise wieder schließende automatische Tür, und ich sah sie in ihren bunten, schwingenden Stoffen zum Check-in von Air Afrique schweben, nur wenige Schritte von Greenland Air entfernt. Ich ging hinter ihnen her, und Hand folgte mir.

Auf dem kleinen, veralteten Monitor wurde ihr Flug in schwachem grünem Licht angekündigt. Air Afrique, 13:50 nach Dakar.

»Wo liegt Dakar?«, fragte Hand.

Ich wühlte in meinem Rucksack und schlug den Atlas auf. »Senegal.«

Die Tickets kosteten uns zusammen 1.600 Dollar, nur Hinflug, ein Preis, den ich vor mir selbst damit rechtfertigte – irrtümlicherweise –, dass wir die beiden nach Grönland erstattet bekommen würden. So viel Geld hatte ich noch nie auf einen Schlag ausgegeben. Sogar die zwei Autos, die ich in meinem Leben gekauft hatte, waren billiger gewesen – 800 und 1.400 Dollar, beides Corollas. Ich dachte an die Menschen, die von so viel Geld leben oder sich ernähren könnten – wie viele Menschen und wie lange. Wir waren gottverdammte *Drecksäcke*. Ich begrub die Scham tief in meinem Innern. Ich verbrannte sie und tanzte ums Feuer, sprang darüber hinweg. Wir flogen in den Senegal, und ich hatte die Tickets gekauft, also würden wir von Kairo aus nach Chicago zurückkehren. Jetzt konnten wir nach Dakar fliegen, den Kontinent durchqueren und schließlich die Pyramiden erreichen, bevor wir zurückflogen – und wir würden nicht zweimal nach Dakar müssen. Genial.

Man sagte uns, wir sollten warten, bis unser Gate bekannt gegeben wurde. Inzwischen war der Bereich voller Senegalesen in Dashikis, hauptsächlich Männer, alle schwarz, alle mit Silberbrille, und sie sahen aus wie eine UN-Delegation oder irgendeine … irgendeine Gruppe von Menschen, die sich gern alle gleich kleideten. Nach fünfzehn Minuten kam eine Durchsage. Der für 13:50 Uhr vorgesehene Start würde sich verspäten. Wir gingen zum Schalter. Wie viel verspäten?, fragten wir. Abflug sei jetzt, so sagte die Frau mit ungerührter Miene, um 21:00. Hand fiel auf die Knie. Er konnte manchmal richtig melodramatisch sein. Ich wartete, bis er wieder hochkam, was er mit einem effektvollen Klatschen auch tat, und wir gingen weg.

»Das darf nicht wahr sein«, sagte er.

»Die Dashiki-Typen sind nicht sauer«, sagte ich und deutete auf die fröhlich plaudernde Gruppe. Sie wirkten friedlich, fügten sich in das Unvermeidliche.

Hand wollte es erneut versuchen, wollte sich die Tickets erstatten lassen und irgendeinen anderen Flug nehmen. Togo, Franz-Josef-Land. Ich war unschlüssig. Wo waren die Flüge, die auch tatsächlich stattfanden? Wir wollten doch bloß so schnell wie möglich auf einen anderen Kontinent. Wir erkundigten uns, ob sie Genaueres über die Abflugzeit wussten, die Möglichkeiten. Waren sie sicher, dass es so lange dauern würde? Wie konnten sie sich da so sicher sein?

Die Frau von Air Afrique hatte eine Antwort parat: »Weil die Maschine Dakar noch nicht verlassen hat.«

Das Flugzeug von Chicago nach Dakar hatte Dakar noch nicht in Richtung Chicago verlassen.

Es gab einen Shuttle-Bus, der die Passagiere ins Best-Western-Hotel brachte, wo Zimmer für uns reserviert waren. Wir hatten sechs Stunden. Der Shuttle-Bus füllte sich und fuhr davon, und ein anderer kam. Wir setzten uns in die Nähe eines jungen, dünnen Mannes, der den Kopf auf die Hände gestützt hatte.

»Air Afrique. Immer dasselbe«, sagte er. Er trug einen grauen Nadelstreifenanzug. Er sah aus wie vierundzwanzig, wahrscheinlich Student. Brille mit Silbergestell. Senegalese, vermuteten wir aufgrund seines Akzents.

»Ist die Fluggesellschaft schlecht?«, fragte Hand. Mich hätte interessiert, warum alle Männer, die in den Senegal flogen, die gleichen Brillen trugen. Waren die offiziell vorgeschrieben wie spitze Schuhe in Italien?

»Der Sicherheitsstandard ist in Ordnung«, sagte er, »aber die lassen sich Zeit. Dauernd Verspätung. Schrecklich. Das kümmert die nicht.«

Ein Weißer, der in jeder Hinsicht so aussah wie David Carradine in seinen späten *Kung-Fu*-Tagen, unterhielt sich neben uns mit einem Mann, den er anscheinend gerade erst kennen gelernt hatte. Wir hörten zu. Wir konnten gar nicht anders – Carradine war laut, und sie saßen nur Zentimeter von uns entfernt. Der andere Mann kam aus Ghana und reiste zum ersten Mal in den Senegal. Wieso er dazu über Chicago flog, war uns zwar schleierhaft, aber Carradine war hier die Hauptfigur, die unteren Zähne klein, fischartig und spitz, ein Stirnband um den Hals, strähnige, fettige Haare bis auf die Schultern. Wir fingen Bruchstücke auf, und Hand und ich lehnten uns mehr zu ihnen hin, um dem Weißen zuzuhören.

»Nun, Gott hat mir ein gesegnetes Leben geschenkt …«

Sein Publikum, der Mann aus Ghana, lauschte höflich.

»… ich weiß nicht, warum er das getan hat, womit ich das verdient habe … abgesehen davon, dass ich ehrlich und freundlich bin …«

Carradine sah aus wie jemand, der handgemachte Hanfbrieftaschen auf Flohmärkten verkauft. Ich wunderte mich, dass Hand sich nicht in ihre Unterhaltung einmischte. Solche Typen verwickelte Hand sonst eigentlich immer in ein Gespräch. Hand hatte schon so viele von diesen Leuten gesammelt, hatte so viele Geschichten auf Lager, und immer kam in den Geschichten einer vor, dem er gerade erst begegnet war und mit dem er sofort Freundschaft geschlossen hatte – es gibt Menschen, die Fremde kennen lernen, und Menschen wie mich, die nur die kennen, die sie schon von Geburt an kennen –, und meistens lieh Hand ihnen kurz darauf Geld oder erlaubte ihnen, wie zweimal vorgekommen, in seiner Garage zu wohnen.

»Jawohl, ich lebe wie ein König«, sagte der Weiße im Bus, »und kann meine Freunde rund um den Erdball als Gäste empfangen. ... Zugegeben, in Fremdsprachen war ich nie besonders gut. Drei Jahre lang hatte ich Förderunterricht ... meine Lehrer konnten mein individuelles Ausdrucksbedürfnis einfach nicht nachvollziehen ...«

Der Shuttle-Bus hielt vor dem Hotel. Carradine hatte fünf Reisetaschen, die er nur mit Mühe tragen konnte, eine über der Schulter, zwei in der linken Hand, zwei in der rechten. Hand nahm ihm zwei ab, und der schwer beladene weiße Mann folgte uns nach draußen.

»Waren Sie schon mal im Senegal?«, fragte er Hand.

Hand verneinte.

»Ich sage Ihnen, Sie werden dort mehr Bettler und Krüppel sehen als in Ihrem ganzen Leben.« Er warf mir einen Blick zu. »Sie werden sich wie zu Hause fühlen.«

Wir gingen in die Lobby. *War das ein Witz über mein Gesicht?* Wahrscheinlich. Jetzt standen wir in der Warteschlange, um einzuchecken. Der Weiße betrachtete unsere Schuhe, unsere Rucksäcke, schätzte ihren Inhalt ab.

»Und ihr«, sagte er, »wollt also ein bisschen trommeln?«

Und wir waren noch immer in Amerika. Wir waren in Schaumburg oder Bensenville, wo auch immer dieses Hotel lag, und wir gingen durch eine ruhige Eingangshalle mit lila-gelb schraffiertem Teppichboden und waren nicht unterwegs in den Senegal und hatten nicht – wie mir soeben eingefallen war – Shorts eingepackt, und würden erst gegen Morgen dort eintreffen und hatten einen Tag vertan. Einen von sieben.

Wir kamen an einem Paar mittleren Alters im Partnerlook vorbei:

– Ihr beide müsst euch umziehen.

– Was? Wieso denn?, sagte das Paar mittleren Alters, zu meinem Kopf, in meinem Kopf.

– Weil ihr die gleichen Jacken tragt.

– Die haben wir im Urlaub in Newport gekauft.

– Ihr seid eine Beleidigung fürs Auge.

– Die Jacken sind schön.

– Sind sie nicht. Ihr müsst euch umziehen, um uns alle zu retten.

Ich debattierte ständig mit Fremden, wenn auch nur in meinem vernebelten Schädel, wobei ich immer diesen hohlen, mahnenden Tonfall anschlug – ich glaube, den meiner Großmutter –, den ich selbst nicht ausstehen konnte. Die stummen, aber entschlossenen Diskussionen waren ein Hobby meines Verstandes, Streitgespräche mit Menschen, die ich kannte oder an denen ich im Auto vorbeifuhr:

– Du da, in dem Lexus.

– Ich?

– Ja, du. Du hast zu viel bezahlt.

– Was?

– Du hast zu viel bezahlt, und deine Seele ist besudelt.

– Du hast Recht. Ich habe gefehlt, doch ich werde Buße tun.

Das half mir, Probleme zu durchdenken, Fragen zu klären, es half mir, endgültige, erbauliche und mitunter sogar für beide Seiten angenehme Lösungen zu finden.

– Du da, auf dem Motorrad.

– Ja.

– Es ist nur eine Frage der Zeit.

– Ich weiß.

Es könnte vielleicht sogar Spaß machen, wenn es nicht andauernd vorkommen und so *laut* ablaufen würde. Es war unvermeidlich und jetzt, nach all den Jahren, die ich die Debatten bereits führte, wollte ich, ehrlich gesagt, dass sie aufhörten. Ich wollte, dass die Stimmen verstummten, und ich wollte überhaupt weniger von meinem Kopf. Ich wollte die Streitgespräche nicht mehr haben, und ich wollte die Stimme nicht mehr haben, die sich anschließend meldete, die sich, ebenfalls leise, bei den Menschen entschuldigte, die ich angemacht und runtergeputzt hatte.

– *Entschuldigung!*, sagte Letztere dann, trabte katzbuckelnd hinter der Ersten her. *Soll nicht wieder vorkommen! Hier, eine Kleinigkeit für Ihre Mühe!*

Ich wollte jetzt Einverständnis, ich wollte Synthese und die schlichte Wahrheit – ohne eine umständliche Debatte. Es gab nichts mehr zu debattieren, keine hitzige Diskussion mehr, die sich vermeintlich auf eine gesunde Lösung zubewegte. Ich wollte nur noch *Wahrheit*, so simpel wie möglich, geradeheraus, nicht als dialektisches Produkt, sondern sui generis: Wahrheit! Wir alle kannten die Wahrheit, aber so, wie wir die Dinge immerzu verzerrten, sah es aus, als wären wir in allem zutiefst uneinig – dass jedes Ding zuallererst zwei Seiten hätte, obwohl das doch gar nicht stimmte; es gab nur eine Seite, immer nur eine Seite: Genau wie die Erde rund ist, ist auch die Wahrheit rund, nicht zweiseitig, sondern *rund* und –

Hand und ich kriegten jeder ein Zimmer. Auf der Matratze, auf der Decke, schloss ich die Augen und versuchte zu schlafen, begegnete jedoch meinem Kopf, der mit seinen vielen nervösen Augen über dem Bett schwebte, und mein Kopf war kampflustig. *Kill die Wichser. Kill die Wichser. Kill die Wichser.* Es ging schon wieder los. Ich wich dem Streit aus, fühlte mich aber dem Kampf sehr nahe. Tag für Tag erlebte ich Stunden, in denen ich mit einem Maschinengewehr auf irgendwas, egal was, schießen wollte, spüren wollte, wie die ausgeworfenen Patronenhülsen auf meinen Fuß prasselten – Stunden, in denen mir jeder Konflikt der Welt vertraut vorkam –

Ich setzte mich auf und rief meine Mom an. Ich hatte ihr nichts von der Reise erzählt – ich hatte vorgehabt, sie von Grönland aus anzurufen –, und jetzt bestätigten sich die Gründe, warum ich warten wollte.

»Du bezahlst das mit deinem neuen Geld?«

»Ja.«

»Was hat Cathy denn dazu gesagt?«

»Sie hatte nichts dazu zu sagen.«

Ich wusste, dass sie stinksauer war, mehr auf Cathy als auf mich.

»Will, das hört sich einfach dumm an.«

»Tja …«

»Du schlägst einfach über die Stränge, Schatz.«

»Na, vielen Dank für den weisen –«

»Du hast ein schwieriges Jahr hinter dir, ich weiß, aber –«

»Hör mal –«

»Und offen gestanden«, sagte sie, »ich muss mich wundern.«

Ich blickte über das Bett hinweg in einen Spiegel und sah

ein so wütendes und gequältes Gesicht, dass ich mich abwandte.

»Verrat mir doch«, sagte ich mit einem Maß an Geduld, das mich selbst verblüffte, »wieso. Mom. Du dich wundern musst.«

»Na, du warst es doch wohl immer, der sich *nichts* aus Reisen gemacht hat, oder? Du hast immer einen richtigen Aufstand veranstaltet, wenn ich mal mit euch wegfahren wollte, und wenn nur nach Phelps oder so.«

»Das war was anderes.«

»*Du* warst es. *Du* warst es, der da auf dem Hocker in der Küche gesessen hat, im ersten Haus, und behauptet hat, du müsstest überhaupt nicht verreisen. Mir schwebten irgendwelche exotischen Ziele vor, und du hast gesagt, du könntest so viel reisen und denken, wie du wolltest, ohne auch nur aus dem Haus zu gehen.«

Ich stöhnte so laut und grimmig auf, wie ich konnte.

»Oh ja, das hast du gesagt!«, redete sie weiter. »Hand war derjenige mit den Plänen, der ins All wollte und was weiß ich alles, aber *du* hast gesagt, Reisen wäre nur Zerstreuung für Phantasielose. War damals sehr bewegend, deine Ansprache. Ich wünschte, ich hätte sie aufgenommen.«

Ich überlegte, wie laut ich aufhängen konnte. Vielleicht war das hier eins von den Telefonen mit einer richtigen Klingel unten drin. Das könnte ordentlich Lärm machen. Ich würde den Hörer einfach aufknallen und –

»Will?«, fragte sie.

»Was?«, sagte ich.

»Fahr doch nach Hause und ruf mich heute Abend wieder an, und dann unterhalten wir uns noch mal da drüber, ja? Ich finde, ihr beide macht einen Fehler. Denk doch nur an das Geld! Lass mich mal mit Hand sprechen. War das Hands Idee?«

»Zu spät. Wir haben die Tickets schon gekauft.«
»Wohin wollt ihr noch mal?«
»Senegal.«
Sie schnaubte. »Kein Mensch fährt in den Senegal!«
»Wir aber.«
»Ihr holt euch AIDS!«
Ich legte auf. Erwähnte ich bereits, dass sie womöglich drauf und dran ist, den Verstand zu verlieren? Das letzte Mal, als ich sie in ihrer neuen Wohnung in Memphis besuchte, hatte sie Haarfestiger für die Hände benutzt, weil sie ihn mit Flüssigseife verwechselt hatte. Tommy und ich fürchten, dass wir zwanzig Jahre voller böser und aufdringlicher Senilität vor uns haben, wie damals mit Granna, um die man sich die Hälfte der Zeit gern kümmern wollte, der man das lange, glatte, graue Haar kämmen wollte – die man aber die andere Hälfte der Zeit, in der sie ständig keifte – *Wo ist mein Baby! Wo ist mein Pferd! Ich hab die Sachen kaputt gemacht, weil sie kaputt gemacht werden mussten!* – am liebsten mit einem Kissen ersticken wollte.
Ich versuchte, ein Nickerchen zu machen, aber jetzt war mein Kopf hellwach, war ein kleines Kind in einem Raum voller neuer Gäste. Es sprang herum und quietschte und stieß Bücher von den Regalen. Ja, ich bin einer der langsamsten Sprecher, die man sich vorstellen kann, aber mein Kopf ist, wenn ich ihn denn habe und er nicht schläft oder verliehen ist, alles andere als langsam. Mein Geist, das weiß ich, das kann ich beweisen, schwebt auf Kolibriflügeln. Er schwebt und schwirrt. Und wenn er mit voller Kraft arbeitet, hört das Schwirren nicht auf. Die Maschinen kommen nicht zur Ruhe, die Systeme kühlen fast nie ab. Und obwohl ich alles vergessen kann, was irgendwie wichtig ist – deshalb erzählen andere mir ihre Ge-

heimnisse –, hat mein Geist einen sagenhaften Ordnungssinn, wenn es um Schmerz geht. Nichts Quälendes geht verloren, es verliert nicht mal an Farbe oder Intensität oder Tonqualität. Das alles wurde nämlich ziemlich weit vorn abgelegt.

Man stelle sich einen Schreibtisch vor. Der Schreibtisch steht auf einem grünen Hügel, etwa sechzig Meter oberhalb einer sanften Wiese, die übersät ist mit Tulpen und etwas, das aussieht wie Baumwolle. Durch die Wiese windet sich ein Flüsschen, schmal und schnell, dessen Rauschen wie *Psssst!* und Schniefen klingt. Vom Schreibtisch aus hat man eine hinreißende Aussicht, und die Luft oben beim Schreibtisch und auf der Wiese hat etwa dreiundzwanzig Grad. Sie ist lind und hell, und der Himmel ist blau, aber nicht zu blau, und alles in allem scheint es der beste Platz für einen Schreibtisch zu sein. Ein Schreibtisch, an dem man Dinge beobachten und die zu erledigende Arbeit erledigen könnte. Der einzige Haken ist nur, dass der Schreibtisch auf einem großen Bauwerk steht, dessen Eingang sich direkt hinter dem Schreibtisch im Boden befindet. Das Gebäude reicht zehn Stockwerke in die Tiefe. Es wurde in den gesamten Hügel eingegraben und beherbergt einen großen Mitarbeiterstab aus humanoiden Wesen, ölig und blass und ohne Haare – sie sind Maulwürfe und sehen auch so aus, mit großen, eckigen, gelben Zähnen und Mäulern aus Feuer –, und sie alle sind nur dazu da, den Inhalt des Gebäudes zu verwalten und mir zur Verfügung zu stellen, eine Mischung aus Aufzeichnungen, Dossiers, Zitaten, historischen Dokumenten, Zeittafeln, Fragmenten, Kulturstudien – die herrlichsten und banalsten und blutigsten Erinnerungen.

Sagen wir, es gefällt mir, dass es dieses Gebäude gibt und

dass ich seine Anwesenheit schätze und dass ich leichten Zugang zu ihm habe. Wenn ich etwas will, eine Akte oder dergleichen, muss ich sie nur anfordern, und schon wird sie mir meist unverzüglich von einem der Bibliotheksmitarbeiter gebracht, die übrigens ebenfalls haarlos sind, rubinfarbene Augen haben und Weiß tragen. Wenn ich gerade mit Hand telefoniere und er davon anfängt, wie wir mal Darren Larson über den Sprinkler geschubst haben – wir waren kräftig und rauflustig – und Darren Larson sich so tief ins Schienbein geschnitten hat, dass das milchige Weiß zu sehen war, und sich dann wimmernd hinter dem Zaun am See unter dem Sonnenuntergangshimmel versteckt hat –, dann kann ich den Bibliothekar bitten, mir alle verfügbaren Informationen zu dem Vorfall damals rauszusuchen, und zwar dalli, damit ich ein intelligentes Gespräch mit Hand führen kann. Sekunden später steht ein eifriger Mitarbeiter vor mir, rubinäugig, haarlos, weiß gekleidet und den Schwefelgeruch notdürftig mit ranzigem Parfüm überdeckend, und bringt mir einen sauberen Ordner, der alle Daten enthält, die zu dem fraglichen Tag in der Bibliothek abgelegt sind, wobei zu berücksichtigen ist, dass es im Laufe der Jahre Verwaltungsfehler sowie mehrere Überschwemmungen und Brände gegeben hat – so viel Verlust, aber wem soll man da einen Vorwurf machen?

Und so sehr ich auch die Tüchtigkeit und den professionellen Elan des Bibliothekspersonals schätze, macht mir neuerdings eine Abweichung von den bisherigen Arbeitsabläufen ein wenig zu schaffen. Eigentlich sollen die Mitarbeiter nur tätig werden, wenn ich eine Anfrage habe, und sich ansonsten darum kümmern, dass alles schön ordentlich abgelegt ist. Eine stillschweigende Übereinkunft lautet, dass sie zu keinem Zeitpunkt *für mich entscheiden* sollen, welche Informationen mir gebracht werden. Doch seit kurzem kommt es immer wieder vor, dass ich an meinem Schreibtisch sitze und entweder arbeite oder die Aussicht bewundere und darüber nachdenke, woher das Flüsschen sich speist, ob vielleicht Fische drin sind, wie sie wohl heißen und ob welche von ihnen insgeheim Fischisch sprechen und falls ja, was sie wohl sagen – und plötzlich steht eine Bibliotheksmitarbeiterin neben mir, hat eine Hand auf meinen Rücken gelegt und zeigt mit der anderen auf den Inhalt einer Akte, die sie mir gebracht und auf dem Schreibtisch geöffnet hat, sodass mein Blick ihrem Finger folgt, und wenn ich sehe, worauf sie zeigt, bleibt mir die Luft weg.

Nie wieder will ich diesen verdammten Zeitungsausschnitt sehen. Ich war empört, dass meine Mom ihn verwahrt hatte. So was ist doch pervers. Sie hat ihn mir nicht gezeigt, aber da lag er, in der Schublade, wo sie Scheren und Umschläge und Zeitungsausschnitte aufbewahrt. Aus der Lokalzeitung, ein Foto von dem Wagen, zerquetscht, unter der Überschrift: JUNGER MANN TÖDLICH VERUNGLÜCKT, SATTELSCHLEPPER ÜBERROLLT PKW. Ich hätte nie gedacht, dass ich ein Foto davon sehen würde. Ich wusste gar nicht, dass es ein Foto gab. Es war drei Monate her, und ich schlief wieder normal und besuchte Mom in Memphis und fand den Zeitungsausschnitt. Ich las den Artikel, der längs gefaltet und herausgerissen, nicht ausgeschnitten worden war. Zuerst wusste ich nicht mal, dass es um Jack ging. Einige Absätze lang war es bloß eine traurige und Mitleid erregende Geschichte – irgendein armer Kerl war ums Leben gekommen, weil er zu langsam gefahren war. Ein Lastwagen, der zu schnell gefahren war, hatte den Wagen des Mannes überrollt und im Bruchteil einer

Sekunde zerquetscht. Das Foto war eindeutig, da war der Wagen, von Kotflügel zu Kotflügel, und doch war es nur die Abstraktion eines Autos, die wütende Skizze eines Wagens, und als ich den Ausschnitt auffaltete, war da Jack, sein Foto von der Highschool-Abschlussfeier, Sportjackett über die rechte Schulter geworfen, sein Foto gleich neben dem von dem Lastwagenfahrer, als wären sie ein Team, wie der Quarterback, der das Match entschied, und der Fänger, der dessen Pass verwandelte.

»Ich dachte bloß«, wird die Bibliothekarin knapp und sachlich sagen, »Sie sollten das sehen.«

Ich kenne diese Akte, aber ich muss sie nicht gerade jetzt sehen. Ich habe diese gottverdammte Akte nicht angefordert. Ich sage ihr das.

»Ja«, sagt sie, »aber ich dachte wirklich, Sie sollten sich das noch einmal ansehen. Wir fanden, es wäre gerade jetzt wichtig für Sie, sich in die Akte zu vertiefen, die Episode in den nächsten paar Stunden noch einmal Revue passieren zu lassen.«

Ich betrachte die Akte, und ihr Inhalt schreit mir mit der Stimme von tausend Morden in verkommenen Wohnungen entgegen. Ich schiebe sie wieder zu der Mitarbeiterin.

»Ich hab sie mir angesehen. Danke.«

Sie geht. Ich schaue auf die Wiese und sehe ein paar Vögel, die sich gegenseitig jagen. Ich kann gut dreißig Meilen weit blicken.

Wieder zupft man mich am Ärmel. Diesmal ist es ein junger Mann mit Augen wie brennende Tiere. Er beugt sich über den Schreibtisch, und er hat eine Akte dabei. Es ist dieselbe Akte, die mir seine Kollegin vorhin gebracht hatte.

»Die habe ich mir gerade angesehen«, sage ich.

»Ja, aber wir sind unten der Meinung, dass Sie sie sich vielleicht doch noch etwas genauer ansehen sollten. Vor allem den Teil mit Nigel, diesem Arsch vom Bestattungsunternehmen, und den mit Jacks Kommilitonen, die am Tag der Trauerfeier alle draußen auf der Veranda standen und lachten und rauchten.«

Ich male mir aus, was ich diesen Schwachköpfen sagen würde, wenn ich ihnen noch mal begegnete. Ich wollte handeln und wollte irgendetwas, das sie schmerzlich und peinlich berühren würde, wollte aber, dass es leise passiert. Alles leise. Meine Toleranz für Lautes war mit jedem Jahr meines Lebens geringer geworden, und mittlerweile ließ mich so vieles zusammenzucken. Der ständige Lärm bei der Arbeit, Bohrer und Sägen – ich hielt das nicht mehr aus, diesen Lärm. Bevor ich kündigte, hatte ich um leisere Aufgaben gebeten. Wände und Zierleisten streichen, Türen einbauen, obwohl ich mir nach wie vor die Option offen hielt, auch mal eine Decke herunterzureißen – normalerweise die Akustikplatten in Büroräumen – und einen Fußboden abzutragen. Beides machte mir großen Spaß. So viele gut erhaltene Holzböden lagen unter etlichen Schichten unentschuldbarer Oberflächen – PVC, Sperrholz, Gummi, Teppich, Zement, einfach alles. Es machte mir Freude, darunter nachzusehen und auf den ursprünglichen Boden zu stoßen, den Boden aus Kieferndielen, parallel verlegt und durch Nut und Feder verbunden, ihn freizulegen, mit rauen Handflächen über das weiche Holz zu gleiten, die Dielen abzuschleifen, dann wieder zu polieren – mit diesem ursprünglichen, glatten Boden neu zu beginnen. Und die Decken waren ebenso befriedigend, diese grässlichen Platten, gesprenkelt wie ein hängender Sternenhimmel, aus ihren Befestigungen zu schieben, sie auf den Boden zu werfen, sie zerbrechen zu sehen. Dann der Abriss der Halterung – so leicht! –, die die Platten oben gehalten hatte, und dahinter kam eine sehr viel höhere Decke zum Vorschein, mächtige Holzbalken, alt und voller Maserungen und gezeichnet von Wachstum und Kampf. Ich liebte die Wirkung, wenn beides gleichzeitig geschah: das Heben einer Decke, das Absenken eines Bodens, das Freilegen von Holz oben und unten, die Vergrößerung des Raumes, das Anschwellen des nutzbaren und lichten Raumes innerhalb unbeweglicher Wände. Ich dachte an das Gemälde im Büro meines Chefs, auf einem Kalender, den er von seiner Tochter geschenkt bekommen hatte, ein Caillebotte, Männer gebückt über einem Holzboden, die Sonne fällt weiß auf sie, sie knien und schleifen den gebleichten Holzboden in einem Zimmer, das wahrscheinlich in der Beletage eines Pariser Hauses liegt –

Ich bin auf einem schönen Gedankengang, schwer erkämpft, als eine andere junge Frau, haarlos und weiß, mit schwarzrot glühenden Augen, auf der anderen Seite meines Schreibtisches auftaucht. Jetzt werde ich von zwei Mitarbeitern flankiert, und beide deuten auf dasselbe Material. Sie hat dieselbe Akte – SATTELSCHLEPPER ÜBERROLLT PKW –, die ich vorhin gesehen und mühsam vergessen hatte. Sie bemerkt meine Beunruhigung.

»Was zum Teufel ist das?«, frage ich.

»Wir haben Kopien gemacht«, sagt sie.

Ich schaltete den Fernseher ein. *Der beste Mann*, eine Wiederholung auf Kabel. Ich drückte mein Ohr ins Kissen. Der Präsident war in die Halle gestürmt, und alle waren so *glücklich*. Alle wirkten unverstellt fröhlich, alle wie sie da waren. Was flüstert der Präsident ihnen zu? Die meisten stehen einfach nur da und klatschen, aber manchen flüstert der Präsident etwas zu, etwas ungeheuer Wichtiges. Diese Leute, in ihren Anzügen mit Krawatte, die Frauen ausnahmslos in leuchtenden, einfarbigen Kleidern, wie ein freigebig verteilter Vorrat an riesigem Obst und Gemüse. Grüne und rote Paprika und Äpfel und Blaubeeren, alle lächelnd, ein schwieriges Lächeln, kein ungezwungenes Lächeln, sondern ein Lächeln voller Skepsis und Furcht –

Ich wies mich zurecht. Es stand mir nicht zu, diese Menschen zu verurteilen, denen ich nie begegnet bin und nie begegnen werde, zu unterstellen, dass ihr Lächeln gezwungen oder bitter war, wo es doch immerhin möglich war, dass sie glückliche und redliche Menschen waren, dass zum Beispiel der Senator aus North Dakota völlig normal und zufrieden war, dass er diejenigen liebte, die ihm nahe standen, und so gut er konnte denjenigen half, die er vertrat. Es lag durchaus im Bereich des Möglichen, dass es dem ehrenwerten Senator von Oklahoma jedes Mal in der Seele wehtat, wenn wieder eine Umfrage ergab, dass es den Bürgern an Vertrauen und Respekt gegenüber den von ihnen gewählten Volksvertretern mangelte. Vielleicht verletzte es ihn. Möglich ist auch, dass er, wenn ihm derlei Ergebnisse mitgeteilt wurden, zitterte und sich übergeben musste und ans Fenster ging, um frische Luft zu schnappen, und seine Mutter anrief, die noch immer im Haus seiner Kindheit lebte und verwitwet war und die ihn tröstete, indem sie sowohl seinen Vor- als auch seinen Nachnamen aussprach, sie flüsterte, wieder und wieder und wieder und wieder –

Oh Jim
Oh James
Oh James, mein Junge
Oh Jimmy, mein Liebling

Oh Jimmy Inhofe
Jimmy, Jimmy mein Sohn
Oh Jimmy Inhofe
Jim-Jim
Jimmy Inhofe Jimmy Inhofe

– und das würde bei dem Senator wirken, obwohl keiner von beiden wusste, wieso eigentlich.

Es war dunkel, und das Telefon klingelte; der Kissenbezug unter meinem Mund war klatschnass.

»Bist du wach?«

Ich hatte zwei Stunden geschlafen. Es kam mir vor wie Minuten.

Hand kam rein, und wir bestellten Pizza und sahen uns *Kingpin* im Kabelfernsehen an. Das Schuldgefühl war monumental. Wir verschwendeten die uns zur Verfügung stehende Zeit. Wir hatten schon Stunden gehabt und sie verschlafen. Wir hätten irgendwas tun können. In dieser Woche kam es darauf an, Minuten und Stunden wie diese zu nutzen, sie zu ergreifen und festzuhalten, sie zu polieren, sie so weit zu werfen, wie wir konnten, aber bei der ersten sich bietenden Gelegenheit – so viele freie Stunden mit unendlichen Wahlmöglichkeiten – hatten wir nichts getan. Wir hätten irgendwohin trampen können. Wir hätten an Türen klopfen können – selbst in diesem Hotel – und wir hätten neue Menschen kennen lernen oder befummeln können. Aber nein, nichts. Wir hatten die Senegal-Tickets gekauft, aber jetzt warteten wir auf Pizza in einem Best-Western-Hotel – wir wollten später von jeder Stunde dieser Woche erzählen können, dass wir in jeder Stunde etwas getan hatten, was noch-nie-oder-selten-zu-

vor getan worden war (zumindest von Leuten wie uns), doch stattdessen sahen wir uns an, wie die wütenden Fieslinge Woody Harrelsons Hand in die Bowling-Kugel-Rückhol-Maschine steckten.
»Wenn du mal richtig drüber nachdenkst«, sagte Hand und riss ein Stück von seiner Pizza ab, »wären wir nach dem ursprünglichen Plan morgens um eins in Dakar gelandet, sowieso zu spät, um noch irgendwas zu unternehmen. Jetzt kommen wir gegen neun Uhr morgens an. Bleibt sich gleich, nur dass wir jetzt im Flugzeug schlafen.«
Er hatte Recht. Er war ein Titan. Wir waren wieder im Geschäft.
Und nach einer Stunde klingelte das Telefon erneut; die Shuttle-Busse kamen. Wir trabten nach unten in die Eingangshalle, wo sich, wie's aussah, an die hundert senegalesische Würdenträger eingefunden und Aufstellung genommen hatten. Es waren einige wenige Frauen darunter, ein Paar in unserem Alter, die Haut so glatt und makellos, dass sie unecht wirkte oder wie zu straff gespannt. Ich ertappte mich dabei, wie ich die vollen, runden Hüften einer Frau in Rot anstarrte, eine Farbe wie frisches Blut im Sonnenlicht.
Ich stieß Hand an. Er verdrehte die Augen.
Er wusste, dass ich kräftige Frauen mit üppigen Rundungen mochte, ein Meter achtzig und darüber, so groß wie ich oder größer – ich bin einsfünfundachtzig – und mit opulenten, übertriebenen Konturen. Diese Vorliebe hatte ich in den letzten paar Jahren entwickelt, nachdem ich mit Charlotte zusammen gewesen war, die mich im Schatten ihres verschwenderischen Körpers neu erfand. Charlotte war ein Modell für Übergrößen mit herrlichen, geschwungenen Landschaften, auf Bürgersteigen und in

Wohnzimmern verlangte sie Aufmerksamkeit, und sie hatte ein weiches Lachen, als ob große, weiße Wolken aneinander stießen. Wir waren gut sechs Monate zusammen gewesen, als sie erklärte, sie wolle nach Los Angeles ziehen, um das Übliche zu machen. Ich hätte gern mitkommen können, aber ich verzichtete, und das war auch gut so. Wir hatten angefangen, uns anzugeifern, und waren oft schlecht gelaunt und gelangweilt – »Wie konntest du das sagen, wo du genau weißt, dass ich nicht pfeifen kann?«, »Wie konntest du das sagen, wo du genau weißt, dass meine Tante Diabetikerin ist?« – und außerdem waren mir die logischen und erotischen Metaphern ausgegangen, und bei unserer speziellen Paarung, deren Fundament im Schlafzimmer lag, war dieses Versiegen verhängnisvoll. Sie stand auf Metaphern beim Sex – Ich: »Ich pflüge deinen Acker! Ich pflüge deinen Acker!« Charlotte: »Pflüg schneller! Pflüg schneller!« – und verlangte immer neue, immer exotischere Bilder – »Ich docke meinen Raumkreuzer an!«, »Ich fülle deine Tortilla!«, »Ich … ich versenke dein … enges, nasses … Schlachtschiff!« – und irgendwann, als ich schon anfing, Freunde nach neuen Einfällen zu fragen – von Hand stammte übrigens die Raumkreuzer/Andocken/Kampfstern-Galactika-Analogie, die ihr aber nicht sonderlich zusagte –, wurde es mir einfach zu anstrengend.

Ich hörte auf zu starren, als der Page, ein Weißer mittleren Alters mit einem dünnen, schlappen Schnurrbart, uns ansprach.

»Sie hatten aber ein leckeres Abendessen, was?«

»Geht so«, sagte ich. Ich hatte das ungute Gefühl, dass er uns angesprochen hatte, weil wir zwei von nur drei weißen Gästen in der Hotelhalle waren (Carradine ergötzte jetzt andere mit seinen Erzählungen von Glück

und bedingungsloser Gastfreundschaft und schlechten Mathekenntnissen).
»*Geht so*. Na hören Sie mal! Ich hab gesehen, wie die Pizza geliefert wurde. Das muss ein *Festschmaus* gewesen sein.«
Hand und ich lächelten. Der Page hatte etwas in den Mundwinkeln, von dem ich hoffte, dass es Zahncreme war.
– Du Schwachkopf.
– Tut mir Leid, Will.
– Wisch dir die Spucke ab.
– Tut mir Leid, Will.
Ich sagte ihm, er könne sich gern den Rest der Pizza holen, wir hätten nur die Hälfte gegessen und der Rest sei noch oben im Zimmer. Er sagte, das würde er vielleicht sogar machen – falls Rose sie sich nicht schon unter den Nagel gerissen habe. Ich fragte nicht, wer Rose war. *Wo war Hand?* Plötzlich war Hand verschwunden.
»Sie wollen also auch nach Afrika?«, fragte der Page.
Ich nickte.
»Hören Sie, seien Sie vorsichtig«, sagte er. »Da herrscht das reinste Chaos. Aufgeteilt wie eine Riesenpizza.« Schon wieder Pizza. Er mochte Pizza. Er kam näher. »Die bringen sich da dauernd gegenseitig um! Bruder gegen Bruder! Wohin wollen Sie noch mal genau?«
»Senegal.«
»Senegal. Senegal! Da müssen Sie aufpassen. He – wissen Sie denn nicht mehr? {Packt meine Schulter} Da haben sie den Navy-Piloten abgeschossen und ihn am Penis durch die Straßen geschleift!«
Ich sagte ihm, er meine bestimmt Somalia. Er sah mich kopfschüttelnd an, als wäre ich der König der Dumpfbacken. Hand war wieder da.

»Früher hab ich Geld nach Afrika geschickt«, sagte der Page, »aber dann hab ich kapiert, dass die *Warlords* alles einsacken. Die sacken das Geld ein, und wenn wir dann Hilfslieferungen hinschicken, kommt der Russe und schafft alles mit Flugzeugen raus. Die karren das Zeug weg!«

»Genau«, sagte Hand und zeigte auf ihn. »Sie haben *Recht.*«

Mir war nicht klar, ob Hand das ernst meinte.

»Wussten Sie nicht, was?«, sagte der Page vertraulich zu mir. »Der Russe kriegt alles, was wir hinschicken – der kauft das direkt von den *Warlords.*« Das Wort hatte es ihm angetan. »Das ist doch irre. Deshalb schick ich jetzt kein Geld mehr hin.«

Ich schüttelte dem Mann die Hand und verzog das Gesicht. Ich hatte vergessen, dass meine Hand angebrochen war. Hand schüttelte dem Mann die Hand.

»Wie heißen Sie, Sir?«, fragte er.

»Robby.« Der Mann war gut und gerne fünfzig.

»Robby, wir danken Ihnen.« Hand verbeugte sich leicht.

Wir stiegen in den Bus.

Mir war klar, dass der Schatten der Erde auf den Mond fiel. Ich wusste, dass die Erde in dieser Nacht den größten Teil des Mondes gegen das Licht abschirmte, so dass nur eine geschwungene, weiße Sichel übrig war. Was ich nicht wusste, war, wieso der Mond und sein Schatten so klar sein konnten, die Umrisse so scharf. Die Sonne war nie so klar, ihre Konturen waren unscharf und wechselhaft. Und obwohl ich weiß, dass die Sonne aus Gas und der Mond aus Stein besteht, staune ich dennoch, dass die

Peripherie des Mondes so klar ist, die Ränder so fest sind – wie mit einer Schere aus Pappe ausgeschnitten.
Das Flugzeug wendete, und jetzt war der Mond hinter uns.
Unsere Plätze waren in der ersten Klasse, und wir wussten nicht warum. Es behagte uns nicht, dass wir als Weiße in der ersten Klasse saßen, während die Senegalesen, besser gekleidet und besser ausgebildet und vielleicht sogar aristokratischer Herkunft, hinter uns in der Touristenklasse waren. Hand und ich brachten es zusammen auf drei Jahre an der University of Wisconsin, LaCrosse, und hatten bis vor kurzem keinen Cent auf dem Konto gehabt. Wir verstauten diese Schande in der Schublade neben all den anderen Ungerechtigkeiten und aßen. Die Stewardess bat uns, die Fensterrollos zu schließen; sonst würden wir die Menschen in den Städten stören, die wir überflogen –
»Hat sie das wirklich gesagt?«, fragte ich.
»Ich glaube«, sagte Hand,
– dann schlief Hand ein. Kurz danach ich auch, aber ich wachte stündlich auf und bewegte mich so steif – so steif selbst in der ersten Klasse –, als wäre mein Fleisch mit Kies vermischt worden. Gegen drei Uhr morgens stand ich auf, und mir fiel ein, dass ich die Travellerschecks unterschreiben musste. In der Bank hatten sie mir gesagt, ich sollte sie alle vor der Abreise unterzeichnen. Ich hatte die Anweisung postwendend vergessen, wollte es zu Hause erledigen, im Taxi war es mir dann beinahe wieder eingefallen, dann am Flughafen, dann dachte ich, ich hätte im Flugzeug genug Zeit dafür. Ich drehte mich zum Fenster, verbarg mein Tun mit Rücken und Arm, blickte mich immer wieder um, weil ich sichergehen wollte, dass keiner zusah, keiner, der seinen Kumpels in Dakar erzählen

konnte, dass da Touristen, die vor Geld stanken – Gott, ich hasste dieses Geld, und zwar weil es mich veränderte und meine Sichtweise verbog –, im Flugzeug saßen, die ausgeraubt und niedergestochen und dann an ihrem Penis durch die Straßen geschleift werden sollten.

Das Unterschreiben dauerte ewig. Nach den ersten sechs waren dem Kassierer die Schecks über 500 Dollar ausgegangen, und somit bestand der Rest aus Hundert-Dollar-Schecks, insgesamt zweihundertneunzig, in Umschlägen mit jeweils zehn. Wenn ich einen Scheck unterschrieben hatte, ließ ich ihn in den Schoß fallen; wenn ein Zehnerpack fertig war, sammelte ich sie ein, bündelte sie, strich sie glatt – tack-tack auf dem Klapptischchen – und schob sie zurück in ihren Umschlag.

Vor meinem Fenster war die Tragfläche silbern und glänzend, wie fünfzig Jahre früher, als sie glücklichere und einfachere Menschen trug, die alle rauchten und laut redeten – jedes letzte Wort melodisch bellten – und teure Hüte trugen. Seit wann flogen wir so wie jetzt? So lässig? Ich müsste es eigentlich wissen, aber ich wusste es nicht. Hand würde es wissen. Solche Sachen wusste Hand oder tat zumindest so. So viele Fragen. Schwammen die Schwimmwesten tatsächlich? Blieben Flugzeuge wirklich lange genug über Wasser, dass wir alle aussteigen und in diese breiten und fröhlich gelben, aufblasbaren Rutschen springen konnten? Und auch: Wäre es leichter, jemanden zu töten, der schön ist, oder jemanden, der hässlich ist? Was, wenn man es mit den eigenen Händen tun müsste, über den anderen gebeugt? Ich glaube, das wäre etwas anderes. Und wie kommt es, dass wir beim Anblick eines geborstenen Fensters die *ganze* Scheibe zerbrechen wollen? Wir sehen die Scherben aus dem Rahmen ragen, und es juckt uns in den Fingern, sie herauszubrechen, nacheinander, wie Zähne. Fragen über Fragen. Hatte Vaclav Havel ein Emphysem, oder bildete er sich das ein? Wer hatte ein Emphysem? Irgendwer da drüben.

Ich wollte während des Fluges schlafen. Zu viel Zeit in meinem Kopf würde mich wieder zurückbringen. Nach Oconomowoc und weiter, zu diesem Arsch vom Bestattungsunternehmen und zu dem, was er mit Jack gemacht hat. Selbstverständlich ein geschlossener Sarg. Was hattet ihr denn gedacht, Leute?

Meine Unterschrift auf jedem Hunderter-Scheck bedeutete, dass er mir gehörte. Ansonsten trugen die Schecks keinerlei Hinweis auf ihren Besitzer; die Möglichkeiten für Betrug und Missbrauch schienen gewaltig. All diese Blanko-Dinger, zugegeben, sie waren schön, ihre schraffierten Spartaner sahen zu, während ich unterschrieb, die Schecks trugen die Farbe des Meeres, des Mittelmeeres, wo Badende auf Felsen liegen – alles so verführerisch. Aber ich konnte sie sicherer machen, indem ich unterschrieb. Unterschrift – meine! Unpersönliche Blanko-Dinger, alle wie sie da waren, bis ich herabstieß und meinen Namen auf sie setzte, schwupp wisch schwupp, wie es sich gehört. Ein Hunderter nach dem anderen. Mein Stift war schnell und ruhig, und ich drückte fest auf, damit alles deutlich lesbar war; das Herabstoßen war hörbar! Unterschrift – meine! Unterschrift – meine! Jeweils zehn Schecks ergaben eintausend, alles meins in dem ordentlichen Umschlag. Meins! Allmählich bekam ich das Gefühl, dass das ganze Geld, das da auf dem seltsamen Konto geschlummert hatte, dem elenden Geldmarkt-Einlagenkonto, das Cathy Wambat eingerichtet hatte – sie machte nebenbei auch kleinere Finanzberatungen –, endlich einmal fast real war. Was so lange bloß eine Zahl in einer Spalte auf einem Kontoauszug gewesen war,

der mir monatlich zugeschickt wurde, war nun ein Stapel auf einem Klapptisch, Wirklichkeit geworden durch einen hundertfachen Namen, meinen, während Hunderte von Spartanern dabei zusahen.
Ich hatte die Nase voll von meiner Unterschrift. Ich konnte nicht mehr, ich hasste meinen Namen. Ich hatte neunzig Schecks unterzeichnet und rieb mir die müde Hand wie in einem Werbespot für ein Mittel gegen Arthritis. Und dann wurde mir klar, dass ich sie erneut unterschreiben musste, jedes Mal, wenn ich einen einlöste, in Gegenwart des Bankkassierers. Fünfhundertsechsundachtzig Mal würde meine Unterschrift Anspruch auf dieses Geld erheben. Meins! Meins! *Wusch! Wusch!* Ich hasste die Tatsache dieses Geldes und konnte seine Beseitigung kaum erwarten.
Ein Mann auf der anderen Seite des Ganges, breiter Rumpf unter blauer Decke, schielte zu mir und meinen Schecks herüber, meinen ordentlichen Packen und dem emsigen Stift, und verdrehte die Augen. Das Geld gehörte mir nicht, und das wusste er. Das Geld war eine Fundsache, jemand hatte es verloren, es war Geld, das sich von jeder Art logischer Verankerung gelöst hatte und verrückterweise bei mir gelandet war.
Ich hatte nämlich für das Einschrauben einer Glühbirne 80.000 Dollar bekommen. Es gibt praktisch keine Möglichkeit, es irgendwie zu beschönigen, so war's. Mein Chef hatte von seinem Sohn am Computer eine Broschüre entwerfen lassen, ein kopiertes Faltblatt mit den angebotenen Leistungen, abgeschlossenen Projekten und Fotos. In der letzten Ausgabe, ich schwöre bei Gott, war ein Foto von mir auf einer Trittleiter, wie ich eine Glühbirne einschraube. Ich habe keine Ahnung, warum West Side Contractors, das ist die Firma meines Chefs, so

großen Wert darauf legt, ihre Fähigkeiten beim Einschrauben von Glühbirnen anzupreisen, aber das Foto war drin. Sollte das vielleicht ein Witz auf meine, Will Chmielewskis, Kosten sein – irgendwas über Polen – 'tschuldigung, *Polacken* – und über ihre beschränkten Möglichkeiten, was das Einschrauben von Glühbirnen betrifft? Mein Chef beteuerte, dem wäre nicht so – Niemals!, sagte er, Herrgott, Will, nein, ausgeschlossen! –, und als er zu seinem Wagen zurückging, hätte er beinahe losgeprustet. Tja, als Nächstes bekomme ich einen Anruf von jemandem, der bei Leo Burnett arbeitet, der Werbeagentur mit der riesigen Niederlassung am Fluss, und die wollen wissen, was ich davon halten würde, auf Millionen Packungen von irgendeiner neuartigen Glühlampe verewigt zu werden.

Wir hatten gerade am Orchard Lake für eine Familie einen Wintergarten angebaut, und jetzt stellt sich heraus, dass die Besitzerin für diese Agentur arbeitete, dort Art Director oder so was Ähnliches war und unsere Broschüre hatte rumliegen sehen. Sie hatte Logo-Vorschläge für den Glühlampenhersteller entworfen und dabei auch eine Silhouette von mir auf der Trittleiter verwendet. Und als sie die dann der Firma vorlegte, sagte die Firma *Jaaa! Genau das ist unser Glühlampenmann!*

Ich wusste, meine Mutter wäre stolz auf mich und mein Bruder Tommy würde sich kaputt lachen, also machte ich es. Hier links ist das vermaledeite Logo. Anstelle von Bargeld boten sie mir Aktien der Glühlampenfirma an, die innerhalb von zwei Jahren, so sagte man mir, mit dem ein oder anderen Aktiensplit sogar zehn, vielleicht zwölf Millionen Dollar wert sein könnten, so gut waren diese neuen Glühlampen. Die waren genial, erklärte ich ihnen. Die Glühlampen waren absolut riesig, sagte ich. Dann nannte ich ihnen meine Bankverbindung für die 80.000 Dollar, ihr Bargeldangebot und anscheinend der gültige Tarif für die Umwandlung von Menschen in Silhouetten, um Dinge zu verkaufen. Kurzfristig und fälschlicherweise fühlte ich mich stark: Meine Umrisse eingebrannt in die Köpfe von Millionen! Doch dann stürzte ich wieder ab. Es waren Umrisse, es war pure Reduktion. Es war nichts.

Letztes Jahr war das eigenartigste Jahr, das ich bislang erlebt habe, es war das brutalste und groteskeste – ich hatte Jack verloren und mehr Geld bekommen, als ich je auf einem Haufen gesehen hatte, und ich war öfter ohnmächtig geworden, öfter hingefallen. Ich empfand alles viel zu stark. Alles zerrte mir an den Augen. Ich verbrachte Stunden damit, mich in Swimmingpools treiben zu lassen. Ich saß auf Terrassen und starrte ganze Nachmittage lang auf mittelmäßige Aussichten. Glückliche Paare erfüllten mich mit nie geahnter Freude. Man erzählte mir oder ich sah mit eigenen Augen, wie Leute zusammenkamen, meistens Leute, die ich kaum kannte und nicht mal besonders leiden konnte, wie sie nach so viel tastender Annäherung zueinander fanden, und ich war selig. Vertrautes machte mich fassungslos. Es konnte passieren, dass ich am Straßenrand hielt, den Kopf ans Seitenfenster lehnte und einfach nicht begreifen konnte, dass alles so *grün* war. Songs hauten mich um, gewisse Songs mit gewissen Melodien brannten mir in den Augen, reizten mir die Kehle, brachten mich an den Rand eines Tränenausbruchs, ohne jedoch irgendeine Katharsis herbeizuführen. Ich schüttelte den Kopf über einen besonders perfekten Song, und schon saß ich im Auto, auf dem Weg zu Kmart, um ein Übungsset zu kaufen, überzeugt, dass ich mir mit meinem erlesenen Geschmack selbst Klavierspielen beibringen und eine Platte aufnehmen könnte, und dann durchzuckte es mich, und ich dachte *Scheiß drauf, ich sollte Flugzeuge fliegen.* Genau das wollte ich wirklich. *Flugzeuge fliegen.* Aber das würde Jahre dauern, und ich brauchte schneller etwas. Im Grunde wollte ich einen Jurakurs machen, die Prüfung ablegen und dann als Jurist arbeiten, aber ohne das ganze Jurastudium und so. Das war machbar. Oder vielleicht sollte ich einfach nur ein Geschäft mit Polizei-Souvenirs aufmachen, wie ich das damals in der achten Klasse vorgehabt hatte, oder den Folklore-Laden in New Mexico. Und eine Polizistin heiraten. Sie würde groß und stark sein und Heather heißen und wäre einfach eine von Grund auf gute Frau.

Ich war in einem Lagerhaus in Oconomowoc zusammengeschlagen worden, und jetzt, volle zwei Wochen nach den letzten Atemzügen dieses fürchterlichen Jahres fühlte ich mich noch immer wie gepfählt und gekreuzigt.

Ich packte die Schecks weg und schlief wieder ein und träumte von einem Platzregen mit Tropfen, so groß wie Autos. Ich betrachtete den Regen, burgunderrot und blau, von einem sicheren Bunker aus, aber Menschen wurden getötet, und ich fühlte mich schrecklich, weil alles so schön war, die vollkommen runden Tropfen, die die Welt unter sich spiegelten und verzerrten, bevor sie jene erschlugen, die sich vom Regen Leben erhofften.

# MITTWOCH

Das Licht kreischte durch die Fenster, bohrend und wild, und ich öffnete das Augenlid meines Bullauges ein paar Zentimeter, und wir rasten mit dreihundert Meilen pro Stunde auf Afrika zu, und der Ozean tief unten schlug verzweifelt auf die Küste von Dakar ein. Der saubere Schatten des Flugzeuges holperte über die Küstenlinie der Stadt, die Häuser glühten in Braun und Weiß und standen reglos, während Wasser und Wind sie mit aller Wut der Welt attackierten – und dann starben. Wir waren woanders. Was wollten wir hier? Wir hatten keine Ahnung. Hand war wach.

»Senegal«, sagte ich.

»Senegal«, sagte Hand.

Wir hatten uns Senegal grün vorgestellt, aber es war braun.

»Westafrika scheint braun zu sein«, sagte ich.

»Bei Senegal hätte ich eher mit Grün gerechnet.«

Es gab keine Gangway in das Terminal hinein, bloß eine Treppe hinunter aufs Rollfeld. Die Luft war warm, und der Wind war warm; der Himmel war klar, aber gebleicht, und die Sonne hing reglos hoch oben, gelangweilt und desinteressiert. Die Gepäckmänner trugen grüne Knieschoner und betrachteten uns durch ihre Schutzbrillen, die Hände auf die Köpfe gelegt.

»Wir sind in Afrika«, sagte Hand.

Wir betraten den Flughafen.

»Das ist ein afrikanischer Flughafen«, sagte er.

Er war klein und nach allen Seiten offen. Er sah aus wie ein Miniatureinkaufszentrum. Wir setzten uns auf den kühlen Linoleumboden und füllten unsere Zollformulare

aus. Als ich fertig war, lehnte Hand den Kopf gegen die Wand.
»Ich kann gar nicht glauben, dass ich in Afrika bin«, sagte er.
»Ich weiß«, sagte ich.
»Wie sind wir hierher gekommen?«, sagte er. »Ich will jetzt schon nicht mehr weg. Hast du die Luft gespürt? Sie ist anders. Das ist afrikanische Luft. Als ob mehr Sonne reingemischt wäre. Als ob in unsere Luft nicht so viel Sonne reingemischt wäre. Hier ist die Mischung perfekt. Die Sonne ist im Wind, die Sonne ist in unserem Atem.«
»Ich bin froh, dass du mitgekommen bist«, sagte ich.

Wir gingen durch den Zoll, und die Taxifahrer ließen uns in Ruhe, weil wir kein großes Gepäck hatten. Carradine sprach auf eine junge, zarte weiße Frau ein, Blanche Dubois auf Urlaub, zu hellhäutig und zu zerbrechlich, um allein zu reisen, ohne verrückt zu sein. Was machte sie hier? Haar wie verdorrtes, braunes Gras.
Eine dicke Senegalesin in leuchtendem Gelb tauchte vor uns auf und fragte uns etwas.
»Was?«, sagten wir.
»Welsche Otel?«
»Das Independent«, las Hand von einer riesigen, beleuchteten Werbetafel über uns ab.
»Isch bringe Sie«, sagte sie und zeigte auf einen kleinen Bus vor dem Flughafen. Wir fragten, ob wir vorher noch Geld umtauschen könnten. »Gut«, sagte sie mit einem verärgerten Blick auf die Uhr. Wir gehörten schon ihr, waren ihre Kinder, und wir hielten sie auf.

Wir wechselten Travellerschecks im Wert von 2.000 Dollar – *wusch! schwipp! wusch!* – und verschwanden auf der Toilette, um das Geld unbeobachtet zu verstecken. Die Hälfte der Scheine gab ich Hand, der den Packen auf fünf Taschen verteilte. Ich verstaute Scheine in den Taschen, im Rucksack, in den Socken, in den Schuhen.

Wir stiegen in den Bus. Wir waren die einzigen Fahrgäste. Die Frau setzte sich neben den Fahrer, und der Fahrer sagte kein Wort.

Die Landschaft auf der Fahrt in die Stadt war trocken und staubig, fahlgelb. Neben der Straße waren sandige Seitenstreifen und Lehmziegelhäuser, Apartmenthäuser direkt neben Hütten, die Apartmenthäuser mit Ohren aus hunderten von kleinen Satellitenschüsseln. Auf großen Werbetafeln waren senegalesische Bürger abgebildet, die das Wegwerfen von Abfall und Urinieren auf offener Straße mit Stirnrunzeln quittierten, dagegen das Trinken von Milch positiv bewerteten. Auf der Straße wimmelte es von kleinen blauen Bussen und BMWs. Zwei Polizisten überholten uns auf genau gleich aussehenden Motorrollern.

Als der Minibus an einer Ampel hielt, füllten sich unsere offenen Fenster mit Gesichtern, Mütter mit Babys gingen in der Mitte der Straße und deuteten auf die winzigen Münder der Kinder.

»Bebbe! Bebbe!«, riefen sie. Kleine Jungen versuchten, Süßigkeiten und Handys zu verkaufen. Die Babys waren von Fliegen übersät. Alles war zu schnell. Wir waren nicht vorbereitet.

»Gib ihnen doch was!«, rief Hand.

»Du!«

»Du!«

Aus der Gegenrichtung kamen Autos mit 80 km/h. Wir

hatten Geld und wollten es ihnen geben – *Das ist doch gerade der Sinn von diesen ganzen Travellerschecks, du Idiot!* Ich weiß! –, aber ich war verwirrt, es war alles so schnell gegangen, und ich machte mir Sorgen wegen des Verkehrs, die Babys waren so dicht dran – und daher brachte ich nur ein reumütiges Lächeln zu Stande, wie ein Schlosser, der es nicht geschafft hat, eine Tür aufzubekommen. Ich wich vom Fenster zurück und setzte mich in den Gang, machte mich klein.

»Bebbe! Bebbe!«

Die Bus-Frau beobachtete unseren inneren Konflikt. Wieso sagte sie uns nicht, dass wir ihnen kein Geld geben sollten? Sie war dazu da, uns zu sagen, dass wir ihnen kein Geld geben sollten. Wir erwarten von Fremdenführern, uns gegen ihre bedürftigen Landsleute abzuschirmen. Jetzt sah auch noch der Fahrer zu. Ich lächelte noch stärker und versuchte, konfus auszusehen, hilflos. Ich war unschuldig! Hand blickte ebenso wie ich hilflos aus der Wäsche, obwohl er noch immer erst halb wach war und sein verschlafener Kopf lächerlich wirkte, aber endlich ruckelte der Bus wieder an, und wir fuhren weiter, bis sich die Straße verengte.

»Bebbe! Bebbe!«

»Müster! Müster!«

Eine goldfarbene Limousine fädelte sich vor uns ein, der Fahrer telefonierte und gestikulierte mit geballter Faust. Bald wurde die Straße immer schmaler und wand sich durch den Stadtkern, wo alle Einwohner Dakars in ihren knalligen Farben herumspazierten und irgendwelchen Kleinkram verkauften. Männer trugen Fahrradreifen zu Reparaturwerkstätten. Männer verkauften Fleisch von Karren, während andere Säcke mit Orangen auf Wagen wuchteten. Niemand schwitzte, und niemand rauchte. Vor einem Hoftor sprach ein weißer Tourist mit zerzaustem Haar und einem übergroßen Footballtrikot von Fubu mit zwei uniformierten Männern, die Sturmgewehre trugen, während eine Gruppe Studenten aus Italien – Hand war sicher, dass sie aus Italien kamen – in adretten, weißen T-Shirts und schwarzen, nur leicht verstaubten Hosen und Röcken auf Mopeds vorbeibrausten. Anscheinend war die gesamte Bevölkerung von Dakar damit beschäftigt, irgendetwas zu verkaufen oder von einem Ort zum anderen zu transportieren – eine Stadt der kleinen Gefälligkeiten und kurzen Besorgungen.

Das Hotel, links in der Mitte von Dakar, war innen dunkel, die Lobby niedrig und gepflegt und elegant in schwarzem Marmor, kühl, sicher, makellos. Der Portier war groß und drahtig und trug die gleiche silberne Brille wie die beiden anderen großen und drahtigen Männer an der Rezeption. Er lachte über Hands Französisch und bedachte uns mit seinem Englisch. Wir nahmen ein Doppelzimmer und stellten unsere Reisetaschen dort ab. Die Aussicht war hell und ging sowohl auf die Gelb- und Weißtöne der Stadt als auch nach links aufs Meer, ganz violett und zuckergepudert.
»Wie viel Uhr ist es?«, fragte ich.
»Zehn.«
»Wie fühlst du dich?«, fragte Hand.
»Ich fühl mich gut. Bist du so weit?«
»Ich bin halb tot, aber wir sollten los.«
Wir gingen aus der Lobby und hinein ins Zentrum von Dakar, auf der Suche nach einem Reisebüro, um einen

Flug zu buchen. Wir wollten sämtliche Informationen über alle Flüge, die den Senegal verließen; wir wollten gleich morgen nach Madagaskar oder Ruanda. Wir würden den Flug jetzt buchen und uns den Rest des Tages im Senegal umschauen, bereit, am nächsten Morgen abzufliegen. Auf der Straße direkt vor dem Hotelparkplatz wurden wir belagert, Männer bedrängten uns, liefen neben uns her, im selben Tempo wie wir, gingen rückwärts, fragten: »Wo seid ihr her? Englisch?«, während sie Hand die Hand schüttelten. Sie sahen mich an: »Spanisch?« Ich bin immer der Spanier, mit meinen dunklen Haaren, den Wimpern.

»Amerikaner.«

»AmeriKAHNER, aha. Willkommen in Dakar! Du Unfall! Dein Gesicht! Brauchen Maske wie Phantom! Haha! Euch gefallen Dakar? Wie lange schon in Dakar?«

»Zwanzig Minuten.«

»Oh haha. Zwanzig Minuten! Sehr gut. Witz! Willkommen! Willkommen! Ihr brauchen Taxi? Tour? Ich –«

Und wir verschwanden in einem Reisebüro.

Beim ersten Mitarbeiter probierte Hand sein Französisch aus, aber mit wenig Erfolg. Wir warteten auf einen, der Englisch sprach.

»Ich dachte, du kannst Französisch«, sagte ich.

»Kann ich auch. Ein bisschen.«

»Dein Dad ist doch aus Frankreich, nicht?«

»Nicht direkt. Ich meine, er *kommt* nicht aus Frankreich.«

»Was hast du da eigentlich an?«

»Wie?«

Er trug ein T-Shirt mit der Aufschrift STOLZ AUF MEIN SCHWARZES ERBE. An einem blonden Amerikaner mit tuntiger Hose wirkte es völlig deplatziert.

»Wo hast du das her?«
»Secondhandshop.«
»Den Witz kapiert hier keiner. Wenn es überhaupt einer sein soll. Ist nicht mal witzig.«
»Weiß doch keiner. Und es soll kein Witz sein. Ich mag das Shirt. Hast du schon die Rückseite gesehen?«
Ich nickte langsam, um den Schmerz zu verdeutlichen, den es mir verursachte. Auf der Rückseite stand ROGERS PARK WOMEN'S VOLLEYBALL.
Eine des Englischen mächtige Mitarbeiterin nahm uns gegenüber am Schreibtisch Platz. Hand beugte sich über den Tisch.
»Wir möchten wissen, welche Flüge heute und morgen von Dakar abgehen«, sagte er.
»Wo möchten Sie hin?«, fragte die Angestellte, eine stattliche Frau in kosmischem Blau.
»Wir haben uns noch nicht entschieden«, sagte Hand. »Wir würden gern wissen, was für Möglichkeiten wir haben. Können Sie uns die In-for-ma-ti-o-nen geben? Alle plan-mä-ßi-gen Flüge?«
Plötzlich fing Hand an, mit einem senegalesischen Akzent zu sprechen, übertrieben deutlich und mit Pausen zwischen den Silben. Es war fast ein britischer Akzent. *Eine Art britisches Höhlenmensch-Englisch?* Ich denke, ja. *Warum macht er das?* Gleich werde ich ihn fragen.
»Sir, wohin möchten Sie fliegen?«, fragte sie. Auch sie hielt uns für Volltrottel.
»Wir möchten alle Möglichkeiten kennen und dann daraus auswählen«, sagte er.
Die Frau stierte.
»Sie müssen mir sagen, wohin Sie möchten.« Ihr Englisch war gut, ihre Stirn hoch und gelassen.

»Können Sie uns nicht erst mal die Flüge ab Dakar zeigen?«
»Nein, das kann ich nicht.«
Wir dankten ihr und gingen hinaus –
»Hallo!«, sagte ein neuer Mann. »Ich Sie sehen in Hotel. Ich auch in Hotel. Mister hat Unfall gehabt! {Jetzt mit genauerem, zu genauem Blick auf mich, prüfend wie ein Medizinstudent} Mister ist tapfer! Ihr zwei wollen Spaß haben! Wie lange ihr in Dakar?«
– und zurück zum Hotel und schnurstracks zu einem der beiden Mietwagenschalter. Wir würden zurück zum Flughafen fahren, einen Flug außer Landes buchen und uns dann praktisch ganz Senegal ansehen, heute Nachmittag, mit dem Auto. Hinter der Theke stand ein rundlicher Mann mit einem breiten Lächeln. Wir mieteten ein kleines Auto. Er schickte einen Assistenten los, um eins zu holen.
An dem anderen Mietwagenschalter beschimpfte ein Mann im Tennisdress einen anderen kleineren Angestellten. Der Tennismann rauchte und sprach laut und beklagte sich theatralisch über die Preise. Seine Socken waren weiß und hoch um die Waden gezogen. Wir versteckten uns hinter unseren Rucksäcken.
Während Hand auf den Wagen wartete, ging ich ins Business Center des Hotels, um übers Internet herauszufinden, was für Flüge in Frage kamen. Ein massiger Senegalese in mittleren Jahren saß am Computer. Um ihn herum waren drei Frauen, die darauf warteten, an die Reihe zu kommen. Aber der Mann sah mich und signalisierte mir, ich solle näher kommen, er sei fast fertig. Ich lächelte, und da ich kein Französisch konnte, versuchte ich, ihm mimisch verständlich zu machen, er solle sich ruhig Zeit lassen, ich könne später wieder-

kommen, kein Problem. Er winkte noch einmal, nachdrücklich.

Ich trat vor und lächelte, hoffte, dass er mich auf Englisch ansprechen würde. Er sprach mich auf Französisch an.

»Sorry«, sagte ich. »No parlez pas français. Mon frer –«, sagte ich und deutete unbestimmt in Richtung Tür, was heißen sollte, dass ich einen Freund hatte, der Französisch sprach, einen alten Freund – seit dem Kindergarten! von Geburt an! –, der aber draußen in der Lobby war und auf einen Mietwagen wartete. Ich bin nicht sicher, ob das rüberkam.

»Dann also Englisch«, sagte er herzlich. »Das sind meine Frauen«, sagte er und schwenkte die Hand über die drei Frauen um ihn herum, alle sehr hübsch, sehr groß. Ich lachte unsicher, ein Versuch, den Unterschied zwischen Skepsis und Höflichkeit zu überbrücken. Drei Frauen? Ehrlich? In dem verlegenen Augenblick musste ich mich ihm gegenüber beeindruckt und ihnen gegenüber respektvoll verhalten, ohne mir dabei ein Schleudertrauma zu holen. Die Frauen schmunzelten und redeten untereinander. Sie waren prächtig gekleidet, eine im Gelb einer Rose, eine in einem satten und ehrwürdigen Orange, die dritte in einem spätabendlichen Blau – drei Königinnen, die auf Klapptischen um einen acht Jahre alten Macintosh SE saßen, der von ihrem sehr viel älteren und stark schwitzenden Gatten bearbeitet wurde.

»Dauert nur noch einen Moment«, sagte er. »Woher kommen Sie? Lassen Sie mich raten. Texas.«

Ich log. »Genau! Woran haben Sie das gemerkt?« Ich bemühte mich, leicht näselnd zu sprechen.

»Ah, Texas. Ich liebe Texas. Ich war mal in Midland.«

»Oh«, sagte ich. »Haben Sie da vielleicht –«

»Verzeihen Sie«, sagte er, weil er offenbar keine Zeit mehr hatte. »Ich muss eben die Nachricht hier zu Ende schreiben.« Er deutete auf den Bildschirm.
Kurz darauf war er fertig und entschuldigte sich, und ich entschuldigte mich und dankte ihm, und er und seine Frauen gingen, und die letzte Frau, die in Gelb, schwebte so ätherisch um die Ecke wie ein Priester in seiner Soutane. Ich wäre am liebsten mit diesem Mann und seinen Frauen mitgegangen. Würde er uns mit in seine prächtige und schwer bewachte, rosa gestrichene Villa nehmen und uns dann nach Lust und Laune über das Anwesen streifen lassen? Dürften wir uns am Pool räkeln, während seine Frauen oder Diener uns Getränke und Sonnencreme brachten? Wir würden zusammen Squash spielen. Vielleicht spielte er gern Paddle-Tennis –
Hand kam mit einer Zweiliterflasche eiskaltes Wasser in den Raum. Ich nahm die Plastikflasche, und sie gab glucksende, ungemein zufriedene Laute von sich.
»Der Wagen, er wird uns gebracht werden«, sagte Hand.
»Du musst damit aufhören.«
»Womit möchtest du, dass ich aufhöre?«
»Du machst mich wahnsinnig. Sprich normal, verdammt. Du hörst dich an wie ein Alien.«
Wir riefen online die Flüge ab Dakar auf. Nichts, fast nichts, das nicht zuerst über Paris ging. Wir konnten nicht nach Ruanda ohne Paris. Wir konnten nicht in den Jemen ohne Paris. Wir konnten nach Madagaskar, aber nur über Südafrika. Egal wohin, wir würden auf jeden Fall einen vollen Tag brauchen. Und Visa. Ohne Visa konnten wir nicht mal nach Gambia rüber, das Land, das wie ein Tumor im Senegal steckte. Es könnte uns unsere ganze Woche kosten, bloß quer über den Kontinent nach Kairo zu kommen. Konnten wir einfach von Dakar nach

Kairo fahren? Nein. Mauretanien verlangte ein Visum, Mali ebenfalls. Bei beiden Ländern wurde von Autoreisen abgeraten.

»Scheiße«, sagte ich.

»Wir sind im Arsch.«

»Ja!«

Mittlerweile saß ein Mann hinter uns an einem Computer, der abgeschaltet gewesen war, als ich hereingekommen war. Es war der Amerikaner im Tennisdress, der von dem Mietwagenschalter. Es war sein *Ja!* Er hatte den Computer gestartet, und er wollte unsere Neugier wecken, was ihn da so begeisterte.

»Mein Freund macht bei der Rallye Paris–Dakar mit«, sagte er.

»Das große Autorennen?«, fragte Hand.

»Ja. Er liegt an siebter Stelle.« Sein Akzent klang irgendwie besonders. Er starrte auf eine Seite mit Ergebnissen.

»Wow. Motorrad oder Geländewagen?«, fragte Hand. Hand war interessiert. Hand wusste anscheinend, wovon der Bursche redete.

»Motorrad«, sagte er. »Er ist sehr gut.«

Solche Sachen wusste Hand, und er wusste, wie viele Gorillas jährlich im Kongo von Guerillas getötet wurden und wie viele Tonnen Kokain pro Woche aus Kolumbien importiert wurden, wie sie das anstellten und wie rein das Kokain war und wie stark und wer welches Kartell mit Hilfe welches US-Geheimdienstes leitete und wie lange. Und dass Spinoza eigentlich Autist war – das hatte er kürzlich gelesen, wusste aber nicht mehr wo – aber es stimmte! Die hatten die DNA untersucht! – und dass Herbert Hoover kleine Jungs mochte (da war er sich ganz sicher, obwohl es auch McKinley gewesen sein könnte oder J. Edgar) und dass man die Knochen von Zwergen verlängern konnte, indem man Knochenverlängerungsgeräte daran anbrachte, die aussahen wie mittelalterliche Folterinstrumente – das hat wirklich geklappt!, rief er dann, er hatte eine Dokumentation darüber gesehen, und da war einer gewesen, der war fast dreißig Zentimeter gewachsen, obwohl manche Zwerge dagegen waren und ihn als eine Art Onkel Tom bezeichneten ... Und so weiter und so weiter, zwanzig Jahre hörte ich mir nun schon diesen Mist an, seit der ersten Klasse, als er behauptete, man bekäme Würmer, wenn man seinen Penis anfasste (bis ich acht war, benutzte ich Plastikbeutel zum Pinkeln) – und immer diese Mischung aus Wahrem, Halbwahrem und Apokryphem – er taumelte durch dieses Anekdoten-Kaufhaus wie ein wütender Betrunkener, stand aber unerschütterlich hinter seinen Geschichten, ohne den leisesten Zweifel und ohne welchen bei anderen zu dulden. Wer diese Sachen nicht wusste, war zwar gefährlich beschränkt, aber kein hoffnungsloser Fall. Bevor er seine Fakten ergoss, sagte er: »Tja, du weißt das wahrscheinlich schon, aber beim Zinkabbau kommt es darauf an, dass ...«

Während Hand und dieser Mann sich unterhielten, suchte ich auf den Reise-Websites nach weiteren Flugverbindungen. Von Dakar nach Zaire: nein. Von Dakar nach Kenia: ja, aber schweineteuer und über Paris. Von Dakar nach Polen: nein. Von Dakar in die Mongolei: nein. Es war zum Verrücktwerden. Wieso gab es keine Flüge vom Senegal in die Mongolei? Ich hatte immer vage angenommen, dass der Rest der Welt bessere Verbindungen hatte als die USA, dass zwischen allen Ländern außerhalb Amerikas ein stetes und unkompliziertes Kommen und Gehen herrschte – dass alle anderen Nationen sich zusammendrängten, Informationen austauschten und sich gegenseitig bemitleideten, wie Raucher vor einem öffentlichen Gebäude.

»Wann kommt die Rallye in Dakar an?«, fragte Hand.

»Vielleicht morgen«, sagte der Tennismann. »Ein paar Wagen sind schon hier – die, die ausgeschieden sind. Einer steht auf dem Parkplatz. Habt ihr den nicht gesehen?«

Wir hatten ihn gesehen, als wir von unserem Reiseagenturausflug zurückkamen, ein kleiner japanischer Pick-up, voll mit Aufklebern und mit getrocknetem Schlamm bespritzt.

Von Dakar in den Kongo: nein. Sudan: nein. Liberia: nein. Uganda: nein.

»Wo kommen Sie her?«, fragte Hand den Tennismann.

»Chile.«

»Sie hören sich an wie ein Amerikaner«, sagte Hand.

»Ich lebe in Fort Lauderdale«, sagte er.

Es gab Flüge nach Marokko. Marokko verlangte kein Visum.

»Ach so. Und Sie warten hier auf Ihren Freund?«, sagte Hand.

Jetzt mochte ich den Burschen irgendwie. Ein Chilene, der aber in Florida lebte und nun im Senegal auf einen Freund wartete, der mit dem Motorrad aus Paris kam – er war wie wir, dachte ich, er schmeichelte mir und Hand – wir waren alle Globetrotter, die Gott trotzten und in Bewegung waren und der Zeit in Flugzeugen und Mietwagen Paroli boten. Ich versuchte, mir einzureden, dass er ja auch typisch südamerikanisch aussah, dass ich es gleich hätte merken müssen. Dunkles, glattes Haar, weiche braune Augen, ovales Gesicht, ordentliche Kurzhaarfrisur, gute Zähne, groß –

»Ja. Es ist sehr spannend. Seid ihr auch wegen der Rallye hier?«, fragte er.

»Nein, eigentlich sind wir hier, weil –«, setzte ich an, aber ich wusste nicht, wie ich es erklären sollte.
»Wir sind hier«, kam Hand mir zu Hilfe, »weil es in Grönland zu windig war.« Der Tennismann lachte laut, hielt dann inne.
»Kapier ich nicht.«
»Wir wollten nach Grönland«, sagte ich, »und dann wurde der Flug wegen Wind gestrichen.«
Ein langer, stiller Moment trat ein.
»Und? Bleiben Sie bis morgen, um sich die Rallye anzusehen?«, fragte er.
»Ich weiß nicht«, sagte Hand und sah mich an. »Vielleicht. Eigentlich wollen wir morgen abreisen, wir suchen uns gerade einen Flug raus.«
»Wohin?«
»Wissen wir nicht.«
»Aber warum? Warum wollt ihr abreisen?«
»Ich weiß nicht. Wir sind ein bisschen nervös. Schwer zu erklären.«
»Seid ihr Kriminelle?«, fragte er. Die Frage war ernst gemeint und klang hoffnungsvoll.
Wir zuckten die Achseln. Er akzeptierte das. Wir stellten uns vor. Sein Name war Raymond. Ich sagte, ich sei Will, und Hand sagte, er sei Sven. Sie sprachen eine Weile über ihre Jobs, Hand erklärte Wetter-Futures – »… Industriezweige, die durch Wetterbedingungen beeinflusst werden, zum Beispiel Energieerzeuger, Versicherungen, Agrarunternehmen … könnten ihre Risiken minimieren … die einen wollen Regen, die anderen nicht, sie teilen sich das Risiko auf …« –, und zwar so, dass ich die ganze Zeit hoffte, dass er von seiner üblichen Erklärung abweichen würde, was er aber nicht tat. Dann waren sie auf einmal beim Fußball.

»So«, sagte Raymond schließlich. »Ich muss los. Aber wir könnten doch später zusammen essen. Wenn ihr im Hotel seid, sagt mir Bescheid, und wir gehen was essen. Ich war gestern Abend bei einem fan*tas*tischen Italiener, da würde ich gern noch mal hin.«

Er stand auf und gab uns die Hand und –

»Will, Sven, war nett, euch kennen zu lernen« –

Er ging.

Wir fragten bei der Autovermietung nach; unser Mietwagen war noch immer zwanzig Minuten entfernt. Es war elf Uhr, und wir hatten noch nichts gemacht. Flugzeuge, Visa, Autos. Wir warteten auf ein Auto! Es war kaum zu verkraften. Die *Langsamkeit*. Die Nutzlosigkeit der Zeit dazwischen. Da draußen waren die Senegalesen und ihr Meer und ihre Savannen und leckeren Nüsse – vor allem Erdnüsse –, und jenseits davon war Gambia, und die Sonne näherte sich schon dem höchsten Punkt ihrer Bahn, und wir waren noch immer in der Lobby des Hotels. Dieses Warten! Jede Fahrt zu jedem Flughafen der Welt war hässlich, gesäumt von den Rückseiten der elendigsten Häuser, und jede Hotellobby unterstrich unsere Trägheit und Sterblichkeit. Das hier, diese gnadenlos langsame Bewegung von einem Ort zum anderen – ich hatte keine Mittel, sie zu erfassen, keine Worte, um den Zorn auszudrücken, den sie in mir auslöste. Ja, ich wusste Autos und Flugzeuge und ihre Zeit verkürzenden Fähigkeiten zu schätzen, aber wenn man erst mal in ihnen saß, in sie eingestiegen war, verlangsamte sich die Zeit erneut, verlangsamte sich doppelt, wenn man den Kontext bedachte. Wo zur Hölle blieb die Teleportation? Müssten wir nicht längst teleportieren können? Das hatte man uns schon vor Jahrzehnten versprochen! Das wäre doch das Vernünftigste von der Welt! *Teleportation*. Wieso verschleuderten wir Milliarden für unbemannte Missionen zum Mars, wo wir das Geld doch besser in die Teleportation stecken könnten, die einzige Erfindung, die uns alle endlich von unserer langsamen Bewegung von hier nach dort befreien würde, die unsere großen, fetten, langsamen, fleischigen Körper so schnell befördern würde, wie wir es mit unserem Verstand erzwingen könnten – denn genau so schnell sollte es sein: gedankenschnell. Scheiß auf die herkömmliche Bewegungsart. Scheiß auf Autos, Mietwagen und Räder und Technik und große Metallmaschinen, die immer zu laut waren und absurde Mengen Brennstoff verbrauchten, diese gottverdammten mittelalterlichen –

»Lass uns wenigsten draußen rumspazieren«, sagte Hand.

Es war elf Uhr! Wir hatten noch nichts getan!

»Gut«, sagte ich.

Der Tag war hell und bunt und heiß – die Luft so, als atmete man durch Wolle –, also gingen wir über einen Fußweg hinter dem Hotel zum Wasser, zwanzig Stufen hinunter, vorbei an zwei Jungen, die heraufkamen und eine Eidechse trugen. Über eine gewundene Straße hinweg führte der Fußweg weiter nach unten. Ein Wachmann rechts vom Weg, zwischen Straße und abwärts führenden Steinstufen, starrte uns an und schloss dann die Augen, um unseren Durchgang zu bewilligen – weil wir weiß waren, so vermuteten wir. Unten eine Terrasse mit Restaurant unter freiem Himmel, gleich neben einem friedlichen, blauen Pool, mit Dutzenden von Europäern drum herum, die in Zweier- und Dreiergrüppchen sonnenbadeten, ihre Taschenbücher zusammengeklappt in einer Hand. Wir gingen, unsere Rucksäcke auf dem Rücken, an ihnen vorbei zu dem Zaun, der die Terrasse von dem tiefer liegenden Strand mit seinen großen, abgerundeten, braunen Felsen trennte. Es gab keine Möglichkeit hinunterzugelangen. Jenseits des Zaunes und zweihundert Meter weiter rechts badeten zwei senegalesische Fischer im flachen Wasser, und auf ihrem Strand lagen viele kleine, hölzerne Fischerboote, unbekümmert mit kühnen Farben bemalt.

»Das könnte ich auch«, sagte ich.

»Lügner«, sagte Hand.

»Ein paar Jahre könnte ich mich vom Fischen ernähren.«

»Ich geb dir sechs Monate.«

Es war heiß. Wir wollten schwimmen, aber wir mussten erst einen Strand finden. Und wir mussten in Bewegung kommen. Wir hatten einen Plan.

Zuerst nach Süden an der Küste entlang bis zum Siné-Saloum-Delta, um uns Mangroven und Krokodile anzusehen, dann
Rein nach Gambia, mit oder ohne Visum, dann
Am Fluss Gambia entlang bis nach Georgetown
Dann wieder hoch in den südlichen Senegal und
Rechtzeitig zurück für einen Nachtflug, möglichst nach Moskau.
Kinderspiel.

Als wir zurück in die Hotellobby gingen, war unser Wagen immer noch nicht da. Hand fragte den Angestellten der Mietwagenfirma, mit dem er herumgescherzt hatte und der jetzt unser Freund war, wie viele Frauen er habe.

»Eine«, sagte der Mann.

»Nur eine?«, sagte Hand.

»Aber bald mehr. Bald zwei.« Er hielt für jede Frau einen dicklichen Finger hoch. »Dann drei und vier«, sagte er, und sein Grinsen wurde mit jedem Frau-Finger breiter. Sie lachten beide.

Ich schmunzelte höflich. Ich hatte ja keine Ahnung gehabt, dass das so ein Land war.
Wir beobachteten die Klientel in der Lobby, weiße Geschäftsleute und reiche Senegalesen, wir beobachteten die Männer, die sie an der Rezeption begrüßten, allesamt in grauen Anzügen und mit identischen Brillen. Wir warteten seit anderthalb Stunden. Wir wollten in einem Auto sitzen und unterwegs sein. Zu einem Strand, dann Schwimmen, dann zu einem Nationalpark voller Affen und Krokodile, dann weiter und abends wieder hier sein, um den Flug zu erwischen. Unterwegs wollten wir an Leute, denen wir zufällig begegneten, 2.000 Dollar verschenken.
Endlich fuhr der Wagen vor, und als wir einstiegen, boten uns zwei Jungen an, die Scheiben zu putzen. Wir lehnten ab; sie sagten, sie würden auf den Wagen aufpassen, wenn wir ihn geparkt hätten. Wir machten ihnen klar, dass wir losfahren wollten, nicht parken. Sie lachten. Wir alle lachten.
»Geben wir ihnen was?«, fragte Hand.
»Lass uns erst mal losfahren«, sagte ich. »Raus aus der Stadt.«
»Ich fahre.«
»Nein, ich zuerst.«
Wir waren in Bewegung, endlich. Das Fahren tat gut. Wir kreisten viermal um den Platz, ehe wir uns entscheiden konnten, welche von den rund zwölf Abzweigungen wir nehmen sollten. Hand fand einen Sender mit amerikanischer Musik im Radio, und wir verließen das Zentrum und suchten nach einer Ausfallstraße. Binnen weniger Minuten hatten wir uns in Dakars geschäftigen, engen, orangegelben Straßen verfahren. Das Licht war trocken weiß. Sekunden später fuhren wir falsch herum in eine

dreispurige Einbahnstraße, und Dutzende kreuzende Fußgänger in ihren sauberen, langen Dashikis winkten uns zurück – zurück, ihr Idioten! –, und dann ging der Motor aus, während ich mit flinkem Gekurbel und unter viel Geächze mitten auf der Straße wenden wollte, eine Frau vor uns, einen riesigen Bottich auf dem Kopf balancierend – so viele Frauen mit irgendwelchen Sachen auf dem Schädel, und alle starrten sie uns amüsiert und verächtlich an, dann Abwürgen-Starten-Anrucken, Abwürgen-Starten-Anrucken, unaufhörliches Hupen –

Und dann waren wir wieder unterwegs – weg! – die Landstraße schon in Sicht – so nah! Ganz Senegal und noch weiter in Reichweite, Senegal! – und Huey Lewis im Radio, der Empfang verblüffend klar: »Do You Believe in Love?«

Minuten später wappneten wir uns für den Tod. Was machte dieser Polizist in unserem Wagen? Oder war er Soldat? Er brachte uns zu der Stelle, wo Touristen umgebracht wurden. Wenn in Kolumbien Nonnen umgebracht werden konnten, dann konnten wir in Afrika umgebracht werden. Selbst im Senegal, der nicht als besonders gefährlich eingestuft worden war, jedenfalls nicht laut der kurzen Internetrecherche, die wir im Hotel durchgeführt hatten. Aber was wussten wir denn wirklich? Nichts. Wir wussten, dass sie einen Flughafen hatten. Wir waren Narren, und jetzt fuhren wir in einem Mietwagen unserem Tod entgegen. Janet Jackson trällerte aus den Lautsprechern und wollte wissen, was wir in letzter Zeit für sie getan hatten.

Der Polizist saß auf der Rückbank, beugte sich zwischen

uns vor und gab Anweisungen, wie wir fahren sollten. Er war groß, etwa fünfundvierzig, dünn, trug eine braune Uniform und eine FosterGrant-Sonnenbrille, sie sah wenigstens so aus. Er hatte auf der Straße den Verkehr reguliert und uns signalisiert, dass wir halten sollten. Das taten wir, stoppten am Straßenrand, und durch mein offenes Fenster hindurch hatte Hands Französisch überhaupt nicht funktioniert. Hand wollte herausfinden, was für ein Vergehen er uns vorwarf, doch der Mann konnte sich nicht verständlich machen. Entnervt öffnete er schließlich einfach die hintere Tür und stieg ein.

Jetzt dirigierte er uns durch enge Gassen mitten in Dakar. Einer von uns würde am Penis durch die Straßen geschleift werden.

Hand und ich mussten uns rasch einen Plan ausdenken und sprachen absichtlich sehr schnell, für den Fall, dass der Mann ein bisschen Englisch verstand, was wir aber fast mit Sicherheit ausschließen konnten.

»SoläuftdaswennsieeinenamPenisdurchdieStraßenschlei fenwollen«, sagte ich.

»Nichtwitzig. Sollenwirjetztversuchenihnzubestechen?«

»NeinnochnichtMomentchennoch.«

Dieser Typ, das war einer von den bösen Cops. Im Senegal sollte man der Polizei nicht über den Weg trauen. *Oder doch?* Vielleicht war das auch Peru –

»BehältstduihnimAuge? Istdasnichtbedenklichdasserhin tenbeiunseremGepäcksitzt?«

Unsere Rucksäcke lagen offen auf der Rückbank, und der Bulle saß zwischen ihnen. Ich schaute nach hinten und sah, dass seine ganze große Hand gleichgültig in meinem Rucksack steckte. Es war ein komisches Gefühl, seine Hand in meinem Rucksack zu sehen. In diesem Rucksack war noch nie eine fremde Hand gewesen.

Wir kamen an kleinen ummauerten Festungen vorbei, deren Einfahrten von bewaffneten Wachleuten flankiert waren.
»MeinstduwirfahrenzumPolizeirevier?«
»IchhabkeineAhnung.«
In regelmäßigen Abständen wandte Hand sich dem Mann zu und versuchte es wieder mit Französisch, wollte eine Erklärung hören oder einen Plan für die Zukunft. Ich betete, dass Hand nicht irgendwas Blödes daherschwafelte, aber ich wusste ja ohnehin nicht, was er sagte, also schlug ich die Sorge in den Wind. Der Mann bellte Anweisungen, und seine große, trockene Hand, die, die nicht in meinem Rucksack steckte, deutete bei jeder Kreuzung dicht neben meinem Ohr nach rechts oder links. Wir schienen im Kreis zu fahren. Es war willkürlich. Wir waren so gut wie tot.
»ObdasvielleichteineArtSpielist?«
Er bedeutete uns, am Straßenrand zu halten. Ich tat es, hinter einem Taxi, vor einer Bar. Der Cop zeigte auf ein Straßenschild direkt vor der Bar. Genau hier, so merkten wir schlagartig, hatte er uns vorhin angehalten. Wir waren eine komplizierte, verbogene Schleife gefahren, um wieder hier anzukommen. Das Schild war ein blauer Kreis mit rotem Rand und wies darauf hin, dass die Straße ausschließlich von Bussen und Taxen befahren werden durfte.
Aha! Hand und ich gaben übertriebene Laute von uns, die Begreifen und Einverständnis signalisierten. »Aaaahhhh!«, sagte Hand wieder und wieder. Wir waren froh, noch am Leben zu sein. Wir hatten ein Gesetz übertreten und das ist .... oooh-kay! Jetzt würden wir eine Strafe zahlen und abhauen. Alle lächelten und lachten. Er hatte uns zwanzig Minuten lang durch die Stadt dirigiert,

nur um uns zum Schauplatz des Verbrechens zurückzubringen und uns unsere Missetat vor Augen zu führen. Wir lachten und nickten fleißig. Wie dumm von uns! Ich hätte den Mann am liebsten umarmt, wusste aber nicht, ob das der hiesigen Sitte entsprach.

Wir würden leben.

Aber auf der Straße, die für Nichtbusse und -taxen verboten war, fuhren Dutzende von Nichtbussen und -taxen. Wir versuchten, ihn darauf hinzuweisen, ließen es dann aber gut sein. Wir würden eine Strafe bezahlen und uns vom Acker machen.

Aber nein. Jetzt befahl er uns weiterzufahren. Er war nicht aus dem Auto gestiegen. Hand setzte sich hinters Steuer. Und jetzt hatten wir Angst. Jetzt würden wir sterben.

»Bringterunsjetztum?«

»WarumsollersichdennerstdieMühemitdemVerkehrsschildmachenwennerunsanschließendumbringenwill?«

Wir fuhren fünf oder sechs Kreuzungen weiter. Die Straßen waren so eng. Fußgänger wunderten sich, wieso dieser Mann bei zwei weißen Touristen im Auto saß, von denen der eine ein Gesicht wie eine Bremsspur hatte.

Und plötzlich waren wir vor unserem Hotel. Irgendwann hatten wir ihm gesagt, wo wir wohnten, und er hatte uns einfach den Weg gezeigt.

»Merci«, sagten wir.

Wir waren dankbar. Unser Hotel. Das war nett.

Dann wollte er Geld haben. Wir boten ihm 10.000 Francs, etwa zehn Dollar. Er schüttelte den Kopf. Wir boten ihm 20.000. Nein, nein, sagte er. Schließlich nahm er einen 1.000-Francs-Schein aus unserem Getränkehalter und lächelte und stieg aus. 1.000 Francs reichten ihm. Das waren etwa ein Dollar fünfzig. Anscheinend der übliche

Tarif. Er winkte zum Abschied und ging zurück in die Richtung, wo wir auf ihn gestoßen waren.
Der Wagen ging aus. Der Wagen sprang nicht wieder an. Mitten im Stadtzentrum, mitten im dichtesten Verkehr von Dakar ging der Wagen aus. Hand versuchte, ihn wieder zu starten. Nichts. Das Hupen war zuerst irre und bald darauf sinfonisch. Wir schoben das Auto die fünfzehn Meter bis zum Hotel. Unser Autovermieter kam uns auf der halbrunden Einfahrt entgegen, und wir parkten den Wagen neben dem schlammverschmierten japanischen Pick-up.
»Das tut mir Leid«, sagte der Autovermieter. »Ich hab gewusst, dass das passieren könnte, aber ich hatte gehofft, nicht so bald.«
Er hatte gewusst, dass der Wagen krepieren würde. Nur nicht in seiner unmittelbaren Nähe. Hand führte die Verhandlungen, während ich reglos dabeistand und zu einem Fenster im dritten Stock hochstarrte, wo zwei weiße Mädchen standen, hinaussahen, uns betrachteten. Als sie merkten, dass ich sie betrachtete, wie sie uns betrachteten, duckten sie sich und verschwanden.
Im Hotelzimmer, wo wir auf einen neuen Wagen warteten, schliefen wir beide ein und wurden um fünf wieder wach.
»Scheiße!«
»So eine Verschwendung aber auch.«
»Wir haben noch nichts gemacht.«
Kein Delta, keine Mangroven, kein Gambia.
Wir hatten Hunger.

In der Lobby begegneten wir dem chilenisch-amerikanischen Tennismann –
»Wie heißt der noch mal?«, flüsterte ich.
»Raymond.«
»Danke.«
»Hallo, Raymond!«, sagte ich.
»Hallo, meine Freunde.«
– und ließen uns im Taxi die sechs Querstraßen weiter zu dem italienischen Restaurant fahren, das ihm so gut gefallen hatte. Die Straßen waren eng und dunkel. Wir öffneten die Fenster, und die warme Luft berührte uns mit rauen Händen. Die Häuser sahen so aus wie die Häuser, die ich schon vorher gesehen hatte – sie hatten gerade Linien und akkurate Ecken und dazwischen Fenster –, aber sie erinnerten eher an Fantasiegebilde, erbaut von Architekten aus einer anderen Welt. Wir flogen unter ihren Dächern dahin, und ich grinste im Wind, weil wir zumindest schon mal so weit gekommen waren, und das bedeutete, wir hatten gewonnen.
Der Taxifahrer verlangte umgerechnet fünfzig Cent, und ich gab ihm zehn Dollar; er sagte danke danke und dass er warten würde, bis wir fertig waren, um uns wieder zurückzufahren, oder egal wohin, egal wann, solange wir in seinem Land weilten, ihr Freunde!
Das Restaurant war leer bis auf vier betrunkene und rundliche Italiener an der Bar, die mit der betrunkenen italienischen Wirtin sprachen.
»Ist sie nicht wunderbar?«, sagte Raymond. »Deshalb musste ich wieder herkommen.«
Hand gab ihm Recht. »Sie ist wirklich hübsch. Aber allmählich steh ich eher auf Senegalesinnen.«
»Du auch?«, sagte Raymond. »Das versteh ich. Sie sind umwerfend.« Raymond hob einen Finger, um etwas

Wichtiges anzukündigen. »Aber«, sagte er, schloss langsam die Augen und hob das Kinn, »alles Huren.«
»Wieso das?«, fragte Hand.
»Ihr werdet schon sehen«, sagte er.
Hand und ich starrten Raymond an und blinzelten langsam. Wir würden diesen Menschen eine Weile nicht loswerden, obwohl immer offensichtlicher wurde, dass er nicht vom selben Schlag war wie wir. Freundschaften, selbst vorübergehende wie diese hier, beruhten auf räumlicher Nähe und Zufall und ergaben daher meist überhaupt keinen Sinn. Wir wussten jedoch, dass wir uns heute Nacht von Raymond verabschieden und ihn vermutlich nie wiedersehen würden, das machte es erträglich.
Die Hintergrundmusik war ein kurzes, sich ständig wiederholendes Band mit Dire Straits, Pink Floyd, Eagles und dem *Weißen Album* der Beatles. Wir bestellten Fettuccine und senegalesisches Bier. Wir erfuhren, dass Raymond in Handys machte. Irgendwas mit GPS und Handys und dass demnächst jeder wissen würde – um der eigenen Sicherheit willen, so beteuerte er, wobei er mit der Faust sacht auf den Tisch schlug, wie er das wahrscheinlich schon hundertmal getan hatte –, wo alle anderen auf der Welt waren, indem ihre Handys aufgespürt wurden. Aber noch mal: für gute Zwecke, nicht für böse. Für die Kinder. Für die Kinder. Für Großeltern und Ehefrauen.
Es war das Ende einer Epoche, und ich wollte es nicht miterleben müssen; wir hatten Anonymität gegen Erreichbarkeit eingetauscht. Mich fröstelte. Hand hatte natürlich eine Gänsehaut.

Nach dem Essen bat Hand den Taxifahrer, der ohne Radio und Zeitung draußen gewartet hatte, uns irgendwohin zu bringen, wo es Livemusik gab. »Sie wissen schon«, sagte Hand, »wie Youssour N'Dour.« In dem Informationsmaterial in der Hotellobby hatten wir gelesen, dass Youssour N'Dour in Dakar lebte und einen Club besaß. Der Taxifahrer schien uns zu verstehen, fuhr los, und ein paar Minuten später hielt er vor einem Straßencafé.
»Hier ist der Schauplatz der Musik, die live ist?«, fragte Hand.
Raymond warf Hand einen Blick zu. Hand musste gezügelt werden.
»Ja, ja«, sagte der Fahrer und winkte uns aus dem Wagen. »Ihr mögen, ihr mögen.« Wir stiegen aus.
Es sah ganz nett aus, wie ein französisches Café, mit Stühlen unter freiem Himmel und warmer Beleuchtung im Innern. Aber es gab gar keine Musik; bloß schmiedeeiserne Tische und einen weißen Fliesenboden, eine schwarz geschieferte Bar mit einer Schale Manet-Orangen. Wir gingen trotzdem rein. Wir würden was trinken und wieder verschwinden.
Alle Augen richteten sich schlagartig auf uns. Es gab Gruppen von Männern und Gruppen von Frauen. Die Männer waren Touristen, und die Frauen waren Einheimische. Ich ging zur Toilette. In dem kühlen, kleinen Raum mit höhlenartigen Wänden, nass und braun, wusch ich mir die Hände mit einem kleinen, runden Stück muschelförmiger Seife, die nach Zuhause roch.
Als ich zurückkam, saßen Raymond und Hand draußen an einem Tisch, zusammen mit zwei Frauen, heller als die meisten Senegalesinnen, beide mit langem, geflochtenem Haar. Raymond stand auf und überließ mir seinen Stuhl

und schnappte sich einen anderen. Die Frauen musterten mich kurz und sahen dann weg. Ich hätte mir am liebsten das Gesicht abgerissen.

Es gab Getränke für alle. Man stellte mich den beiden vor, deren Namen ich vorgab zu verstehen und deren schlaffe Hände ich kurz hielt und dann fallen ließ. Sie sahen aus wie zwanzig, zweiundzwanzig. Sie waren Schwestern, und ich fühlte mich mal wieder, wie so oft mit Hand und Jack, wie Ballast, allein.

»Sie sind aus Sierra Leone«, sagte Raymond.

»Flüchtlinge«, fügte Hand hinzu.

Sie waren schier wunderschön, mit großen, dunklen Augen und gebogenen, übergroßen Zähnen. Raymond und Hand versuchten, Französisch mit ihnen zu reden.

»Wir sprechen nur wenig Französisch«, sagte die Ältere. »Sprecht Englisch. In Sierra Leone sprechen wir Englisch.«

»Dann es euch gefallen in Dakar?«, fragte Hand.

Raymond sah ihn an, als wäre er durchgedreht.

»Hä?«, sagte die Jüngere. Die Jüngere war größer.

»Dakar. Gefällt es euch hier?«, sagte Raymond gereizt.

»Ja. Es ist schön.«

Die Ältere nickte. Hand bestellte noch eine Runde, und dann beugte er sich zu ihnen. Er würde sie sich vorknöpfen.

»Wie ist denn derzeit die Lage in Sierra Leone? Treibt Charles Taylor da immer noch sein Unwesen? Ich müsste das eigentlich wissen, aber es ist schon länger her, dass ich was drüber gelesen habe. Habt ihr was von den Gewalttätigkeiten im Zusammenhang mit dem Diamantenhandel mitgekriegt?«

Sie blickten perplex, wandten sich Hilfe suchend an Raymond, als könnte er übersetzen. Hand machte weiter:

»Was macht ihr beruflich? Studiert ihr? Wann seid ihr abgehauen? Ich meine, leben eure Eltern noch da?«
Die Schwestern blickten sich an.
»Was?«, sagte die Ältere lächelnd.
»Eure Eltern? In Sierra Leone?«
»Ja. Leben da.«
»Und wie alt seid ihr zwei?«, fragte Raymond.
– Raymond, du bist ungehobelt und billig.
– Ich hab schon mehr erlebt als du.
– Das bedeutet nichts.
– Das bedeutet alles.
– Das ist die allerlahmste Entschuldigung.
»Was?«, sagte die junge Frau.
»Wie alt seid ihr?«, wiederholte Raymond.
Die Ältere, der Raymond die Frage gestellt hatte, lachte und sah ihre Schwester an. Ihre Schwester schüttelte den Kopf. Sie verstand nichts.
»Wie viele Jahre seid ihr?«, versuchte Hand es.
Die Ältere hob beide Hände, als wollte sie »Stopp« signalisieren, schloss sie, öffnete sie und schloss sie erneut.
»Zwanzig«, sagte Hand.
Sie nickte.
»Und sie?« Hand zeigte auf die Schwester.
Sie wiederholte die Bewegung, zeigte beim zweiten Öffnen acht Finger.
»Achtzehn.«
Sie schüttelte energisch den Kopf, lachte. Dann zeigte sie wieder ihre Finger. Achtzehn.
»Achtzehn.«
»Nein!«
So ging das eine Weile. Raymond lachte.
»Euer Englisch ist nicht sehr gut, was?«, sagte Hand.
»Was?«, sagte sie.

Raymond sagte es auf Französisch. Sein Französisch war beeindruckend.

»Sprecht Englisch!«, sagte die junge Frau. »Wir sind aus Sierra Leone!«

Wo führte das hin? Niemand wusste es. Ich hörte nicht mehr zu, und die Frauen fingen an, sich jeweils auf einen Mann zu konzentrieren – die jüngere auf Hand, die ältere auf Raymond.

Ich beobachtete den Bürgersteig über die niedrige Hecke des Cafés hinweg. Es wimmelte nur so von untersetzten europäischen oder amerikanischen Männern, die meisten mittleren Alters und fröhlich, geduldig. Manche hatten die Aufmerksamkeiten der verfügbaren Frauen gewonnen, andere warteten noch mit Freunden, die Hände um hohe Biergläser gelegt. Neben der Tür saß ein Mann ohne Beine auf einer Matte.

Jetzt lachte die jüngere Schwester über etwas, das Hand gesagt hatte, fasste seinen Arm übertrieben mit beiden Händen und vergrub ihr Gesicht an seiner Schulter, um zu demonstrieren, wie sehr er sie erheitert hatte. Hand sah mich an und verdrehte die Augen, als wäre ihm eine Katze auf den Schoß gesprungen. Eine weitere Runde wurde bestellt.

»So, jetzt wir gehen tanzen?«, sagte die Ältere zu Raymond.

Hand und Raymond sahen sich an, dann mich. Ich zuckte die Achseln. Sie erinnerten mich an Zwillinge, die ich in La Crosse kennen gelernt hatte, Schwestern, die genau wussten, dass ihre Haut vollkommener war als bei uns, und für das ständige, flehende Gefummel der weißen Jungs großes Verständnis hatten. Diese Schwestern, die Sierra-Leonerinnen, hatten das gleiche strahlende, aber komplizierte Lächeln.

»Nein«, sagte Hand, »ich denke, wir fahren nach Hause. Ins Hotel.« Es war offensichtlich gelogen. Er streckte der Jüngeren die Hand entgegen. Sie und ihre Schwester standen auf, blickten mich wütend an und kehrten an die Bar zurück.

»Gehen wir«, sagte Raymond.

Als wir noch alle zusammen gewesen waren und ich angenommen hatte, dass Hand mich fragen würde, ob es okay wäre, wenn er mit einer der Frauen ein bisschen Zeit allein verbringen würde, und dass Raymond sich mit der Schwester vergnügen würde, hatte ich sie alle gehasst. Ich hatte Mitgefühl mit den Frauen gehabt, aber dann gedacht, hartherzig, dass die vier einander verdient hatten. Jetzt jedoch gingen wir, Hand und Raymond ließen sie vom Haken oder lehnten sie ab, und jetzt liebte ich die Schwestern und wollte sie vor Brutalität oder Ablehnung schützen. Ich wollte allein mit ihnen sein. Ich wollte mit ihnen zusammensitzen, gemeinsam mit ihnen über andere lachen.

Aber was tat ich? Ich bedachte sie mit dem verkniffenen, öligen Lächeln, mit dem ich Obdachlose bedenke, wenn ich nichts für sie habe, stets begleitet von einem knappen, raschen Schulterzucken, und weg waren wir.

Ich ging hinter Hand und Raymond die zwei Stufen zum Taxi hinunter, und wir wurden von dem Mann ohne Beine begrapscht. Er wollte Geld. Dann stellte sich uns eine alte Frau, den Mittelfinger durch den Henkel einer echten Blechtasse geschoben, in den Weg und hielt mir die Tasse knapp fünf Zentimeter vor den Mund. Eine der anderen Frauen aus der Bar tauchte vor uns auf – sie sagte nicht, was sie wollte. Wir waren umzingelt. Wir zogen uns ins Taxi zurück. Raymond stieg vorne ein und schloss die Tür. Hand stieg hinten ein, und ich ließ mich nach ihm hineinsinken, doch der beinlose Mann war jetzt schon halb im Auto, und die Tür ging nicht mehr zu. Ich konnte seinen Atem riechen, der ganze Welten enthielt. Wieso unternahm der Taxifahrer denn nichts? Er müsste uns sagen, dass wir dem Mann kein Geld geben sollten. Er müsste den Mann wegstoßen, doch er sah bloß zu. Alle im Café sahen zu.

»Gebt ihm einfach was«, sagte Raymond lachend. Es war nicht lustig. Solche Sachen passierten in Indien, oder in der Bibel.

Ich gab dem Mann die Münzen aus meiner Tasche, und während er sie zählte, wich er einen Moment zurück, so dass wir die Tür zubekamen. Die alte Frau erschien im Fenster und steckte den Kopf herein. Der Wagen fuhr an, aber ihr Kopf war voll in unserem Taxi. Raymonds Hände waren auf ihren Schultern, stießen sie weg. Er stieß zu grob – mit einem Aufschrei fiel sie ins Gebüsch.

Und weg waren wir.

»Meine Güte«, sagte ich.

»Das war scheußlich«, sagte Hand.

»Diese Menschen sind arm«, sagte Raymond, ohne sich umzuwenden. Er sprach in den Wind, der durch sein Fenster strömte.

»Hört mal«, sprach Raymond weiter und drehte jetzt seine Schultern in unsere Richtung. »Ihr seid hier. Ihr seid hergekommen. Ihr habt das Hotel verlassen. Ihr spaziert durch diese Straßen, ihr lasst euren Weg durch mich bestimmen, durch {eine ruckartige Bewegung mit dem Daumen Richtung Taxifahrer} diesen Fahrer. Ihr fordert es praktisch heraus, dass Dinge geschehen. Ihr öffnet die Tür. Ihr atmet ein. Und wenn ihr Chaos einatmet, verursacht ihr Chaos, und das Chaos schlägt zurück. Wisst ihr das?«

Ich spürte, wie sich meine Stirn zusammenzog, ein Zeichen dafür, dass ich nachdachte – häufig fängt meine Stirn vor mir an zu denken. Ich übergab das, was er gesagt hatte, dem Gedächtnis – es war ein auf den Teppich geworfenes Puzzle, doch ich hoffte, es wieder zusammensetzen zu können, später.

Ein paar Minuten fuhren wir schweigend dahin.

»Das ist doch völliger Unsinn«, murmelte Hand.

»Das Ungleichgewicht ist da«, sprach Raymond weiter. Meine Nachsicht mit Raymond schwand dahin. »Wir akzeptieren es bloß nicht. Wir wissen, wir sind stärker, aber wir ignorieren es. Wir kennen unsere eigene Stärke nicht. Ihr seht euch *Star Trek* an, wie sie – wie heißt das, wenn die sich rauf- und runterbeamen –«

»Teleportieren«, sagte ich, empört über diesen Gedankengang und wie er sich geradewegs in meinen eigenen Garten gepflügt hatte.

»Genau«, sagte Raymond. »Die teleportieren sich da fröhlich rauf auf die geplagten Planeten und wieder runter?«

»Moment«, sagte Hand und hob tatsächlich seine Handfläche an Raymonds Gesicht. »Ihr kriegt *Star Trek* in Chile?«

»Ja klar.«

Hand schnaubte beeindruckt. »Okay, red weiter.«

»Also, dieses Teleportieren basierte auf der Mentalität des Kalten Krieges. Das war damals das Modell der amerikanischen Außenpolitik. Die basierte auf der Stärke der Amerikaner, der Fähigkeit der Amerikaner, sich zu bewegen und die Welten zu verändern, auf denen sie landeten.«

Der Taxifahrer fragte wohin, und wir sagten noch einmal: zu dem Laden von Youssour N'Dour. Raymond und der Fahrer stritten sich wegen irgendwas.

Ich ballte und entballte die Fäuste. Sie kitzelten wie verrückt, als wären sie gerade wach geworden. Hand bemerkte es.

»Weißt du was?«, sagte er. »Du könntest hier in ein Krankenhaus gehen. Wäre schön anonym. Niemand würde dahinter kommen.«

»Möglich wär's trotzdem.«

»Ach, komm. Ehrlich. Mach das. Lass dich hier behandeln.«

Nach Oconomowoc war ich nicht ins Krankenhaus gegangen. Wir hatten uns überlegt, wenn ich ins Krankenhaus ginge, gäbe es einen offiziellen Bericht, und man wüsste gleich, dass wir es waren, wenn wir die drei eines Tages umbringen würden. Aber mich hier verarzten zu lassen, in Dakar, das klang beinahe machbar. Der Taxifahrer bog noch ein paar Mal ab und hielt dann vor einem Club namens Hollywood.

»Gibt's hier die Livemusik?«, fragte ich.

»Ja, ja, ja – euch gefallen da!«, sagte er und scheuchte uns hinein. »Ich warte hier.«

Es war eine kleine Disco, schauderhaft, mit niedriger Decke, in Rosa und Lila gehalten, gerahmte Schwarzweißfotos aus Filmen – das Dekor eines Oldtimermuseums. Lebensgroße Bilder von James Dean und Marilyn Monroe, je zwei, drei von beiden, und dann jeweils eins von Tom Selleck und Sandra Bullock und Charlie Sheen, aber seltsamerweise auch sieben unterschiedliche Fotos von Val Kilmer in *Top Gun*. Der Laden war leer, außer

uns und zwölf jungen weißen Männern mit kurz geschorenen Haaren. Matrosen.
»Das könnte ich auch«, sagte Hand.
»Matrose sein? Du spinnst ja«, sagte ich.
»Ich könnte das mal ein Jahr lang machen.«
»Bloß wegen der Hosen. Deshalb würdest du's tun.«
Raymond bestellte was zu trinken und fing an, sich mit der Barkeeperin zu unterhalten, einer jungen Senegalesin in einem spitzenbesetzten Top, das in dem Schwarzlicht weiß-violett leuchtete. Sie kam um die Bar herum und stellte sich neben ihn, berührte seine Brust. Sie sah mich an und rümpfte die Nase. Ich griff nach meinem Bier und wartete darauf, dass Hand von der Toilette zurückkam. Der Laden verunsicherte mich. Ich war es satt, wie ein Leprakranker auszusehen.
Hand tauchte aus dem hinteren Teil wieder auf, wurde aber von einer großen, dünnen Frau in rückenfreiem Top und Hose aus Lederimitat abgefangen. Ihr Körperbau war der Fantasie eines Fetischisten entsprungen – ihre Beine hätten mir bis zu den Achseln gereicht, und ihr Hintern (ich kann in diesem Zusammenhang nicht *Arsch* sagen; ich könnte nie *Arsch* sagen) war so rund und prall, als würde er platzen, wenn man ihn anpieken würden. Sie führte Hand zu der kleinen Tanzfläche, die von unten beleuchtet wurde und gegenüber einem Spiegel lag. Debbie Harry sang »Heart of Glass«, und die Welt verharrte teilnahmslos.
Es gab noch ein weiteres Tanzpaar, ein Matrose und eine Senegalesin, aber sie tanzten eher mit ihren Spiegelbildern als miteinander. Der Blick, mit dem der Mann sich selbst anstarrte, hätte eindeutig als lüstern bezeichnet werden müssen, wenn er jemand anderem gegolten hätte als seinem eigenen Spiegelbild.

Die anderen Matrosen unterhielten sich, interessierten sich weder für die Barfrauen noch für die Tänzer. Wer war Hands Frau? Ich sah ihnen beim Tanzen zu, wie Hand lachend den Moonwalk machte und dann eine Art Samba. Hand ist einer, der Rhythmus hat und sich gut bewegen kann, sich aber dafür schämt und deshalb bei jedem Song den Clown spielen muss. Jetzt machte er die Sprinkler-Nummer. Dann kam der Einkaufswagen. Er brachte seiner neuen Freundin den Einkaufswagen bei.
Nach dem Song kam er mit der Frau zu uns. Sie war riesig, gut einsachtzig groß. Für meinen Geschmack war sie oben rum zu dünn, aber trotzdem, sie war eine Augenweide. Senegal: Wer hätte das gedacht?
»Das ist Engela«, sagte Hand. Oder so ähnlich. »Sie studiert und will mal Anwältin werden.« Hand bestellte Whisky für sie beide. Er kippte seinen in einem Zug, sie ließ ihren stehen, bis er auch den trank.
Ich gab ihr die Hand, und ihre Augen blickten mich an, glitten über meine Nase und Wangen, und sie verzog das Gesicht. Sie spielte mit Hands Ohr.
Ich langweilte mich. Wenn mehr Leute getanzt hätten, hätte ich ihnen zuschauen oder ebenfalls tanzen können, aber es lief nichts. Jetzt waren zwei Matrosen auf der Tanzfläche, ohne Frauen, und bewunderten ihre eigenen Beine, die sich in ihren engen, zart ausgebleichten Jeans bewegten.
»Es ist eine Schande«, sagte Raymond und betrachtete die Matrosen mit halb geschlossenen Augen. »Dieses Land gesteht seinen Frauen keine Würde zu.«
Ich dachte, dass er vielleicht ein bisschen zu sehr verallgemeinerte, aber ich wusste im Grunde nicht genug, um mich irgendwie dazu zu äußern.

»Wie Burma«, sprach er weiter, »Thailand, Russland. Alle verkaufen sie ihre Frauen. Ihre Seelen werden schon bei der Geburt verkauft. Die Männer sind Angsthasen, und die Frauen sind Vieh.«

Ich trank zwei Wodka-Soda. Bald darauf mochte Raymond seine neue Freundin nicht mehr und wollte gehen. Hands Begleiterin flüsterte ihm etwas zu, und er schüttelte den Kopf und flüsterte zurück, die Hand um ihr Ohr gelegt. Sie trabte hinter die Bar und kam mit Stift und einem kleinen Block zurück. Er schrieb irgendetwas auf.

Ich ging zur Bar, um mir irgendwas Kräftiges zu bestellen. Die Frau, die mich bediente, trug einen Sport-BH, der aussah, als wäre er von Tigern zerfetzt worden – Einsame-Insel-Stil. Ich drehte mich wieder um. Hand zeigte seiner Freundin etwas. Ein Stück Papier. Ein Bild. Was für eins?

Ich riss es ihm weg.

»Verdammt, was machst du denn?«, schrie ich. Es war ein Foto von Jack. Hand stand da und sah mich an, die Lider schwer vor Mitleid.

»Ich hab ihr gesagt, wir suchen nach unserem Freund«, sagte er.

»Was soll das heißen?«

Er war schon betrunken. Das konnte er nicht sein, nicht so schnell.

»Du weißt, was das heißt«, sagte er.

»Das ist doch völliger Unsinn«, sagte ich.

»Na und?«, sagte er.

»Du bist zum Kotzen.«

»Ich kann sein Foto zeigen, wem ich will, du Wichser.«

»Ich kenn dich nicht mehr.«

Er lachte höhnisch. Er war richtig unangenehm, wenn er betrunken war.

»Zeig das Foto nie mehr irgendeiner hergelaufenen Kellnerin«, sagte ich.
»Ich kann tun, was ich will.«
»Kannst du verdammt noch mal *nicht*.«
»Jungs!«, sagte Raymond, einen Arm zwischen uns geschoben. »Regt euch ab.«
Ich ging nach draußen und wartete im Taxi. Ich hätte gern eine Stunde allein im Taxi in der kühlen Luft gesessen, aber sie kamen schon Sekunden später hinter mir her.

Hand bat erneut, dass wir zu einem Jazzclub gebracht wurden, und ich wünschte Hand zurück nach St. Louis. Ich hatte den Falschen mitgenommen. Das Foto. Was für ein –? Aber ich konnte nicht nach Hause, konnte ihn nicht zurücklassen, weil wir in Dakar waren und nur diese eine Woche hatten.
Fünf Minuten durch menschenleere Straßen, und der nächste Schuppen war genau das Gleiche, nur schlimmer und ohne Val Kilmer. »Überall auf der Welt«, erklärte Raymond, »sind Taxifahrer darauf geeicht, Männer in solche Clubs zu chauffieren. Wir gehen rein, der Fahrer kriegt seine Provision, alle freuen sich. Wir sind bloß Frachtgut. Und so wie ihr reist, wird man euch überall aufs Korn nehmen. Ihr seid leichte Beute.«
Diesmal wurden wir gleich, als wir eintraten, sehr handfest attackiert – Frauen drängelten sich um uns herum, warfen sich gegenseitig schneidende Blicke zu, und eine fasste Hand in den Schritt, was eher besitzergreifend als erotisch wirkte. Raymond landete schließlich neben einer großen Frau mit lodernden Augen, und Hand rannte zur Toilette. Ich blieb mehr oder weniger mir selbst über-

lassen, also bestellte ich was zu trinken und sah über die Bar hinweg die beiden Schwestern aus Sierra Leone in einer Ecke, auf der anderen Seite der Tanzfläche. Sie sahen mich auch und lachten ein warmes und mitleidiges Lachen.

Sie versuchten noch immer, irgendwen anzubaggern. Der Laden war voll – wieder französische Matrosen, drei Dutzend lockende senegalesische Frauen, und der Rest ein Durcheinander von Italienern und älteren europäischen Geschäftsmännern, die allein rumsaßen, noch warteten, warteten. Sie beobachteten die Leute auf der Tanzfläche, wie sie fortgingen und neue kamen, und auf einmal tanzten die beiden Frauen aus Sierra Leone allein, und ich beschloss, ihnen, bevor wir gingen, den Inhalt meines linken Sockens zu geben, etwa 400 Dollar.

Hand kehrte mit einer Geschichte von der Toilette zurück. Angeblich waren auch ein paar französische Matrosen auf dem Klo gewesen, und sie hatten ihn nach seiner Nationalität gefragt. Amerikaner, hatte er gesagt. »Amerika!«, sagten sie, »ihr bezahlt die ganze Welt!« Dann ließen sie ihn hochleben und klopften ihm auf die Schulter. Wahrscheinlich hatte er das bloß erfunden.

»Das Verrückte ist«, sagte Hand, »ich glaube, die meinten das ernst.«

»Hast du ihnen irgendwelche Fotos gezeigt?«, fragte ich.

»Leck mich doch«, sagte er.

»Sie sind jung. Sie werden es noch lernen«, sagte Raymond.

»Was lernen?«, fragte Hand.

»Herablassung«, sagte er.

Ich war beeindruckt von Raymond. Er konnte Wörter wie *Herablassung* vom Stapel lassen, und das in seiner zweiten Sprache, und mehr noch, er benutzte Aphoris-

men, er konnte sich so Sprüche ausdenken – *Wir sind bloß Frachtgut* – und sie dann ins Gespräch einfließen lassen – *Ihr verursacht Chaos, und das Chaos schlägt zurück*. So ein Mann hatte ich immer sein wollen.
Ich starrte auf die Tanzfläche, voller hängender Schultern, hin und her pendelnder Köpfe und Arme, die träge nach oben griffen, hoch, hoch. Frauen strichen sich die Haare hinter die Ohren, und Männer wippten mit den Köpfen im Takt, die Hände geballt.
Was war an Charlotte falsch gewesen? Nichts. Jede Klage kam mir jetzt lächerlich vor. Sie hatte schwarze geringelte Haare um die Brustwarzen, und ich hatte das problematisch gefunden, anstatt es schön zu finden, dass es ihr nichts ausmachte. Und mich störten ihre Seufzer. Sie seufzte zu viel, hatte ich eines Tages gefunden, und schlimmer noch, ihre Seufzer waren so traurig. So voller Trauer. Wenn ich sie im Arm hielt, seufzte sie, und ihre Seufzer waren müde, waren ächzend und ausgelaugt, das Seufzen einer alten Frau, die schon alles gesehen hatte und jetzt einfach nicht fassen konnte, dass jemand sie im Arm hielt, am Ende einer langen Reise, die sie nicht beschreiben konnte. Die Seufzer waren vernichtend, waren stimmungstötend, und schließlich beschwerte ich mich über Charlottes Seufzen, vergeblich. Sie reagierte mit einem weiteren Seufzer, und das war, wie ich jetzt weiß, das Ende vom Ende.
Ich war ein Idiot. Sie hatte eine große Seele, und jetzt war ich in dieser Bar, und die Frauen hier gingen davon aus, dass ich sie brauchte.
»Gehen wir«, sagte Hand. »Das ist mir zu traurig.«
Wir bewegten uns Richtung Tür. Eine kolossale Frau mit gewaltigen Fingernägeln, nicht bloß lang, sondern auch breit, zog an mir. Ihre Aufmerksamkeit schmeichelte mir,

aber es war nicht ganz klar, was sie eigentlich wollte. Eine andere Frau, ihre Freundin, kleiner und mit rot geränderten Augen, tätschelte meinen Schritt, wie man den Kopf eines Hundes tätscheln würde, der einen Maulkorb trägt. Hand war schon dicht an der Tür.

Aber ich wollte das Bargeld an die Sierra-Leonerinnen loswerden. Sie waren harmlos und hoffnungsvoll im Vergleich zu den übrigen Frauen hier. Ich schlüpfte an der Klauenfrau vorbei und zur Toilette – bloß ein Loch im Boden eines Raumes, so groß wie ein Schrank –, um die Scheine unbeobachtet herauszuholen, die wie eine Fußfessel um meinen Knöchel gewickelt waren. Der Packen schmiegte sich in meine geschlossene Faust, ich ging über die Tanzfläche und zu den zwei jungen Frauen, die gelangweilt am Rand saßen, und sagte »Tschuldigung« zu ihnen, während ich der älteren die Scheine in die Hand schob. Sie sah sich das Geld nicht mal an; sie spürte es, hielt aber ihre Augen auf meine gerichtet. Das war, wie mir blitzartig klar wurde, das erste Mal, dass eine von diesen Frauen mich wirklich ansah. Ich trabte über die Tanzfläche und verschaffte mir einen Vorsprung vor den grabschenden Frauen an der Bar.

Raymond war draußen. Die Straße war belebt, und die Rausschmeißer wünschten uns eine gute Nacht – das war nett, fand ich –, und wir warteten in der Dunkelheit im Taxi. Hand war nicht bei uns.

»Sven ist noch drinnen«, erklärte Raymond.

Hand kam mit den Schwestern aus Sierra Leone heraus, sie küssten ihn auf die Wangen und rieben ihm über die Brust – er hatte die Anerkennung für mein Geschenk eingeheimst –, und er ließ sie auf der Treppe stehen. Er überquerte die Straße und schritt breit lächelnd auf das Taxi zu. Er öffnete die Tür und stieg zu mir ein und wollte sie wieder schließen, aber, Himmel – schon wieder ein Körper! – ein Körper hielt die Tür auf, verhinderte, dass wir losfahren konnten. Es war meine kolossale, klauenbewehrte Prostituierte. Sie hatte gesehen, wie ich den Sierra-Leonerinnen das Geld gab, und wollte auch was abhaben. Sie war gewaltig. Ich versuchte, sie zurückzustoßen, aber sie war stark, mindestens so schwer wie ich und schon halb im Auto, so dass wir weder anfahren noch auch nur die Tür schließen konnten. Ihre Hand war ausgestreckt, und sie sprach schnell, auf Französisch. Dann Englisch: »Geben mir, ich dich sehen! Geben mir, ich dich sehen!«

Ich kramte einen 50-Dirham-Schein hervor und warf ihn ihr zu. Er fiel auf die Straße. Sie hob ihn auf, und ich knallte die Tür zu, verfehlte dabei nur knapp ihren Kopf. Sie drehte sich schnell um und ging zurück zur Bar, stopfte sich den Schein in die Hose, während wir wegfuhren.

Wir waren erschöpft und um ein Uhr zu Hause. In der kühlen, schwarzen Lobby warteten wir mit Raymond auf den Fahrstuhl, starrten die Stahltüren an.

»Und wo geht's als Nächstes hin?«, fragte er. »Morgen.«

»Noch nicht ganz klar«, sagte Hand. »Du?«

»Nach Portugal, mit meinem Freund. Urlaub nach seinem Rennen. Dann zurück nach Hause.«

»Meinst du, er gewinnt?«, fragte ich.

»Gewinnen? Keine Chance. Aber darum geht's nicht.«

Ich dachte, genau darum ginge es. »Wieso nicht?«, fragte ich.

»Es geht darum, sich dem Tod anzubieten und festzustellen, ob man auserwählt ist.«

Hand wandte sich ihm zu.
»Er will sich vergewissern, dass Gott möchte, dass er lebt. Und für diese Frage wendet er viel Zeit auf. Er wagt sich ganz nah an den Rand, und er spürt Gottes Atem im Rücken. Wenn Gott ihn haben will, muss Er bloß noch pusten.«
»Himmel!«, sagte ich. Der Fahrstuhl kam und öffnete sich.
»Da nicht.«
»Wo?«
»Ich glaube nicht an den Himmel«, sagte Raymond. »Ich denke, Er wäre entsetzt, dass wir Ihn in den Himmel verbannen wollen.«
Ich kam nicht mehr mit. Hand holte uns zurück auf die Erde. »Also nach Portugal«, sagte er.
»Das wird bestimmt nett«, sagte ich. Ich weiß nicht, warum ich das sagte. Ich stelle mir Portugal nicht nett vor, obwohl ich nie ein Foto gesehen hatte, mich zumindest an keins erinnern konnte. Als ich das Wort Portugal hörte, dachte ich an Madagaskar, viel Gestrüpp, trocken, arm, die Bäume voller Lemuren. Ich wusste praktisch nichts, konnte aber die Tatsache nicht ertragen, dass ich von den Nationen dieser Welt nur missgestaltete Collagen aus Erdkundebüchern und flüchtig durchgeblätterten Reisemagazinen besaß.
»Na ja«, sagte Raymond. »Offen gestanden, mir graut davor. Ich bin furchtbar gerne hier. Ich trage meine Sachen furchtbar gerne an neuen, unbekannten Orten. Dasselbe Hemd, ein neues Land! Vielleicht ist das das Einzige, was ich wirklich gern tue – Reisen. Mit Frauen bin ich fertig«, sagte er und reckte das Kinn in theatralischem Trotz.
Raymonds Stockwerk leuchtete auf, und die Türen öffneten sich.

»Es gibt Reisen und es gibt Babys«, sagte er, als er aus dem Lift trat. »Alles andere ist Schinderei und Tod.«
Ich warf Hand einen Blick zu. *Was soll das denn jetzt?* Er hielt die Tür auf.
»Es ist noch früh«, sagte Raymond. »Trinken wir noch einen?«
»Jetzt?«, fragte ich.
»Ist doch erst halb eins! Ich hab Scotch da. Guten Scotch.«
Ich sah nach unten auf meine Füße. Ich wollte nicht noch mit Raymond aufbleiben.
»Vielleicht«, sagte Hand. »Vielleicht gehen wir erst mal auf unser Zimmer und kommen dann später. Welche Zimmernummer?«
»Siebenhundertsechzehn«, sagte er. »Das wird schön. Bei uns zu Hause in Chile ist die Nacht nicht so früh zu Ende.«
»Also bis dann«, sagte Hand.
Auf unserer Etage begrüßten wir den jugendlichen Wachmann, der neben dem Fahrstuhl Victor Hugo las.
»Hast du echt vor, wieder runterzufahren?«, fragte ich.
»Wohl kaum«, sagte Hand.
Ich putzte mir die Zähne, und Hand putzte seine, und wir legten uns auf die Betten und sahen uns eine französische Sitcom an. Ein Dienstmädchen wurde von einem Butler belästigt. Die Lacher vom Band waren ganz begeistert. Ich wollte Hand in Stücke reißen, wegen der Sache mit Jacks Foto. Ich konnte es nicht begreifen, aber ich wollte nicht, dass wir Krach kriegten, wo wir so viel intus hatten –
»Wir sind im Senegal«, sagte Hand.
»Senegal.«
»Gestern waren wir in Chicago.«

»Stimmt.«
»Jetzt sind wir im Senegal.«
Wichser.
»Wir sind mit dem Flugzeug gekommen«, sagte er.
Wir würden morgen über alles sprechen. Heute würde ich ihm gestatten, ein Arschloch zu sein.
»Senegal liegt in Afrika«, sagte er.
»Wir sind in Afrika«, sagte ich.
»Wir sind am Leben und in Afrika.«
»Wir sind mit dem Flugzeug hergekommen.«
»Heute Abend haben wir Prostituierte gesehen.«
»Und einen Mann ohne Beine.«
»Gestern waren wir in Chicago.«
»Wie geht's deinem Gesicht?«
Scheiße. »Gut.«
»Sieht noch immer ziemlich furchtbar aus.«
»Hand, bitte, lass es.«
»Sorry.«
»Solange ich nicht dran denke, geht's mir gut.«
»Sorry.«
»Du darfst mich nicht dran erinnern. Es ist schon schlimm genug –«
»Verdammt. Sorry. Ich weiß ja. *Scheiße, Mann!*« Er boxte sich gegen die Brust. »Es tut mir echt Leid, Will.« Aber es tat ihm nur Leid, dass er es erwähnt hatte, nicht dass er daran schuld war.
»Es tut nicht weh«, log ich.
»Gut.«
»Morgen müssen wir mehr machen «, sagte ich. Ich wollte mehr als Strafzettel wegen Falschparkens und Hotellobbys.
»Bestimmt«, sagte er schon halb weggetreten.
Gleich darauf schlief er, sein Atem zu laut, seine Hände

zwischen den Oberschenkeln, die Handflächen aneinander gelegt, wie zum Gebet.

Jacks Mom hatte uns gebeten, das Zeug zu holen, nach Oconomowoc zu fahren, wo Jack seine alten Sachen aufbewahrt hatte, weil Jacks Dad zu alt war, über siebzig, und jetzt am Boden zerstört, und sie glaubte nicht, dass sie es selbst schaffen würde. Also mieteten wir vor rund drei Wochen einen Lieferwagen und fuhren von Chicago aus gut eine Stunde über den Interstate 94, vorbei an Trucks, die Traktoren transportierten, vorbei an den Pharmafirmen Teledyne und Baxter und Abbott, am Mars Cheese Castle und dem Bong-Freizeitpark – als wir in der Highschool waren, hatten wir zweimal versucht, das Schild zu klauen –, und brausten durch die tristen, grauen Farmen an der Grenze von Illinois und dann rein nach Oconomowoc. Wir machten Halt am Kenosha Military Museum, einer hügeligen Rasenfläche nicht weit vom Highway, übersät mit jämmerlich aussehenden Panzern und Hubschraubern. Wir waren seit unserer Kindheit bestimmt schon zwanzigmal da gewesen, und diesmal stiegen wir aus und kletterten über den Zaun und teilten uns das eine Weinglas, das Hand mitgebracht hatte. Es war Januar und neun Uhr, und das Gelände war trostlos. Schon damals sprachen wir übers Verreisen.

»Wie wär's mit Südafrika?«, fragte Hand, während er einen Panzer aus dem Zweiten Weltkrieg betastete, den irgendwer *Tigerbait* getauft hatte. Sämtliche Maschinen wirkten zerbrechlicher, als ich sie in Erinnerung hatte, und kleiner.

»Ich weiß nicht«, sagte ich. »Wenn ich Südafrika höre, denke ich immer an Australien. Zu ähnlich.«
»Ich wollte auch immer schon mal in die Türkei. Hast du schon mal Bilder von der Türkei gesehen?«
»Ich glaube schon«, sagte ich. In Wahrheit hatte ich keine Ahnung.
Hand sprang auf einen deutschen Panzer und spähte in die Einstiegluke. Mittlerweile würde er da nicht mehr durchpassen. Er war um die Hüften herum etwas füllig geworden, ehrlich gesagt.
»Churchill hat den Panzer erfunden«, sagte ich.
»Das hast du mir gestern schon erzählt. Hast du das Buch nicht langsam aus?«
»Nein«, sagte ich. Ich las es langsam. Ich genoss es. Ich wollte Churchills Leben. Ich würde es mir bis auf den letzten Moment aneignen.
Wieder unterwegs, Hand fuhr, kamen wir an einem Pärchen vorbei. Ihr Wagen parkte auf dem Seitenstreifen, und sie saßen auf der hinteren Stoßstange.
»Was hast du vor?«, fragte ich.
»Ich halte an. Das gehört sich so.«
»Die haben bestimmt ein Handy.«
Sie hatten kein Handy. Der Wagen war ein alter Jetta, und sie brauchten Hilfe beim Anschieben. Bloß zehn Meter, dann würden sie die Kupplung kommen lassen und wieder flott sein. Der Mann, in einem Tina-Turner-Sweatshirt, war rundlich und konnte den Wagen nicht allein anschieben, und die Frau, noch rundlicher und in Latzhose, wusste nicht, wann und wie sie die Kupplung kommen lassen sollte. Also mussten wir das Anschieben übernehmen.
Die beiden sprangen in den Wagen, und wir schoben ihn vom Kiesstreifen auf die Straße und fingen an zu laufen –

er war ganz leicht! Nach wenigen Sekunden hatte er genug Tempo, der Mann ließ die Kupplung kommen, der Motor sprang an, und Hand stand auf der Stoßstange, fuhr mit. Was zum Geier machte er denn da?
»Spring ab, du Blödmann«, sagte ich. Er fuhr weiter auf der Stoßstange mit. Ich war stehen geblieben und sah jetzt zu, wie das Auto schneller wurde, während Hand weiter wie auf einem Einkaufswagen mitfuhr. Die Bremslichter leuchteten auf, und der Mann brüllte irgendwas aus dem Fenster, drohte mit der Faust. Ich konnte es ihm nicht verübeln. Hand sprang ab, und der Wagen brauste davon, während Hand hinterherrannte und wüste Beschimpfungen ausstieß. Es hatte so einfach angefangen, mit so guten und klaren Absichten –

Der Komplex in Oconomowoc, gleich westlich von Milwaukee, zwanzig Minuten von dem Ort entfernt, wo wir aufgewachsen waren, bestand aus drei parallelen, lang gestreckten Flachbauten, die rund um die Uhr geöffnet waren. Hand und ich fuhren auf den Parkplatz des Lagerdepots, zwischen Industrial Avenue und Wall Street, beides unbedeutende Sträßchen voller Schlaglöcher.
Hand war noch immer wütend. Der Mann mit dem Jetta hatte ihn Arschgeige genannt, und Hand fand diese Bezeichnung unfair. Wir hatten dem Pärchen geholfen, und der rundliche Mann gönnte uns nicht die Freude, diesen Moment auf unsere Art und Weise zu genießen.
»*Deine* Art und Weise«, sagte ich.
»Was für ein Scheißer. Solche Leute machen mich fassungslos.«

Es war fast elf Uhr und keine Menschenseele zu sehen. Es gab etwa fünfzig, rasterförmig angeordnete Container, jeder ein weißer Kasten aus Wellstahl, ungefähr so groß wie ein kleiner Lieferwagen, jeder mit einer Rolltür, einem Schloss im Boden. Wir waren allein auf dem Gelände. Wir parkten vor unserem Container und ließen den Motor laufen, während wir hinüber in den Citgo-Laden gingen, um etwas zu essen zu kaufen. Vor der Theke stand ein Bursche, an seiner Gesäßtasche waren weiße Ringe von Schnupftabakdosen, der ausgefranste Schirm seiner Chicago-Blackhawks-Mütze war ganz exakt um seine rosarote, trockene Stirn gebogen. Er bezahlte gerade dreißig Lakritzstangen.

»Willste die alle essen?«, fragte Hand.

Hand spricht Leute an. Das ist ein Problem. Er spricht alte Menschen an, stellt ihnen irgendwelche Fragen, und mit seinem blonden Haar und dem frischen Gesicht, seinem vertrauenswürdigen, aber nicht zu vertrauenswürdigen Blick öffnen sie sich ihm ohne Zögern. Aber wenn ihn gerade irgendwas ärgert, kann alles Mögliche passieren.

»Was essen?«, sagte der Blackhawks-Typ.

»Die Stangen. In deiner Hand.«

»Hä?« Blackhawks hatte Hand verstanden, er wusste bloß nicht, wieso ihn irgendjemand bei Citgo wegen seiner Lakritzstangen anquatschte.

»*Essen*«, sagte Hand. »So nennt man das, wenn man den Unterkiefer auf und ab bewegt und – was im Mund zerkaut …«

»Blöder Spinner«, sagte der Typ. »Hast du sie noch alle?«

»Ja, aber du anscheinend nicht.«

Hand war laut geworden, und beide standen dicht voreinander. Hand war größer, hatte bestimmt fünf Zentimeter und zwanzig Pfund mehr zu bieten. Blackhawks machte einen Schritt zurück.

»Kneifst du, Freundchen?«, fragte Hand.

»Blöder Spinner«, sagte Blackhawks und spuckte nach rechts.

»*Ich* bin der Spinner? Du kaufst hier sämtliche Lakritzstangen auf, und *ich* soll der Spinner sein? Ist das das Hauptnahrungsmittel der Leute hier in Ockah-Ockah-Nokah-Mockah … oder wie das Scheißkaff auch immer heißt? Bist du vielleicht der Bürgermeister von Ockah-Schmakka und futterst deinen Bürgern heimlich ihre Lakritzstangen weg?«

Hand war ausgerastet. Blackhawks wandte sich ab, um sein Wechselgeld entgegenzunehmen. Der Verkäufer, etwa sechzehn Jahre alt, mit dem ausgestreckten und optimistischen Hals einer Schildkröte, hatte die Transaktion zu Ende geführt und den Wortwechsel ignoriert. Auch ich versuchte das Ganze zu ignorieren und wusste nicht recht, warum. Hand war schließlich meine Verantwortung.

»Du Pupe«, knurrte Blackhawks und lachte unecht. Er ging zur Tür.

»Pupe?«, wiederholte Hand, aber Blackhawks war schon draußen. »Pupe? Was soll denn das heißen? Was Besseres fällt dir nicht ein? Pupe? Du Schisser –«

Der Typ war weg. Ich war fassungslos. Wir waren siebenundzwanzig Jahre alt, und Hand machte in einem kleinen Laden einen Typen aus Oconomowoc an, der höchstens zwanzig sein konnte.

»Habt ihr hier ein Klo?«, fragte Hand den Verkäufer.

»Kaputt«, sagte der Verkäufer.

»Lügner«, sagte Hand.

Wir kauften etwas zu essen, und draußen, die verbliebene

Hälfte seines Snickers ragte aus seinem Mund, urinierte Hand gegen die Seitenwand des Citgo-Ladens, während er über die Bedeutung des Wortes »Pupe« nachgrübelte.

»Ich vermute, er denkt, ich bin schwul, oder?«

»Ich weiß nicht.«

»Aber nennt man einen Zuhälter nicht auch Pupe?«

»Lude«, sagte ich und fragte mich, woher ich das wusste.

»Ach so.«

Hand setzte seine Entleerung fort, und ich ging hinüber zu dem Lagercontainer. Nachdem ich die silberne Tür donnernd nach oben gerollt hatte und bevor ich das Licht einschaltete, sah ich Jack Sikma. Er stand in der Ecke, ein lebensgroßer Starschnitt des gemächlichen Sikma, der Totem-Mittelpunkt der Bucks, ein großer, linkischer Weißer, aber nicht schlecht anzuschauen, hier mit einem herzlichen Lächeln auf den Lippen. Ich betätigte den Lichtschalter, und hinten im Raum erwachte eine einsame Glühbirne zum Leben. Der Raum war voll. Hand stand jetzt neben mir, untersuchte einen Streifen auf seiner Jeans, wo die Mauer sein Wasser zurückgespritzt hatte.

»Ach du Schande«, sagte Hand.

Es war alles ordentlich, Reihen mit tadellosen Kisten, nach Größe gestapelt, und auf der rechten Seite waren die Sachen, die sich nicht so ordentlich stapeln ließen, oder Sachen, die Jack irgendwann später dazugestellt hatte. Matratzen. Ein Netz mit Fußbällen. Ein Flipper. Eine Ecke voll mit seinen alten Mondkarten.

Die Nacht war so kalt.

»Ich seh mich mal ein bisschen um«, sagte Hand.

»Was? Wo?«

»Hier draußen. Ein Stückchen weiter den Berg rauf ist ein Arsenal der National Guard. Ich hab keine Lust, hier zwischen dem ganzen Kram rumzusitzen und dabei zuzugucken, wie du alles durchstöberst.«

»Du willst nicht beim Einladen helfen?«

»Doch, aber ich weiß, dass du erst alles durchsehen willst.«

»Willst du dir die Sachen nicht anschauen?«

»Ehrlich gesagt, nein.«

»Den Wagen lässt du aber hier.«

»Klar. Ich geh zu Fuß.«

»Lass den Motor laufen.«

»Mach ich.«

»Du hilfst mir aber beim Einladen.«

»Wenn du mit dem Durchsehen fertig bist, lade ich ein.«

»In Ordnung.«

»Ich bin in 'ner halben Stunde oder so wieder da. Ich seh mir an, was da oben ist.«

»Du hilfst mir aber wirklich beim –«

»Ich bin rechtzeitig wieder da.«

»In Ordnung.«

Und er ging. Er war ein Idiot und ein Windhund – er verschwand andauernd –, aber ich war froh über die Ruhe. Ich öffnete eine Kiste mit alten Schulheften und Zeichnungen auf Plakatpapier, zwanzig Stück, mit achtzehn Darstellungen des Saturn, manche mit Glitter. Als wir elf Jahre alt waren, bevor ich mit Sicherheit wusste, dass fliegende Insekten nicht in Rektalöffnungen eindrangen, während man auf dem Klo saß, und bevor mein Herz unregelmäßig wurde – das erkläre ich später noch genauer, aber es war nie eine große Sache –, zeichneten Jack und ich, bäuchlings auf dem Boden liegend, manchmal auf Plakatpappe, wie wir später gern wohnen würden, die Landschaft drum herum, wie die Welt im Jahre 2020 aussehen würde. Er konnte besser Häuser und so zeichnen als ich, deshalb war er dafür zuständig, und ich übernahm das Gras und die Tiere und Menschen, mit großen Händen und winzigen Köpfen, aber egal, was wir machten, egal, wie wir die Aufgaben verteilten, die Bilder sahen nie auch nur annähernd so aus wie das, was wir uns vorstellten. Aber unsere Absicht war klar, und deshalb waren unsere Lehrer verwirrt, die dachten, dass wir so blöd wären, wie wir uns benahmen. Schon bald jedoch merkten alle, dass Jack anders war als Hand und ich, dass er Ruhe hatte, wo ich Chaos hatte, und Weisheit, wo Hand bloß ein großes, offenes, unermüdlich in Bewegung befindliches Mundwerk hatte. Aber er war nicht cool, während Hand und ich ein gewisses Maß an Provinz-Coolness anstrebten und gelegentlich auch erreichten. Jack hatte nicht das entsprechende Gen, konnte sich nicht mit dieser gewissen Lässigkeit oder Wut bewegen, konnte seine Socken nicht genau richtig nach unten schieben, wollte, dass sein Haar ihm Pluspunkte brachte, achtete aber zu sehr darauf, wie es lag. Er war vorsichtig und hielt immer alles schön sauber und ordentlich – wir hatten es darauf zurückgeführt, dass er Asthmatiker und über Jahre hinweg ein zartes Kind war, um einiges kleiner als wir Übrigen, kleiner, dünner, gut proportioniert, aber fast anämisch. Er besaß eine gute Koordination, war wirklich ein guter Sportler, aber so klein, ein Miniaturjunge – selbst sein Kopf war kleiner. Das heißt bis etwa im letzten Jahr auf der Highschool, als er einen Schuss in die Höhe machte, ein Meter achtzig erreichte und kräftiger wurde, und mit seinen feucht schimmernden Augen und dem Kinngrübchen zum Liebling mütterlicher Mädchen avancierte, die ihn nicht nur verhätscheln, sondern ihm auch Dinge beibringen wollten, von denen sie wussten, dass er sie brauchen würde. Und er hatte die ungewohnte Aufmerksam-

keit mit einem gewissen Verantwortungsgefühl, ja mit einem feierlichen Ernst angenommen, der uns auf die Palme brachte.
Das leise Tuckern unseres Lieferwagens verstummte, und ich hörte Stimmen näher kommen.

## DONNERSTAG

Wir wurden spät wach. Es war schon neun Uhr.
»Was für eine Verschwendung«, sagte Hand. »Wir hätten im Wagen auf dem Weg irgendwohin schlafen können.«
»Wir schaffen schon noch alles.«
»Wir müssen uns wirklich ranhalten.«
Wir stopften unseren Kram in unsere Rucksäcke.
»Bist du gestern noch mal aufgestanden?«, fragte ich. »Ich bin um halb drei oder so wach geworden, und da warst du weg.«
»Ja, ich bin wach geworden. Du hast im Schlaf gesprochen.«
»Was hab ich gesagt?«
»Nichts Sinniges.«
»Und dann bist du gegangen?«
»Runter zu Raymond.«
»Nein.«
»Doch. Mann, der Typ –«
Es klopfte an der Tür. Ich machte auf; eine sehr kleine Frau gestikulierte, dass sie gern das Zimmer putzen würde. Ich entschuldigte mich und sagte, wir wären gleich weg. Sie lächelte und verbeugte sich und ging wieder.
»Moment«, sagte ich. »Was riecht denn hier so?«

»Das bist du. Du riechst.«
»Das sind wir. Wir riechen.«
Ich roch an meiner Achselhöhle. Der Geruch war sehr stark. »Wir müssen die Klamotten waschen. Heute schwitzen wir wieder alles durch.« Wir hatten schon vor langer Zeit herausgefunden, dass nicht der erste Schweiß den üblen Geruch verursachte. Es war der Schweiß danach, der aus schon einmal verschwitzter Haut oder durchgeschwitztem Stoff austrat. Es war der *Zweitschweiß*.
Ich duschte mit großem Vergnügen. Das Wasser, von dem ich einiges schluckte, prasselte und brauste auf meinen Kopf, während schwere Tropfen mir, nachdem sie meinen Unterleib liebkost hatten, rhythmisch auf die Füße tropften. Ich sagte mir, flüsterte es sogar laut vor mich hin, dass das die beste Dusche war, die ich je erlebt hatte.
Wir fuhren zum Flughafen und eilten zum Schalter von Air Afrique. Er war mit drei Königinnen besetzt – grandios, in sagenhaft blumige und prachtvolle Gewänder gehüllt, die Haut schimmernd wie polierte Laternen.
Wir erkundigten uns nach den nächsten Flügen.
»Wo möchten Sie hin?«, fragten sie.
»Welche Flüge gehen denn heute?«, fragte ich.
»Sie wissen nicht, wo Sie hinmöchten?«
»Also, ja und nein.«
Es gab einen Flug nach Mauretanien, aber Mauretanien verlangte ein Visum.
»Und sonst?«
»Morgen geht ein Flug nach Casablanca.«
Marokko verlangte kein Visum. Aber wir müssten noch eine Nacht im Senegal bleiben. Wir würden also noch mehr Zeit verlieren, was die Wahrscheinlichkeit verrin-

gern würde, dass wir es rund um die Welt schaffen würden. Wir scheiterten gleichzeitig in jeder Hinsicht.
Wir vergewisserten uns, dass für den Flug noch Plätze frei waren, und entschieden uns, uns später zu entscheiden. Wir verließen den Flughafen und fuhren in Richtung Küste, Richtung Saly, wo es Badestrände gab. Zuerst wollten wir etwas schwimmen. Dann würden wir uns die Krokodile und Affen ansehen. Dann nach Gambia und wieder zurück. Wir konnten es schaffen, rechneten wir uns aus, aber wir mussten uns beeilen.
Noch ehe wir aus dem Flughafengelände heraus waren, hatten wir schon die Orientierung verloren. Vor einem alten Hangar hielten wir an, um nach dem Weg zu fragen. Etwa dreißig Männer, die Hälfte in Anzügen, standen auf dem Parkplatz neben dem Flughafen. Ein Kontingent von fünf näherte sich dem Wagen. Wir erklärten, wo wir hinmussten, nach Saly, und anstatt uns den Weg zu beschreiben, fingen zwei von ihnen an zu streiten, jeder mit den Händen am Griff der hinteren Autotür. Wir fragten noch einmal nach dem Weg. Nur die grobe Richtung, sagten wir.
Dann saß ein junger Mann auf der Rückbank.
»Ich zeige euch«, sagte er.
»Was?«, sagte Hand. Hand saß am Steuer.
»Ich zeige euch den Weg, dann ihr bezahlt mich, kein Problem.«
Hand sah mich an, ich sah Hand an.
»Ich zeige euch, ihr bezahlt mich, kein Problem«, sagte er wieder.

Sein Name war Abass. Er war jünger als wir, trug einen Trainingsanzug aus Nylon. Er saß da, wo der Polizist gesessen hatte, und ich stellte erstaunt fest, dass ich froh über seine Anwesenheit war. Es tat gut, zu dritt zu sein.

Doch innerhalb weniger Minuten hatte er uns auf die Straße nach Saly dirigiert und sich damit überflüssig gemacht. Ich sah auf der Karte nach und stellte fest, dass auf der gesamten einstündigen Fahrstrecke keine einzige Abzweigung mehr kam.

»Solltenwirihnjetztnichtrauslassen?«, fragte ich.

»Ichglaubdaswärunhöflich.Vielleichtredenwireinbisschen mitihm,fragenihnaus –«

Er blieb. Wir mochten ihn. Er mochte Otis Redding, und Hand hatte eine Kassette mit Otis Redding, also spielten wir James Brown. Am meisten mochte er Wu-Tang Clan, aber wir hatten nichts von Wu-Tang Clan. Wir hatten Dolly Parton.

Die Straße war ein endloser Marktplatz; die Art von Straße, wo sich in den USA Supermärkte und Fast-Food-Restaurants aneinander reihen, aber hier waren Reifenwerkstätten, Kühlschrankläden und Obststände. Drei schlaksige Jungs, die anderthalb Meter von der Straße entfernt Tischfußball spielten. Kleinbusse, hellblau und liebevoll mit der Hand bemalt, völlig überfüllt. Wenn Passagiere aussteigen wollten, wurde der Bus langsamer, und sie sprangen aus der hinteren Tür ab. Der Bus kam nie richtig zum Stehen. Die Kinder waren verdreckt, aber die Mobil- und Shelltankstellen waren jungfräulich rein, genau wie die Erwachsenen. Überall Menschen in Dashikis, so lang, dass sie die unbefestigten Randstreifen fegten, aber sie waren trotzdem unbefleckt.

Das Licht war dieses vertraute, staubige Weiß. Ich beschloss, dass wir Abass, wenn wir in Saly ankamen, die Hälfte des Geldes geben würden, das wir noch bei uns hatten – etwa 1.200 Dollar.

»Hast du Frau?«, fragte Hand.

»Nein, nein. Bald«, sagte er.

»Kinder?«

»Nein, nein. Bald.«

»Freundin?«

»Ja! Ja!«

»Hübsche Freundin?«

»Ja!«, sagte er und hielt drei Finger hoch. Drei Freundinnen.

Was würde er mit dem Geld anfangen? Ein Geschäft aufbauen? Den Senegal verlassen? Es überstieg mein Vorstellungsvermögen.

An einer Ampel verkaufte ein Mann Orangensaft. Wir winkten ihn zu uns. Er kam ans Fenster. Aber es war kein Orangensaft. Es war Bremsflüssigkeit. Er verkaufte Bremsflüssigkeit und Musikkassetten. Hinter ihm verfaulte ein riesiger Berg Fische, so groß wie ein Ameisenhaufen, in der Sonne.

»Wir sollten ihn hier rauslassen«, sagte ich.

Hand bot es ihm an. Abass schüttelte den Kopf und lächelte.

»Er will nach Saly«, sagte Hand.

Wir fuhren weiter. Hand und Abass sprachen über etwas, das Hand viele Laute der Verblüffung entlockte. Er wandte sich mir zu.

»Ich glaube, er hat gerade gesagt, dass sein Vater Botschafter in Zaire ist.«

»Sag ihm herzlichen Glückwunsch«, sagte ich und überlegte, wieso der Sohn eines Botschafters mit uns im Auto nach Saly fuhr.

Hand und Abass wechselten ein paar Worte.
»Er ist seit zehn Jahren tot«, erklärte Hand.
Wir sprachen ihm unser Beileid aus. Ich reichte Abass einen Energieriegel mit Schokostückchen. Er zeigte durch die Frontscheibe auf einen entgegenkommenden französischen Militärlastwagen.
»Frag ihn, wie er mit Nachnamen heißt«, sagte ich.
Hand fragte.
»Diallo«, sagte Abass.
»Wirklich?«, fragte Hand.
Noch ein französischer Truppenlastwagen.
»Sag ihm«, sagte ich, »dass es in Amerika einen sehr berühmten Diallo gibt.«
Hand sagte es ihm. Abass war sehr interessiert.
»Abass will wissen«, sagte Hand, »womit unser Diallo so berühmt geworden ist.«
Wir fuhren eine Weile wortlos dahin. Ich wusste, dass wir ihm das nie erklären könnten, und wir wollten die gute Stimmung nicht verderben.
»Sag ihm, er ist Sänger«, sagte ich.

In Saly bogen wir ab und fuhren an einer Reihe von überdachten Einfahrten vorbei. Wir waren in einer Ferienanlage, und das Grün wurde rasch üppiger, am Straßenrand lag kein Abfall mehr – als käme man in einen Nationalpark in Florida. Wir hielten vor einem Hotel namens Savana Saly, stiegen auf dem Parkplatz aus und reckten uns.
Ich hatte das Geld schon parat – das spezielle Bündel Scheine, das ich in der Tasche unter meinem Gürtel aufbewahrte –, als er uns sagte, wie viel er haben wollte.

»Was?«, sagte Hand. Abass sprach rasch und unnachgiebig. Sie wechselten ein paar Worte. »Ich glaube, er will achtzig Dollar.«
»Achtzig Dollar? Dafür, dass er uns auf die richtige Straße gebracht hat?«
»Scheint so.«
»Das ist zu viel«, sagte Hand zu Abass.
Er blickte Hand erbost an. Jetzt war er nicht mehr unser Freund. Achtzig Dollar für dreimal Abbiegen und eine Stunde auf der Landstraße.
Er schleuderte Hand mehr Worte entgegen.
»Er sagt, er muss mit dem Taxi zurück nach Dakar«, sagte Hand.
Nie im Leben würde er mit dem Taxi zurück nach Dakar fahren. Er würde den Bus nehmen und die achtzig Dollar einsacken. Wir mochten ihn nicht mehr. Er wusste, dass wir uns mies fühlen würden, wenn wir ihm weniger zahlten, als er habe wollte, aber achtzig Dollar war falsch. Ich sah hoch, und der Himmel schenkte mir keine Geduld. Wir waren zu lange gefahren, und wir hatten nichts gegessen –
»Will.«
Ich wollte eine Decke, aber sie war zu dünn und porös, und mir wurde schwindelig. Ich wollte irgendwas Verlässliches über mir –
»Will.«
»Was? Was ist?«
»Deine Tasche. Die Scheine.«
»Sorry.«
Ich gab ihm die achtzig Dollar, aber nicht die geplanten 1.200 Dollar. Er nahm das Geld und schrieb seinen Namen und seine Telefonnummer auf einen Zettel, drängte uns, ihn anzurufen, falls wir Hilfe bräuchten, um zurück

nach Dakar zu kommen. Wir sagten, wir würden uns bestimmt melden. So ein Wichser.
Er ging zur Landstraße. Hand und ich standen auf dem Parkplatz und sahen ihm nach, meine Finger prickelten, mein Kopf war halb ohnmächtig.
»Ein Jammer«, sagte Hand.

Am Empfang des Hotels, im Freien unter einem Strohdach, saß eine übermüdete französische Touristentruppe auf Koffern und wartete auf Erlösung. Sie starrten uns abschätzig an. Wir checkten ein und stellten unser Gepäck in unserem dunklen, kühlen Zimmer ab. Der Deckenventilator rotierte wie verrückt. Ihm fehlte eine Schraube, und überall waren Bilder von Papageien und Erdnüssen. Wir gingen schwimmen. An der Snackbar kauften wir kalte Fantas und transportierten sie in unseren Schuhen, die wir von unseren Fingern baumeln ließen. Wir hatten einen Rucksack mitgenommen, voll gestopft mit Handtüchern aus dem Zimmer und meiner ausgedünnten Churchill-Biographie.
Der Strand war schmal und steinig, das Wasser ein glitzerndes Kobaltblau. Die Badenden waren alt und weiß, Fleisch triefte abwärts, die Männer in Bikinis, die Frauen, die Hälfte von ihnen, oben ohne und unvorsichtig baumelnd. Hand rannte los, sprang zuerst auf einen und dann von einem großen, grauen, rundgelutschten Felsen ins Meer.
»Scheiße!«, schrie er. Er stand bis zur Hüfte im Wasser, riss die Hände vors Gesicht. »Es ist scheißkalt!«
Aber er blieb drin.
Ich steckte die Füße hinein; es war brutal. Die Luft

war etwa 33°, und wir hatten eine entsprechende oder annähernd ähnliche Wassertemperatur erwartet. Aber es war kühl und frisch. Die Kälte eines Sees im nördlichen Wisconsin Anfang Juni.

Ich wollte, dass mir heißer war, ehe ich reinsprang, ich wollte schweißnass sein. Ich breitete mein Handtuch aus und legte den Kopf auf den Sand und lauschte. Ein Vogel, fünfzehn Meter über mir, stürzte vom Himmel wie ein Flugzeug. Aber eine Sekunde später stieg er wieder auf, einen Fisch im Schnabel, und flog zu dem weißen Strand.

Ich drückte den Kopf tiefer in den Frotteestoff und schloss die Augen. Nur auf Sand wie dem hier hatte ich je das Gefühl, bis in alle Ewigkeit schlafen zu können, das Gefühl, dass Schlaf ein Ziel sein könnte, wie eine warme Insel reich an Nahrung. Die Behaglichkeit war grenzenlos, und ich wusste, dass ich lautlos die Worte *wunderbar, herrlich, wunderbar, herrlich* flüsterte, aber ich konnte nicht anders. Die Sonne schien mir auf eine Gesichtshälfte, ein Auge, eine Schulter. Sie drückte sich fest gegen mich, tastete mit den Zeigefingern über meinen Hals, meinen Scheitel, eine Seite meiner Wade. *Wunderbar. Wunderbar*, dachte ich. Dann dachte ich: *Du wirkst so zufrieden.* Ja. *Wieso? Es gibt Gründe, warum das unpassend ist.* Ich weiß. *Aber welche waren das noch mal?* Ich weiß nicht. *Weißt du wohl.* Warum tun wir das? Warum versuchen wir, uns daran zu erinnern, warum diese Behaglichkeit nicht mehr möglich ist? Moment mal. Jetzt weiß ich's wieder –

Ich hatte die Antwort.

Hand hatte die Zündung des Mietwagens ausgemacht. Ich hatte ihm gesagt, er solle das nicht tun. Oder wurde der Sprit knapp? Das konnte nicht sein. Ich hätte den Motor nicht laufen lassen sollen. Wie lange war ich schon hier drin? Ich hatte mein Zeitgefühl verloren. Gleich nebenan war eine Tankstelle, also war das nicht so schlimm.

»Hand?«

Nichts.

Ich hörte Stimmen vor dem Container, sie kamen näher. Ich legte die Zeichnungen zurück in die Kiste. Ich stand auf, mit dem Rücken zur Tür. Die Dielenbretter des Lagerraumes knarrten, und als ich mich umdrehte, traf mich etwas am Kinn. Ein Flugzeug aus Beton. Ich sackte auf die Knie. Sofort traf mich dasselbe Etwas, oder etwas in der Art, ins Kreuz.

Es war Jahre her, dass ich geschlagen worden war. War das eine Faust oder ein Knüppel gewesen? Ein Baseballschläger. Eine Faust gegen das Kinn, dann ein Baseballschläger ins Kreuz. Keine Faust; zu hart. Ein Brett, beide Male. Ich wollte sehen, wer, sah aber nur den Boden. Dann ein Paar Schuhe, ganz nahe, Arbeitsschuhe, schwarz, und dahinter ein Paar weiße Turnschuhe. Vielleicht noch ein weiteres Paar Schuhe. Zwei Typen, oder drei. Ich kam auf die Knie und streckte die Arme vor, wollte mich schützen, versuchte den Kopf zu heben. Ein Korkenzieherschmerz raste durch mein Rückgrat. Ich wollte etwas sagen, aber es ging nicht – die Lunge brannte. Ich fiel nach vorn, meine Hände fingen mich ab, ehe mein Gesicht auf dem Boden aufschlug. »Was soll der Scheiß?«, sagte ich. Wange auf dem kühlen Holzboden, ich konnte drei Gestalten ausmachen. Ich hatte Blut im Mund. Es lief mir übers Kinn, als ich sprach. *Verdammter Hand.*

Ich wollte wieder hochsehen, fiel aber vor Schmerz fast in Ohnmacht. Ich setzte mich auf, mit hängendem Kopf, und wischte mir das Blut mit dem Handrücken ab. Ich sah mich nach einer Waffe um. Mein Rücken fühlte sich an, als wäre er gebrochen. Es war kein dumpfer Schmerz; er war stechend, fast süß.

Einer von ihnen lachte. Ein Lachen wie ein Husten.

Die Spitze eines Schuhs fetzte durch meinen Bauch. Ich verlor meine Lunge. Ich spuckte einen Blutklumpen auf den verschlissenen indianischen Teppich, der früher in Jacks Zimmer gelegen hatte. Ich brauchte nur einen Moment, um wieder Luft zu kriegen. Gottverdammt, ich brauchte bloß einen Moment –

»Antworte!«, brüllte eine Stimme. Ich hatte die Frage nicht gehört.

Kniend, aber aufrecht schlug ich wild um mich, traf die Metallwand des Containers. Sie gab ein kleines Geräusch von sich, schnell und schwach. Haut von meinen Knöcheln blieb an der Wand kleben, weiß mit roten Streifen. Der mir am nächsten war, lachte. Und trat mir dann voll gegen die Brust. Diesmal knallte mein Kopf auf den Boden. Ich konnte den Sturz nicht abfangen. Ich versuchte es, aber meine Hände fühlten sich so klein an. Dann landete das Ende von dem Brett auf meiner rechten Hand, wie ein Spaten.

Ich wurde ohnmächtig. Als ich die Augen öffnete, kam es mir vor, als wären Stunden vergangen, seit ich das Leben gesehen hatte.

Ich hatte das Gefühl, als würde ich mit winzigen, zerquetschten Lungenflügeln Luft einsaugen. Lungen, so groß wie Daumen. Ein Ende war nicht abzusehen. Aber ich brauchte Luft. Bloß einen kleinen Moment. Aber so zu sterben –

Es wurde nicht besser. Meine Lunge war so klein und brannte, wenn ich versuchte, Luft einzuziehen. Ich wollte ein Pistole. Sie hatten den Falschen erwischt. Ich wollte etwas sagen, aber als ich es versuchte, konnte ich vor Tränen nichts mehr sehen. Meine Lunge war mit Feuerzeugbenzin getränkt und in Brand gesteckt worden. Was wollten die? Unter mir drehte sich alles.
Allmählich kam mein Atem zurück, aber meine Hände waren zerquetscht. Und wenn ich irgendwas finden würde, mit dem ich auf einen von ihnen losgehen könnte, wären da noch die anderen. Hier konnte bloß eine Pistole helfen. Zwei Pistolen. Ein Messer. Damit würde ich zumindest einigen Schaden anrichten. Ich hasste ihre Überlegenheit. Sie hatten mich blind gemacht, und sie waren zu zweit. Ich hatte fast keine Chance. Wo blieb Hand, verflucht. Er würde jeden Moment mit einem Baseballschläger auftauchen und Schädel einschlagen. Ich sehnte mich nach dem Geräusch.
Einer von ihnen brüllte irgendwas. Ich glaube, wieder »Antworte!« Ich hörte nur noch gedämpft.
Ich wollte aufstehen. Der neben mir packte meine Haare. Ich schlug seine Hand weg – ich hatte mehr Kraft, als ich dachte. Ein Büschel Haare blieb zwischen seinen Fingern stecken. Ich machte zwei Schritte rückwärts und stolperte über Bruchstücke von einem Tisch. Ich war wieder auf dem Boden. Der mir am nächsten war, lachte noch immer. Ich versuchte zu schreien, bekam aber nur ein Flüstern heraus. Mein Rückgrat war ein Pfahl, der mir in die Schädelbasis gerammt wurde, ein Besen, der sich in eine Decke bohrte.
»Du Scheißkerl!«, grölte der weiter hinten. Es war so laut in dem Stahlkasten, dass ich zusammenzuckte. Der weiter hinten kam näher und schaltete das Licht aus. Der Schuh

kam von unten und traf mich rechts am Kopf, und ich war weggetreten.
Als ich aufwachte, war ich allein. Es gab nur meine Augen. Sie fühlten sich an, als wären sie entfernt worden, in Säure getaucht und dann mit Nadeln wieder festgesteckt worden. Die Dielen waren aus Eichenholz, sehr alt, mit abgerundeten Kanten. Meine rechte Handfläche berührte das Holz, und meine Wange lag auf der Hand, aber die andere Hand konnte ich nicht orten. In der Richtung, in der ich sie vermutete, spürte ich nichts. Ich öffnete wieder die Augen. Da war kein Hund. Ich dachte, ich hätte einen Hund gehört.
Ich versuchte mich aufzusetzen, aber mein Kopf war zu schwer. Ich konnte die Wange anheben, aber nicht den Schädel. Ich hatte Bedenken, ihn vom Boden zu lösen, Angst, es könnte etwas zerreißen. Ich ließ die Wange wieder sinken und schlief. Ein Krachen weckte mich, und als ich mich hastig aufsetzte, gab es ein Reißgeräusch. Ich betastete die Stelle meines Kopfes, wo er am Boden festgeklebt gewesen war. Ich würgte und spuckte. Ich wischte meine Hand an der Kiste hinter mir ab, ohne hinzusehen. Ich wollte nichts Weißliches sehen, irgendwelche Handknochen. Ich betastete meinen Hals, um festzustellen, ob ich unablässig blutete, was bedeuten würde, dass ich starb, aber dem war nicht so. Ich sah zu Boden, dahin, wo mein Kopf gelegen hatte, aber da war nur eine kleine schwarze Pfütze, die Ränder angetrocknet. Ich konnte nicht viel Blut verloren haben. Ein Hund schaute kurz zur Tür herein und war dann wieder verschwunden.
Ich benutzte meine rechte Hand, aber die linke spürte ich nicht. Mir wurde klar, dass ich meine linke Hand nicht spürte. Wo war mein linker Arm? Ich sah dahin, wo er ei-

gentlich sein müsste, und fand ihn auch, locker von der Schulter hängend wie ein Windspiel. Er war ausgekugelt oder gebrochen. Mein Schädel war zwar noch irgendwie befestigt, aber zu locker. Der Schmerz war so aktiv und pulsierend, dass es mich faszinierte. Er war anders als herkömmliche Kopfschmerzen, die diffus pochen; dieser hier war wie ein unaufhörliches Platzen im Innern, als würde die Innenwand der Hirnschale unerbittlich mit Spitzhacken bearbeitet.
Dinge zu sehen tat meinen Augen weh. Ich schloss sie.
In meinem Innenohr waren Insekten. Irgendwas ratterte leicht. Dann ein schrilles Geräusch, wie eine Pfeife, aber höher und weiter weg. Ich betastete mein Gesicht; die rechte Seite war taub. Ich schüttelte sachte den Kopf, und der Schmerz wurde astronomisch.
Ich schlief wie mir schien stundenlang. Schließlich stand ich auf und fiel gleich wieder um, weil glühendes Glas mir das linke Bein hinaufschoss. Der Hund war wieder da. Es war ein Collie, weiß und kakifarben, und er stand vor der Tür des Containers. Ich öffnete den Mund und schloss ihn. Der Lieferwagen stand noch an derselben Stelle. Die Windschutzscheibe war in der Mitte gesprungen, ein großer Riss, der sich in Dutzenden weißen Ausläufern verlor. Ich saß auf dem Boden und konnte mir absolut nicht vorstellen, wie ich je zum Wagen kommen sollte.
Ich hörte Schritte auf dem Kies. Hand.
»Ach du Scheiße!«, sagte er. »Verdammt, was ist denn mit dir passiert?«
Ich hasste ihn. Das hatte ihm gegolten. Sie waren wegen ihm gekommen.
»Sag was«, flehte er.
»Wo warst du?«, hauchte ich.

»Was zum Teufel ist passiert?«
Ich legte alle Kraft in meine Stimme. »Wo warst du, Hand?«

Ich hob den Kopf und setzte mich auf. Der Strand war unverändert. Hand war weiter draußen, schwamm mit seinen vollkommenen Kraulschlägen auf ein kleines Fischerboot zu. Ich stand auf und wäre fast umgekippt. Ich stützte mich auf die Knie und wartete ab und richtete mich wieder auf und watete ins Wasser, noch immer schwindelig, und die Hände des kalten, ruhigen Meeres hielten meine Waden fest, packten dann meine Knie, und seine dicken, starken Finger schlangen sich um meine Hüften und seine knochigen, kalten Arme um meine Taille. Ich tauchte den Kopf unter und kam nass und gestärkt wieder hoch.

Ich schob mir die Haare aus dem Gesicht und strich sie nach hinten, ließ das Wasser aus dem Mund gleiten und langsam über den Hals fließen. Hand zog sich aus dem Wasser, sodass er in das leere Boot schauen konnte. Ich konnte nicht sehen, was drin war. Aber er fand oft irgendwelche Sachen. Er schwamm zurück; das Boot war leer.

Am Strand ließen wir uns in der Sonne trocknen. Weit draußen ein Fischerboot mit einem alten Mann, der an der Seite des Bootes einen riesigen Fisch oder einen Teil davon hochzog. Einen Schwertfisch, wie es aussah, und es waren große Stücke aus ihm herausgerissen worden.

»Aas fressende Fische«, sagte Hand. »Die beißen zu und verschwinden in die Tiefe.«

»Armer Mann.«

»Dreh dich mal um«, sagte Hand.
»Warum?«
»Den Mist hast du mir gar nicht gezeigt. Mein Gott.«
»Was denn?«
»Hast du dir schon mal deinen Rücken angesehen?«
»Nein. Eigentlich nicht.«
»Scheiße, Mann. Du hast da einen bombastischen Bluterguss –«, er stieß mit dem Finger links unten gegen meinen breiten Rückenmuskel, »– und hier oben –«, er fuhr mit der Hand über meine rechte Schulter, »– ist alles rot und zerkratzt. Einfach furchtbar.«
»Dahinten tut's aber nicht weh.«
»Umso besser. Sieht jedenfalls furchtbar aus.«
– Du tust so, als wäre es nicht deine Schuld.
– Das hatten wir doch schon.
– Aber noch nicht oft genug.
Eine breitschultrige Frau spielte mit vier kleinen Kindern direkt am Wasser. Sie hatten das größte Kind eingegraben und kicherten jetzt verschwörerisch. Ihr Hund kam zu uns herüber und erwartete, dass wir ihn streichelten. Er war klein und weiß mit kurzen Beinen und zog seine Leine hinter sich her. Er zwinkerte uns zu.
»Der hat bloß ein Auge«, sagte Hand. Das stimmte.
Er kraulte den Hund hinterm Ohr. Der Hälfte aller Tiere in meinem Leben fehlte ein Auge – als Kinder hatten wir Nüsse an ein zyklopisches Eichhörnchen namens Terrence verfüttert, das auf unserem Dach lebte –, und ich war mir nicht sicher, ob das ein gutes oder ein schlechtes Zeichen war. Das eine Auge des Hundes war weit offen und das andere fest um die Leere herum geschlossen. Aber er grinste – war es gewohnt, dass man ihn mochte. *Hört mal, Freunde, ich hab bloß ein Auge, ich zwinkere euch zu, schenkt mir ein wenig Liebe.* Wir kraulten ihn

überall, während er sich entsprechend bewegte, um unsere Hände dorthin zu lenken, wo er sie hinhaben wollte. Als seine Bedürfnisse gestillt waren, kehrte der Hund unvermittelt zu seiner Familie zurück. Er musste wohl wieder nach dem Rechten sehen.

Während die kleinen Wellen mit lang gezogenem Zischen den Sand benetzten, nahm ich meinen Churchill. Inzwischen war er bei der Admiralität, brachte alles auf Vordermann, versuchte die Produktion von Schiffen zu steigern, verfeinerte seine rhetorischen Fähigkeiten, war zum ersten Mal Vater geworden, schrieb wunderschöne Briefe an Clementine. Ich hatte nie wunderschöne Briefe an irgendwen geschrieben und ich hatte nie gegen die Buren gekämpft, hatte nie einen entgleisten Militärzug bei Frere wieder flott gemacht, nie unter Artilleriefeuer Verwundete auf Lok und Kohlenwagen geladen –

– Churchill, was hättest du gemacht?

– Wann?

– In Oconomowoc.

– Was? Wovon sprichst du?

– Ich bin zusammengeschlagen worden. Sie haben mich mit Knüppeln traktiert. Ich war in einem Lagercontainer und hab Jacks Sachen zusammengesucht, eigentlich hab ich sie bloß durchgesehen, ich war wohl ein bisschen in Gedanken, und Hand war weg –

– Wo war Hand?

– Der ist spazieren gegangen, den Berg rauf.

– Hand hätte da sein sollen.

– Ich weiß. Aber wenn ich mir dieses Wissen erlaube, werde ich ihn verlassen, und das will ich nicht. Ich will es, ganz oft, aber ich komme nicht von ihm los, bin ohne ihn schlechter dran, falls du das verstehen kannst.

– Kann ich.

– Also, was hättest du gemacht?
– Schwer zu sagen. Du hattest anscheinend schlechte Karten.
– Ich hätte an deiner Seite gekämpft, Churchill. Egal wo. Hab ich das schon gesagt? In Indien wäre ich dabei gewesen, ins Feuer der Musketen gesprungen. In Ägypten wäre ich dabei gewesen, hätte am Surgham Hill die Mahdistenarmee ausgespäht. Kavallerie, Infanterie, egal –
»Wir sollten aufbrechen«, sagte ich.
»Stimmt«, sagte Hand.

Wir zogen uns schnell an, damit wir durch die Gegend fahren und Geld an Esel kleben konnten. Wir waren seit zwanzig Stunden im Senegal und hatten noch so gut wie nichts verschenkt.
Ich fuhr. Ich fuhr schnell. Die Straße war trocken, führte durch Buschland und gelegentlich über eine Farm, und am Straßenrand tauchten immer wieder kleine Hüttendörfer und schiefe Zahnstocherzäune auf. Der Boden war dürr, das Gras bernsteinfarben. Wir kamen an noch mehr blauen Bussen vorbei, voll gepfropft mit Menschen, die auf uns starrten, auf nichts.
Der Plan mit den Eseln stammte von Hand. Während wir fuhren, die Haare noch nass, hielten wir Ausschau nach einsamen Eseln, denen wir Geld an die Flanken kleben konnten, damit ihre Besitzer es fanden. Was würden sie denken? Wir hatten keine Ahnung. Geld an Esel geklebt? Die Idee war großartig, das wussten wir. Das Geld würde in einem Umschlag stecken, den wir aus Seiten von dem mitgebrachten Rechenpapierblock falten würden, zugeklebt mit Pflaster. Auf das Blatt schrieb Hand, wobei er

sich die Finger mit Markerfarbe versaute, eine kurze Begrüßung und folgenden Text:

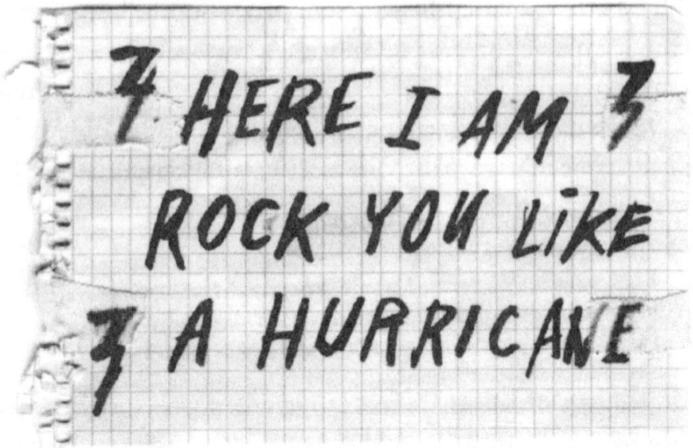


Wir sahen viele Esel. Aber jedes Mal, wenn wir einen Esel sahen, stand jemand irgendwo in der Nähe.
»Wir müssen einen allein finden, damit es für den Besitzer eine Überraschung ist«, sagte Hand.
»Genau.«
Wir fuhren.
»Die Gegend hier sieht aus wie Arizona«, sagte Hand.
»Aber in der Anlage war alles ziemlich grün.«
»Pass auf.«
Ich war für einen Moment von der Straße abgekommen, Schotter spritzte, die Beifahrerseite neigte sich kurz, kam dann wieder hoch, blieb ruhig und gerade.
»Trottel«, sagte Hand.
»Alles unter Kontrolle. Kein Problem.«
»Idiot. Hör mal.«
Ein flatterndes Geräusch.
»Halt an«, sagte er.

Wir hatten einen Platten.
Wir stoppten. Als wir ausstiegen, war alles sehr still. Die Erde war flach und die Savanne nur von großen blattlosen Bäumen unterbrochen, mit wulstigen und muskulösen Stämmen. Ein leuchtend blauer, verrückt bemalter Bus, voll besetzt, fuhr vorbei; alle starrten. Die Sonne stand direkt über uns.
Wir holten den Ersatzreifen und das Werkzeug raus und bockten den Wagen auf. Wir machten uns an die Radmuttern, aber sie waren verrostet und ließen sich nicht bewegen. Wir schlugen mit dem Schraubenschlüssel dagegen, vergeblich. Wir setzten uns neben den Wagen auf die Straße, waren auf einmal beide sehr müde. Der Asphalt war so warm, dass ich mein Gesicht darauf legen wollte. Ich malte mir aus, was uns nun bevorstand: in den nächsten Ort trampen, vielleicht den Bus anhalten, dann irgendeine Werkstatt auftreiben, mit einem Abschleppwagen zurück, dann, Stunden später, die Reparatur des platten Reifens. Wir würden den ganzen Tag damit vertun. Wir hatten schon zu viel Zeit vertan.
Ein Mann tauchte hinter dem Auto auf. In einem lila-schwarzen Dashiki, mindestens siebzig, mit einem kleinen, kantigen Kinn und kleinen, schwarzen, tief unter den Brauen liegenden Augen. Er sagte nichts.
Er schob sich zwischen mich und Hand und machte sich ohne ein Wort an die Arbeit. Zuerst legte er einen Stein hinter das Hinterrad, damit der Wagen nicht wegrollte. Daran hatten wir nicht gedacht. Dann ging er in die Hocke, und mit Händen, die aussahen, als hätten sie seit Jahrzehnten keine Feuchtigkeit mehr abbekommen, Falten wie Spinnweben, ließ er den aufgebockten Wagen wieder runter, sodass das Rad auf der Straße stand. Er erhob sich und trat mit seinem sandalenbeschuhten, alten

Fuß auf den Schraubenschlüssel; die Radmutter drehte sich. Er wiederholte das bei jeder Mutter, und in einer Minute war das Rad ab.
»Hebelkraft«, sagte Hand zu dem Mann und berührte ihn an der Schulter. »Du bist ein sehr guter Mann!«, sagte er und klopfte dem Mann jetzt auf den Rücken.
Ich lachte über unsere Unfähigkeit. Der Mann gluckste leise. Er sah mir ins Gesicht und lächelte.
Ich schob den neuen Reifen auf, und der Mann erlaubte mir, die Radmuttern selbst festzudrehen. Als alles fertig war, drehte der alte Mann sich um und ging weg. Er hatte noch immer nichts gesagt.
»Gib ihm was«, sagte Hand.
»Meinst du wirklich?«
»Klar.«
Der Mann war schon über die Straße und ging die Böschung hinunter in das hohe Gras.
»Meinst du, das wäre eine Beleidigung?«, sagte ich.
»Nein. Mach schon.«
»In Amerika wäre es eine Beleidigung.«
»Das ist was anderes.«
Ich zog ein Bündel Scheine aus meiner Beintasche.
Ich lief hinter dem Mann her, und als ich die Böschung hinunterstolperte, merkte ich, dass ich barfuß war. Die harte Erde zerkratzte mir die Fußsohlen, aber nach zwanzig Metern holte ich ihn auf dem gegenüberliegenden Feld ein.
»Entschuldigen Sie!«, sagte ich, obwohl ich wusste, dass er die Worte nicht verstehen würde, aber da ich auch wusste, dass ich irgendetwas sagen musste, entschied ich mich dann für die Worte, die ich gesagt hätte, wenn er in der Lage gewesen wäre, sie zu verstehen. Er drehte sich um.

Ich lächelte und hielt ihm einen Packen Scheine hin. Er starrte mir auf die Nase. Ich lächelte noch angestrengter und verdrehte die Augen.
»Lange Geschichte«, sagte ich.
Er wehrte das Geld ab. Ich nahm seine Hand, legte die Scheine hinein und schloss seine Finger, trocken und geringelt wie Birkenzweige, um das Geld. Ich lächelte, eifrig und nervös, als würde ich von *ihm* Geld annehmen und nicht umgekehrt.
Er sagte nichts. Er nahm die Scheine und ging weiter. Ich trabte zurück zum Auto, wobei meine Füße fröhlich auf den Asphalt klatschten; ein Junge war da, etwa sechs Jahre alt, obwohl weit und breit weder ein Haus noch eine Hütte zu sehen waren.
»Wo kommt der denn her?«, fragte ich.
»Er war auf einmal da«, sagte Hand.
Der Junge, barfuß und in Shorts à la Tom Selleck als Magnum, lehnte an der Seite des Wagens und spähte hinein, die Hände schützend um die Augen und gegen die Scheibe gedrückt, in der sich die endlosen Felder hinter ihm spiegelten, frisch bestellt und dürr.
»Was will er?«
»Ich glaube, er wollte uns helfen.«
»Haben wir was für ihn?«
»Geld.«
»Nein. Dann wird er überfallen.«
Wir schenkten ihm eine Packung Kekse mit Cremefüllung und eine Literflasche Wasser, sie war voll und sah in der Sonne schwer aus, wie Quecksilber.
Wir stiegen ins Auto, aber das Auto kam nicht vom Fleck. Der Junge neben dem Auto schrie irgendwas, winkte mit knochigen Armen.
»Der Stein«, sagte Hand.

»Oh«, sagte ich.

Der Junge behielt uns vorsichtig im Auge, hob eine Hand, um uns zu signalisieren, dass wir ihn nicht überfahren sollten, bückte sich und nahm den Stein weg, den der alte Mann vor dem Festschrauben der Radmuttern vor das Hinterrad gelegt hatte. Wir dankten ihm und winkten und hupten und fuhren weiter, die Küste entlang.

Es gab Strände, die als Müllhalden benutzt wurden. Der Sand war weiß und wellig, das Wasser dahinter klar, doch der Strand war voll mit Abfall, haufenweise, und kaputten Booten. Immer mal wieder kamen wir durch ein Dorf, geduckte Lehmhäuser bis dicht an den Straßenrand, Kinder, die aus offenen Eingängen rannten. Wir überholten noch mehr blaue Busse und ein paar Karren, die von nickenden Pferden gezogen wurden, aber wir sahen keine Esel. Wir fanden keinen beschissenen Esel mehr. Kühe täten's auch, dachten wir, aber jedes Mal, wenn wir anhielten und uns an eine Kuh ranschlichen, kam auf der Straße ein Wagen oder ein leuchtend blauer Bus oder ein Farmer oder ein Karren oder ein Kind, und wir brachen die Sache ab. Einmal, als wir wirklich dachten, es würde klappen, als das Geld im Umschlag steckte, Klebeband drum herum, und wir eine Kuh ausgesucht hatten und nur noch wenige Schritte entfernt waren, kam zwar kein Auto, aber eine ganze Karawane von Männern, Franzosen, so vermuteten wir, auf vierrädrigen ATVs, gleich elf hintereinander, die Hälfte von ihnen mit weißen Freundinnen, die sie um die Taille fassten, alle mit Pilotenbrillen, ein paar mit Schals.

»Großer Gott, nein«, sagte Hand.

Der Anblick war beängstigend und unvergesslich.
»Hat der Alte irgendwas zu dir gesagt?«, fragte Hand.
»Nein.«
»Mhm.«
»Ich glaube, ich hab ihm Leid getan. Als sollte ich mit dem Geld lieber mein Gesicht behandeln lassen.«
Hand lachte auf, verstummte dann.
»Sorry«, sagte er. »Wie viel hast du ihm gegeben?«
»Etwa 800, glaube ich.«
»Das ist zu viel.«
»Warum?«
»Weiß nicht. Willst du es nicht besser aufteilen?«
»Warum?«
»Wäre doch sinnvoll, oder?«
»Nein.«
»Stimmt.«
Wir gaben es auf, Geld an Tiere kleben zu wollen. Jetzt hielten wir nach Menschen Ausschau. Irgendwelche Leute, bei denen wir das Geld loswerden konnten. Aber es war irgendwie seltsam, die Auswahl zu treffen. Wir sahen ein paar Jungs, die auf einem Feld arbeiteten, Heu zusammenharkten und es auf einen großen Holzwagen warfen, vor den ein Maultier gespannt war. Fünf Jungs –
»Wahrscheinlich Brüder«, sagte Hand. Wir hielten am Straßenrand an.
»Die sehen uns doch«, sagte ich.
»Dann steig aus und gib ihnen was von dem Geld, du Idiot.«
»Noch nicht. Ich muss sie mir erst ansehen.«
»Hier«, sagte Hand und breitete zwischen uns eine Karte aus. »Mensch, ich komm mir vor wie ein Polizist bei einer Überwachung.«
– die ohne Unterbrechung zusammenarbeiteten. Sie waren

perfekt. Aber ich konnte mich einfach nicht aufraffen. Ich musste bloß aus dem Auto steigen, dreißig Meter gehen und ihnen einen Teil von den 1.400 Dollar geben, die ich noch bei mir hatte. Wir mussten dieses Geld loswerden. Morgen würden wir wieder Schecks eintauschen – *wusch! wusch!* – und von vorn anfangen.

»Der eine da sieht aus wie ein Dad«, sagte ich.

»Nein, der ist bloß ein bisschen älter als die anderen.«

»Ich kann's ihnen nicht geben, wenn ihr Dad dabei ist.«

»Warum?«

»Weil der Dad es nicht annehmen würde. Und seinen Jungs würde er das auch verbieten.«

»Blödsinn«, sagte Hand. »Klar würde er es annehmen.«

»Nein, würde er nicht. Das hat was mit Stolz zu tun. Der würde das Geld nicht vor den Augen seiner Söhne annehmen.«

»Hier doch nicht, du Blödmann. Die Burschen wissen, dass sie es brauchen und wir es uns leisten können. Sie nehmen's ja nicht von einem Nachbarn, sie nehmen's von Leuten an, denen es praktisch nichts bedeutet, du weißt schon. Und das wissen sie.«

»Mach du es.«

»Nein, du. Es ist dein Geld.«

»Nein, ist es nicht. Darum geht's ja gerade.«

»Nun geh schon.«

»Ich kann nicht. Lass uns noch warten. Der Dad geht bestimmt irgendwann Wasser holen oder so was. Oder du lenkst ihn irgendwie ab.«

Wir blieben sitzen und warteten.

»Ich komm mir vor wie ein Löwe auf der Lauer«, sagte ich.

»Ja, aber es ist okay.«

»Lass uns weiterfahren. Wir suchen uns jemand anderen.«
Wir fuhren, aber ich kam mir mies vor, ich würde mich immer mies dabei fühlen. Ich hätte ihnen 400 oder 500 Dollar gegeben, aber jetzt waren wir weg. Es war falsch, sie zu belauern, und noch falscher, ihnen das Geld nicht zu geben, einen Betrag, der hier ihr Leben verändert hätte, schließlich hatten wir gelesen, dass ein durchschnittliches Jahreseinkommen bei 1.600 Dollar lag. Es war alles völlig falsch, und jetzt waren wir schon eine Meile weiter und fuhren an der Küste entlang. Rechter Hand, jenseits der Felder und einer dünnen Baumreihe, schimmerte der Atlantik – Moment; doch, der Atlantik – wie eine Silbermünze.

Die Sonne stand tief an einem weißlich blauen Himmel und die Luft wurde kühler. Wie näherten uns einem großen Flachbau mitten auf einem Feld. Das Gebäude, irgendeine Art von Atelier, war riesig und mit Brettern vernagelt, der Parkplatz überwuchert. Meilenweit gab es keine weiteren Häuser.
Wir parkten. Wir sahen uns um.
Ein Schwarm von kleinen schwarzen Vögeln kam über das Gebäude geschossen. Sie flogen nicht in Formation, bloß etwa fünfzig Vögel, die alle in dieselbe Richtung unterwegs waren, jeder von ihnen auf seinem eigenen Weg. Wahrscheinlich doch nicht jeder auf seinem eigenen Weg, aber bestimmt viele von ihnen, und das beeindruckte mich. Ich weiß nicht, warum es mich ausgerechnet jetzt beeindruckte, wo es mich doch vorher noch nie beeindruckt hatte. Wenn wir Vögel im Schwarm fliegen

sehen, erwarten wir, dass sie eine bestimmte Formation haben. Wir erwarten akkurate Vogel-V. Aber die hier flogen eher ungeordnet, eine Gruppe von rund fünfzehn Metern Breite und sechs Metern Höhe. Innerhalb dieses Bereichs schnellten sie rauf und runter, schwenkten hin und her, überholten einander, wie eine Gruppe Sechsklässler, die mit dem Fahrrad von der Schule nach Hause fuhren. Was nicht nur einen freien Willen voraussetzte, sondern auch einen gewissen Sinn für Spaß, fürs Kapriziöse. Ich meine, ich würde gern wissen, was dieser Vogel

gerade denkt. Wie empfindet er seinen Flug? Erkennt er den Unterschied zwischen Stagnation und Schwung? Vögel waren im Flug viel schöner. Mein Vogelkasten, der jetzt leer in Chicago stand, lehrte mich, wie unruhig und nervös Vögel waren, wenn sie da standen und hüpften und die Köpfe in das Glas mit den armseligen, kleinen Körnern tauchten. Aber wenn sie so in Formation flogen, sich einfügten und wieder ausbrachen, dann war das der Beweis für –

Und dann waren sie weg.

»Hier könnten wir gut ein bisschen spazieren gehen«, sagte Hand.

Ich war damit einverstanden spazieren zu gehen.

Wir stellten den Wagen hinter dem Gebäude ab, sodass er von der Straße aus nicht zu sehen war. Wir hatten hier zwar noch nichts dergleichen gehört oder gesehen, aber wir konnten nicht ausschließen, dass Straßenräuber im Nu unseren Wagen ausschlachten und sich aus dem Staub machen würden. Also versteckten wir das Auto; wir wollten über die Felder zum Ozean gehen, knapp eine Meile nach Westen.

»Du hast Farbe bekommen«, sagte ich.

»Du auch«, sagte Hand.

»Gehen wir in diese Richtung«, sagte er und deutete vage auf eine kleine Farm in der Ferne, drei kleine Hütten und ein Zaun aus Stöcken. Das würde unser erster Spaziergang werden. Das Feld war still. Wir gingen auf die Hütten zu, über holprige Savanne, durchbrochen von den großen und verbreiteten, wulstigen, blattlosen Bäumen – einer ist gleich rechts –, die Rinde glatt und voller Knoten. Als wir näher kamen, sahen wir Gestalten in und an einer der größten Hütten und um die Hütte herum einen Zaun und innerhalb des Zauns zehn oder zwölf Schafe, alle schmutzig grau. Vier Kinder kamen von dem Zaun auf uns zugelaufen, noch ganz klein in der Ferne.

»Bonjour!«, schrie eines von ihnen, das Wort segelte durch die dünne spätnachmittägliche Luft mit der kräftigen Stimme eines Mädchens von acht oder neun Jahren auf uns zu. Dann ein weiteres »Bonjour!«, diesmal von einem Jungen. Dann sangen sie es beide, während sie auf uns zusprangen: »Bonjour!«

Hand rief zurück: »Bonjour!«

»Hallo!«, rief ich.

Diese Kinder mussten es sein. Nur die glückseligsten kleinen Menschen begrüßen über ein kahles Feld hinweg lautstark Fremde in dreckiger Kleidung.

»Wir müssen ihnen was geben«, sagte ich.

Ein Mann tauchte aus einer anderen Hütte in der Nähe auf und sah uns an.

»Scheiße«, sagte Hand. Wir wollten nur die Kinder. Dieser Mann würde misstrauisch sein.

»Ich fand es besser, als nur die Kinder da waren«, sagte ich.

»Ist doch egal.«

»Sieh ihn dir an. Der hat eine Sense dabei oder so was.«

Hand kniff die Augen zusammen. »Du hast Recht.«

»Ach ja?« Der Mann war jetzt stehen geblieben, die Augen mit einer Hand beschirmt, und die Kinder waren zurück in die Hütte gelaufen.

»Wir kommen wieder«, sagte Hand. »Wir gehen schwimmen, und dann kommen wir wieder.«

Wir gingen auf den Ozean zu; wir wussten, dass es nicht weit war. Die ganze Fahrt über hatten wir den Ozean immer wieder zwischen Ortschaften und Bäumen hervorlugen sehen. Wir stapften durch dichter werdendes Gebüsch auf die untergehende Sonne zu.

»Verdammt«, sagte Hand.

»Was denn?«

»Moskitos. So holen wir uns Malaria.«

Er hatte Recht.
»Hast du Mückenschutz mit?«, fragte er.
»Nein.«
»Verdammt. Wie blöd. Ich will keine Malaria.«
»Mir würd's nichts ausmachen«, sagte ich. Solcherlei Krankheiten, die einen ganz dicht an den Abgrund brachten, aber nicht über den Rand stießen, wenn man stark genug war, übten auf mich eine diffuse und unerprobte Faszination aus.
Wir debattierten. Weiterzugehen bedeutete ein unbekanntes Risiko – hier konnte es jeden Augenblick von Moskitos nur so wimmeln –, aber zurück zum Auto zu gehen würde bedeuten, dass wir absolut nichts getan hatten und auch nie etwas tun würden. Wenn wir nicht mal von der Straße abbiegen und über ein Feld zum Ozean gehen konnten, dann waren wir tatsächlich wertlos.
Wir gingen weiter. Der Boden war hart und braun und mit Muschelschalen übersät. Sogar hinten an der Straße lagen Muscheln, sie säumten sie, weiß und zerbrochen.
»Hast du die vielen Muscheln gesehen?«, fragte Hand.
»Ja.«
»Die ganze Gegend hier lag mal unter Wasser.«
Nach einigen wenigen Minuten konnten wir den Ozean sehen. Er war ganz zartblau, ein trockenes, sonnengebleichtes Blau. Wir gingen näher ran, bis auf wenige hundert Meter vom Strand entfernt, und sahen eine Ansammlung kleiner Häuser, alle im selben Stil und in Reih und Glied – eine Art Siedlung, zwischen uns und dem Wasser. An die fünfzehn Bungalows, ordentlich auf einer Art Plateau angeordnet und von uns und dem Strand hinter ihnen durch einen Graben getrennt, der knapp fünf Meter tief und mit etwas gefüllt war, das aussah wie –
»Abwasser«, sagte ich.

»Ich weiß.«
»Brutal.«
Den Bauherren war das Geld ausgegangen. Es war eine im Bau befindliche Feriensiedlung, aber es sah nicht danach aus, dass in letzter Zeit daran gearbeitet worden wäre. Es waren keine Fahrzeuge oder Wohnwagen zu sehen. Nur diese kleinen Häuser, gut gebaut, fensterlos und robust. Jedes groß genug für ein Schlafzimmer, ein Wohnzimmer und eine kleine Veranda. Wir gingen so nah ran, wie wir konnten, bis der Graben sich rücksichtslos behauptete. Das Wasser im Graben war zu tief und dreckig, um hindurchzuwaten, und zu breit, um drüberzuspringen.
»Es gibt keinen Grund für diesen Graben«, sagte Hand. »Irgendwer hat diesen Graben gebaut, ohne selbst zu wissen, wozu.«
Da war ein Mann. Er kam auf der anderen Seite des Grabens zwischen den Häusern in Sicht. Er war Senegalese, klapperdürr, und er hielt irgendein Elektrogerät in der Hand, schwarz, mit einer langen Antenne. Er starrte in unsere Richtung.
»Security«, sagte Hand. »Die lassen die ganze Anlage von einem allein bewachen.«
»Wir sollten gehen.«
»Nein.«
Wir beobachteten den Mann, und er beobachtete uns.
»Komm, wir tun so, als würden wir gehen, und dann sehen wir, ob er geht«, sagte ich.
»In Ordnung.«
Wir drehten uns um und schlurften von dannen. War er bewaffnet? Er könnte uns erschießen, wenn er wollte, und kein Mensch würde es je erfahren. Wir hockten uns hinter ein Paar dichte Büsche.

»Pilar sah dünn aus«, sagte ich.
»Fandest du?«, sagte Hand, der versuchte, einen dünnen Stock zwischen Nase und Oberlippe zu balancieren. »Ich fand, sie sah ganz normal aus.«
»Du bist blind.«
Ich hob ein kleines Loch aus und legte eine Muschel hinein und vergrub sie. Dann holte ich sie wieder raus und legte sie haargenau an die Stelle zurück, wo ich sie gefunden hatte.
»Das läuft alles langsamer, als ich dachte«, sagte ich.
»Aber es ist gut«, sagte Hand.
»Wir vertun unsere Zeit«, sagte ich. »Wir haben noch immer 1.400 Dollar oder so.«
»*Du* musst dich entscheiden, was du machen willst. Ich bin hier, um dir zu helfen, aber was zum Beispiel tun wir hier?«
»Ich weiß, was ich will.«
»Na, was denn? Was soll das hier denn zum Beispiel? Das bringt uns geldmäßig nicht weiter. Hier draußen ist kein Schwein. Und wir waren heute schon schwimmen, also –«
»Wir haben Wasser gesehen und wollten spazieren gehen. Und jetzt ist da ein Graben, und wir müssen – du weißt schon.«
»Ja«, sagte er.
Im Schatten von Hands Rücken marschierten Ameisen in einer lockeren haarfeinen Reihe. Hand stand hastig auf, überzeugt, dass sie rot waren.
»Mir gefällt's hier draußen nun mal«, sagte ich.
Das stimmte. Ich stellte mir vor, wie ich in einem dieser halb fertigen Häuser wohnte, illegal und direkt am Meer. Ich könnte ein Auto haben, das hinter der Lagerhalle parkte, und hier wohnen, umsonst, unter dieser

Sonne und mit diesem Wasser, beschützt durch diesen Graben –

Ich stand auf, und der Mann war verschwunden.

»Gehen wir«, sagte Hand.

Wir bewegten uns an dem Graben entlang, hofften, eine schmale Stelle zu finden, wo wir hinüberkonnten, um näher an die Bungalows zu gelangen und dann zu dem dahinter liegenden Strand. Bald sahen wir eine Wäscheleine, die zwischen einer Veranda und einem Baum gespannt war. Hemden und Hosen hingen daran, und auf der Veranda waren Handtücher und ein Schirm mit der Aufschrift Indiana University.

»Mensch«, sagte ich. »Da wohnen welche.«

»Warum auch nicht?«

»Aber wieso lässt der Security-Typ das zu?«

»Wir könnten da Geld verstecken«, sagte Hand. »In einer von den Hosen.«

»Ja, an der Wäscheleine. Das wär gut.«

Wir gingen weiter am Graben lang, bis wir zu einer Stelle kamen, wo wir die steile Böschung hinunterkonnten, etwa fünfzehn Meter, und über das Wasser. Es gab eine Art steinigen Pfad, der nach rechts schräg abfiel, und nachdem wir für den Fall, dass wir doch im Graben landeten, unsere Schuhe ausgezogen hatten, kletterten wir hinunter, rutschten und sprangen, und schon bald fielen wir in einen Laufschritt, als liefen wir eilig eine Treppe hinunter. Der Pfad war jetzt mit großen, flachen Steinen übersät, wie umgedrehte Essteller, und wir sprangen von Stein zu Stein, und zwar mit einer Geschwindigkeit, die ich eigentlich beängstigend hätte finden müssen, aber irgendwie hatte ich keine Angst, und wir waren barfuß, was die Angst noch hätte steigern müssen, es aber stattdessen einfacher machte, weil die Steine glatt waren und kühl, und wenn meine nackten Füße auf einem Stein landeten, wickelten sie sich fast um ihn, affenartig, so wie das ein Schuh oder eine Sandale nicht gekonnt hätte. Ich schwöre, meine Zehen griffen regelrecht zu, und meine Haut verband mich mit der steinernen Oberfläche, wie das nur durch ein geheimes Einverständnis zwischen natürlichen Dingen möglich war – in diesem Fall zwischen Füßen und glatten, grüngrauen Steinen. Es war keine Zeit zum Nachdenken, was reichlich Zeit bedeutete – ich hatte Sekundenbruchteile, wenn ich in der Luft war, zwischen den Steinen, um die Lage der nächsten, in Frage kommenden steinernen Landeflächen einzuschätzen, ihre jeweilige Stabilität, die flachste Fläche auszusuchen. Gehirn und Beine und Füße arbeiteten mit Spitzengeschwindigkeit, auf der Höhe ihrer jeweiligen Möglichkeiten – es war aufregend, und ich war stolz auf sie, auf uns. Ich dachte, während ich lief, ohne aus dem Takt zu kommen, dass ich das gerne für immer und ewig machen würde, und der Gedanke kam mir, als ich fast auf einem sehr spitzen Stein gelandet wäre, aber blitzschnell umschaltete und mich lieber für einen abgerundeten Stein direkt daneben entschied, und während ich mich für die perfekte Landestein-Wahl beglückwünschte, bezweifelte ich, ob es wirklich so eine gute Idee wäre, für immer und ewig über Steine zu springen, denn nach einer Weile würde es wahrscheinlich doch nicht mehr so viel Spaß machen, da ein gewisses Maß an Stress, wahrscheinlich zu viel Stress, damit verbunden war – und dann dachte ich, wie eigenartig es war, in diesem Winkel des Senegal – war das hier Popenguine? Mbour? – daran zu denken, für immer und ewig über die abgerundeten, grauen Steine zu laufen, während ich gerade wirklich über sie lief, und wie seltsam es war, dass ich nicht nur mitten im Laufen das Platzieren meiner Füße berechnen konnte, sondern auch noch in der Lage war, über meine zukünftige Karriere als ewiger Stein-Läufer nachzudenken und gleichzeitig zu registrieren, dass ich darüber nachdachte. Dann hörten die Steine auf, und der Sand fing an, und ich sprang mit einem Schschscht in den Sand, und meine Füße waren dankbar, und ich blieb stehen, schaute über das Wasser und wartete auf Hand.

Wir hüpften von der Mitte an den Rand, in nassen Schlamm, der Boden wie nasser Velours. Dann die mittlere Böschung hinauf, nur etwa sechs Meter, und auf einmal waren wir mitten in der Anlage. Die Häuser waren innen noch nicht fertig, schiefergraue Lehmziegel, dunkel und kühl. Wir standen da, drehten uns im Kreis, nahmen alles in uns auf.

»Ich bin froh, dass wir das gemacht haben«, sagte ich.

Hand nickte und stieg über einen Stapel Sperrholzbretter.

Ich versuchte, mir die Anlage im geplanten Fertigzustand vorzustellen, in ihrer endgültigen Form. Der Graben war die Verlängerung eines Flusses, der vom Haus nebenan kam, einem großen Anwesen hinter einer hohen Steinmauer. Es würde Fußgängerbrücken über das Wasser geben, und man würde üppige Gärten anlegen, schmale Wege, erhellt von niedrigen, geschmackvollen Lampen, die aus gepflegten Rasenflächen wuchsen. Zurzeit jedoch war hier noch alles dürr, mit großen Bergen aus ungenutzt herumliegenden Röhren und Steinen.

»Wir könnten heute Nacht hier bleiben«, sagte ich.

Hand sah sich um. »Könnten wir.«

»Wir bräuchten Moskitonetze oder so.«

»Könnten wir uns in Saly oder Mbuu besorgen.«

Der Mann tauchte wieder auf. Er war kein Mann. Er war schätzungsweise siebzehn. Das in seiner Hand war kein

Walkie-Talkie oder eine Waffe. Es war ein Transistorradio, das verrauschte Nachrichten sendete.

»Bonjour«, sagte Hand.

»Bonjour«, sagte der Teenager.

Sie gaben sich die Hand, der Griff des Mannes schlaff und desinteressiert. Er sah rasch zu mir herüber, blinzelte, und seine Augen kehrten zu Hand zurück. Auf Französisch fragte Hand, ob er ein Wachmann sei. Der Mann schüttelte den Kopf. Er wohne in einem Hotel in der Nähe, sagte er, den Strand hinunterdeutend, und sei nur auf einem Spaziergang. Sein Französisch sei nicht gut, sagte er. Er und Hand lachten. Ich lachte. Wir blieben einen Moment stehen. Der Mann sah auf sein Radio und drehte einen Knopf. Ich beobachtete eine Ameise, die über meinen Schuh wanderte.

Hand sagte auf Wiedersehen. Der Mann winkte zum Abschied, und wir gingen weiter Richtung Strand, während der Mann hinter den Hütten verschwand. Wir dagegen standen schon wieder vor einem Graben, einem viel breiteren und ekligeren, der uns vom Strand trennte. Wir kehrten um. Hand hatte eine Idee.

»Komm, wir lassen das mit dem Strand. Ich will zurück zu diesem Haus und nachsehen, wer da wohnt.«

»Wir machen das mit der Wäscheleine.«

Wir gingen zu dem Bungalow mit dem Indiana-University-Schirm. Es schien niemand zu Hause zu sein, so dass wir uns ranschleichen, das Geld in die Tasche der Hose auf der Wäscheleine stopfen und verschwinden könnten. Das war fast noch besser, so fanden wir, als es an einen Esel zu kleben.

Wir huschten um das Haus herum, an der Leine vorbei, und durch unsere Heimlichtuerei wurde alles irgendwie bedrohlicher. Da war der dunkle und leere Geruch nach

Lehm. An solchen Orten fand man Leichen. Leichen oder Waffen. Wir spähten um die Ecke auf die Veranda. Durch die offene Vordertür konnten wir die Ecke eines Bettes sehen, an der Wand darüber einen Kalender.

»Geh du«, sagte ich.

»Du.«

»Du.«

»Du.«

Hand trat vor, bis er über die Veranda hinweg ins Haus spähte.

»Bonjour!«, sagte er.

Ein Mann trat aus der Tür ins Licht. Es war der Transistorradio-Teenager, dem wir vorhin begegnet waren. Er war nicht froh.

Hand schüttelte dem Mann erneut die Hand. Der Mann stand auf seiner Veranda und wir davor, grinsten verlegen. Wir entschuldigten uns ein paar Mal für die Störung, dann sagte Hand:

»Wohnst du hier?«

Der Mann verstand ihn nicht.

»Es ist schön hier«, sagte Hand. »Gute Idee, hier zu wohnen.« Er deutete auf das Haus. »Das ist sehr schön.«

Der Mann starrte Hand an. Hand drehte sich zu mir um, und ich verstand. Ich holte das Geld aus meiner Klettverschlusstasche, langsam, wie ein Krimineller, der vor einem Cop seine Waffe auf den Boden legen will. Ich nahm einen Packen Scheine und zielte damit auf den Mann. Er rührte sich nicht.

»Entschuldigung«, sagte ich und schaute nach unten.

»Können wir –«, sagte Hand und bewegte seine Arme wie Kolben hin und her, als wollte er etwas geben und nehmen.

»Wir möchten –«, setzte ich an.

»Nimmst du das?«, sagte Hand, zeigte auf das Geld, wie man einem misstrauischen Kind ein kaputtes Spielzeug anbieten würde. Aber dieses Geld war neu. *Es kann nicht neu sein.* Ich weiß. *Es ist nie neu.*
Der Mann nahm die Scheine. Wir lächelten. Wir machten beide Gesten, die bedeuten sollten:
*Ja, es gehört dir.*
*Wir können nichts damit anfangen.*
*Bitte, mach dir keine Gedanken deswegen.*
*Danke, dass du es uns abgenommen hast.*
*Du hast uns einen Riesengefallen getan.*
Der Mann sah den Packen an, zählte das Geld aber nicht. Er hielt es fest und lächelte uns grimmig an. Er drehte sich um und war mit zwei Schritten wieder im Haus.

Die Sonne ging allmählich unter, der warme Wind tat gut. Wir waren aufgekratzt. In meinem Hemd war ein Loch, links unter dem Arm, und die Luft fegte auf winzigen Flügeln hindurch. Wir gingen rasch zurück zum Auto, durch das niedrige Gestrüpp. Noch immer fürchteten wir die Moskitos, hatten aber noch keine gesehen.
»Das war nicht verkehrt«, sagte Hand.
»Bestimmt nicht«, sagte ich.
»Wir haben dem Typen Geld gegeben.«
»Wie viel war es, was meinst du?«
»Fast alles, was wir noch hatten. Etwa 800 Dollar.«
»Er hat's genommen, wir sind gegangen.«
»Das war nicht verkehrt.«
»Überhaupt nicht. Es war einfach. Es war gut.«
Wir glaubten es. Wir waren glücklich. Die Abwesenheit von Moskitos machte uns glücklich, so wie die Aussicht,

die Kinder wieder zu hören, die von ihrem niedrigen Zaun auf uns zugelaufen kamen.
Wir blieben einen Moment stehen, blinzelten in die Richtung ihrer Hütten. Wir gingen kurz auf ihre Behausung zu, aber der Junge und das Mädchen waren weg oder wurden vor uns versteckt, und gleich darauf erschien der Vater wieder, und er hielt irgendwas in der Hand, einen Schürhaken, eine Art Rute, einen Stab oder Spazierstock oder etwas Bedrohlicheres.

Wir marschierten weiter, holten das Auto hinter dem flachen Gebäude hervor und fuhren auf der Landstraße in die entgegengesetzte Richtung, Hand am Steuer, zurück zum Hotel. Es war ein langer Tag gewesen, und bald würden wir nicht mehr herumhetzen und uns anstrengen, sondern uns einfach ausruhen. Wir mussten was essen, und ich hatte Lust auf Bier. Ich wollte viel Bier und viele Kartoffeln, dann schlafen.
Und ich wollte im Senegal bleiben. Vor allem wegen des Anteils Sonne in der Luft, aber auch wegen der Menschen, dem Rhythmus, dem Meer.
»Ich will dieses Land heiraten«, sagte ich.
»Es ist ein gutes Land«, sagte Hand.
»Ich möchte hier ein Leben verbringen.«
»Oh ja.«
»Ich könnte das.«
»Klar.«
Und meine Gedanken eilten voraus, hüpfend und pfeifend. Im ersten Jahr würde ich fließend Französisch lernen, im zweiten Jahr bei irgendeiner reisenden Sanitätertruppe mitmachen, Wunden verbinden, Medikamente

verteilen. Wir würden Impfungen vornehmen. Geburtenkontrolle betreiben. Wir würden AIDS eindämmen. Danach würde ich eine Senegalesin heiraten, und wir würden unsere Kinder großziehen, und dabei Seite an Seite arbeiten – wir alle – in der Klinik. Die Kinder würden in der Aufnahme mithelfen, eventuell leichte Bürotätigkeiten erledigen – sie würden ihre Hausaufgaben im Wartezimmer machen. Ab und zu würde ich Amerika besuchen, alle paar Jahre mal, würde im Senegal höchstens einmal im Monat englische Zeitungen lesen, würde meinen Rhythmus verlangsamen, ihn mehr der hiesigen Landschaft anpassen, gemächlich und ruhig, das Wasser ganz nah. Wir würden an der Küste wohnen.

»Klingt gut«, sagte Hand.

»Aber das ist ein einziges Leben.«

»Ja.«

»Aber während ich es lebe, würde ich gern auch andere Sachen machen. Andere Leben leben – das, in dem ich segele –«

»Ich weiß, mit einem Boot, das du selbst gebaut hast.«

»Ja, ein paar Jahre, durchs Mittelmeer, das Rote Meer, das Kaspische Meer.«

»Bleib bei den Meeren. Keine Ozeane.«

»Klar, aber –«

»Kannst du segeln? Du kannst nicht segeln. Dein Bruder segelt, stimmt's?«

»Ja, Tommy segelt. Aber das ist das Problem. Es könnte Jahre dauern, richtig gut zu werden. Und während ich das mache, bin ich nicht hier bei meiner senegalesischen Frau. Und mache ganz sicher keine Wildwasserfahrt in Alaska.«

»Dann entscheide dich für eins.«

»Das ist doch das Problem, du Dumpfbacke.«

Wir kamen an zwei anderen Weißen auf ATVs vorbei.
»Du kennst doch die Quantentheorie, nicht?«
So fing er immer an; es klang ganz harmlos, aber dann –
»Klar«, log ich.
»Also, da gibt's einen Typen namens Deutsch, der die Quantentheorie auf alles Mögliche angewendet hat. Auf das Leben. Quantentheorie ist dir doch ein Begriff, nicht? Max Planck?«
»Sprich weiter«, sagte ich. Er war ja so ein Arschloch.
»Jedenfalls«, fuhr er fort, »die Quantenphysik sagt, dass Atome gar nicht so feststehend sind, dass sie nicht einfach so rumliegen, wie Plastikobst oder so, greifbar und solide. Sie sind quicklebendig, auf einer subatomaren Ebene. Sie kommen und gehen. Sie tauchen auf und verschwinden. Sie besetzen verschiedene Orte zugleich. Sie können teleportiert werden. Wissenschaftler haben das tatsächlich schon gemacht.«
»Sie haben Atome teleportiert.«
»Klar. Natürlich.«
Mir erzählt aber auch nie einer was.
»Dass mir das entgangen ist«, sagte ich.
»Sie haben auch die Geschwindigkeit des Lichts verlangsamt.«
»Davon hab ich gehört.«
»Abgebremst auf gemütliches Sonntagsfahrertempo.«
»Ja, das hab ich gehört.«
Wir fuhren, während der Himmel rosa wurde, dann ochsenblutrot, kamen an kleinen Dörfern vorbei, die sich am Abend leerten, an Leuten, die um kleine Lagerfeuer herumstanden.
Hand erzählte weiter, gestikulierte, lenkte mit den Knien: »Wenn also Atome zur selben Zeit an verschiedenen Orten existieren können – und ich glaube, das bestreitet

heute kein Physiker mehr –, dann, so argumentiert dieser Deutsch, kann alles an verschiedenen Orten zugleich existieren. Wir bestehen ja alle aus den gleichen Elektronen und Protonen, und wenn die an vielen Orten zugleich existieren und teleportiert werden können, dann muss es multiple Wirs geben und multiple Welten, zeitgleich.«

»Meine Güte.«

»Das ist das Multiversum.«

»Oh. Schöner Name.«

Ein Mann am Straßenrand verkaufte zwei riesige Fische.

»Pass auf«, sagte Hand. »Wenn du bereit bist zu glauben, dass es Milliarden anderer Planeten und Galaxien gibt, selbst welche, die wir gar nicht sehen können, wo ist da der Unterschied?«

Wir passierten eine Lichtung, auf der ein Basketballplatz war, ohne Netz, das Spielbrett nach vorn geneigt wie ein Priester beim Austeilen der Kommunion. Zwei Jungs, sehnig, zehn oder elf Jahre alt, gesund aber schlaksig, der eine in Rot, der andere in Blau, spielten darunter, und jedes Mal, wenn der Ball aufprallte, stob ein Staubteppich hoch.

»Wir müssen anhalten«, sagte ich. Wir waren schon an dem Platz vorbei.

»Wozu? Zuschauen?«

»Wir müssen spielen. Bist du noch nie an einem Basketballplatz vorbeigekommen und –«

»Will, die Jungs da sind höchstens zwölf.«

»Dann spielen wir eben ohne Punkte.«

Das könnte was werden. Das könnte wirklich passieren. Wir würden anhalten und gegen die Jungs spielen. Hand bremste und wendete, und wir knirschten über den Schotter auf sie zu. Sie hörten auf, als sie uns kommen

sahen. Hand stieg aus und rief, sie sollten uns den Ball zuwerfen. *Woher sollen die wissen, dass wir nicht damit abhauen?* Ich weiß es nicht. Sie warfen ihn rüber.
Hand ließ den Ball aufprallen, aber er landete auf einem Stein und sprang weg. Die Jungen lachten. Hand fing ihn wieder ein und kam zurück und machte einen ulkigen Lay-up à la Bob Cousy, hinterhältig und blöd. Der Ball fiel durch den ramponierten roten Ring. Hand warf den Ball dreimal aus dem Freiwurfraum, erfolglos. Jetzt lachte ich mit den Jungs. Ich schüttelte dem Jungen in Blau die Hand, erfand dabei einen komplizierten Ablauf, mit Handgelenk und Fingern und viel Schnippen am Ende. Er dachte, ich wüsste, was ich tat.
Ich versuchte zu dribbeln und verlor den Ball auf einem Stein, wie Hand. Allmählich kam ich besser mit dem Platz klar, den Dellen und dem Staub, und bald war es ein richtiges Spiel, wir gegen sie. Sie waren nicht sehr gut, diese Kids. Einer war barfuß, und beide waren sie viel kleiner als wir, und während ich versuchte, nicht so bierernst zu spielen, schlug Hand dem Jüngeren den Ball aus den Händen und punktete über ihn hinweg, ohne sich zu entschuldigen. Sehr uncool.
Das Licht entwich mehr und mehr aus dem Himmel, Blau durchzogen von Lila, und darunter dicke, grobe Striche aus Rost- und Orangerot. Ein anderer Junge kam dazu, größer und selbstbewusster. Er hatte ziemlich neue Turnschuhe an und knielange Basketballshorts, ein T-Shirt von Puma. Er nahm die Sache ernst. Zuerst lächelte er uns an, reichte uns die Hand – wieder so ein schlaffer Händedruck –, doch dann stürzte er sich ins Spiel und sah uns nicht mehr in die Augen. Jetzt spielten wir zwei gegen die drei, und überall war Staub. Die große Junge wollte unbedingt gewinnen. Das Spiel wurde enger. Ich versuchte,

das Team zu wechseln, um die nationalistische Spannung zu lockern, aber die Jungs wollten nicht.
Es war lächerlich, dass Hand und ich so spielten, wir waren keine guten Spieler – Jack war ein Ass gewesen, Jack war der beste, talentierteste Spieler gewesen, den unsere Schule je gehabt hatte, mit einem unglaublichen Rhythmus und ebensolcher Schnelligkeit, wenigstens für jemanden, den wir kannten, jemanden aus Wisconsin, dessen Vater Saatgut verkaufte. Wir spielten mit Jack, wurden von ihm geschont, aber wenn er wollte oder wenn wir ein wenig aufgeholt hatten und den Mund aufmachten, damit er das auch ja registrierte, dann legte er einen anderen Gang ein und zerbrach uns wie Streichhölzer.
Schon bald schauten zehn Kinder zu, dann zwanzig, alles Jungs, die Hälfte von ihnen barfuß, die meisten ohne Hemd. Jedes Mal, wenn der Ball vom Platz und Richtung Dorf rollte, tauchten zwei neue Jungs auf, die ihn zurückbrachten. Wir schlugen uns ganz gut, inzwischen gegen vier von ihnen. Hand reckte sich, Hand setzte die Ellbogen ein. Hand ist groß, aber Hand kann nicht spielen, und jetzt war Hand außer Rand und Band.
Es wurde dunkel. Wir warfen uns den Ball zu, und er prallte uns gegen die Brust, ehe wir ihn sehen konnten. Keiner konnte noch irgendetwas sehen. Wir brachen das Spiel ab.
Wir gingen zurück zum Wagen und holten das Wasser heraus, das wir noch übrig hatten, tranken und reichten es dem Jungen in Rot. Rot gab es an den Großen weiter, der einen Schluck nahm und es dem blauen Jungen gab, der die Flasche leerte. Ein anderer Junge von etwa dreizehn Jahren schob sich durch die Menge, die das Auto umringte, drückte den Rücken durch und sagte mit klarer und

kräftiger Stimme: »Mein Vater ist in der Armee. Ich heiße Steven.«
Und dann ging er weg, runter vom Platz und zurück ins Dorf. Ansonsten war kaum gesprochen worden.
Jetzt sagte der große Puma-Junge etwas. Er sprach ein bisschen Englisch. Sein Name, so sagte er, sei Denis.
»Wo wohnt ihr?«, fragte er.
»Chicago«, sagte ich.
»Die Bulls!«, sagte er. »Ihr die Bulls gesehen?«
Hand erzählte ihm, dass wir uns das eine oder andere Spiel angeschaut hatten, sogar zu der Zeit, als Jordan noch aktiv war. Und das stimmte auch fast. Wir waren einmal dabei gewesen, als Jordan die erste Hälfte einer kinderleichten Begegnung mit bestritt.
Denis' Lippen formten ein übertriebenes O. War er wirklich so gut?, fragte er. Hand grinste: Ja. Denis sagte, dass er furchtbar gerne nach Amerika fahren würde, um sich Basketball anzusehen, seinen Vetter zu besuchen, der in New Mexico wohnte. Ich sagte ihm, dass New Mexico sehr schön sei. *Très bien*, sagte ich.
»Aber«, sagte Hand, »Pippen ist der elegantere Spieler.«
Denis lächelte, sagte aber nichts. Hand gab das andauernd zum Besten: »Pippen ist der elegantere Spieler.« Der Resttext: »Seine Bewegungen sind fließender. Pippen ist der McEnroe für Jordans Lendl.« Hand sagte das unheimlich gern, bestimmt zum Teil deshalb, weil es in Chicago jeden, der es hörte, auf die Palme brachte.
Denis schüttelte den Kopf und lächelte. Er war anderer Meinung, behielt sie aber für sich. Hand erkundigte sich nach ihren Namen. Er holte Papier und einen Stift aus dem Auto und ließ sie ihre Namen aufschreiben. Sie schrieben sie alle auf einen einzigen Zettel:

Ich hab den Zettel verloren. Es tut mir schrecklich Leid. Ich komm gar nicht drüber weg, dass ich ihn verloren habe.

Wir wussten nicht, ob wir ihnen Geld geben würden. Wir stiegen ein und debattierten. Wir hatten beide den Eindruck gehabt, als hätten die Kids irgendetwas erwartet. Sie hatten um nichts gebeten, keiner von ihnen, aber irgendwie schienen sie zu wissen, dass die Möglichkeit bestand, dass mit irgendwelchen Geschenken von uns zu rechnen war. Sie wussten, wir konnten drauf verzichten. Ich hatte noch immer ein paar amerikanische Hunderter in den Schuhen, aber würde das nicht alles verderben? Würde es etwas Reines beschmutzen – ein einfaches Spiel zwischen Reisenden und Gastgebern –, wenn ich ihnen hinterher Geld zusteckte? Aber vielleicht erhofften sie sich wirklich Geld; wieso hätten sie sich sonst nach dem Spiel alle um den Wagen versammelt? Vielleicht kam so was tagtäglich vor: Amerikaner halten an, schnappen sich den Ball, zeigen ihnen, wo's langgeht, werfen ihnen Bares zu und fahren zurück in ihre Saly-Hotels –

»Lassen wir's«, sagte Hand.

»Okay.« Die Jungs umringten uns, winkten. Wir rollten langsam an, fuhren die zwanzig Meter zurück zur Landstraße, während die Jungs sich zerstreuten. Ich stoppte den Wagen neben dem Bulls-Fan, der nach New Mexico wollte. Er und zwei seiner Freunde überquerten gerade die Straße.

Ich drehte mein Fenster runter und sagte Hallo zu dem Jungen. Er kam ans Fenster. Ich griff in meinen Socken und packte, so viel ich konnte. Ich gab ihm 300 Dollar in amerikanischen Scheinen.

»Bis bald in Chicago«, sagte ich.

Der Junge dankte uns. »Wenn ich je nach Chicago komme, dann wegen euch«, sagte er.

»Wir sehen uns dort«, sagte Hand zu Denis. Zu mir: »Wir sollten machen, dass wir wegkommen.« Wir hatten nicht genug für alle, und es waren viele Kinder.

Wir verabschiedeten uns von Denis, und seine Augen waren feucht vor Rührung, und wir liebten ihn, aber jetzt saß ein Mann auf unserer Rückbank.

»Das ist mein Bruder«, sagte Denis. »Er muss nach Mbuu.«

Ich sah Hand an. Es war Hands Aufgabe, dafür zu sorgen, dass die hinteren Türen stets verriegelt waren. Denis' Bruder saß im Auto, und es war zu spät; wir hatten keine andere Wahl. Mbuu lag auf unserem Weg. Wir begrüßten Denis' Bruder. Sein Name könnte Pierre gewesen sein.

Wir fuhren auf die Landstraße mit Denis' Bruder auf dem Rücksitz und seinem unablässigen Geschnatter. Wir mochten ihn nicht. Bis nach Mbuu waren es zwanzig Minuten, und Pierre hörte einfach nicht auf zu reden, und das in einer Sprache, die Hand nicht ganz erkennen konnte und die er zunächst nicht für Französisch hielt. Sofort hatten wir den Verdacht, dass Denis' Bruder gesehen hatte, wie sein Bruder Geld bekam, und jetzt selbst was haben wollte.

Pierre versuchte es mit Abass' Masche, er bräuchte Geld für ein Taxi, um wieder zurückzukommen. Hand übersetzte mir seine Forderungen. Wir lachten.

»Also«, sagte Hand und drehte sich zu ihm um, »du willst, dass *wir* {er deutete mit dem Zeigefinger auf uns, hin und her} bezahlen, dass wir dich {er zeigte auf ihn} nach Mbuu fahren, damit du wieder zurückkommst.«
Denis' Bruder nickte heftig. Denis' Bruder war nicht sehr gut in so was. Er wusste nicht, was Hand sagte. Hand lachte. »Du bist nicht gerade helle«, sagte Hand. »Dein Bruder ist der Schlaukopf, was?« Hand ritt der Teufel. Der Mann konnte kein Englisch, aber er nickte eifrig weiter. »Aber weißt du, warum dein Bruder von uns dreihundert amerikanische Piepen gekriegt hat?«, fuhr Hand fort. »Weil er nicht drum gebeten hat. Du, du bist plump – kennst du das Wort, plump? – deshalb kein Geld für dich.«
Sofort begann der Mann wieder zu schnattern. Wir hatten keine Ahnung, was er erzählte, aber seine Stimme war unmöglich zu ertragen – sie hatte einen ununterbrochenen aggressiven Unterton, der mich völlig entnervte.
Wie der Polizist vor ihm, hatte auch dieser Mann seine Hand in meinem Rucksack, der noch immer auf der Rückbank lag. Ich griff nach hinten und erklärte ihm mit verkniffenem Lächeln, dass ich irgendwas aus dem Rucksack bräuchte. Ich nahm ihn nach vorn, kramte darin herum, stieß auf einen Kamm und fuhr mir damit emsig durchs Haar, um zu demonstrieren, wie sehr ich ihn vermisst hatte, dass ich mich unbedingt kämmen musste, hier und jetzt, auf der stockdunklen Fahrt nach Mbuu.
Der Mann fing schon wieder an zu reden, aber er hatte die Taktik geändert: Jetzt brauchte er das Geld, um nach Zaire zu kommen. Er hatte mitgekriegt, dass wir die Chicago-Pläne seines Bruders gefördert hatten, und nahm nun an, dass wir an alle Reisenden Stipendien verteilten.

– Du solltest unser Geld nicht so unverschämt einfordern.
– Meinem Bruder habt ihr es aus freien Stücken gegeben.
– Genau das ist der springende Punkt. Aus freien Stücken. Aus eigenem Entschluss.
– Ich soll warten, bis ihr es mir gebt.
– Ja.
– Ihr wollt Gefügigkeit. Ihr wollt, dass ich so tue, als wäre mir das Geld gleichgültig.
– Ja.
– Und zur Belohnung bekomme ich dann was.
– Ja.
– Das ist unanständig.
– Du weißt, dass es nicht unanständig ist.
Er und Hand bellten sich eine Weile gegenseitig an, ohne große Fortschritte zu erzielen. Als Hand ihm den Zaire-Plan ausgeredet hatte, wurde der Bruder hungrig. Er schob die geöffnete Hand zwischen uns.
»Haben wir was zu essen?«, fragte Hand mich. Aus meinem Rucksack zauberte ich einen Schokoriegel. Der Bruder nahm ihn, machte ihn nicht auf und hörte nicht auf zu reden, laut zu reden; er war eine Maschine. Wir näherten uns Mbuu, und er verzweifelte allmählich.
»Herrgott«, sagte ich, »können wir ihn nicht irgendwie dazu bringen, dass er aufhört zu reden?«
Hand drehte sich zu ihm um, hielt inne und hob dann die Hände, als wollte er sagen: STOPP. Der Mann stockte. Ich seufzte laut. Wir drehten das Radio laut.
– Du machst mich kirre, Denis' Bruder. Du machst uns traurig.
– Es ist nicht meine Aufgabe, euch glücklich zu machen.
– Deine Aufgabe ist es, menschlich zu sein. Zuallererst, sei menschlich.

– Es ist keine Zeit mehr, freundlich zu sein.
– Wir sehen das anders.
– Ihr tut mehr Böses als Gutes, wenn ihr die Begünstigten einfach nach Gutdünken auswählt. Es kann nicht fair sein.
– Was ist schon fair?
– Ihr wollt die Kontrolle, die Geld einem beschert.
– Wir wollen das Gegenteil. Wir geben die Kontrolle auf.
– Und indem ihr sie aufgebt, übt ihr Macht aus. Das Geld gehört dir nicht.
– Ich weiß.
– Du willst seine Macht. Wie auch immer sie ausgeübt wird, du willst seine Macht.
Wir waren in Mbuu, ein dunkler Ort aus Lehmbauten. Es gab keine festen Linien – alles bewegte sich. Die Wände bewegten sich, sie bestanden aus Menschen. Überall waren Menschen, und alle waren unterwegs. Die Häuser waren zur Straße hin offene Läden. Unsere Scheinwerfer huschten über hunderte von Menschen, die herumgingen, Fernsehen guckten – große Gruppen oder Familien, die durch scheibenlose Fenster zu sehen waren, alle in offenen Läden, wie sie zu Abend aßen, in einer Bar am Straßenrand etwas tranken, alle ganz nahe.
Wir hielten an und verabschiedeten uns von Denis' Bruder. Er blieb im Wagen, wartete. Wir starrten ihn an. Seine Augen sprachen.
– Ihr seid es mir schuldig.
– Gar nicht.
– Es ist falsch.
– Es ist nicht falsch.
– Du bist nicht ganz sicher. Du bist verwirrt.
– Ja, ich bin verwirrt.
– Es ist alles falsch.

Er stieg aus und schloss die Tür. Wir fuhren wieder auf die Straße, Richtung Saly, Richtung Abendessen. Wir hatten den ganzen Tag nichts gegessen.
»Ich hab kein schlechtes Gewissen deswegen«, sagte Hand.
»Der Typ war mir zuwider.«
Aber sonst hatte sich nichts in der Welt geändert.

Es war früh am Abend, als wir das Hotel erreichten. Einhundert Meter vom Speisesaal entfernt konnten wir schon das Klimpern von Gläsern und Gabeln hören, das Gemurmel von zahllosen Menschen. Drinnen war alles weiß – die Tischdecken, die Blumen, die Menschen. Kronleuchter.
»Ach du Scheiße«, sagte Hand. Da saßen zweihundert Menschen, ein Heer von Vertretern einer nur leicht gehobenen Mittelschicht, älter, Ruheständler, wie man sie im Ramada in Orlando sieht.
Wir trugen noch immer unsere Reiseklamotten, überall fleckig, und ein Großteil der Gäste starrte uns an. Wir waren verdreckt, und Hand sah aus wie ein Snowboarder, der zu alt für sein Outfit war. Sein Tuch hing ihm jetzt um den Hals wie bei einem Golden Retriever.
Wir gingen zum Buffet und bauten babylonische Türme aus Hühnchen, Reis und Obst auf unseren sauberen, weißen Tellern. Das Angebot war beeindruckend: ein langer Tisch für Salate, einer für Brotsorten, einer (besonders spektakulär) für Obst und Kuchen und eine Fleisch-, Geflügel- und Fischabteilung, bemannt mit drei Senegalesen mit hohen Kochmützen. Wir setzten uns neben ein älteres Paar, das sich leise murmelnd unterhielt, während

beide verstohlen zu uns herüberschielten, und zehn Minuten später gingen sie unter weiterem Gemurmel. Ein Mann in Weiß nahm unsere Getränkebestellung entgegen. Halb verdurstet und weil wir die Regeln nicht kannten, bestellten wir sechs Bier für den Tisch.

»Um noch mal auf das Multiversum zu kommen«, sagte ich.

»Oh.«

»Es ist irrelevant. Wen kümmert's, wie viele Universen oder Ebenen es gibt, wenn sie sich nicht überschneiden?«

Hand hatte ein ganzes Hühnerbein im Mund. Er zog den Knochen heraus, und der war sauber, plastilinartig. Der Raum war zartrosa und bar jeder Freude. Es gab kein Lachen, kaum Bewegung, zahllose Sonnenbrände. Er erinnerte an die Cafeteria eines Altenheims in Florida an einem Montag.

»Wer sagt denn, dass sie sich nicht überschneiden?«, fragte er.

»Tun sie's?«

»Ich weiß nicht. Darüber hab ich noch nichts gelesen. Aber eins wird dir gefallen. Beim Multiversum hast du nämlich praktisch jede erdenkliche Möglichkeit – ehrlich, jede Möglichkeit, die du jemals siehst oder dir ausmalst – und eins von deinen Selbst irgendwo hat diese Möglichkeit ergriffen. So ziemlich jedes Leben, das du führen könntest, wird vermutlich von einem deiner Schattenselbst gelebt. Vielleicht sogar, nachdem du gestorben bist.«

Er nahm wieder ein Hühnerbein und aß das ganze Fleisch, die Sehnen, den Knorpel ab. Er war einfach ekelhaft.

»Aber es bringt nichts«, sagte ich, »wenn man kein gemeinsames Bewusstsein hat.«

»Klar. Weiß ich. Aber andererseits, vielleicht sterben wir nicht. Wenn man das Paradigma der Quantenphysik mit der Idee der Subjektivität von Zeit kombiniert, leben wir praktisch alle an tausend Orten auf einmal, in einer nie endenden Gegenwart.«

Es war nur *ein* Schwarzer unter den Gästen – er schien Franzose zu sein und saß mit einer Weißen zusammen, vermutlich seiner Frau. Aber ansonsten war der gesamte Speisesaal weiß, und alle sahen erstaunlich uniform und gleich aus.

»Ich komm mir vor wie auf einem Familienfest«, sagte ich.

»Der protzige Zweig der Familie.«

»Im Grunde ist das die Unsterblichkeit für Atheisten«, sagte Hand. »Und dabei müssen wir nicht mal auf irgendeinen Technologie-Sprung warten.«

Es klang tatsächlich verführerisch. Bewusstsein hin oder her, aber lebendig zu sein, immer, irgendwo. Und unsere Träume? Die müssen doch irgendwie reinpassen – aber was ich wollte, wirklich wollte, das war jede erdenkliche Möglichkeit, gleichzeitig. Nicht in irgendeinem parallelen und irrelevanten Universum, sondern hier. Ich wollte hier bleiben und in dem Krankenhaus arbeiten und mich in die Dorfschönheit verlieben, aber ich wollte auch in einer Woche zu Hause sein, damit ich ganz viele andere Dinge tun konnte, fünfzig Lebensrichtungen, die alle gleichermaßen verlockend und möglich schienen – Haidompteur! *Was ist eigentlich aus der guten, alten Ausbildung zum Haidompteur geworden?*

Eine Sechsergruppe kam herein, drei Männer und drei Frauen, alle weiß, bis auf eine Frau, die schwarz war, groß, vermutlich Senegalesin.

»Wow«, sagte Hand und glotzte. Sie war umwerfend.

Unglaubliche Haltung, glattes, weißes Kleid auf ihrer hinreißenden Haut, Linien, gezeichnet von einer überaus optimistischen und ruhigen Hand – wie die kostbarsten Apparaturen in glänzendes Leder gehüllt. Hand hatte aufgehört zu essen. Ich hörte auf zu essen. Fast jede Senegalesin, die wir gesehen hatten, sah so aus: genetisch makellos, kräftig, mit königlichen Bewegungen und einer Haut wie wunderbar glatter Stein.

»Hör auf zu glotzen«, sagte ich.

»Werd ich nicht«, sagte Hand.

Die Hälfte des Speisesaals starrte. Es war so offensichtlich. Wir wurden zurückgeworfen an einen anderen Ort in Raum und Zeit. Bildete ich mir das nur ein? Alle beobachteten diese Frau, entweder weil sie eine als selbstverständlich vorausgesetzte rassische Grenze überschritten hatte oder einfach nur weil – so hoffte ich – wir anderen neben ihr aussahen wie Trolle.

»Sie ist herausragend«, sagte Hand.

»Sie ist mit den Leuten zusammen.«

»Klar, aber wieso?«

Ich hatte eine Idee, äußerte sie aber nicht. Die Leute in ihrer Begleitung waren für eine Frau wie sie zu unauffällig. Sie hatte sich unters Volk gemischt. Ich konnte mir nur einen anderen Anreiz vorstellen und hoffte, dass sie nicht gekauft worden war.

– Was machst du mit diesen Männern?

– Ich hab meine Gründe.

– Du hast diese Männer nicht nötig. Wir werden dir helfen.

– Eure Hilfe ist nicht erwünscht.

– Unsere Hilfe ist frei von Verpflichtungen. Du musst dich für uns entscheiden.

»Gehen wir«, sagte ich. »Ich bin fertig.«

Wir gingen und konnten sie beim Hinausgehen noch besser betrachten – zurückhaltend, aber mit einem Lächeln, als würde ein Vorhang aufgerissen. Auf dem Weg zu unserem Zimmer wichen wir dem weißen Sprühregen der Sprinkler aus. Hand duschte; ich rief meine Mom an.

»Hallo?« Sie meldete sich gleich beim ersten Klingeln.

Ich war perplex. Ich hatte nicht erwartet, dass das Telefon wirklich funktionieren und ich ohne Vermittlung nach Memphis durchkommen würde. Sie war im Garten. Sie war gerade von einem Kochkurs nach Hause gekommen.

»Welcher Tag ist bei euch?«, fragte ich.

»Montag, du Dummchen. Wir sind nur sieben Stunden hinter euch.«

»Acht, glaube ich.«

»Grönland liegt so bei sieben, glaube ich.«

»Oh, wir sind nicht in Grönland.«

»Seid ihr nicht gefahren?«

»Wir sind im Senegal.«

»Stimmt. Das hast du mir erzählt.«

»Mom. Kriegst du zu viel Sonne ab?«

»Mir geht's gut. Wie ist es denn da so? Habt ihr euch schon was gefangen?«

»Was denn? Fische?«

»Denkt bloß daran, Kondome zu tragen. Sechs Kondome.«

»Danke.«

»Also, wie ist es da?«

»Es ist gut«, sagte ich. »Sehr gut.« Ich erzählte ihr, was wir gemacht hatten. Ich redete eine Weile. Sie musste mich unterbrechen.

»Ich brauch nicht alles bis zur letzten Minute, Schatz.«

– Wohl.

»Aber darum geht's doch gerade«, sagte ich.
»Worum?«
»Um das Alles-bis-zur-letzten-Minute. Wir möchten, dass du Anteil nimmst.«
»Tu ich. Tu ich. Wie viel habt ihr bis jetzt verschenkt?«
»Ich denke, so 1.000 Dollar.«
»Dann müsst ihr aber einen Zahn zulegen.«
Ich erzählte ihr von dem Basketballspiel.
»Habt ihr denen was gegeben?«
»Einem Jungen. 300 hat er bekommen. Er war ein Fan von den Bulls.«
»Und die anderen Kinder?«, fragte sie.
»Denen haben wir Wasser gegeben.«
»Und wieso kein Geld?«
»Ging nicht«, sagte ich. »Wir hätten es nicht gleichmäßig verteilen können. Es waren mindestens fünfzehn.« Ich erzählte ihr von Denis' Bruder, der in den Wagen gestiegen war und ununterbrochen geredet hatte.
»Dem habt ihr kein Geld gegeben, vermute ich.«
»Nein.«
»Schatz.«
»Ja.«
»Warum bringst du es nicht einfach wieder mit nach Hause und stiftest es für irgendeinen guten Zweck. Cathy Wambat arbeitet zum Beispiel für eine Stelle, die sich dafür einsetzt, dass armen Kindern die Hasenscharte operiert wird. Sie würde sich freuen, wenn –«
»Es gibt eine ganze Organisation für Hasenscharten?«
»Natürlich.«
»Aber warum soll das besser sein als das hier?«
Sie seufzte und ließ die Leitung eine Minute lang still.
»Findest du nicht, das Ganze ist ein bisschen herablassend?«, fragte sie.

»Was?«
»Dass du da auftauchst und –«
»Ihnen Geld gibst. Das hier ist herablassend.«
»Werd doch nicht gleich so wütend.«
– Es ist nur so ein beschissen dämliches Wort. In dem Wort steckt aber auch nicht ein Funken Logik, nicht einer. Es ist eine Verteidigung, um deine eigene Untätigkeit zu verteidigen.
Ich seufzte einen wütenden Seufzer.
»Will, wer sagt denn, dass sie es wollen?«
»Sie sehen so aus, als könnten sie's gebrauchen.«
»Und wenn nicht?«
»Dann können sie's weiterverschenken.«
»Tja dann –«
»Es geht darum, dass ich es nicht will. Und dass wir es gerne verschenken. Es ist zumindest eine Möglichkeit, Menschen kennen zu lernen.«
»Oh ja, das kann ich mir vorstellen, du lernst sicher ein paar sehr nette Damen –«
Ich fing an zu pfeifen, laut.
»Also«, sagte sie schließlich, »wie entscheidet ihr, wer das Geld bekommt?«
»Ich weiß nicht. Irgendwie wahllos. Es bietet sich irgendwie an. Ich weiß nicht.«
Sie lachte laut, ungeheuer belustigt. Dann seufzte sie.
»Das ist nicht gerade fair, oder, Will?«
»Denis' Bruder war ein Saftsack.«
Sie lachte wieder, über mich, ohne Freundlichkeit. Und ich bezahlte auch noch für diese Art von Beschimpfung.
»Aber das ist doch furchtbar subjektiv, mein Lieber«, sagte sie.
»Natürlich ist es subjektiv!«
Sie seufzte. Ich seufzte. Wir warteten.

– Mom, sag mir, dass es eine bessere Möglichkeit gibt.
– Das kann ich nicht. Ich weiß keine.
»Warum tust du mir das jetzt an?«, fragte ich.
»Aber Schatz, ich stelle doch nur Fragen.«
– Was willst du mir sagen? Dass wir ihre Gesichter nicht sehen dürfen? Genau das sagst du. Du bist der Typ Mensch, der einem bettelnden Obdachlosen nichts gibt; du denkst, das schadet ihm nur. Aber wer ist denn nun herablassend? Du hältst dich zurück und handelst deinen Instinkten zuwider. Das ist Disparität, und unser Instinkt verlangt nach großer Parität, sofort. Unser Instinkt verlangt danach, unser Bankkonto mit demjenigen zu teilen, der nichts hat. Du aber sprichst durch sieben Schichten aus Verdrängung und Rechtfertigung. Es ist ein gutes Gefühl, es *ist* gut, und heute, am Ozean, sind wir einem Mann begegnet, der in einer halb fertigen Hütte wohnt, und er war groß und hatte ein Radio, und wir haben ihm rund 700 Dollar geschenkt, und es war gut. Niemand kann uns das nehmen, und du wirst es nicht mit Worten wie *herablassend* und *subjektiv* verderben, weltfremde und arrogante Worte, und du kannst nicht so tun, als wüsstest du eine bessere Möglichkeit. Versuch doch! Mach doch! Wir haben Liebe gegeben und bekommen! Wie kannst du uns das wegnehmen? Ich erwarte keinen Dank von ihnen – wir bleiben nicht mal lange genug in der Nähe, als dass sie uns danken könnten, und außerdem sprechen wir nicht mal ihre Scheißsprache. Wir wollen sie bloß sehen, ihre Hände berühren, über ihre Arme streichen oder so. Das wird doch wohl erlaubt sein! Das kann man doch nicht einfach so abtun oder umdrehen, damit es so aussieht, als wären wir im Unrecht –
»Tja«, sagte ich, »deine Fragen sind für mich uninteressant.«

»Oh, ich bitte vielmals um Entschuldigung.«
»Ich denke bloß, du denkst zu viel, Mom.«
»Ja, die Neigung hab ich.«
»Ach ja? Ist mir noch nie aufge–«
»Tschüss, du Klugscheißer.«
Sie legte auf.
Hand zog sich an, und wir latschten zurück auf die Straße. Der Himmel war die Kuppeldecke eines Planetariums, voller Sterne, aber nicht dunkel genug. Die Bäume standen schwarz darunter und hoben sich vor dem grauen Himmel ab, warfen Schatten aus bösen, raschen Strichen auf die unbefestigte Straße. Ich war stinksauer. Für jede gute Tat gibt es irgendjemanden, der keine gute Tat tut, der beispielsweise im Garten arbeitet und dann genau wissen will, wie du deine gute Tat tust. Für jede Sekretärin, die ihre ungegessene Sandwichhälfte einem hageren, ungewaschenen, alten Obdachlosen schenkt, gibt es jemanden, der behauptet, das würde irgendwie alles *nur noch schlimmer machen*. Die Untätigen müssen ihre Trägheit dadurch rechtfertigen, dass sie an denjenigen rummeckern, die zumindest versuchen –
»Was brabbelst du denn da vor dich hin?«, fragte Hand.
»Nichts.« Ich hatte nicht gemerkt, dass ich vor mich hin brabbelte.
»Das und dein Gequassel im Schlaf –«
In einer Snackbar kauften wir uns ein Eis. Die Frau hinter der Theke hatte Haare wie eine Background-Tänzerin und sah sich im Fernsehen Delphine an. Hand nahm so was Ähnliches wie Orangeneis im Plastikzylinder und ich eine fette Zunge aus Vanilleeis mit Schokoüberzug am Stiel. Ich riss die dünne glänzende Verpackung ab und aß zuerst die Schokolade, dann das weiße, kalte Vanilleeis, so weich in der feuchten und dunkler werdenden Luft,

und es lief mir gleichzeitig an der Hand und die Kehle hinunter.
Wir spazierten unter den weit auseinander stehenden Straßenlampen her und hatten zwei oder drei Schatten, wenn die eine Lampe unseren Schatten nach vorn, die andere nach hinten warf und sich beide manchmal überlappten. Die Lampen waren völlig konfus. Die Lampen wussten nichts.
Der Mond war gelb und von einem blassweißen Hof umgeben. Ich hatte Steinchen in den Schuhen. Ich blieb stehen, um sie auszuschütteln, stützte mich auf Hand. Als wir weitergingen, füllten sich meine Schuhe wieder.
Die Gegend um die Ferienanlage war voller Discos und Casinos. Zuerst gingen wir zum Hauptcasino, einem kleinen, aber plüschigen Saal mit zwei Kartentischen und etwa dreißig Spielautomaten. Wir erkannten etwa ein Dutzend Leute vom Abendessen wieder; mein Gesicht teilte die Menge, und sie blickten uns mit müden Augen an.
»Sieh dir das an«, sagte Hand, deutete mit dem Finger auf die Klientel und malte ein Unendlichkeitszeichen über sie. »Ist dir an den Männern hier was aufgefallen?«
»Die Pullover.«
»Genau.«
»Wahnsinn.«
Jeder Mann in diesem Saal, fast jeder – es waren rund zwanzig Männer im Casino, die meisten jung, und auf zwölf davon traf es zu – hatte einen Baumwollpullover über den Schultern, locker vor dem Schlüsselbein zusammengebunden. Zwölf Männer, und die Pullover waren ausnahmslos gelb oder himmelblau, und immer war das Zusammenbinden mit allerhöchster Achtsamkeit erfolgt. Selbstverständlich konnte man den Pullover nicht *binden*

wie eine Krawatte. Er musste locker arrangiert werden, exakt in der Mitte der Brust, wie eine Pelzstola. Wir hatten etwa dreißig Grad.

Wieder traf mich die Erkenntnis, dass wir hier waren. Ich war noch nie weiter von zu Hause weggewesen als bis Nevada – im Auto mit Jack und seiner Familie während der Osterferien in der vierten Klasse. Wir brauchten jeweils zweiundzwanzig Stunden für den Hin- und Rückweg, wodurch dazwischen noch gut sieben blieben, die wir auf dem Rücken von Pferden verbrachten, die uns entweder tot oder in Ketten sehen wollten. Hand war schon mal in Toronto gewesen, was im Grunde näher an Milwaukee lag, aber er sah das nicht so.

Neben der Tür gab es Postkarten, nicht vom Ozean, sondern von den Hotelanlagen am Ozean, und ich kaufte eine – die erste Postkarte überhaupt, bei der ich fast den Vorsatz hatte, sie auch zu verschicken. Wenn ich jemanden hätte, dem ich schreiben könnte, eine Freundin, dann könnte ich das alles dokumentieren, es in eine gewisse Form bringen. Wenn ich den Zwillingen schreiben würde, selbst hier auf diese Serviette und mit einem Kugelschreiber, geliehen von dem senegalesischen Barkeeper mit dem Muttermal auf der Stirn wie ein Aschenkreuz, dann würden sie die Briefe verwahren und immer wissen, dass ich an sie gedacht hatte –

*Liebe Mo, liebe Thor!*

*Senegal! Könnt ihr euch das vorstellen? Es ist schon anders hier. Wie an einem anderen Ort. Die Leute … zum Beispiel der eine Mann … Andererseits, im Augenblick weiß ich wirklich nicht, ob wir irgendwas sehen oder alles verpassen … Aber die Luft hier ist auf jeden Fall anders, das ist schon mal was …*

»Klingt gut so weit.«

Hand blickte mir über die Schulter.
»Du hast es wirklich schön wiedergegeben, Will. Auch die vielen Leerstellen –«
»Zisch ab.«

Wir standen draußen in der kühler werdenden Nachtluft und fragten uns, ob wir irgendetwas Außergewöhnliches machen konnten. Ob wir unserer eigenen Verantwortung hier gerecht werden konnten: Wir waren knapp 4.200 Meilen gereist und somit verpflichtet, etwas zu kreieren. Wir mussten die verfügbaren Materialien einsetzen und etwas Kostbares daraus machen.
»Hast du schon zu Hause angerufen?«, fragte ich Hand.
»Nein. Du?«
»Klar.«
»Meine legen da keinen Wert drauf. Du kennst sie doch.«
Ich kannte sie, und ich kannte sie nicht. Hands Vater war ein großer Mann, der sich nach vorn beugte, sich schon so lange nach vorn beugte, um mit seiner sehr viel kleineren Frau zu sprechen, dass sein Kopf aussah, als wäre er dauerhaft gesenkt, das Kinn auf dem Brustbein. Er hatte ein Gesicht wie eine Schaufel und die Augen eines Wolfs, und er arbeitete in einer Anwaltskanzlei, aber ich weiß nicht, ob er Anwalt war. Vielleicht war er Anwalt, aber irgendwie habe ich den Verdacht, dass er keiner war. Er war einer von diesen distanzierten, kleinäugigen Männern, bei denen alles denkbar war – Missbrauch, Mord, Steuerhinterziehung, Bigamie. Hands Mom war Krankenschwester und hatte fast unsere ganze Kindheit hindurch im Krankenhaus gearbeitet, später jedoch nur noch im Haus eines Todkranken, zwei Jahre lang – ein imposantes, vor

Marmor starrendes Haus, in dem sie schließlich mehr oder weniger wohnte, mit einem eigenen Schlafzimmer, einem eigenen Parkplatz in der Garage, mit allem.
Was in Ordnung war, aber auch falsch, weil Hand nämlich neidisch auf ihr neues Zuhause werden musste und darauf, dass sie dort scheinbar mühelos die Matriarchin wurde. Hand hatte zwei ältere Brüder, sehr viel älter. Ich hatte die beiden jeweils nur wenige Male gesehen, kannte sie eher von ihren Schulabschlussfotos; aus irgendeinem Grund hatten sie beide am selben Tag ihren Abschluss gemacht, obwohl einer von ihnen, ich glaube Steve, derjenige, der leicht schielte, ein Jahr älter war als Eddie, der Haare wie Shawn Cassidy hatte und Augen, die nie blinzelten, und der Hands Spitznamen erfunden hatte – zuerst hieß er *Hands*, weil er als Knirps jeden Ball fing, den man ihm zuwarf – und später wurde Hand daraus, damit es sich nicht so sehr nach jemandem anhörte, der gern mal mit deinen Kindern alleine wäre.

Wir beschlossen, in die Stadt zu gehen, uns irgendein Haus auszugucken und mit Blumen hineinzumarschieren. Darüber hatten wir in den letzten paar Jahren schon oft gesprochen – ich habe keine Ahnung, wann die Idee geboren wurde oder warum. Wir wollten anklopfen, so stellten wir uns das vor, oder vielleicht durch eine Hintertür hineingehen, über die Veranda, und so oder so würden wir Wein oder Blumen mitbringen. Wir waren felsenfest davon überzeugt, dass wir mit Blumen überall auf der Welt in jedes beliebige Büro oder Haus marschieren könnten und freundlich begrüßt würden. Der erste Schreck würde durch pure Verwirrung gemildert, dann durch gerührte Verlegenheit, und schon bald wären wir eine große Familie.

Auf der Straße spazierten zahllose Urlauber in die Richtung von Salys Vergnügungszentrum, etwa drei Straßen mit Restaurants, Clubs und Bars, und gelegentlich schlängelte sich langsam ein Auto zwischen den Schlaglöchern hindurch, auf der Suche nach einem Parkplatz.

Wir kauften einen kleinen Strauß aus Margeriten und Veilchen und irgendeiner heimischen Blume, rot und feucht, wie Fleisch.

Zwei junge Frauen ritten barfuß und ohne Sattel auf Pferden vorbei, die die Farbe von Schotter hatten. Hand machte eine Geste, als wollte er hinter ihnen herlaufen, auf ein Auto springen und von dort auf den Rücken eines der Pferde. Ich schüttelte entschieden den Kopf. Er schmollte.

Aus einem Gebäude mit Schieflage nach rechts und einem Balkon im ersten Stock war eine Katze zu hören, und wir blieben stehen. Am Eingang waren zwei Briefkästen, und wir, ich mit den Blumen viel zu fest in der Hand, fassten das als Zeichen auf.

»Das ist es«, sagte ich. »Wir müssen da hoch.«

»Und klingeln wir oder was?«

»Wie viel Uhr ist es?«

»Vielleicht zehn«, sagte Hand. »Ist das zu spät?«

Wir beschlossen, zuerst hochzugehen und uns einen Eindruck zu verschaffen. Die Stufen verschluckten unsere Schritte, Fingerknöchelklopfen auf Holz, und bald standen wir oben auf dem Flur, zwischen Türen.

»Welche?«, fragte Hand.

Eine war nur angelehnt. »Die da«, sagte ich.

Die Tür hatte statt eines Knaufs eine Klinke und sah aus, als führe sie auf einen weiteren Flur, also gingen wir

hinein. Aber es war kein Flur. Wir waren in einer Wohnung. Wir blickten uns verstört an. Wir standen schon in der Wohnung von irgendjemandem.
Aber keiner von uns machte Anstalten zu gehen.
Wir zogen unsere Schuhe aus und legten die Blumen darauf. Wir traten ganz ein und schlossen die Tür hinter uns, so leise, dass es mich verwirrte. Ein großes Porträt von einem Mann in Uniform, ein politisches Porträt, hing über der Eingangstür. Ein Tisch, ein Esstisch, stand auf Zehenspitzen in der Mitte des kleinen Hauptraumes. Vier Essplätze, die Überreste des Abendessens. Noch keine Geräusche. Die gestrichenen Wände, ein verblasster Olivton, mit Fingerabdrücken übersät. Aus Illustrierten herausgerissene Bilder an den Wänden – ein paar von Motocross-Fahrern, und daneben eine Serie von Postkarten mit Frauen in reich verzierten und wulstigen Osterkostümen. Darüber ein großes Studioporträt einer vierköpfigen Familie, der Familie, die hier wohnte, so vermuteten wir, alle in Fußballtrikots. Hand zog die Augenbrauen hoch, als wollte er sagen: *Sieh dir das an! Sieh dir das an! Ach du Schande!*
Die Wohnung war klein, aufgeräumt und bar jeglichen Gegenstandes von erkennbarem Wert. Die Küche ging direkt vom Hauptraum ab, eine enge Nische mit blau gekachelter Arbeitsplatte. Die Küche führte dann in einen anderen Raum, eine Art Wohnzimmer mit einer Couch und je einem schmalen, hohen Liegestuhl rechts und links davon. In einer Ecke waren ein kleiner Berg Stofftiere – Bugs Bunny obenauf – und vier Plastikfußbälle in einer ordentlichen Reihe. Ein Fernseher flimmerte, aber ohne Ton.
Es gab keine Bewegung im Haus, kein Geräusch, aber ich rechnete jeden Moment mit irgendwas. Ein Mann im Ba-

demantel mit einer Schrotflinte. Es wäre fast eine Erleichterung.
Hand war schon quer durch den Raum, suchte nach den Schlafzimmern. Es gab zwei Türen. Er öffnete eine, ein Wandschrank. Dann schob er den Kopf durch die andere und riss ihn ruckartig zurück. Auf Zehenspitzen kam er zu mir zurückgeschlichen – ich versteckte mich inzwischen in der Küche – und öffnete den Mund, um etwas zu sagen. Ich sah ihn so wütend an, wie ich konnte, und das so schnell ich konnte, um sein Sprechen zu verhindern. Er bremste sich rechtzeitig und machte eine komplizierte Geste der Kapitulation.
Wir blieben ein paar Sekunden stehen, beruhigten uns, blickten über den Küchentisch hinweg auf den Fernseher im Nebenzimmer. Eine Wüstenszene, ein altes Dorf in gedecktem Rosa. Dann eine Nahaufnahme von einem hageren Mann. Dann Ernest Borgnine in römischer Soldatenmontur. Dann wieder der hagere Mann, die Hände von irgendwem schieben sich ins Bild – Borgnines? – und setzen dem hageren Mann etwas auf den Kopf, das aussieht wie ein Vogelnest – Oh. Dornenkrone.
Hand zeigte auf das Schlafzimmer und hielt vier Finger hoch, machte dann eine Schlafgeste, was heißen sollte, dass die Familie, alle vier, in dem Zimmer schliefen, in einem Bett. Wir waren in ihrer Wohnung, und sie schliefen im Nebenzimmer in einem Bett. Erst jetzt fing ich an, mir viele Fragen zu stellen: Wieso war die Wohnungstür nur angelehnt gewesen? Was sollten wir jetzt machen? Wir hatten uns gewünscht, mit unseren Blumen hereinzukommen und uns dann zu ihnen zu setzen, von ihnen willkommen geheißen und bewirtet zu werden und beim Abschied neue Freunde in Saly gewonnen zu haben, und sie hätten noch ein Geschenk von uns bekommen, das

unserem Dank angemessenen Ausdruck verliehen hätte. Doch wo ich mir laute Gespräche und Scherze in gebrochenem Englisch und schlechtem Französisch ausgemalt hatte, schlichen wir jetzt in der Dunkelheit herum, ohne jeden Laut. Zumindest konnten wir ein paar Devisen loswerden.

Die Wohnung war sauber und gemütlich und klein. Hier lebten Menschen, selbst mit den Geräuschen von den Bars und Clubs unten auf der sandigen Straße. Die Kinder hatten Stellen, wo sie ihre Sachen hintaten, und der –. Ich würde nie so etwas haben. Ich wollte keinen Küchentisch oder Bilder an der Wand. Ich wollte weg.

Auf jeder Nahaufnahme von den Aposteln starrten sie mit einem Blick ins Leere, der auf Drogeneinfluss schließen ließ. Heilige mussten nicht so glasig aus der Wäsche gucken, mussten sich nicht mit langsamen anmutigen Gesten bewegen. Oder? Ich wünschte mir einen tollpatschigen Heiligen – oder einen blitzschnellen. Einen Heiligen, der gern wie ein Sprinter lief, in knappen, seidigen Shorts. Anne Bancroft. Da war sie, als Mutter Maria. Und dann, etwas unterhalb von ihr, wehklagend, die Frau aus Zeffirellis *Romeo und Julia*. Sie sah wieder genauso aus. Borgnine, der zuschaute, wie seine Kameraden Jesus am Kreuz hochhievten, fühlte sich nicht gut. Was da passierte, tat ihm furchtbar Leid, aber er war anscheinend nicht in der Lage, es aufzuhalten.

Hand ging hin und schaltete den Fernseher aus.

Ich suchte in den Schränken über der Spüle nach einer Vase oder einem großen Glas oder Krug. Ich fand ein paar NFL-Becher. Keiner davon würde das Gewicht der Blumen halten. Hand warf mir einen beschwörenden Blick zu. Jetzt wollte *er* weg. Ich zuckte eindringlich die Achseln, brauchte mehr Zeit. In der Ecke stand ein Eimer voll mit Sand und Zigarettenkippen. Ich stellte ihn mitten auf den Küchentisch und rammte die Blumenstiele hinein. Hand verdrehte die Augen. Am nächsten Morgen wären die Blumen tot, tot, tot.

Wir saßen in unserem Wagen und dachten nach.
»Wir könnten noch mal nach Eseln suchen«, sagte Hand.
Mit plötzlich aufleuchtenden Scheinwerfern startete ein Auto voller Menschen, jünger als wir, so schien es, direkt hinter unserem. Sie fuhren los, und wir folgten ihnen, ich am Steuer, weil wir annahmen, dass sie, als attraktive und selbstbewusste junge Leute, etwas wissen mussten. Wir verließen die Stadt und verfolgten sie meilenweit, hinaus auf die Landstraße. Rasch ließen wir den Bereich mit Lichtern und Menschen hinter uns. Wir fuhren durch schwarze Felder, Meile um Meile.
»Das sieht nicht gut aus«, sagte ich.
»Die fahren verflucht schnell. Wie schnell fahren wir?«
Wir hatten 100 km/h drauf.
»Die denken, wir verfolgen sie«, sagte Hand.
»Wieso verfolgen wir sie noch mal?«
»Ich weiß nicht.«
Sie entfernten sich rasch von uns. Ihr Auto war sehr viel stärker als unseres, und bald hatten wir sie aus den Augen verloren.
Und jetzt war jemand hinter uns.
»Oh Gott«, sagte ich.
Die Scheinwerfer kamen schnell näher.
»Wie ist das möglich?«, fragte ich. »Wir fahren doch schon so schnell.«
Ein Dröhnen ertönte hinter uns. Die Scheinwerfer erfass-

ten uns. Sie kamen von oberhalb, von einem Lastwagen. Er war nur Zentimeter von uns entfernt. Ich war sicher, dass er noch näher kam.
– Jack.
–
– Jack, bitte –
Ich riss das Steuer herum und fuhr an den Straßenrand. Der Lastwagen kreischte vorbei.
»Was ist los?«, fragte Hand.
»Das Arschloch hatte 200 Sachen drauf«, sagte ich.
Hand sah mich an, verwundert.
»Will, das war kein –«
»Was?«
»Nichts.«
Die Landstraße war dunkel, und die Luft wurde kühler.

Wir stiegen aus und setzten uns ein Weilchen auf die Motorhaube und warfen Stückchen von der Straße auf die Straße.
Ich hatte die Idee, dass wir den Kopf auf die Straße legen sollten. Es war so eine Vision, die mir gekommen war, und wir hatten beschlossen, solche Ideen umzusetzen, so ziemlich alle, also machten wir es. Der Asphalt war warm, aber wir hörten nichts.
»Komm, wir pappen noch irgendwo Geld hin«, sagte Hand und stand auf.
»Wo?«
»Wir finden schon was Passendes.«
Wir fuhren weiter und hielten an einem kleinen, geduckten Lehmhaus mit Strohdach. Wir sprangen aus dem Wagen; eine Ziege meckerte. Es war ein große Ziege, etwa

anderthalb Meter einschließlich Kopf, weiß, mit Grau am Bauch.
»Wir könnten es ihnen durchs Fenster werfen«, sagte ich.
»Nein«, sagte Hand.
»Warum nicht?«
»Wir nehmen die Ziege.«
Uns blieb nichts anderes übrig. Hand holte den Umschlag und befestigte frisches Klebeband an den Seiten. Wir waren bereit.
»Du gehst von vorn auf sie zu«, sagte Hand, »und ich schleiche mich von der Seite ran. Du lenkst sie ab.«
»Womit?«
»Mach irgendwelche Handbewegungen.«
Die Ziege beobachtete mich jetzt. Sie war an einer langen Leine.
»Wie Schattenfiguren?«
»Von mir aus. Klar.«
Mannomann. Hand hatte den Umschlag und ging langsam auf die Ziege zu, Hände ausgestreckt, Umschlag klebefertig.
»He, Ziege«, sagte ich, damit sie schön ruhig blieb.
Die Ziege meckerte erneut.
»Sei vorsichtig«, sagte Hand, »Ziegen können ganz schön fies werden.«
»Wie denn? Was macht sie denn wütend? Du Arschloch.«
»Ich weiß nicht. Deine Augen. Glotz sie nicht an.«
»Du bist einfach –«
»Nicht glotzen! Die knurrt schon oder so. Glotzt du?«
»Nein!«
»Und schrei nicht. Das hassen sie.«
Ich hasste Hand. Ich drehte den Kopf von der Ziege weg und ging im Krebsgang auf sie zu, trippelnd.

»Bist du bei ihr?«, fragte ich.
»Fast. Kuckt sie mich an? Hat sie mich gesehen?«
»Weiß ich doch nicht. Ich seh doch auch nix, du Idiot.«
»Dann schiel doch wenigstens mal hin.«
*Hinschielen.*
»Mach du doch!«
»Psst. Ich bin fast dran«, sagte Hand.
»Hast du's?«
»Ich hab Angst, sie anzufassen. Pack ihren Kopf.«
»Was? Den Kopf packen?«
»Pack sie bei den Hörnern.«
»Nein.«
»Oh-oh.«
»Was ist?«
»Achtung!«, schrie Hand.
Die Ziege kam auf mich zugelaufen. Aber seitlich. Sie hatte den Kopf gesenkt und sprang auf mich zu, in großen und seltsamen schrägen Sprüngen. Völlig unnatürlich, diese Fortbewegungsart. Sie kam immer nur rund einen Meter vorwärts, warf sich aber glatt zweieinhalb Meter zur Seite. Ich machte ein paar Schritte rückwärts, dann drehte ich mich um und rannte.
»Nicht so!«, schrie Hand.
»Was?«
»Lauf so! Sie kann schlecht kucken!«
»Wie denn?«
»Schlangenlinien! Schlangenlinien!«
Ich lief auf Hand zu, schräg vor der Ziege her, so dass ich nur noch anderthalb Meter von ihr entfernt war und sie gurgeln und husten hörte. Hand war hinter einem Mäuerchen in der Nähe der Hütte.
»Hierher!«, rief er.
Ich sprang über die Mauer, kauerte mich neben Hand.

Die Ziege war auf der anderen Seite in ihrem Pferch, stand still, starrte in die schwarze Nacht, wie das blöde, stinkende Tier, das sie war.
»Und jetzt?«, fragte ich.
»Die Hütte«, sagt Hand.
»Wir gehen da nicht rein«, sagte ich. »Das bringe ich nicht mehr, einfach so in eine Wohnung eindringen. Irgendeine Wohnung.«
Wir nahmen den Umschlag und klebten ihn an die Außenmauer der Hütte. Er hielt schlecht, aber Hand strich ihn glatt, so gut es ging.
Wir hatten Geld an die Außenmauer der Hütte geklebt.
»Wie viel, was meinst du?«, fragte ich.
»Etwa 300 Dollar.«
»Wird ein komischer Fund sein, Geld ans Haus geklebt.«
Vielleicht war es zu eigenartig. Vielleicht würden sie den Umschlag gar nicht aufmachen, angesichts der Umstände. Es war keine Zeit, das zu erörtern. Jeden Augenblick konnte da drin jemand aufwachen, und das wollten wir nicht. Das Päckchen trug noch immer Hands Botschaft –

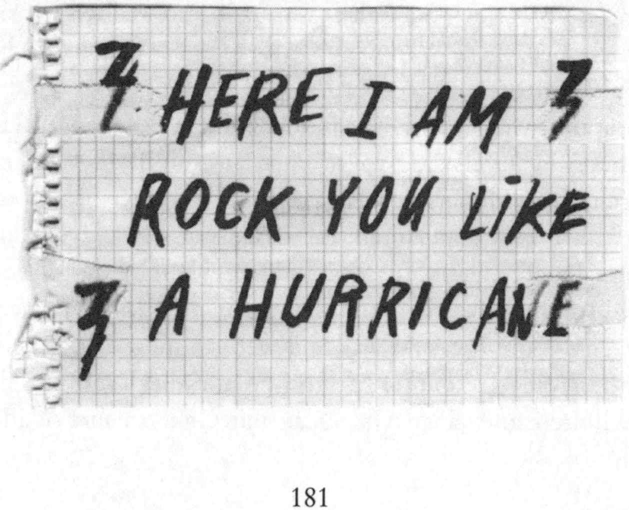

»Mann«, sagte Hand, »wir sollten morgen früh noch mal herkommen und uns ansehen, was passiert. Ich muss das sehen.«
»Dann wüssten sie, dass wir es waren. Sie würden uns sehen.«
»Wir könnten uns Ferngläser besorgen und aus einiger Entfernung zugucken. Von einem –«
»Einem was?«
»Einem Hügel in der Nähe. Oder einem Versteck. Ein Versteck!«
Jetzt wollte ich die Familie kennen lernen. Ich wollte zusehen, wie sie den Umschlag fanden, wollte ihre Überraschung sehen, ihre Freude. Ich wollte zusehen, wie sie zusammen an ihrem Esstisch saßen, alle vier, Mutter, Vater, Bruder, Schwester, und gemeinsam überlegten, woher das Geld wohl kam, was es zu bedeuten hatte, von wem es stammte, und wer zum Teufel ihnen wohl die Worte auf dem Umschlag übersetzen konnte. Vielleicht würden sie sich noch ein paar Ziegen kaufen. Wie viele Ziegen mochte man für das Geld kaufen können? Mindestens zwei. Vielleicht ein Dutzend? Ich vermutete, dass sie eine Familie von großer Schönheit waren. Wieso wollten wir sie nicht besuchen? Weil wir am Morgen oder frühen Nachmittag weiterfliegen würden und weil eine Begegnung mit ihnen außerdem – Na ja, ich wollte sie kennen lernen, nichts lieber als das, wollte einen Tag mit ihnen verbringen, einen Monat, wollte, dass sie für uns einen Schuppen an ihre Hütte anbauten, ihr Essen mit uns teilten, uns das Land zeigten, uns beibrachten, wie man die Ziegen versorgte. Aber wir konnten sie nicht kennen lernen, weil es eine Invasion war und weil ich diese Kluft nicht überspringen konnte. Ich konnte mir alles Gute für sie erhoffen und einen Umschlag mit Geld an ihre Wand

kleben, aber ich konnte ihnen nicht die Hand schütteln und konnte ihnen nicht mein Gesicht zeigen.

Ich fuhr. Ich bat Hand, mir was zu essen zu suchen. Er warf mir einen Schokoriegel mit Nüssen in den Schoß. Beim ersten Bissen brach irgendwas ab. Das Gefühl wie durchgebrochener Knorpel. Etwas Härteres. Das Kauen auf Steinen.

»Lenk mal kurz«, sagte ich.

Hand streckte den Arm aus und hielt das Steuer. Ich spuckte meinen Mundinhalt aus – eine lockere Masse aus Schokoriegel und Blut und kleinen weißen Steinchen. Ein Zahn. Ein Backenzahn. Ich wunderte mich, dass es nicht wehtat.

»Was ist das?«, fragte Hand. »Ich kann's nicht sehen.«

Ich hielt ihm die offene Handfläche hin.

»Ach du Schande.«

Ich wusste, warum er abgebrochen war. Seit Oconomowoc hatte mein Mund sich insgesamt locker angefühlt, wie umgebaut. Drei Zähne waren wackelig oder angeschlagen, und das hier war der größte davon gewesen.

Ich hielt an.

»Tut mir Leid«, sagte Hand.

Ich warf den ganzen Mund voll zum Fenster hinaus. Die Zahnstückchen machten ein *tickendes* Geräusch auf der grob asphaltierten Straße.

»Hör zu«, sagte er mit leiser Stimme, was wichtige Informationen ankündigte. Ich hörte zu. Aber Hand hatte sich nicht überlegt, was er sagen würde, wenn er meine Aufmerksamkeit hatte. Eine lang gezogene halbe Minute saßen wir einfach da.

»Das ist seit einer Ewigkeit der erste Zahn, den ich verliere«, sagte ich.
Hand schaltete das Radio aus.
»Will. Es tut mir Leid«, sagte er.
»Ich weiß. Das sagtest du bereits.«
»Ich weiß. Aber –«
Er atmete laut durch die Nase aus, lehnte den Kopf nach hinten gegen den Sitz und schloss die Augen.

Wir rollten von dem Schotter zurück auf die Straße, und ich fürchtete meinen Kopf, wenn ich erst im Bett liegen würde. Seit vielen Monaten war Schlaf ohne alkoholische oder masturbatorische Hilfe praktisch illusorisch, und ich wusste, dass ich mich heute Nacht wieder schwer tun würde.
»Lass uns zurückfahren und schwimmen gehen«, sagte er.
Das wollte ich.
Am Hotel angekommen, gingen wir zum Wasser und ließen unsere Sachen auf dem großen grauen Stein zurück, von dem Hand zuvor gesprungen war. In Boxershorts wateten wir hinein und sahen im Mondlicht blau aus. Das Wasser war jetzt wärmer. Zuvor waren wir ziemlich laut gewesen, aber das Wasser, schwarz und ölig, machte uns still. Wir durchschnitten langsam die Oberfläche, und es war uns unangenehm, die Ruhe zu stören. Wir hielten unsere Schultern unter Wasser, und es war viel wärmer. Hands Kopf kam ohne eine Spur von Bewegung auf mich zu, ein auf Glas gleitender Kopf.
»Du siehst schlecht aus«, sagte er.
»Sorry.«

»Du hast so einen kaputten Ausdruck im Gesicht.«
»Ich weiß.«
Ich tauchte unter. Ich umschloss meine Knie und sank. Das Wasser zischte mir in den Ohren, drang aber nicht in mich ein, füllte mich nicht. Ich fiel noch immer, wie ein Ball, unter Wasser. Hier war es wolkig, hier war Aufruhr. Ich fiel weiter. Mir kam der Gedanke, dass ich vielleicht in einem Teil der Bucht war, wo es ein Loch gab, ein Loch auf dem Grund der Bucht, das meilenweit in die Tiefe reichte, und ich könnte ewig weitersinken. Ich könnte in einer Art Wasser-Wurmloch versinken, und tausende Meter fallen, um dann wieder ganz woanders aufzutauchen. Ich würde in einer anderen Art Welt auftauchen, einer Welt, die von hyperintelligenten Fischen beherrscht wurde, oder –
Aus unerfindlichen Gründen stellte ich mir Waschbären vor, dass es unter dem Wasser und durch das Wurmloch hindurch eine Gesellschaft sprechender Waschbären gab, die Pfeife rauchten und über die Geschehnisse in der, wie sie sie nannten, »Oberwelt« lachten, und damit meinten sie die Welt. Ich würde eine Zeit lang bei ihnen leben, und die Königin, alt, aber nicht zu alt, gebieterisch, aber nicht unfreundlich, würde ein Auge auf mich werfen und darauf bestehen, dass ich ihre männliche Konkubine würde, und in dieser Hinsicht wäre alles prima, die Vergünstigungen anständig und das Leben im Allgemeinen sehr gut – bis sie eines Tages meiner überdrüssig würde, weil ein anderer Kandidat auftauchte, ein Jordanier, mit dem Schiff übers Tote Meer –
Aber warum füllt uns dieses Wasser nicht aus – warum dringt das Wasser nicht durch unsere Ohren und ertränkt uns? *Das Zischen ist der Zorn des Ozeans, weil es ihm nicht gelingt, uns zu ertränken.* Aber was verhindert

unser Überlaufen? Haben wir so viel Druck in uns? *Ich glaube, ja.* Ach, halt die Klappe.

Als ich wieder an die Luft kam, war eine Frau bei uns. Sie stand neben Hand. Sie war die Frau vom Abendessen. Die wundersame Frau vom Abendessen.

Sie lachte über irgendetwas, das Hand gesagt hatte. Sie trug einen einteiligen Badeanzug, weiß. In dem schwachen Licht sah ihre Haut noch vollkommener aus, und ihre Zähne schimmerten, als sie lachte.

Wir standen in hüfthohem Wasser.

»Hallo«, sagte sie zu mir.

»Hi«, sagte ich.

»Ihr Freund, er sagt, Sie verstecken sich vor mir.«

Hand grinste. Ich sagte ihr, dass ich mich nicht vor ihr versteckt hatte.

»Sie schämen sich für Ihr Gesicht«, sagte sie.

»Nein«, sagte ich. »Aber er.« Ich nickte in Hands Richtung. Er biss sich mit der unteren Zahnreihe auf die Oberlippe. »*Er* schämt sich für mein Gesicht.«

Ich zitterte. Ich konnte mir nicht erklären, wieso sie bei uns war.

»Sie beide sind sehr weit weg von zu Hause«, sagte sie.

»Stimmt«, sagte ich.

Sie fiel auf die Knie und tauchte den Kopf unter.

»Sie auch«, sagte Hand.

Sie hieß Annette und kam aus Paris. Sie war mit ihrer Familie hier, sagte sie, zwei kleinen Jungen und ihrem Mann. Sie waren schon seit sechs Monaten hier, weil ihr Mann von seinem Arzt hierher geschickt worden war, um eine chronische Bronchitis auszukurieren. Ich wusste nicht, dass es immer noch Menschen gab, die so was machten, die die Zeit und das Geld hatten, sich so lange in ein für die Luftröhre bekömmlicheres Klima zu begeben.

Sie ahmte seinen Husten nach, tief und röchelnd, und lachte dann. Das war etwas Europäisches, dachte ich – dekadent und liebevoll und müde zugleich, dieses Lachen über den Husten des eigenen Mannes.

Es war zu kalt, um stehen zu bleiben, also sanken wir alle auf die Knie. Nur unsere Köpfe schwebten über der Wasseroberfläche und uns war warm.

»Seid ihr schwul?«, fragte Annette.

Sie meinte es ernst. Wir verneinten. Sie lächelte.

»Es ist schön, euch kennen zu lernen«, sagte sie.

Wir nickten.

»Seht mal. Wir sind nur ein paar Köpfe!«, sagte sie. »Bloß Köpfe. Beängstigend!« Ihre Stimme war kräftig, aber ein wenig heiser, Honig, besprenkelt mit Sand. Ihre Augen waren nicht ganz richtig, wenn sie mich direkt ansah. Sie neigten nach links und rechts, strebten leicht nach außen, sodass man merkte, wenn sie einen direkt ansah und man sie auch direkt ansah, dass sie das, was unmittelbar vor ihr war, nicht fokussieren konnte. Ihr Blick glitt um einen herum wie Wind.

Hand hechtete nach vorn und führte Annette vor, wie gut er schwimmen konnte. Wir sahen zu, und ich erzählte ihr, dass ich mir manchmal vorstellte, ganz ohne Beine zu schwimmen. Was ich auch tat.

»Schwimmen ohne Beine«, sagte sie und neigte den Kopf nach hinten, um ihr Haar zu benetzen. »Das gefällt mir. Das wäre sensationell.«

Ich tauchte wieder unter, um den Kopf nass zu machen. Während ich unten war und das Wasser zischte, überlegte ich, ob ich wieder auftauchen sollte und wenn ja, ob an derselben Stelle. Ich könnte ihre Beine packen. Ich könnte mein Gesicht zwischen ihre Beine drücken. Ich könnte mich unter Wasser ein gutes Stück wegstoßen und sie

überraschen. Aber während ich darüber nachdachte, ging mir die Luft aus, und ich tauchte an derselben Stelle wieder auf.
»Dann sind wir also im selben Club«, sagte sie und deutete mit dem Kinn auf uns beide, Hand und mich.
»Ja«, sagte Hand. »Wir sind in Zimmer vierhundertfünfzehn.«
»Nein«, sagte sie, »nicht *der* Club.« Sie lachte. »Nicht das Hotel. Hier draußen ist unser Club.« Ihre Augen huschten von links nach rechts.
»Ja, richtig«, sagte Hand. »Wie der Polarbärenclub.«
»Nein, nein. Du sei still«, sagte sie und zeigte auf Hand. »Deine Antworten sind vorschnell! Ich will damit sagen, ich bin hier herausgekommen und ihr seid hier herausgekommen, um allein zu sein. Oder dort, wo die anderen Leute nicht sind. Die sind drinnen und schlafen, und wir sind hier.«
»Wir wollten wirklich schwimmen«, sagte ich.
Annette sah mich lange an und warf dann den Kopf zurück ins Wasser, machte ihn wieder nass. Sie war nicht auf die gleiche Art menschlich, wie wir menschlich waren. Wir waren real, aus Haut und Haaren, ungleichmäßig und unvollendet, sie dagegen war gemeißelt und geschmirgelt worden und –
»Meine Mutter«, sagte sie, »hat das hier gern die vierte Welt genannt.«
»Was? Senegal?«, fragte Hand.
»Nein, nein. Nicht *Senegal*«, sagte sie, während ihr Kopf auf ihn zuglitt.
Sie hielt inne, als sie etwa dreißig Zentimeter von seinem Gesicht entfernt war. »Du bist einer, der leicht missversteht alles!«
»Gut«, sagte Hand. Ich grinste, und Hand sah, dass ich

grinste. Wir kannten diese Frau nicht, aber sie wusste einiges über uns.
»Nicht die *erste* Welt«, redete sie weiter, »die, aus der wir kommen, nicht die *zweite* oder *dritte* Welt, wo so viele Menschen Wasser treten. Das hier ist anders. Die *vierte* Welt ist freiwillig. Sie liegt rasche, kleine Schritte von den anderen Welten entfernt.«
Wieder tauchte ich den Kopf in die Bucht. Unter Wasser konnte ich ihren Akzent nicht richtig einordnen. Ihre Syntax war manchmal etwas schräg, aber der Wortschatz war beeindruckend. Ich versuchte, mich zu erinnern, wie viel ich beim Abendessen getrunken hatte. Ich rechnete fast damit, dass sie weg sein würde, wenn ich wieder hochkam. Ich stieß nach oben, sie war noch da, ihre Silhouette wie eine umgekehrte Träne.
»Alle schlafen, und wir sind hier, im Meer. *Das* ist die vierte Welt. Die vierte Welt ist gegenwärtig und verfügbar. Sie ist so nah. Aber sie ist anders. Sie ist passiv. Wir sind hier die Handelnden. Wir kommen, und dann erschaffen wir die Dinge, die werden geschehen. Die vierte Welt ist halb Gedanke, halb Tat. Sie ist ein Schauplatz.«
Ich bewegte mich näher an die beiden heran. Jetzt waren unsere drei Köpfe nur knapp einen Meter voneinander entfernt. Sie merkte, dass wir verunsichert waren.
»Okay. Zum Beispiel, was hat euch in den Senegal geführt?«, fragte sie.
»In Grönland war es windig«, sagte ich.
Ein kleiner Fischschwarm fädelte sich zwischen unseren Unterwassertorsi hindurch.
»Das Wichtigste ist«, sagte sie, bemüht, ihre Frustration zu beherrschen, »dass wir uns müssen lösen von der Hoffnung auf Kontinuität. Auf Schwungkraft. Wir müs-

sen sehen jede Situation und jeden Moment als ein Ganzes. Anders, unabhängig. Ein Schauplatz.«

*Wieso sagt sie dauernd »Schauplatz«?* Ich werde sie fragen. *Nein, tu's nicht.* Woher kennt sie als französische Muttersprachlerin einen Begriff wie »Schauplatz«? *Weil ihre Mutter so ein Getue darum gemacht hat.* Ach ja, stimmt. *Wo ist ihre Mutter? Sollten wir das fragen?* Nein, besser nicht. Frauen in diesem Alter verlieren ihre Mütter.

Hand machte den Mund auf, um was zu sagen, aber es drang nur Wasser heraus, rann ihm über Kinn und Hals, ehe es zu seinem Ursprung zurückkehrte.

»Wie alt sind deine Kinder?«, fragte ich. Ich wusste nicht, womit ich sonst anfangen sollte. Ein Kreuzfahrtschiff, gehüllt in schmeichelndes Licht, bewegte sich am Horizont entlang, sehr viel schneller, als ich gedacht hätte.

»Sieben und zwölf«, sagte sie. Das Weiße ihrer Augen war im Dunkeln viel zu weiß. Ich schaute weg.

»Ein schönes Alter«, sagte ich.

Vom Schiff stieg ein Leuchtsignal auf, oder eine einsame Feuerwerksrakete.

»Das ist eine Entscheidung«, sagte sie, mit dem Kinn in Richtung Schiff deutend. »Auf das Boot zu gehen ist eine Entscheidung. Aber die Entscheidungen danach sind begrenzt. Meine Mutter, sie rät mir dringend, immer eine Chance für die vierte Welt zu haben. Man muss alle Schwungkraft vergessen und wieder neu anfangen, und wieder und wieder und wieder.« Sie sagte ungefähr zwölfmal »und wieder«. Sie war ein bisschen durchgeknallt. »Und von hier aus ihr könnt nach überall in Afrika!«

Sie tauchte ins Wasser und schwamm mit ein paar perfekten Schwimmstößen von uns weg zum Ufer, ihre Gestalt klar und ohne Widerstand. Sie hielt an, entfaltete sich und stand auf. »Jetzt ich gehe wieder zu meinen Lieblingen«, sagte sie, dann schwebte sie auf den Sand und vergrub ihr Gesicht in ein Handtuch, das das Muster und die Textur einer Gazelle hatte, verblasst.

»Es war gut, dich kennen zu lernen«, sagte Hand mit einer Stimme, die rasch und laut über das harte, stille Wasser zu ihr drang.

»Ich werde euch wiedersehen, ganz sicher«, sagte sie. »Unsere Welt, die ihr jetzt liebt, ist nicht so groß.« Sie drehte sich um und trabte die Treppe hinauf, ihre flinken Füße sprangen und strichen über den Sand wie Streichhölzer. Sie duckte sich unter Palmwedeln hinweg und war verschwunden.

Hand und ich trieben auf dem Rücken, ließen das Wasser in unseren Ohren zischen und über unsere Gesichter lecken. Man konnte alle Sterne sehen. Unter uns konnte man riesige Fische spüren, die etwas fressen wollten, vielleicht uns. In der Ferne fuhr jemand mit einem Kajak übers Wasser. Es war weit nach ein Uhr morgens.

In diesem Moment war ich mir sicher. Dass ich in meine Haut gehörte. Dass meine Organe meine waren und meine Augen meine waren und meine Ohren, die nur die Stille dieser Nacht und mein schwaches Atmen hören konnten, meine waren, und ich liebte sie und ihre Fähigkeiten. Es gab so viel Wasser an so vielen Orten, überall rauschte es, auf und ab, das Wasser oben bewegte sich so viel schneller als das Wasser darunter. Unter dem Wasser war Sand, dann Felsen, meilenweit Felsen, dann Feuer.

Aber ich wurde müde. Wir mussten raus aus dem Wasser, bevor wir es mit einem Bett verwechselten. Ich war sicher, dass Menschen auf diese Weise ertranken; nicht kämpfend, nicht um sich schlagend, sondern mit dem Gedanken an Ruhe.

Wir kamen an zwei Zimmermädchen vorbei, morgens um zwei in kobaltblauen Uniformen. Die eine hatte vor, die andere zu einer Straßenlampe hochzuheben, die über dem Weg hing. Sie hatte die Hände zu einer Räuberleiter zusammengesteckt, und die andere, eine Glühbirne in der Hand, wollte gerade den Fuß hineinstellen. Es ergab eine interessantere Silhouette als meine.

Im Zimmer waren unsere Köpfe noch nass, aber wir schlüpften trotzdem in unsere Betten. Hand dämmerte schon weg. Ich war nicht so müde, wie ich gehofft hatte.

»Diese Frau«, sagte Hand.

»Annette«, sagte ich.

»Hat mich an was erinnert, das Raymond gesagt hat.«

»Raymond war nicht gut.«

»Aber er hatte eine tolle Geschichte auf Lager. Ich bin zu müde, die jetzt zu erzählen. Er war nicht normal, aber diese Geschichte – die war es wert.«

Sekunden später war Hand eingeschlafen. Das Zimmer hatte zwei Ebenen, sein Bett stand in einer Nische oberhalb von meinem. Ich konnte sein Atmen hören, unregelmäßig, aber weit weg, wie ein Insekt vor einem Fliegengitter. Der Ventilator an der Decke rotierte vor sich hin.

In meiner Bibliothek raschelte es. Ich spürte, wie die Stufen unter laufenden Füßen erzitterten, Bibliothekarsfüße, gehuft und Akten tragend. Ich schloss die Türen, ich schaltete den Fahrstuhl ab. Ich stieg meine eigene Treppe hinauf und lief quer durch mein Tal, floh vor den nahenden Informationen –

Ich zwang meine Gedanken weg von Oconomowoc, steckte den Finger in den Deich. Ich sprang von Wisconsin aus, von Nordamerika aus und beschwor Afrika. Ich eilte durch Afrika, stellte mir Flüsse voller kleiner Skiffs vor, die Lebensmittel transportierten. Menschen in den schrillsten Farben luden Güter aus Booten. Ich wollte die Pakete zählen. Ich achtete auf die Einzelheiten der Vision. Ich musste mich auf die Szene konzentrieren, Dinge zählen, Dinge registrieren, in dieser Szene leben und nicht zurückgehen. Der Fluss war glatt. Der Fluss war gerade. Der Fluss war braun. Dann rot. Der Fluss war blutgeschwängert. Leichen trieben darauf, Leichen verstopften den Fluss wie Baumstämme. Das war Ruanda. Warum hatten Hand und ich nach Ruanda gewollt? Um zu sehen. Wir hatten die Verantwortung, zu sehen. Zu sehen, was getan werden konnte. Waren wir sie? Oder waren die Ruander in Wirklichkeit jemand anders? Ihre Rücken waren in dem dünnen braunen Wasser zur Sonne gedreht. Kirche an Kirche, unter Kirchenschiff und Kirchenbank. Scheiß auf sie. Weil wir ihre Gemetzel beenden wollten, aber die Zahl wissen mussten, 800.000, und absolut keine Möglichkeit haben, diese Zahl zurückzunehmen. Scheiß auf sie, dass sie uns das antun.

Wir wollten, dass er schneller fuhr, aber Jack wollte nicht schnell fahren. Er fuhr immer mit den Händen vorschriftsmäßig auf zehn und zwei Uhr, was gut war, weil er den Wagen so am besten im Griff hatte, vor allem in brenzligen Situationen, aber es versperrte ihm die Sicht auf den Tacho. Deshalb musste er alle paar Sekunden die Daumen anheben, als wollte er ein doppeltes Daumenhoch-Zeichen machen, um einen Blick auf die Anzeige zu werfen. Es machte uns wahnsinnig. Hand und ich wollten mindestens sieben Meilen über der zulässigen Höchstgeschwindigkeit fahren, weil jeder wusste, dass das noch erlaubt war. Immer wieder sagten wir: »Jack, wann lässt du die Kiste mal richtig laufen? Du sitzt in einem 8-Zylinder, Mann!« Und das stimmte, auch wenn es ein Kombi war, derselbe, den seine Mom gefahren hatte und dann seine Schwester und jetzt er fuhr, mit dem er an jedem Stoppschild hielt, komplett, selbst wenn meilenweit keine Menschenseele zu sehen war.

Als ich also die Nachricht erhielt, die Nachricht, dass es ein Autounfall gewesen war, atmete ich im ersten Moment erleichtert durch, weil ich wusste, dass es ein Irrtum sein musste, weil Jack niemals zu schnell gefahren sein konnte. Ich stellte mir vor, dass Autounfälle nur Autos passierten, die sehr schnell fuhren, kollidierten, beide mit vollem Tempo. Aber bei Jack verhielt es sich anders. Er fuhr auf der rechten Spur, mit zulässiger Höchstgeschwindigkeit oder langsamer. Der Lastwagen kam von hinten mit 80 Meilen, bergab, sieht Jacks Wagen, der zu langsam ist, eine Geschwindigkeit, die vom Lastwagen aus gewirkt haben muss, als stände er – als wären Jack und sein Wagen bewegungslose Gegenstände. Der Laster prallt auf, schiebt den Wagen aber nicht vor sich her, die Schwungkraft treibt die Räder hoch und über Jacks Auto hinweg, das platt gedrückt und überrollt wird, praktisch von zwölf Reifen gleichzeitig, das alles innerhalb einer halben Sekunde, der Laster rast weiter, gerät ins Schleudern, kippt nach rechts auf den Mittelstreifen, der Fahrer wird gegen das Seitenfenster geworfen, zieht sich eine Gehirnerschütterung zu und sonst nichts.

– Ich kenne deinen Namen, du Trucker-Schwein.
– Die Familie deines Freundes hat mir vergeben.
– Ich habe nichts vergeben.
Der Geruch in dem Lagercontainer war ein kalter Geruch, kaltes Holz, kaltes Aluminium. Ich lag auf dem Boden, ehe ich endgültig wegtrat, und ich dachte, eine Erklärung würde kommen. Ich lag da, auf den kalten Holzplanken, blutete schon aus dem Mund und meine Rippen pochten, so dass ich mich fragte, ob sie meine Haut durchbohrt hatten, und ich dachte an eine Erklärung. Ich war einfach neugierig. Ich musste die Antwort bekommen. Hatten sie es auf irgendwas von Jacks Sachen abgesehen? Ich musste es wissen. Ich wollte sie umbringen und in ihrem Blut baden, aber zuerst wollte ich wissen, warum.
– Warum ist das passiert?
– Wir waren da, du warst da.
– Gebt mir eine Antwort.
Hand war weg, schlief oben. Wie konnte er im Senegal schlafen? Ich wollte ihn wecken, tat es aber nicht. Es war seine Schuld. Es war zum Teil seine Schuld. Alles war zum Teil seine Schuld. Die Welt war zum Teil seine Schuld. Ich stand auf und holte mir noch eine Decke ganz oben aus dem Schrank und zog sie über mich und schloss erneut die Augen.
– Scheiße, Hand.
– Schlaf, mein Freund.
– Verdammt. Ich will raus aus diesem verdammten Schädel.
– Trink was.
– Was denn? Wo?
– Entspann dich. Atme.
– Warum haben wir diese Drecksäcke nicht umgebracht?

– Wir haben es versucht. Wir haben gewartet. Wir haben gesucht. Dann wolltest du nicht mehr dahin zurück. Du wolltest die Cops nicht anrufen, und dann wolltest du nicht, dass wir wieder hinfahren.
– Du warst nicht bei mir.
– Bitte tu das nicht. Du hast gesagt, du würdest es nicht tun.
– Okay. Ich will einfach nicht glauben, dass es passiert ist.
– Du kannst so leben, als wäre es nicht passiert.
– Hand, das kann ich nicht. Ich bewohne jetzt ein Leben, das diese Drecksäcke mit einschließt, diese Visionen. Sie haben mir ein Leben genommen und es durch ein anderes ersetzt. Sie haben die Farben, die Palette meiner Existenz geändert. Und dreihundertmal am Tag stelle ich mir ihren Tod vor. Seit damals springt mein Herz, flattert auf und sackt wieder ab – so kann ich doch verdammt noch mal nicht existieren.
– Stimmt.
– Nichts heilt es.
– Die Zeit wird es heilen.
– Ich kann nicht warten.
– Will, so was passiert. Wir werden genauso oft bewegt, wie wir bewegen.
– Ich will in so einem Leben nicht leben.
– Dann fang von vorn an.
– Ich hab schon ein neues Gesicht.
– Dein Gesicht wird heilen.
– Mein Kopf nicht. Ich kann nicht mit meinem Kopf allein sein, Hand. Ich habe Angst davor. Vor meinem eigenen Kopf! Es hat eine Zeit gegeben, da wollte ich mit meinem Verstand allein sein, hab es richtig genossen. Jetzt graut mir davor. Früher habe ich Gartenarbeit gemacht –

– Ich weiß. Mrs. Yorro. Für die hab ich auch gearbeitet. Wir waren dreizehn.
– Wenn sie mich in den Pachysandra allein ließ, setzte ich mich auf die Matte, die sie mir immer gab – eine alte Fußmatte aus dem Auto –, und ich sah die Pachysandra und sah das Unkraut dazwischen, und ich war in meinem Element. Meine Hände griffen nach dem Stiel einer Unkrautpflanze, und ich zog daran, langsam, ertastete den Ansatz, zog Erde mit heraus, ganz sachte, verursachte das leise Schnappen, wenn die Wurzeln rissen; dann kam die Pflanze ganz heraus, ich fiel ein kleines bisschen nach hinten, und weil am Unkraut immer etwas Erde hing, besprenkelte ich die Pachysandra mit Schwarz, wenn ich die Wurzeln abschüttelte. Dann warf ich die Pflanze auf den Haufen und machte mich an die nächste. Manche benötigten den Einsatz beider Hände. Manchmal schaffte ich zwei auf einmal. Ich wurde nach Stunden bezahlt und wäre am liebsten endlos lange in den Pachysandra geblieben. Ich war gründlicher als nötig. Gegen Ende suchte ich meist noch fünf Minuten nach Resten Unkraut. Ich teilte die Pachysandrablätter, um nachzusehen, ob darunter schon wieder Unkraut durchkam. Die Erde war ganz schwarz und feucht. Mrs. Yorro wässerte sie oft. Und die ganze Zeit über liebkoste ich jede Wand in meinem Kopf. Ich spazierte in meinem Kopf herum, weinend vor Freude, sogar sehnsüchtig, liebte die Böden, die vielen Zimmer, die alten Zimmer und leeren Zimmer.
– Will, hör mal …
– Aber allmählich werden diese leeren Zimmer gefüllt. Gefüllt mit scheußlichen und brutalen Dingen, die man sich mit dreizehn nie hätte vorstellen können. Und schon bald merkst du, dass es zu viele Zimmer gibt, zu viele

volle Zimmer, zu wenige leere. Ich gehe durch meine Flure und öffne Türen, und jetzt ist es schwer, noch ein leeres Zimmer zu finden, eines, das nicht voller kreischender Wolken ist.

– Will, na hör mal.

– Ich kenne Gesichter, die ich zerstören will, aber nicht kann.

– Sie sind schon zerstört.

– Sind sie nicht.

– Sie haben nie gelebt.

– Doch, sie leben. Sie atmen und ich lebe mit ihnen. Wir wurden gemeinsam wiedergeboren.

– Ach, hör auf mit dem Scheiß.

– Sie leben in diesen Zimmern. Sie atmen dort, ich höre ihr Lachen. Ich versuche, sie in den Zimmern zu halten, die ich nicht betrete, aber sie bewegen sich, und ich weiß nicht mehr, wo sie sind, und wenn wir zusammen in einem Zimmer sind, vibriere ich, ich habe zu viel in mir, ich kann mein Verlangen nicht beherrschen – Tod für sie und sogar für mich, ich werde mein Blut an das ihre binden, ein Ankertau, koste es, was es wolle, wegen ihnen will ich meinem Gehirn ein Ende machen.

– Ich kann mir das nicht anhören.

– Begreifst du denn nicht, dass sie seit Beginn unserer Reise fast jede Minute bei mir sind, dass sie immer bei mir sind? Ich habe dir einen kleinen, unbedeutenden Hinweis auf ihre Präsenz in mir gegeben. Wenn du meine Hand schüttelst, schüttelst du ihre. Wenn ich meine Ellbogen beim Essen auf den Tisch stütze, dich ansehe und mit dir spreche, essen sie mit dir, sie sprechen durch mich.

– Das wusste ich nicht.

– Sie sind nur dann nicht bei mir, wenn die Geschwindigkeit überhand nimmt, wenn die jeweilige momentane

Aktivität stärker ist und alles andere verdrängt. Wenn meine Bewegungen aufhören, kommen sie. Wenn meine Augen starr sind, kommen sie.

– Will, hör auf.

– Ich habe meine Zügel losgelassen, und jetzt tut's mir Leid.

– Ist schon gut.

– Und was machen wir? Das hier ist doch Verrat an meiner Mom. Meine Mom wollte reisen, hat sich immer beklagt, dass sie noch nie Griechenland gesehen hat, Südamerika, und jetzt sind wir hier und verpulvern das ganze Geld, das sie dazu benutzen würde, all das zu sehen, was sie nie gesehen hat. Das Geld könnte an sie gehen. Es könnte an so viele Leute gehen. Ich hab eine Tante mit zwei Kindern und keinem Mann. Die wohnen in einem halb fertigen Haus.

– Will, du musst dich ausruhen.

– Hand, du wirst mir helfen, Rache zu nehmen, und dann werde ich ruhen.

– An wem? Hinter wem bist du her?

– Die Schweine in Oconomowoc. Die zuerst.

– Gibt es noch andere?

– Natürlich.

– Wen?

– Der Trucker.

– Hör auf.

– Das Schwein von dem Bestattungsunternehmen, der Jack das angetan hat.

– Er hat seinen Job gemacht. Und wir haben dafür gesorgt, dass der Sarg geschlossen wurde.

– Du hast es auch gewollt. Du wolltest den Mann zusammenschlagen.

– Nein.

– Das hast du gesagt!
Draußen vor meinem Fenster und hinter den Sprinklern ertönte ein Kichern, eine dünne Stimme, die klitzekleine Lacher von sich gab. Dann wurde eine Tür geschlossen. Ich schob meine Hände zwischen die Beine.
– Ich hab uns das alles eingebrockt, Hand.
– Fang nicht damit an.
– Wir haben Kinder verprügelt. Wir haben sie Abhänge runtergestoßen. Wir sind an dem geistig zurückgebliebenen Mädchen vorbeigerannt, Jenny Ferguson, und wir haben ihr absichtlich das Kleid zerrissen. Weißt du noch, du Arschloch? Wir haben es getan, und das hier ist die Strafe dafür. Es gibt ein Gleichgewicht. Alles lebt in vollkommener newtonscher Opposition.
– Du spinnst doch.
– Auf mich wartet noch mehr. Ich habe zu oft mit unprovozierter Aggression gehandelt, und jetzt richtet sie sich gegen mich. Ich habe andere Dinge getan. Dinge, von denen du nichts weißt.
– Das fängt alles mit deinem Vater an.
– Lass uns diese Schweine auslöschen.
– Wen?
– Diese Säcke. Aus Oconomowoc. Sie haben all meine Jahre verdunkelt. Ich habe zu lange versucht, wieder in die Welt hineinzuwachsen, und jetzt werde ich zurückgeschickt. Ich will mich nicht wieder wegnehmen. Ich war so lange fort und bin endlich wieder in die Welt zurückgekehrt, und jetzt kann ich nicht hier sein. Es ist zu viel, mit dieser Haut und diesem Blut herumzulaufen – alles zischt mich an. Ich versinke in meinem Blut, und es zischt mich an.
– Hör auf.
– Du weißt noch, wie ich war.

– Wir haben dich *Robotman* genannt. Du hast dich zurückgezogen. Es war nicht nachvollziehbar. Dein Dad war schon so lange weg.
– Das hatte damit nichts zu tun.
– Damals kam dein Herz aus dem Takt.
– Es schlägt unregelmäßig. Ich bin immer mal wieder ohnmächtig geworden, und zuerst dachten die Ärzte, es wäre was anderes, etwas, was bei Teenagern öfter vorkommt – du steht zu schnell auf, du kippst um, eine Nebenwirkung von zu schnellem Wachstum –, aber es ist zu oft passiert, ich bin mal im Wirtschaftsraum wach geworden, mit zerbrochenen Pfandflaschen unter dem Rücken, eine Schweppes-Scherbe sieben Zentimeter tief im Schulterblatt.
– Das weiß ich noch.
– Sechs Stiche. Da in der Notaufnahme hat eine große, schöne Ärztin, Dr. Hilliard, die ersten Tests gemacht, sie hat mich neu erfunden, schenkte mir das Leben mit dem Wolf-Parkinson-White-Syndrom, kurz WPW, einer besonderen Form von Herzrhythmusstörung, die irgendwie mit Elektrizität und Kammern oder der Fehlfunktion dieser Kammern zu tun hatte. Die meisten Menschen, die das haben, sagte sie, machen –
»Wrestling«, sagte meine Mom, weil sie die Ärztin zum Lachen bringen wollte. Hilliard setzte sich und erläuterte das Syndrom, das nicht gerade alltäglich war, aber auch nicht selten. Aber ich wollte gar nicht alle Einzelheiten erfahren. Ich wollte wissen, was ich körperlich machen konnte und was nicht, was ich essen konnte und was nicht – Trockenfutter? Nassfutter? bloß Suppe? –, und damit sollte es gut sein. Dr. Hilliard – sie war etwas Besonderes mit ihren ruhigen Augen, die nicht blinzelten, und dem heiteren, aber entschlossenen Gesicht wie von

einem ägyptischen Sarkophag – erklärte uns, dass fast niemand an WPW starb, aber manche schon – manche schon, sagte sie und blickte von meinem Knie hoch, das sie presste wie eine Grapefruit. Fast alle, die WPW hatten, so sagte sie, führten ein normales Leben, abgesehen von den gelegentlichen Attacken, Anfällen, Ohnmachten und leichten Schlaganfällen. Für mich persönlich bedeutete es nur ein geringes Problem, es würde mir höchstens ein bisschen Spannung verschaffen. Es gab Behandlungsmöglichkeiten, eine Operation am offenen Herzen, bei der die Anomalität beseitigt wurde – Ablation wurde das Verfahren genannt –, aber das war nur in ganz extremen Fällen notwendig. Meiner war nicht so schlimm. Bis vor kurzem traten meine Anfälle zweimal im Jahr auf und sie waren recht schwach, leicht zu verkraften. Aber im letzten Jahr hatte es eine langsame Anspannung gegeben, Schockerlebnisse, Springfluten und Erdrutsche –

– Ich weiß noch, wie du von deinem WPW erfahren hast. Du wurdest eine Zeit lang richtig merkwürdig. Dein Dad war mal wieder verschwunden –

– Im Alter von zwölf Jahren, als mir das Ganze zum ersten Mal erklärt worden war, beschloss ich, kein menschliches Gefühl mehr auszudrücken oder mitzuerleben. Ich sah mir die Fernsehnachrichten an und wollte mich distanzieren. Ich kündigte meine Mitgliedschaft. Ich würde ein besserer Mensch werden, wenn ich mich aller menschlichen Schwächen entkleidete. Ich würde ein besserer Mensch sein, wenn ich meine Stimme nicht erhob, wenn ich nicht weinte, wenn ich nicht wütend wurde oder traurig oder gereizt oder aufgeregt. Ich war es leid, nachts aufzubleiben und auf die Morgendämmerung zu warten, weil ich mich fragte, was passieren würde,

wenn ich schlief, wer wohl kommen würde, um mich zu töten.
– Ich weiß noch, dass du oft in der Schule eingeschlafen bist.
– Es ging darum, die Probleme der Welt durch Beseitigung, durch Rückzug zu lösen, angefangen mit mir. Es gab keine Ordnung in der Welt, aber es würde Ordnung darin geben, wie ich mich durch diese Welt bewegte. Ich wollte jene Elemente des menschlichen Verhaltens auslöschen, die Probleme heraufbeschworen – Probleme, wie ich sie bei Mr. Einhorn gesehen hatte, den ich als denjenigen gekannt hatte, der den Sommer über Bademeister bei uns im Schwimmbad war, der jedoch in letzter Zeit meine Mutter umgarnt und berührt hatte, seine beiden fetten Hände auf ihren Schultern, in der Küche, auf eine Weise, die mir nicht sanft erschien.
– Ich komm nicht drüber weg, dass sie mit ihm zusammen war.
– Zweimal.
– Du hattest dich schneller entwickelt als wir Übrigen.
– Es war leicht, ein besserer Mensch zu werden. Zuerst gewöhnte ich mir eine monotone Stimme an. Ich konnte nicht aufgeregt werden und ich konnte nicht geärgert werden. Ich war ein Besucher von weit her, vielleicht aus Russland, und ich fand alles amüsant, interessant, aber nur ein bisschen, und selbst dann ausschließlich unter anthropologischen Gesichtspunkten. Ich war nicht griesgrämig; ich war berechenbar. Ich ging mit normaler, menschlicher Geschwindigkeit. Ich fuhr mit optimalem Tempo auf meinem Fahrrad, ein praktisches Tempo, ohne mich auf die Pedale zu stellen, denn das hätte Eile impliziert. Bei Schulveranstaltungen klatschte ich, wenn die anderen klatschten, aber ich jubelte und schrie nicht.

Meine Telefongespräche waren knapp und sachlich. Ich legte den Hörer behutsam auf; ich ging weder schnell noch langsam die Treppe hinauf; ich putzte mir genau fünfzehn Minuten lang die Zähne, weil mein Zahnarzt, der nicht ganz richtig im Kopf war, wie ich heute zugebe, das empfahl; ich hielt den Kopf gerade, weil jedes Neigen zu viel Interesse signalisierte; ich ließ keine Blähungen entweichen und ich bohrte mir nicht in der Nase; ich wusch mich morgens und abends gründlich. Ich überlegte, wie der am wenigsten emotionale Gang aussah, den ich mir angewöhnen konnte, und kam zu dem Schluss, dass er aus minimalen Armbewegungen und langen, gleichmäßigen Schritten bestand.

– Bist du sicher, dass das alles nicht nach dieser Geschichte war, als dein Dad auf deine Mom gefallen ist?

– Das ist später passiert.

– Aber es ist passiert, nicht?

– Ich weiß, dass ich mitten im Wohnzimmer war. Der Teppich war aus Wolle, gelb oder weiß. Mein Dad sah aus, als würde er schlafen, als er fiel. Ich saß da oder stand da, und es war Abend. Ich weiß, dass es Abend war, weil ich mein Spiegelbild im dunklen Fenster sah. Ich sah aus wie ich, nur dass meine Augen tiefer lagen, meine Haut wie Papier wirkte.

– Und dann?

– Und dann ist er auf sie gefallen. Sie stand unter diesem Minibalkon mitten im Zimmer und hatte eine Schale mit Äpfeln in der Hand. Ich glaube, sie fragte gerade, ob einer die wollte, weil sie schon alt und fleckig waren. Und dann war sie unter ihm. Er ist von dem Balkon gefallen und auf ihr gelandet. Sein Drink ist auf dem Teppich gelandet und überall hingespritzt. Sie hat angefangen zu jammern.

– Wie konnte das passieren? In dem Haus an der Oak Street?
– Nein, dem Haus davor. Oben an der Treppe war ein Geländer. Der Balkon war etwa drei Meter hoch. Das Haus hatte zwei Ebenen, und er stand oben auf der Treppe, direkt am Geländer, sah auf uns beide runter, und dann fiel er auch schon und landete auf ihr. Sie hat aufgeschrien und dann gejammert. Sie waren ein Knäuel auf dem Boden. Er wirkte so schwer, als er fiel.
– Ich begreife noch immer nicht, wie ein Mann auf einer Frau landen kann, ohne ihr jeden Knochen im Leib zu brechen.
– Ihr ist gar nicht so viel passiert, bloß ein haarfeiner Bruch im Handgelenk. Sie hatte ein Weilchen den Arm in Gips, den Gips hab ich immer noch. Das weiß sie gar nicht.
– Ein Wunder, dass er sie nicht umgebracht hat.
– Ja.
– Und wie lange hat es danach noch bis zur Scheidung gedauert?
– Sie waren schon geschieden. Sie waren schon seit einem Jahr geschieden.
– Wieso das denn? Das verstehe ich nicht.
– Ich auch nicht. Ich weiß bloß, dass sie schon geschieden waren. Aber ich weiß nicht, wieso er überhaupt da war.
– Sie waren wieder zusammen.
– Als er wieder wegging, hab ich nichts empfunden. »Oh«, hab ich gesagt, als sie es mir erzählt hat. Gefühle an den Tag zu legen wäre ein Verrat meiner neuen Spezies gewesen. Ich hab die Augen halb geschlossen. Ich hab zugesehen, wie sie auf dem Boden in der Küche weinte. Ich hab zugesehen, wie ihr der Sabber übers Kinn lief. Tommy war in Alaska bei der Konservenfirma, deshalb waren

wir beide allein. Sie ist zu mir gekommen und hat mich umarmt, und ich hab meine Arme einfach hängen lassen. Sie konnte mich festhalten, wenn sie wollte, weil sie nun mal so war, ein wirres, schwaches menschliches Gefühlschaos, und das hatte ich hinter mir gelassen. Sie schwitzte. Ich hab zugesehen, wie sie jedes Mal, wenn sie es am Telefon einer Freundin erzählte, wieder losweinte, am Küchentisch, die Hände mit gespreizten Fingern im verfilzten Haar. Ich hab sie atmen sehen, wie Frauen atmen, die gerade Kinder gebären, gepresste Stöße, mit weit aufgerissenen Augen. Ich hab zugesehen, als würde ich ein Tier in einer Klinik beobachten. Ich war ein Betrachter. Und sie weinte wieder, als sie all sein Essen rausgeschmissen hat, aus dem Kühlschrank und aus der Vorratskammer, seine tiefgefrorenen Waffeln und Aprikosen und sein Wildbret, das noch in der Marinade lag.

– Damals mochte ich dich nicht. Aber du bist ja wieder der Alte geworden.

– Ich weiß, aber Hand, es gibt einfach zu viel davon. Es ist ein einziges Durcheinander. Und alles kommt gleichzeitig heraus. Die Bibliothekare schwärmen und vermehren sich. Warum das alles? Ich will es weghaben. Ich kann den ganzen Scheiß nicht mehr gebrauchen. Er schickt mich immer wieder zurück.

– Ersetz den ganzen Kram. Füll dich mit neuen Dingen. Besseren Dingen. Gold, Bilder, Schwimmfüße.

– Das wird nicht klappen.

– Es geht doch nur um Jack.

– Es geht nicht um Jack!

– Es geht um deinen Vater.

– Herrje.

– Wo steckt er jetzt eigentlich?

– Noch immer in Milwaukee.
– Wann hast du ihn das letzte Mal gesehen?
– Vor sieben Jahren. Oder noch mehr.
– Du kennst ihn nicht.
– Ich weiß nur noch, dass er eine Orange mit dem Messer schält, sehr schnell, und die Klinge stößt gegen seinen Daumen, küsst seinen schwieligen Daumen, während er die Orange dreht. Das hat er gemacht, als ich klein war, und er hat es gemacht, als ich ihn zuletzt gesehen habe. Er ist so geschickt mit dem Messer. Er weiß, wie scharf das Messer sein muss.
– Das ist alles, was du von ihm weißt?
– Ich erinnere mich, dass er aus dem Alten Testament rezitiert hat. Ich war noch zu jung, um die Geschichten von Grimms Märchen unterscheiden zu können, aber ich erinnere mich an die Sprache, ich erinnere mich an den Zorn auf diesen Seiten. Ich weiß nicht, ob er ein gottesfürchtiger Mensch war oder nicht, aber ich weiß, dass er diese Seiten geliebt hat. Wir gingen nicht in die Kirche, aber er hat das Alte Testament gelesen und kannte es gut. Er las in seiner Bibel, mit roten Unterstreichungen und Anmerkungen am Rand; er saß auf unserer abgeschirmten Veranda und las, während Tommy und ich im Garten Frösche und Glühwürmchen fingen. Vom Ende des Gartens aus, im feuchten hohen Gras, konnten wir seine Silhouette sehen, konnten ihn murmeln hören, seine gelegentlich lauter werdende Stimme. Er las seinen Jesaja, egal, ob wir oder sonst jemand ihm zuhörten – er las ihn laut und schlug dabei die Mücken in seinem Nacken tot.
– Mehr weißt du nicht mehr von ihm.
– Mehr nicht.
– Es hat mit ihm zu tun. Das alles. Dein Zorn.

– Nein, du Arsch! Nicht alles hat mit irgendwas anderem zu tun. Es geht um Vergeltung! Es geht um Gleichgewicht!
– Für Jack.
– Ja, für Jack.
– Du willst für Jack einen Kopf.
– Ja. Ich wollte für Jack einen Kopf. Ich wollte den Kopf des Truckers. Ich kannte das Gesicht des Truckers, sein langes, geschlängeltes Haar. Meine rotäugigen Bibliothekare brachten mir zu jeder vollen Stunde sein Bild, und bei ihm malte ich mir Rache auf tausenderlei Weise aus. Aber nicht unbedingt Tod. Ich entfernte Dinge – ein Bein, drei Finger, ein Ohr –, ich tat es langsam, während ich Verkehrsregeln und die vorgesehenen Strafen bei Todschlag aufsagte, aber ich weiß, wie lang ich ihn bei mir hatte, wie lang es dauerte, bis sein Gesicht verblasste und meine Finger sich lockerten. Ich weiß, wie lange das dauert! Und jetzt bin ich wieder hier. Ich habe noch viele solcher Jahre vor mir, und diesmal schaffe ich es nicht. Zehn Jahre habe ich den verdammten, abstoßenden Kopf meines Vaters bekämpft, seine langen, knochigen Arme, seine zerfurchte Stirn, sein unaufhörliches Zwinkern, und dann Randall Winston jr. vom Transportunternehmen United Van Lines und seine ölige reulose Seele, und jetzt ist da diese Sache, und ich schaffe es nicht noch mal. Ich muss Teile meines Kopfes entfernt bekommen. Ich brauche weniger Erinnerung. Keine Erinnerung. Ich brauche –
– Du verwechselst diese Schweine mit –
– Ich verwechsle gar nichts.
– Will, ich verstehe ja deinen Zorn, aber es geht nur um Jack. Und es wird noch Jahre dauern, bis wir das halbwegs verarbeitet haben und –

– Scheiß auf deinen Kopf. Du brauchst deinen Kopf nicht. Nimm deinen Kopf aus seiner Halterung und wirf ihn in die Welt.
– Das würde ich gern.
– Wirf deinen Kopf in die Welt!
– Das würde ich gern.
– Dann wirf endlich! Wirf deinen Kopf in die Welt!
– Herr, ich erzitterte vor dir, oh Herr – sieh, was sie mir angetan haben, die Gedanken, die mit mir durch die Kanäle Richtung Schlaf treiben, die mit mir gehen, während ich durch den Tag gehe – wenn ich könnte, ich würde ihre Leiber zu dir erheben, oh Herr, zu deinem Zorn oder Erbarmen. Bitte entscheide dich für Zorn!
– Mit wem redest du?
– Nie zuvor wünschte ich einem anderen solches Übel, doch hier bin ich, und dies ist mein Wunsch. Oh, gewähre ihn mir! Ich weiß, auf ewig werden sie in meinem Hause sein, in den Räumen meines Geistes, ich weiß es, und ich nehme es hin, doch auch wenn ich weiß, dass sie da sein werden, möchte ich, dass sie dort tot sein werden. Ich kann sie dort nicht atmen lassen! Ich will sie unter den Dielen des Kellers meiner Seele. Kannst du mir, willst du mir nicht dieses eine gewähren? Dafür werde ich auf immer dein Diener sein, hingebungsvoll, dein Werkzeug hier unter den Elenden. Ich werde für dich finstere und noble Taten begehen, öffentliche oder versteckte, koste es, was es wolle. Lass mich dir, oh Herr, diese Männer bringen, erlaube mir, sie deinem Zorn auszuliefern. Ich werde sie aufrecht halten, wenn sie niedergestreckt werden. Ich werde ihre Überreste einsammeln, falls es dein Wille ist, sie in Stücke zu reißen. Ich werde ihre Knochen bleichen, falls du ihnen das Fleisch und die Muskeln abziehst. Hier draußen, unter diesem steinernen Himmel,

spüre ich, dass ich deinen Zorn erkennen kann. Oh, bitte sag mir, dass du Zorn kennst! Jetzt möchte ich, dass deine Unwetter aufziehen, ich warte auf das Verdüstern deines Himmels und das Knacken von Knochen, während du dich bereitmachst –

Ich öffnete die Augen. Ich hörte Hands gleichmäßiges Atmen. Draußen Feuchtigkeit und Grillen, das Tschikka-Tschikka der Sprinkler, die durch Hecken und Farne spritzten.

## FREITAG

Als ich aufwachte, war ich wütend auf Hand, obwohl ich mir nicht erklären konnte, wieso.

»Noch so eine Nacht schaff ich nicht«, sagte ich.

»Was? Die Disco? Warum?«

»Ich weiß nicht, was ich machen soll.«

»Wovon redest du eigentlich?«

»Lass uns abreisen.«

»Tun wir ja. Du siehst doch, dass wir abreisen.«

Er stopfte gerade seine Sachen in den Rucksack. Er zog den Reißverschluss zu und stand fix und fertig da.

»Wir müssen weiter«, sagte ich.

Hand stockte. Er sah mich an wie ein Vater, wenn ein Vater weiß, dass sein Sohn eine Mutter braucht.

»Wir werden auf Achse bleiben«, sagte er, als wir den weißen Kies des Parkplatzes überquerten. »Dafür sorge ich schon. Auf geht's.«

»Ich kann heute Nacht nicht ins Bett gehen«, sagte ich.

Wir warfen unsere Rucksäcke auf die Rückbank.

»In Ordnung. Dann bleiben wir eben wach und beschäftigen uns.«
»Gut.«
»Wir werden nicht schlafen«, sagte er. »Das ist der Plan. Wir sollten sowieso nicht schlafen.«
Bis Mittag mussten wir aus Dakar raus sein. Es war unser zweiter Tag. Vor sechsunddreißig Stunden hatten wir Chicago verlassen. Die Straße vor uns war frei, und Hand drehte den Radiolautsprecherknopf nach rechts, und wir waren im Delirium. Die Luft tat mir wohl, und wir kauften Orangen von einem Jungen am Straßenrand und Gebäck in Mbuu, wo wir Angst hatten, Denis' Bruder zu treffen. Wir trafen ihn nicht. Wir aßen, und meine Hände waren klebrig von dem vielen Saft.
»Ich hab eine Überraschung«, sagte Hand.
Wir waren an der Küste, und an einem der müllüberhäuften Strände bog er ab. Wir hielten am Straßenrand, mitten in einer Gruppe junger Männer, die alle helle Hemden und Jeans trugen.
»Was wird denn das?«, fragte ich.
»Wart's ab«, sagte Hand und sprang aus dem Auto.
Er sprach kurz mit der Gruppe, und einer der Männer dirigierte ihn zum Strand hinunter, zu einem älteren Mann, der ein großes, weißes Schild anstrich, das aus dem Strand ragte. Sie debattierten über irgendwas, und Hand kam zum Wagen zurück.
»Wir machen einen Ausflug«, sagte er. »Nur kurz, aber das wird bestimmt schön.«
Hand hatte diesen Mann, Thione, angeheuert, uns eine halbe Stunde lang an der Küste auf und ab zu fahren. Wir müssten die Dinge mal von dieser Warte sehen, sagte er, und keine Geschwindigkeit, sagte er, sei mit Wassergeschwindigkeit vergleichbar.

Wir stießen vom Strand ab, halfen noch zwei anderen Männern, das Boot von einer schmalen Sandbank zu schieben. Ich saß vorn, Hand in der Mitte. Ein Teenager sprang noch rasch mit ins Boot, ehe wir losbrausten. Er war der Navigator.

Wir waren in einem kleinen, weißen Wassertaxi-Motorboot, das von einem alten Mann gesteuert und von einem Teenager gelotst wurde, der im Bug stand, während das Boot übers Wasser hüpfte, und sich an einem Seil festhielt, das ganz vorn festgemacht war. Er stand da, als ritte er ein weißes und ungestümes Zirkuspferd. Zu unseren Füßen schwappte Wasser hin und her. Ich beugte mich über den Bootsrand, betrachtete einen fixen Punkt, während die Gischt vorbeihuschte, weiß und blau – und ich wollte meinen Arm im Wasser haben. Wollte ihn träge durchs Wasser ziehen wie damals an dem Tag mit Helen Peters auf dem Phelps Lake, in dem Boot, wir beide nackt – Aber hier wäre das nicht so ein Wasser, nicht hier, wo wir so schnell waren, es würde sich überhaupt nicht wie Wasser anfühlen, sondern eher wie schnell dahinfliegender Asphalt. Die Vegetation reichte bis ganz ans Wasser und führte dann hoch, pelzig und dicht, wie ein irrer Strudel.

Das Meer war nicht glatt, die Fahrt war rasend, als wäre das Boot geschleudert worden, und es hüpfte jetzt über die Oberfläche. Tick-tick-tick-*WACK!* Wenn das Boot sprang und sein flacher Boden hart aufs Wasser klatschte, wurde mein Rückgrat komprimiert, kurz, zwischen der Hoffnung auf Fliegen und dem großen Verlangen des Bootes zu landen und auf die Oberfläche zu schlagen, auf sie zu schlagen, wie man einen Schuh auf einen Konferenztisch schlägt – *WACK* –, und es hob sich und schlug wieder zu, und das Wasser raste vorbei, und ich sah alles, die weißen Strände, die kleinen Hütten am Ufer, die Felsküste Meilen über Meilen, und da wusste ich, dass ich für alle Zeiten nur noch eines wollte, nämlich *WACK! WACK!* Das Boot hüpfte dahin, und dann kam wieder eine größere Welle, oder wir erwischten eine normale Welle in einem bestimmten Winkel, und die Pause zwischen dem Moment, wenn wir abhoben

und *WACK!*, wenn wir landeten, landeten wir wie eine Kanone, und ich biss die Zähne zusammen – *BAMBAMBAM* – für die Nachbeben, und ich sah zu Hand und dem alten Mann hinüber, um einen mitleidsvollen Blick zu ernten – *was zum Hen-ker-ker?* –, aber keiner beachtete mich. Sie waren beschäftigt, widmeten der Fahrt ihre Aufmerksamkeit, dem Beobachten, wie das Boot vorankam – hilfreich für eine Fahrt ist die Anteilnahme daran, der Glaube an ein Vorwärtskommen, das Erleben der Bewegung. Und ich fuhr auch, es war mir ernst damit. In einem flachen, harten Motorboot muss es einem ernst sein. *WACK!* Ein Boot wie dieses wirkte irgendwie überzeugend, wie es an der Küste entlangfegte, auf die Wasseroberfläche knallte – drei kleine Wellen vor uns: *BAPPITTI!* Wir hatten ein Ziel. Und wir bewegten uns nicht einfach bloß, sondern wir bewegten uns schnell – vorbei an Dingen, die sich langsam bewegten oder gar nicht. *WACK!* Die einzige Bewegung, die ich kannte, war die relative Bewegung, die einzige Geschwindigkeit, die sich wirklich wie Geschwindigkeit anfühlte, war die, wenn ich an Dingen vorbeiraste. *WACK! WACK!* Ein plötzlicher Schwenk des Bootes.

– Hand, heute hast du mich gerettet, aber was ist mit später?

– Ich werde uns weiter bewegen.

– Was ist mit morgen?
– Ich bewege uns morgen.

Wir rasten durch die Savanne und die Vororte – wir hatten den Boot-Mann und den Boot-Jungen königlich bezahlt – und schafften es bis um elf zum Flughafen. Wir ließen den Wagen vor der Autovermietung stehen, übergaben dem Angestellten die Schlüssel und 50 Dollar Trinkgeld und rannten in den Flughafen. Am Schalter von Air Afrique wollten die drei umwerfenden Königinnen, wieder prächtig in Blau und Gelb und Grün, 400 Dollar in bar pro Ticket nach Casablanca, also setzte ich am Geldwechselschalter meinen Namen unter noch mehr Travellerschecks – *ich! ich! wusch! wusch!* – und kam zurück und legte das Geld, fünf Zentimeter hoch, der ältesten der drei vor die Nase.
»Ah, dann sind Sie also der Big Boss?«, fragte sie.
»Der was?«, fragte ich.
»Der Big Boss! Sie!«, wiederholte sie.
»Ja, der Big Boss, er da!«, sagte eine andere.
»Aber Sie wollten doch unbedingt Bargeld«, sagte ich mit Händen und Füßen. Ich war verwirrt. Ich wollte kein Big Boss sein.
»Irgendjemand hat den Big Boss geschlagen«, sagte die Dritte und tat so, als wollte sie sich selbst mit lockeren Fäusten schlagen.
Dann lachten sie alle. Lange.

Zwei Stunden in der Luft. Ich saß in der einen Reihe und Hand auf der anderen Seite des Ganges. Wir waren beide in der Reihe vor dem Notausgang, worum Hand gebeten hatte. »Mehr Beinfreiheit«, hatte er zu mir und den Königinnen gesagt, »und wenn wirklich was Großes passiert, sind wir mitten drin im Geschehen.« Meine Sitzreihe war leer, aber Hand saß neben einem jungen Paar, vielleicht Senegalesen. Ich hatte mir vorgenommen zu schlafen – bei dem Geräuschpegel im Flugzeug bestand vielleicht die Chance, mich mit einem gewissen inneren Frieden ausruhen zu können –, also legte ich den Kopf zurück und schloss die Augen. Aber Hand war in Fragelaune, und ich musste mir das Ganze zwangsläufig mit anhören.

»Ihr sprechen Englisch?«, erkundigte er sich.

»Ich^, ja«, sagte die Frau neben ihm.

Ich öffnete kurz die Augen, um einen Blick hinüberzuwerfen. Sie sah königlich aus, ebenso wie ihr Begleiter, der auch ihr Bruder hätte sein können. Sie sahen beide wie Models aus, eine Haut wie poliertes Teakholz. Ich schloss die Augen.

»Wo wollt ihr hin?«, fragte Hand.

»Marrakesch. Zum Medizinstudium.«

Eine Stewardess bot mir ein Essen an, aber ich lehnte ab. Hand und seine neuen Freunde nahmen ihres. Als sie ihre Mahlzeiten auspackten, döste ich fast ein, schwamm in Gedanken mit kleinen, bissigen Fischen.

»Stimmt was nicht mit dem Essen?«, fragte die Frau Hand. Sie klang trotzig, als hätte sie es selbst gekocht.

»Ich hab nur nicht viel Hunger. Willst du?«

»Hmm. Nein danke«, sagte sie, und es entstand eine lange Pause. »Bist du Amerikaner?«

»Ja«, sagte Hand.

Ich machte die Augen wieder auf und sah zu ihnen hinüber.

»Dann hasst du uns also«, sprach sie weiter, »wegen

unserer Haut?« Sie kniff sich in den Unterarm und hielt ihm ein Stück ihres wunderbar gepflegten Armes hin. Sie klang jetzt neugierig. Sie wollte es wirklich wissen.

»Nein«, sagte Hand lachend. Ihm war anzumerken, dass er einen Witz reißen wollte, sich aber dagegen entschied.

»Wir hören nämlich immer, dass Amerikaner Schwarze hassen«, sagte sie. Ich fragte mich noch immer, ob sie nur Spaß machte. Sie sollte nur Spaß machen. Ich wollte, dass sie nur Spaß machte.

»Nein«, sagte Hand, »vielleicht ein paar Leute, denke ich. Extremisten, Schwachköpfe. Zum Beispiel Leute, die es mit Tieren tun.« Hand machte eine dezente Sex-mit-Tieren-Geste, als hielte er ein Pferde- oder Ziegenhinterteil fest. Ich war entsetzt. »Kennst du so Leute?«

Sie lachte. »Ja. Kenn ich.«

»Aber keine wirklichen Leute. Hasst *ihr* uns wegen unserer Haut?« Auch er zog nun seine Haut zeltförmig vom Arm, was ich vielleicht etwas übertrieben fand.

»Nein. Nein, nein«, sagte sie lächelnd.

»Woher kommst du?«, fragte er.

»Kinshasa, Kongo. Weißt du, wo das ist?«

»Selbstverständlich«, sagte er. Ich hatte vergessen, dass er das immer sagte. Wenn man ihn fragte, ob er dies oder jenes wisse, sagte er *selbstverständlich*, wo normale Menschen einfach *Ja* sagen würden.

Die Frau lächelte noch immer. Ihre Zähne waren verblüffend weiß, lückenlos und ohne jeden Makel. Ich hoffte, dass Hand keinen Kommentar dazu vom Stapel lassen würde, aber –

»Deine Zähne«, sagte er, »sind bemerkenswert.«

Sie dankte ihm.

»Hast du schon mal gehört«, sprach er weiter, »dass

Mobutu eine ›reine Naturzahnpasta‹ exportieren wollte, weil die Zähne der Kongolesen erheblich besser waren als in der übrigen Welt?«

Sie lächelte wieder, schüttelte aber den Kopf. Ich entschied, dass ihr Begleiter doch ihr Bruder sein musste, weil sie und Hand miteinander flirteten und der Begleiter stur geradeaus starrte, nichts sagte, mit einer Haltung, als sei er an ihre Mätzchen gewöhnt und lasse sie stoisch über sich ergehen. Ich schaute wieder nach vorn und schloss die Augen.

»Bist du verheiratet?«, fragte sie.

Hand lachte. »Nein.«

»Dann könntest du auch eine Afrikanerin heiraten?«

Er stieß kräftig die Luft aus. »Äh, klar. Du willst also –?«

Hatte er sich gerade verlobt? Ich hatte das Gefühl, dass sie ihn möglicherweise verarschte. Aber so unverblümt, wie sie gewesen war, hielt ich es für wahrscheinlicher, dass sie es ernst meinte.

»Ich hab eine Freundin«, fügte er hinzu.

»Oh«, sagte sie enttäuscht.

– Du solltest mit uns kommen.

– Das würde ich gern.

– Aber es scheint so kompliziert.

– Stimmt.

– Ich möchte mit dir und deinem Bruder gereist sein, aber ich möchte nicht das Risiko eingehen, dass wir dich nicht mögen werden. Ich möchte, dass alles gut abgelaufen ist, ohne einen Tag mit dir zu riskieren.

– Das steht im diametralen Gegensatz zu eurer Mission.

– Ich weiß. Ich weiß. Aber einen Tag riskieren! Wie können wir denn einen Tag riskieren?

»Und?«, sagte Hand, um das Thema zu wechseln. »Es gibt viele Probleme bei euch, seit tot ist Mobutu?«

An dieser Stelle verstand ich Hands Gründe für seine unbeholfene Ausdrucksweise, aber ich verstand nicht, warum er sie ein- und ausschaltete. Eben hatte er noch gesprochen wie ein richtiger Mensch.

»Nein«, sagte sie. »Nicht da, wo wir wohnen.«

Ich schielte zu ihr hinüber. Ihr Bruder war immer noch völlig desinteressiert.

»Wird es jetzt besser sein, ohne Mobutu?«, fragte Hand.

»Nein, nein. Ich glaube nicht. Mobutu war ein {sie macht eine Schlagende-Faust-Geste} starker Mann.« Ihr Bruder nickte beifällig. Es war das erste Anzeichen dafür, dass er zuhörte. »Er hat dafür gesorgt, dass die Leute sich benehmen«, sagte sie.

»Dann habt ihr Mobutu gemocht!« Hand war entgeistert.

»Ja«, sagte sie. »Es ist traurig, dass er weg ist.«

Jetzt wandte Hand sich mir zu. Als er sah, dass ich wach war und alles mitbekam, warf er mir einen schielenden *Ist-das-zu-fassen?*-Blick zu.

Ihr Bruder zeigte auf Hands Kopfhörer, die ihm um den Hals hingen. »Was für Musik ist das?«, sagte er.

»Jede Menge Musik«, sagte Hand. »Was hörst du gern?«

»Prince«, sagte er.

»Wie viel kostet das in den USA?«, fragte die Frau und zeigte auf Hands Walkman, ein Durchschnittsmodell, aber immerhin ein Sony.

»Der Walkman? So um die hundert Dollar.«

Sie berührte das Gerät, als wäre es eine Perlenkette.

»Ich möchte es dir abkaufen«, sagte sie.

»Gibt's denn in Marokko keine Walkmans?«, fragte Hand.

»Nicht so welche. Nicht diese Qualität. Die Marke ist nicht dieselbe. Für wie viel verkaufst du ihn mir?«

»Scheiße«, sagte Hand und sah wieder zu mir herüber, Hilfe suchend. »Ich könnte ihn dir schenken, aber dann hätte ich keinen mehr für den Rest der Reise. Ich will dein Geld nicht. Wir –«

Sie bedrängte ihn. »Einhundert Dollar, okay?«

Er seufzte. »Klar.«

»Gut. Ich werde Geld wechseln, und wir treffen uns am Gepäckband, und ich werde dich bezahlen.«

Hand ließ sie sich sein Sundays-Album anhören, was ihr ungeheuren Spaß zu machen schien. Ihr Bruder lieh sich den Walkman und eine Outkast-CD und hielt dann den Walkman hoch vor sich, wie ein Priester einen Kelch, während sein Hals im Rhythmus vor und zurück pumpte. Jetzt waren wir alle Freunde, verbunden durch Geld, ungezwungene Bewegung und japanische Technologie. Ich war weniger erstaunt, als ich sein wollte, und schon bald dämmerte ich ein, zum blechernen Klang von Hands CDs, die amerikanische Popmusik lautstark in neue Ohren sprühten.

Ich erwachte, als die Piloten uns mit Nachdruck aufforderten, uns wieder anzuschnallen. Ich blätterte ein Magazin namens *African Business* durch, in dem sich ein Porträt von Sierra Leones Charles Taylor befand; auf einem Foto trug er Keds-Turnschuhe und eine Schirmmütze. Wir waren im Landeanflug auf Marokko. Das grün war. So weit wir sehen konnten, von der Luft aus, war es grün.

»Ist das denn hier keine Wüste – das ganze Land?«, fragte Hand und beugte sich über den Gang zu mir herüber. Überall Rechtecke von Farmland, mit orangegelbem

Faden zusammengenäht. Dass Hand nicht mehr über Marokko wusste – zum Beispiel, dass es grün war –, bewies, was für enorme Wissenslücken sich einstellen, wenn man seine Informationen überwiegend aus dem Internet bezieht.
»Hab ich auch gedacht«, sagte ich. »Aber mit Houston war es dasselbe. Ich hab immer gedacht, Houston wäre nur trocken und braun, aber es ist überall Wald, wohin man auch blickt, über hunderte von Meilen.«
»Wir dachten, der Senegal wäre grün.«
»Wir haben das durcheinander gebracht. Oder irgendwer. Der Senegal müsste grün sein, Marokko braun.«
»Das sieht toll aus, da unten«, sagte Hand.
»Das kannst du laut sagen.«
»Mann, hoffentlich begegnen wir ein paar Tuareg-Typen.«
»Was für Typen?«
»Die Tuareg. Du weißt schon.«
»Nein.«
»Die Tuareg? Die blauen Menschen?«
Ich wollte ihm Steine an den Kopf werfen.
»Erzähl's mir«, sagte ich.
»Blaue Menschen. Ich glaube, das ist die Übersetzung des Wortes. Blaue Menschen. Diese Burschen waren knallharte Typen. So was Ähnliches wie nomadische Räuber, die aus der Sahara auftauchten und Karawanen ausraubten. Sie waren wahnsinnig. Blaue Augen, blaue Haut und alles. Unwahrscheinlich Furcht einflößend. Dreieinhalb Meter groß.«
Ich blinzelte ihn an und überlegte, wie ich wohl zurechtkäme, wenn ich ihn in Casablanca abhängen würde.
»Du glaubst mir nicht?«, fragte er gekränkt. »Dann frag doch mal in Marokko egal wen nach den Tuareg. Oder

nach den blauen Menschen. Sag *blaue Menschen*, dann wirst du sehen, wie sie in Panik das Weite suchen.«

In Casablanca wurden unsere neuen kongolesischen Freunde am Zoll aufgehalten und durchsucht, und weil Hand eigentlich nicht den Rest der Reise ohne seinen Walkman auskommen wollte, verdrückten wir uns.

Wir bestiegen einen Zug, der in die Stadt fuhr. Das vorbeiziehende Land war leuchtend grün und mit grauen zerklüfteten Felsen durchsetzt. Überall bröckelnder Stein; Kinder, die wie mittelalterliche Bauern gekleidet waren, rannten an den Schienen entlang und bewarfen Hunde und sich gegenseitig mit Steinen. Hütten und Zelte und zerfallene Ziegelhäuser, mit Wäscheleinen festgebunden.

»Meine Güte«, sagte Hand. »Das hatte ich aber nicht erwartet. Ich hatte Tunesien erwartet, Wüste, so was in der Art. Hier sieht's ja aus wie auf dem Balkan.«

Wir sahen durch unser Fenster in einem vorbeifahrenden Zug, wie ein Junge einem anderen einen Stein an den Kopf warf, ihn voll traf.

»Was meinst du, wie der Balkan aussieht?«

»Na so. Richtig? Die zerfallenen Häuser, die Leute in ihren erdfarbenen Klamotten, alle unterwegs, überall die Lagerfeuer? Das hier ist Kaltwetterarmut; hier sieht's aus wie nach einem Panzerangriff.«

Aber es war so grün. War das Land so arm, wie es aussah? Noch im Flugzeug hatten wir befürchtet, dass es eher eine Art Mittelklasse-Land wäre, dass wir Geld an Leute wie uns verschenken würden, aber jetzt, hier, die Frauen mit den Tüchern, die Jungs und ihre Steine, die Zeltstädte –

Hand drehte sich um und fragte auf Französisch einen jungen Mann im Zug hinter uns, wie weit es noch bis Casablanca war.
»Woher kommen Sie?«, fragte der Mann zurück, auf Englisch.
»Chicago«, antwortete Hand.
»Oh Chicago! Ist es da sehr gefährlich?«
Ich wartete auf das Unvermeidliche:
»Oh ja – sehr«, sagte Hand.
Ich lachte. Jeder Chicagoer sagt das. Der Mann saß mit zwei Freunden zusammen, die uns den Rücken zugekehrt hatten und sich jetzt umdrehten.
»Smashing Pumpkins – aus Chicago, nicht?«, sagte der Mann.
»Stimmt«, sagte Hand.
»Ich bin leidenschaftlicher Fan von denen. Ich bin in der Musikbranche. Ich produziere Rap-Scheiben. Französischer Rap.«
Er und Hand unterhielten sich über Musik. Anscheinend war französischer Rap in Marokko der absolute Renner. Das Größte!, sagte der Mann. Vor dem Fenster zog sich das Land zurück und die Gebäude wurden allmählich größer, sauberer und ordentlicher. Rechter Hand, auf der anderen Seite des Ganges, tauchte der Pazifik auf, rau und dunkel, weiße Schaumkronen, die sich gegen die Mauern Casablancas warfen. Linker Hand kam die Stadt funkelnd in Sicht. Die Bauten, mit sehr viel Glas, glühten nachmittagsgolden, dunstig, schlafwandlerisch à la Los Angeles. Wir kamen in den Rangierbereich, und rechts von uns, innerhalb der äußeren Begrenzungsmauer, waren jetzt etliche Zelte, zwanzig Stück hintereinander, kreisrund, Feuer davor, die Zelthäute genäht und geflickt.

Hinter mir unterhielten sich Hand und der Plattenfirmenmensch über Falco und Right Said Fred und RunDMC und die Möglichkeit eines Comebacks für einen von ihnen oder alle, auf einmal oder, noch besser, nacheinander.

»Was ist mit den Tuareg?«, fragte ich über den Sitz hinweg in ihr Gespräch hinein. Ich dachte mir, dass diese Burschen so gut wie jeder andere Hands Unfähigkeit belegen konnten, auch nur eine einzige Tatsache unverfälscht zu lassen, eine einzige Wahrheit ungetrübt. »Gibt's die?«

Der Blick des Mannes verhärtete sich. »Ihr sucht doch wohl nicht nach den Tuareg, oder? Davon muss ich euch dringend abraten. Habt ihr das wirklich vor?«

»Ja«, flüsterte Hand eindringlich und fasziniert. »Sind sie Killer? Ich hab so was gehört – die Tuareg sind die blauen Menschen, und sie sind Schlächter ohne jede Menschenliebe.«

»Nun ja«, sagte der Mann und beugte sich vor. »Man weiß, dass sie alles töten, jeden, der sie sieht. Niemand, der sie von Angesicht zu Angesicht gesehen hat, ist je zurückgekehrt. Nur Gerüchte überleben. Sie wohnen in der Wüste, der unteren Sahara, und ihre Zahl ist Legion, und sie sind gnadenlos. Sie sind schlauer als wir und stärker. Manche sagen, sie sind fast zweieinhalb Meter groß und haben sechs Finger an den Händen –«

Hand drehte sich zu mir um, selbstgefällig bis zum Erbrechen.

»Erzähl weiter«, sagte er zu unserem neuen Freund, während er mich ansah. Dann wandte er sich dem Mann zu. »Ist das alles wahr?«

»Natürlich nicht«, prustete der Mann los. »Ich verarsch dich, du Dummkopf!« Zwei seiner Freunde gackerten

vor Vergnügen. Der Dritte sprach kein Englisch und sah einfach zu.
Ich amüsierte mich köstlich. Der Bursche war unglaublich gut. Er war ein Ungeheuer. Hand verdrehte die Augen, die Zunge zwischen die Zähne geklemmt, und ließ den Kopf wackeln wie eine Marionette. »Allerliebst«, sagte er. »Reicht's jetzt?«
Die Marokkaner lachten weiter.
»Noch immer nicht?«, fragte Hand.
Sie konnten nicht sprechen. Sie schüttelten den Kopf. Noch immer nicht.

Im Bahnhof fegten wir an den Fingern bettelnder Familien vorbei und ließen uns auf dem Parkplatz in ein kleines rotes Taxi sinken. Hand bat den Fahrer auf Französisch, uns zu einer Hertz-Niederlassung zu fahren. Der Mann verstand ihn nicht.
»*Rentacar*«, sagte Hand auf Englisch.
Der Mann nickte und fuhr uns die Küstenstraße entlang bis in ein Wohngebiet, gleich hinter einer alten Festung, wo Kanonen aus großen Steinmauern ragten. Der Fahrer hielt an und telefonierte mit seinem Handy.
»Was macht der da?«, fragte ich.
»Ich weiß nicht.«
»Das gefällt mir nicht.«
Ich überlegte, wie es dazu kommen konnte, dass wir in einer Stadt landeten, viele hundert Meilen von der letzten entfernt und tausende mehr von zu Hause, und unser Schicksal in die Hände eines Fremden legten, bloß weil sein Auto aussah wie ein Taxi und weil die Taxis, die wir bislang kannten, im Großen und Ganzen sicher

waren. In dieser Welt gab es eine irrationale Menge an Vertrauen.

Wir hatten keinen Reiseführer, und bis vor zwei Tagen hatte ich mir Casablanca vor allem als Touristenattraktion vorgestellt, klein und malerisch, wie Carmel oder Mystic – ein paar Andenkenläden und eine Pappsilhouette von Humphrey Bogart auf Bäckereischildern und an den Wänden der Lebensmittelgeschäfte. Aber es war eine *Großstadt*, eine weitläufige, helle, luftige, sonnige Großstadt, mit Bergen und am Meer gelegen. Hatte ich gewusst, dass Casablanca am Meer lag? Ich weiß es jetzt nicht mehr.

Hand fragte den Fahrer, warum wir an der Festung warteten. Der Fahrer, von dem wir jetzt wussten, dass er Französisch sprach, zeigte uns seine Handflächen, bat um Geduld. Wenige Augenblicke später kam ein korpulenter, kleinfüßiger Mann die ansteigende Straße heruntergetrippelt und öffnete die Tür und setzte sich auf den Beifahrersitz. Er und der Fahrer begannen zu plaudern.

Sie überlegten sich die beste Möglichkeit, uns zu schröpfen, und schon ging es weiter, zu viert in einem Fahrzeug von der Größe eines Golfwägelchens. Jetzt flehten wir darum, zu einer Hertz-Filiale gebracht zu werden. Der neue Mann, der ein paar Brocken Englisch konnte, sagte *No problem, okay*. Auf der Nase hatte er ein großes Muttermal, schwarz und runzelig wie eine Rosine. Seine Stirn war voller Sorge und Schweiß.

Zehn Minuten später hielten wir mitten im Stadtzentrum vor einem Haus mit der Aufschrift Access Rentacar; der Laden befand sich im ersten Stock. Wir stiegen alle aus, Hand und ich, der Fahrer und sein schnellfüßiger Freund, und trabten allesamt eine dunkle, gewundene Steintreppe

hinauf. Ich fürchtete eine Falle, einen Raub und einen Mord. Hand hatte die Fäuste geballt. Wieso folgten wir diesen Männern? Wir waren zu vertrauensselig.
Ich stolperte und fiel zwei Stufen hinauf und spürte ein Flattern. Meine Finger begannen zu prickeln. Es war eigentlich unlogisch, jetzt einen Anfall zu haben, schließlich strengte ich mich nicht sehr an und –
Ich setzte mich und winkte sie weiter, wie ein verwundeter Soldat seine Kameraden.
»Alles in Ordnung?«, fragte Hand.
»Prima«, sagte ich.
Aber ich war nicht sicher. Vielleicht war das hier nicht die beste Stadt, um eine Attacke zu haben, aber es war auch nicht die schlechteste, das wusste ich. Eine Minute lang wurde ich grau. Tiere rannten mir durch meine hohlen Arme und Beine. Ich beschloss, mich kurz mal hinzulegen. Hand konnte das mit dem Mietwagen regeln, während ich mich ausruhte –
Zwei verschleierte Frauen stiegen über mich hinweg. Ich versuchte, möglichst lässig auszusehen. Alte amerikanische Sitte – Stufen, so bequem wie Sessel!
Dann kam Hand die Treppe herunter, gefolgt von den zwei Fahrer-Männern. Ich war wohl ein paar Minuten weggetreten –
»Hat nicht geklappt«, sagte er. »Alles in Ordnung?«
»Ich war ganz kurz mal weg.«
Ich stand auf und folgte ihnen. Es ging mir gut. Wirklich! Wieder die dunkle gewundene Treppe hinunter, jetzt weniger ängstlich – aber mit einer flüchtigen Vision von dem Film mit Jeremy Irons, in dem der betrogene Sohn ein düsteres, hallendes Treppenhaus wie dieses hier herunterstürzt –, und zurück in das Taxi, wo die beiden Männer wieder darüber debattierten, wie sie uns schröp-

fen könnten, und Hand wieder bettelte, uns doch zu einer Hertz-Filiale zu fahren. Wir fuhren Slalom durch die Stadt, in die Altstadt, dunkel, weil die Häuser ihre Schatten überall hinlegten, wie Jacken auf ein Bett. Der Wagen hielt an einer Ecke, und ans Beifahrerfenster trat ein steinalter Mann mit Fez, von dem der Taxifahrer vier Zigaretten kaufte –

Wir fuhren nicht dahin, wo wir hinmussten. Ich sagte dem Taxifahrer und seinem Freund, sie sollten uns rauslassen. Wie stiegen aus und ich zahlte –

»Wie viel hast du bezahlt?«, fragte Hand.

»Ich weiß nicht. Fünfzig Deniro.«

»Dirham. Nicht Deniro.«

– und winkte ein anderes Taxi heran, das uns zum Hotel Casablanca brachte.

An der glatten, brusthohen Rezeption des Hotels, Mahagoni und älter als wir, ein Trio junger Amerikanerinnen, alle etwa vierundzwanzig. Sie stöhnten und regten sich auf. Es gab irgendein Problem mir irgendwas, viele Probleme mit allem Möglichen. Sie konnten einfach nicht *glauben*, dass sie in Marokko waren und es jetzt so ein Problem gab. Eine Kreditkarte wurde nicht akzeptiert. Die Kreditkartengesellschaft musste angerufen werden, und das war ja wohl das Letzte. Ja, sie würden das Fax unterschreiben, durch das sie sich mit der Übermittlung von Informationen einverstanden erklärten, wenn das unbedingt erforderlich ist. Hauptsache, die Sache hier ist bald erledigt! Als Nächstes verlangen die noch eine Erklärung von meiner Mutter, ha ha! Das war einfach unmöglich und das Reisen in diesen Ländern die reinste Strapaze.

Sie waren die ersten Touristen, die wir in Casablanca zu Gesicht bekamen. Wir konnten sie nicht ausstehen. Sie hatten ihre Organizer auf der Theke liegen und pusteten sich die Haare aus der Stirn. Sie erledigten ihre Anrufe mit dem Telefon der Rezeption. Sie bettelten förmlich darum, verachtet zu werden.

Während die beiden Frauen an der Rezeption auf die Ergebnisse des Fax der Amerikanerinnen warteten, erkundigten wir uns bei ihnen, wo man einen Wagen mieten konnte. Hand und ich hatten uns auf den Plan geeinigt, einen Wagen zu mieten, von diesem Hotel aus, zu der Hüttenstadt in der Nähe des Bahnhofs zu fahren und den Leuten in den Zelten Geld zu schenken, dann eine schnelle Tour durch Casablanca, irgendwo ein rasches Abendessen und ab nach Marrakesch, wo wir gegen Mitternacht ankommen müssten. Dann morgen einen Tag in Marrakesch, aber mit dem Gedanken, um sechs Uhr am nächsten Morgen nach Moskau zu fliegen, von da aus weiter nach Sibirien.

Die Hotelangestellten waren nicht sehr hilfreich, auch wenn sie sich sehr bemühten. Das Hotel hatte keine Autovermietung, und die beiden Frauen an der Rezeption begriffen nicht, warum wir heute Abend noch nach Marrakesch wollten. »Warum heute Abend?«, fragte die ältere. Sie war dick. Ihre kleinere, dünnere, jüngere und strahlendere Kollegin lächelte Hand an und sah nach unten. Ihr Englisch war kümmerlich, daher überließ sie der Üppigen das Reden. Die Üppige war üppig, aber nicht mein Typ.

Wir versuchten zu erklären, warum wir unbedingt weitermussten. Hand machte Handbewegungen, die jede Menge Bewegung bedeuteten, Kreiseln, Drehen. Sie starrten ihn an. Wir liehen uns ihr Telefonbuch. Es gab eine Hertz-Niederlassung, und wir riefen dort an, aber sie hatten schon Feierabend. Draußen wurde es bereits dunkel, und ich war fassungslos, wie schnell es um uns herum Nacht wurde. Wir fragten, ob noch heute Abend ein Zug nach Marrakesch fuhr. Sie wussten es nicht; sie schlugen vor, dass wir zurück zum Bahnhof fahren und uns erkundigen sollten. Wir saßen in der Falle.

Manche wissen es nicht, und diejenigen, die es wissen, vergessen andauernd, dass in uns elektrischer Strom fließt. Ich bin zu blöd, um zu wissen, warum es Elektrizität ist und keine andere Energiequelle – warum nicht Kernspaltung auf submolekularer Ebene –, aber so ist das nun mal. Elektrizität treibt Synapsen an, Elektrizität treibt die Bewegungen des Herzens an. Und meins läuft irgendwie nicht richtig. Ich hab da einen Extramuskel, und anscheinend haben wir mit WPW eine Extraleitung, und während die Signale normalerweise durch das so genannte HIS-Bündel gesendet werden, fängt unsere Extraleitung elektrische Impulse in den Ventrikeln auf und sendet sie abnormerweise zurück Richtung Vorhof. Ich hab mal einen Film darüber gesehen, in Dr. Hilliards Büro, und da fand ich das alles ganz einleuchtend, aber danach nie mehr. Allerdings gefällt mir mittlerweile die Vorstellung, dass das Herz Elektrizität braucht, dass es unberechenbar ist, Ausfälle und Spannungsstöße hat. Ich musste an ein Experiment denken, das ich in jüngeren Jahren gemacht hatte und für das eine alte Batterie und zwei von Tommys Jointhaltern erforderlich waren – Ich hab keine Ahnung, wieso mir das plötzlich einfiel. In der Hotelhalle ist ein sehr altes und skurriles Münztelefon und das brachte mich auf die Batterie und –

Wir gingen hinaus auf die Straße und debattierten.

»Wollen wir hier bleiben?«, fragte Hand.
In dem Café nebenan sahen sich Männer Fußball im Fernsehen an. Alle in Tweed gekleidet, dunkel- und hellbraun, Rauch über ihnen wabernd wie Wasser.
»Ich glaube nicht«, sagte ich. »Selbst die Leute im Zug haben Fez oder Marrakesch empfohlen.«
Wir gingen weiter. Noch ein Café, noch mehr Männer in Tweed, die sich Fußball im Fernsehen anschauten, undeutlich in gelbem Rauch.
»Muss ein wichtiges Spiel sein«, sagte Hand.
»Machen wir, dass wir hier wegkommen.«
»Wir kommen nicht weg.«
»Wir könnten zurück zum Flughafen fahren und uns nach einem Flug erkundigen.«
»Aber warum sind wir dann hergekommen?«
»Um ein paar Stunden hier zu bleiben und weiterzuziehen, oder?«
»Ich bin erschöpft.«
Das war ich auch.
Tief beschämt nahmen wir ein Zimmer im Hotel Casablanca. Es hatte einen Linoleumboden und keine Handtücher. Hand schaltete den Fernseher an der Wand an. Es lief ein Bericht über irgendein Skirennen in Aspen. Dann:
»Ach du Schande. Sieh mal«, sagte Hand.
Das Rennen, die Paris-Dakar-Rally.
»Das gibt's doch nicht – die bringen das hier im Fernsehen.«
»Marokko. Wow!«
Wir schauten zu, wie die Geländewagen mit hundertvierzig Sachen durch die senegalesische Savanne brausten und auf ihren riesigen Reifen sprangen wie kleine Kätzchen, die eine Garnrolle angreifen. Die Kamera, oben an einem

Hubschrauber, vermittelte den Eindruck, als würde jemand diese Autos per Fernbedienung steuern – aber wer? –, während sie durch Siedlungen und Felder hindurch Staub aufwirbelten. Aber wer? Es gab Aufnahmen von Dorfbewohnern, die zusahen, während sie Wasser aus einem Brunnen holten, Aufnahmen von Dorfbewohnern, die sich um einen Wagen drängten, der sein linkes Hinterrad verloren hatte. Der Fahrer des Wagens war außer sich – die Kamera senkte sich von dem Hubschrauber in der Luft, geräuschlos, während der Mann sich den Helm vom Kopf riss und ihn auf den Boden warf; er hüpfte hoch durch das goldene Gras. Ein Junge lief hin, um ihn aufzuheben.

Im Zimmer gab es keine Seife. Das Zimmer war kalt. In dem Rennen auf dem Bildschirm flogen Motorräder durch die Wüste wie Wespen. Wir waren in Casablanca, und der Fernseher hing in der Ecke und Hand stand darunter, reglos, die Fäuste in den Hosentaschen.

Ich duschte und zog dieselben Sachen wieder an, versteckte Geldscheine, gefaltet, aufgerollt und zerknautscht, in denselben Taschen und Socken. Wir hatten beide abwechselnd unsere beiden T-Shirts angezogen, und jetzt waren sie beide untragbar. Ich ließ das Waschbecken voll laufen, schäumte mein Ersatz-T-Shirt mit Shampoo ein und ließ es in dem grauen Wasser einweichen. Als ich zurück in das kalte Zimmer ging, hatte Hand noch immer die Hände in den Hosentaschen und sah sich die Rallye an.

»Kannst du mich riechen?«

»Von hier?«

»Ja.«
»Nein.«
Ich konnte mich riechen. Kein unangenehmer Geruch, noch nicht, aber ein deutlicher, aussagekräftiger. Auf der Straße hielten wir nach etwas zu essen Ausschau. Wir kamen an einer Metzgerei vorbei, die drei ganze Kühe feilbot. Sie hingen an Haken und dahinter wimmerte unter Glas ein Sortiment an Fleischsorten und Würsten, gekrönt von einer Reihe kleiner Gehirne, völlig intakt, in der Farbe von lila Eis am Stiel. Wir gingen weiter.
Ein Mann, der sich in ein zu kleines Sportjackett gequetscht hatte, holte uns ein und versicherte uns, dass er uns im Hotel gesehen hätte und dass er uns in Casablanca ww-will-w-will-illkommen heißen wollte, ob es uns g-g-gefiel. Ein stotternder Gauner.
Wir erwiderten, dass Casablanca uns gut gefiel, nicht jedoch einige der Menschen hier. Einige der Menschen hier, sagte Hand, waren aufdringlich. Der Mann gab ihm bereitwillig Recht und ging weiter neben uns her.
Wo wollten wir denn h-h-h-in?, erkundigte er sich. Ich hatte noch nie jemanden in einer Fremdsprache stottern hören. Es war irgendwie toll.
Essen, antworteten wir. »Später in D-D-Disco?«, fragte er.
»Nein danke.«
»Euch Disco gefallen! Disco sehr gut!«
»Trotzdem nein.«
Seine Begrüßung hatte sich abgenutzt. Er war kein Mensch mehr, er war ein Insekt. *Wo ist seine Menschlichkeit geblieben?* Er hat uns entmenschlicht, also machen wir das Gleiche mit ihm. *Er hat keine andere Wahl, er muss euch als Beute sehen.*

– Du hast eine Wahl, Stotterer.
– Hab ich nicht.
– Dann haben wir eine.
Er änderte die Taktik.
»Hier ihr müsst aufpassen«, sagte er. »Es gibt Jungen, die stehlen aus euren Taschen«, sagte er, und während er das sagte, zupfte er mit unnötiger Anschaulichkeit an Hands Taschen.
Wir blieben vor Schaufenstern stehen, um ihn abzuschütteln, aber jedes Mal, wenn wir stehen blieben, hielt er auch, trödelte in drei, vier Metern Entfernung herum, kaute auf den Fingernägeln, während er wartete, dass wir uns wieder in Bewegung setzten.
Acht Querstraßen weiter wechselte er endlich auf die andere Straßenseite, hielt sich aber dort grinsend auf gleicher Höhe mit uns, winkte uns immer wieder zu. Es war eigenartig. Immer wieder blickte ich hinüber, und stets war er da. Wir fragten uns, was er vorhatte. Seine Absicht war uns nicht klar.
Ein Auto voller Teenager fuhr an uns vorbei, und sie schrien irgendwas Obszönes über die Franzosen; sie hielten uns für Franzosen, und wir wussten nicht, wie wir das finden sollten. Wir kamen an leeren Chinarestaurants vorbei und an weiteren Cafés voller Männer mit ihrem Kaffee und Tweed und Fußball und Rauch.
Wir aßen in einem Imbiss, dessen Tür zur Straße offen stand und wo ein Fernseher lärmend das Spiel übertrug. Marokko gegen Ägypten.
»Tja dann«, sagte Hand. »Kein Wunder.«
Nach den Bemerkungen über die Franzosen, fragten wir uns, ob es zwischen Marokkanern und Europäern Spannungen gab. Vielleicht war es schlimm, vielleicht waren wir verhasst, was auch erklären würde, dass so wenig

weiße Touristen in der Stadt waren; vielleicht würden wir entführt und ermordet –

Wir taten so, als interessierte sich irgendwer dafür, dass wir in dem Imbiss waren, aber dem war nicht so. Wir aßen irgendwas mit Hühnchen und Reis, das wir wahllos von der arabischen Speisekarte ausgesucht hatten. Die Stadt sah hier aus wie die North Side von Chicago, die spitzen Winkel der sich kreuzenden Straßen, die Kneipen, die Homogenität, tröstlich und verwirrend zugleich. Es war kühl, etwa zehn Grad, und das Essen war gut. Wir hatten tagsüber vergessen, etwas zu essen, und jetzt waren wir hier. Es war meine erste Mahlzeit ohne meinen linken hinteren Backenzahn und die Lücke war abgründig und nass und aufregend. Auf der anderen Seite des Ganges saßen zwei Jungs, Brüder, zehn und zwölf Jahre alt, die sich gegenseitig mit offenem Mund und wackelnder Zunge ihr halb zerkautes Essen zeigten.

Rauputz ist Blödsinn. Ich hab in meinem Job schon so einiges damit verputzt, hab die Pampe in ein paar Badezimmern verteilt und einmal in einer hohen Halle mit einer Decke wie aus Apfelzimt, und ich hab die Leute bedauert, die damit leben mussten. Warum es Wände geben soll, die einem sofort die Haut aufreißen, wenn man dran stößt – die Leute mit der Apfelzimthalle hatten Kinder! –, übersteigt mein Begriffsvermögen. Aber diese Marokkaner lieben ihren Rauputz, ihre strukturierten Wandflächen. Alles hat eine markante Epidermis, etwas, das einen anspringt, und allmählich ging mir das auf die Nerven.

Zehn Häuserblocks weiter gingen wir durch einen Perlenvorhang und hinein in eine düstere Bar, lang und schmal, voller Männer und noch mehr Tweed, noch mehr Fußball – eine Art marokkanische Sportkneipe. Wir bestellten Bier, klein und in grünen Flaschen. Alle tranken aus diesen kleinen grünen Flaschen.

Wir standen da und sahen uns die Jukebox an. Alles auf Arabisch.

»Bonjour«, sagte ein Mann an einem Tisch neben meiner Taille.

Ich sagte Bonjour. Neben ihm standen neun leere grüne Flaschen, ordentlich in zwei Reihen. Ich sah mich um, und das war üblich so – man behielt die ausgetrunkenen Flaschen und stellte sie auf, als Beweis.

»Ihr seid keine Franzosen«, sagte er.

»Nein«, sagte ich.

»Amerikaner«, sagte Hand.

»Ah, AmeriKAA«, sagte er grinsend. »AmeriKAANISCHE Popmusik, ja, ja! Eagles!«, sagte er und lieferte dann eine ganz passable Version des Gitarrensolos aus »Hotel California«.

Hand klatschte und der Mann lächelte.

»Und Pink Floyd! Mag ich! *Wii dunniit … no eddjuu… keischan!«* Er kam richtig in Fahrt. »Yeah! Wiidun niitno eddukeischan!« Er schlug auf den Tisch. Dann ein weiteres Gitarrensolo, aber zum Glück keins aus dem Song.

– Ich will, dass du mit uns kommst.

– Das würde ich gern.

– Du wirst mit uns nach Kairo kommen.

– Klingt wie ein Traum.

– Aber wir werden es nicht tun. Diesen Mut haben wir nicht.

– Ich weiß. Es gibt Grenzen.

Wir fragten ihn, was es mit der großen Anzeigetafel hinter ihm auf sich hatte.
»Pferde«, sagte er. Eine Art Wettanzeige. »Wollt ihr?«
Wir sagten Nein, ehe wir uns überlegen konnten, warum wir Nein sagen würden. Dann lächelten wir uns irgendwie alle gegenseitig an und kuckten Fußball in dem Fernseher oben an der Wand. Noch kein Tor gefallen, was allenthalben für gute Stimmung sorgte. Es war nur eine einzige Frau in der Bar, hinten, den Kopf bedeckt, vier grüne Flaschen vor sich. Sie war kräftig, kahlköpfig oder irre. Hand fing ihren Blick auf und hielt beide Daumen hoch. Sie winkte, war aber verwundert.
Ich war müde und hasste mich selbst dafür. Wir gingen.
»Willst du immer noch fahren?«, fragte ich Hand. Wir gingen durch die stille Stadt, an einem Park entlang, dunkel und schier endlos. Er bejahte. Wir könnten unsere Sachen aus dem Hotel holen und dann nichts wie weg.
»Wohin?«, fragte ich.
»Irgendwohin. Marrakesch.«
»Jetzt?« Es war 23:30.
»Es muss doch einen Nachtzug geben, der irgendwohin fährt.«
Er hielt inne, und während wir dastanden, an einer Ampel an einer großen Kreuzung, jagte ein Wagen vorbei, es gab Geschrei, und irgendwer schleuderte eine halb leere Plastikflasche Sprite. Sie streifte mich am Bein.
»Was haben die gesagt?«, fragte ich.
»Irgendwas Böses, glaube ich. Antifranzösisch. Wir sollten wirklich abhauen.«
»Ja, Mann. Wir kommen nicht schnell genug voran. Und wir sind noch gar nicht viel losgeworden. Was glaubst du, wie viel?«

»8.200 Dollar oder so.«
»Wir müssen schneller werden.«
Wir gingen zum Hotel, wollten packen und abreisen.
Wir kamen an einer Frau vorbei, die mit einem Baby auf dem Arm und einem schlafenden Kleinkind auf dem Schoß vor einem Kino saß, in dem der Schwarzenegger-Film *Nacht ohne Morgen* lief. Über dem Eingang war ein riesiges Plakat von *Casablanca*, das erste Mal, dass wir in der Stadt einen Hinweis auf Film sahen. Die Frau streckte die Hand aus, als wir vorbeigingen. Ich konnte Mütter nicht ausstehen, die ihre Kinder mit auf die Straße nahmen.
– Du solltest sie nicht mit zum Betteln nehmen.
– Was soll ich denn deiner Meinung nach tun?
– Es muss doch Unterkünfte geben. Was hast du deiner Familie angetan, dass sie dich nicht aufnehmen?
– Das geht dich nichts an.
– Du benutzt diese Kinder.
– Du weißt gar nichts.
– Dann gehe ich eben vorbei.
– Aber ich brauche das, was du verschenkst.
– Ich trau dir nicht.
– Aber jeder, der um Geld bittet, braucht es.
– Wirklich? Ich –
– Das hat deine Mutter gesagt. Deine Mutter hat gesagt, wer bettelt, ist in Not. Deshalb gibt es ja das Wort *betteln*.
– Wasch ihnen wenigstens irgendwo das Gesicht.
– Ich will es versuchen.
Ich lief zurück und gab ihr alles amerikanische Bargeld, das ich hatte – schätzungsweise 350 Dollar –, obwohl ich sie dabei nicht ansehen konnte. Ich beugte mich zu ihr und dem in ein braunes Tuch gewickelten Baby hinunter, nahm ihre Hand und stopfte das Geld hinein,

die Augen geschlossen, als würde ich in eine Felsspalte greifen, um einen Salamander zu fangen. Ich trabte zu Hand zurück.

»Machen wir, dass wir hier wegkommen«, sagte ich.

»Warum?«

»Sie kann uns noch sehen.«

Er blickte mich an und blinzelte.

»Bitte. Hand. Ich möchte möglichst schnell um die nächste Ecke biegen. Ich will nicht, dass sie hinter mir hergerannt kommt, sich bedankt oder durcheinander ist oder sonst was. Komm wir laufen.«

Wir liefen einen Häuserblock weit und bogen in eine ruhigere Straße.

»Das war ganz schön schwer«, sagte ich. Ich lehnte mit dem Rücken an einem Fenster. Ich blickte zurück, um mich zu vergewissern, dass sie uns nicht folgte.

»Das Verschenken?«

»Ja. Mann, war das schwer.«

»Verstehe«, sagte er.

»Es ist beschämend, findest du nicht?«

»Warum?«

»Ich weiß nicht.«

– Wenn du ihnen die Scheine gibst, Hand, kommst du dir richtig dreckig vor, weil du sie überhaupt hast.

– Kann sein.

– Als ob du was Geklautes zurückgibst.

»Glaubst du, mit ihr ist alles in Ordnung?«, fragte ich. »Ich hatte Angst, dass jemand sieht, wie ich ihr das Geld gebe, und dann hingeht und es ihr abnimmt.«

»Bestimmt geht's ihr gut.«

»Irgendjemand wird es ihr wegnehmen«, sagte ich.

»Sie ist clever.«

»Wir sollten bei ihr bleiben.«

»Sie sah ziemlich zäh aus«, sagte Hand.
»Ich bin ganz durcheinander«, sagte ich.
»Ich weiß.«
»Warum verdammt noch mal kommt man sich so komisch dabei vor? Warum ist es so schwer?«
Wir hatten keine Ahnung.
Wir gingen zum Hotel und wussten, dass ich kurz davor war. Wir hatten uns geschworen, nicht zu schlafen, und nun das. Ich hatte Angst vor dem Bett. Heute Nacht würde das Bett mich schaffen.
– Hand lass uns nicht schlafen.
Ich könnte trinken bis zum Umfallen, um nicht zu denken. Das wäre der Plan. Ich könnte dafür sorgen, dass es sich lustig anhörte, dass Hand und ich was aus der Minibar tranken, falls es eine gab, oder auf dem Nachhauseweg irgendeine Flasche kauften, so taten, als gehörte es zum Gesamtentwurf der Reise. *Der Gesamtentwurf war Bewegung und das Widerlegen der Zeit, nicht Trinken, Verstecken, Schlafen.* Zu spät. Ich habe noch nicht gewonnen. *Du wirst nicht gewinnen.* Ich will nicht mal zwei Minuten mit meinem Kopf allein sein. Ich weiß nicht, wo er heute Nacht hin will, aber ich weiß, dass dieses Arschloch von dem Bestattungsunternehmen irgendwo rumschwirrte. Er kam näher, er war irgendwo im Keller meines Geistes, und er tigerte auf und ab und bereitete sich darauf vor, meine Wendeltreppe hochzugehen –
»Wir könnten in die Moschee gehen«, schlug Hand mir vor.
Ich liebte ihn dafür, dass er mich zurück an die frische Luft holte.
»In welche?«, fragte ich.
»Die da drüben.«

»Das ist keine Moschee. Sieh doch. Das ist eine Kirche.«
Wir gingen näher an den kolossalen weißen Bau heran, der geisterhaft im Dunkeln in die Höhe schoss. Ein Schild klammerte sich an den schmiedeeisernen Zaun, der den Park vom Bürgersteig trennte: Cathédrale du Sacré Coeur.
»Eigenartig«, sagte Hand.
»Komm, wir besorgen uns was zu trinken und gehen zurück zum Hotel«, sagte ich.
»Langweilig. Müde?«
»Ja.«
Jacks Mom bat uns, früher zum Trauergottesdienst zu kommen. Sie und Jacks Dad, der kaum noch stehen konnte und den Tag vor der Trauerfeier im Rollstuhl verbracht hatte, hoffnungslos geschwächt, hatten noch nicht entschieden, ob der Sarg offen oder geschlossen sein sollte, und sie wollten, dass wir das mit entschieden, nachdem wir Jack gesehen hatten.
»Dann schlafen wir heute Nacht, aber danach nicht mehr«, sagte er.
»Gut. In Ordnung.«
Wir trafen um zwei Uhr an der Kirche ein, wo der Trauergottesdienst um drei Uhr beginnen sollte, und wir warteten in der Vorhalle, fächelten uns mit Gesangstaschenbüchern Luft zu. Es hatte fast vierzig Grad, und die Klimaanlage in der Kirche sollte erst zehn Minuten vor drei eingeschaltet werden. Jacks Dad war draußen auf dem grell beschienenen Innenhof zwischen Kirche und Pfarrhaus in seinem Rollstuhl und starrte auf ein Blumenbeet mit billigen Gänseblümchen und verdorrten Bodendeckern. Ich hatte ihm schon seit rund zehn Jahren nicht mehr viel zu sagen, seit er Jack für ein Jahr auf die Culver Military Academy geschickt hatte, nur weil er ihn

dabei erwischt hatte, wie er ein Six-Pack Bier aus dem Kühlschrank im Keller klauen wollte. Jacks Schwester Molly war nicht gekommen, von ihr hatte man seit drei Jahren nichts mehr gehört. Es hatte vage Befürchtungen gegeben, dass sie auftauchen würde, aber es sollte nicht sein.

Jacks Mom fuhr los, um Kerzen zu besorgen. Der Priester hatte bemerkt, dass kaum noch weiße da waren und wollte rote nehmen. Jacks Mom jammerte *Nein* und bestand mit an Wahnsinn grenzender Beharrlichkeit auf weißen, fauchte den Priester an, dass es weiße sein müssten, und fuhr los, um zwei große, schlanke, weiße Kerzen zu kaufen.

Sie bat uns zu bleiben, uns zuerst Jack anzuschauen, und falls er einigermaßen gut aussah, würden sie und ihr Mann sich dann endgültig entscheiden.

Nigel, der Mann vom Bestattungsunternehmen, tauchte um zwanzig vor drei irgendwo aus dem Hintergrund auf. Er war nur wenige Jahre älter als wir und trug eine Brille mit dickem schwarzem Gestell. Seine Augen zitterten und sein stark eingegeltes Haar stand ihm mit kalter Tüchtigkeit vom Kopf ab, wie taunasses Plastikgras.

»Er wäre dann jetzt so weit, wenn Sie ihn anschauen wollen«, sagte er. Wir hassten ihn.

Wir folgten ihm in die Kirche und schon aus der Entfernung wusste ich, dass es falsch war. Der Sarg war halb geöffnet, und es war falsch. Aus der Entfernung war Jack grau oder blau. Die Farbe war falsch.

»Meine Güte«, sagte ich und blieb stehen.

»Was ist?«, sagte Hand. »Du kannst es doch noch nicht wissen.«

»Ich weiß es aber.«

»Ich weiß, dass er von hier aus schlimm aussieht, aber das ist das Licht, wahrscheinlich. Diese Leute verstehen ihr Handwerk.«

»Wer sagt das?«

»Alle möglichen Leute machen das so. Die meisten haben offene Särge.«

»Es stimmt vorn und hinten nicht.«

»Wir müssen näher ran.«

Nigel wartete auf uns, einige Schritte weiter den Gang hinunter, den Kopf leicht gesenkt, rücksichtsvoll unsere Diskussion abwartend. Als er hörte, dass wir näher heranwollten, hob er das Kinn, bedachte uns mit einem knappen Lächeln und nickte. Wir folgten ihm. Meine Beine fühlten sich an wie eingeschlafen. Sie waren so leicht. Sie waren hohl und wurden von jemand anderem bewegt.

Zehn Schritte weiter war es offensichtlich. Sie hatten einen Riesenmist gebaut. Himmelherrgott. Er war grau. Sein Gesicht war riesig und breit. Sie hatten meterweise Haut an sein Gesicht gepappt. Da war zu viel Haut. Sie hing ihm von der Nase herunter wie ein Vorhang. Und sie hatte keine richtige Farbe – die Schattierung war stumpf, wie bei Fassadenfarbe, und in den Höhlungen seiner Wangen war Rouge, als wäre es von kleinen Mädchen mit Pinseln aufgetragen worden. Er sah aus wie fünfzig. Sein Haar war gescheitelt, aber auf der falschen Seite.

»Total versaut«, sagte ich.

»Und wie«, flüsterte Hand.

Wir waren wieder stehen geblieben, etwa sechs Meter vom Sarg entfernt. Der Sarg war mit silbrigem, schrecklich glänzendem Stoff ausgeschlagen. Jack sah aus wie sechzig.

»Bitte sehr«, sagte Nigel, einen Arm Richtung Jacks Leiche gestreckt, Hand geöffnet, eine Aufforderung an uns, näher zu treten.

»Bitte sehr nein«, sagte Hand. »Bitte sehr verpiss dich.«

Sie hatten alles vermasselt. Noch nie hatte ich jemanden so gesehen, noch nie einen offenen Sarg, und es war falsch. Diese Leute waren Schwachköpfe. Wer wollte denn so was? Das war kriminell. Wo hatten sie bloß die viele zusätzliche Haut her? Sie hing von ihm runter, triefte nach unten in seinen gestärkten weißen Hemdkragen. Sein Kinn war locker, flüssig. Wer wollte denn so was?

»Justin, William, Sie sollten sich unsere Arbeit wirklich genauer anschauen. Falls Sie wegen des Unfalls Bedenken haben, sollten Sie wissen, dass wir uns allergrößte Mühe gegeben haben, das Loch in seiner linken Schläfe zu kaschieren –« Nigel wurde durch Hand unterbrochen, der ihn an der Armbeuge packte und heftig zu ihm herumfuhr.

»Wenn du Arschloch nicht sofort verschwindest, brech ich dir jeden Knochen im Leib, den man nur brechen kann.«

Nigel stieß Luft durch die Nase aus und ging. Wenige Minuten später kehrte Jacks Mom zurück. Hand und ich saßen auf den hintersten Bänken rechts und links vom Mittelgang, und der Sarg war geschlossen. Sie zog die Augenbrauen hoch, sah uns an, und wir schüttelten den Kopf.

»Gut«, sagte sie und setzte sich, die Beine gerade ausgestreckt, auf den Boden im Gang zwischen uns. »Gut. Gut.«

Hand und ich waren in dem Hotelzimmer in Casablanca,

und wir hatten eine Flasche Wein gekauft, und er ließ mich allein trinken, weil er Bescheid wusste. Ich füllte und leerte sechs Gläser und war völlig weggetreten, glückselig und dumm.

## SAMSTAG

Am Morgen entdeckten wir eine Avis-Niederlassung und einen Mann darin, rundlich und mit dem roten Jackett. Das gleiche rote Jackett. Es tat gut, ihn zu sehen. Wir füllten die Formulare aus, und er griff zum Telefon, um einen Wagen anzufordern, und brüllte gleich darauf den Mann am anderen Ende an. Und dabei haute er bei jeder Silbe auf den Schreibtisch. »Ack {poch} nek {poch} rek {poch-poch}.« Er war stinksauer wegen irgendwas.

Zehn Minuten später kam ein anderer, aufgeregter, rundlicher Mann mit unserem Auto, und wir fuhren los; das Auto lief gut. Das kleine Auto hatte weder Kassettenrekorder noch Radio, aber das störte uns nicht, und wir fuhren die Küste hinunter. Es war Samstag, und alle Welt war auf den Beinen und das Licht kalifornisch. Überall um den Palast von König Hassan II. herum – ein mächtiger und prächtiger Tempel, der über dem Ozean hing wie ein Strandhaus – schoben Männer ihre Töchter auf Fahrrädern, und Teenager angelten über das Geländer hinweg. Weiter strandabwärts, am ganzen Boulevard de la Corniche entlang, waren tausende unterwegs, hauptsächlich Jungen, die Fußball spielten und badeten, obwohl es kein warmer Tag war, höchstens sechzehn Grad. Schließlich stiegen wir kurz aus, zum ersten Mal, in dem Bewusstsein, dass wir in Casablanca waren, und testeten seine Luft, die anders war als im Senegal – dichter, leichter, heller, diesiger –, wir konnten es nicht sagen. Bei einem Namen wie Casablanca konnte man nicht falsch liegen, dachten wir uns und überlegten, ob er wohl in jeder Sprache so melodisch klang. Ein paar Kids fuhren auf Fahrrädern an uns vorbei, kleine Surfbretter balancierend. Plötzlich war das alles wie Redondo Beach, sie nannten es 'Ain Diab, und es war völlig anders als alles, was ich mir in Marokko als möglich vorgestellt hatte. Wir erwogen kurz, hier zu bleiben und den Tag am Strand zu verbringen, kleinen Kindern bei der Suche nach Krebsen in den Spalten der vom Wasser umspülten Felsen zu helfen. Aber wir taten es nicht, weil wir in Bewegung bleiben mussten.

Wir fuhren weiter, auf nach Marrakesch.
Raus aus der Stadt und vorbei an den zahlreichen, riesengroßen Tankstellen, perfekt und sauber wie Lackkästchen, und das Land wurde flach und grün. Von Casablanca nach Marrakesch waren es mit dem Auto ein paar Stunden, so hatte man uns gesagt. Rechts und links von der Straße lagen überall Farmen, betupft mit kleinen, geduckten Lehmziegelhäusern. Ich fuhr, und das schnell.
Zirka 95 Meilen die Stunde.
Wir überholten Autos, als ob sie parkten oder mit Pedalen angetrieben wurden, zum Klang von Xylophonen.
»Ab jetzt nennst du mich Ronin«, sagte ich. Wahrscheinlich war ich noch nie so schnell gefahren. Der Tacho zeigte 95 Meilen an.

»Ich werde dich nicht Ronin nennen.«
»Ich fahre wie ein Ronin, also nennst du mich auch Ronin.«
»Ich kann nicht mehr zulassen, dass du das machst.«
»Man muss –«
»Will. Halt an.«
»Man muss das erste R richtig rollen, wie rrrrrrRonin.«
Die Landschaft war von einem weiten und reifen Grün und die Erde war orangegelb; es war genau so, wie wir es aus der Luft gesehen hatten. Wir hatten etwa 4.000 Dollar in marokkanischem Geld, das wir in Casablanca gewechselt hatten. Hand würde die Verschenkaktionen übernehmen müssen. Ich konnte das nicht mehr. Es machte mich fertig.
»Wir können es nicht in Marrakesch verschenken«, sagte ich.
»Warum nicht?«
»Überleg doch mal.«
Wir stellten uns Marrakesch als von der Mafia beherrscht vor. Wenn wir dort irgendwem Geld gaben, würde sich das herumsprechen, und wir würden in einem Handgemenge sterben. Marrakesch war bestimmt eine staubige, überbevölkerte Stadt mit Schlangenbeschwörern und entführten Frauen, die in Teppichrollen und Körben versteckt durch ein Gewimmel von Händlern und Spionen geschleppt wurden.
»Aber mit Marrakesch ist das so eine Sache«, sagte Hand. »Die Stadt war mal eine Zeit lang *die* Anlaufstelle für Hippies. Wegen der Drogen oder so. Da leben jetzt noch Millionen Ausländer. Das ist eine Exilgemeinde mit lauter Spinnern und Künstlern, wie San Miguel. Andererseits ist da der GATT-Vertrag unterzeichnet worden.«

»Wo hast du das denn bloß alles her?«, fragte ich.
»Aus einer Broschüre im Hotel in Casablanca. Das mit dem GATT-Vertrag zumindest. Stell dir mal vor, das hätten sie in den Sechzigerjahren versucht. Ein Welthandelsabkommen in einer Stadt wie Marrakesch zu unterschreiben.«
Die Armut war unpassend. Ländliche Armut ist immer unpassend, bei so viel Raum und Luft, diese verkrüppelten Häuser, alle halb verfallen, die meisten ohne Dach, die auf diesem herrlichen, üppigen Farmland standen. Es war nicht ersichtlich, wem die Farmen gehörten oder warum diese zerfallenen Häuser auf diesen gepflegten Farmen standen und warum keins von ihnen ein Dach hatte. Wäscheleinen, Hühner, Hunde, Abfall. Wir brausten an Familien vorbei, die trotz des warmen Wetters dick eingepackt und zusammengedrängt auf Maultierkarren saßen. Wir fuhren, noch immer mit mindestens achtzig Meilen die Stunde, an einer Gruppe von Frauen vorbei, die direkt neben der Straße an der Böschung kauerten, mit mehreren Schichten bekleidet, die Köpfe mit tristen Lappen bedeckt, große Frauen, gebückt, beim Heusammeln –
Ich hielt an. Ich gab Hand einen Packen Scheine. Ich wollte, dass er das machte; ich konnte mich diesen Frauen nicht mit dem Geld nähern – höchstens wenn ich rückwärts ging, und das würde komisch aussehen, würde alle verschrecken.
»Was willst du sagen?«
»Ich weiß nicht. Was soll ich denn sagen?«
»Frag sie nach dem Weg.«
Hand wollte aussteigen, aber er trug eine große, silberne Sonnenbrille, glänzend und mit einer Reihe von Löchern in den Bügeln.

»Hand. Kannst du die Sonnenbrille nicht abnehmen?«
»Nein.«
»Wenn du in deiner Nylonhose und mit dieser Top-Gun-Liberace-Sonnenbrille aussteigst, wirkt das ganz schön eigenartig –«
Inzwischen beobachteten uns die Frauen, auch die mit der Sense, wie wir da im Auto saßen und debattierten. Ich schnappte mir eine Karte und breitete sie vor mir aus.
»Und was bitte wirkt daran so eigenartig, Will? Wirken wir ansonsten völlig normal?«
»Schon gut.«
»Kannst du sie nicht abnehmen? Bitte?«
Er tat es, warf sie mir dann an die Brust. Ich fing sie auf, brach dabei aber einen Bügel ab, absichtlich.
Er ging am Straßenrand entlang bis zu den Frauen und die Böschung hinauf. Als er knapp fünf Meter von ihnen entfernt war, hielten sie alle in ihrer Arbeit inne und versammelten sich um ihn, und er fragte sie etwas. Wahrscheinlich, wo es nach Marrakesch ging. Anmutig zeigten sie alle in die Richtung, in die wir fuhren. Dann machte er eine komplizierte Geste der Dankbarkeit und reichte ihnen den Packen Scheine, etwa 500 Dollar. Ich weiß nicht, wonach er entschied, welcher Frau er das Geld geben sollte.
Sie nahmen es, und während er zurückging, starrten sie darauf, dann winkten sie, und er winkte zurück. Ich winkte. Wir fuhren los, als sich alle um die Frau drängten, der Hand die Scheine gegeben hatte.
»Waren sie nett?«, fragte ich.
»Wie meinst du das?«
»Haben sie gelächelt? Waren sie nett?«
»Ich konnte nicht mit ihnen reden. Die konnten kein Französisch.«

»Aber haben sie gelächelt?«

»Klar. Nette Ladys. Groß. Stämmig. Sie waren glücklich. Du hast sie doch gesehen. Sie haben uns gern geholfen.

Die Sonne war allgegenwärtig, und die Landschaft wurde wellig. Grüne Berge, rote Berge, dann Berge, bedeckt mit dünnstämmigen, buschigen Bäumen. Dann eine große rote Stadt, links von der Straße, Benguerir, ochsenblutrot, aus Lehm und Stein, alt, unverändert und erschreckend, niedrig und endlos. Das Land war der amerikanische Südwesten. Dann war es voll und ganz Mittelmeerlandschaft – Olivenbäume, kahle Hügel. Es war so grün! Weiche geschwungene Linien und so ein Grün. Noch nie hatte ich irgendwo gelebt, wo es diese Art von Dramatik gab. Städten sagt man nach, dass sie voller Dramatik sind, doch in Wahrheit sind sie vollkommen sicher, als ob man die ganze Zeit über in geschlossenen Räumen wäre – zu viele kleine Lichter und schwere Fenster und perfekte Ecken. Ja, es gibt eine Gefahr, die von anderen menschlichen Wesen ausgeht, die in dunklen Nischen lauern, aber hier! Hier gibt es Abstürze. Hier gibt es Steinschlag. Hier gibt es gleichsam Unterwasserwege, von Grün überwuchert. Hier rechnet man mit Springfluten oder rasch vorstoßenden Gletschern. Oder Drachen. Als Heranwachsender war ich förmlich besessen von Drachen, und ich wusste alles, wusste, dass Wissenschaftler oder Leute, die sich als Wissenschaftler ausgaben, tatsächlich berechnet hatten, wie Drachen tatsächlich geflogen sein könnten, dass sie, um fliegen und Feuer spucken zu können, voller Wasserstoff gewesen sein müssen, und zwar in

so gefährlichem Maße und in derart prekärem Gleichgewicht, dass – ich überlegte kurz, ob ich mich opfern würde, damit ein Drache leben könnte. Wenn mir irgendwer diesen Deal anbieten würde, dein Leben für die Existenz eines Drachen. Ich dachte, vielleicht ja, vielleicht nein.
Dann über einen Fluss, den Rbia, und jetzt war der Straßenrand voll mit Männern, die Fisch verkauften, ihn den Fahrern anboten, lange, nasse Fische an Haken. Dann Männer und Jungen, die Spargel verkauften, eine Hand voll hoch hielten und mit der anderen den Autos zuwinkten. Männer, die kleine Bündel Stöcke verkauften.
Ich wusste, dass Hand sich nicht würde beherrschen können.
»Sieh dir die an …«, sagte er.
»Nicht«, sagte ich.
Die Taxis hier draußen waren Mercedesse, allesamt chartreuse-grün. Dann waren wir wieder im Südwesten. Die Erde wurde röter und blutiger, je näher wir Marrakesch kamen, das weit und flach zu Füßen einer Bergkette lag, die sich links und rechts erstreckte. Churchill hatte diese Berge geliebt, den Hoch-Atlas; es war die einzige Landschaft, die er während des Zweiten Weltkrieges malte. »Der schönste Fleck der Erde«, hatte er zu Roosevelt gesagt, als sie sich 38 hier trafen und die Landung in der Normandie planten.
– Mr. Churchill, Ihnen wurde eine Mission erteilt.
– Ja.
– Ich möchte Ihre Mission erteilt bekommen haben. Ich möchte Ihren Platz im Weltgeschehen, Ihre zentrale Rolle. Sie kamen doch im Löffel eines Katapults zur Welt!
– Sie irren. Ich habe mir meine Mission gesucht.

– Da bin ich anderer Ansicht.
– Wie Sie meinen.
– Ich muss anderer Ansicht sein, um meinen Platz im Leben sinnvoll zu finden.
– Verstehe.
– Verraten Sie mir eins: Wo ist meine Mission? Wo sind meine Bunker und Schützengräben, mein gottverdammtes Gallipoli?

Und jetzt beim Näherkommen, was für ein Anblick: die immer grüner werdenden Berge, die überwiegend großen, dunkelgrünen, spitzen Bäume, die rauschenden Bäche, alles so üppig. Wie rot die Erde war. Und diese Weinkellerfarben. So viele Farben, die sich wunderbar ergänzten. Wie üppig alles war! Wir hatten keine Ahnung, dass es so üppig sein würde. Ein Mann am Straßenrand hielt irgendwas hoch, aber diesmal keinen Fisch – irgendwas Wulstiges und Pelziges. Als wir daran vorbeifuhren, sahen wir, dass es kein Pelz war, sondern Federn – Hühner, die an einem Haken hingen. Der Mann trug einen braunen Dashiki mit Kapuze. Man stelle sich uns vor, wie wir zehn Meilen weiter anhalten und Hand über die Straße und quer über ein Feld auf eine Familie mit einem Pferd zuläuft, alle unterwegs mit Gepäck, wie Hand nach dem Weg fragt, sich mit der flachen Hand an den Kopf schlägt – *Aha!* – und ihnen dann einen Packen Scheine gibt, wie sie ihm ein paar Feigen anbieten, die er, sobald er wieder im Auto ist, nimmt und kaut und ausspuckt und wegwirft, wie er einem Fische verkaufenden Jungen Geld gibt und wie der Junge darauf besteht, dass wir einen Fisch nehmen, den Hand in den Kofferraum legt, wäh-

rend er dem Jungen zulächelt und zuzwinkert, der aussieht, als hätte er erwartet, dass wir den Fisch auf der Stelle verspeisen. Und dann sagte Hand:
»An dem, was wir tun, gibt es nichts auszusetzen! Nichts!«
»Genau«, sagte ich.
»Das eben hat Spaß gemacht. Netter Junge.«
Ich gab Gas. Wir fuhren 120 km/h.
»Du musst mich Ronin nennen«, sagte ich.
»Ich muss dich ordentlich verdreschen.«
Wir debattierten kurz darüber, ob wir den Menschen falsche Hoffnungen machten. Dass von nun an in diesem Teil des Landes, in dieser Gegend unter der armen Landbevölkerung der Glaube herrschen würde, wenn man nur lange genug am Straßenrand wartet, kommen irgendwann Amerikaner in luftdichten Mietwagen und in Hosen, die rascheln, und verteilen Geldbündel. Dass Amerikaner ein Vermögen bezahlen, wenn man ihnen den Weg sagt.

Es war später Nachmittag, und die Straße war frei. Nur ab und an ein schimmerndes Mercedes-Taxi oder ein BMW oder ein Touristenbus. In Marokko gab es anscheinend keine Massenverkehrsmittel für Pendler. Die meisten Menschen auf der Straße und am Straßenrand waren Männer, und die meisten von ihnen trugen Anzüge, staubbepuderte und abgewetzte Anzüge. Männer in Nadelstreifenanzügen hüteten Schafherden. Männer in abgetragenen Smokings hielten Spargelbündel zentimeterdicht neben schleudernde Autos.
In einer Kleinstadt voller Banken machten wir Halt, um

etwas zu trinken. Schick gekleidete Männer an Café-tischen nickten uns zu, und wir gingen in ein dunkles, kühles Restaurant mit Straßenverkauf und kauften an der Theke Orangen und Mineralwasser. Das Sonnenlicht über der Schulter des Verkäufers war weiß und plan, und als er uns Gläser mit Wasser eingoss, war es klarer als jedes Wasser, das ich je gesehen hatte. Es war die unverfälschte Seele der Welt.

Die Berge vor uns wurden klarer; ihr Spitzen waren weiß überzogen. Als wir nach Marrakesch hinunterfuhren, tauchten die großen Reklametafeln auf, für irgendwelche Ferienanlagen, für Golfplätze und Handys. Die zweispurige Straße wurde vierspurig, und überall waren Motorroller, die beim Gasgeben aufjaulten und beim Schalten stotterten. Wohnanlagen links und rechts – es hätte auch Arizona sein können –, und als wir das erste Reisebüro sahen, hielten wir an. Drinnen war ein einziger Angestellter, und als wir ihn fragten, wohin wir am Abend von Marrakesch aus fliegen könnten, erwiderte er, dass er nur für Kreuzfahrten und Pauschalreisen für Dänen und Schweden zuständig ist.

Wir wollten gerade wieder ins Auto steigen, als eine junge verschleierte Frau mit ihrer Mutter vorbeigeht. Wir fangen ihren Blick auf. Große, dunkle Augen. Sie lächelt und schaut weg. Die Mutter sieht uns, und sie gehen weiter, flott. Wir sind verliebt. Wir steigen ins Auto und überholen sie, beide recken wir den Kopf und glotzen wie die klassischen Aufreißertypen. Sie sieht uns und lächelt erneut. Da läuft was.

»Hast du das gesehen?«, frage ich.

»Wir haben Kontakt!«, sagt Hand und schlägt auf das Armaturenbrett.
»Wir müssen umdrehen.«
Ich tue es, und wir fahren wieder an dem Mädchen mit seiner Mutter vorbei, diesmal von vorn. Sie weiß, dass wir es sind. Sie lächelt schüchtern und umwerfend. Ihre Augen sind so groß.
»Was machen wir jetzt?«, fragt Hand. »Sie liebt uns!«
Ich parke den Wagen neben der Straße. Wir springen hinaus und joggen auf die beiden zu.
»Wassollenwirdennsagen?«
»KeineAhnung – Mrs.Jonesyouhavealovelydaughter?«
Wir sind drei Meter hinter ihnen, ihre Gewänder schleifen lautlos über den Bürgersteig, als ich stehen bleibe. Hand geht ein paar Schritte weiter, merkt dann, dass ich nicht mehr auf gleicher Höhe bin, und kommt zurück.
»Was ist?«, sagt er.
»Ich kann das nicht«, sage ich.
»Sie liebt uns!«
»Geh du.«
Er läuft vor. Ich höre, wie er auf die beiden Rücken einspricht. Sie sagen nichts, gehen weiter. Schließlich läuft er vor sie, stellt sich ihnen in den Weg. Sie bleiben stehen. Er sagt etwas, das ich nicht verstehe. Er fängt an zu gestikulieren. Sie sprechen kein Französisch.
Es gibt einen Augenblick, da steht er einfach nur da, und sie stehen einfach nur da, und alle warten sie auf irgendwas. Auf das unvermittelte Erlernen einer Sprache, auf eine Handlung, die das alles auflösen wird. Schließlich lächelt Hand höflich, grüßt sie und geht zurück zum Wagen, wo ich warte.
»Ich bin stecken geblieben«, sagt er.
»Fast ist etwas passiert.«

»Etwas Kleines ist passiert.«
Ich hasste es, dass wir sie liebten und sie uns oder zumindest Hand lieben wollte, dass das aber nicht passieren würde, unter keinen Umständen passieren würde und wir in Jahrzehnten oder früher nur noch Staub sein würden.
Die Stadt ist so rot! Die Mauern, die überall sind, sind überall rot, genau die Farbe des Schorfs, der meine Nase in zwei Hälften teilt, ein dumpfes, aber irgendwie liebliches Rotbraun, wohltuend, aber lebendig. Minarette und Medinas konkurrieren mit Pariser Cafés, Gebäude mit sieben Stockwerken und eisernen Balkonen, die Bürgersteige überlaufen mit modisch gekleideten Menschen, und wir hetzten zum Flughafen, als die Sonne sank und die Stadt und Wüste in feine, rosafarbene Gaze hüllte.
Rund um den Flughafen war ein Park, Erde und kleine Bäume, wo dutzende Familien picknickten, Kinder irgendeine Version von Der-Plumpssack-geht-um spielten.
Drinnen, in dem kühlen weißen Linoleumflughafen und am Schalter der Fluggesellschaft:
»Was für Flüge gehen heute Abend?«, fragte Hand.
Ein freundlicher und gewandter Mann in blauer Uniform: »Sir, wohin möchten Sie fliegen?«
»Das wissen wir, wenn Sie uns gesagt haben, welche Flüge Sie haben.«
»Sir, zuerst müssten wir wissen, wohin Sie möchten.«
»Sagen Sie uns einfach, wohin *Sie* fliegen.«
»Sagen Sie *mir* einfach, wohin *Sie* fliegen.«
Die Belustigung des Mannes drohte in Wut umzuschlagen.
»Ich hab zuerst gefragt«, schob Hand nach.
Das ging noch eine Weile so weiter. Es hat nirgendwo

geklappt und wird auch nie klappen. Wir erfuhren, dass in drei Stunden eine Maschine über Paris nach Moskau ging. Wenn wir es nach Moskau schafften, würden wir es nach Irkutsk in Sibirien schaffen – das hatten wir schon vorher überprüft, im Internet mit Raymond in Dakar, und diese Flüge gingen regelmäßig und waren erschwinglich – und wenn wir es nach Sibirien schafften, könnten wir es in die Mongolei schaffen, weil es doch zwischen Irkutsk und Ulan Bator ganz bestimmt Shuttle-Flüge gab.

Wir entschieden uns für den Flug nach Moskau. Am nächsten Morgen wären wir schon da. Am Schalter der Fluggesellschaft wollte man nur Bargeld nehmen, fast 1.100 Dollar für die beiden Tickets. Wir grinsten. Fliegen! Wir würden es tun!

Am Geldwechselschalter setzte ich meinen Namen mit wütendem Wusch auf zwölf 100-Dollar-Travellerschecks und schob sie unter der Glaswand hindurch zu einem finster blickenden Mann mit einem dichten und unbeugsamen Schnurrbart, die reinste Billardtischbürste. Der Mann, feist und erbost über die Ungerechtigkeit seines Leibes, die Dinge, die er gesehen hat, die viele Luft in der Welt, weigerte sich, sie anzunehmen; meine Unterschrift, so sagte er, stimme nicht mit der in meinem Pass überein. Er schob die Schecks unter dem Fenster hindurch zu mir zurück und brummte und winkte uns beiseite.

Ich sagte bitte. Ich erklärte ihm, ja, ich habe vor nicht allzu langer Zeit meine Unterschrift geändert, deshalb stimmt sie nicht überein. Aber er hörte gar nicht zu.

»Ich habe das Recht, meine Unterschrift zu ändern«, sagte ich.

Er sprach kein Englisch. Hand versuchte es mit Französisch, erfolglos.

Hand gingen die Nerven durch.
»Das können Sie nicht machen! Sie müssen die Schecks eintauschen!«
Der Geldwechsler saß hinter der Scheibe, völlig seelenruhig.
»Du nimmst jetzt diese Schecks und tauschst sie ein!«
Mittlerweile spuckte Hand gegen die Scheibe. Menschen beobachteten uns. Der Mann sagte nichts. Hand legte wieder los, auf Französisch. Dann versuchte er es mit seiner anderen Sprache. »Du sein böser Mann!«, tobte er. »Wir haben Flug! Flug nach Russland! Wir brauchen Geld! Du sein böser Mann!«
Hands Ausbruch war jäh, bizarr und fruchtlos. Ein anderer Mann hinter uns sagte, wir sollten zur Bank gehen, im Stadtzentrum – dort würden Schecks eingetauscht. Wir hatten keine andere Wahl und gerade noch genug Zeit. Im Weggehen schrie Hand fingerzeigend, fäusteschüttelnd: »Wir kommen wieder, dich holen, böser Mann! Du wirst wiedersehen Amerikaner!«

Wir rasten durch die Stadt, bremsten, hielten, sprangen heraus, fuhren weiter. Alle Banken hatten geschlossen. An einem Geldautomaten bekam ich 500 Dollar – mehr konnte ich bei einem Mal nicht abheben – und dann fielen mir noch 800 Dollar ein, die ich innen in meinem Rucksack festgeklebt hatte.
Wir hatten jetzt noch fünfundzwanzig Minuten, um den Flug zu erwischen; wir mussten nur noch die US-Scheine wechseln.
»Scheiße«, sagte ich.
»Wieso?«

»Wir müssen wieder zu diesem feisten Arschloch.«
»Richtig. Das hat er jetzt davon! Wir haben gewonnen!«
Ich stimmte ihm zu. Das Bargeld würde er wechseln müssen, und wir hätten ihn geschlagen, wir würden über seinen Körper hinwegwalzen, der sich uns in den Weg gelegt hatte, und er würde nach Hause zu seiner Frau gehen müssen, mit hängenden Schultern und schwach, in all seiner Unfähigkeit, uns unglücklich zu machen – in seiner Unfähigkeit, die Pläne Unschuldiger auf Reisen zu vereiteln. Wir hatten noch sieben Minuten, um hinzukommen.
Wir fuhren auf einen Kreisverkehr im Stadtzentrum, schnitten einem Motorroller fast den Weg ab und wurden prompt von einem Verkehrspolizisten in gelbem Regenmantel gestoppt.
Er winkte uns an den Straßenrand. Er war groß, und auch er trug einen dichten, schwarzen Schnurrbart. Seine Haut war olivfarben, aber seine Wangen waren von der Sonne gerötet. Er war wie der andere Mann; er würde sich uns in den Weg stellen.
Er nahm meinen Führerschein und begutachtete ihn.
»Chicago!«, sagte er.
»Richtig«, sagte ich. Er war anders.
»Schön?«, fragte er.
»Sehr schön.«
»Tommy Lloyd Wright!«
»Sehr hübsch dort«, sagte ich. »Hohe Häuser. Jede Menge Tommy Lloyd Wright, genau.«
»Ich studiere Architektur. Mag Wright sehr viel. Sie gesehen?«
»Ja, viel. Das Robie-Haus? Sehr schön ist.« Jetzt machte ich auch schon Hand-Sprech. »Sehr hübsch dort«, fügte ich hinzu. »Aber in Marokko auch sehr hübsch.«

Ich lächelte zuversichtlich, bestärkt durch meine Liebe zu diesem Land und meinen Glauben an seine Zukunft.
– Wenn du dich uns in den Weg stellst, bist du unser Feind.
– Ganz wie du meinst.
– Es ist unmenschlich, einen anderen am Vorwärtskommen zu hindern.
Hand beugte sich über mich hinweg und versuchte, ihm von dem Flugzeug zu erzählen, das wir erwischen wollten.
»Sir, wir müssen ein Flugzeug erwischen! Flughafen! Wir fahren können?«
Hand machte Flugzeuggesten, seine Hand flog durch das Wageninnere, mit Soundeffekten. Als Hand das Flugzeug mit etlichen Zischlauten starten ließ, verdrehte der Polizist die Augen und winkte uns weiter. Wir liebten ihn.
Am Flughafen ließen wir den Mietwagen einfach auf dem Parkplatz stehen – wir würden die Agentur von Paris aus anrufen – und rannten zum Check-in, wo kein Mensch war. Am Schalter der Fluggesellschaft, gleich nebenan, waren sie erstaunt, uns erneut zu sehen.
»Da sind Sie ja wieder! Wohin möchten Sie?«
»Moskau! Wir haben jetzt das Geld.«
Ich breitete das Geld auf der Theke aus. Es war obszön.
»Oh nein, nein«, sagte er. »Dazu ist es zu spät. Sehen Sie?« Der Mann zeigte zum Fenster. Das Flugzeug, ein großer Air-France-Jet, war auf dem Rollfeld, deutlich zu sehen, vor unserer Nase. Noch gingen Leute die fahrbare Treppe hinauf.
»Können Sie da anrufen?«
Sie taten es. Sie wollten uns nicht mehr reinlassen. Wir waren fünfzehn Minuten vor der Zeit, aber zehn Minuten zu spät.

»Tut mir Leid«, sagte der Marokkaner, der uns helfen wollte. »Die wollen Sie nicht reinlassen. Aus Sicherheitsgründen, sagen sie.«

»Rufen Sie sie an!«, brüllte Hand.

»Ich kann nicht. Das sind Franzosen«, sagte der Mann.

Wir verstummten lange genug, um zu begreifen, dass wir das nicht verstanden.

Wir waren fassungslos. Zwei Stunden waren wir herumgehetzt, und jetzt würden wir die Nacht in Marrakesch verbringen müssen. Es machte uns fertig. Wir konnten nicht in das Flugzeug, das vor unserer Nase war, keine sechzig Meter entfernt. Noch immer stiegen Menschen die Treppe hinauf, vom Rollfeld ins Flugzeug, noch immer drehten Menschen sich um und winkten ihren Lieben im Flughafen zu. Ein Mann trug drei Golfschläger in einer Hand bei sich, einen Stoff-Goofy in der anderen. Aber wir konnten nicht ins Flugzeug. Das war eine Gemeinheit. Wir konnten nicht in Marrakesch bleiben! Wir hatten es schon gesehen, und wir waren schon *einen ganzen Tag* in Marokko, schon *zwei Tage* in Afrika, fast *drei*, und jetzt saßen wir hier fest, unbeweglich. Es gab sieben Kontinente, und wir hatten fast die Hälfte unserer Zeit auf einem verbracht.

Ich setzte mich auf den glatten, kalten Flughafenfußboden vor dem Büro, während Hand weiter drinnen debattierte. Er winselte, tat so, als würde er weinen, bot ihnen dann einen Wodka an, den er gar nicht hatte, kubanische Zigarren, die er weder je besessen noch gesehen hatte – »Ich versichere Ihnen, Sir, die sind von allerbester Qualität, angefertigt von Castros persönlichem Zigarrendreher« –, und schließlich, nachdem er auf ganzer Linie gescheitert war, erkundigte er sich nach Flügen am nächsten Tag.

Der Boden unter mir war kalt, aber er war ruhig und sauber. Der Flughafen war makellos. Ich neigte den Kopf und spähte schräg über den Boden, dachte, ich könnte in der Perspektive eines niedrig fliegenden Vogels über den Boden blicken. Der Boden glänzte öde und leblos. Ganz kurz hatte ich das Gefühl, wieder im Flughafen von Chicago zu sein und in den Senegal fliegen zu wollen. Ich war abwechselnd stinkwütend und von großem Frieden erfüllt, der mich weit öffnete. Jede vereitelte Bewegung war ein Affront, war beinahe unmöglich zu begreifen. Es war so schwer, *Nein* zu begreifen. Doch mit jedem nicht gemachten Schritt seufzt ein Teil der Seele vor Erleichterung.

*Mo & Thor –*

*Alle Welt hat eigenes Geld. Das ist das Erste, was ein neues Land macht, es druckt Geld. Das Geld hier ist schön, wie fast alles Geld überall außerhalb der Vereinigten Staaten – selbst das von Kanada ist besser als unseres. Hand (Ihr erinnert Euch an Hand. Er hat Euch erzählt, wie Jäger Meerkatzen fangen, und es an Dir, Thor, demonstriert) sagt, dass das Geld in Neuseeland kleine Plastikgucklöcher hat. Geld ist tatsächlich das Einzige greifbare Kommunikationsmittel, das wir haben, wenn man*

»Komm, wir gehen, du Arschgeige.«

Hand war herausgekommen, lachte mit dem Marokkaner von der Fluggesellschaft, der wie ein Pilot gekleidet war und auch einen entsprechenden Koffer trug. Ich legte die Postkarte weg, und während draußen unser Flugzeug nach Paris rollte, gingen wir durch die zischenden Flughafentüren und hinein in den dunklen, klaren, kühlen Abend von Marrakesch.

Wir holten uns unser Auto zurück, hatten dabei das Gefühl, es zu klauen – es war noch da, wir hatten die Schlüssel, aber es war irgendwie komisch. Dann fuhren wir zurück in die Stadt, um uns ein Hotel zu suchen. Wir würden uns ein Zimmer nehmen und dann in die Berge fahren, wo wir Menschen zu finden hofften, die im Gebirge lebten, in Hütten hausten, und zu ihnen würden wir in der Nacht kommen – am schwärzer werdenden Himmel waren schon Sterne, und ein niedriger Mond stieg auf –, und wir würden kleine Bündel Geldscheine durch ihre offenen scheibenlosen Fenster werfen und dann davonfahren.
Zuerst jedoch würden wir uns die Djemaa el-Fna ansehen; auf dem Weg zur Bank waren wir daran vorbeigefahren, und es war bereits der reinste Wahnsinn, ein Gewimmel von tausenden Menschen, Einheimische und Touristen, in Dashikis und Dockers drängten an Verkaufsständen und Imbissbuden, alle Augen überwältigt und die Ohren betäubt von dem tosenden Stimmengewirr. Wir stiegen in einem nichts sagenden Hotel aus Glas und Silber ab und sahen uns zehn Minuten lang das Rennen von Paris nach Dakar im Fernsehen an, schon wieder. Jetzt hatten sie eine Kamera in einem der Wagen, und der Fahrer passierte Dorf um Dorf, alles nur schemenhafte Häuser und Gesichter, und ließ alles hinter sich wahrhaftig in Staub versinken.
Hand, eine Illustrierte in der Hand, ging ins Badezimmer. »Ich verschwinde mal kurz«, sagte er, was mindestens eine halbe Stunde dauern würde – zwanzig Minuten für den Stuhlgang, zehn für die Dusche danach. Hand muss nach jedem großen Geschäft duschen; ich hab keine Ahnung, wieso.
Ich rief meine Mom an.

»Na, wer hat denn heute was bekommen?«, fragte sie. »Wieder irgendwelche Basketballspieler?«
»Nein, jetzt haben wir nach dem Weg gefragt.«
»Wohin?«
»Wohin wir gerade wollen.«
»Habt ihr denn keine Straßenkarten?«
»Klar doch.«
»Dann wisst ihr also, wie ihr fahren müsst.«
»Und ob, immer.«
»Und sie zeigen euch den Weg, und ihr gebt ihnen Geld.«
»Genau. Wo wir lang müssen, ist immer ganz klar. Wir fahren in die Richtung, wir halten und vergewissern uns, werden etwas Geld los, und weiter geht's.«
»Und die wissen nicht, dass ihr es wisst?«
»Das wissen wir nicht. Könnte sein.«
»Ich denke, ja. Sie wissen, dass ihr den Weg wisst.«
»Vielleicht.«
»Und dann gebt ihr ihnen Geld.«
»Richtig.«
»Dann ist das alles nur Heuchelei.«
Hand kam aus dem Bad gestürzt, als hätte er Bären gefüttert und als wären die auf ihn losgegangen. Sein eigener Gestank hatte ihn überholt und breitete sich überall im Zimmer aus.
»Ich weiß es nicht«, sagte ich.

Wir tranken ein Bier in der Hotelbar, die Timofey's hieß. Hinter der Bar stand eine junge Frau, die mein Gesicht betrachtete und mich dann mit mitleidsvoller Miene ansah. Ich ließ es geschehen und lächelte. Wir waren allein im Raum, bis auf eine sehr alte Frau, weiß, mit einem akkuraten Pferdeschwanz, die an einem Tisch mit Blick auf die Hotellobby saß, ein Glas mit irgendetwas Klarem vor sich, die schmalen Hände darum gelegt.

»Wir sollten uns zu ihr setzen«, sagte Hand.

Ich wusste, dass er Recht hatte. Aber ich kannte keine Leute in ihrem Alter. Sie könnte uns hassen. Sie war mindestens fünfundsiebzig.

Hand war schon halb bei ihr. Ich folgte. Als ich an ihrem Tisch ankam, saß Hand bereits, ein Bein über das andere geschlagen, Knöchel auf Knie. Ich weiß nicht, wie er sie angesprochen hatte. Sie hielt mir die Hand hin. Ich schüttelte ihre Finger, die alt waren mit schlaffer Haut, ein kleiner Lederbeutel mit zerbrechlichen Instrumenten darin. Sie war Französin. Wir stellten uns vor; ihr Nachname (sie nannte uns Vor- und Nachnamen) klang wie *Ingres*. Hand saß rechts von ihr und ich ihr gegenüber. Sie war eine schöne Frau. Aus der Nähe sah sie jünger aus, um die sechzig. Ihre Nase war noch gebogen, ihre Augen voller Glanz. Sie trank durch einen kurzen roten Strohhalm von ihrem Drink.

»Sie beide sind ein Paar«, sagte sie.

Hand lachte. Meine Augenbrauen berührten meinen Haaransatz.

»Oh, vielen Dank«, sagte Hand. »Wir fassen das als Kompliment auf. Aber nein.«

Sie legte den Kopf schief und blickte von einem zum anderen.

»Sie sind Brüder. Einer adoptiert.«

»Nein«, sagte ich. Ich merkte, dass ich schmunzelte. Ich wollte, dass sie weiterriet.

»Mir fällt nichts mehr ein«, sagte sie und spitzte die Lippen irgendwie unzufrieden. »Ich tu nur klug.«

Sie war der älteste Mensch, mit dem ich in den letzten gut

fünf oder sechs Jahren gesprochen hatte, seit Jarvis, der Onkel meiner Mutter, gestorben war, den sie liebte, weil er ihr das Reiten beigebracht hatte und wie man Häute gerbt. Aber Jarvis hatte nie so geredet. Jetzt musterte sie mein Gesicht, und ihr Kopf drehte sich, als wollte sie um mich herumsehen.

»Unfall«, sagte ich.

»Das kann ich mir denken«, sagte sie. »Etwas, was man vergessen sollte, denke ich.«

»Ich versuche es«, sagte ich. »Vielleicht, ja.«

Hand fragte, warum sie hier war. Sie sagte, dass sie mit ihrem Mann hier gewesen war, gleich nach ihrer Hochzeit, und dass sie danach immer mal wieder mit ihm hergekommen war. Er war jetzt fünf Jahre tot.

»Heute ist unser fünfzigster Hochzeitstag«, sagte sie und lächelte irgendwie erschöpft. Ihre Sätze verklangen, die letzten Worte waren wie Hüte, die ein jäher Windstoß davonträgt. »Und was führt Sie nach Marrakesch?«, fragte sie. »Golf?«, sie musterte unsere Kleidung. »Sie sehen nicht wie Golfspieler aus.«

»Wir sind Botaniker«, sagte Hand. Allmächtiger.

»Sie lügen«, sagte sie und nahm dann einen Schluck von ihrem Drink, ohne Hand aus den Augen zu lassen. Aus einem kleinen Lautsprecher über unseren Köpfen sang Ella Fitzgerald. Vielleicht Sarah Vaughn. Ich hatte kurz Sorge, dass die beiden, Sarah und Ella, mitkriegten, dass ich den Unterschied nicht hörte, und deshalb böse waren.

»Sie haben den Zweiten Weltkrieg erlebt«, sagte Hand.

Sie lachte.

»Wo waren Sie da?«, fragte er.

»Cernay«, sagte sie. Und schon waren die beiden woanders, gemeinsam.

»War das die besetzte Zone oder Vichy?«
»Besetzte Zone.«
Er saß jetzt vorgebeugt. Je länger ich sie beobachtete, desto mehr dachte ich, dass sie jünger sein könnte. Ihre Wangen waren straff und hatten eine gesunde Farbe. Ihre Züge waren fein geschnitten, aber kräftig, wie ein Gesicht aus mundgeblasenem Glas.
»Wir haben mitgeholfen«, sagte sie. »Meine Mutter und ich haben den Hof geführt.«
»Sie haben dem *Maquis* geholfen.«
»Woher wissen Sie das alles?«
»Hab ich Recht? Sie waren nicht weit von der Schweiz entfernt, nicht?«
»Sie sind ein Fan des Krieges«, sagte sie und zeigt mit ihrem winzigen Finger auf ihn, eingehüllt in Haut wie in einen locker sitzenden Verband.
»Ich hab ihn studiert«, sagte Hand. »Kein Fan, ich bin Student.«
»Ich auch«, sagte ich, weil ich meinte, dass meine derzeitige Churchill-Lektüre irgendwie zählte.
»Hat Ihr Vater gekämpft?«, fragte Hand.
»Er ist im ersten Monat des Krieges umgekommen«, sagte sie. »Er war nicht in der Armee. Er war LKW-Fahrer, wurde bei Abbeville getötet.«
»Das tut mir Leid«, sagte ich.
»Sein Bruder, mein Onkel, ist in die Berge gegangen«, sagte sie. »Oberhalb unseres Hofes gab es einen Wald, in einem Tal. Da ist er jahrelang geblieben. Mit drei Ungarn.«
»Antifaschisten.«
»Ja.«
»War Ihr Onkel Kommunist?«
»Nein. Damals nicht. Nein.«

»Wie alt waren Sie?«, fragte ich.
»Wann?«
»Als sie in Frankreich einmarschiert sind.«
Das Wort *Nazi* konnte ich noch nie aussprechen.
»Neunzehn«, sagte sie.
Sie und ihre Mutter hatten entflohenen Kriegsgefangenen, die sich in die Schweiz durchschlagen wollten, Unterschlupf gewährt. Sie hatten in den Meldungen an die Deutschen geringere Erträge angegeben, als sie auf ihrem Hof erwirtschafteten, und die Überschüsse denjenigen zukommen lassen, die bei ihnen Rast machten oder von den Bergen aus kämpften. Sie hatte einen der ungarischen Soldaten geheiratet.
»Wir sind keine Botaniker«, sagte ich. »Wir sind einfach bloß hier.«
»Er ist auf einer Glühbirne«, sagte Hand.
Sie sah mich an, lächelte höflich.
»Er war mal der zweitbeste Schwimmer von ganz Wisconsin«, sagte ich. Wir waren richtige Blödmänner.
»Was haben Sie und Ihr Mann nach dem Krieg gemacht?«, fragte Hand.
»Wir sind fortgegangen«, sagte sie, »weg aus Frankreich. Mein Onkel wurde auf dem Marktplatz von französischen Nazis getötet. Er hatte ihr Essen vergiftet und sechs getötet, also haben sie ihn ausgepeitscht und anschließend erschossen. Es war eine Zeit … Nach einer Weile war sie nicht mehr richtig real. Oder vielleicht doch …«
Wieder verklang ihre Stimme.
»Sie müssen nicht, wissen Sie«, sagte ich.
»Ich weiß«, sagte sie. »Aber ich habe so selten Gelegenheit …«, sie lachte ein wenig und wischte sich den Mund mit ihrer Serviette ab, »… ein paar junge Amerikaner zu unterrichten.«

Sie trank einen Schluck. Sie war etwas Besonderes.
»Ich erinnere mich daran wie an eine Woche … als ob man sich an eine Zeit im Bett erinnert, krank. Wenn der Kopf ganz …« Sie wedelte mit den Händen um ihren Kopf herum, als dirigierte sie kleine Winde oder als webte sie.
»Im Jahr darauf«, fuhr sie fort, »1944, starb meine Mutter, während sie in den Wehen lag«, sagte sie, und als sie unsere Verwunderung bemerkte, fügte sie hinzu: »Sie war zweiundvierzig, und es war ausgerechnet ein Priester. Aber das ist eine andere Geschichte. Wir mussten den Ort verlassen. Wir konnten nicht bleiben.«
Sie waren nach Amsterdam gezogen, wo ihr Mann, den sie, glaube ich, Pipi nannte, wieder Arbeit in seinem Beruf als Ingenieur gefunden hatte. Sie bekamen keine Kinder. Hand starrte auf ihre Uhr, eine schlichtes, vergoldetes Stück mit einem breiten schwarzen Band. Eine Männeruhr.
Es wurde allmählich spät, und wir mussten los. Wir erzählten ihr, wohin.
»Sie sollten mit uns kommen«, sagte Hand in seinem großzügigen Gastgeber-Tonfall. Dann, als ihm der wahre Wert seines Vorschlags klar wurde, platzte er heraus: »Das sollten Sie wirklich!«
»Die Menschen, die Sie suchen, werden Sie dort oben nicht finden«, sagte sie.
»Warum nicht?«, fragte ich.
»Vielleicht ja doch. Ich sollte Sie nicht entmutigen.«
»Kommen Sie doch mit!«, wiederholte Hand.
»In die Berge? Es ist halb zehn.«
»Zuerst besuchen wir die Djemaa el-Fna.«
»Oh bitte«, sagte sie, und ihre Hand legte sich auf die von Hand. »Sie beide werden Ihr Abenteuer ohne mich

erleben. Ich habe die Berge am Tage gesehen. Ich kann mir nicht vorstellen, dass das noch zu verbessern ist.«

– Hand, wir sollten hier bei ihr bleiben. Wir werden für diese Nacht ihre Gefährten sein. Und erst ihre Erzählungen! Sie werden mehr wert sein als alles, was wir möglicherweise in den Bergen finden können.

– Aber das ist Geschichte.

– Eben.

– Davon hast du nie geredet. Wir hatten uns vorgenommen, schnell zu sein, nicht herumzusitzen und zuzuhören.

– Ich dachte, du würdest gern bleiben wollen.

– Ich hab genug gehört.

»Aber wir brauchen Sie«, hörte ich mich selbst sagen. »Wir möchten wirklich, dass Sie mitkommen.«

Sie blickte irritiert. Mein Drängen hatte sie an etwas anderes erinnert. Wir waren nicht mehr harmlos.

»Nein«, sagte sie. »Grüßen Sie die Berge von mir.« Wieder verhallten ihre letzten Worte, sodass es klang, als hörten wir sie von weit weg, flussabwärts und gegen den Wind.

Wir standen auf.

»Dürfen wir Ihnen noch etwas zu trinken ausgeben, ehe wir aufbrechen?«, fragte Hand.

Sie nickte.

Ich ging zur Bar und bestellte noch so ein Getränk, wie sie es hatte. Es sah aus wie Gin. Ich brachte es ihr und stellte es zwischen ihre knöchernen Finger. Hand verbeugte sich vor ihr und nahm ihr kleine Hand in seine und küsste sie auf den dünnen silbernen Reif um ihren Finger. Auch ich verbeugte mich, aber mein Rücken knackte auf eine ganz neue Art und Weise, und ich konnte nicht tiefer, und ich konnte sie nicht mehr ansehen. Ich wandte mich mit geschlossenen Augen ab, und wir trabten die Treppe hinunter in die Nachtluft.

Auf der Straße war es noch warm, und am Auto war unser linker Hinterreifen platt. Wir blieben beide mit offenem Mund eine halbe Minute lang stehen. Wir waren noch in keinem Land gewesen, ohne einen Plattfuß zu haben.

Diesmal wurden Hand und ich allein damit fertig, weil wir uns an die Tricks des Savannenmannes erinnerten, der mit den Spinnwebhänden wie aus Obsidian. Wir ließen den Wagen auf allen vier Reifen stehen, um die Radmuttern zu lösen. Nach wenigen Minuten tauchte ein Paar Männerbeine am Rande meines Gesichtsfeldes auf.

Er war etwa vierzig, wirkte erfolgreich oder tat zumindest so und trug einen weißen Schal. Er scheuchte mich vom Schraubenschlüssel weg. Ich richtete mich auf und reichte ihn ihm. Ich wusste nicht, was er wollte. Als er sah, dass die Muttern schon gelöst worden waren, begann er, ungeheuer energisch die Kurbel des Wagenhebers zu drehen.

»WeristderBursche?«, fragte ich.

»IchhabkeineAhnung«, sagte Hand.

Ein anderer Mann kam dazu und verscheuchte den ersten vom Wagenheber. Der Erste trat zur Seite und ließ den Zweiten die Arbeit zu Ende bringen. Wir kapierten absolut nicht, was da vor sich ging. Wir waren durchaus in der Lage, allein den Reifen zu wechseln, aber jetzt waren, uns eingeschlossen, vier Männer mit dem Reifen beschäftigt und zwei weitere schauten zu. Es war ein amerikanisches Straßenbauprojekt.

»Soistdashierimmer«, sagte ich. »JederwilldenReifenwechseln. DasistihreLieblingsbeschäftigung.«
»DasistjedermannsLieblingsbeschäftigung«, präzisierte Hand.
Jedermann wollte helfen. Jedermann wollte helfen oder bereit sein, falls seine Hilfe gebraucht wurde. So ging es zu auf der Welt.

Wir waren fertig, der Reifen war neu, und wir waren wer, und wir aßen bei Pizza Hut und schämten und freuten uns zugleich sehr über unsere Pizza. Das Restaurant war leer; der Tag war so lang gewesen; das Essen war real und warm. Der Mensch von Pizza Hut brachte unsere alkoholfreien Getränke an den Tisch und füllte sie kostenlos nach. Wir sahen schrecklich aus. Wir waren müde, aber wir hatten jetzt nur noch fünf Tage. Wir hatten mit sieben Tagen angefangen, und jetzt waren es nur noch fünf, viereinhalb, und hatten wir die Zeit bislang gut genutzt? Während des Essens ließen wir die Stunden Revue passieren, den Flug, die Zeit in Dakar, die Prostituierten, die Strände, den Cop, Saly, das Basketballspiel, den Mann, der am Strand in dem halb fertigen Ferienbungalow wohnte –
»Bis jetzt läuft es ganz gut«, sagte ich.
»Wir müssen schneller werden«, sagte Hand.
»Unsere Planung wird besser werden.«
»Meinst du, wir schaffen es rechtzeitig bis Kairo?«
»Klar. Kein Problem.«
»Auch im Anschluss an die Mongolei noch?«
»Klar. Wir haben doch Zeit.«
»Nach Kairo müssen wir unbedingt. Das ist die Hauptsache.«

»Ich weiß.«
»Aber wenn wir jetzt Richtung Norden fliegen, nach Moskau –«
»Das geht beides«, sagte ich, ohne auch nur das Geringste zu wissen. In meiner Vorstellung verlief der Rest der Reise mit Flugzeuggeschwindigkeit und Hovercraft-Anmut. Mehr Wasser, mehr Luft – ein Ballon! Ein Zeppelin! Mehr Boote und Affen und wo war diese Mauer noch mal? Die von Millionen berührt wurde, in der Mitte von dem goldenen Platz –
Wir fuhren zur Djemaa el-Fna. Vorbei an den miteinander verschmolzenen Strömen von Fußgängern in Silhouette sahen wir die Menge, einen großen, niedrigen Berg, der sich vor dem dunkler werdenden Horizont bewegte: ein Gewimmel von tausenden Köpfen. Wir wussten nicht genau, worum sie sich drängten. Eine Art Flohmarkt? Das hatte man uns nicht gesagt.
Wir parkten, und zwei Jungs auf einem Fahrrad wollten uns Haschisch verkaufen. Wir sagten Nein danke. Sie flehten uns an, welches zu kaufen. Wir verzichteten. Hand klopfte einem von ihnen auf den Rücken und wünschte ihnen alles Gute.
»Schwuchteln«, sagte der Junge.
Wir gingen über den Platz, aber schon während wir nach einer Parklücke gesucht hatten, war der Menschenandrang dünner geworden. Es war etwa zehn Uhr. Alle Frauen waren weg, und die Männer waren hungriger. Mit Raunen und Wispern machten zehn verschiedene Haschischverkäufer auf sich aufmerksam. Wir schoben uns zwischen ihnen hindurch, um die Affen herum, die im Laternenlicht Handstand machten – die Menschen guckten Straßenkünstlern zu – und hinein in die Ladengassen. Wir gelangten in ein immer enger werdendes Dickicht

von Geschäften, die durch provisorische Wände und aufgehängte Teppiche voneinander getrennt waren, Händler die lauthals Turnschuhe anboten, Rucksäcke, Halstücher, CD-Player, Kameras, Kunsthandwerk, Teppiche, Schmuck und Vasen und alles, was sich aus silber- und goldbemaltem Zinn herstellen lässt. Wir blieben in einer kleinen Enklave stehen, die von einem kleinen, behänden Mann betrieben wurde, der flinke, kleine, traurige Augen und große, animalische Brauen hatte. Jeder Gegenstand, den wir in die Hand nahmen oder nur kurz ansahen, löste hektische Angebote und Beteuerungen aus. Er nannte uns seine Freunde und bot uns Studentenermäßigungen an und legte seine Hand auf Hands Rücken, tätschelte ihn nervös.

»Mein Freund«, sagte er zu mir und hielt mich an der Schulter fest, »dir was passiert, und ich hab das Richtige.« Er holte ein langes Schwert hervor, fast einen Meter lang, gebogen und in einer kunstvollen Scheide. »Sehr schön, nicht?«

»Wie viel?«, fragte ich. Mir gefiel das Schwert.

»Für dich einhundert Dollar.«

Hand lachte laut auf. Ich sah mich nach kleineren Modellen um.

Der Verkäufer redete weiter. Zuerst lachten wir, wenn er sprach, während er seine *Mein Freund, mein Freund, ich helfe dir*-Nummer abzog, und dann wollten wir ihm begreiflich machen, dass er sich die Masche bei uns sparen könne, wir wussten Bescheid, wir hatten den Durchblick, wir kannten den wahren Wert usw., aber er machte weiter, und wir mussten immer mehr lachen. Wir feilschten halbherzig mit ihm. Wir wollten ein paar alberne Dinge, ein Messerpaar, ein kleines Schmuckkästchen, oval und mit falschen Smaragden besetzt, das sich auseinander klappen ließ und dann zum Armband wurde, und wir taten so, als wollten wir gehen, als er unser Angebot nicht akzeptieren wollte. Er seufzte. Er blickte nach links und nach rechts und hinter einen burgunderroten Vorhang, um deutlich zu machen, dass er uns diesen Preis nur machen konnte, wenn weder sein Boss noch Gott es mitbekamen. In Anerkennung seiner Bemühungen und großer Kameradschaft und Seelenstärke kauften wir ihm fünf Sachen ab – zwei Ziermesser, zwei von den kleinen Schmuckkästchen, schließlich einen kleinen Zinnteller mit Gravur.

»Bis bald meine Freunde!«, sagte er zu unseren Rücken, als ihm klar wurde, dass wir gingen. »Wollt ihr schönes Schachspiel? Für euch prima Studentenpreis!«

Aber wir waren schon weg und hatten kompliziertere Pläne.

Wir gingen zurück auf den Platz und hielten nach einer neuen Händlergasse Ausschau. Aber wir hatten schon zu viel Zeit vertan. Die meisten Läden waren jetzt geschlossen. Ihre Metallgitter waren schon herabgelassen oder ihre Besitzer packten zusammen.

»Scheiße.«

»Nein, da ist noch einer.«

Am Rande des Platzes war ein großer Laden noch geöffnet, eigentlich nur eine offene Garage, aber hell und voll gestopft bis zur Decke, fast fünf Meter hoch. Davor stöberte ein streunender Hund durch einen kolossalen Abfall- und Fäkalienhaufen.

Wir grüßten den beleibten Ladenbesitzer, als wir näher kamen und zwischen die bunten, überquellenden Regale mit Tellern und Teppichen und Kisten, Servierplatten und Messern traten. Dieser Laden, mit seinen Zinn- und Messingdingen, mit seinen leuchtenden Blau- und Rottönen, seinem emaillierten Blechspielzeug, dieser Laden, er war hinreißender als nahezu jedes Gemälde, das ich je gesehen hatte oder das wohl überhaupt je gemalt wurde – er war eine Mischung aus einem kunstvollen mittelalterlichen Wandteppich und hundert absolut vollkommenen niederländischen Stillleben, aber heller erleuchtet –, in diese Gegenstände, in jedes Kitschobjekt war so viel Sorgfalt und so viel handwerkliches Geschick geflossen, dass die Waren hier sicherlich so gut wie allem gleichkamen, was ruhmreichere Künstler geschaffen hatten oder schaffen konnten, genau wie jedes Verkaufsregal im Lebensmittelladen, genau wie jedes anständige Spielzeuggeschäft – aber Letztere werden derlei Anerkennung nie ernten, ebenso wenig wie ein Kasino nie –

Zwischen den Teeservicen und Schachspielen und winzigen Kästchen für ganz besondere Sachen suchte und fand ich den kleinsten, billigsten und unattraktivsten Gegenstand, den der Laden verkaufte. Es handelte sich um eine Schlüsselkette, die an einem kleinen weißen Tier befestigt war, wahrscheinlich einem Schaf, das aus einem glatten, milchigen Material, das aussah wie Akrylharz, grob geschnitzt worden war. Ich nahm das Schaf, ich streichelte es, ich zeigte es Hand, der mit einem zustimmenden Brummen in die Rolle meines Berater für Kostbarkeiten schlüpfte. Er kam zu mir und berührte es und bekundete schnurrend sein Interesse.

»Unglaublich, nicht?«, sagte ich.

»Das tut schon fast weh«, sagte er.

Unser Kaufinteresse war offenkundig. Wir wandten uns dem beleibten Mann zu und fragten ihn auf Französisch, wie teuer.

Er sprach kein Französisch. Er eilte zu einem Schreibtisch hinten im Laden und kehrte mit einem Stück linier-

tem Papier zurück, das zweimal gefaltet worden war. Darauf schrieb er:
*60 DH.*
Sechzig Dirham, etwa drei Dollar.
Ich blickte auf den Zettel, dann auf den Schlüsselanhänger. Ich runzelte die Stirn. Ich schüttelte bedächtig den Kopf. Jetzt fing unser Trick an. Ich bat um den Zettel und den Stift. Er reichte mir beides und unter seine 60 DH schrieb ich:
*150 DH.*
Dann gab ich den Zettel zurück, mit ernster, aber hoffnungsvoller Miene.
In diesem Moment hätte vieles geschehen können. Er hätte losprusten können, weil er den Witz kapierte und ihn lustig fand. Oder er hätte sich am Kopf kratzen können, einen Moment lang verwirrt, und mich dann auf meinen Fehler aufmerksam machen können. Es bestand auch die gar nicht so abwegige Möglichkeit, dass wir, indem wir die Kräfte der Feilsch-Logik auf den Kopf stellten, an den losen Fäden des Universums zupften und dadurch alles entwirrten, von Geld über Liebe bis zur Doppelhelix – und dass die Auswirkungen von Bombay bis Akureryi zu spüren wären. Doch nichts davon geschah. Was geschah, war, dass der Mann auf den Zettel blickte, den Kopf einen Moment schief legte, blinzelte und dann einmal knapp nickte.
»Okay!«, sagte er und verzog das Gesicht. Abgemacht. Wir hatten seine Geduld auf eine harte Probe gestellt, aber eine schwere Verhandlung war gewonnen worden; er war ein fairer Mann.
Es war sensationell. Es war besser, als wir es uns je hätten erhoffen können.
Hand trat näher. Ich zeigte Hand den Zettel und bedeu-

tete ihm, dass dieser gute Mann meine eisenharten Forderungen akzeptiert hatte. Hand war jedoch nicht so leicht zufrieden zu stellen. Er bat darum, den Schlüsselanhänger erneut inspizieren zu dürfen. Ich legte ihn ihm auf die Handfläche. Er hielt ihn und wog ihn. Er ließ seine Fingerspitzen darüber hinweggleiten. Er untersuchte den Schlüsselring peinlich genau, öffnete und schloss ihn wieder, als hätte er es mit einem Karabiner zu tun. Dann schüttelte er den Kopf und nahm den Stift und den Zettel und schrieb unter die 60 DH und unter die 150 DH:
*250 DH.*
An dieser Stelle dachten wir, vielleicht zu weit gegangen zu sein. Der Mann würde lachen. Der Mann würde den Gag durchschauen.
Von wegen. Erneut nahm der Mann das Angebot mit langem, hartem Blick in Augenschein, Faust am Kinn … und stimmte dann mit einem langsamen Nicken zu. Mir zitterten die Knie.
Ich nahm das Schaf wieder zurück. Hielt es mir nun ans Gesicht und streichelte es. Ich küsste es behutsam und schaute ihm in die winzig kleinen, schwarzen Augen. Der Preis stimmte nicht.
»Zweihundertfünfzig?«, sagte ich zu Hand. »Das ist beleidigend.«
Ich nahm Hand den Zettel weg und schrieb:
*1800 DH.*
Ich gab ihn dem Händler zurück und rechnete jetzt fest damit, dass der Mann die Hände in die Luft warf und auflachte. Wir wollten etwa 90 Dollar für einen Schlüsselanhänger bezahlen, für den er 3 Dollar verlangt hatte.
Aber der Mann zuckte nicht mit der Wimper. Er war ein Titan. Er legte einen Finger an den Mund, entweder um unsere Zurechnungsfähigkeit abzuschätzen oder um so

zu tun, als ließe er sich unser neuestes Angebot durch den Kopf gehen, und nach einer langen, perfekten Pause … willigte er erneut ein. Ich amüsierte mich wahrscheinlich besser als je in meinem Leben.

Aber Hand drehte sich zu dem Mann um, schüttelte ihm die Hand, sagte: »Gut«, und bezahlte ihn. Es war vorbei. Wir gingen. Der Platz war beinahe menschenleer.

»Wieso hast du nicht weitergemacht?«, fragte ich. Ich war sauer. »Wir hatten doch gerade erst angefangen.«

»Quatsch. Wir mussten aufhören, ehe es ihm zu viel wird.«

»Der hätte nicht aufgehört. Das garantier ich dir.«

»Er ist nicht blöd.«

Wir kamen an zwei Männern vorbei, die ihren Lebensmittelstand abbauten, das Eis zurück in einen rollbare Kühlbox warfen, ihren Fisch einpackten.

»Ich war so glücklich da«, sagte ich. »Ich hab wirklich gedacht, wir erreichen da was.«

»Aber das haben wir doch. Es hatte keinen Sinn, noch weiterzumachen.«

»Und ob! Bloß um es zu *sehen*. Wolltest du es denn nicht *sehen?«*

»Es war sinnlos.«

»War es nicht«, sagte ich.

»Will, es ist alles ziemlich sinnlos, findest du nicht?«

»Was ist sinnlos?«

»Wie weit willst du wirklich damit gehen?«

»Bis zum Schluss.«

»Im Ernst?«

»Das ist mein Ernst, du Arschloch. Dazu sind wir hier.«

Wir blieben stehen. Eine kleine Menschenansammlung in der Nähe schrie wegen irgendwas auf. Ein Affe hatte ein Kunststück vorgeführt.

»Komm schon. Jetzt mal ehrlich. Wir haben noch rund 14.000 Dollar übrig. Wie wär's, wenn wir noch zwei- oder dreitausend loswerden und dann sagen, es reicht?«

»Das war aber nicht die ursprüngliche Idee, Hand. Meine Güte. Was ist mit dem Schauplatz? Weißt du noch? Wir waren da, wir hatten den Moment völlig im Griff. Wir haben dort Kunst geschaffen –«

»Redest du von dieser Frau in Saly, der Kopflady?«

»Annette.«

»Die war doch irre. Schauplatz? Scheiß drauf. Das Problem bei dieser Idee ist, dass du die anderen Leute dabei als – ja, als was sehen musst? Wie passen sie ins Konzept? Wie passt der Kerl in dem Laden ins Konzept? Gehört er dazu, oder gehört er bloß zum Bühnenbild?«

Ich überlegte kurz.

»Er gehört zum Chor«, sagte ich.

»Ach so. Zum Chor.«

Ein großer Mann schlenderte vorbei, das Gesicht dunkel unter einer lohfarbenen Kapuze. »*Haschisch*«, flüsterte er. Dann »*Crystal*«, und weg war er.

»Hör mal«, sagte Hand. »Scheiß auf die ursprüngliche Idee. Ich könnte das Geld gut gebrauchen.«

»Warum rückst du jetzt damit raus? Vorher hast du nichts in der Richtung gesagt.«

»Ich hab einfach nicht gedacht, dass du das so durchziehst. Ich hab geglaubt, du würdest irgendwann wieder zur Vernunft kommen, und wir würden den Rest behalten.«

»Du hast kein Recht, das zu sagen, vor allem jetzt nicht.«

Wir blieben stehen. Wir standen mitten auf der Djemaa el-Fna. Am hinteren Ende des Platzes war ein Hotel, und ein Mann auf einem Balkon schien uns zu beobachten.

»Vielleicht sollten wir nach Hause fahren«, sagte Hand.

Das war nicht sein Ernst.
»Ich fahre nicht nach Hause«, sagte ich. »Fahr du ruhig.«
Er hatte die Hände auf den Hüften, ließ den Kopf hängen.
»Ich will nur nicht –«, setzte er an. »Ich finde doch bloß, dass das Ganze mit allem anderen zu tun hat, und das ist ja auch in Ordnung, aber du sagst mir nicht, wieso, und dann muss ich ständig erinnert werden, weil ich jedes Mal, wenn wir was verschenken, meine, es bedeutet dir was – aber selbst dann kapier ich es nicht.«
»Es gibt keinen Zusammenhang«, sagte ich.
Hands Kopf war jetzt zu einer Seite geneigt, trotzig.
»Es gibt keinen«, sagte ich.
»Und warum nicht, verdammt noch mal?«, fragte er.
»Du willst, dass es einen Zusammenhang gibt, aber es gibt keinen. Wir sind hier. Wir waren im Senegal, jetzt sind wir hier. Gehen wir.«
»Ich gehe nicht mit«, sagte er.
»Gut«, sagte ich, »Himmel«, und setzte mich. Der Boden war kalt.
Jetzt wollte ich nicht gehen. Ich wollte Hand zum Weinen bringen. Ich konnte dieses Arschloch nicht zum Weinen bringen.
Hand stand da, Hände auf den Hüften, und beobachtete die Menschen, die den Platz verließen. Er seufzte. Er schloss die Augen. Er öffnete sie nach einem Moment, sah aus, als würde er etwas sagen – seine Augen blinzelten nicht und hatten wieder diesen starren und wilden Blick, und ich rechnete schon damit, dass sein Kiefer wieder anfangen würde zu mahlen –, doch er schloss den Mund und die Augen wieder, und jetzt legte er den Kopf so schräg, dass sein Ohr die Schulter berührte. Er pfiff ein paar belanglose Noten.
Ich lehnte mich nach hinten, bis ich ganz ausgestreckt lag,

Blick nach oben. Der Qualm von den Grillständen malte Streifen auf den schwarzen sternlosen Himmel. Ich konnte Hand nicht sehen, aber sein Schatten verdunkelte das Blickfeld meines rechten Auges. Mein Körper wurde immer schwerer, je länger ich dalag. Ich kam mir riesig vor, träge, grenzenlos massig. Ich würde Stunden brauchen, um aufzustehen. Vielleicht würde ich mich nie wieder bewegen. Ich könnte zu dieser Landschaft werden. Ich könnte mich im Pflaster verlieren. Ich könnte beobachten, wie ein Berg beobachten würde, wie ein Mann auf einem Balkon beobachten würde, die Menschen und ihre Geschäfte, ihre gezischelten Angebote und Drohungen, ich selbst amüsiert und ohne jede Verpflichtung. Von einem Balkon aus, selbst in dreieinhalb Metern Höhe hatte man genug Distanz. Unten herrscht Bewegung, aber es ist nicht deine Bewegung, dieses Volk ist nicht dein Volk. Wer ist mein Volk? Mein Volk begeht Verfehlungen und hört nicht zu.

Meine Augen waren heiß und voller Wasser. Das Wasser rann mir auf beiden Seiten des Gesichts herunter, in die Ohren, kühlte in der dunklen Luft ab.

»Will.«

»Ach Scheiße«, hauchte ich.

Er stand neben meinen Schuhen.

»Ach Scheiße ach Scheiße ach Scheiße.«

»Was ist? Will, sprich mit mir.«

»Ach Scheiße ach Scheiße ach Scheiße.«

Die Tränen verwandelten den Rauch über mir in Kristalle, die anschwollen und zerplatzten. Ich zog den Schleim wieder hoch in meine Nase und schloss die Augen und quetschte das Wasser heraus, breitete es über meine Knochen und den Boden.

»Ach Scheiße ach Scheiße ach Scheiße.«

Hands Schatten warf sich über mich. Er saß jetzt, Arme um die Knie geschlungen.

»Gottverdammt«, sagte ich. »Gottverdammt gottverdammt.«

Jetzt hatte ich Schluckauf. Ich konnte spüren, dass Leute vorbeigingen, langsamer wurden, weitergingen. Ich war der einzige Mensch, der auf dem Pflaster der Djemaa el-Fna lag.

»Beruhige dich«, sagte Hand.

Mir taten die Augen weh. Das Wasser wurde aus mir herausgesaugt, und die Anstrengung war unglaublich. Meine Stirn war verengt, ein Druckgefühl oberhalb der Nase. Meine Kehle zuckte und hustete. Ich konnte mich nicht erinnern, schon mal so geweint zu haben. Es war jämmerlich.

»Scheiße«, sagte ich.

»Ich weiß.«

»Sechs Monate, verdammte Scheiße.«

Hand atmete aus.

Sechs Monate bedeutete, dass es Vergangenheit war. Wir hatten seitdem all diese Monate gelebt, und wir wussten nicht, warum. Hatten wir entschieden, es zu tun, hatten wir entschieden, dass wir das so wollten, nämlich aufwachen und arbeiten, wie ich es getan hatte, in meiner Pyjamahose? Wer hatte mir gesagt, dass ich, wie vor nur einem Monat, eine ganze Woche lang auf der Stehplatztribüne im Wrigley Field sitzen und zusehen würde, wie die Wartungsleute kaputte Sitze austauschten? Dass ich, wie ich es getan hatte, Mo und Thor im November und Dezember ein halbes Dutzend Mal zum See schleppen und ihnen zeigen würde, wo die Boote wären, wenn es wärmer wäre, ihnen die hohen Zwillingsgebäude zeigen würde, die wie Thermosflaschen aussehen, dass ich durch den

Matsch beim leeren Springbrunnen rennen und hoffen würde, dass meine Füße erfrieren. Mir fiel nichts ein, was ich in den sechs Monaten getan hatte, das mich an irgendeinen neuen Ort geführt oder in irgendeiner Weise bewiesen hätte, dass ich da gewesen war, dass ich Luft aus der Welt genommen und sie zu einem vertretbaren Zweck genutzt hatte.

Wir hatten es einfach noch nicht entschieden, keiner von uns. Ich weiß, dass Jacks Dad sich nicht entschieden hatte. Wir hatten noch keine bewusste Entscheidung darüber getroffen, was wir tun würden und was nicht. Wir standen da und blinzelten und warteten darauf, es gesagt zu bekommen.

In mir war ein Klopfen, etwas klopfte von innen gegen meinen Brustkorb. Ich hyperventilierte. Zusätzliches Zünden, ein Spannungsanstieg im *HIS-Bündel.* Ein Mann blieb stehen und sagte auf Französisch etwas zu Hand. Hand stand auf und dankte dem Mann und setzte sich wieder.

»Das sollte alles nicht passieren«, sagte ich.

»Ich weiß.«

»Ich hab gewusst, wie er mit fünfzig aussehen würde.«

Hand sagte nichts.

»Man sah, dass er dick werden würde«, sagte ich. »Er hätte ausgesehen wie sein Dad, Glatze und ein dicker, fetter Hintern. Das war ganz klar abzusehen. Scheiße.«

Hand sagte nichts. Ich konnte hören, dass in der Nähe irgendjemand irgendetwas ins Wasser tauchte, es wieder herausholte und den Überschuss auf irgendwas aus Holz oder Plastik abklopfte, einem Tisch oder einem Eimer.

»Das mit dem Tal hab ich immer ernst gemeint«, sagte ich.

»Das weiß ich.«
Als Jack nach D.C. gezogen war und Hand in St. Louis wohnte, hatte ich mich darauf versteift, dass wir, selbst wenn wir eine Zeit lang weit voneinander entfernt wohnten, letztlich zusammen irgendwo ein Stück Land kaufen würden, vielleicht in der Nähe von Phelps, falls Jack seine Arbeit zu Hause am Computer machen könnte, weil er der Einzige mit einem festen Job war. Es war uns ernst damit. Oder mir war es ernst damit, und die beiden anderen sagten *Mal sehen*, aber man merkte, dass sie es auch wollten, erst recht, wenn ich die Arbeit übernahm. Ich musste nicht dauernd neue Leute kennen lernen. Ich hatte mich mit diesen Leuten eingerichtet; ich glaubte nicht, dass wir noch zu übertreffen waren. Wir wollten nicht, dass unsere Kinder mit irgendwelchen x-beliebigen Kindern mit Läusen oder stacheligen Gelfrisuren spielten, wenn sie stattdessen mit Onkel Jacks Kindern spielen konnten, Onkel Wills Kindern, Onkel –
Wir hatten vor, Hand einen nicht ganz so bedenklichen Namen zu verpassen.
Das Stück Land läge an einem See, aber wenn nicht, in einem Tal. Ein kleines Tal, unbewohnt, bewaldet, nicht zu steil. Wir würden jeder rund einen Hektar bekommen, und ich war sicher, dass wir uns das würden leisten können, weil das Land bei Phelps nicht überteuert war, und ich würde für jeden die Pläne entwerfen, und Hand und ich würden den Bau überwachen und Bauarbeiter aus der Gegend anheuern, und Jack und Hand würden mithelfen, und wir würden alle drei Häuser in einem Sommer fertig haben.
Falls unsere Ehefrauen ähnliche Hoffnungen hegten, dann wäre in dem Tal natürlich auch Platz für ihre Freundinnen – umso besser, und für deren Ehemänner, Kinder,

Hunde. Wir hätten eine Riesenmenge Hunde! Pferde. Pfauen. Ach, mit Pfauen zu leben. Ich hatte einmal welche aus nächster Nähe gesehen, und sie trotzten so vielen Gesetzen von Farbe und Schwerkraft, dass sie verrückte Genies sein mussten, die nur darauf warteten, alles zu übernehmen. Schlammspringer, Ozelots, Baumfaultiere und Hanumans – wir hätten die lächerlichsten Tiere, die man sich vorstellen kann. Und es war richtig, dass wir zusammenblieben und dieses Tal hatten, und es war richtig, dass unsere Kinder sich in jedem Haus zu Hause fühlten und jeden Zentimeter des Tales kannten, dass sie sich im Herbst, wenn die Blätter fielen und spröde und rot waren, die Hänge herunterrollen ließen. Wir würden ihre Freudenschreie von unseren Fenstern im dritten Stock aus hören, wo wir Oberlichter einbauten und alte Möbel frisch anstrichen.

Der Rauch des Marktes verflog über uns, und ein paar schwache Sterne wurden sichtbar. Sie taten nichts und bedeuteten nichts.

»Mich hat es vor ungefähr einem Monat gepackt«, sagte Hand.

Ein Hund, schlank und zittrig, beschnüffelte meine Füße.

»Dass es von Dauer ist«, sagte er. »Ich weiß, dass einem klar sein sollte, dass es dauerhaft ist, aber dann geht man irgendwo eine Straße entlang – ich war an einem Sonntagmorgen unterwegs, kam an einer Kirche vorbei, glaube ich, alle standen hinterher draußen, und ich bin einfach mitten auf dem Bürgersteig stehen geblieben und hab gesagt Gottverdammt. Gottverdammt.« Er zischte die Worte.

»Ich weiß.« Ich versuchte, langsamer zu atmen.
»Da ist die Zeit, gleich danach«, sagte Hand, »wenn du unter Schock stehst und deinen Anzug anziehst und dir die passenden Schuhe leihst und den Wagen voll tankst auf dem Weg zu dem verdammten Begräbnis und dir Benzin über die Finger läuft und du dir auf dem Klo von der Tankstelle die Hände wäschst, ganz besorgt – Weißt du, wie besorgt ich war, dass ich nach Benzin riechen könnte? Bei so einer Beerdigung, wo sowieso alle an Autos und so denken?«
»Ich weiß.«
»Aber dann kommen die Monate, wenn du im Unterbewusstsein denkst, es kommt wieder in Ordnung. Vor ein paar Wochen musste ich die Zulassung für meinen Wagen verlängern lassen, und ich sitze da so und denke auf einmal, ich müsste nur einen Strafzettel für Jack bezahlen. Als ob wir bloß mit irgendwelchen Zahlungen für ihn im Rückstand wären und sie ihn abgeschleppt hätten oder so. Ich bin richtig zusammengezuckt, in der Warteschlange, weil ich das Gefühl hatte, Scheiße, ich muss die Papiere für Jack besorgen! Vielleicht liegen die im Wagen! Solche Gedanken hab ich andauernd. Hast du Bänder von deinem Anrufbeantworter verwahrt?«
»Ging nicht. Voicemail.«
»Also ich hab eine ziemlich lange Nachricht von ihm behalten. Er war betrunken und hat angerufen, hat nur erzählt, dass er mit so einer Frau, einer Kollegin, im Lincoln Memorial war. Ich glaube, da hat irgend so ein Jugendchor um Mitternacht gesungen, und er hat eine verrückte Nacht erlebt, im Lincoln Memorial, mit einer älteren Frau, mit der er zusammen gearbeitet hat.«
»Wer war das?«
»Eine ältere Frau. Sie lebt von ihrem Mann getrennt. Aber

ich glaube, sie waren mal zusammen zum Abendessen und hinterher was trinken, als ihr Exmann oder so sie mit Anrufen bombardierte. Sie wollte nicht nach Hause, also sind sie und Jack zusammen ausgegangen.«

»Das hat er mir gar nicht erzählt.«

»Er hat die ganze Geschichte auf meinen Anrufbeantworter gequatscht. Ich spiel's dir vor, wenn wir wieder da sind. Jedenfalls waren sie schließlich am Lincoln Memorial, und da haben ungefähr hundert Teenager Gospelsongs gesungen. »Swing low, sweet chariot«, direkt zu Lincolns Füßen. Will, Scheiße. Deine Brust pumpt ja wie verrückt.«

Ich versuchte einzuatmen, schön langsam. Ein Sandalenpaar tauchte neben meinem Kopf auf, und ich war im Schatten eines Mannes, der neben mir hockte.

»Non, merci«, sagte Hand.

Die Finger des Mannes waren an meinen Schläfen.

»Non, non!«, sagte Hand.

Ich schüttelte meinen Kopf frei. Der Mann stand auf und ging weg.

– Wir sind so schwach, Hand. Wir haben nichts getan.

– Es ist noch zu früh.

– Wir haben nichts getan.

»Wie passiert so was?«, fragte ich. Ich lag noch immer auf dem Boden, die Beine unter mir angewinkelt, als wäre ich gefallen.

»Ich weiß es nicht.«

»Kein Mensch hat je gehört, dass so was passiert. Himmel, ist das überhaupt schon mal passiert? Kein Mensch hat gesagt, dass das passieren würde. Das stand nicht auf der Liste mit den Dingen, die passieren können, ein Laster, der einfach –«

Hand schwieg.

»Weißt du, wie schwer es ist, das Wort *sterben* im selben Satz zu verwenden wie *Jack*? Das ist der verdammte –«

»Wisch dir noch mal die Nase ab.«

»Ich hätte nie gedacht, dass es ihn trifft.«

»Ich weiß.«

»Es gibt so viele Leute.«

»Ich weiß«, sagte er.

»Will.«

»Ich würde diesen Lastwagen nehmen und mit Stumpf und Stiel verschlingen«, sagte ich.

Hand atmete laut durch die Nase aus.

»Hast du mal an seine letzten Sekunden gedacht?«, fragte er.

»Ich weiß nicht«, sagte ich.

– Ich weiß, wie seine letzten Sekunden waren, Hand.

»Es ging schnell, weißt du«, sagte Hand.

»Ich weiß. Darüber haben wir schon gespro–«

»Wenn es schon passieren musste, dann hat es wenigstens nicht lange gedauert –«

»Hand. So ist das nicht.«

»So war es.«

»So ist das nicht. Ich weiß, dass wir gesagt haben, dass er jetzt seinen Frieden hat und so, aber Himmel, so stelle ich ihn mir nicht vor. Absolut nicht. Alles, was ich sehe, ist anders.«

»Ich weiß.«

»Ich habe vorher Großeltern verloren und einen Onkel, aber bei ihnen hab ich mir tatsächlich eine große Ruhe vorgestellt. Ich denke daran, dass sie tot sind, und ich stelle mir vor, wie sie irgendwo liegen. Im Gras, in hohem Gras, dunkelgrün. Unendlich behaglich. Aber Jack –«

»Ich weiß.«

»Jack stell ich mir tiefgefroren unter einer Eisdecke vor.

Er ist noch wach, und er ist da tiefgefroren, unter dem Eis. Irgendwo anders, völlig entsetzt unter dem Eis, und er ist allein dort. Er ist immer allein, und das ist das Schlimmste daran. Das ist genau der Scheißteil, der in mir Mordgelüste weckt. Deshalb will ich den Kopf von dem Lastwagenfahrer, weil er allein unter dem Glas oder Eis oder sonst was ist. Er wartet.«
»Hör auf. Bitte – ich will so ein Bild nicht im Kopf haben, Will.«
»Nicht bloß, dass wir das mit dem Tal und dem ganzen Scheiß nicht mehr machen werden«, sagte ich, »nein, so etwas können wir ein für alle Mal vergessen. So etwas ist einfach nicht mehr möglich. Ich meine, das alles hier hätte doch überhaupt nicht passieren dürfen.«
»Das alles – heißt was?«
»Denkst du, ich möchte hier sein? Ich möchte nicht hier sein. Das hier ist alles falsch, Hand.«
»Was? Hier? Marrakesch? Wieso?«
»Es ist alles falsch. Du weißt, dass es falsch ist. Jeder weiß, dass es falsch ist. Es stinkt mir! Es ist alles falsch. Wir sind alle hier, und wir tun so, als wäre es nicht falsch, weil wir ja ach so verdammt höflich sind.«

Wir waren am Auto. Hand hatte mich vom Boden hochgezogen, und jetzt legte er die flachen Hände übereinander aufs Dach und das Kinn auf den Handrücken.
»Ich fahre«, sagte er.
»Nein, geht schon«, sagte ich.
»Ich will aber. Sag mir bloß noch mal ganz ehrlich, dass du nichts von dem Geld mehr haben willst, wenn wir fertig sind.«

»Nichts.«
»Weil ich glaube, dass du es durchziehen würdest. Wenn du das damit beweisen willst – dass du es durchziehen würdest –, dann glaube ich dir.«
»Darum geht's nicht.«
»Okay.«
»Ich fahre«, sagte ich.
»Nein«, sagte Hand. »Erst hab ich noch eine andere Idee.«
Wenige Sekunden später saß Hand in einem Taxi. Eine lange Taxischlange stand da und wartete auf verirrte Touristen, und Hand war in das erste eingestiegen. Ich folgte ihm.
Hand dirigierte den Fahrer ein Stück die Straße hoch und wieder zurück zu unserem Wagen. Die Fahrt dauerte etwa elf Sekunden. Wir blieben stehen.
»Hier?«, fragte der Taxifahrer.
»Ja.«
»Ja? Hier?«
»Ja.«
Der Taxifahrer lachte. Wir gaben ihm einen Fünfzig-Dollar-Schein.
Während mein Gesicht trocknete und abkühlte und mein Atem ruhiger wurde, machten wir das noch dreimal. Hand stieg sogleich in das nächste Taxi und ließ uns ein Stück die Straße hoch und wieder zurückfahren und gab dem Fahrer 80 Dollar in Dirham. Es war toll. Einmal fuhren wir rund um den Platz, einmal nur drei Autolängen weit. Jedes Mal zahlten wir ein üppiges Sümmchen, und jedes Mal nahm der Fahrer das Geld in dem Wissen, dass wir wussten, was wir taten. Im Gegensatz zu dem Händler wussten die Taxifahrer Bescheid, sie wussten, dass das, was wir taten, eigentlich nichts bedeutete oder dass es

alles bedeutete, aber auf eine Weise, die wir nie wirklich verstehen würden. Jeder von ihnen fuhr grinsend davon. Kameraden!
Die Fahrradjungen fuhren wieder vorbei.
»Schwuchteln«, sagten sie.

Wir entschieden, in die Berge zu fahren. Wir nahmen noch einmal ein Taxi, diesmal bis zur nächsten Querstraße, wo unser Wagen stand, und fuhren dann in die Richtung, in der wir die Berge zuletzt gesehen hatten. Wo waren die Berge? Von der Stadt aus waren sie nicht mehr auszumachen; ich fuhr uns in die Richtung, in der wir sie vermuteten, vorbei an Gebäuden und den hohen roten Mauern, die die Anwesen und Schlösser von der Straße abschirmten, und kurz darauf befanden wir uns in einem ländlichen Gebiet, aber wir hatten uns verfahren.
Es war Mitternacht, und wir hatten uns in der weiten Ebene um die Stadt herum verfahren. Die Luft wurde kälter, und die Nacht war still. Wir fuhren zurück in die Stadt und entdeckten auch bald einen Taxifahrer, der in einer Gasse auf der Motorhaube seines gelben Mercedes vor einem karierten Straßencafétisch saß, neben einer Gruppe von Männern, die Domino spielten.
Wir boten ihm Geld dafür, dass er uns in die Berge brachte, er in seinem Auto, wir in unserem. Er war unschlüssig. Hand zog ein Bündel Scheine aus seiner Beintasche und wedelte damit in der Luft herum. Der Idiot. Der Mann hob einen Finger, um zu zeigen, dass wir warten sollten, und ging zu dem Tisch mit den drei Männern, alle kräftig gebaut und schnurrbärtig. Sie schauten zu uns herüber, alle gleichzeitig und dann einer nach dem anderen, dann

senkten sie den Blick auf ihre Hände, während der Mann weitersprach.
»Was bequatschen die denn da?«, fragte ich.
»Vielleicht den kürzesten Weg«, sagte Hand und setzte sich auf unsere Motorhaube.
Die Männer redeten immer noch, ihr Wortwechsel wurde jetzt hitzig, Stakkato-Salven geflüsterter Zischeleien. Ein Mann zeigte auf einen anderen, der wütend zurückzeigte. Der Erste verschwand durch eine Tür hinter ihnen, ein Auge auf uns gerichtet, und tauchte kurz danach wieder auf, mit einer anderen Jacke an. Er ging eine Seitengasse hinunter, ohne sich umzudrehen, während unser Taxifahrer auf uns zukam, nickte und in sein Auto stieg. Wir stiegen in unseres. Ich sah Hand an, er sah mich an, und wir wussten beide, dass die Sache faul war.

Marrakesch ist voller winziger Gässchen, nicht breiter als ein Elefantenarsch, und durch solche fuhren wir nun, fuhr ich, viel zu schnell. Zweimal schabten unsere Felgen an Bordsteinen, Pflanzkübeln entlang. Als würden wir durch die Flure eines Mietshauses rasen. Unzählige Male war ich sicher, dass wir nie im Leben durch die nächste Gasse passen würden, dass wir stecken bleiben würden, wie ein Laster in einem zu engen Tunnel. Wir schätzten ab und hofften und beteten, dass wir heil aus dem engen und halb zerfallenen Labyrinth herauskommen würden. Unser Wagen brauste um die engsten Kurven und quetschte sich durch unglaublich schmale Gänge.
Einwohner blickten aus Fenstern und offenen Türen – tatsächlich?, waren das Gesichter oder? –, und die Leute

auf den Straßen sprangen beiseite. Wir sahen keine anderen Autos, was unsere Fahrt einfacher, aber auch beunruhigender machte. Durften wir überhaupt hier sein? Wir waren die einzigen beiden Fahrzeuge, die in diesem Teil der Stadt unterwegs waren, mitten in der Nacht.

Wir jagten durch die Gassen und dann unter einem Bogen hindurch, und plötzlich schossen wir auf einen großen Platz, von hohen Mauern umgeben, aber offen. Nach rechts und links erstreckte er sich bestimmt hundert Meter weit, und da – ach du Scheiße – war ein Fußballspiel im Gange, und wir fuhren mitten hindurch, fünfzehn schreiende junge Burschen, dünn, mit wadenlangen Socken, direkt vor uns, nach Mitternacht. Wir waren in dem Spiel. Der Wagen vor uns fuhr durch das Mittelfeld, glatt hindurch, unser Wagen hinterher.

»Hast du das gesehen?«, fragte Hand.

Ich hatte es gesehen.

»Mannomann, wir sind gerade mitten durch ein Fußballspiel gefahren.«

»Um ein Uhr morgens.«

»Du bist Ronin.«

»Ich bin Ronin.«

Durch einen Irrgarten mit hohen roten Wänden, genau, wie durch einen Irrgarten, und – verdammt, so ging das eine halbe Stunde weiter, das Ganze, die Gassen, die engen, finsteren Steinstraßen, wo Männer Karren schoben, Männer vor Türen saßen, unsere beiden Autos vorbeifegten, keinen halben Meter von ihren Zehen entfernt. Es war aufregend und spannend, obwohl ich jeden Moment damit rechnete, dass man uns anhielt, den Wagen beschlagnahmte und uns beide erwürgte oder verhörte oder beides –

Und auf einmal war ein Auto hinter uns.

»Siehst du das?«, fragte ich.
»Den Kerl hinter uns? Scheiße. Ja.«
»Wieso ist da ein Auto hinter uns?«
»Keine Ahnung.«
»Wie viele sitzen drin? Nicht umdrehen.«
»Zwei.«
»Wer sind die? Nicht umdrehen.«
Hand drehte sich um.
»Einer sieht aus wie der Typ aus dem Café.«
»Welcher?«
»Der mit der Jacke. Der reingegangen ist und dann –«
»Okay. Scheiße!«
»Das ist übel.«
– Du gottverdammter Volltrottel, Hand.
– Ich weiß. Ich weiß.
»Die verfolgen uns, ganz eindeutig«, sagte ich.
Tatsächlich. Wir verfolgten ein Auto und wurden von einem anderen verfolgt. In dem Wagen hinter uns saßen zwei Männer, und zwischen sich und uns ließen sie immer nur drei bis vier Meter Abstand. Das Auto vor uns bog zigmal nach rechts und links, wir immer hinterher, und das Auto hinter uns genauso. Das war kein Irrtum, kein Zufall.
»Noch da«, sagte Hand.
»Ich weiß!«
»Die stecken unter einer Decke«, sagte Hand.
»Wer?«
»Die alle. Die führen uns irgendwohin. In eine Sackgasse. Wo wir nicht zurückkönnen.«
»Halt den Mund, verdammt noch mal.«
Mein Magen fühlte sich an wie von irgendwas gepackt und zusammengedrückt. Einen Moment lang war ich lächerlicherweise erleichtert darüber, dass unsere franzö-

sische Widerstandskämpferin nicht mitgekommen war. Denn was uns bevorstand, war klar: Irgendwann, in einer engen Gasse, würde der Wagen vor uns stoppen und der Wagen hinter uns dicht auffahren, und wir würden überfallen und ermordet und weggeschafft werden.
Es dauerte jetzt schon eine ganze Weile. Wir waren schätzungsweise zwanzigmal abgebogen. Die Männer hinter uns, in der Dunkelheit kaum zu sehen, rührten sich nicht, ließen sich nichts anmerken. Es war ernst.
»Das kann doch nicht wahr sein«, sagte Hand.
»Vielleicht ist es nicht wahr.«
»Doch. Wir sind die einzigen drei Autos in der ganzen Stadt. Siehst du sonst noch irgendwo Verkehr?«
Es stimmte. Diese beiden Autos hatten es auf uns abgesehen.
Hand kurbelte sein Fenster hoch und drückte auf den Knopf für die Zentralverriegelung, die ein Geräusch machte, als würde eine Waffe entsichert.
»Bieg irgendwo links ab. Wir verdrücken uns«, sagte Hand.
»Das weiß ich selbst, Arschloch«, sagte ich.
Wir konnten nirgendwo abbiegen. Bei all den Möglichkeiten, die wir oder der Wagen vor uns anscheinend hatten, gab es im Grunde überhaupt keine Möglichkeit. Jede Seitenstraße war eine Sackgasse.
»Warte bis zur letzten Sekunde, und dann –«
»Halt die Klappe, Hand.«
Er brummte und schob dann den Unterkiefer vor, ließ ihn kreiseln, als versuchte er, ihn wieder einrasten zu lassen. Das hatte ich noch nie bei ihm gesehen. »Machst du's nun? Ich glaube, wir –«
»Lass mich nachdenken!«, sagte ich.
»Scheiß auf die, Mann.«

»Nein, auf *dich!* Du bist der dämliche Vollidiot, der dem Typen mit dem ganzen Geld vor der Nase rumgewedelt hat.«

Das saß. Ihm fiel keine Antwort ein.

»Ich hab nicht gesagt, scheiß auf dich, ich hab gesagt, scheiß auf die.«

»Trotzdem, scheiß auf dich«, sagte ich.

Meine Hände öffneten und schlossen sich unaufhörlich um das Lenkrad. Meine Knöchel waren nicht weiß, sondern rot. Ich sah in den Rückspiegel; sie waren da. Ich konnte mich nicht entscheiden, ob es leichter oder schwerer sein würde, mit dem besten Freund zusammen zu sterben. Ich wollte zuerst sterben, das zumindest wusste ich –

Es waren Männer auf der Straße zu Fuß unterwegs, zu zweit oder allein. Manche schoben Karren. Ich hatte Angst, ihnen über die Füße zu fahren – so nah kamen wir ihnen. Wir passierten eine sehr enge Gasse, in senffarbenes Licht getaucht, wo zwei Männer sich umarmten und andere ihnen zusahen, mindestens zwanzig Männer –

Nein, es war ein Kampf. Einer hielt dem anderen ein Messer an die Kehle –

»Hast du das gesehen?«, fragte ich.

»Scheiße, ja, hab ich.«

Alles war falsch, von einer Minute auf die andere.

»Fahr einfach weiter.«

Der Wagen hinter uns war nicht zurückgefallen. Wenn wir das Tempo auch nur minimal drosselten, würden die uns hinten drauffahren. Aber wo brachte man uns hin? Die Straße wurde breiter. Verengte sich dann wieder. Ich kam nicht mehr klar. Mein Herz summte, flatterte. Ich war drauf und dran anzuhalten, aufzugeben. Ich fragte mich schon, ob ich bereit war.

»Scheiße«, sagte Hand. »Das kann doch nicht wahr sein. Aber weißt du was – ich muss sagen, es ist ein ziemlich spektakulärer Abgang. Finde ich –. Ob die uns erschießen oder was?«

»Halt die Klappe, verdammt noch mal.«

»Ich schwöre, einen von denen nehme ich mit. Was wollen die? Unser Geld, oder das Auto? Wahrscheinlich beides. Scheiße!«

»Vielleicht sollten wir doch abbiegen.«

»Wenn Jack fahren würde, wären wir schon tot.«

»Wirklich nett.«

Vielleicht war ich bereit zu gehen.

Ich war so müde.

Vielleicht wollte ich auch zerquetscht werden. Um bereit zu sein, muss man müde sein, und man muss allerhand gesehen haben, zumindest was man für allerhand hält – wir haben alle völlig unterschiedliche Kapazitäten, können enorm unterschiedliche Mengen von Bildern und Schmerz aufnehmen und ertragen –, und in diesem Moment kam mir der Gedanke, dass ich tatsächlich genug gesehen hatte, dass ich im Großen und Ganzen genug gehabt hatte und dass mich die Woche bislang, was visuelle Reize betraf, reichlich verwöhnt hatte und dass ich übersättigt war. Das Felsenlaufen im Senegal war genug, die Kinder und ihre Bonjours – das allein reichte mir als Vorbereitung auf das Ende; wenn ich nicht überaus dankbar dafür sein konnte, dort gewesen zu sein, war ich krank und undankbar, und ich würde nicht undankbar sein, niemals, ich würde die Geschenke, die mir gemacht wurden, immer erkennen, ich würde sie zählen und gut aufbewahren! Ich hatte so viel gehabt, deshalb würde ich in der Lage sein, mich dem Messer in der Gasse zu stellen und es anzunehmen, gelassen lächelnd, dankbar dafür, in dem Augenblick weggerafft zu werden, in dem ich den höchsten Gipfel erklommen hatte. Ich war geflogen! Nur ein winziger Prozentsatz aller, die jemals lebten, würde je fliegen – und ich hatte Afrika auf mich zurasen sehen, wie etwas Lebendiges und Wütendes. Ich konnte weggerafft und von diesen nassen Gassen verschluckt werden, ohne zu protestieren.

Das Auto schien uns jeden Augenblick rammen zu wollen. Es war so nah, dass wir seinen Motor lauter hörten als unseren.

Plötzlich fing Hand an zu schreien, weinte fast.

»Ich hasse es. {Schläge gegen das Seitenfenster} Ich hasse es! Ich fühl mich eingeschlossen! Ich hasse es, keine Möglichkeiten zu haben!«

Wir bogen immer öfter ab.

– Jack, ich brauche –

–

»Ich hasse es, so verfolgt zu werden! Ich hasse, hasse es.«

Jetzt schlug Hand auf das Armaturenbrett ein.

»Ganz ruhig«, sagte ich.

»Red keinen Scheiß!«

– Jack.

–

»Wir könnten anhalten und rausspringen und einfach abhauen«, sagte ich.

Hand dachte darüber nach.

»Okay«, sagte er, wieder ruhiger. »Das ist eine Möglichkeit. Das gefällt mir. Wir könnten auch einfach an irgendeine Haustür trommeln und um Hilfe schreien.«

»Genau.«

»Wie dicht sind sie jetzt?«

»Immer noch direkt hinter uns.« Ich sah in ihre Gesichter, beide mit Schnurrbart, beide ausdruckslos. Schnell drehte ich mich wieder um. Das war sehr real. Das war unser Leben, unser ganzes relativ geradliniges Leben, das brutal mit diesem bizarren Akkord endete, jemand, der unserem zufriedenen, sicheren Wisconsin-Leben das falsche, blutige Ende aufpfropfte. Das ist Hands Schuld. Wieso? Ich weiß nicht. *Ihr werdet gemeinsam kämpfen.* Wir werden in irgendeine stockfinstere Gasse geführt werden, irgendein Lagerhaus. Man wird uns ausziehen, ausrauben, prügeln, häuten – *Ihr werdet verschwinden. Du fürchtest dich nicht.* Ich weiß. Wieso? *Früher war deine Angst vor dem Tod richtig greifbar. Als du Robotman warst, hast du bis zur Morgendämmerung gewartet, damit dich auch bloß keiner im Schlaf überrumpelt. In der Schule, beim Thema Astronomie, musstest du weinen, als Mr. Geoghan erzählt hat, wie vergleichsweise kurz unser Leben, wie kurzlebig die gesamte Menschheit ist.* Ich weiß. Ich konnte mir das nicht anhören. Und als dann noch die Rede vom drohenden Tod unserer Sonne war, bin ich vollends durchgedreht. *Und weißt du noch, was er in der ersten Stunde gesagt hat?* Ja.

»Will.«

Er hat gesagt: *»Die einzige todsichere Wahrheit im Leben ist die, dass uns alles genommen werden wird, was wir im Leben lieben.«* Er hatte gerade seine Frau verloren. *Deshalb.* Ja, deshalb. Er hatte seine Frau verloren und kam jeden Tag im Trainingsanzug zur Schule, königsblau mit weißen Streifen. Er war Marathonläufer.

»Will.«

Das weiß ich noch. Ich weiß noch, dass das irgendwie tröstlich war.

»Will, Menschenskind.«

»Was denn? Was ist?«

Wir mussten abbremsen, um an einer Gruppe von Män-

nern vorbeizufahren, und einer von ihnen schlug auf den Wagen.
»Ich hasse diesen ganzen Scheiß! Dieses Nichtwissen! Warum bollern die aufs Auto?«
Aus irgendeinem Grund gab es viele Metzger, Männer mit weißen, blutigen Schürzen, die Blechkarren schoben, an deren langen Griffen Messer und Hackbeile hingen.
»Es macht einfach keinen Sinn«, sagte Hand.
»Ich weiß.«
»Die Tatsache, dass wir nicht schon tot sind, ist das Allerunlogischste dabei. Mittlerweile müssten wir längst tot sein.«
»Wenn irgendwas irgendeinen Sinn hätte, wären wir gar nicht hier. Wir müssen einfach abwarten.«
Hand schnaubte.
»Ich bin nicht hier, um zu warten«, sagte er. »Wo sind sie jetzt?«
»Sieh nach.«
Hand drehte sich um.
»Sie sind weg!«
»Was?« Ich sah in den Rückspiegel. »Das gibt's nicht.« Ich sah noch mal hin. »Die sind weg. Unglaublich. Wieso sind die weg?«
Wir waren aus der engen Gasse heraus, die Mauern wichen zurück; wir waren wieder auf offener Straße, der Himmel offen und stolz.
»Ich hab echt gedacht, wir stecken in der Klemme«, sagte Hand.
»Weißt du, ich glaube, das war auch so.«
Sekunden später hielt der Taxifahrer an. Wir hielten neben ihm. Ich war noch immer kribbelig, rechnete fast mit einem Hinterhalt. Er stieg nicht aus. Er zeigte bloß nach

vorn, mit dem ganzen Arm, Zeichensprache – *diese Straße*, signalisierte er, *immer auf dieser Straße bleiben.* Hand gab ihm 100 Dollar, obwohl wir uns fragten, ob er noch vor wenigen Augenblicken vorgehabt hatte, uns zu töten oder auszurauben. Wir fuhren schweigend etwa eine Meile weiter und hielten schließlich am Straßenrand. Ich legte den Kopf ans Seitenfenster. Der Wagen keuchte. Ich machte ihn aus.

»Sorry«, sagte ich. »Ich hab gedacht –«

Er starrte einen Moment vor sich hin.

»Vergiss es«, sagte er.

»Willst du immer noch in die Berge?«

»Sollten wir. Ich fahre.«

Wir stiegen aus, und die Luft war kühl, und die Motorhaube summte. Wir tauschten die Plätze, und Hand fuhr weiter. Etwa zehn Minuten lang in Richtung Berge. Keine Menschenseele weit und breit, keine Bewegung.

»Was hast du gedacht, was passieren würde?«, fragte Hand.

»Ich hab gedacht, wir würden uns gegenseitig beim Sterben zusehen«, sagte ich.

Die Luft wurde nun noch kälter. Die Straße steiler.

»Ich hätte als Erster sterben wollen«, sagte er.

»Hören wir auf damit«, sagte ich. In jenen Minuten hatte ich die Männer wohl hundertmal umgebracht. »Ich bin geschafft.«

Wir fuhren weiter, und kurz darauf hielten wir an einer strahlend hell beleuchteten Tankstelle, wo ein riesiger, blaumanntragender Schwarzer arbeitete – der erste und einzige Schwarze, den wir in Marokko gesehen hatten oder noch sehen würden –, und mit seinem Schnurrbart erinnerte er stark an ein Walross, ein Walross im blauen Hosenanzug. Ich ging hinein, weil ich zum Klo musste,

und drinnen saßen drei Männer vor einem Fernseher. Einer sagte etwas, als ich wieder ging.
»Was hat er gesagt?«, fragte Hand.
»Ich hab nur ›Amerika‹ und ›Hure‹ verstanden. Glaube ich. Tu noch ein Prädikat dazu, und ich glaube, er hat uns beleidigt.«
»Ganz schön merkwürdig, diese Nacht.«
»Willst du immer noch weiter?«
»Sollten wir.«
Also fuhren wir hinauf in die Berge.

Wir hatten die Plätze getauscht, Hand saß jetzt am Steuer, aber wir fuhren nicht durch den armen Teil der Stadt. Wir dachten die ganze Zeit, wir wären in dem armen Teil, doch stattdessen war die Straße – so weit wir auf der unbeleuchteten Straße sehen konnten – zwanzig Meilen lang von perfekten Bäumen gesäumt, in Reih und Glied gepflanzt, und gleich dahinter kamen hohe Mauern, links wie rechts. Ein torbewehrtes Grundstück folgte auf das nächste torbewehrte Grundstück, einige deutlich als Ferienanlagen gekennzeichnet, und zig weitere, die entweder riesige private Anwesen waren oder Militärstützpunkte oder große Geheimverstecke, wo irgendetwas Illegales geschah – Sexlager oder subversive Ausbildungscamps oder irrwitzige neue Labors, wo aus Stammzellen Menschen gemacht und aus eiszeitlichen Überbleibseln Neuzüchtungen gewonnen wurden. Wir konnten es nicht genau erkennen, nichts davon, während wir auf der anderen Seite ihrer hohen und endlosen Mauern vorbeibrausten.
Dann kletterten wir in die Höhe, das heißt, die Straße tat es und wir mit ihr, auf einer kurvenreichen Straße ohne

Leitplanken. Wir wussten, dass wir in den Bergen waren, als die Luft kalt wurde und unsere Scheinwerfer die Baumwipfel beleuchteten, deren sprödes Laub von unten über den Straßenrand hinausragte, graue Fotos von Ästen in unseren huschenden Lichtkegeln.

In der stillen, dunklen Höhle unseres Wagens sprach Hand über den Ursprung von AIDS, erzählte was von einer Fernfahrerstrecke in Zaire. Es fing mit den Truckern an, sagte er. Die Fernfahrer lieferten in ganz Zaire irgendeine Art Stoff aus, Frotteestoff, meinte er, und weil sie zwischendurch ins Bordell gingen, wie Trucker das nun mal tun, verbreiteten sie das Virus. Wir merkten, dass wir über eine Brücke fuhren, und wussten, dass wir in sehr großer Höhe irgendetwas überquerten – Wasser oder eine trockene Schlucht, wir hatten keine Ahnung.

Auf der anderen Seite der Brücke, um ein Uhr morgens in diesen eiskalten, schwarzen Bergen, sahen wir am Straßenrand zwei Männer in Uniform, den Daumen ausgestreckt, Tramper. Ihre Uniformen, unterschiedlich und doch ähnlich, sahen militärisch aus.

»Sollen wir?«, fragte ich.

»Mann, ich weiß nicht. Für heute hatten wir genug.«

Hin- und hergerissen und verschämt, passierten wir sie und fuhren noch sechs oder sieben Biegungen weiter hoch, die Luft jetzt so kalt, dass es schien, als würden die Autoscheiben erstarren und der Himmel sich zusammenziehen und schrumpfen. Aber wir sahen niemanden. Es gab keine Hütten, keine Zelte oder kleine, baufällige Ziegelhäuser. Hier oben war kein Mensch. Hier lebte wirklich überhaupt niemand – zumindest niemand, der in der schwarzen, angespannten Nacht zu sehen war –, keine schwachen Feuer, um Bauern zu wärmen, keine Wäscheleinen zwischen Schuppen gespannt.

Wir parkten am Straßenrand und stiegen aus. Hier oben war es zehn Grad kälter, vielleicht auch zwanzig Grad, und wir hatten keine Jacken. Wir waren gut vier Meter voneinander entfernt und konnten uns gegenseitig kaum noch sehen. Hand stand da, die Fäuste in den Taschen, um sie zu wärmen. Ich stand da, die Hände mit verschränkten Fingern auf dem Kopf. Wir hatten keine Ahnung, warum wir hier waren. Es gab keinen Mond, keine Sterne.

»Wir könnten über den Rand fahren«, sagte Hand.

»Daran hab ich auch schon gedacht«, sagte ich.

»Wenn wir die richtige Stelle erwischen«, sagte er, »könnten wir schlimmstenfalls den Wagen zu Schrott fahren.«

»Ich weiß.«

»Wir hätten was zu tun. Wir würden ein Stück runtersausen, gegen einen Baum knallen, aussteigen, vielleicht diese Militärtypen treffen und mit ihnen zusammen zurücktrampen.«

Es klang faszinierend. Nur Trägheit hinderte uns daran, es zu tun. Wir standen eine Minute lang so da, und mir fiel auf, dass es kein Geräusch gab. Es gab keine Tiere, keine Menschen, nicht mal Wind, der durch die Bäume strich. Wir standen auf dem Berg, vielleicht auf dem Gipfel des Berges, und eine Sekunde lang meinte ich, Wasser zu hören, aber dann wieder nicht. Da war nichts. Wir stiegen wieder ins Auto.

Wir wendeten und fuhren hinunter, schnell, zurück zu der Brücke hoch über dem Flusscanyon, wieder vorbei an den Militärtypen, die noch immer an der Stelle standen, wo wir an ihnen vorbeigekommen waren, und wir rollten tiefer und tiefer, und sie blieben dort, und wir konnten uns nicht erklären, wie sie die Kälte aushielten.

Nach fünfzehn Minuten erreichten wir wieder ebenes Gelände, und wir jagten über eine flache, von Bäumen gesäumte Straße dahin.
»Da ist einer«, sagte Hand.
Ich bremste.
»Wo?«
»Dahinten, ein Bursche zu Fuß, mit einem langen Stock in der Hand.«
Ich setzte hundert Meter zurück, bis ich ihn sehen konnte. Ein Mann in den dicken Wollsachen eines Menschen, der praktisch im Freien lebt und ständig auf Wanderschaft ist – völlig selbstgenügsam, aber mit so gut wie keinem Gepäck. Sein Rucksack, Leder, war klein, wie junge Mädchen sie beim Shopping tragen. Wir blieben stehen. Der Mann blieb stehen. Ich gab Hand einen Packen Scheine.
»Mach du das«, sagte er.
»Nein. Bitte. Ich komm mir so komisch vor.«
»Dann hör auf, dir komisch vorzukommen.«
»Ich würde ihm nur Angst einjagen.«
»Na schön.«
Hand stieg aus, mit etwa 500 Dollar in marokkanischer Währung. Er ging auf den Mann zu und fragte ihn, wo es nach Marrakesch ging.
Der Mann sah Hand an, als wäre er verrückt oder eine Erscheinung.
Von da, wo wir kamen, gab es nur eine Straße nach Marrakesch, und auf der waren wir; wir fuhren offensichtlich direkt auf Marrakesch zu. Hand zog seine Nummer ab, deutete die Straße hinunter, als wollte er sagen: *Wenn ich Sie richtig verstanden habe – und ich glaube, das habe ich –, dann folgen wir einfach weiter dieser Straße, bis wir in Marrakesch ankommen, wie Sie sagten.* Der Mann

nickte wiederholt und machte seinen Arm zum Speer, der Richtung Marrakesch zeigte.
Hand zog die Scheine heraus. Aus irgendeinem Grund – die Dunkelheit? – hielt er sie dem Mann vors Gesicht, als hätte der Mann noch nie im Leben Geld gesehen oder als wäre er weitsichtig. Der Mann lehnte die Scheine ab und wollte weitergehen. Hand stellte sich ihm in den Weg und bestand darauf. Der Mann nahm das Bündel, als wäre er gebeten worden, von jemand anders den Müll wegzubringen. Dann ging er weiter.
Hand kam zum warmen Auto zurückgetrabt.
»Das sah seltsam aus«, sagte ich.
»Ja, er hat's nicht mal gezählt oder so. Er hat es einfach eingesteckt und ist weitergegangen.«
»Er wird's verwenden.«
»Ich weiß nicht. Ich glaub nicht, dass er es behält. Er scheint so einer zu sein, der es weiterverschenkt. Der hätte auch aus Mittelerde sein können – ein Mann, der mit seinem Wanderstab mitten in der Nacht durchs Land streift.«
Ich dachte an das Gehirn dieses Mannes, die ununterbrochenen Stunden an Zeit in seinem Kopf, ohne Ablenkung, ohne Dialog.
– Ich weiß nicht, wie Sie das machen, Sir.
– Will, du hattest diesen inneren Frieden und wirst ihn vielleicht wiederbekommen.
– Das ist, da bin ich mir sicher, nicht wahr.
»Wir sind fast wieder da«, sagte ich. »Wie viel Uhr ist es?«
Es war kurz nach zwei. Wir hatten den Tag in Casablanca begonnen, sechzehn Stunden zuvor, und wir waren fast gestorben – wir wären in den Gassen von Marrakesch fast abgeschlachtet worden – vielleicht auch nicht. Aber das Gefühl war so real gewesen. Noch nie hatte ich mich

meinem Ende so nahe gefühlt. Kein Anfall, kein Flattern, keine Ohnmacht war dem je so nahe gekommen.

Inzwischen parkten wir in der Stadt auf der Hauptstraße. Ein breiter Boulevard, über den vereinzelte Autos flitzten, mit Ächzen und Quietschen und Flüstern. Hand lehnte mit dem Kopf am Seitenfenster, und er blickte zum Mond hoch.

»Ist der voll oder fast voll?«

»Fast voll.«

Ich war reif fürs Bett. Es war fast 2:30. Wir fuhren Richtung Hotel und hielten vor einer Ampel; die vertikale Neonreklame des Hotels war zwei Kreuzungen weiter zu sehen.

Neben uns kam ein Wagen zum Stehen. Vier Leute, drei Frauen und ein Mann, alle Mitte zwanzig, saßen zusammengedrängt in einem silbernen Kleinwagen. Die Ampel sprang auf Grün, und wir fuhren los. An der nächsten Ampel hielten sie links neben uns. Die Frau auf dem Beifahrersitz beugte sich heraus, bedeutete Hand, dass er sein Fenster runterkurbeln sollte. Er tat es.

»Bonjour«, sagte sie. Sie war Marokkanerin, umwerfend. Verglichen mit ihrer Haut nahm sich unsere richtig grob aus, wie mit Stroh durchwebtes Sackleinen.

»Bonjour«, sagte Hand.

»Ihr seid Engländer«, sagte sie.

»Amerikaner.«

»Oh! Gut. Wo wollt ihr hin?« Ihr Englisch war makellos. Wie bei allen. Ich konnte sechzig Worte Spanisch, und Hand vielleicht zweimal so viel Französisch, und das war's. Wie war es dazu gekommen? Alle Welt wusste

mehr als wir, über alles, und das war mir zuwider, dann jedoch ungemein tröstlich.
Die acht Augen in ihrem Auto betrachteten uns, Gesichter dicht an den Scheiben. Es war ein kleines Auto. Die Ampel wurde grün. Keiner reagierte.
»Nach Hause«, sagte Hand. »Wir kommen gerade aus den Bergen.«
»Den Bergen? Warum?«
Wir unterhielten uns mitten auf der Straße.
»Lange Geschichte«, sagte Hand.
»Was?«
»Egal.«
Die Ampel sprang wieder auf Rot.
»Und was habt ihr jetzt vor?«
»Keine Ahnung. Was habt ihr denn vor?«
»Ihr solltet ausgehen!«
»Was? Wohin? Wo wollt ihr hin?« Hand lehnte sich jetzt nach draußen, die Arme aufs Fenster gelegt. Ich glaube, mein Mund stand weit offen. Es war unglaublich.
Die Frau zog den Kopf zurück in das Auto. Drinnen folgte eine rasche und angeregte Debatte. Sie schob den Kopf wieder heraus.
»Club Millenium«, sagte sie.
Hand wandte sich mir zu. Ich wurde euphorisch. Ich fühlte mich gut. Wir sagten, wir würden ihnen hinterherfahren. Wir wussten, dass wir das tun mussten. Wir waren seit rund zwanzig Stunden auf den Beinen, aber es tat so gut, Ja zu sagen. Wo waren sie hergekommen? In meinem ganzen Leben war ich noch nie so angesprochen worden, das haltende Auto, die Frage *Wo wollt ihr hin?* Genau so etwas hatte ich mir schon hunderte Male gewünscht. Ich war ein Kucker – einer, der vor jeder Ampel zu jedem Wagen hinüberkuckte und hoffte, dass irgendwas gesche-

hen würde, und es so gut wie nie erlebte, dass irgendjemand zurückkuckte – immer nur Leute, die geradeaus schauten, und jedes Mal kam ich mir blöd vor. *Wieso sollte jemand zu dir rübersehen? Was hätte er davon?*
Aber diese Leute taten es. Sie hatten eine Rettungsleine ausgeworfen, und ich hatte das Gefühl, ein drittes oder viertes Leben zu leben, das Leben eines anderen. Ich hatte das Gefühl, als würde ich, am Morgen, während ich langsam aufwachte, die Fähigkeit zurückgewinnen, eine Faust zu ballen. Ich war ganz nah dran gewesen und bereit für das Ende – näher dran und bereiter als je zuvor – und jetzt wollte ich das hier, das alles, ich wollte alles, was geschehen würde:
Wir würden sie dort treffen und dann aussteigen, und wir würden froh sein, aus dem Wagen zu kommen.
Wir würden uns für unsere Klamotten schämen, für unsere Walgreen-Sweatshirts, für unsere strengen Körpergerüche.
Wir würden für alle bezahlen, 100 Dollar Eintritt, in dem Wissen – ja, wir wären uns der Tatsache überaus deutlich bewusst –, dass das Geld vielleicht besser ausgegeben werden könnte.
Wir würden eine dunkle, burgunderrote Treppe hinuntergehen, alles abgerundet – das Innere einer Aorta – und unten würde sich uns eine Flut von Spiegeln, Glas und Chrom entgegenwerfen.
Im Club würde noch richtig was los sein, die Kundschaft halb marokkanisch, halb europäisch, alle ausgestattet mit sattem, aber dezent getragenem Reichtum, und überall würde es nur so triefen von etwas, das ich – obwohl ich ihr noch nie persönlich begegnet war – für Dekadenz hielt.
Während ich für die anderen Drinks holen würde,

würden die fünf, Hand eingeschlossen, auf die Tanzfläche stürmen, sich an den Händen haltend, wie eine von diesen Kinderketten, die man aus gefaltetem Bastelpapier ausschneidet.
Ich würde Lust zu tanzen haben. Ich würde zu nüchtern sein, und ich würde auf die Handtaschen aufpassen. Ich würde mich an einen Tisch verziehen und über sie schmunzeln, und meine Seele würde mich innerlich kratzen.
Ich würde merken, dass ich oft zu nüchtern war und auf die Handtaschen aufpasste.
Wenn sie sich ausruhen würden, würde ich versuchen, mich mit den Marokkanern zu unterhalten, aber die Musik würde uns übertönen, als spräche man gegen Wind und Regen an. Zwei von den Frauen würden Jura studieren, um später mal Richterin zu werden.
Ich würde ihnen zu erklären versuchen, dass wir in den Bergen gewesen waren und nach Leuten gesucht hatten, um ihnen Geld zu schenken – und wo stecken denn eure Armen überhaupt? Wieso gibt's keine in den Bergen? –, aber sie würden mich nicht hören können oder vielleicht nur so tun, als könnten sie mich nicht verstehen.
Hand würde mit einer von ihnen tanzen, in einer silbernen Schlangenlederhose und mit hinreißender Figur, während die anderen drei sich verabschieden würden, lächelnd und mit einem Schulterzucken in meine Richtung, während ich bei meinem fünften Wodka-Soda war.
Hand würde den Einkaufswagen machen.
Hand würde den Sprinkler machen.
Hand würde den Wurm machen. Hand konnte den Wurm gut.
Ich würde wissen, dass es in jeder Stadt um diese Uhrzeit Menschen gibt, die nicht schlafen. Dass die meisten

Menschen schlafen. Aber dass es in jeder Stadt, in jeder Ansammlung von Menschen, ein paar Menschen gibt, die um diese Uhrzeit wach sind, die sowohl wach sind als auch tanzen, und dass wir genau dort sein müssen. Dass wir, wenn wir so leben wie in dieser Woche, dass wir dann wach sein mussten und bei den Menschen, die noch tanzten.

Auch wenn ich mich im Kopf nicht genug frei machen konnte, um selbst zu tanzen.

Eine Stunde später würden wir an einem Tisch mit etlichen Deutschen landen – vier Männer, drei Frauen, alle Mitte dreißig und auf Betriebsausflug, wie man uns sagen würde. »Wir sind hier, um uns mal richtig zu amüsieren!«, würde eine von ihnen sagen und dann ein brennendes Streichholz mit der Zunge ausdrücken.

Hand würde zu mir herübersehen.

»Alles in Ordnung?«, würde er sagen.

»Bestens«, würde ich sagen.

»Du siehst besser aus«, würde er sagen.

Und ich würde wissen, dass ich eine Zeit lang anders wäre. Wir hatten den Tod wieder einmal besiegt, und jetzt waren wir dabei, den Schlaf zu besiegen, und wir hätten das Gefühl, als könnten wir für immer und ewig ohne diese beiden auskommen. Und dann würde ich den Gedanken haben, der mir für einen flüchtigen Augenblick wunderbar wahr vorkommen würde, dass wir alle einmal die Woche, zweimal die Woche, dem Tod um Haaresbreite von der Schippe springen sollten – was würden wir alles geschafft bekommen! Was für eine Klarheit würden wir erleben!

»Ich will weiter!«, sagte Hand. Es war vier Uhr, und wir waren gegangen, hatten die letzten beiden Frauen, mit denen wir getanzt hatten, nach Hause gebracht, zu einem Apartmenthaus, das aussah wie ein Studentenwohnheim. Er fuhr und hatte den Wagen nach einem kurzen Stück angehalten.

»Nein«, sagte ich. »Wohin denn?«

»Fez. Nur vier Stunden Fahrt. Vielleicht auch weniger.«

»Geht nicht. Wir fliegen morgen ab. Besser gesagt heute.«

»Ich weiß. Trotzdem.«

Ich war schlagartig zusammengebrochen. Mir brannten die Augen.

»Lass uns schlafen«, sagte ich und enttäuschte uns damit beide.

»Schlafen ist langweilig. Wir könnten nach Fez fahren und rechtzeitig wieder zurück sein.«

Er hatte Recht, aber das durfte ich ihn nicht merken lassen.

Ich konnte kaum noch sprechen, so kaputt war ich. »Wir müssen schlafen«, flüsterte ich.

»Das weißt du doch gar nicht. Nicht sicher.«

»Doch. Im Augenblick weiß ich es. Ich kann nicht mal richtig kucken.«

»Wir könnten immer so weitermachen. Es ausdehnen. Wir haben noch 10.000 Dollar. Damit kämen wir rund einen Monat hin, mindestens. Zwei.«

Der Wagen trübte sich durch unsere Worte.

»Die Frau heute Abend, die erste – das war die lächerlichste Frau, der ich je so nahe gekommen bin.«

»Ich möchte so gerne hier bleiben.«

»Eben hast du gesagt, du willst weiter.«

»Will ich auch. Vielleicht sollten wir nach Sibirien, aber dann wiederkommen.«

»Wir werden nie wiederkommen«, sagte ich.
Wir fanden einen Parkplatz vor dem Hotel.
»Ich weiß«, sagte er.
»Du siehst dir den Rest der Welt an, und dann kommst du wieder.«
»Ich weiß. Okay.«
Wir schliefen.

## SONNTAG

Wir wurden um zehn Uhr wach und fuhren zum Flughafen, um zu sehen, was sie zu bieten hatten. Wir wussten, dass es Flüge nach Paris und London gab. Im Büro der Fluggesellschaft entdeckte uns der Manager und breitete die Arme aus. »Wohin soll's denn heute gehen, meine Freunde? Mosambik? China?«
Wir lachten. Witzbold.
»Moment«, sagte Hand. »Was für ein Flug nach Mosambik? Wann?«
Der Mann zuckte zusammen, als hätten wir nach ihm geschlagen.
»Nein, mein Freund«, ohne das Wort noch ernst zu meinen, »wir fliegen nicht nach Mosambik.«
Eine Maschine nach London startete um drei Uhr, eine weitere nach Paris um sechs. Wir wollten wieder Englisch sprechen. »Wir nehmen den Flug nach London«, sagte ich. Inzwischen war uns klar, dass wir, um nach Norden und in die Kälte zu kommen, zuerst irgendwo zwischenlanden mussten. In Heathrow würden wir uns dann überlegen, wohin es weitergehen sollte.

»Werden Sie dieses Mal auf das Flugzeug warten?«, fragte uns der Mann.
»Wir bleiben hier.«
Hand holte uns Limonade, und wir setzten uns. Schon bald füllte sich der Flughafen mit Weißen, sonnengebräunt, die meisten mit Golfschlägern. Wo kamen die her? In der Stadt, in den Bergen, in der Disco hatten wir diese Leute nirgendwo gesehen. Wir hatten nicht mal einen Golfplatz gesehen. *Wir* waren nicht braun geworden. Wer waren diese Menschen, allesamt junge Pärchen, ein paar besonders tolle Exemplare darunter, große, dünnhaarige Blondinen mit durchtrainierten Männern in makellos gebügelten Jeans – und keiner fürchtete den Verlust des anderen.

Wir hatten zwei Stunden, 120 Minuten, bis zum Start. Wir hatten noch immer rund 400 Dollar in marokkanischen Scheinen.
»Wir müssen weg hier«, sagte ich. »Wir können den Flug nicht nehmen.«
»Wir haben aber gesagt, dass wir nicht weggehen.«
Wir gingen.
Wir fuhren zu den Mauern der Ferienanlage. Nicht weit vom Flughafen war eine Reihe von Hotels mit langen Zufahrten und Eisentoren, und wir brausten zu einem, das *Temptation* hieß, und parkten gegenüber dem prächtigen, mit rosa Blumen bewachsenen Eingang. Die Anlage war auf allen Seiten von Mauern umgeben, dreieinhalb Meter hohe Fuchsienwälle, und direkt dahinter, auf der rechten Seite, stand eine kleine Hüttensiedlung im Schatten der Schranken und der kleinen Bäume.

»Geh du«, sagte ich.
»Wie viel?«
Ich gab ihm das, was ich hatte, behielt nur ein paar Scheine, die ich Mo und Thor mitbringen wollte. Hand näherte sich der Hütte, die am geschlossensten aussah, eine gelbe Kiste aus Holz und Gipskarton, groß genug für zwei Menschen, nicht größer als ein geräumiges Zelt. Er hatte – der Trottel – noch immer seine Limonade in der Hand. Seine Sonnenbrille, mit acht selbstklebenden Briefmarken repariert, thronte oben auf seinem Schädel, starrte die Sonne an. Er lugte durch die Tür. Eine Frau trat heraus, wischte sich die Hände an etwas ab, das aussah wie ein Spüllappen, rot und schwer von Wasser.
Hand winkte. Sie nickte ihm zu und sah dann sofort zu mir herüber. Ich winkte. Sie nickte erneut, diesmal in meine Richtung.
Mit der Limonade in seiner Linken wühlte Hand in seiner rechten Hosentasche, um die Scheine herauszuholen. Die Frau sah wieder zu mir herüber. Ich lächelte entschuldigend, aber mit einer Miene, die sagte: *Wart's ab*.
Irgendwas hing fest. Jetzt griff Hand mit beiden Händen in die Tasche. Er hatte sich die Limonade zwischen Arm und Oberkörper geklemmt, und als er endlich die Scheine herauszog, rutschte ihm die Limo weg und spritzte als kleiner Geysir aus brauner Flüssigkeit dreißig Zentimeter in die Luft und einen Meter nach unten auf die Beine und die nackten Füße der Frau.
Ich wandte mich ab. Ich konnte nicht mehr hinsehen. Ich ging ein paar Schritte auf das Auto zu, wollte nichts mit Hand zu tun haben. Was für ein Mensch nimmt zu so was seine Limonade mit? Da verschenkst du 300 Dollar an Menschen, die in einer Hütte wohnen, und du bringst deine Limonade mit? Egal, was wir machten, es lief nie so,

wie wir es uns vorgestellt hatten. Vielleicht konnten wir nicht anders, als überall, wo wir auftauchten, Chaos anzurichten –

Ich musste sehen, was los war. Ich drehte mich wieder um. Jetzt lag Hand auf den Knien. Die Frau hatte das Geld in der Hand, aber Hand bearbeitete ihre Beine und Füße mit dem Spüllappen. Er tupfte und wischte, schnell aber sanft, und sie schaute zu, verblüfft und reglos. Er fuhr mit dem Lappen an ihrer linken Wade hinunter, wusch ihr rechtes Knie, rieb ihren rechten, staubigen Fuß ab, dann den linken. Und dann fing er wieder von vorn an. Es war unmöglich mit anzusehen.

Sie berührte seinen Kopf, bat ihn aufzuhören, aufzustehen, und nachdem er ihre Beine noch einmal gründlich gemustert hatte, stand er auf.

Hands Garage, mit neuen Schindeln, die noch immer die Farbe von Kiefernholz hatten, war solide, aber nicht sehr hoch. Meine eigene war zwar schön hoch, aber voller Löcher; Tommy und seine Freunde hatten Jahre zuvor versucht, mit Sperrholz und Teerpappe ein Stück auf das Dach aufzusetzen, aber sie hatten es drangegeben, als sie merkten, dass die Balken von Termiten zerfressen waren und kaum noch ihr eigenes Gewicht trugen. Hands Garage dagegen war robust und hatte ein Schrägdach, und deshalb hatten wir geplant, von ihr runterzuspringen. Die Idee war einfach und für drei Jungs, die mal Stuntmen werden wollten, absolut einleuchtend: Wir mussten von dem Garagendach auf einen fahrenden Pick-up springen.

Wir waren dreizehn, und Hands Dad hatte einen blauen

Pick-up, den er jeden Abend rückwärts in die Garage setzte, weil er den Kick liebte – er nannte es einen Kick; das war das erste Mal, dass ich hörte, wie jemand das Wort so verwendete –, im Wagen zu sitzen, Motorhaube nach vorn, die Sonne ins Gesicht zu bekommen, wenn das Garagentor nach oben glitt, und dann hinaus auf den Highway zu donnern, ohne sich umsehen zu müssen. Er war ein seltsamer Mensch, aber er hatte seine Begeisterungen an Hand weitergegeben, offenkundig und unvermindert.

Eines Morgens vor Schulbeginn warteten Hand, Jack und ich. Am Vorabend hatten wir Decken auf die Ladefläche des Pick-up gelegt, dunkle, passend zum Blau- und Kobaltmetallic des Wagens, damit Hands Dad sie in dem dämmrigen Garagenlicht nicht bemerkte. Wir waren bereit, aber Jack wollte nicht springen. Er wollte zusehen, wie wir sprangen. Auch er hatte vor, Stuntman zu werden – behauptete es jedenfalls, wenn wir ihn fragten; wir hatten ihn eindringlich gefragt, um ganz sicherzugehen, nachdem er sich geweigert hatte, unsere selbst gemachten Enterhaken auszuprobieren, was unseren Argwohn erregt hatte – doch obwohl er überzeugend hinter der Sache stand, wollte er diesen Sprung nicht machen.

»Feigling«, sagten wir.

»Meinetwegen«, sagte er.

Aber er sah keinen Sinn darin. Wieso nicht warten, bis wir älter waren und von richtigen, *professionellen Stuntmen* ausgebildet wurden? Wie bitte?, fragten wir. Er fand das vollkommen einleuchtend, aber wir waren fassungslos. Professionelle Stuntmen? Wir debattierten so lange, bis er klein beigab. So eine Chance würden wir nicht bekommen, beteuerten wir, wir würden nicht mal die Chance bekommen, es auch nur *auszuprobieren*, Stuntmen zu sein, wenn wir nicht nachweisen konnten, dass wir das Zeug dazu hatten. Na schön, sagte er und versprach zu springen, wenn wir sprangen.

Unter uns öffnete sich rumpelnd das Garagentor, und wir sahen, wie das Dach des Pick-up langsam auftauchte und das Licht der aufgehenden Sonne reflektierte, noch kalt und blau. Wir hatten das Timing nicht abgesprochen. Wir hatten kein Zeichen verabredet und hatten nicht vorgehabt zu zählen –

Jack sprang. Wir sahen seinen Rücken nach unten auf den Stahl des Pick-up zu fallen, sahen, wie er auf den Füßen landete, dann nach vorn auf Hände und Knie fiel, sich dann auf den Rücken rollte. Der Wagen bewegte sich nicht mehr. Hands Dad hatte sofort gestoppt – gut fünfzig Kilo waren auf seiner Ladefläche gelandet – und machte die Tür auf, während Jack, auf dem Rücken liegend, auf den Decken, die wir dort ausgebreitet hatten, nach oben blickte und uns beide dort sah, Mund offen, noch immer auf dem Dach. Es schien ihn nicht zu erstaunen.

*Liebe Mo! Liebe Thor!*

*Wir waren zwei Tage, glaube ich, in Marokko, und ich will Euch nur eben einen Gedanken vermitteln: Ihr wisst nichts, ehe Ihr nicht da seid. Ihr wisst nichts über einen anderen Menschen, nichts über einen anderen Ort. Nichts. Nichts nichts nichts. Mit diesem Wissen – dass Ihr nichts wisst, außer Ihr seht es – werden die Dinge komplizierter. Menschen wollen es leicht haben, also vermuten sie. Und sobald man vermutet, fängt die Kack–*

»Können wir jetzt? Wir müssen.«

»Moment noch«, sagte ich. Ich war wild entschlossen, diese Postkarte abzuschicken. Wir parkten am Flughafen.

»Hast du da gerade *Kacke* geschrieben? Das kannst du nicht machen. Die konfiszieren so was.«
»Wer?«
»Die Zensoren! Marokkaner schlucken so was nicht. Für wen ist die?«
»Die Zen–. Schon gut.«
Ich faltete die Postkarte zusammen und fing eine neue an.
*Mo. Thor.*
*Ich schreibe Euch, kurz bevor Hand (Ihr erinnert Euch an ihn. Als wir Baseball geübt haben, hat er den Ball geworfen, den Mo in den Bauch gekriegt hat) aus einem fahrenden Auto (unserem) auf einen fahrenden Pferdekarren springen wird. Wartet, bis Ihr älter seid, ehe Ihr so was versucht – viel älter, glaube ich –, aber dann wartet nicht zu lange. Ich verstehe selbst nicht, wieso wir so lange gewartet haben. Es wird toll werden. Ich schreibe die Postkarte zu Ende, wenn wir fertig sind.*
Heute würden wir es tun.
»Okay«, sagte ich.
Hand würde von unserem Mietwagen hinten auf den Karren springen, während der Fahrt, und dann dem Fahrer das Geld geben, das wir noch hatten. Wir würden unseren Wagen auf gleiche Höhe bringen, vielleicht mit rund 25 km/h, und Hand würde von seinem Fenster auf den Karren springen, eigentlich ein ziemlich großes Ziel, so groß wie die Ladefläche eines Pick-up. Leicht.
»Vielleicht zu leicht«, sagte Hand.
Siebenmal fuhren wir die Flughafenstraße rauf und runter, versuchten etliche Karren abzupassen.
Hier ist einer:

Sie hatten alle die perfekte Form und waren auch langsam genug unterwegs, aber jedes Mal, wenn wir nah dran waren, ging irgendetwas schief. Ein Cop war hinter uns oder kam uns entgegen; ein Mann auf einem Motorroller taucht neben uns auf und fragt, ob wir uns verfahren hätten; ein weiterer Mann auf einem Motorroller, der Haschisch anbietet. Kinder auf Fahrrädern, die allzu neugierig dreinblicken. Die Straße war zu stark befahren. Wo wollten die bloß alle hin? Sie waren wie Komparsen, die dafür bezahlt werden, hin und her zu fahren –
Hand saß auf der Tür, den Oberkörper aus dem Fenster gestreckt.
»Das klappt nicht«, sagte er und zog den Kopf zurück ins Auto.
Er kam wieder rein. Ich fragte, warum es nicht klappen würde.
»Drehmoment«, sagte er.
Ich hielt an. Ich starrte geradeaus. Ich würde ihn nicht fragen, was das Drehmoment damit zu tun hatte, auf einen Pferdekarren zu springen.«
»Wir tauschen«, sagte ich.
»Du schaffst das nicht. Du kannst ja kaum laufen.«

»Los. Ich mach das.«
– Ich muss das durchziehen, Hand.
– Wir ziehen es doch schon durch.
– Wir müssen alles durchziehen.
Hand fuhr los, und ich setzte mich in den Fensterrahmen, und wir wendeten, um einen Mann mit Karren zu suchen. In der Nähe des Flughafeneingangs entdeckten wir einen. Das würde klappen; ich würde springen, ihm das Geld geben, dann runterspringen, auf die Straße, und dann ab nach Moskau.
Wir holten den Karren ein. War es derselbe Karren? Es war derselbe Karren wie oben. Hand scherte aus und bremste den Wagen ab, bis er ebenso schnell war wie der Karren, knapp 20 km/h. Der Mann achtete zuerst gar nicht auf uns, drehte dann unversehens den Kopf und beobachtete uns, verwundert, besorgt. Wir sahen einander an, er und ich. Ich überlegte, wie ich am besten auf seinen Karren gelangen könnte, und er schien das zu wissen. Ich sah hinten auf seinen Karren, dann ihn an, dann seinen Esel und wieder ihn. Er wollte nicht, dass ich auf seinen Karren sprang. Mit einem an seinen Esel gerichteten *Hah!* beschleunigte er seinen Karren.
Die Idee war blöd. *Es wäre toll, wenn du's hinkriegst.* Blöd. *Absolut sensationell!* Ich setzte einen Fuß auf die Armlehne an der Innenseite der Tür. Mit der rechten Hand packte ich eine Wulst zwischen Tür und Wagendach. Bis zum Karren war es nur knapp ein Meter. *Kinderspiel.* Halt die Schnauze. *Kleinigkeit.*
»Komm wieder rein, du Idiot«, sagte Hand.
»Es ist leicht«, sagte ich, aber so leise, dass er es nicht hören konnte.
»Wir werden verhaftet«, schrie Hand.
Mein Fuß war auf dem Türrahmen, und ich sprang. Der

Karren kam auf mich zu, und ich konnte die Maserung des Holzes auf den Seitenbrettern erkennen. Ich konnte den Spargel sehen, oder was auch immer. Die Schulter und den Ellbogen des Mannes. Dann eine Lücke in seiner Fracht, eine Lücke, wo ich landen würde, graue Holzplanken. Ich spürte sie, meine Hände klatschten dagegen, meine Brust, aber meine Beine waren tiefer. Mein Kinn prallte auf das Holz, und dann sah ich den raschen Wirbel am Himmel, segelte rückwärts, und mein Rücken schlug auf den Asphalt, und ich sah die Sonne und war ruhig.

Ich hatte ihn verfehlt. Oder ich hatte ihn getroffen, war aber nicht weit genug gesprungen. Ich hatte nicht genug Vertrauen gehabt. *Drehmoment*. Es liegt nicht am Drehmoment. *Es könnte am Drehmoment liegen*. Meine Wirbelsäule war ein Tunnel, und es schoss zersplittertes Glas hindurch. Ich konnte die Unterseite des Karrens sehen und die Beine des Esels. Die Eselsbeine waren stellenweise von borstigen, stahlblauen Haaren bedeckt, erinnerten an ein abgegriffenes Stofftier. Das Licht hier unten war versöhnlich und weich. Im Schatten des Karrens war es kühl, eine ideale Temperatur. Ich hatte das unmittelbare Gefühl, getröstet und zufrieden zu sein. Das dunkle Fahrwerk des Karrens erinnerte mich an eine Scheune. Früher einmal kannte ich eine Scheune. Wir feierten Partys in einer Scheune in Phelps, voller Fledermäuse, aber noch ganz gut beieinander, dafür dass sie so alt und verlassen war – Tommy und ich und die anderen Kinder, die die Sommerferien dort verbrachten. Da tat ich zum ersten Mal meine Finger in –

»Sag was!« Das war Hand. »Sag was, du Idiot.«

»Was?«, nuschelte ich.

Jetzt stand auch der Fahrer des Karrens über mich gebeugt. Diese beiden Gesichter. Sie waren so unterschied-

lich. Das Gesicht des Fahrers war schief. Sein Unterkiefer nach rechts verschoben. Seine Zähne strebten in alle Himmelsrichtungen.
Der Schmerz in meiner Wirbelsäule verteilte sich allmählich. Bald würde er wieder abklingen. Ich setzte mich auf.
»Das sah verdammt schlimm aus«, sagte Hand.
Der Mann neben ihm kauerte sich jetzt schweigend nieder. Er sah mich an, als wäre ich ein Nachbarskind, das keiner verstand, mit dem man aber täglich zu tun hatte, der Junge, der Katzen jagte und älteren Frauen auflauerte.
»Tut's irgendwo besonders weh?«, fragte Hand.
Ich brachte meine Beine unter mich und stand auf. Der Mann war klein und sah jetzt zu mir hoch. Ich schloss die Augen und taumelte ein paar Schritte nach links. Ich verlor das Gleichgewicht. Wirklich? Ich wusste es nicht. In diesem Augenblick konnte der Schaden überall sein. Mich würde nichts überraschen.
»Willst du einsteigen oder hier bleiben?«, sagte Hand. »Du bist aufgeschlagen wie ein Sandsack.«
»Tschuldigung«, sagte ich. Mir tat die Lunge weh. »Ich hab gedacht, das wär eine todsichere Sache.« Ich merkte, dass auch der Esel mich beobachtete. Von dem Fahrer, Hand und mir schien er am einfühlsamsten zu sein.
Hand und ich standen da, er wartete darauf, dass ich losging oder umkippte, ich wartete auf ein Zeichen. Der Mann mit dem Karren wollte zu seinem Esel gehen.
»Moment«, sagte Hand. Dann zu mir: »Wo wir schon hier sind.«
Ich zog die Scheine aus meiner Socke und gab sie Hand, der sie dem Mann überreichte. Der Mann schüttelte verwundert den Kopf, aber er nahm das Geld. Er kletterte wieder auf seinen Karren und trieb seinen Esel an, ehe wir es uns anders überlegen konnten. Mein Rücken war auf-

geschürft, trug die Spuren von zahllosen Schottersteinchen. Wir stiegen wieder in den Wagen.
»Wir sollten hier bleiben und zum Arzt gehen«, sagte Hand.
»In Marokko? Nein.«
»Die Leute aus dem Kongo sind hierher gekommen, um zu studieren. Hast du dir die Stadt mal genau angesehen? Hier ist viel Geld. Die müssen gut sein.«
»Lass uns den Flug nehmen.«
Hand seufzte und ließ den Motor an.
»Ich will nicht, dass ich schuld bin«, sagte er.
»Bist du nicht. Mir geht's gut.«
»Du bist ein Wrack, Mann.«

Wir gaben den Wagen zurück und sahen dieses Arschloch von Geldwechsler wieder, der mir das Recht abgesprochen hatte, meine Unterschrift zu ändern, der sich uns in den Weg gestellt hatte. Wir wechselten das Geld, das wir wechseln mussten – der Arsch tat es ohne mit der Wimper zu zucken, und wir gingen wieder, gingen rückwärts, mit wütenden Blicken, stumm mit dem Finger drohend. Ich war fertig mit dem Mann. Hand nicht. Als ich an der Tür war, marschierte Hand rasch zurück an den Schalter.
»Du sein böser Mann!«, schrie er.
Der Mann betrachtete Hand ungerührt.
»Wir sind hier und wollen deinem Volk Geld geben, und du willst uns aufhalten! Du bist die Mauer! Überall gibt es Menschen wie dich! Menschen, die sich anderen in den Weg stellen. Du bist eine Verstopfung! Eine Verstopfung!«
Alle gafften.

»Du sehen, was du mit meinem Freund gemacht hast?« Er zeigte auf mich. »Wegen dir er von Karren gefallen! Alles deine Schuld! Alles in Welt ist Schuld von Leuten wie dir!«

Der Mann zeigte keinerlei Regung. Das brachte bei Hand das Fass zum Überlaufen.

»Weißt du, was man in Bibel mit dir macht? Sie schmeißen dich raus! Du ersäufst in Noahs Flut! Du wirst aus dem Tempel gejagt! Hinausgejagt! Du liest Bibel, unverschämter Mann? Ja?«

Inzwischen hatte ich ihn gepackt. Ich zog von hinten an seinem Hemd, und er drehte sich um, ging mit mir weg.

»Aus der Bibel rausgeschmissen!«, brüllte er noch einmal, als wir aus dem Raum gingen und hinaus ins Licht traten.

Im Bordmagazin stand ein Artikel über einen Mann, der an einem Einpersonenpendlerflugzeug baute.

»So ein Schwachsinn«, sagte ich zu Hand. »Hast du das gesehen?«

»Ich les das gerade.« Er hatte auch eine Ausgabe.

Das Flugzeug sollte klein, erschwinglich und in der Lage sein, jeden überallhin zu bringen. Ein Flugzeug für nur eine Person, im Stande, jedes Ziel auf der Welt anzufliegen, mehr oder weniger – einige Details mussten noch geklärt werden. Es schien die Lösung für praktisch jedes Problem zu sein, das es gab, vor allem für meins. Es würde keine ernsthaften Beschränkungen mehr geben und man müsste auf niemanden mehr warten, wäre auf niemanden mehr angewiesen. Ich dachte, ich falle in Ohnmacht. Das einzige Problem war die Zeitplanung. Der Erfinder arbeitete seit rund zwanzig Jahren an der

Maschine, und jetzt hatte er einen Prototyp fertig – der sah hinreißend aus; es gab ein Bild und alles –, aber, so schrieben sie, es würde wahrscheinlich weitere zwanzig Jahre dauern, bestenfalls, bis die Flugzeuge auch Privatpersonen zur Verfügung standen, und noch mal zehn Jahre, bis sie sich halbwegs durchgesetzt hatten. Dann wäre ich Ende vierzig oder, was wahrscheinlicher war, schon tot. Und das Flugzeug rief wie jede vollkommene Idee, jede vollkommene Idee, die ein Mensch sich ganz allein ausdenkt und in die Tat umsetzt, zahllose Skeptiker auf den Plan. Warum, so fragten sie, sollte jemand eine vollkommene Maschine erfinden, die von überall nach überall fliegen konnte, aber nur für eine einzige Person Platz bot?

Hand ließ das Magazin sinken.

»Du bist gesprungen wie ein Gleithörnchen«, sagte er und wandte sich mir zu. »Das hättest du sehen müssen. Du hattest die Hände ausgestreckt und alles. Und dein Hemd hat sich im Wind aufgebläht – das sah einen Moment lang richtig stark aus, als hättest du zusätzliche Hautlappen oder so, wie ein Segel. Aber dann hast du an dem Karren keinen Halt gefunden. Du bist einfach irgendwie draufgeknallt und wieder abgeprallt.«

In Heathrow marschierten wir schnurstracks zur Information. Eine Frau mittleren Alters mit lockigem, eisengrauem Haar und dem fröhlichen erschöpften Gesicht einer Grundschullehrerin kurz vor der Pensionierung fragte, ob sie uns irgendwie helfen könne, und wir sagten, sie könne. Wir müssten wissen, so sagten wir, ob innerhalb der nächsten zwei Stunden irgendwelche Flüge in

osteuropäische Länder gingen, die kein Einreisevisum verlangten.
Sie lachte nicht mal. Mal sehen, sagte sie und holte unter dem Infoschalter ein riesiges Buch hervor, eine Art Telefonbuch mit umfassenden Informationen über die Einreisebestimmungen der Nationalstaaten dieser Welt. Wir grinsten die Frau und einander an. Die Frau war schon toll. Ich überlegte, was für Geschenke wir ihr schicken könnten, wenn wir wieder zu Hause waren. Wir waren froh, in London zu sein, unter diesen Leuten, in diesem luftigen und glitzernden Flughafen voller exotischer Menschen des Weltraumzeitalters in gut sitzender und durchdachter und dezenter Kleidung, die zielstrebig ihres Weges gingen, ja schritten, optimistisch in die Zukunft blickten, sich ihrer Lieben sicher waren.
Weißrussland verlangte ein Visum. Kasachstan wollte ein Visum. Es gab einen Flug nach Moskau, aber, so vermutete die Frau, auf der Innenseite ihrer Wange kauend, es würde mindestens zwei Tage dauern, ein Visum zu bekommen. Warum gerade Osteuropa?, fragte sie. Wir wussten es nicht. Wir wollten frieren. Ein oder zwei Tage nur, fügte Hand hinzu. »Ein oder zwei Tage«, wiederholte sie, blickte durch ihre kleine Brille nach unten und blätterte die grauen Seiten ihres Staatentelefonbuchs durch.
»Estland?«, sagte sie. »Die verlangen kein Visum.«
Hand klatschte die Hand auf die Theke. Ich fürchtete schon, er würde laut aufschreien. »Estland!«
Moment.
»Und gibt es auch einen Flug nach Estland?«, fragte ich.
Sie sah auf ihren Monitor. Es gab einen. In zwei Stunden, nach Tallinn, über Helsinki, mit der Finn Air. Die Frau verfügte über alle Informationen der Welt.
»Können wir Sie mitnehmen?«, fragte Hand. Sie kicherte

und berührte seine Hand. Wir verabschiedeten uns, und kurz darauf verliebten wir uns auch noch in die Frau, bei der wir Geld umtauschten, die meine Travellerschecks einlöste, nachdem ich mal wieder zwölfmal meinen Namen – *Wusch!* – geschrieben hatte – *meiner meiner meiner meiner meiner meiner meiner meiner meiner meiner meiner meiner!* –, und sie hatte zwar kein estnisches Geld, aber sie gab uns britisches Pfund und Euro, beides Währungen, die in Tallinn akzeptiert werden, und sie zählte und zählte erneut, diese junge, sommersprossige Frau, ein Gesicht so weit wie ein windgeblähtes Segel.

Ich kaufte ein Buch über Estland und Lettland und Pfefferminzbonbons und Kaugummi und Batterien bei einem großen pakistanischen – ich glaube, er war Pakistani, aber ich weiß, ich sollte nicht raten – Verkäufer, der Hand aus einem unerfindlichen Grund seltsam anlächelte, und dann aßen wir in einem irischen Diner mit internationalem Personal – holländische Oberkellnerin, schwedischer Kellner, koreanischer Barkeeper (wir fragten sie alle) – zu Abend, und auch wenn zwei von ihnen ziemlich unhöflich zu uns waren, machte uns das nichts aus, weil in dem Buch stand, Estland sei voller Naturwunder und Tallinn sei ein schimmerndes Juwel Osteuropas –

»Hier steht, es ist wie ein Vorort von Helsinki«, sagte Hand.

»Dann sind die Leute nicht arm?«

»Nein. Hier steht, jeder hat ein Handy.«

»Mist«, sagte ich. »Dann müssen wir raus aus der Stadt. Wir verlassen die Stadt und suchen uns Leute.«

»Mhm«, sagte Hand, kratzte sich die Rippen und las weiter. »Ich hätte gedacht, es ist da so ähnlich wie in Sarajewo, lauter kaputte Mauern und Einschusslöcher.«

Das Flugzeug war mit weißen, blonden Geschäftsleuten

unter vierzig besetzt – ein skandinavischer Jungunternehmerclub. Wir saßen ganz hinten und lasen britische Revolverblätter, blutrünstig, entrüstet, bigott und lüstern. Die Stewardess brauchte Hilfe, um einen Ministaubsauger aus dem Fach über uns zu holen. Hand kam ihrer Bitte nach, und den Rest des Fluges bekamen wir den Wein gratis.

Wir prosteten einander wiederholt zu, und um Mitternacht waren wir betrunken im grabesstillen, menschenleeren und schmutzfreien Flughafen von Helsinki, wanderten an längst geschlossenen Läden aus gebürstetem Stahl vorbei, während Flughafenangestellte auf – »Meine Güte«, »Das gibt's doch gar nicht« – silberglänzenden Tretrollern vorüberglitten. Dann vierzig Minuten Flug nach Tallinn und durch den Zoll und ein Angriff der eiskalten, zornigen Glasluft und hinein in ein Taxi, wo der Fahrer mit seiner adretten Frisur und den Hängebacken aussah wie der Mann, der bei uns zu Hause das Freibad leitete. Dieser Kerl, Mr. Einhorn, hatte sich, angeblich, nicht etwa vor den Kindern, sondern vor deren Großmüttern entblößt, was sich eine von ihnen schließlich nicht gefallen ließ. Unser Taxifahrer sprach fröhlich Englisch und brachte uns zu dem einzigen Hotel, wo noch jemand wach sein würde.

Es war ein Uhr morgens, und die nächtliche Finsternis war stumpf. Wir waren nahe am Polarkreis, aber wir konnten nichts sehen. Waren wir nahe am Polarkreis? Ich glaubte es jedenfalls. Die Straße hätte in Chicago sein können, und die Gebäude rechts und links unterschieden sich nicht genug von denen bei uns. Waren wir im mittleren Westen gelandet? In der Dunkelheit sah alles ähnlich aus. Die Luft war ähnlich, die Luft mit Nacht durchsetzt, die Luft, die einem den Atem nahm. Die Landschaft war in grauschwarze Tusche getaucht, aus der Straßenlampen mit dumpfer Eindringlichkeit starrten. Ich stellte mir kurz vor, wir wären auf dem Mond und die Häuser wären Labors für Überlebende. Estland könnte der Mond sein, beschloss ich – es war eins von zehn oder zwölf Ländern, die ich nicht ein einziges Mal als mögliches Reiseziel in Erwägung gezogen hatte, die nie von irgendwem, den ich kannte, bereist worden waren, aber die jetzt scheinbar alles enthielten, was wir wollten –

»Ich hatte schon immer das Gefühl, dass Estland von den Baltikumländern am coolsten wäre«, sagte Hand.

»Was?«, sagte ich.

Hand beugte sich vor und sagte laut zu dem Fahrer: »Ich finde schon immer, dass Estland von den baltischen Staaten am großartigsten ist!«

»Danke«, sagte der Fahrer, drehte sich um und warf Hand einen prüfenden Blick zu. »Kommen Sie aus den Vereinigten Staaten?«

»Marokko«, sagte Hand.

»Nein!«, sagte der Fahrer und musterte Hand erneut mit einem kurzen Blick.

»Heute kommen wir aus Marokko!«, fuhr Hand fort, »morgen kommen wir aus Estland!«

Sie lachten beide. Wo nahm er diesen Schwachsinn bloß her?

Das, was wir von Tallinn sahen, war alt und dunkel, aber wir sahen während der Fahrt ja nur sehr wenig. Wir kamen am Hotel Metropol an, stellten unsere Reisetaschen in dem einfachen, sauberen Zimmer ab und polterten gleich wieder hinunter an die Bar, die auch oder hauptsächlich als Casino diente, alles in Burgunderrot und leuchtendem Kentucky-Grün gehalten, und alle Tische besetzt, etwa sieben plus einem ganz hinten. Wir tranken rotbraunes Bier an der Bar, und Hand beobachtete die schamlos brustvergrößerte und tief dekolletierte Frau, blond, mit einem hellen, starken, eindeutig ablehnenden Gesicht, die unsere Drinks servierte.

»Also«, sagte Hand, »Estland.«

»Wir sind in einem Casino in Tallinn.«

Ich war erschöpft. *Du solltest schlafen. Früh aufstehen.* So ist das nicht richtig. *Es kommt aufs selbe raus.* So bedeutet es weniger. Wir schlafen, wenn wir umkippen. Wir schlafen erst, wenn wir uns nicht mehr rühren können. *Das ist pubertär.* Aber es bedeutet alles. *Das ist die Illusion von Bewegung. Wach bleiben ist nicht Bewegung.* Die Illusion genügt.

Neben uns war ein Mann, schmierig, angeberisch mit einem Seidentaschentuch, das aus seiner Jacketttasche winkte, und er plauderte mit einer jüngeren Frau in blauem Samt. Hinter ihnen kamen zwei Männer in Mänteln um die Bar herum auf uns zu.

Einer war groß und kräftig und schwitzte stark unter der Last seines Mantels, seiner Speckschicht, seines kleinen, überanstrengten Herzens. Der Kleinere war drahtig und schmalgesichtig, wie der Bassist einer Band aus den Sechzigerjahren. Sie fragten nach unserer Nationalität. Wir sagten, dass wir Amerikaner seien. Der Größere wankte auf mich zu, Speichel in den Mundwinkeln, die Augen unscharf, und wollte etwas sagen.

Er sagte nichts. Er verlor das Interesse und wandte sich dem Seidentaschentuchmann mit der langbeinigen Frau zu. Er stellte dem Mann eine Frage auf Estnisch. Der Mann antwortete irgendwas Unverständliches, und daraufhin salutierte der große, schwere Mann mit einem lauten *Heil Hitler!*

Blitzartig richteten sich alle Augen auf uns, auf den Bar-

bereich im Allgemeinen. Hatte ich je gehört, wie jemand das sagte? Nein. Nicht persönlich. Aber weil der Mann in unserer Nähe stand und wir gerade erst gekommen waren, sah es so aus, als wären wir mit dem Mann zusammen. Oder als wären wir verantwortlich, beteiligt.
Ich wich zurück und lächelte entschuldigend in den Raum, während Hand *Holla holla* zu dem Großen sagte, der daraufhin Hands Bier nahm, sich ein Drittel davon in den Mund schüttete und es zurückgab. Er wandte sich wieder dem Seidenmann zu und machte es noch einmal: das Salutieren, das *Heil Hitler*. Dann ging er zusammen mit seinem Bassistenfreund. Offensichtlich entging mir hier irgendwas Wesentliches. Waren die Nazis je so weit gekommen? Wieso wusste ich das nicht? Es gab so vieles, das nicht in Gilberts Churchill-Biographie stand, und so vieles, das verkürzt werden musste. D-Day, der Meilenstein in sämtlichen amerikanischen Darstellungen des Krieges, wird auf ein, zwei Seiten abgehandelt. Hiroschima bekommt einen Absatz, Nagasaki einen Satz. Wir wussten nichts; die Lücken in unserem Wissen waren wahllos und ärgerlich. Sie waren Schlaglöcher – sie konnten ausgebessert werden, aber sie vermehrten sich ohne System und ohne Reue. Und selbst wenn wir etwas wussten, etwas gelesen hatten, uns einer Sache fast sicher waren, würden wir doch nie die Wahrheit erfahren, nicht annähernd. Die Wahrheit musste gesehen werden. Alles andere war eine Geschichte, unterhaltsam, aber eher ein ausgeschmücktes Ammenmärchen als nackte, formlose Tatsache.

Hand spielte Poker, während wir versuchten, uns auf die Sache einen Reim zu machen. Der Seidentaschentuchmann war Deutscher, so unsere Vermutung, und die Estländer hassten die Deutschen noch immer für deren Rolle bei der sowjetischen Übernahme? Hand war sicher, dass die Deutschen Estland eingenommen hatten – er wusste, dass sie Lettland besetzt hatten –, und das war Grund genug. Wir begnügten uns mit dieser Erklärung, und ich sah zu, wie Hand 100 Dollar von meinem Geld verlor. Es verunsicherte mich kurzfristig, das Geld-Verlieren. Es wurde immer unklarer, was mit diesem Geld geschah. Wie viel hatten wir schon verschenkt? Keine Ahnung. Es war mir wie sehr viel vorgekommen, aber es konnten höchstens 7.500 Dollar gewesen sein. Wir hatten noch einiges vor uns. Und nur noch drei Tage, oder sogar weniger – sechzig Stunden. Wie sollten wir das anstellen? Und an wen würden wir es verteilen? Kam es darauf an, es an Leute zu verschenken, die es brauchten, oder es einfach nur loszuwerden? Ich wusste die Antwort natürlich, aber ich musste sie Hand in Erinnerung rufen. Hatten wir das nicht schon geklärt, in Marrakesch? Ständig lernten wir irgendwas und vergaßen es dann wieder. Man konnte so gut wie nichts auf Dauer behalten. Hand wollte Geld verlieren, jetzt, hier. Wir könnten alles hier verlieren, klar, mit Leichtigkeit, und wären wir dann freier? In gewisser Weise ja, aber –
»Gehen wir«, sagte ich.
Die Casinoangestellten, je einer pro Gast, waren damit beschäftigt, alles zu beobachten, mit den Fingerspitzen über den Filz, das Leder, die burgunderroten Wände zu streichen.
»Okay«, sagte Hand. Und schon war er fertig. Ich hatte die vage Befürchtung, dass Hand insgeheim spielsüchtig

war und jetzt gleichsam erlöst worden war. Wir waren noch immer mobil.

Wir gingen nach draußen – der kalte Wind schlug uns in das ungeschützte Gesicht – und baten den Taxifahrer, den von vorhin, der noch immer in seinem Mercedes saß und Günter Grass las – das was eigenartig, diese Art von Rückruf –, uns in die Altstadt zu fahren, das kulturelle Zentrum, und er ließ den Wagen an, während er uns davon in Kenntnis setzte, dass um diese Zeit nichts mehr offen wäre.

Es war jetzt zwei Uhr und Sonntag, und alles war ausgestorben. Wir waren den ganzen Tag gereist, die reinste Verschwendung. Wir hatten nichts getan.

Der Taxifahrer kutschierte uns durch die Altstadt, bei geöffneten Fenstern, lenkte den Wagen im Schritttempo über Kopfsteinpflaster, während er uns verschiedene Sehenswürdigkeiten zeigte – Kirchen und Versammlungsorte, alles vermutlich sogar älter als die Strände in unserem Heimatland.

Ich gähnte die ganze Zeit, und mir tränten die Augen von der eiskalten Luft, als wir schließlich neben einem kleinen Schild hielten, das die Silhouette einer üppigen und nackten Frau darstellte.

Hand deutete auf das Schild. »Da müssen wir rein. Ist das noch offen?«

Der Taxifahrer bejahte; es war der einzige Laden in ganz Tallinn, der sonntagnachts um zwei Uhr aufhatte. Wollen wir denn wirklich schon wieder in so einen Club gehen? *Sonst hat ja nichts mehr auf.* Aber wir waren schon in so vielen solcher Läden. *Ich weiß.* Wir fliegen tausende von Meilen nach Osten, dann tausende nach Norden, und immer nur diese Läden, wo Mädchen und Jungs so tun, als wären sie Frauen und Männer. *Wir haben keine andere*

*Wahl. Wir brauchen die Gemeinschaft der Seelen, und nur hier sind sie noch wach.*

Wir bezahlten den Mann und gingen eine schmale Gasse entlang, durch eine mittelalterliche, oben abgerundete Holztür und dann nach unten. Einen niedrigen Gang entlang und noch mal nach unten und dann durch eine Doppelschwingtür, und schließlich waren wir in einer Art Kellerhöhle, im Keller eines uralten Gebäudes, ganz bestimmt ein ehemalige Kerker oder die Krypta, wo in einer Ecke Heu gelagert und in der anderen Menschen gefoltert wurden. In einer Ecke saßen zwei Männer in Anzügen, getrennt und jeder allein, und vor uns, hinter der durchsichtigen Plastiksäule aus Wasser, perlend und grün angestrahlt und voll mit platten Plastikzebrafischen, die ruckartig auf und ab schossen, wand sich eine glänzende Frau in Barbarella-Stiefeln und oben ohne ekstatisch um eine leuchtende, goldene Stange.

Wir setzten uns. Sitzbänke um einen silbernen Tisch.

Mit neuen Getränken versorgt, beobachteten wir die Frau beim Tanzen. Sie war groß, hatte ochsenblutrotes Haar, blütenweiße Haut und blaue Augen. Sie war keine überragende Tänzerin, aber sie war richtig verliebt in diese Stange.

»Schon wieder so eine Stange«, sagte Hand.

Diese Tänzerinnen lieben diese Stangen, und deshalb kreisen sie unentwegt um sie herum, und manchmal werden sie an den Stangen richtig akrobatisch, was mich allerdings kalt lässt. Über Kopf an der Stange, Drehungen an der Stange, Rücken gegen die Stange, Bauch gegen die Stange, Klettern an der Stange. Nichts gegen die Stange, aber ich denke, so viel geballte Aufmerksamkeit hat sie vielleicht doch nicht verdient.

– Hand, von solchen Menschen können wir nichts lernen.

– Vielleicht, aber sie sind wach, und wir sind wach. Das genügt.
Es könnte auch sein, dass ich mir selbst so eine Stange wünschte. Diese Frauen vollführten einige eindrucksvolle Manöver, wobei die Stange als Basis fungierte, als Säule und Stütze. Ich hatte nicht so eine Stange. Ob ich mehr und bessere Dinge machen könnte, wenn ich so eine goldene Stange hätte? Ich hatte keine.
Ihr Auftritt war zu Ende, und während Hand neue Getränke holen ging, kam sie zu mir. Noch vor einer Sekunde war sie die Tänzerin auf der Minibühne gewesen, mit den Stiefeln und der Stange, und jetzt war sie hier über mir, ihr Knie an meinem Oberschenkel, auf der gepolsterten Bank, ihre Wärme auf mir, der Geruch nach Knoblauch, ihr Shampoo, starkes Erdbeeraroma, ihr langes Haar, das mich an der Nase kitzelte. Sie berührte mein Kinn, schnalzte mit der Zunge, während sie die Prellungen und Wunden inspizierte, und ich lächelte höflich, überrumpelt.
Sie hieß Olga.
Sie war Russin, wollte aber nach Schweden, um mehr Geld zu verdienen. »Das ist heute hier mein letzter Tag«, erklärte sie. Schon morgen würde sie nach Schweden gehen und dort als Barkeeperin arbeiten. Wir fragten, ob sie schon mal als Barkeeperin gearbeitet hatte. Sie sagte Nein.
– Du gehst morgen nicht nach Schweden.
– Ich weiß.
– Wir sollen dich fürstlich bezahlen, damit du das Geld für die Reise zusammenbekommst.
– Ja.
– Aber du wirst hier bleiben.
– Vielleicht.

– Ich kann mir nicht mal annähernd vorstellen, wie du überhaupt hierher gekommen bist.
– Du bist mir ähnlicher, als du glaubst.
Sie hatte ein warmes, zahnlückiges Lächeln. Sie sah aus wie eine frühere Nachbarin von mir, Angela Tomaso. Eine Sekunde lang hatte ich den Gedanken, sie könnte tatsächlich Angela Tomaso *sein*. Die Möglichkeit hatte etwas Verlockendes. Wieso sollte Angela Tomaso nicht in Estland tanzen? Ich hatte Angela seit sechzehn Jahren nicht mehr gesehen, seit dem Sommer, als ihr Bruder –
Sie war nicht Angela Tomaso. Sie lächelte mir in die Augen und sah dann weg. Hand war wieder da – wo blieben die Drinks? Er hatte die Drinks vergessen – und jetzt war sie auf Hand, und es ging erheblich weniger höflich zu. Sie schien ihn wirklich zu mögen. Sie zog ihn mir vor. Selbst bei einer Transaktion wie dieser konnte sie wählen. Er grinste irre. Jeder wohltätige Akt birgt in seinem Innern eine Entscheidung. Mein Kopf sprach noch immer mit ihr.
– Ich denke, du empfindest Liebe für Hand.
– Es ist unmöglich, das ständig zu spielen.
Sie saß rittlings auf ihm, ihre Hand zwischen seinen Beinen, die andere in seinem Haar.
– Olga, ich stimme dir zu. Das kannst du nicht alles spielen.
– Ich kann mich unmöglich verstellen. Ich habe ein unregelmäßiges und zerspringendes Herz, deshalb bin ich hier. Es zerplatzt jede Nacht so viele Male, und ich kann nichts dagegen tun. Ich weiß, es ist eine seltsame Art, das zu zeigen, aber ich empfinde wahre Liebe für deinen Freund und für dich. Für dich ist sie allgemeiner, und meine Liebe schaut von oben auf dich herab, wohlwollend, du als Teil einer Landschaft, die ich liebe, einer

menschlichen Landschaft, während die für deinen Freund spezieller ist. Es ist sein Geruch, sein dicker Hals –

– Okay. Es reicht.

Hand versuchte, etwas – was? Ach so, Geld – aus seiner Socke zu ziehen. Ich betrachtete ihren mit Grübchen versehenen und vom Tangariemen zweigeteilten Hintern, der sich auf seinem Schritt hob und senkte.

– Aber siehst du, wie wir uns gleichen? Du und ich, Will? Wir beide sehen Fremde, und wir reagieren. Wir gehen nicht gern an Menschen vorbei, ohne zu nicken. Wir sind niedergeschmettert, wenn Menschen rüde sind. Wir sind niedergeschmettert, wenn Menschen uns kein Entgegenkommen zeigen. Wir sind nicht fähig, die Grenzen alltäglicher menschlicher Begegnungen zu akzeptieren – unterkühlt, verhüllt, eingeschränkt. Unser Herz zerrt an ihren Leinen, Will!

Doch so unvermittelt, wie sie zu uns gekommen war, war sie wieder auf der Tanzfläche und drehte sich erneut um die goldene, schimmernde Stange. Vielleicht mochten ja andere die Stange. Vielleicht entging mir ja was. Ich schaute mich um, musterte die anderen Gäste, rechnete fast damit, einen Typen zu entdecken, der grinste und klatschte, ganz begeistert von der Stange war. Doch niemand von den Männern hier.

Als sie mit dem Tanzen fertig war, kam sie wieder zu uns, fragte, ob sie sich setzen dürfe, ermunterte Hand, ihr einen Drink zu spendieren, was er tat, und jetzt saß sie neben ihm, ihre langen Finger bewegten sich wie Spinnenbeine, langsam, in dem niedrigen Dickicht zwischen seinem Hals und Hinterkopf.

Eine neue Frau tanzte. Weißblond, schwerer, üppiger. Ich setzte mich auf. Ich sah ihr eine Weile zu, fragte mich, was wir hier eigentlich machten, ob von mir erwartet wurde, Hand und Olga allein zu lassen. Ihre Nase war in Hands Nacken vergraben. Sie hob den Kopf, um ihn anzusehen.

»Du riechst wie …«, sagte sie und machte eine Geste, als wollte sie sich Wind zufächeln.

»Was?«, sagte er.

»Wie draußen«, sagte sie und begann an seinem Ohr zu knabbern.

Die neue Frau auf der Tanzfläche war keine glückliche Tänzerin. Sie warf mir ein entsetzlich künstliches Lächeln zu; anscheinend fehlten ihr die unteren Zähne, falls das möglich war. Hand und Olga sprachen über das estländische Fernsehen.

»Gestern Nacht«, sagte sie, »sehe ich im Fernsehen, wo Bären und Hunde kämpfen.«

Hand legte den Kopf schief. »Meinst du in einem Tierfilm? In freier Wildbahn?«

»Nein, sie kämpfen auf Bühne. Wie Zirkus. Eine Show. Der Bär hat Kette, wie von Polizei. {Sie legte die Handgelenke aneinander, tat so, als wollte sie sie voneinander wegziehen, um Handschellen anzudeuten.} Die Hunde springen auf ihn.«

»Was? Im Ernst? Den Bären?« Hand wollte es genauer wissen.

»Oh ja! Auf den Bären!«

»Wieso beißt der Bär die Hunde nicht einfach weg oder schlägt seine Krallen in sie oder so? Ein Bär müsste doch einen Hund töten können.«

»Nein, nein. Sie ziehen von Bär die Zähne. Und Krallen.«

»Sie tun was?« Hand war außer sich.

Ich war sicher, das schon mal gesehen zu haben, in Holzschnitten. Und ich wusste auch noch, wo. »Im Mittelalter hat man das in England gemacht«, warf ich ein, obwohl

ich nicht wusste, ob ihnen klar war, dass ich zugehört hatte. »Ich hab mal so was gesehen. Auf Holzschnitten. Bärenhetze.«
Hand starrte mich verständnislos an. Er wandte sich Olga zu.
»Sie ziehen die Zähne? Ernsthaft?«
Olga war jetzt den Tränen nahe. Die Sache mit dem Bärenkampf hatte sie aufgewühlt. Sie bestellte sich noch was zu trinken.
»Das ist ja furchtbar«, sagte Hand. »Und das soll eine Art Nationalsport sein?«
Sie nickte ernst. Sie sprachen noch sehr viel länger darüber, als mein Interesse währte, und länger, als jeder außer Hand, der kürzlich in Indianapolis einen Epidemiologenkongress gesprengt hatte, sich dafür interessieren würde. Im Augenblick tanzte niemand. Ein großer Fernseher wurde eingeschaltet, und es lief ein Film, in dem verrückte Haie mit riesigen Gehirnen auftraten, die Wissenschaftler verspeisten und LL Cool J.
Schließlich kam eine andere Frau in einem schicken Kostüm an unseren Tisch und fragte, ob einer von uns gern eine Massage oder einen privaten Tanz von Olga hätte. Olga nickte für sich und Hand. Hand stand auf –
»Dauert nicht lange. Alles klar mit dir?«
»Mir geht's gut«, sagte ich.
– und ging mit ihr. Eine andere Frau, die noch eine Minute zuvor hinter der Bar gestanden hatte, trat auf die Bühne und fing an, ihre Rückseite an der goldenen Stange zu reiben. Neben der Bar war ein Münztelefon, also rief ich meine Mom an.
»Du bist wo?«, sagte sie. »Ich versteh kein Wort.«
Ich presste den Finger auf mein freies Ohr.
»Ich bin in einer Bar in Estland. Wie spät ist es bei euch?«

»Drei. Ich beize einen Hocker ab.«
»Was machst du?«
»Einen Hocker.«
»Du heizt ihn? Wie denn das?«
»*Beizen*. Ich beize ihn ab.«
»In der Garage?«
»Ich bin draußen –«
»Du musst sie gut lüf–. Ach so.«
Wir hörten uns gegenseitig mit Verzögerung, und das machte uns unsicher. Wir warteten mit dem Sprechen, und dann sprachen wir beide gleichzeitig.
Die Tänzerin hatte sich zwei Finger in den Mund gesteckt. Jetzt umklammerten ihre Fußknöchel die Stange, und sie stand auf dem Kopf. Die Verbindung zwischen Akrobatik und Erotik war dünn und unsicher. Ich drehte das Gesicht zum Telefon, um mich zu konzentrieren.
»Wo bist du noch mal?«, fragte sie fast brüllend.
»Estland. Tallinn.«
Ich erklärte ihr, wo das war. Kein Mensch weiß, wo Tallinn liegt.
»Hör mal, Schätzchen«, sagte sie und hatte Tallinn schon vergessen, »du würdest mir doch sagen, wenn du hier irgendwas kaputtgemacht hättest, oder?«
»Irgendwas kaputt gemacht? Was denn?«
»Einen Teller, ein Glas, egal.«
»Ich versteh dich nicht.«
»Du weißt doch, dass ich gern barfuß herumlaufe.«
»Ja. Aber bist du in Glas getreten? Wovon redest du?«
»Du würdest es mir sagen, nicht wahr?«
»Ja klar. Aber ich war schon seit Monaten nicht mehr da, Mom.«
– Herrgott, Mom. Was ist denn los?
»Ich wollte mich nur vergewissern, dass du es mir sagen

würdest. Heute Morgen bin ich wach geworden und hatte Angst da rauszugehen – ich war sicher, dass überall Glas rumlag. Und weißt ja, wie schlecht man das Glas sieht, Will.«

»Okay.«

»Ich kann hier nicht überall Glas rumliegen haben, Schätzchen. Glassplitter auf dem Boden, das geht einfach nicht.«

– Nicht jetzt. Warte noch. Gib mir fünf Jahre.

»Okay«, sagte ich.

»Also, warum gerade Estland?«

»Ich weiß nicht. Die verlangen kein Visum.«

»Einmal wäre ich fast nach Dänemark geflogen.«

»Wann?«

»Mit deinem Vater natürlich. Wir wollten dort unsere Flitterwochen verbringen. Wegen der Tulpen.«

»Ach so.« Ich hasste es, wenn sie ohne Boshaftigkeit von ihm sprach.

»Weg da!«, schrie sie.

»Was?«

»Der Hund von nebenan. Der scheuert sich an meinem Hocker.«

– Mom. Reiß dich zusammen.

»Schätzchen?«

»Ja.«

»Wir sollten jetzt Schluss machen.«

»Ich hab Zeit.«

»Ich nicht.«

»Den Laden hier müsstest du sehen. Hier gibt's richtig hohe Fischtanks mit künstlichen Fischen, und die Blasen steigen bis ganz nach oben, fliegen richtig hoch. Wie Glut aus einem Lagerfeuer. Oder wenn man Zeitungen verbrennt, und das Papier wird ganz leicht und schwebt dann durch die Gegend, wenn alles hochsteigt und dir um den Kopf fliegt.«

»Will.«

»Oder auch die Glut. Weißt du noch? Damals am Wolf River, weißt du noch, als du an meinem Geburtstag mit uns dahin gefahren bist? Und da war ein falsches offenes Grab am Weg, mit dem Leichentuch drauf? Mit dem Blutfleck in der Mitte –«

»Ich muss auflegen. Viel Spaß noch in deiner Striptease-Bar.«

Sie war es, die unbedingt in den Freizeitpark Great America wollte. Das war gerade mal drei Jahre her, mitten in einem Juni, über den alle nur staunten – so blau und klar, das Grün durch die starken Regenfälle im Mai von einer nie geahnten Sattheit, wie Unterwasserfarben –, und so viele waren wegen einer Hochzeit nach Hause gekommen – Teddy aus der Highschool heiratete eine Frau, die sieben Jahre älter und zwanzig Pfund schwerer war als er, und man zerriss sich das Maul, vorher und währenddessen, vor allem, als die Braut während des Empfangs und den zahlreichen Reden eine Zigarette nach der anderen rauchte – und meine Mom wollte nach Great America, und Jack und Hand und ich sollten mitkommen. Wir waren vierundzwanzig oder fünfundzwanzig, Jack, Hand und ich, und wir liefen alle meiner Mom hinterher – oh Schande, aus irgendeinem Grund war Pilar auch dabei – den ganzen Tag, und wir ließen meine Mom alles bezahlen, und sie durfte sich die Karussells aussuchen. An dem Tag sind sie *Demon* gefahren – ich wollte in nichts rein, das mich auf den Kopf stellte, und der Geruch der Stange quer auf meiner Brust weckte in mir Erinnerungen an Fahrradunfälle, deshalb schaute ich bloß zu – und hinterher sah ich die drei Arm in Arm in Arm, die Beine fast ineinander verhakt, auf mich zukommen. Es war albern und peinlich und lustig und albern. An dem Tag verkündete Hand, während er zum Lunch Pommes mit Majo aß, dass ein guter Schiss besser sei als schlechter Sex, eine Ansicht, die von meiner Mom unterstützt wurde, was Jack fast umhaute. An dem Tag erwähnte Jack, dass er nichts dagegen hätte, in seinem derzeitigen Job, in seiner derzeitigen Position noch »zwanzig oder dreißig Jahre länger« zu bleiben. Er war zufrieden. Als er endlich alle Annehmlichkeiten seiner Arbeit aufgezählt hatte, waren wir still. Der Tag endete, als wir um sechs gingen, aber er begann erneut, als wir auf dem Parkplatz feststellten, dass Mom das Licht angelassen hatte. Am Morgen war es nebelig gewesen, und deswegen hatte sie das Licht angemacht, und jetzt war die Batterie tot, und wir mussten neu anfangen.

Wir spielten Backgammon auf der Motorhaube, während wir auf den Pannendienst warteten, und nachdem die Panne behoben war, endete der Tag erneut, begann aber ein weiteres Mal, als wir irgendwo zum Abendessen einkehrten und hinterher der Motor nicht mehr ansprang. Wieder der Pannendienst, aber diesmal warteten wir drinnen, an der Bar – das allererste Mal, dass ich mit meiner Mutter irgendwo was trinken war – und Jack und Hand taten so, als wäre es ganz normal und gut – besser hier als in Hands Keller, wo wir uns früher Mut angesoffen hatten, bevor wir loszogen, um Melinda Aghanis Cabrio zu klauen. Für mich jedoch, mit meiner Mom hier und den anderen da, war es ein Zusammenprall unterschiedlicher Welten, und jeder Schluck verunsicherte mich mehr. Jack erzählte die Geschichte, wie seine Schwester Molly mit dreizehn beteuert hatte, sie würde niemals Sex haben. Warum? *Weil, weißt du, wovon ein Penis so steif wird? Blut! Ein Penis voll mit Blut!* Jack machte ihre Stimme perfekt nach, das ohrenbetäubend Schrille, die Empörung einer indignierten Matrone. Meine Mom fand es toll, nicht nur, weil sie Molly nicht sonderlich mochte – keiner mochte sie –, sondern weil Jack und Hand wussten, dass meine Mom es gern hatte, wenn man keine Rücksicht auf sie nahm, wenn man in ihrem Beisein ganz ungeniert sprach, und sie taten ihr den Gefallen. Damals trug sie das Haar ganz kurz. Sie war den gleichen Weg wie einige von ihren Freundinnen gegangen und hatte sich diesen Liza-Minelli-Kurzhaarschnitt für Frauen im mittleren Alter machen lassen, ein Helm mit Löckchen, die an den Schläfen züngelten. Sie sah damit zu intensiv aus, die Augen zu groß, die Wangenknochen zu kräftig. Aber sie war richtig verliebt in diesen Tag, und es war offensichtlich, dass sie auf den Pannendienst gern verzichtet hätte, dass sie am liebsten in der Bar geblieben wäre. Sie lauschte Hands Geschichte, wie er mit sieben Jahren seine tote Katze bei sich im Zimmer versteckt hatte, damit sie nicht beerdigt wurde. Er konnte die Vorstellung nicht ertragen, dass irgendetwas beerdigt wurde, und deshalb legte er die Katze zuerst in eine alte Legokiste, doch dort machten sich Ameisen über sie her, sodass er daraufhin einem Stoffbären den Bauch aufschnitt und die steife, verwesende Katzenleiche im Bauch des Teddys auf seiner Kommode aufbewahrte, bis der Geruch, es war August, so stark wurde, dass man ihm auf die Schliche kam. Meine Mom lauschte, und ihre Augen waren so groß und leuchtend, dass sie mit der Frisur fast wahnsinnig wirkte. Wir kamen erst um Mitternacht nach Hause, aber sie blieb noch stundenlang auf und telefonierte mit Cathy Wambat in Hawaii, erzählte ihr alles haarklein, und von ihrem ständigen kreischenden Lachen konnte ich nicht schlafen, aber das würde ich ihr niemals sagen.

Hand war wieder da, mit einem Blick wie ein Seufzer. Olga war hinter ihm, mit einem grimmigen Lächeln.

»Wir gehen besser«, sagte er.

»Okay«, sagte ich.

»Tja«, sagte er und sah Olga verlegen an. »Ich hab morgen früh einen wichtigen Termin. Im Gericht. Großer Prozess. Ich brauche dringend eine Mütze Schlaf. Wünsch mir Glück.«

Mütze Schlaf. Gericht. Prozess.

»Viel Glück«, sagte sie. Ich gab ihr 100 Dollar zusätzlich zu dem, was wir für die Getränke bezahlt hatten, etwa sechs Dollar pro Person.

Draußen, in der scheußlichen, beißenden Kälte und auf dem Kopfsteinpflaster, entschuldigte Hand sich dafür, so lange weggeblieben zu sein. Ich sagte, kein Problem. Er war offensichtlich stärker an der Bärenhetze interessiert als an Olga.

»Ist das zu fassen, dass sie dem Bären die Zähne ziehen?«

Wir gingen rasch in Richtung Hotel.

»Die Massage? War die gut?«, erkundigte ich mich.

»Sie hat für mich einen Tanz vollführt.«

»Einen Schoßtanz.«

»So ungefähr«, sagte Hand. »Aber die stecken dich hier in ein Zimmer wie ein Keller aus den Siebzigerjahren. Bläuliches Licht und Schrankwand, CD-Regal. Du darfst dir die Musik aussuchen.«

»Und?«
»Sie tanzt durch die Gegend. Sie ist richtig schlecht, als Tänzerin. Sie war so schüchtern, als wir allein waren.«
»Hat sie dich angefasst?«
Ach Charlotte, meine Freundin, es hat Momente gegeben, mit dir im Bett, in denen ich erkannte, was vor sich ging, in denen ich dich sah, wirklich sah, dein quellendes Fleisch, deine ach so üppigen, absurden Rundungen, und in denen ich merkte, dass ich dich mit den Augen ansah, die ich als Sechzehnjähriger hatte. Mein sechzehnjähriges Ich spähte aus meinem neuen alten Körper und sah dich und dachte bei sich *Ach du liebe Scheiße! Ach du liebe Scheiße!* Und du warst da, ganz ruhig, lächelnd. Gerade deine Ruhe liebte ich über alles, deshalb wollte ich immer mit dir zusammen sein, wenn auch nur, um mir nachmittags mit dir irgendwelche Gameshows im Fernsehen anzuschauen – Es gab keinen Witz, der dir entging, keinen, den du nicht noch witziger kontern konntest – Wir haben im Bett gelacht! Wenn man im Bett lacht, müsste alles andere doch ganz einfach sein –
»Nicht viel. Sie hat mir das Hemd ausgezogen, ein bisschen die Brust gestreichelt. Ich hab einfach bloß dagesessen. Sie hat gelacht, ich hab gelacht. Ich weiß nicht, ob irgendjemand diesen Quatsch tatsächlich ernst nimmt. Ob überhaupt jemand in so einer Situation sagt: ›Jaaaa, Lady, Wahnsinn, du bist die Beste! Komm, tanz für mich!‹ Ich meine, die Situation ist doch schon an sich witzig. Wie ein singendes Telegramm.«
Wir marschierten zurück in Richtung Hotel, bereit, das erstbeste Taxi anzuhalten.
»Aber der Sache mit der Bärenhetze muss ich nachgehen. Das macht mich ganz fertig«, sagte Hand. Ich wusste, dass er eine Weile nicht davon loskommen würde.

»Tja, ich weiß auch nicht«, sagte ich. »Anscheinend mögen die Leute so was.«
»Scheint so. Scheint so. Es befriedigt ein ziemlich primitives menschliches Verlangen, richtig? Mitzuerleben, wie der große, starke Bär von kleineren, gewöhnlicheren Tieren getötet wird, richtig? So was mögen die Leute. *Das hat der Bär nun davon*, denken sie.«
»Stimmt.«
»Und sie müssen schwindeln, um den Bären zu bezwingen, richtig? Und sich zusammentun. Sie schwächen den Bären, ein Angriff nach dem anderen. Sie reißen ihm die Zähne und Klauen aus, ketten ihn fest, und dann greifen sie an. Das ist ein Witz. Wer kann es denn alleine mit einem Bären aufnehmen? Keiner.«
»Ein Elefant«, sagte ich.
»Nein.«
»Elefanten töten. Das hab ich gelesen.«
»Ich weiß, aber er würde einen Bären *nicht* töten, verstehst du. Das Eigenartige bei den meisten großen Tieren ist nämlich, dass ihnen die Hunde oder Ratten oder sonst was im Grunde scheißegal sind. Der Bär kümmert sich um seinen eigenen Kram, bis zu dem Tag, an dem Menschen oder Hunde beschließen, ihm die Zähne rauszureißen und aus purem Vergnügen mit ihm zu kämpfen. Die Stiere, die sie in Spanien umbringen, werden auch unter Drogen gesetzt.«
»Was?« Er schweifte ab.
»Das sind die bedauernswertesten Stiere, die es gibt! Die Stiere sind schon halb tot, wenn sie endlich in die Arena kommen. Es gibt einfach keinen fairen Kampf mit diesen Tieren. Und was sind das für kranke, gestörte, dämliche Arschlöcher, die so ein herrliches Tier umbringen wollen, ich meine –«

»Ich bin da ganz deiner Meinung.« Meine Zehen waren gefühllos. »Es ist eiskalt, Hand, können wir in Bewegung bleiben?« Er war stehen geblieben und gestikulierte leidenschaftlich. Ich konnte mich nicht konzentrieren. Mein Blut fühlte sich an, als wäre es dabei, mich zu verlassen und durch Kristalle ersetzt zu werden, die von innen an mir schabten.

Wir joggten jetzt in Richtung Hotel, und Hand sprach weiter, zwischen sichtbaren Atemausstößen. Meine Brust fühlte sich richtig eng an, der Druck der Luft drinnen und draußen war richtig intensiv, richtig aktiv. Ein Pochen –

»Sieh es doch mal so«, sagte Hand. »Wie viele Menschen haben in ihrem Leben wirklich mit eigenen Augen eine Gewalttat gesehen? Ein ziemlich kleiner Prozentsatz, mal abgesehen von dem Kinderkram auf Spielplätzen, den kleineren Rangeleien mit Stöcken und Ähnlichem, hab ich Recht? Aber während die Welt immer zivilisierter wurde, machte jeder durch Fernsehen und Kino Bekanntschaft mit Gewalt, Scheiße, ist das kalt –«

»Ich spür meine Knöchel nicht mehr.«

»Knöchel? Echt?«

»Ich hatte das schon mal. Können wir uns hinsetzen?«

»Bei der Kälte? Wir sollten lieber weitergehen.«

Aus der Tiefe meiner Brust donnerte etwas, trommelte mir gegen die Rippen. Das war neu. »Du hast Recht«, sagte ich. Wir gingen weiter. Ich suchte die Straßen am Rande des Parks nach Taxis ab.

»Alles klar?«, fragte er.

»Wieso?«

»Weil du dir den Bauch hältst. Was Falsches gegessen?«

»Nein, nein. Mir geht's gut.«

»Krämpfe?«

»Nein.«

Er warf mir einen argwöhnischen Blick zu. »Wir sollten einfach weiter in diese Richtung gehen. Ich kann schon die Kirche neben dem Hotel sehen.«
»Gut«, sagte ich. »Ich muss mich hinlegen.«
Wir gingen auf den Kirchturm zu. Ich spürte eine eigentümliche Enge, eine noch nie da gewesene Art von Verkrampfung weiter unten in der Brust. Ich wollte gerade anfangen, den Schmerz genau zu analysieren, ihn kartographisch zu erfassen –
Ich fiel. Ich landete unter einer Bank am Rande des Parks und wurde von Wärme durchflutet. Es war so warm, ganz viele rasch wachsende Kriechpflanzen breiteten sich in den Gliedern und im Rumpf aus und alle so warm, eine dünnflüssige Hitze in mir – Ich träumte von meinem Gesicht in der Erde. Mein Kopf grub sich durch weiche, schwarze Erde, schob sich hindurch, drehend und krallend, ohne Finger. Die Erde fühlte sich ganz warm an. Ich öffnete die Augen. Ich lag auf dem Rücken.
Es schneite! Es war herrlich. Die dicksten Flocken, die ich je gesehen hatte. Mann, waren die dick, so groß wie Vögel, und sie fielen auf mich zu, kreisten, aber zu schnell. Zu schnell – sie fielen wie Blei, ohne ihre üblichen Kapriolen. Sie fielen schnurgerade, wie Regen. Ich konnte kaum atmen. Ich saugte Luft mit winzig kleinen, zerquetschten Lungen. So groß wie Daumen. Meine Lider schlossen sich, und ich war wieder weggetreten. Ich sah mich selbst auf dem Rücken eines Drachens, während er Wälder und Landschaften abfackelte – Oder vielleicht war ich der Drache. *Ich war der Drache!* Ich flog so schnell, stieß herab und blies Feuer auf die Straßen, all die dreckigen Lastwagen – *Ich war der Drache!*

Himmel, was sollten wir an jenem Abend tun? Jack starb mittags um zehn vor zwölf.

Nachdem wir schweigend Fritten und Gyros gegessen und einem Jungen zugesehen hatte, der an einem alten Galaga-Automaten spielte, gingen wir ins Kino, *Antz* – das Einzige, was um die Zeit lief. Dort und auf dem Weg vom Abendessen zum Kino heuchelten wir Interesse an der Welt. Ich berührte jede Glasscheibe, die ich sah. Ich berührte die Schaufenster. Ich berührte die Windschutzscheiben der Autos. Ich berührte die Fenster der Grundschule in der Nähe meiner Wohnung. Hand würde die Nacht und die zwei danach bis zur Beerdigung bei mir schlafen, ehe er zurück nach St. Louis fuhr.

Nach dem Film, der für unsere Stimmung zu düster war, kauften wir uns an einem Kiosk ein Eis am Stiel und stellten uns auf einen Parkplatz, warteten. Schon bald hatten wir unser Eis gegessen und kauten auf den Stielen. Wir wussten nicht, wohin. Der nächste Tag war noch nicht möglich.

Ein Mann telefonierte von dem Münztelefon unter dem Vordach des Kinos, im blauen Licht einer schlecht funktionierenden Lampe. Eine Hand hatte er über dem Telefon flach gegen die Backsteinwand des Hauses gestützt, die andere hielt den Hörer umklammert wie eine Hantel. Er legte andauernd auf, wählte erneut, legte auf, fluchte, wählte. Wir sahen zu, kauend, schweigend.

Ein Streifenwagen kam riesig und dröhnend auf den kleinen Parkplatz gerollt wie ein gestrandeter Wal. Ein in Khaki gekleideter Officer, schwarze, hohe Stiefel fast bis zu den Knien, die Hosenbeine hineingesteckt, ging langsam auf den Mann zu, nahm ihm den Hörer aus der Hand und legte auf. Sie sprachen miteinander. Kurz darauf kam ein zweiter Streifenwagen, diesmal ein Geländewagen.

Jetzt waren die Cops zu dritt, und sie sprachen alle auf den Mann ein, der, so vermuteten wir, obszöne Anrufe gemacht oder seine Exfreundin belästigt hatte. Minuten später waren es schon fünf Cops – zwei sprachen auf ihn ein, einer war am Funkgerät – um noch mehr Cops zu rufen? – die beiden anderen sahen den zweien zu, die mit ihm redeten.
Hand und ich brachten uns gegenseitig zum Lachen, indem wir den Cops Worte in den Mund legten. Wir kriegten uns fast nicht mehr ein, und den Cops schien es nichts auszumachen. Hin und wieder blickten sie zu uns rüber, zwei Männer, die unter dem Vordach standen, sie beobachteten uns, kicherten, und ich hatte zuerst Angst, dann hoffte ich es geradezu, dass sie sich auch uns vorknöpfen würden – das würde der Nacht eine neue Richtung geben, und wir hatten keine Ahnung, wie wir diese Stunden, alle noch kommenden Stunden nutzen sollten –, aber sie schauten nur böse, grinsten höhnisch und legten dem Mann schließlich Handschellen an und fuhren mit ihm davon.

Das Blut schoss mir in den Kopf. Ich hing mit dem Kopf nach unten, und mein Magen wurde eingedrückt. Ich öffnete die Augen und schwebte über dem Boden, betrachtete den Bürgersteig und das gefrorene Gras aus anderthalb Metern Höhe. Ach du Schande, war ich etwa –
Nein.
»Lass mich runter«, sagte ich. Hand hatte mich über seine Schulter gelegt.
»Du bist wach.«

»Du bringst mich um, Mensch.«
»Willst du stehen oder –«
»Lass mich einfach runter.«
Er stellte mich auf die Beine, und ich stand.
»Wohin wolltest du?«, fragte ich.
»Das wusste ich noch nicht so genau.«
»Vollidiot.«
»Dein Gesicht«, sagte er und zeigte auf meine Nase. Ich berührte sie und spürte das Blut. Die Kruste war aufgegangen.
»He!«, brüllte Hand. Er rannte jetzt weg. Am Rande des Parks glitt langsam ein Taxi dahin, und Hand sprintete mit fuchtelnden Armen darauf zu.
Der Taxifahrer, dunkelhaarig und mit Spitzbart, teilte sich die Vorderbank mit seiner Frau und ihrem Baby. Wir saßen hinten und debattierten über Krankenhäuser. Hand blieb stur, und ich blieb stur. Hand machte sich Sorgen, und ich machte mir etwas Sorgen, aber wir einigten uns darauf, dass wir abwarten würden, wie ich mich am nächsten Morgen fühlte. Der Anfall war kurz gewesen, und ich fühlte mich wieder gut. Das Blut rann noch durch mich hindurch, füllte mich erneut, aber ich beschloss, dass es an der Kälte lag. Ich überlegte, Dr. Hilliard anzurufen, aber ich hatte keine Lust, die Zeitzonenberechnung anzustellen, und wollte sie ohnehin nicht belästigen. Es lag an der Kälte. Der Druck der kalten Luft, das Pumpen von kaltem Blut, alles zusammen zu anstrengend. Wieso waren wir überhaupt in Estland? Es war alles so anstrengend. Diese Luft, die Hochdruckluft. Ich brauchte Wärme. Ich wünschte mir Kairo herbei. Die Sonne in Kairo würde nachgiebig sein.
Im Hotel musterte uns der Mann am Empfang griesgrämig, und das Casino war geschlossen. Wir gingen auf

unser Zimmer, Hand erzählte irgendwas über die Kindersterblichkeit in Südafrika, Mandelas Rolle –

Ich glaube, Hand redete immer noch, als ich einschlief. Ich schlief und träumte einen fast nur auf den Gehörsinn beschränkten Traum – in dem jemand, der riesig war, aber weit entfernt, wie mir schien, stundenlang meckernd vor sich hin lachte, aber gequält und gepresst, und das Zimmer sah diesmal genauso aus wie das meiner Mom, mit dem Gemälde von dem aufgebockten Boot, der Boden darunter ausgedörrt und rissig. Dann waren Olga und meine Mom ein und dieselbe Person, und sie befahlen mir beide, ein Gewehr zu kaufen, um den kranken Hund mit dem Schaum vor dem Maul zu erschießen.

## MONTAG

Ich fühlte mich gut und kräftig, also packten wir unsere Sachen und brachen auf.

»Alles okay?«

»Ich glaube ja. Ich fühl mich gut.«

Wir mieteten einen Wagen bei zwei jungen blonden Frauen mit roten Jacken – die roten Jacken wirkten ungemein tröstlich auf uns –, und wir erklärten ihnen, dass wir den Wagen am nächsten Tag in Riga in Lettland abgeben würden. Wir waren nicht sicher, ob wir den Tag zuvor gut finden sollten.

»Zuallererst«, sagte die linke, »sollten Sie sich Mäntel kaufen.« Sie war munter und korrekt. Die Kälte war dumpf aber durchdringend, und Schnee wirbelte durch die Stadt, änderte mitten im Flug die Richtung, schwär-

mende Flocken, die sich verirrten und dann neue Wege fanden.
Wir würden drei bis vier Stunden gen Süden fahren und unterwegs nach armen Leuten Ausschau halten. Wir würden die Nacht in Riga verbringen, und am Morgen die Liven besuchen. In unserem Reiseführer stand was über die Liven, ein fünftausend Jahre alter finno-ugrischer Stamm von Fischern, dessen Nachfahren noch heute an der Westküste der Bucht von Riga lebten. Nur eine Hand voll Ältester beherrschte noch die livische Sprache, und wir hatten vor, dorthin zu fahren, sie aufzusuchen und ihnen das restliche Geld zu geben – rund 11.000 Dollar. Dann schleunigst wieder zurück, den Wagen in Riga abgeben, nach Kairo fliegen, einen Wachmann an den Pyramiden bestechen, damit er uns auf die Spitze der Cheops-Pyramide klettern ließ, und von dort aus den Sonnenaufgang über der Sahara beobachten. Perfekt.
Während wir im Café nebenan auf den Wagen warteten, teilten wir uns eine Lokalzeitung – auf der Titelseite war das Foto eines Mannes, eines Jägers, der neben drei toten Tieren stand, Luchse oder Schneekatzen – und beobachteten das Treffen von drei jungen Geschäftsleuten, die Englisch miteinander sprachen mit unterschiedlichen osteuropäischen Akzenten. Wir aßen Toast mit Marmelade. In der nahe gelegenen Bank, die exakt so aussah wie jede Bank in Amerika, Glas und Stahl und teures Logo, tauschte ich weitere Travellerschecks in Bares um. Ich hatte meinen Namen dermaßen satt, dass es schon wehtat. Ich schrieb ihn auf jeden Scheck, und meine Unterschrift geriet von Mal zu Mal mehr aus den Fugen. Die Kassiererin zählte mein Geld dreimal ab, mit flinken Fingern wie ein Profikartenspieler, und übergab es mir dann langsam,

als wollte sie sagen, dass es mir mehr bedeutete als ihr, wobei ich mir nicht sicher war, ob das stimmte.
Wir fuhren aus der Stadt und drehten die Heizung hoch. Wir hatten noch immer keine Mäntel. Hand wollte mal wieder Dampf ablassen.
»Weißt du, das ist das Problem«, sagte er. »Die Leute vorhin waren offensichtlich alle aus Osteuropa –«
»Welche Leute?« Mir war klar, dass er beschlossen hatte, eine innere Diskussion laut zu führen, obwohl er längst mittendrin war.
»Die beim Frühstück. Die beiden Männer und die Frau, die sich da getroffen haben.«
»Ja.«
»Hast du gesehen, dass die Frau schwanger war?«
»Nein.«
»Sie war riesig!«
»Gut. Also …«
»Na, sie haben alle *Englisch* gesprochen«, sagte Hand. »Eine Sprache von einem anderen Erdteil. Wahrscheinlich stammten sie alle aus Städten, die nur hundert Meilen voneinander entfernt liegen, aber sie verstehen sich nicht. Wozu brauchen die Letten eine andere Sprache als die Esten? Findest du das nicht ein bisschen übertrieben?«
Mir fiel nichts dazu ein. Er sprach weiter. Ich öffnete das Fenster in der Hoffnung, dass ihn das ein bisschen abkühlen würde.
»Es gibt Estnisch und Finnisch und Lettisch und Litauisch, und keiner von denen versteht den anderen. Jedenfalls nicht richtig. Und dann noch Russisch – ich meine, das alles hier, das ganze Gebiet muss doch unter den Russen das reinste Chaos gewesen sein.«
»Ich würde eher sagen, es müsste ein bisschen geordneter zugegangen sein.«

»Stimmt. Genau das meine ich. *Jetzt* ist es das reinste Chaos.«
Die Landschaft war wie in Kansas. Flach und bewaldet, ordentliche Reihen von Birken und Kiefern.
»Und die Dänen habe eine eigene, genau wie die Schweden. Wusstest du, dass die Schweden nicht dieselbe Sprache sprechen wie die Norweger?«
»Wusste ich nicht. Ich denke, das ist meistens so, weil –«
»Ich meine, warum umständlich, wenn's auch einfach geht, richtig? Warum nicht das sprachliche Äquivalent zum Euro oder dem metrischen System? Eine schöne skandoosteuropäische Sprache, nehmt die besten Anteile aus all diesen Sprachen, verpasst ihr ein paar durchgestrichene Os und Umlaute.«
Ich hielt mich mit einem Kommentar zurück, hoffte wie immer, dass ihm irgendwann der Stoff ausgehen würde.
»Ich begreife einfach nicht, warum Menschen sich an Dinge klammern, die sie behindern. Länder, die mitmischen wollen, sprechen Englisch, okay, ich meine –«
Neben der Straße, zwischen den Bäumen, sahen wir vereinzelt Männer. Alle fünf oder zehn Meilen einen Mann im Wald auf einem Baumstumpf sitzend. Sie machten nichts Besonderes. Ganz sicher nicht Eisangeln – unter ihren Füßen war kein Wasser, bloß Waldboden. Aber ansonsten hatten sie die typische Eisanglerhaltung. Wir sahen drei oder vier und dann einen Mann von etwa siebzig Jahren, näher an der Straße als die anderen, der auf einer Kiste an einem kleinen, aber kräftigen Feuer saß. Neben ihm führte ein Waldweg von der Straße weg durch die hohen geraden Bäume. Ich fuhr. Hand betrachtete sie, als wir vorbeifuhren.
»Der hat ein kleines Mädchen bei sich«, sagte Hand.
»Wo?«

»Guck doch.«
»Ich kann nicht. Die Straße ist vereist«, sagte ich.
»Sie sind perfekt. Wende.«
»Wirklich?«
»Ja doch. Du wirst schon sehen.«
Ich wendete und parkte auf dem Schotter am Straßenrand.
Hand stieg aus und sprach mit dem Mann, fragte ihn, wie man nach Pärnu komme, eine kleine Stadt auf dem Weg nach Riga. Das kleine Mädchen, etwa sechs Jahre alt, trug einen rosa Schneeanzug und zog einen ebenfalls rosa Plastikschlitten bis zu Hand und dem Mann. Hand hielt dem Mann einen Packen Scheine hin. Der Mann warf einen Blick auf das Geld und führte Hand dann zu einem Holzstapel unweit der Straße. Hand sah sich das Holz einen Moment lang an und begriff dann offenbar, was der Mann wollte. Das Holz war zu verkaufen, und der Mann bot es Hand an. Hand winkte lächelnd ab und schob dem Mann das Geld in die Hand. Dann kam Hand zum Wagen zurück. Der Mann blieb stehen, reglos, sah ihn einsteigen. Ich winkte. Er winkte zurück.
»Hmm«, sagte Hand und schnallte sich an.
»Was?«
»Ich hoffe wirklich, das kleine Mädchen war seine Enkelin.«
»Oh –«
»Ansonsten haben wir einem Pädophilen gerade einen neuen Kerker gekauft.«
»Wie viel war es?«, fragte ich.
»Weiß nicht. Ich hab ihm das gegeben, was du mir gegeben hast.«
»Rund 3.000 Kroon, glaube ich.«
»Das reicht für den Kerker und einen Pool dazu.«

»Der Kleinen geht's gut«, sagte ich, wollte es selbst glauben. »Sie sah zufrieden aus. Sie hat gelächelt und hatte einen rosa Schneeanzug. Und einen Schlitten. Es geht ihr gut.«

»Wahrscheinlich. Aber der Kerl war in schlechter Verfassung.«

– Hand, jede Geschichte ist trauriger als unsere.

– Jede einzelne.

Wir hatten beide keine Lust mehr zu reden. Schweigend fuhren wir dahin. Die Straße war öde. Die Straße war monoton. Sie sah aus wie Nebraska. Der Boden war weiß, und die Baumgrenze niedrig. Estland konnte aussehen wie Nebraska, und Nebraska konnte aussehen wie Kansas. Kansas wie Marokko. Marokko wie Arles. Und so weiter. Als ich klein war, dachte ich, alle Länder sähen ganz unterschiedlich aus, müssten ganz unterschiedlich aussehen – Kongo bestand ausschließlich aus Dschungel, undurchdringlich und feucht und grün, Deutschland bestand ausschließlich aus Schwarzwald, Russland war weiß, überall sibirisch. Nun jedoch schien jedes Land ein bisschen von jedem anderen Land zu bieten, und jede beliebige Landschaft, so wurde mir endlich klar, gab es auch irgendwo in den Vereinigten Staaten.

Was dem Ganzen ein bisschen den Reiz nahm. Es macht wenig Sinn, das eigene Land zu verlassen, wenn du nur auf der Suche nach landschaftlicher Schönheit und armen Leuten bist, genauso wie es im Grunde wenig Sinn machen würde, jemanden zu betrügen, mit dem du jemanden betrügst. Verflucht. Was machten wir hier? Es kam mir vor, als wären wir seit Monaten unterwegs, als wären wir schon seit Wochen in Estland. Aber es kam mir so eigenartig vor. Reisen ist selbstsüchtig – das Geld könnte für hungrige Mägen verwendet werden, und du verwendest es für hungrige Augen, und die Bedürfnisse von Ersteren sollten mehr zählen als Letztere, richtig? Und gibt es überhaupt individuelle Bedürfnisse? Wie viel Zweifel muss kollektiv außer Kraft gesetzt werden, um Tourismus möglich zu machen?

Hand schnellte vor und drehte das Radio lauter.

»Hörst du?«, sagte er. Es war »Up Where We Belong«, der Song von Joe Cocker. »Das war der Hauptsong beim Champagne Snowblow. Weißt du noch?«

»Snowball. Champagne Snow*ball.*«

»Was hab ich denn gesagt?«

»Snowblow.«

»Mann, ich muss noch oft an diese irren Tanzfeten denken. Das war in der Junior High, nicht? Die Tanzfeten an der Junior High, das war so ziemlich meine schönste Zeit auf Erden. So absolut glückselig war ich danach nie wieder.«

Bei den Tanzfeten an unserer Highschool gab es eine Attraktion, die sich Champagne Snowball nannte. Champagne Snowball ereignete sich zuerst bei den Feten, die vom örtlichen Freizeitzentrum gesponsert wurden, und zu diesen Feten kam wirklich alle Welt; wir waren noch nicht zu abgestumpft, um solche Veranstaltungen nüchtern genießen zu können. Zu diesen Tanzfeten in der Turnhalle des Freizeitzentrums gingen wir alle, einfach alle. Meistens fuhren unsere Eltern uns hin oder (viel besser) unsere älteren Geschwister, und von acht bis zehn Uhr abends herrschte in dieser rechteckigen, riesigen Turnhalle das reine Chaos. Ich kann mich nicht entsinnen, je eine Aufsichtsperson gesehen zu haben, oder einen offiziellen Vertreter des Zentrums oder irgendjemanden, der in irgendeiner Weise für Ordnung und Mäßigung gesorgt hätte. Es waren nur dreihundert von uns da und der DJ –

»Wie hieß der DJ noch mal?«, fragte Hand.

»B. J. McGriff.«

»Stimmt. Genau! Mannomann.«

– und keiner wusste, ob er wirklich so hieß oder ob er seinen Namen aus hoffnungsfrohen aber fehlgeleiteten beruflichen Erwägungen geändert hatte. B.J. ging auf die Highschool, aber nicht auf die in unserer Stadt. Und er sah auch nicht so aus wie jemand aus unserer Stadt. Er war schon so was wie ein New-Wave-Kid, ehe wir überhaupt verkabelt wurden. Sein Haar war kurz und orange gefärbt, er hatte kleine dicke Goldringe in beiden Ohren und trug seine Velourshose in die schicken und geschwungenen Stiefeln eines zierlichen Mannes gestopft.

Wir waren in der siebten Klasse, und es war 20:15, als Hand, Jack und ich in den roten, holzverkleideten Grand Caravan seiner Familie stiegen, der von seiner Schwester Molly gefahren wurde. Acht Minuten später, als wir vor dem Freizeitzentrum hielten und aussteigen wollten, drehte sie sich zu uns um.

»Tanzfeten sind was für Arschkratzer«, sagte sie.

»Was ist ein Arschkratzer?«, fragte ich. Selbst mit dreizehn wusste ich, dass sie das Wort gerade erst gehört hatte und selbst nicht wusste, was es bedeutete.

»Das müsstest du ja wohl wissen«, sagte sie und lachte ein lautes, unechtes Lachen. Sie war ein richtiges Miststück. Wir machten die Türen auf. Ich hatte eine Idee.

»Bis dann, Arschkratzerin«, sagte ich, und wir rannten lachend weg. Zwei Jahre lang sollte das der beste Konter bleiben, der mir je gelang.

Molly war in der Highschool nicht besonders beliebt, aber es machte Eindruck, dass wir aus der alten Kiste stiegen. Genervt abwinkend, fuhr sie davon, während die anderen Kids an den Beifahrerfenstern der Autos ihrer Eltern standen, den Kopf hineingesteckt, nickend, um sich von ihren Vätern noch einmal sagen zu lassen, wann sie wieder abgeholt wurden, und sich letzte Ermahnungen zum Thema Geld und Vorsicht und Mäßigung anhören zu müssen.

»Molly – die war ziemlich gestört«, sagte ich.

»Stimmt«, sagte Hand, als der Song endete und danach Starship kam. Ein Achtzigerjahre-Sender in Estland. »Molly. Meine Güte.«

Wir gingen vom Auto ins Licht. In der Turnhalle war die Hölle los. Raue, rote Kickballs wurden auf die Neuankömmlinge geworfen, die so blöd waren, durch den Haupteingang der Halle zu kommen. Alle Lampen waren aus, bis auf ein paar kleine Spotlights auf B.J., der sie anscheinend selbst mitgebracht hatte. Ansonsten kam das einzige Licht von den offenen Türen an den vier Ecken der Halle. Die ganze »Elite« der Schule war da, ebenso wie die Kids, die dazugehören wollten. Da war Meredith Shannon in ihrer engen blauen Hose, mit dem Aufdruck NICHT BEUGEN auf dem Hintern. Die trug sie jeden Dienstag. Da war die spöttische Terri Glenn, die gerade das Wort *omnipräsent* gelernt hatte und es jetzt in jedem vierten oder fünften Satz benutzte. Und Larry und Dan, die beiden riesigen, fülligen Jungs, weder Zwillinge noch Brüder und daher umso beängstigender, die von allen gemocht wurden, aber nur mit Helm zu den Tanzfeten erschienen. Wir gingen durch das dunkle Menschengedränge, hielten Ausschau nach Leuten, die wir kannten, und Leuten, die wir zungenküssen wollten, denn das war das Irre und Großartige dabei: Hier *konnte* man nicht nur zungenküssen, hier wurde es geradezu erwartet, dass man die aus seiner Klasse zungenküsste, es war Pflicht.

»Ich begreife bis heute nicht, dass sie uns das haben machen lassen«, sagte Hand, kurbelte seine Scheibe runter und warf seinen Apfelrest hinaus.

»Am Ende sind sie uns auf die Schliche gekommen«, sagte ich.

»Ich weiß, aber trotzdem –«

So läuft das beim Champagne Snowball: Zuerst ein langsames Stück. »Open Arms«, »Up Where We Belong«, irgendwas von Spandau Ballet. Du siehst dich um, du entscheidest dich, du suchst dir jemanden, du sprichst die Wörter: »Sollen wir tanzen?«, und dann führst du sie an eine Stelle, wo du im Gedränge untergehst. Leg deine mageren, nutzlosen Arme, Arme, an denen du schon längst arbeiten willst, um ihre Taille, während sie ihre Arme um deinen nassen Hals legt. Alle sind schon klatschnass von den schnellen Stücken, von Dean und Hand, die eine ausgefeilte Gruppenchoreographie auf den 5-4-3-2-1-Major-Tom-Song ins Leben gerufen haben, also rechne damit, dass der Rücken deiner Partnerin feucht ist. Sie wird nach Sea Breeze riechen. Von ihren Schläfen wird es auf deine Schulter tropfen. Spüre die Wärme ihrer Brust an deiner. Spür das *Wogen.* Nie wieder wirst du so ein Wogen erleben, also suhle dich darin. Steck dieses Wogen in eine kleine Klettverschlusstasche in der Cargohose deiner Seele. Falls sie so groß ist wie du, und das ist sie wahrscheinlich, schieb dich näher ran und leg dein Gesicht an ihre heiße Wange. Wenn dir zu warm wird, wechsle die Wange. Hoffe, dass sie dich nicht fragt, ob du einen Stift in der Tasche hast, wo sie doch weiß, dass es kein Bleistift ist. Hoffe, dass du dir nicht in die Hose machst. *Wieso solltest du dir in die Hose machen?* Du weißt es nicht. Sie wird sich zur Kühlung ins Gesicht pusten, Unterlippe vorgeschoben, und ihr Pony wird kurz hochfliegen, wie ein an einen Balkon gebundenes Fähnchen. Erlebe ihr heißes Kinn auf deiner heißen Schulter, erlebe, wie ihre Brust gegen deine atmet. Frag dich, ob sie dich scharf findet. Frag dich, ob du deinen Ständer innen an ihrem Bein reiben solltest (sexy!) oder nicht (durchgeknallt!). Frag dich, wo deine Freunde sind. Frag dich, wie spät es ist. Wie viel Zeit noch bleibt – du bräuchtest mehr Zeit! Sieh Jack mit Annmarie tanzen und verdreh die Augen. Sieh, wie er den Gekränkten spielt und ein weinerliches Gesicht zieht. Lache, und wenn deine Partnerin fragt, was so komisch ist, sag: »Ach, die Komödie des Lebens.« Spüre, wie der Schweiß auf dem Rücken deiner Partnerin trocknet. Lass deine Hände ein bisschen tiefer rutschen. Frage dich, ob sie gut küsst. Endlich, etwa eine Minute nach Beginn des Songs, ertönt B.J.s Dekret:

»Champaaaaagne.«

Er sagt es irgendwie schwül und lang gezogen, bemüht sich mit seinen siebzehn Jahren nach Kräften, einen Bariton zu simulieren, indem er die Lippen um das kalte, schwarze, löchrige Mikro legt. Und mit diesem Wort bist du aufgefordert, deine Partnerin zu küssen.

»Kannst du das Radio leiser stellen?«, fragte Hand.

Ich tat es. Hand saß zusammengesunken gegen die Tür gelehnt.

»Nach diesen Feten hab ich nie schlafen können«, sagte Hand. Er schaltete das Gebläse für die Windschutzscheibe ein.

Und nach der Fete, zu Hause und auf meinem Bett, zur Wand gedreht, schlafen wollend, aber absolut nicht im Stande dazu, wussten wir, dass uns etwas geschenkt worden war, ein Punkt auf der Sonne, der für uns erblühte –

»Ich bin auf einmal so müde«, sagte Hand. »Das hat mich gerade richtig gepackt.«

»Willst du schlafen?«

»Ich muss die Augen mal ein paar Sekunden zumachen.«

»Ist gut«, sagte ich.

Rund zehn Sekunden nach dem Ausruf »Champaaaaaagne«, als wir gerade anfingen, die Mundkonturen unserer Partnerin kennen zu lernen, erfolgte »Snooooowball«, woraufhin wir den Tanzpartner wechseln sollten, mitten im Song, um in den Genuss einer neuen Erfahrung zu kommen. Aber es war kein Muss, wir konnten tauschen, wenn wir wollten, wenn unsere aktuelle Partnerin uns nicht mehr so interessierte oder wenn sich eine bessere, freiere bot. Wollte B.J. den Partnertausch erzwingen? Nein. Fast die Hälfte der Songs waren langsame Stücke, sodass man, wenn man wollte, und ich wollte, manche wollten, die meisten wollten, alle wollten, mit zwölf verschiedenen Leuten tanzen und sie jeweils rund zwei, zweieinhalb Minuten lang küssen konnte – noch länger bei »Stairway to Heaven«, das leider am Ende schnell wurde, sodass man, Mist, irgendwie doch wieder tanzen musste. Kein Mensch wusste, wie man auf »Stairway to Heaven« tanzen sollte. Manche wiegten sich einfach weiter hin und her, ohne auf den beschleunigten Rhythmus, den jähen Antrieb, das ganze Geschrei zu achten, die meisten jedoch fingen an, ein bisschen auf der Stelle zu hüpfen, vielleicht noch ein bisschen Luftgitarre dabei, irgendwas. Es war einfach das falsche Stück zum Tanzen, eindeutig.

Aber wenn das Wort *Champagne* kam, zogen wir den

Kopf von der Schulter des anderen, denn wir waren gleich groß, und ihr Mund war auf mir, ein nahendes schwarzes Loch. Unsere Zähne klickten aneinander, und sie atmete in mich hinein. Was für eine Nässe! Ich flatterte in ihrem Mund umher, eine Fledermaus, die die Wände absucht. So wie Essensreste zwischen Backenzähnen aus Zungen Forschungsreisende machen, die Zunge zum Topographen und wundes Zahnfleisch zum gezackten Gebirgskamm wird, so wurde auch meine Zunge zur kartographierenden Erobererin von Mary-Kates dunklem, nassem Mund. Ich entdeckte seine Abgründe, seine Stalaktiten und -miten, die glatten Flächen auf den flachen, hinteren Zähnen. Ich rang um die Vorherrschaft mit ihrer Zunge, die meinen Mund erkundete und zugleich den ihren bewachte. Nach dreißig Sekunden Erforschung der geheimen Welten ihres Mundes stieß ich weiter vor und konnte schon bald die Extremitäten ihres Gehirns ertasten, seine glatte Unterseite kitzeln. Ich huschte in ihrem Hinterkopf umher, flitzte durch sie hindurch, wie eine Flipperkugel zwischen Knorpel und Kapillaren, dann wieder hoch, gierig und suchend, ihre Augen wie Murmeln in meinem Mund. Das erinnerte mich an was: Ich öffnete die Lider, um zu sehen, ob ihre auch offen waren, aber sie waren es nicht, sie waren geschlossen, aber nur leicht, die Lippen ruhten sanft auf meinen, und so schloss auch ich wieder die Lider und drang weiter in sie hinein, in ihre Mitte, und dort endlich fand ich ihre Landschaft. Es war dunkel dort, wo sie war, und ich konnte fast nichts sehen, zog das, was ich wusste in Zweifel, doch ihren gewundenen Fluss konnte ich erkennen, schmal und klar, warm von der Sonne des Tages, und dann ihre kleinen Hügel, etwa ein Dutzend, und am Fuße der Hügel stand ihr großes weißes Haus, sauber und schön im Lichtstrahl

eines Dreiviertelmondes, und drinnen brannte ein Meer von großen, schmalen Kerzen.
Ich öffnete die Augen, und Jack beobachtete mich. Er stand da, die Arme um Jenny Erdmann gelegt, und beobachtete mich, lächelte sein kluges und wohlwollendes Lächeln eines alten Mannes. Damals fiel mir zum ersten Mal richtig auf, was für abstehende Ohren er hatte. Er war wirklich ein Mistbock mit Segelohren. Ich zeigte ihm den ausgestreckten Mittelfinger.
»Hand.«
Er schlief.
»Hand.«
– Hand, unter mir tut sich was. Die drehen da unten durch. Alle arbeiten sie in der Bibliothek. Zu hunderten. Ich weiß nicht, wo die alle herkommen. Die vermehren sich.
Nach der Fete warteten wir auf Molly, aber nicht lange. Wir wussten, dass sie uns nicht abholen würde, nachdem ich sie Arschkratzerin genannt hatte. Während unsere schweißnassen Hemden allmählich in der Abendluft trockneten, machten wir uns auf den Weg. Bis nach Hause waren es 2,2 Meilen; das wussten wir, weil Hand seinen Vater überredet hatte, die Strecke mit dem Meilenzähler im Auto auszumessen.
Zuerst gingen wir durch den Wald hinter dem Freizeitzentrum, dann überquerten wir zwei Spielbahnen des städtischen Golfplatzes. Zwischen dem Highway und der Neubausiedlung hatte man eine Böschung angelegt, und wir stiegen sie hinauf und liefen über ihren abgerundeten Kamm, der damals erst halb mit Gras bewachsen war, vorbei an dem Tümpel, aus dem die Architekten einen richtigen See gemacht hatten.
Hand wollte noch nicht nach Hause, und ich auch nicht.

Wir standen auf der Böschung, auf dem Highway unter uns war viel Verkehr, die Luft wurde kühler, und Wind kam auf.
Jack wollte nach Hause.
»Warum?«, fragten wir. Die Elektrozäune heulten.
Jack blickte verdutzt. Weil wir nach Hause müssen, sagte er. Weil wir zu Hause lebten und nur bis zu einer bestimmten Zeit wegbleiben durften.
Wir stritten eine Weile, obwohl Jack nicht recht wusste, worum es eigentlich ging. Er verstand nicht genau, was es bringen sollte, noch länger draußen zu bleiben. Was wollen wir machen?, fragte er. Morgen sind wir dann den ganzen Tag müde, sagte er.
Uns fiel nichts ein, was wir machen konnten. Aber es war schön, draußen auf der Böschung zu sein, über dem neuen See.
– Hand, wir hätten ihn nicht mitnehmen sollen.
– Es hat ihm gefallen.
»Hand, wir hätten das nicht machen sollen.«
Hand schlief weiter.
– Er wollte nicht mitkommen. Er wollte eigentlich nie mitkommen. Er wollte mit uns zusammen sein, aber er hat nie einen Sinn in den Sachen gesehen, die wir gemacht haben.
– Er wollte mitkommen.
– Seit zehn Jahren, zwölf, sehe ich diese Kuh immer wieder vor mir. Ich sehe ihr Auge, ich sehe sie brennen, und ihr Auge schien wach, wirkte noch lange lebendig. Dieses schwarze, feuchte Auge.
– Hör auf.
– Hand, es geht darum, was wir dieser Kuh angetan haben.
– Will. Es geht nicht um die Kuh.

– Hand, wir haben die Kuh bei lebendigem Leibe verbrannt.
– Die Kuh war dem Tod geweiht.
– Wir haben die Kuh mit Benzin übergossen, und wir haben sie angezündet.
– Wir waren jung. Wir sprechen nicht mehr von der Kuh.
– Wir wussten, dass das eine Beleidigung der Welt war.
– Die Kuh wäre gegessen worden. Wir waren dreizehn, und wir mussten brutal auf die Welt reagieren. Wir hatten ihre Regeln gesehen und die Dämonen, die sie unter uns leben lässt. Wir haben die Kuh getötet, um unserer Empörung Ausdruck zu geben.
– Jack wollte es nicht tun, aber er wollte uns nicht im Stich lassen.
– Er ist geblieben, weil er das wollte.
– Wir gingen von der Fete über den Golfplatz und auf diese kleine Farm mit den sechs Kühen. Wir gingen in den Schuppen neben der Scheune, und wir sahen das Benzin, und wir haben die Kuh verbrannt. Uns war nicht unwohl dabei, nicht mal eine Sekunde lang. Viele Jahre lang war uns nicht unwohl dabei, oder? Damals kam es uns richtig vor, eine Kuh mit Benzin zu übergießen und in Brand zu setzen.
– Wir hatten das Recht, erwachsen zu werden.
– Wir haben nicht das Recht, so zu reagieren. Nur einige haben das Recht, die Welt zu vergiften. Wir waren nüchtern, und wir haben es geplant. Wir hassten die Kuh. Jedes Wochenende sind wir drei mit dem Fahrrad an der Kuh vorbeigefahren, und wir fassten den Plan, sie zu töten. Ich hatte eine Vision von einer brennenden Kuh, und wir beschlossen, dass wir diese Vision verwirklichen mussten. Wir hatten kein Recht dazu.
– Egal.

– Die hat sich nicht gerührt, als wir sie übergossen haben. Als das Benzin dann in ihr Fell drang, spürte sie ein Brennen auf der Haut. Sie hat sich auf dem Boden gewälzt. Und dann haben wir das Streichholz geworfen. Wir hatten kein Recht dazu.
– Wir haben es getan, basta.
– Wir hatten kein Recht dazu. Im selben Jahr wollten wir auch zum ersten Mal alle Mädchen küssen. Wir waren Jungen mit finsteren Herzen. Man hätte uns ins Gefängnis steckten oder unter Drogen setzen oder töten sollen. Ich weiß noch, dass ich die brennende Kuh mit völliger Gleichgültigkeit beobachtet habe. Sie hat kaum einen Laut von sich gegeben, diese Kuh. Es war alles ganz still, und die Nacht war hell, so klar, und die Sterne waren leuchtende Haufen, und wir standen am Zaun, lehnten uns hinterher darauf, sahen zu, die Flammen blau und rot, und der Körper darunter wurde immer dunkler, von weiß zu grau zu schwarz.
– Verdammt, hör auf. Jetzt wühlst du nur drin herum, um drin herumzuwühlen. Es hat keinen Sinn.
– Das ist mein Kopf, du Arschloch! *So funktioniert der nun mal.* Er springt von einem schauderhaften Erlebnis zum nächsten.
– Lass mich da raus.
– Wir haben Jack vergiftet, Hand. Die ganzen schlechten Einfälle waren unsere Einfälle. Und wir hatten kein Recht dazu. Uns waren Dinge geschenkt worden, die anderen nicht geschenkt wurden. Wir hatten einen anständigen Kiosk ganz in der Nähe – wir hatten – das ist der Grund, warum sie Jack geholt haben. Und warum mein Gesicht entstellt ist. Es ist verdiente Vergeltung, nichts anderes.
– Durch wen?
– Ich weiß nicht.

– Durch Gott?
– Durch denjenigen, der die Rechnung präsentiert. Irgendwer präsentiert die Rechnung. Irgendwer sorgt für Ausgewogenheit.
– Keiner sorgt für Ausgewogenheit, Will.
– Ausgewogenheit ist das Fundament der Welt.
– Wenn es Ausgewogenheit gäbe, Will, wären wir nicht hier. Wenn es Ausgewogenheit gibt, gibt es auch Logik, und wenn es Logik gibt, dann bist du nicht auf einer Glühbirnenpackung, und wir sind nicht hier.
– Es gibt genug Ausgewogenheit.
– Bilde dir nicht ein, das ginge auf dein Konto. Dein Problem ist, dass du denkst, alles, was dir passiert, würde zum ersten Mal passieren und dass du für alle Menschen und die derzeitige Welt der Dreh- und Angelpunkt bist.
– Aber trotzdem wird es Vergeltung geben. Ich habe meine schon erlebt. Und wir alle werden bestraft. Zuerst vollzieht sich das in unseren Köpfen, und dann in der materiellen Welt.
– Nein. Es gibt keine Ausgewogenheit und keine Vergeltung und keine Regeln. Die Regeln und Ausgewogenheiten, von denen du da schwafelst, sind optimistische Erfindungen eines Mannes, der den Tod fürchtet.
– Es gibt noch so viel mehr. Ich habe es erkannt, und du wirst es auch erkennen, wenn sie dir mal fast den Schädel eingeschlagen haben. Ich hab da gesessen und Dinge aus unserer Vergangenheit gelesen, und sie haben mich fast tot geprügelt. Das ist die Strafe für unsere Hybris, für unsere Grausamkeit.
– Lass mich aus dem Spiel. Ich bin kein Opfer von irgendwas.
– Wenn es keine Begrenzungen gäbe, wären wir in der

Lage, unsere Visionen Wirklichkeit werden zu lassen. Aber wir können es nicht.
– Wir können es. Champagne Snowball.
– O Gott, nein.
– Doch. Das war einer der wenigen vollkommenen Momente, wo jedem Impuls nachgegeben, jede Sehnsucht gestillt wurde. Wir gingen auf die Fete, und unsere Hosen platzten fast vor Verwirrung, aber in unseren Sehnsüchten waren wir eindeutig. Da waren die vielen Schenkel in engem Kord, und nichts sieht auf prallen Schenkeln besser aus als enger Kord, und wir wollten nur eins: diese Menschen in den Arm nehmen, mit ihnen hin und her schwanken und dann den Mund für sie öffnen. Wir wollten ihr Wogen spüren, und wir spürten es. Wir wollten ihren offenen Mund auf unserem, und wir wollten das Licht in ihnen sehen, und wir sahen es.
– Und das ist vierzehn Jahre her. Highschool, du Blödmann. Seitdem ist alles nur Chaos.
– Jetzt widersprichst du dir aber selbst. Wenn es Ausgewogenheit gibt, kann es kein Chaos geben. Gibt es Willkür, kann es keine Strafe geben. Du flehst um Strafe, weil du hoffst, deinen Gott zu schauen. Ohne Strafe gibt es keinen Gott. Wenn es Ausgewogenheit gibt, dann gibt es auch deinen Herrn. Ausgewogenheit bedingt das Jenseits.
– Ich habe daran gedacht, dich zu verlassen.
– Wann? Warum?
– In meinen schwächsten Momenten habe ich daran gedacht, dich zu verlassen, wie du mich verlassen hast. Wie du mich in Oconomowoc verlassen hast. Als wir in Marrakesch waren und durch das Labyrinth verfolgt wurden, war einer meiner ersten Gedanken. *Wow, das wär doch was. Ich könnte ihn hier verlassen.* Ich habe an *Kingpin* gedacht –

– Du hast an Kingpin gedacht, als wir in den Gassen schon fast tot waren?
– Ich kann dir gar nicht sagen, wie schnell mein Kopf sich bewegt.
– Okay.
– Ich hab daran gedacht, wie Bill Murray Woody mit einem Trick dazu bringt, aus dem Auto zu steigen, als die Typen von der Bowlingbahn sie umbringen wollen, und dann fährt Murray los und lässt Woody allein und –
– Worauf willst du hinaus?
– In den letzten Wochen hat es Augenblicke gegeben, da hab ich mir gewünscht, du wärst es gewesen.
– Was? Was gewesen? Der zusammengeschlagen wurde? Ich wünschte auch, ich wär es gewesen, du Arschloch! Das hab ich dir schon tausendmal gesagt! Ich hätte die Schläge liebend gern für dich eingesteckt, du Arschgeige, und noch zehnmal mehr.
– Ich hab mir gewünscht, Jack wäre an deiner Stelle.
– Jack wäre nicht mit dir hier. Jack war zu vorsichtig. Jack –
– Nein, nein. Das vorher.
– Nicht der Lastwagen.
– Ich hatte die schwärzesten Gedanken, Hand. In den Tagen nach Oconomowoc. Ich hab geschlafen, und wenn ich wach war, habe ich vor Wut gekocht. Ich wollte nicht wach sein. Die Bibliothekare schwärmten aus. Sie katalogisierten und kopierten. Sie legten alles ordentlich im Archiv ab und hatten doch immer Kopien parat. Ich wusste nicht, ob ich die Augen auf oder zu lassen sollte. Hatte ich sie zu, war ich ihnen ausgeliefert; es gab sonst nichts, was um meine Aufmerksamkeit rang. Hatte ich sie auf, sah ich mein Gesicht, meinen Körper. Ich hielt sie auf und sah fern. Ich ging nicht ans Telefon. Ich brauchte noch einen

Tag mehr, um sicher zu sein, dass das wirklich passiert war. Wie viel war passiert? Ich machte eine Bestandsaufnahme der Schmerzen, aber ich wollte nicht alles überprüfen. Ich wollte noch nicht alle Antworten wissen. Ich war voll. Ich hatte ein Dutzend Granaten verschluckt. Mein Rückgrat schmorte. Ich konnte stehen, aber ich musste mich vorbeugen, um zu gehen. Mein Kiefer war nicht gebrochen und fühlte sich besser an, als ich gedacht hatte, aber er war auf der rechten Seite ganz blau und wurde langsam schwarz, mit einem kleinen gelben Bluterguss, der sich ausweitete.

– Ich weiß das alles.

– Meine Augen wurden dunkler, zumindest das linke wurde blau. Auf dem Nasenrücken hatte ich eine Schürfwunde, so dick wie ein Bleistift, und ich konnte mich nicht erinnern, woher ich die hatte. Meine linke Schläfe war aufgeplatzt und sah wie eingedrückt aus. Ich nahm ein Bad, und das Wasser wechselte rasch die Farbe von Grau zu Pink. Ich konnte mich nicht aus der Wanne hieven und musste über den Rand rutschen und zum Klo kriechen, an dem ich mich dann hochzog. Ich trank das ganze Bier, das ich im Kühlschrank hatte, sieben Flaschen. Ich lag auf der Couch und fiel immer wieder in einen leichten Schlaf. Ich brauchte die Stimmen und das Lachen aus dem Fernseher.

– Will.

– Ich ertappte mich dabei, dass ich mir irgend so eine Sitcom ankuckte und sie toll fand. Es war zehn Uhr morgens, dann vier Uhr nachmittags, und fünf Bier später – warm aus der Abstellkammer – war es elf. Ich sah Leute, die mit ihren Hunden draußen Gassi gingen, und wollte, dass sie zu mir kamen und ihren Vierbeiner mit mir teilten. Ich wollte Mo und Thor bei mir haben, damit sie über alles meckern und mit meinen alten Schallplatten Frisbee spielen. Nach weiteren sieben – inzwischen Dosen vom im Keller verstauten Vorrat meines Nachbarn – war es fast sechs Uhr morgens, und dann würde ich wissen, ob es real war. Meine rechte Hand war irgendwo gebrochen; ich konnte keine Faust machen, und das machte mich wütender als alles andere.

– Halt verdammt noch mal die Klappe.

– Und irgendwann fragte ich mich, was passiert wäre, wenn du in dem Wagen gesessen hättest. Wenn der Lastwagen dich überrollt hätte. Eine Sekunde lang wünschte ich mir, du wärst es gewesen. Ich wünschte mir, du wärst es gewesen und dass Jack und ich in dem Lagercontainer gewesen wären, weil er mich nicht allein gelassen hätte. Er wäre nicht weg gewesen. Er wäre da gewesen. Aber das werde ich dir nie sagen. Und jetzt wünsche ich es mir nicht mehr, glaube es nicht mehr, denke nicht mehr drüber nach.

– Danke.

– Klar.

– Aber Will. Dein Leben ist hundertmal gelebt worden. Tausendmal. So wichtig ist es eigentlich nicht. Nimm es nicht so ernst. Geh nicht so behutsam damit um.

– Ich bin einfach zu zerbrechlich. Ich hasse dieses Zerbrechlichsein. Meine Hand, ich glaube, die hab ich mir selbst gebrochen. Ich hab zugeschlagen und daneben gehauen und die Stahlwand getroffen, und ich kann kaum eine Faust machen, und wenn ich jemandem die Hand schüttele, zucke ich zusammen. Ich bin zu nichts mehr nütze. Ich zucke bei allem zusammen. Ich sehe einen Boxkampf im Fernsehen und muss ihn abschalten. Ich höre laute Stimmen und fahre hoch. In einer Krimiserie sehe ich, wie drei Männern einen anderen zusammenschlagen, und brauche einen Drink, um mich zu beruhigen. Hand, keiner hat mir was von dem Gewicht gesagt. Wieso haben unsere Eltern uns nichts von dem Gewicht gesagt?

– Welches Gewicht?

– Das beschissene Gewicht, Hand. Wie lebt diese Frau, diese Ingres? Die aus Marrakesch? Falls wir Schiffe sind, und das sind wir, dann sind wir, du und ich, übervoll, und das bedeutet, dass sie auf dem Grund eines tiefen kalten Sees ist. Wie kann sie das Zischen des vielen Wassers ertragen?

– Wir sind keine Schiffe; wir sind Geschosse.

– Wir sind statisch, und wir sind leer. Wir sind übervoll und bleischwer.

»Hand.«

Er schlief weiter. Ich drehte das Radio lauter.

»Hand.«

– Oconomowoc war mein Limit. Bis dahin war ich randvoll, aber Oconomowoc brachte mich zum Überlaufen. Ich konnte es nicht halten. Ich kann es nicht halten.

– Es war nicht Oconomowoc. Oconomowoc war nichts. Jack war es. Jack hat dich geschafft, aber du musst –

– Ich muss gar nichts. Ich bin voll.

– Mach dich leer und fang neu an.

– Vor uns liegt ein solcher Reichtum, alle Nahrung der Welt, alles vollkommen und üppig, und ich will alles verschlingen, doch ich bin schon ganz voll gestopft – mit Sand und Feuer. Mit siebenundzwanzig bin ich übervoll mit Sand und Feuer, und es war nicht meine Entscheidung.

– Gib es weg. Entschlacke es. Verliere es.

– Nichts geht je verloren.

– Wirf deinen Kopf von dir. Erlebe Heldenmut, handle ruhmreich.
– Ich will meine eigenen Gedanken nicht mehr. Ich will, dass mein Kopf nur Teil von etwas anderem ist. Ein kleiner Teil eines denkenden Organismus. Was für eine Pflanze hatten sie da noch gleich in Minnesota gefunden? Der größte zusammenhängende lebende Organismus – irgendeine Unterwasserpflanze oder so, die einen meilenweiten Umfang hat? Das will ich. Macht mich zu einem Teil davon, macht mein Hirn bloß zu einem Teil der Operation. Ich will keine eigenen Gedanken mehr. Ich will meinen Kopf spenden.
– Also gut. Wirf ihn weg.
– Himmel, Hand, wir sind doch erst siebenundzwanzig. Hast du nicht das Gefühl, dass uns einer hier fertig macht? Das Gewicht! Ich schaff das nicht – Es wird nur noch schlimmer werden. Ich werde ein Kind haben, und das Kind wird sterben. Was, wenn ich ein Kind habe, das stirbt? Meine Wunden sind tief bis auf die Knochen. Ich habe zu viele Wunden. Meine Glieder hängen nur noch an Fetzen. Wenn du spüren könntest, wie es ist, in so einem Körper zu leben – alles schreit, meine Hände, ich kann sie nicht mal zu Fäusten ballen –
– Begreifst du denn nicht? Lass es hinter dir.
– Hand, ich bin bereit. Ich brenne auf die Welt. Aber ich war schon wund. Ich wusste gar nicht, wie wund. Dann haben wir diese Reise geplant, und ich dachte, ich könnte mehr tun, könnte es besser machen. Aber jetzt sehne ich das Ende herbei. Wenn man weiß, wann das Gewicht von einem genommen wird, kann man es bis dahin tragen. Weißt du das?
– Du musst alles geben.
– Das tue ich ja.

– Wir erschaffen es. Wir beschwören es herauf.
– Jedes Mal, wenn wir es tun, ist die Welt neu. Ich lebe wieder. Liebe ist in jeder Verbindung enthalten. Wie es sein sollte. Deshalb macht es uns verrückt, wenn sie nicht da ist. Es zerstört unser Gleichgewicht, und wir müssen zappeln, um Gründe zu finden. Wenn wir an einem anderen Menschen vorbeigehen, ohne ihm zu sagen, dass wir ihn lieben, ist das grausam und falsch, und das wissen wir alle. Wir leben in einem beständigen Zustand der Verdrängung und des Ungleichgewichts.
– Nun ja, so weit würde ich nicht gehen –
– Alle müssen uns umarmen.
– Sie haben uns umarmt.
– Hand, ist dir aufgefallen, dass dieser eine Junge im Senegal aussah wie Jack? Der, der den Stein unter unserem Auto weggenommen hat? Als wir zum ersten Mal einen Platten hatten? Der sah genau aus wie Jack.
– Der Junge war schwarz, Will.
– Aber er –
– Jack hatte rote Haare und Sommersprossen, Will.
– Aber da war irgendetwas in seinen Augen. Die Art, wie er sich sozusagen verneigt hat, als er mit dem Stein rückwärts ging. Ich weiß nicht. Irgendwas in seinem Blick. Scheiße. Ich sehe oft Jacks Gesicht. Ich sehe seinen Hinterkopf, oder sein Profil – ich sehe sein Profil neben mir, im Garten, wie er über ein Stück Plakatpappe gebeugt ist, wie er den Stift so schwachsinnig hält, wie er das immer gemacht hat, mit der ganzen Faust, wie damals schon, seine Knie ganz nass von der Erde unterm Rasen, und die Art, wie er lief, wenn er die vierhundert Meter gelaufen ist, das Kinn weit vorgereckt, nicht bloß an der Ziellinie, sondern die ganze Strecke –
»Hand.«

– Oh Mann, wir haben's versucht.
Ich fuhr rechts ran. Ich musste ihn wecken.
»Hand.«
– Oh Mann, wir haben's versucht.
Er schlief weiter. Ich drehte das Radio lauter.
»Hand.«
»Was? Wieso stehen wir?«
Wir standen. Ich hatte angehalten, weil ich nichts mehr sehen konnte.
»Will, meine Güte.«
Ich schluchzte. »Ist gleich wieder vorbei«, sagte ich. »Sorry.«
»Putz dir die Nase«, sagte Hand. Er gab mir einen Socken.
»Verfluchte Scheiße«, sagte ich. Ich versuchte, den ganzen Mist aus meinen Augen und von meinem Gesicht zu kriegen. Da war so viel Mist.
»Verfluchte Scheiße«, sagte ich.
»Ich weiß, ich weiß, ich weiß«, sagte Hand.
»Verfluchte Scheiße Verfluchte Scheiße.«
Er kurbelte sein Fenster runter und steckte den Kopf raus.
»Verfluchte Scheiße Verfluchte Scheiße Verfluchte Scheiße Verfluchte Scheiße.«

Der Wagen war innen grau, die Fenster beschlagen, und ich wollte weiterfahren, es ging wieder. Wir standen seit zehn Minuten, und das reichte.
»Auf geht's«, sagte ich. »Auf zum nächsten Projekt.«
Ein paar Meilen weiter hielten wir wieder an einem sauberen, unfreundlichen Tankstellenrestaurant. Drinnen

kauften wir ein paar Süßigkeiten, und als wir zum Wagen zurückgingen, beschlossen wir, einen Schatz zu vergraben. Auf dem Weg nach Riga würden wir einen Packen Scheine nehmen, ihn irgendwo vergraben, eine Karte malen und dafür sorgen, dass sie irgendwer, ein Kind, fand. Wir machten Station in einer kleinen Provinzstadt mit einer kleinen Provinzbank, wo ich, während Hand auf der anderen Straßenseite neue Socken für uns kaufte – der Geruch der alten war mittlerweile unerträglich – Travellerschecks über weitere 1.000 Dollar einwechselte. Wütend unterschrieb ich die mediterranen Papiere. Eine einfachere Methode wäre dringend empfehlenswert. Hiernach würde ich meine Unterschrift ändern müssen.

Wir trafen uns wieder am Wagen, zogen unsere neuen Socken an – warm, sauber, trocken – und fuhren aus der Stadt, auf der Suche nach einer Abzweigung, von wo aus wir unbemerkt in den Wald gehen, den Schatz vergraben und hinterher irgendwo in der Nähe ein paar Kinder finden könnten. Wir bogen ab, fuhren eine lange, holprige Landstraße entlang und hielten nach Menschen Ausschau. Wir brauchten eine kleines Dorf in Waldnähe. Aber der Wald wurde lichter und bald darauf waren da nur noch Bauernhöfe, leer, abweisend, von den Bewohnern keine Spur. Wir gerieten auf das Gelände irgendeiner Holzfirma, wo gigantische Trucks mit ebenso proportionierten Stämmen beladen wurden. Aber keine Kinder. Mir fiel etwas ein.

»Es ist erst ein Uhr. Die sind noch in der Schule.«

Hand stieß in matter Anerkennung die Luft aus. »Stimmt.«

Am Straßenrand stand ein Tramper, ein Mann um die zwanzig, in Jeans und schwarzer Lederjacke, grau verwittert.

»Wir sollten«, sagte ich.
»Warum?«
»Es ist scheißkalt.«
Wir hielten an, und er stieg ein und setzte sich auf die Rückbank, den Kopf zwischen uns, lächelnd. Wir fuhren.
»Wo kommt ihr her?«, fragte er.
Wir sagten, aus Anchorage. Er fand das cool.
Seine Jacke, ein riesiges, schwarzes Lederteil, hatte einen großen Nirvana-Aufkleber auf der Brust. Darunter einen von Pantera. Am Handgelenk prangte eins von diesen dicken schwarzen, mit Nieten besetzten Armbändern, wie sie von Bulldoggen um den Hals getragen werden. Sein Kopf, den ich mir im Rückspiegel zusammensetzte: ungewaschene Haare, extrem helle Haut, eine Rötung um die Augen und die Mundwinkel, als hätte er sich die Haut geleckt, die der beißende und unaufhörliche Wind wund gescheuert hatte.
»Kalt da draußen, ja?«, sagte Hand.
»Geht so«, sagte der Tramper.
Es waren ungefähr zehn Grad unter null.
»Wie lange hast du da gestanden?«, fragte ich. Seine Augen weiteten sich, als ich das fragte, und mir wurde klar, dass es an meinem Gesicht lag. Aber er sah nicht weg.
»Zwei Stunden, drei Stunden. Schätzungsweise«, sagte er.
Wir fragten ihn nach seinem Namen, und er nannte ihn uns. Taavi Mets. Taavi war in einer Band. Er spielte Schlagzeug. Er und Hand fachsimpelten eine Weile, Marken und Jahre. Hand war mal Gitarrist in einer Band namens Tomorrow's Past gewesen. Taavi wollte den Namen noch einmal hören. Hand wiederholte: Tomorrow's Past. Taavi verstand ihn nicht, und das war auch gut so.
Hatte Taavis Band schon eine Kassette rausgebracht? Ja. CD? Zu teuer.

Wir fragten nach dem Namen der Band. Er ließ sich ein Stück Papier nach hinten reichen und schrieb seinen Namen und den der Band auf:

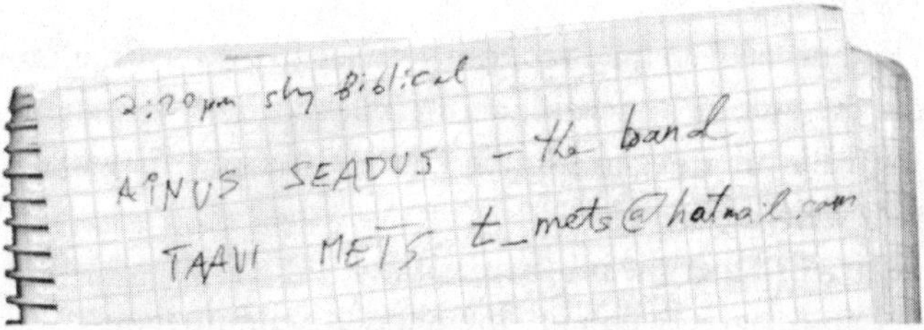


Wir wollten Taavi eine Freude machen und legten die Foo Fighters auf – was Besseres hatten wir nicht. Taavi besuchte eine Fachhochschule in Tallinn und war auf dem Weg nach Hause. Es tat gut, ihn im Wagen zu haben. Zu dritt sein tat gut. Zu dritt sein fühlte sich richtig an. Er studierte Maschinenbau und lebte in Pärnu.

»Pass auf«, sagte Hand und drehte sich zu Taavi um. Ich rechnete damit, dass er sich nach der Wirtschaftslage in Estland erkundigen wollte, der Umstellung auf die freie Marktwirtschaft, der Privatisierung der Industrie, aber Hand beschäftigte etwas anderes.

»Ich haben Frage zu diesen Kämpfen zwischen Bären und Hunden.«

Ich lachte ein kurzes, knurrendes Lachen.

»Wie bitte?«, sagte Taavi.

»Wieso lassen sie Bären kämpfen gegen Hunde?«

Hand war die Sache sehr ernst. Taavi verstand ihn nicht. Hand präzisierte.

»Also, die nehmen den Bären, reißen ihm die Zähne aus, ketten ihn an einen Pfahl und hetzen Hunde auf ihn.«

»Wer?«

»Die Estländer!«
Taavi schüttelte den Kopf. »Wo habt ihr das denn gesehen?«
»Im Fernsehen.«
»Wann?«
»Eigentlich hat eine Freundin gesehen das. Eine Freundin hat es gesehen in Fernsehen, wirklich.«
»Ein Bär, der gegen Hunde kämpft?«, sagte Taavi, »davon weiß ich nichts.«
»Das wird hier nicht gemacht?«
»Nein«, sagte Taavi mit einem leisen Schmunzeln.
»Sie nehmen den {langes *E*} Bär und ziehen ihm die Klauen?«
»Bären? So was hab ich noch nie gesehen.«
»Nicht üblich in Estland?«
»Nein, so was hab ich noch nie gesehen.«
Ich war erleichtert, aber es war offensichtlich, dass Hand noch immer argwöhnisch war oder sogar hoffte, dass die russische Tänzerin Olga Recht hatte und dass Taavi, der estnische trommelnde Maschinenbauer falsch lag. Hand wollte, dass es stimmte, dass sie Bären gegen Hunde kämpfen ließen. Ihm das zu nehmen war grausam – es wäre Teil seiner Bibliothek faszinierender Fakten geworden, ein beliebtes und oft aufpoliertes Stück in seinem großartigen Flügel mit Tierquälerei-Anekdoten, obwohl er davon schon zu viele hatte.
Wir fragten Taavi, was er so mache, wenn er sich amüsieren wolle, und er erzählte uns eine lange Geschichte, wie er und seine Kumpel letzte Woche draußen im Wald illegalen Wodka – nicht stärker, wie er sagte, nur billiger – getrunken hatten –
»Schwarz gebrannt«, sagte ich.
»Der war nicht schwarz«, sagte Taavi.

»Nein, das heißt illegal.«
– am Lagerfeuer. Das klang gut; es klang nach Wisconsin, sagten wir. Nur bestimmte Menschen trinken im Winter draußen: Menschen aus dem Mittleren Westen und Menschen aus Estland.
»Ich glaube, ich mag Wisconsin«, sagte er grinsend.
»Vermisst du die Sowjets?«, fragte Hand.
Er lachte. »Nein. Nicht sehr.«
Er erzählte uns, wie er und seine Freunde als Kinder mit Steinen nach den Militärkolonnen geworfen hatten. Wir erzählten ihm, wie wir mit Eicheln nach Polizisten geworfen hatten. Er überlegte eine Sekunde. Er spitzte die Lippen zu einer kunstvollen Denkermiene. Es tat gut, Taavi bei uns zu haben, aber es war auch furchtbar. Die Landschaft um uns herum, waldig und mit Schnee bepudert, war zu vertraut. Taavi war zu vertraut.
»Gefällt es dir hier jetzt viel besser? Seit 1989?«, fragte Hand.
»Ja, ja«, erwiderte er lächelnd.
– Vielleicht ist es dein Mund, Taavi.
»Estland, ist die Wirtschaft gut?«, fragte Hand.
»{Leises Lachen} Wird langsam besser.«
– Es ist das Lachen.
– Was ist damit?
»Wird sie gut sein, schon bald, ja?«, fragte Hand.
»Ja. Ich glaube schon.«
»Aber Tallinn ist reiche Stadt, nicht? Wir hören, jeder hat Handy.«
»Wer sagt das?«
»Das Buch.« Hand zeigte ihm den Reiseführer. Taavi überflog die Seite, wobei seine Finger das Papier berührten, als wäre es eine Kristallkugel.
»{Leise lachend} Oh nein, ich nicht, ich nicht.«

Nichts stimmte. Nichts in diesem Reiseführer stimmte außer den Karten. Stimmen Karten? Sonst stimmte nichts. Das Wort *Tatsache* dürfte es nicht geben. Sämtliche Tatsachen verändern sich auf dem Weg in die Druckerei.

Taavi zeigte auf eine kleine Fabrik, eine halbe Meile vor uns.

»Da hab ich gearbeitet, den Sommer über.« Sein Englisch war besser als Hands.

»Genau da?«

»Ja. Ich war ... wir haben Brücken gebaut.«

»Genau hier?«, fragte ich. »Da drin werden Brücken gebaut?«

»Ja.«

Das Gebäude schien mir nicht groß genug.

»Wie eine Fabrik? Hast du Schweißarbeiten gemacht?«

»Ein bisschen.«

»Dann ist das eine große Fabrik?«

»Niiecht sehr groß. Kleine Brücken.«

Wenn das stimmte – dass es Fabriken gab, in denen große Brücken gebaut wurden, und andere, die kleine bauten –, dann würde mein Leben, das wusste ich, reicher und mit mehr Freuden gesegnet sein. Auch Hand legte diese Information im Archiv ab.

»Wollt ihr sehen?«, sagte Taavi und ruderte mit der Hand, was heißen sollte, dass wir die nächste Ausfahrt nehmen konnten.

Konnten wir? *Wir konnten! Wir sollten.* Es wird zu lange dauern. *Wo wollt ihr denn noch hin?* Riga. Wir fahren nach Riga. *Aber was ist in Riga?* In Riga ist Riga, und wir haben beschlossen, uns Riga anzusehen.

»Wir sollten lieber weiterfahren«, sagte ich.

»Sag mal«, sagte Hand mit der dröhnenden Stimme eines

großzügigen Gastgebers, »willst du Ingenieur werden oder Drummer?«
Die Antwort kam prompt: »Drummer, Drummer!«
Wir lachten alle. Hand und Taavi sprachen über Studiomieten, wie teuer sie in Estland waren, wo sie ihre Kassetten hatten machen lassen, wie Metallica in Tallinn aufgetreten war und über 30.000 Leute gekommen waren – das größte Konzert aller Zeiten in Estland. Wir mochten Taavi, und er mochte uns. Ich wollte so viele Fragen stellen – ich wollte, dass er uns von Sowjets mit Panzern erzählte, die in Tallinn stationiert waren – dass er uns dieses Bild malte. Und hatte es auch mal Miniaufstände, Miniunruhen, einen organisierten Widerstand im Untergrund gegeben? Hatte er Freunde in der sowjetischen Armee gehabt, und wenn ja, hatte das zu Konflikten geführt – waren welche von ihnen nach der Befreiung von Estland bestraft oder getötet worden – gab es Repressalien?
Aber wir sprachen die meiste Zeit über Musik und Trinken. Hand war schon mal in New York gewesen, und da wollte Taavi hin. Hand hatte sowohl die Who als auch die Sex Pistols auf ihren Comeback-Tourneen gesehen, beides in Milwaukee, und das haute Taavi fast um. Dass uns Taavi Mets in jeder Hinsicht vorkam wie jemand, den wir seit der Highschool kannten, war irgendwie normal und gleichzeitig enttäuschend und schade – aber vielleicht war es ja gut so. Was wollten wir denn? Wir wollen, dass die Welt kleiner ist und größer und fast unverändert, aber fortschrittlich. Wir wissen nicht, was wir wollen. Ich fragte mich, ob Taavi Lust hätte, mit uns nach Kairo zu kommen, und überlegte, ihn zu fragen, überlegte mir es dann aber anders. Taavi wirkte so vertraut, vielleicht lag es nur an der Art, wie er uns zuhörte, oder an seinem kleinen, prustenden Lachen, aber wahrscheinlich an der Art,

wie er zuhörte. Allmählich beunruhigte mich seine Gegenwart. Ich mochte Taavi, aber dass er da war, nach vorn gebeugt, zwischen den Vordersitzen – das war wirklich nicht richtig. Ich hatte Angst, irgendjemand würde ihn dort sehen. Er würde wissen –

Diese Landschaft war so vertraut. Die Kiefern, die Birken, die eisige Straße, die Krähen –

nOh Mann, wir haben es versucht. Wir hätten früher dort sein können. Er lebte noch, als wir ankamen. Als wir an dem gottverdammten Krankenhaus in Fond du Lac ankamen, lebte er noch. Als ich erfuhr, dass er verunglückt war, dass ein Lastwagen seinen Wagen zermalmt hatte, dachte ich, er wäre tot, aber Pilar sagte, er lebe noch, angeschlossen an Beatmungsgeräte, und ich schnappte nach Luft. Hand und ich fuhren abends um acht los und waren um zehn im Krankenhaus.

Jacks Mom war da, aber sein Vater war zum Wagen gegangen, um eine Decke zu holen. Wieso er eine Decke hole?, fragte Hand. »Er friert doch so leicht«, sagte sie. Wir konnten Jack nicht sehen. Wir waren keine Familienangehörigen, und es war zu früh. In dem Zimmer drängten sich die Ärzte. Die meisten von Jacks Wirbeln waren zertrümmert, und sein Rückgrat war beinahe durchtrennt worden. Es gab fast keine Chance, es zu reparieren. Aber gab es nun eine oder nicht, Himmelherrgott? Wir standen im Flur. Der Boden unter mir war kalt, aber er war ruhig und sauber. Das Krankenhaus war makellos. Ich neigte den Kopf, kniff die Augen zusammen und spähte über den Boden, dachte, ich könnte meinen Blick über den Boden gleiten lassen wie einen tief fliegenden Vogel. Der Boden glänzte öde und dumm. *Gab es eine oder nicht?*

Jacks Mom bat Hand, nach ihrem Mann zu sehen – er war schon seit zwanzig Minuten weg. Hand tat es und kam mit ihm zurück und flüsterte mir zu, dass Jacks Dad vor dem Kofferraum des Wagens gekniet hatte, die Hände über dem Kopf, auf dem Kofferraumdeckel, und Hand hatte ein oder zwei Minuten neben ihm gestanden, ehe Jacks Dad ihn bemerkte. Hand erzählte mir das, und ich hörte zu, aber ich blickte dabei über seine Schulter hinweg auf ein Bild, eins von hundert im Flur, alle von einer Kunstschule am Ort, Aquarelle von Amateuren. Das hinter Hand war eine Blutorange mit einem Messer drin.

Jack war bei Bewusstsein gewesen, als man ihn einlieferte. Es war Mitternacht, und wir waren allein mit Jacks Mom in der Cafeteria, und sie erzählte es uns. Sie aß eine Banane und erzählte es uns beim Kauen. Sie hatte ganz kleine Augen, lidlos, in ihr Gesicht hinein geschnittene Schlitze. Ihre Stirn war tief zerfurcht, die Haut dick, die Falten wie Messerschnitte in Ton. Wir liebten sie, aber jetzt fühlten wir uns hintergangen. Das hatte sie uns vorher nicht erzählt, und sie unternahm absolut nichts. Ich war eifersüchtig auf die Sanitäter. Ich wollte ihnen in den Bauch schlagen und dann über ihnen stehen, meine Füße auf ihrer Brust, und von ihnen hören, was er gesagt hatte. Was hatte er gesagt? Jacks Mom wusste es nicht. Er war nicht ganz bei sich. Was denn nun, bei Bewusstsein oder nicht ganz bei sich? Dämliche Mom. Sie war weggetreten. Nutzlos. Alle hatten schon aufgegeben. Mein Gott, keiner wusste, was die da machten. Sie ging wieder nach oben.

»Sie ist unnütz«, sagte Hand. Er hatte Recht. Der Vater saß in eine Decke gehüllt im Wartezimmer, und die Mutter aß eine Banane.

Er war bei Bewusstsein gewesen, als er eingeliefert wurde. Verdammt noch mal, Leute, keiner ist bei Bewusstsein, wenn er eingeliefert wird, und dann – Man kann nicht aufgeben, wenn einer bei Bewusstsein ist, wenn er eingeliefert wird, zum Teufel noch mal. Wie groß waren die Chancen, dass die Ärzte in Fond du Lac überhaupt eine Ahnung hatten, was sie da machten? Gleich null. Jacks Eltern warteten darauf, dass die Ärzte was taten. Es war keine Zeit zu warten. Was zur Hölle machten die?

»Wir sollten mit den Typen selbst sprechen«, sagte Hand. Vor der Cafeteria war ein Münztelefon, wo wir in den Gelben Seiten nachschlugen und dann die privaten Ambulanzfirmen anriefen. Keiner wollte uns irgendwas sagen, diese Arschlöcher – keiner von denen wollte uns sagen, ob sie ihn eingeliefert hatten oder nicht. Wir kamen zu dem Schluss, dass wir nicht unbedingt wissen mussten, was er gesagt hatte. Das würden wir später herausfinden, im Augenblick spielte es keine Rolle. Wir hatten Geheimtreffen auf dem Parkplatz, Hand und ich, traten gegen Steinchen und rupften Zweige von den Bäumen. Zurück im Krankenhaus verfolgte Hand eine Ärztin bis in den Aufzug und nahm sie in die Mangel. Hand wollte etwas über die Prognose und Behandlung erfahren. Kein Mensch wollte mit uns reden. »Die haben Murks gemacht«, sagte er zu mir. »Die haben Murks gemacht, und die verheimlichen uns was.« »Was hat sie gesagt?« »Nichts. Und das ist der Beweis.« Die Ärzte wussten mehr, als sie sagten, und Hand war sicher, dass sie mehr tun könnten. Sie hatten Mist gebaut und wollten es vertuschen. Wenn er bei Bewusstein war, als er eingeliefert wurde, müsste er wieder in Ordnung kommen, meinte Hand. Ich gab ihm Recht. Er war bei Bewusstsein! Die hatten irgendwas falsch gemacht.

Hand fuhr zu einem Walgreen's-Laden, der rund um die Uhr geöffnet hatte, und kam wieder, ging forsch den Flur entlang, nickend, blinzelnd, bereit. »Was ist das?«, fragte ich. »Du weißt, was das ist«, sagte er und zog einen Minikassettenrekorder aus der Tüte. Ich wusste, was er vorhatte. »Die sagen dir überhaupt nichts mehr, wenn sie wissen, dass ein Band mitläuft«, sagte ich. »Das weiß ich«, sagte er, und dann zeigte er mir den restlichen Inhalt der Tüte – ein Notizbuch, ein paar Beutel Erdnüsse, eine Rolle weißes, gezacktes Pflaster und eine elastische Bandage. »Sie werden es nicht wissen«, sagte er.

Auf der Toilette hielt Hand sich den Kassettenrekorder an den Bauch, während ich das Gerät mit Pflaster befestigte. Dann wickelte ich ihm die elastische Bandage um den Torso, um den Rekorder zu fixieren. Die Ärzte, die Murks gemacht hatten, würden ins Kittchen wandern. Oder die Rettungssanitäter. Sie würden auf Milliarden Schadensersatz verklagt werden. Sie würden ihres Lebens nicht mehr froh. Hand trug das Gerät die nächsten sechs Stunden. Der Aufnahmeknopf war oben auf der rechten Seite. Hand würde so tun, als ob er niesen müsste, sich kurz wegdrehen und den Knopf drücken. Es würde klappen.

Aber ich glaubte nicht, dass es klappen würde. Die Tür zu dem Zimmer, in dem Jack war, blieb geschlossen, und ich wusste nicht, was wir als Nächstes tun sollten. In jeder Sekunde hätten wir irgendwas tun können, und wir warteten. Auch wir warteten. Wir standen da, blinzelten, warteten. Wir überlegten, was wir mit unseren Händen machen sollten, während wir warteten. Alle warteten. Nur ab und an gab die Welt uns irgendwelche Aufgaben, wunderschön unvermittelt, die wir erledigen mussten, und solange wir damit beschäftigt waren, fühlten wir uns wie elektrisiert und berauscht. Doch jetzt und hier mussten wir handeln, weil nur wir die Sache in Ordnung bringen konnten. Wir konnten doch nicht einfach gar nichts tun. Du kommst zu einem Laden, der gerade geschlossen hat. Du siehst, dass die Lichter noch an sind, dass noch Leute drin sind, die Sachen wegräumen, und du wendest dich ab, weil dir ein Schild gesagt hat, du sollst dich abwenden. Wir lassen uns so leicht von irgendwas abhalten. Wir sind alle schwach und feige. Aber ich möchte gegen das Fenster trommeln, die Scheibe zerschlagen, meine Hand hindurchstecken und den Türknauf drehen und einfach reingehen –

Hand nahm Gespräche mit Schwestern und Pflegern auf, kam den Ärzten immer näher. Als eine Seite des Bandes voll war, gingen wir wieder auf die Toilette, und ich wickelte Hand aus und drehte die Kassette um und wickelte ihn wieder ein. »Hast du schon was Gutes drauf?« »Noch nicht so richtig, aber ich bin verdammt nah dran. Alle haben Angst. Die haben Todesangst.«

– Großer Gott, meinst du nicht, ich könnte diese Dinge gegen dich verwenden? Weißt du denn nicht, dass *ich* alles kann, was *du* kannst? Weißt du nicht, dass ich deine Winde befehlen, die Erdplatten verschieben kann, genau wie du? Diese Erde gehört dir nicht; sie gehört uns. Weißt du das denn nicht, verdammt? Warum spielst du mit uns, wo du weißt, dass ich das Gleiche und Schlimmeres mit dir machen werde? Ich werde die Winde deiner Welt gegen dich richten. Ich werde deine Winde nehmen, sie umdrehen und dir entgegenschleudern. Ich werde sie mit deinen Ozeanen vermischen, ich werde sie zusammenquetschen und sie zu dir nach oben entsenden und zusehen, wie du in tosenden Wassern aus dem Blut und den Leibern deiner Lieblinge ertrinkst. Sieh dich an. Sieh dich doch an! Du bist haarlos und weiß, mit Augen aus glühendem Schwarz und Rot – was macht dich so sicher, dass ich dir nicht auf dieselbe Weise wehtun werde? Was macht dich so sicher? Ich kann deinen Himmel nehmen und ihn in große Streifen reißen und zusammenknüllen und verschlingen, ihn in Brand stecken. Wieso glaubst du, dass ich dich nicht bis in den letzten Winkel der Erde verfolgen und hierfür bezahlen lassen werde? Was macht dich so sicher, dass ich dir das alles nicht heimzahlen werde? Ich werde dich von reißenden Fluten aus Blut wegtreiben lassen! Ich werde auf dem Berge thronen und das Gericht über dich senden. Du sollst *meinem* Hause die Treue halten! Und deshalb soll das Böse über dich kommen und Unheil dich befallen; du sollst ihm nicht entrinnen: und siehe, ungeahnter Jammer soll dich überkommen wie ein Dieb in der Nacht! Was aber wirst du sagen, am Tage der Heimsuchung und in deinem Jammer, der dich aus der Tiefe bedrängt? An wen wirst du dich Hilfe suchend wenden? Und wo wird sein deiner Herrlichkeit Ort? –

Oh Herr, mir schwindelt und ich bin nass – ich werde dir alles Gewesene verzeihen, wenn du uns dies gewährst, wenn du uns dies gewährst. Wenn du uns dies gewährst, wenn du uns die unerlässliche Stärke verleihst und uns dann den Weg bereitest, dann werde ich dich ehren und rühmen in der Welt. Aber wenn du ihn hinwegnimmst, ist die Rache mein –

»Ich hab eine Idee«, sagte Hand. »Komm, steh auf.« Hand hatte ein paar von seinen Medizinerbekannten in St. Louis angerufen und ein Krankenhaus in Mexiko aufgetan, das experimentelle Rückenmarksoperationen vornahm.

»Wo?«

»Chiapas.«
»Nein.«
»Ehrenwort.«
Die Wirbelknochen würden durch Porzellanwirbel ersetzt, die nach dem Muster der alten modelliert waren, und das Rückenmark würde zuerst eingefroren – Hand sprach von *Hypothermaler Schockbehandlung* –, damit es die Therapie besser annahm, die peripheren Nerventransplantate –
»So was bezahlt doch keine Versicherung«, sagte ich. Ich stand jetzt wieder, und wir waren vor dem Blutorangengemälde. Der Maler dieser Orange war geisteskrank.
»Na und? Du hast doch Geld«, sagte Hand.
Das stimmte. Das stimmte! Ich war ganz begeistert von der Idee, es dafür zu verwenden. *Ich werde das gottverdammte Geld verwenden!* Ich hatte für das Geld einen Verwendungszweck. Das Geld hatte einen Sinn. Ich spürte eine göttliche Ordnung, die ich nie zuvor erkannt hatte. Deshalb war mir das Geld geschenkt worden. Es fügte sich alles zusammen. *Natürlich fügte sich alles zusammen! Es gibt eine Ordnung!* Eine Glühbirne, ein unverhoffter Geldsegen, jetzt das.
– Großer Gott, das ist deine letzte Chance.
Ich war mir sicher, dass die mexikanische Behandlung exakt 80.000 Dollar kosten würde. Es würde funktionieren. Es würde hart werden, aber es war möglich. Manchmal lag ein schönes Stück Arbeit vor einem, und man musste sich einfach hineinstürzen und dann den Weg nach draußen finden. Ich würde dafür bezahlen, Jack nach Mexiko fliegen zu lassen, egal wie sie es anstellten. Vielleicht mit einem Hubschrauber? »Militärflugzeug«, sagte Hand. Wir würden Jack mit einer Militärmaschine transportieren lassen, die ohnehin in die Richtung flog. Oder aber im

Frachtraum einer Passagiermaschine. Ich hatte noch nie eine Krankenbahre im Flugzeug gesehen. »Das wird mehr kosten als 80.000«, sagte Hand. »Alles in allem kostet die gesamte Behandlung am Ende wahrscheinlich so um eine halbe Million.« »Nein, nein«, sagte ich, ganz sicher. »Es wird 80.000 Dollar kosten. Mehr nicht.« Es gibt einen Grund. Hier würde es einen Grund geben. Er sagte nichts dazu.
Auf Hawaii war es noch fünf Uhr nachmittags, also rief ich Cathy Wambat an, um mich zu vergewissern, dass ich sofort an das gesamte Geld kommen konnte. Das mit den Investmentfonds würde ein oder zwei Tage dauern, sagte sie, und ich würde Steuern zahlen müssen. Okay, sagte ich. Und wie viel hatte ich in bar zur Verfügung? Etwa zwanzigtausend, sagte sie, auf einem Geldmarktkonto. Noch nicht investiert. Gut, sagte ich. 20.000 Dollar würden uns schon mal auf den Weg nach Mexiko bringen, ganz sicher. Sie würden sehen, dass wir alles bezahlen konnten, sie würden sehen, dass es uns ernst war. Und wie läuft das?, fragte ich. Wie komme ich an das Geld? Ich dachte mir, dass sie es lieber in bar haben wollten, als Beweis, eindeutig und ohne irgendwelche Verzögerungen. Cathy Wambat schlug eine telegrafische Überweisung vor. Die könnten sie innerhalb einer Stunde erledigen, sagte sie. Ich sagte okay, war aber nicht sicher. Würden wir diese Stunde haben? Das würden wir wissen, sobald wir in Mexiko waren.
Das Münztelefon klingelte. Es war meine Mom. Cathy hatte sie angerufen und ihr die Nummer gegeben. Es war zwei Uhr morgens. Ich wollte jetzt noch nicht mit ihr sprechen. Cathy hatte nicht gewusst, warum ich das Geld wollte, aber meine Mutter trotzdem angerufen. Ich setze mich sofort ins Auto und komme, sagte sie. Ich erklärte

ihr, dass wir Jack nach Mexiko bringen würden und schon weg wären, wenn sie ankäme. Ich flehte sie an, keine Fragen zu stellen – der Plan wäre noch in Arbeit. Es würde schwierig werden, aber es war machbar. Sie könne fliegen, sagte sie. Ich sagte ihr, dass sie bis zum nächsten Tag warten solle – vielleicht könnte sie in Mexiko zu uns stoßen. Wie sollte sie von Memphis nach Mexiko kommen?, fragte sie. Ich weiß nicht, sagte ich. Du hältst uns auf. Ich nahm ihr das Versprechen ab, Jacks Eltern nichts von unserem Plan zu erzählen. Sie würden es nicht verstehen.

Und wie kamen wir nach Mexiko? Wir wussten, dass es für einen Hubschrauber zu weit war. Aber wie kriegten wir eine Militärmaschine? Hand glaubte, er habe einen Bekannten auf dem Air-Force-Stützpunkt Whiteman bei Kansas City. Also mit dem Hubschrauber bis Kansas? Zu weit. Hand fiel ein anderer Bekannter auf dem Stützpunkt in Peoria ein – bei der Luftaufsicht. Peoria war viel näher. Also ein Hubschrauber bis Peoria, von dort nach Kansas? Oder vielleicht ein Flugzeug vom Marinestützpunkt Great Lakes? Nein, nein, da kannten wir niemanden. Wir würden einen Teil der Strecke fahren müssen.

Von Fond du Lac nach Peoria
von Peoria nach Whiteman
von Whiteman nach Mexico City

Aber wieso überhaupt Whiteman? Vielleicht konnten wir Whiteman überspringen. Aber hatten sie denn in Peoria Jets oder bloß Propellermaschinen? Hand grübelte. Hand telefonierte herum. Bald waren wir sicher, dass die Ärzte irgendwas verheimlichten. Wir hatten sie untereinander sprechen sehen, mit besorgten Mienen, und ein Arzt hob die Stimme, wütend auf die anderen, wurde dann beschwichtigt. Sie wichen uns aus. Sie wichen unseren Blicken aus! Das war abgesprochen. Einer von ihnen hatte Mist gebaut. Nun war es zu spät, um das wieder gutzumachen. Wir mussten uns einschalten. Aber das mit den Hubschraubern und Flugzeugen klappte nicht. Hand rief seine Bekannten an und bekam keine Hilfe. Normale Menschen wurden nicht in Militärflugzeugen durch die Gegend geflogen, und wir hätten mit ihm verwandt sein müssen, um ihn in einer Verkehrsmaschine unterzubringen. Jemanden von der Fluggesellschaft bestechen? Das Risiko war zu groß. Wir wussten, dass wir Jack vielleicht selbst würden fahren müssen, die ganze Strecke. Wahrscheinlich sogar. Wir würden einen Minivan mieten. Die Fahrt würde ungefähr dreißig Stunden dauern, so rechneten wir aus. Vielleicht mehr? Vierzig Stunden. Wir würden seine Eltern von unterwegs anrufen. Sie würden einsehen, dass es das Beste war. Sie würden einsehen, dass sie aufgegeben hatten, wir aber nicht, und dass es den Versuch wert war. Wir hatten das Geld, würden wir ihnen sagen. Wir hatten 80.000 Dollar, und das würde alle Kosten decken. Wir würden uns ziemlich vage ausdrücken, damit sie nicht versuchen würden, uns zu finden, uns aufzuhalten. Sie würden inzwischen den Verstand verloren haben und waren nicht mehr vertrauenswürdig. Letzten Endes würden sie uns danken. Wir würden Jack retten, also würden sie uns danken müssen. Würden wir an der Grenze kontrolliert werden? Wir wussten es nicht. Wir könnten ihn verstecken. Er könnte schlafen. Wir würden die Trage runterlassen, sodass sie wie ein Bett aussah. Wir würden reichlich Kissen mitnehmen.

Wir fragten erneut, aber sie sagten, dass es mindestens noch weitere zwölf Stunden dauern würde, bis wir rein durften und ihn sehen konnten. »Er würde uns sehen wollen«, erklärte ich der Ärztin, und sie nickte und gab mir Recht, sagte aber dann, dass es noch zwölf Stunden dauern würde. Wir würden sie in den Schrank einschließen. Sie arbeiteten an einigen unteren Wirbeln, mussten dann den Druck auf den Hirnstamm verringern, und dann –

Es war drei Uhr morgens. Wir gingen wieder auf den Parkplatz, um ein Wettrennen zu machen. Wir waren so aufgekratzt, dass wir laufen mussten. Wir rannten von einem Ende zum anderen, um parkende Autos herum, unter den Lampen her, die jedem von uns sechs flitzende Schatten verliehen. Die Ziellinie lag über einer niedrigen Hecke, struppig, schwarz – wir mussten drüberspringen, um zu gewinnen. Es gab vieles zu erledigen, aber noch war es nicht so weit; die Zeit würde kommen. Wenn Mexiko aufwachte, würden wir anrufen und ihnen mitteilen, dass wir kamen; wenn Jack stabilisiert war, würden wir ihn mitnehmen. Doch vorläufig mussten wir die Stunden ohne Schlaf vertreiben, und wir rannten über den Parkplatz, und Hand ahmte Jacks Laufstil nach, Brust raus, Kinn vorgestreckt, als wäre er die ganze Zeit an der Ziellinie.

Um fünf Uhr waren wir wieder drinnen, und Jacks Mom kam aus der Intensivstation. Sie sagte, Jacks Gehirnaktivität sei minimal und würde stündlich schwächer. Was bedeutet das?, fragte ich. Sie sagte, es bedeute, dass er keine messbare Schädelaktivität habe – Schädelaktivität?, das ist nicht mal das richtige Wort –, dass er langsam erlösche. Sie sagte nicht hirntot. Sie sagte, seine Gehirnaktivität ließe nach, so was in der Art. Hand wollte Genaueres wissen, aber mehr wusste sie nicht. Sie und ihr Mann stellten nicht die richtigen Fragen. Wir mussten die Dinge in die Hand nehmen. Hatten sie eine Kernspintomographie gemacht?, fragte Hand. Natürlich, sagte sie. Er reagiert auf keinerlei Reize, sagte sie. Das muss nichts heißen, sagte ich. Gehirnaktivität kann man nicht messen. Das geht nicht!, sagte ich. Du hast Recht, sagte Hand. Jacks Mom ging, und Hand sagte, er hätte mal was darüber in ein paar Fachzeitschriften gelesen, und ich hätte wahrscheinlich Recht. Keiner kannte sich mit Gehirnaktivität aus. Nicht messbar. Ungenaue Wissenschaft. Hand und ich maßen ihren Worten so gut wie keine Bedeutung bei.

Hand fuhr wieder zu Walgreen's und kaufte einen Atlas und zeichnete die beste Strecke ein. Wir fragten eine Krankenschwester in unserem Alter, schwarz und stämmig, wie lange ein Venentropf hielt. Wir bräuchten mindestens sechs, rechneten wir aus. Wir würden zehn mitnehmen. Wir fragten, ob sie tragbare Beatmungsgeräte hätten, die an einen Generator angeschlossen und im Auto transportiert werden könnten. Hand war sicher gewesen, dass sie von sämtlichen Apparaten auch tragbare Ausführungen hatten und dass alles auch im Fall eines Stromausfalls funktionieren musste. Sie erklärte, das Krankenhaus hätte so was in der Art, das funktionieren könnte, wenn es korrekt angeschlossen wurde. In den Krankenwagen gab es ja schließlich auch welche. Am Morgen würden wir zu einem Baumarkt fahren und uns die entsprechenden Anschlüsse besorgen. Wann machten die Geschäfte auf? Baumärkte normalerweise um sechs. Die Stunden vergingen schnell bis fünf Uhr, dann blieben sie stehen. Zwischen fünf und sechs ohrfeigten wir uns selbst, um wach zu bleiben, wachsam. Es gab keine neuen Informationen.

Um sechs Uhr fuhr Hand zum Baumarkt und kam mit Verlängerungskabeln, Stromkabeln und Kupferdraht –

ich fragte nicht – und einem kleinen Generator zurück, alles zusammen für mehrere hundert Dollar. Um halb acht zog ich los, um den Minivan zu mieten. Wir waren nicht weit von der Mietwagenfirma Enterprise entfernt, also schickten sie jemanden, der mich abholte. Es dauerte zu lange. Ich wartete eine halbe Stunde auf dem Parkplatz, verfluchte sie, malte mir aus, wie ich ihren Van auseinander nahm. Schließlich erschien ein junger, aufgeweckter, gut gelaunter Bursche mit hochgeschlagenem Polohemdkragen und brachte mich zu seiner Firma, und zwanzig Minuten später war ich mit einem traubensaftfarbenen Minivan wieder auf dem Parkplatz, und wir bauten die Sitze aus. Die zwei hinteren Sitze mussten rausgenommen werden, aber wohin damit? Wir ließen sie auf dem Bürgersteig stehen, wollten sie im Wald auf der anderen Straßenseite verstecken. Wir mussten noch so viele andere Dinge klären. Mein Auto, mit dem wir hergefahren waren, würde von den Cops gefunden werden, und sie würden es abschleppen und beschlagnahmen, sobald sie erfuhren, dass wir Jack mitgenommen hatten. Störte mich das? Ich konnte mich nicht entscheiden. Nein, es störte mich nicht sehr. Ich fuhr den Wagen trotzdem auf die Rückseite des Gebäudes und stellte ihn bei den Müllcontainern ab, noch immer überzeugt, dass ich ihn verlieren würde. Ich nahm so viel ich konnte von der Rückbank und brachte es zum Minivan. Der Van hatte einen starken Motor, und wir würden schnell fahren können. Wir würden wahrscheinlich in jedem Staat geblitzt werden, aber das machte nichts. Es gehörte einfach zu der Fahrt dazu. Wenn wir abwechselnd fuhren, würden wir keine Schlafpausen einlegen müssen. Die Gegend würde wärmer werden, je näher wir dem Ort kamen, zu dem wir Jack brachten, damit er gerettet wurde, damit er aufwachte und sagte *Scheiße, Jungs, wo bin ich denn eigentlich?*, und wir würden ihm die Geschichte erzählen, und er wäre völlig verblüfft, aber so überrascht doch wieder nicht. Während er sich erholte, würden alle kommen und ihn besuchen, und schließlich würden wir uns fragen, ob wir nicht, ja Mensch, einfach in Mexiko bleiben sollten, wir drei. Die Grundstücke da unten wären um einiges preisgünstiger als in Phelps, oder etwa nicht? Und ob sie günstiger wären. Vielleicht wäre Jack hinterher gebrechlicher. Er wäre wie Kennedy, der als Kind schwer krank gewesen war und später Touch-Football spielte und sportlich war, aber trotzdem anfällig, nie wieder richtig fit. Kennedy! Verdammt, dem sah er ähnlich. Oder lag das bloß an seinem Haar, diesem akkuraten Scheitel? Oder nur am gemeinsamen Vornamen? Ich versuchte nachzudenken und schirmte gerade meine Augen gegen die aufgehende Sonne ab, niedrig und grell, sah, wie Hand aus dem Wald zurückgetrabt kam, wo er die Sitze versteckt hatte. Es wurde schon warm, so früh, als Jacks Mom durch die Krankenhaustüren nach draußen trat und auf uns zukam, die Hände über dem Kopf gefaltet –

»Nicht schon wieder«, sagte Hand.

»Tu ich ja nicht, Arschloch.«

»NichtmitdiesemneuenTypenimAuto.«

»Ich tu's ja nicht.«

Taavi sagte nichts.

Die Straße verschmolz mit Pärnu, einer kleinen Stadt aus roten, geduckten Backsteinhäusern, und im Zentrum die Türme eines geduckten, burgunderroten städtischen Gebäudes. Hier müsse er aussteigen, sagte Taavi.

»Hier bitte halten«, sagte er. Wir hielten an einer Tankstelle. Hand gab ihm seine Adresse, und Taavi sagte, er würde Hand eine Kassette schicken, und wir verabschiedeten uns voneinander. Taavi stieg aus und ging energisch über den Parkplatz auf die Bushaltestelle auf der anderen Straßenseite zu. Ich zog alle Scheine in Euros aus meiner Socke und reichte sie Hand.

»Gut«, sagte Hand. »Ich hatte gehofft, dass du das tust.« Er lief hinter Taavi her.

Er holte ihn noch auf der Straße ein und drückte ihm die Scheine in die Hand, umgerechnet rund 850 Dollar. »Für die Band«, sagte er, »aber nicht für Wodka!« Taavi lachte und dankte ihm und joggte über die Straße. Hand ging zurück und schloss die Tür und drehte die Heizung hoch.

»Das war gut«, sagte Hand.

Ich fuhr von dem Parkplatz. Wir kamen an der Bushaltestelle vorbei, wo er wartete, wollten aber nicht mehr, dass er uns sah, also winkten wir nicht.

»Willst du immer noch?«, fragte Hand.

Ich wollte.

Mittlerweile hatten die Kinder offensichtlich Schulschluss gehabt. Es war fast vier, und in dem schwächer werdenden Licht – nur ein gelber Tropfen in einer flachen, weißen Pfütze – sahen wir sie überall, die kleinen Menschen. Hand fuhr jetzt, und wir kamen durch das Wohnviertel abseits der Hauptstraße, zwischen Eisenbahnschienen und dem Ozean. Wir wussten, wo die Kinder waren; jetzt mussten wir den Schatz vergraben.

Wir hatten höchstens noch eine Stunde Tageslicht. Wir

verließen die Stadt, und nach einigen Meilen bogen wir in einen parkähnlichen Wald ein. Wir fuhren einen gewundenen Feldweg entlang, dann über ein paar Eisenbahnschienen, und direkt dahinter kam eine dreifach gegabelte Straße. Hand hielt den Wagen an.
»Die Stelle hier ist doch gut.«
Ich war einverstanden.
Wir stiegen aus und sahen uns um. Etwa fünfzehn Meter vom Ansatz der Straßengabelung entfernt entdeckten wir einen krumm gewachsenen Baum. Dahinter war bereits ein Loch – wo Eichhörnchen oder Schlangen wohnten. Es eignete sich für unsere Zwecke. Ich zog eine Rolle Scheine aus meiner linken Socke. Hand fing an, mit den Füßen die Entfernung von der Straßengabelung bis zum Baum abzumessen, Ferse an Zehen, langsam, als wollte er ein Zimmer ausmessen. Er zählte konzentriert, und ich hatte eine lustige Idee. Ich würde etwas Lustiges sagen.
»Vier sechs zwölf zehn eins zwei sechs –«
Das machte Spaß.
»Lass das, Arschloch.«
»Nein, achtzig zwölf vier.«
Riesenspaß.
»Hat's geklappt?«
»Allerdings, Trottel.«
»Wow.«
»Was?«
»Wow, meine psychologische Kriegsführung hat gewirkt!«
Er fing wieder von vorn an, und als er fertig war, hatte er dreiundzwanzig Schritte gezählt. Er starrte das Loch an. Der Wald war lautlos und ruhig.
»Wo tust du den Schatz rein?«, fragte er ohne aufzusehen.
»Ich weiß nicht. Haben wir eine Schatzkiste?«

»Nein. Aber wir brauchen was in der Art. Hast du noch das Teil, das du in Marokko gekauft hast?«
»Dieses komische Armband-Schmuckkästchen?«
»Ja.«
»Nein, das ist für meine Mom. Das können wir nicht nehmen«, sagte ich und wusste, dass wir es tun würden.
Der Wald war still.
Ich wühlte meinen Rucksack durch und fand es. Wir stopften das Geld in das Kästchen, silbern und primitiv, mit farbigem Glas besetzt. Die Scheine passten nicht rein. Ich nahm die Hälfte der Scheine weg, faltete die restlichen zweifach und quetschte sie hinein, ihre Wölbung drückte von unten gegen den Deckel. Es waren rund 2.000 Kroon, obwohl wir gern mehr reingetan hätten. Es fiel uns immer schwerer, dieses verdammte Geld loszuwerden.
Hand grub hinter dem Baum. »Wir graben es dreißig Zentimeter oder so ein, und dann stecken wir ein Messer in die Stelle, wo es liegt.«
»Was für ein Messer?«
»Das du in Marrakesch gekauft hast.«
»Von wegen. Das wollte ich Mo und Thor schenken.«
»Wir brauchen es aber. Ohne Messer sieht das nicht richtig aus.«
Ich musste zugeben, dass es irgendwie stärker aussehen würde, wenn da ein Messergriff aus der Erde ragte. Ich holte das Messer, und er rammte es mit der Klinge in die Erde, genau über dem Schatz. Es sah gut aus, das Messer, billig, aber kunstvoll verziert, in diesem eiskalten estnischen Wald, ganz still.
»Was für eine Geschichte schreiben wir auf die Karte?«, fragte Hand.
»Was?«
»Wir brauchen eine Geschichte. Als Erklärung, warum

der Schatz hier liegt. Zum Beispiel, marokkanische Seeleute, vor Piraten auf der Flucht, haben sich gedacht, dass Pärnu der sicherste Ort ist, um ihren Schatz zu verstecken.«

Nachdem er es gesagt hatte, fand Hand, dass sich das genau richtig anhörte. »Jawohl, das ist die Geschichte«, sagte er.

Mir gefiel sie auch. Mit neun Jahren hätte ich sie toll gefunden. Das hätte meiner Kindheit eine völlig andere Richtung gegeben. *Ein echter vergrabener Schatz.* Selbst wenn das Kind den marokkanischen Teil nicht glaubte, es wäre trotzdem eine solche Bereicherung, es würde seine Vorstellungswelt für derartige Möglichkeiten öffnen – allein schon diese Tat könnte ein Kind – oder seine Freunde und deren Freunde – vor dem grauen, tief hängenden Himmel des Erwachsenwerdens bewahren; immer wenn sie meinten, sie hätten schon alles gesehen oder umgekehrt, dass das Außergewöhnliche nicht möglich wäre – und seltsamerweise sind diese beiden so gegensätzlichen Positionen in einem abgestumpften Kopf immer gleichzeitig vorhanden –, immer wenn das geschah, würden sie sich an den Schatz erinnern, die Marokkaner auf der Flucht, die Tatsache, dass sie hier das Geld gefunden hatten, in diesem unwirtlichen Wald bei den Schienen am Rande ihrer kleinen Stadt –

Als Kind hatte ich mir das sehnsüchtig gewünscht. Es hätte meine Decke höher gehoben.

Ich deckte das Messer mit einem langen, leichten Zweig voller Nadeln ab. Dann legten wir drei lange Äste zu einem lockeren Dreieck um den Baum herum, sodass der Kartenbesitzer, wenn er denn kam, sie bemerken würde, aber nicht irgendein Passant. Prompt lief ein Paar in Jogginganzügen vorbei und blickte kurz zu uns herüber.

Hand tat so, als untersuchte er irgendwelche Flora. Ich winkte.
Im Auto, bei eingeschalteter Heizung, zeichneten wir die Karte. Ich wollte, dass sie verwittert und echt marokkanisch aussah, fürchtete aber, dass der Kugelschreiber verraten würde, wie jung sie war. Ich wollte, dass sie geheimnisvoll wirkte, mit einer rätselhaften Aura wie aus alter Zeit, ohne irgendetwas Düsteres heraufzubeschwören.
»Und wieso malst du dann den Dolch?«, fragte Hand.
»Findest du den gruselig?«
»Klar ist er gruselig.«
»Nicht mehr zu ändern.«
»Dann mach das Messer wenigstens glänzend. Glänzende Messer sind nicht ganz so gruselig.«
Ich machte den Dolch glänzend. Hand machte die Schrift im marokkanischen Stil – obwohl seine Rechtschreibung zu wünschen übrig lässt – und ich dachte mir die Regeln aus.
»Dreh die Heizung höher«, sagte Hand. Es wurde immer kälter. »Meinst du, das Rechenpapier versaut die Wirkung?«
»Anderes Papier haben wir nicht«, sagte ich.
»Und wenn wir die Ränder ankokeln?«
»Nein. Ich bitte dich. Kitschiger geht's wohl nicht.«
»Es wird funktionieren«, sagte Hand. »Die schlucken das. Wir müssen es machen.«
»Ohne mich.«
»Was für eine Schatzkarte ist denn auf ordentlichem Rechenpapier gezeichnet, mit den ausgerissenen Löchern von der Spiralheftung? Das sieht ja aus, als ob sie von irgendeinem Idioten stammt.«
»Hast du Streichhölzer?«

»Im Erste-Hilfe-Kasten«, sagte er und griff auf den Rücksitz nach seinem Rucksack. Er fand die Streichhölzer. Ich wollte das Ränderankokeln selbst machen.
»Gib her«, sagte ich. Ich stieg aus und zündete ein Streichholz an und hielt es ans Papier. Es brannte seine klare Flamme ins Papier, und ich blies es aus. Meine Hände waren so kalt, dass sie kaum noch zu gebrauchen waren. Ich hielt die Flamme an andere Stellen des Blattes und löschte sie wieder. Es sah besser aus. Ich hatte noch ein Streichholz übrig und hielt es an den rechten Rand der Karte, hier und da und dort. Ich pustete alle drei Feuerchen aus und wollte dann das Streichholz ausblasen. Es ging nicht. Ich öffnete den Mund, aber es kam kein Wind. Mein Kopf war ganz leicht. Ich ließ das Streichholz fallen. Die obere Hälfte meines Gesichtsfeldes wurde dunkel. Ich machte die Tür auf und setzte mich hinein.
»Mach die Tür zu!«, sagte Hand. »Es ist eiskalt.
Es ging nicht. Ich spürte meine Hände nicht. Alles in mir vibrierte, als wäre mein ganzer Körper eingeschlafen, so wie einem ein Fuß einschläft. Es schüttelte an meinen Rippen und kitzelte sie. Es schien meine Organe zu bewegen, ihre Position zu verändern, sie zu entfernen, kalte Höhlungen hinterlassend, sie dann zu ersetzen.
Die Luft war ganz klar! Unser Atem ganz klar!
»Tür zu!«, brüllte er.
Ich fand meine Hände wieder. Ich schloss die Tür.
»Hübsch«, sagte er und nahm die Karte in die Hand. »Sieht viel besser aus.«
Meine Sehkraft kehrte zurück, und ich blinzelte langsam.
Gott.
»Freak«, sagte er.
Das ist die Karte:

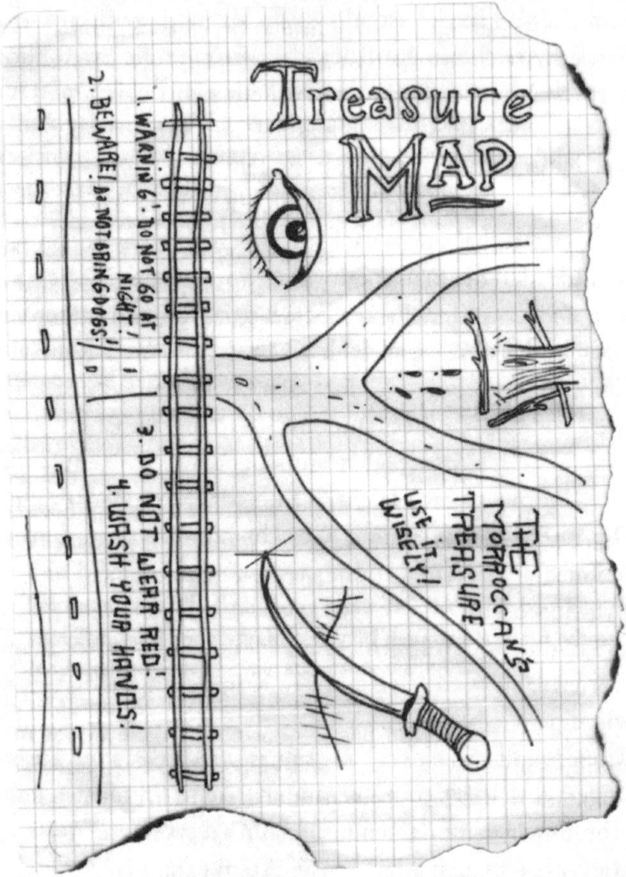


Sieht man, wie ich das Messer glänzend gemacht habe? Ich denke, es hat geklappt.
Hand wendete den Wagen, und wir fuhren zurück in die Stadt. Wir mussten ein Kind finden, Junge oder Mädchen, allein, auf dem Nachhauseweg, und dann die Schatzkarte in einer Flasche so hinlegen, dass es sie finden musste. Theoretisch war das kein Problem, aber es stellte sich sogleich heraus, dass die Durchführung unmöglich war. Die

Straßen waren zu belebt, und außerdem würde uns das Kind sehen, wie wir die Flasche deponierten, womit ihre Herkunft kein Geheimnis mehr wäre.
»Dann legen wir sie ins Gebüsch«, sagte Hand. »Irgendwelche Büsche an einem Weg, der viel benutzt wird.«
»Und wenn ein Erwachsener sie findet?«
»Stimmt. Geht nicht.«
Wir beschlossen, sie einfach einem Kind zu geben. Einfach aus dem Wagen zu steigen und sie zu überreichen. Nein, einer Gruppe von Kindern, damit sie sich sicherer fühlten – ein Kind allein würde ja wohl niemals von zwei wildfremden Männern eine Flasche mit einer Karte drin annehmen, oder? Aber wenn die Kinder ihren Eltern erzählten, dass zwei Amerikaner ihnen die Karte gegeben hatten, würden die Eltern ihnen aus Angst vor einer Kinderschänderfalle hundertprozentig verbieten, auf die Suche zu gehen –
»Wir sollten klare Verhältnisse schaffen.« Hand seufzte. »Wir suchen uns ein Kind mit seinem Dad und geben sie ihnen gemeinsam.«
»Nein. Auf gar keinen Fall. Das macht überhaupt keinen Spaß. Welches Kind will denn schon mit seinem Dad auf Schatzsuche gehen? Nein, nein.«
»Okay. Ich hab's. Wir suchen uns ein Fahrrad vor einem Haus und klemmen sie ans Fahrrad. Dann können wir sicher sein, dass ein Kind sie bekommt, dass es sie alleine findet –«
»Gut. So machen wir's.« Es war eine gute Idee. Und machte das Ganze noch etwas romantischer. Estnische Fahrräder! Vielleicht waren die ja anders. Die Speichen dünner – oder *gebogen*.
Wir fuhren durch eine Wohngegend, eine Mischung aus recht stattlichen und normalen Häusern – eigentlich ganz

ähnlich wie bei uns zu Hause – und Hütten, Schuppen und unbebauten Grundstücken. Doch nach zwanzig Minuten war es schon fast dunkel, und wir hatten noch kein einziges Fahrrad gesehen. Hand lachte höhnisch.
»Fahren die Kinder hier nicht Fahrrad? Sind die nicht normal?«
»Es ist Winter. Es ist zu kalt.«
»Ich bin auch im Winter mit dem Rad gefahren.«
»Ja, klar.«
»Wirklich. Ich musste Zeitungen austragen!«
Der Ozean war jetzt zu sehen. Dünen knapp hinter der letzten Häuserreihe. Wir wendeten den Wagen.
Wir fuhren an den letzten Häusern vorbei und auf eine schmale Straße, die sich durch hohes Gras schlängelte, das aus Eis und Schnee emporragte, lange Haare auf einer weißen, kalten Kopfhaut. Über eine kleine Brücke und dann bis fast auf den Strand und ah! – Licht! Hier war es viel heller. Die Sonne ging unter oder war gerade untergegangen – ganz eindeutig war das nicht, weil der Himmel nur grau und rosa war und die Wolkenschicht die Sonne verdeckte, falls sie überhaupt noch unter uns weilte. Die Unterseite der Wolken war ganz perlmuttern, rosa und blau und silbern, ineinander fließend.
Ich sprang raus und stapfte knirschend durch den Schnee. Der Wind zerfetzte mich. Bis zum Wasser bestand der Strand aus zackigen Eisscherben, hunderte von weißen Tellern, hingeworfen und zerbrochen, das Wasser an den seichten Stellen gefroren. Rechts von mir in Richtung Wasserlinie war eine Schaukel, zwei baumelnde, ineinander verdrehte Autoreifen. Eine einsame, klare Silhouette vor den vielen Rosa- und Weißtönen, verflochten in raues Garn und weiche Bänder. Es fing an zu schneien.
Ich lief zum Wagen zurück und rief im Laufen:

»Ich hab's!«
»Ich hab's!«
»Bring das Halstuch mit!«
»Und das Klebeband!«
Hand tauchte ins Auto, kam wieder heraus und schloss die Tür und stolperte über das weiße, splittrige Eis, das an zerbrochene Gipskartonplatten erinnerte, auf mich zu.
»Die Schaukel?«
»Genau.«
»Okay.«
Wir würden die Karte in einem der beiden Reifen an der Schaukel verstecken. Dort wäre sie sicher und würde im Frühjahr entdeckt werden. Wir rannten darauf zu, unsere Füße brachten Eisplatten zum Ächzen. Als wir die Schaukel erreichten, sahen die Stützen aus wie mit einem fetten schwarzen Edding-Stift gezogen. Schnee oben auf den Reifen und innen drin.
»Wir befestigen sie oben im Reifen«, sagte ich. »Dann wird sie nicht voll geschneit.«
»Wie willst du das machen?«
»Ich tu einfach das Geld in das Halstuch und kleb es fest – Scheiße, ist das kalt. Ich spür meine Finger schon nicht mehr.«
»Beeil dich!«
Ich legte eine Rolle marokkanischer Geldscheine in das blaue Halstuch und faltete die –
»Nicht falten«, sagte Hand. »Aufrollen.«
»Roll du sie auf. Meine Hände tun's nicht mehr.«
– Karte, und er schob sie in das Halstuch.
»Wofür ist das Geld?«, fragte er.
»Damit sie wissen, dass es um richtiges Geld geht. Dass es noch mehr davon gibt, wenn sie den Schatz finden –«
»Nett.«

Ich faltete die Ecken um das Geld und die Schriftrolle, und ich drückte sie an die Innenwand des Reifens, während Hand alles festklebte, die Klebebandrolle immer wieder drum herum zog. Ich spürte meine Hände nicht mehr. Ich spürte meinen linken Daumen. Mein Daumen war noch vage mit mir verbunden. Ansonsten: nichts.
»Hält es?«, fragte ich.
»Ich glaube schon.«
»Gehen wir.«
Zurück zum Auto und das Klapp-Klapp der Türen, und die Heizung auf höchste Stufe. Schnee bedeckte die Windschutzscheibe mit einer dünnen gazeartigen Haut. Wir schlangen die Arme um den Körper und bibberten. Hände legten sich auf Gebläseöffnungen. Finger erwärmten sich schnell, Finger, die vor Kälte brüchig waren, schmolzen dahin, schrumpften, wurden geschmeidig. Ich dankte meinen Mitmenschen und Vorfahren für das Wunder der Wärme und ließ den Wagen an.

Im Dunkeln fuhren wir nach Lettland, vorbei an Häädemeeste, Jaagupi, Treimani, und der Schnee kam uns gespenstisch entgegen, eine Armee winziger Gespenster ohne Anführer. Wir diskutierten, wie wahrscheinlich es war, dass jemand die Karte fand. Dass jemand sie fand, ehe der Frühling kam. Dass jemand die Karte rettete und ihren Anweisungen tatsächlich folgte, sie nicht wegwarf.
»Das Geld wird sie davon abhalten, sie wegzuwerfen«, sagte ich.
»Genau. Das Köder-Geld war gut«, sagte Hand. »Aber wieso haben wir marokkanisches Geld ins Halstuch getan, aber estnisches Geld in den Schatz?«

»Mist.«
»Wir sollten zurückfahren.«
»Nein, nein. Lass uns weiterfahren. Wir sind fast an der Grenze.«
In der Grenzstadt Ainazi ein Kontrollpunkt. Ein Teil von mir hoffte auf Sowjets und Kalaschnikows. Wir hielten, und Hand kurbelte die Scheibe runter. Ein Mann in einem bauschigen Schneeanzug und mit einem Klemmbrett fragte uns, woher wir kamen: Tallinn, sagten wir; und wohin wir wollten: Riga, sagten wir. Er wollte den Kofferraum inspizieren; wir folgten seinen Anweisungen. Er ließ uns aussteigen – eine Kälte in der Luft, die einen überall wund kratzt, eine Kreditkarte auf unrasiertem Gesicht – und schickte uns dann zu einem kleinen Gebäude, wo eine Frau, gleichfalls in einem Schneeanzug, hinter einem Fenster auf Englisch nach unseren Pässen verlangte. Wir legten unsere Pässe vor und bemerkten, dass sie eine Packung Pralinen auf dem Tisch vor sich hatte. Der Schneefall ließ nach.
»Ich hab eine Frage«, sagte Hand.
»Ja«, sagte sie und gab ihm seinen Pass zurück. Es muss eigenartig sein, dachte ich, im Schneeanzug an einem Schreibtisch zu arbeiten. Hand:
»Bieten Sie uns ein paar Pralinen an oder nicht?«
»Von denen?«, sagte sie und zeigte auf ihre Pralinen.
Hand verdrehte die Augen. »Ja sicher, von denen. Sollen die alle für Sie sein?«
Sie warf ihm einen Blick zu, ungehalten, aber voller Wärme, einen Blick, der ungeniert verriet, dass sie beide, wenn er morgen wiederkäme, ein Paar werden und später heiraten könnten. Es schien sie nicht zu stören, dass unsere Sachen verdreckt und unsere Gesichter ungewaschen waren. Wir hatten uns fest vorgenommen, in Riga neue

Sachen zu kaufen, zumindest Hosen. Unser Geruch war mittlerweile beachtlich.
Grinsend reichte sie die Schachtel durchs Fenster. Ich nahm eine von den runden. Hand grabschte gleich drei. Wir bedankten uns und stiegen wieder ins Auto.
»Letten sind super!«, sagte er, als er durch das Tor rollte.
»Oh ha«, sagte ich. »Letten sind Spitze!«

Zwanzig Minuten später:

»Die Leute hier haben sie nicht alle!«
»Die spinnen doch.«
»Ich versteh das nicht«, sagte Hand, »was sollte das eben?«
»Was zum Teufel haben wir dem Kerl denn getan?«, sagte ich. Wir waren wieder im Auto, wutschnaubend, nachdem wir etwa zwanzig Meilen hinter der Grenze angehalten hatten, um zu tanken und eine Packung Chips zu kaufen. Im Dunkeln waren wir auf eine Tankstelle mit kleinem Imbiss und Lebensmittelmarkt gefahren, und die zwölf Personen im Café hatten uns angestarrt, als ob wir in einem Luftkissenfahrzeug gekommen wären, auf dessen Motorhaube blutige Leichen geschnallt waren.
Als wie eintraten, kniff der Verkäufer, ein Mann mit kräftigen Schultern und breitem Kinn, die Augen zusammen, doch als wir seinen Blick erwiderten, sah er nach unten. Alle starrten uns an. Zornig, mit sichtlichem Misstrauen, unverblümter Abneigung, ja Bedrohung. Wir traten an die Theke, und Hand begrüßte den stämmigen Mann mit einem kurzen Wink. Der Mann grüßte nicht zurück. Wir

bezahlten, und der Mann knallte das Wechselgeld auf die Theke, ein deutliches Zeichen, dass wir verschwinden sollten, dass wir nicht willkommen waren. Jetzt fuhren wir wieder durch das gefrorene Alles, auf einer zweispurigen Straße, die durch einen dunklen Wald aus geraden, dicken, steifen Bäumen geschlagen war.

»Dich müssten sie eigentlich mögen«, sagte ich und erklärte, dass Hand vom Typ her, mit seinen blonden Haaren und den dunklen Augen, zumindest äußerlich hierher gehören könnte.

»Aber du bist doch der Pole«, sagte er.

»Ich bin ein Pole der vierten Generation«, sagte ich. Vielleicht auch weniger. Es war der Name meines Vaters, was meine sentimentale Bindung daran, an seinen Ursprung, an die Ahnen, deren Gene diesen Mann ermöglichten, stark reduzierte.

»Ich weiß, der Vergleich hört sich komisch an«, sagte Hand, »aber ich fühle mich, als wären wir Schwarze und irgendwo in den Südstaaten gelandet. Als wüssten sie, dass sie unser Geld annehmen müssen, aber es passt ihnen ganz und gar nicht. Als warteten alle hier bloß darauf, dass wir verschwinden. Ich meine, sehen wir beschissen aus oder was? Sind wir komisch gekleidet?«

»Du siehst aus wie ein Snowboarder, ich sehe aus wie ein Jungforscher, und mein Gesicht sieht aus wie irgendwas halb Verfaultes.«

– Warum seid ihr so, wie ihr seid?

– Ihr könnt euch kein Urteil über uns erlauben.

– Ich kenne euch.

– Jahrhundertelang sind wir von allen überrannt worden. Den Schweden, den Deutschen, den Russen. Dann wieder die Deutschen, wieder die Russen. In den letzten tausend Jahren haben wir zwanzig Friedensjahre erlebt. Es

steht dir nicht zu, dir ein Urteil zu bilden. Du weißt nichts.
– Doch!
– Das Leben, den Schmerz kannst du nicht mal erahnen. Aller Schmerz ist real, und aller Schmerz ist persönlich. Er ist das Persönlichste, was wir haben. Er frisst jeden von uns anders auf. Du kannst nicht wissen –
– Doch! Kann ich wohl!

Die Straße war langweilig, ohne Licht oder Abwechslung. Für eine Weile fuhren wir mit unseren Zungen. Die Straße war leer und trocken, und ich saß am Steuer und probierte es als Erster. Ich drückte meine Zunge so fest aufs Lenkrad, dass ich es irgendwie festhalten konnte. Es gelang mir problemlos, den Wagen geradeaus zu lenken, aber an Kurven traute ich mich lieber nicht. Dann beugte Hand sich herüber und leckte das Lenkrad, um zu steuern. Von der Seite ging es nicht so gut. Wir kamen immer wieder aus der Spur. Ich wischte das Lenkrad mit einem von Hands Hemden ab.
»Das hat Spaß gemacht«, sagte er.
Eigentlich hatte es nicht richtig Spaß gemacht. Um noch mehr Spaß zu haben, hielten wir kurz an und übten, uns wie Stuntmen über das Auto zu rollen, falls wir mal als Fußgänger von der Seite angefahren würden oder jemanden mit einer Schusswaffe verfolgten. Wir hielten an, und Hand stieg aus. Dann fuhr ich, ganz langsam, und Hand kam vom Straßenrand angelaufen, sprang und rollte sich über die Motorhaube ab, sodass er rechts vom Wagen wieder auf den Füßen landete. Es sah sehr geschmeidig aus. Dann tauschten wir, und ich machte es. Einen kurzen

Moment lang, als ich über die Motorhaube rutschte, wusste ich, dass ich ein prima Cop geworden wäre. Aber als Cop bist du gezwungen, immer nur zu reagieren – dein Schicksal wird Tag für Tag durch die Fehler der Welt bestimmt –

Wir hatten keine Jacken, und nach ein paar Minuten spürten wir unsere Extremitäten nicht mehr. Im Auto drehten wir die Heizung auf.

»Mir ist schleierhaft, wieso wir das vorher noch nie ausprobiert haben.«

»Mir auch«, sagte Hand. »So eine Fähigkeit kann man absolut gut gebrauchen.«

Wir standen auf der Straße, und unsere Scheinwerfer schienen im Umkreis von hunderten von Meilen die einzige Lichtquelle zu sein, obwohl sie, schwach und nach unten gerichtet, nur knapp fünf Meter vor uns erhellten.

»Komm, wir laufen«, sagte Hand.

»Wo denn? Die Straße lang?«

»Durch den Wald.«

»Okay.«

Wir liefen die Böschung hinunter in den Wald. Es war absolut finster. Ich wusste, einer von uns würde gegen einen Baum laufen. Ich hielt beim Laufen die Hände ausgestreckt, wie ein blinder Sprinter. Hand johlte. Wir rannten, so schnell wir konnten, wichen den Bäumen aus, unter uns zeichneten unsere Schritte laut auf dem dicken, schraffierten Waldboden Muster. In dem kalten Wind begannen meine Augen zu tränen. Die Tränen quollen rasch aus den Augen hervor und tanzten auf meine Ohren zu. Auch Hand lief mit ausgestreckten Armen. Ich blickte kurz nach hinten, um zu sehen, wie weit wir schon waren. Das Auto war noch sichtbar, aber klein. Als Hand und ich klein waren, ehe wir Jack kennen lernten, rannten wir vor den größeren Kindern davon. An der Highschool bei Football-Spielen, die so langweilig waren, dass man sie sich unmöglich ansehen konnte, warfen wir ihnen Eicheln an den Kopf und liefen weg. Wir wurden nie erwischt; wir kannten jedes Versteck, jede Mulde und jedes Brückchen an dem kleinen Fluss hinter dem Spielfeld. Himmel – gerade sprang ich über einen Kreis aus Steinen, die Überreste eines Feuers in der Mitte – was machten wir hier in Lettland?

Jetzt fiel wieder Schnee. Es war dunkel, aber die Bäume waren noch etwas dunkler, und der Schnee bohrte winzige Löcher in die Nacht. Mein Atem wurde lauter, füllte meinen Kopf aus, und die Blätter auf dem Boden schlugen fester gegen meine Füße –

Ich fiel. Der Boden war weich, und Fallen war eine Wohltat. Auf dem Boden war es wärmer. Hand war vor mir und lief weiter. Ich drehte mich auf den Rücken und blickte nach oben durch die schwarzen, ineinander greifenden Äste mit ihren silbrigen Rändern. Mein Atem war sehr laut.

In meinem Zimmer zu Hause hatte ich Sternaufkleber an der Decke. Es war zuerst Tommys Zimmer gewesen, und er hatte sie angeklebt, und jetzt lösten sich ihre Spitzen von der Decke. Sie leuchteten nicht.

Manchmal stand ich auf. Manchmal ging ich die kalten Stufen hinauf zum Zimmer meiner Mutter, und sobald ihre Tür sich einen Spalt öffnete, waren ihre Augen auch schon auf. Sie schlief nicht so, wie man schlafen sollte. Sie ruhte, aber schlief nie. *Komm her, Schätzchen*, sagte sie dann und schlug die Decke auf. Es roch nach Schweiß und Zitrone; ihr Atem war ganz warm. Es war so heiß unter der Decke, dass ich überlegte, ob ich zurückgehen sollte, in mein geräumiges Bett mit meiner kühlen Decke, meinem kühlen Kissen. Sie rieb mir ein paar Sekunden lang den Rücken und flüsterte

Oh Will
Oh William
Oh William Schatz
Oh Will mein Liebster
Will, Will mein Sohn

hörte dann auf und schlief wieder ein oder was immer sie tat. Ich lag da und starrte das Gemälde an der Wand an, das in dem halbdunklen, verwaschenen Licht schwarzweiß wirkte. Das Bild zeigte ein aufgebocktes Segelboot, umgekippt, mit einem grünen See im Hintergrund. Vielleicht auch ein großer Fluss. Es war ein Boot, das repariert wurde – das Bild hieß »Im Frühling segeln wir« –, gemalt von meinem Großvater, so hatte sie mir einmal erklärt, die Hände auf meinen Schultern, als wir es uns ansahen. In ihrem Bett starrte ich dann auf dieses Gemälde, die gelben Grau- und grauen Blautöne, die leeren Weißtöne, auf die Art, wie die kahlen Bäume sich bogen und der Boden unter ihnen sich wand und krümmte.

Manchmal schlief ich nicht ein und schlüpfte dann aus dem Bett – aus ihrem heißen Gesicht kam ein gehauchtes »Okay, Schätzchen, geh jetzt wieder ins Bett« – und öffnete langsam ihre Tür, deren Unterkante über den Teppich wisperte, schloss sie langsam wieder, erneutes Wispern, und setzte mich in die Diele, vor den Wäscheschrank, schob die beiden Türen hin und her, langsam, zuerst die eine auf, dann die andere. Ich schlief oft in dem Schrank, auf dem Boden, zugedeckt mit Handtüchern. Ich schlief überall; ich fand es schön, wenn ich morgens hörte, wie sie mich suchte. Ich schlief im Badezimmer, den Kopf neben der Toilette. Ich schlief im Wohnzimmer, unter dem gläsernen Couchtisch, wo ich beim

Aufwachen den weiß beringten Boden meines Milchglases vom Vorabend sah; im Auto schlief ich immer wieder, auf dem Fahrersitz, wie sie das so oft auf langen Fahrten gemacht hatte, nachdem sie auf dem hitzeflirrenden Highway an den Rand gefahren war, um sich auszuruhen.

– Hand, du bist derjenige, bei dem wir uns nie sicher sein konnten. Wenn irgendwas erledigt werden musste, wandten wir uns nicht an dich. Ich ging zu Jack, und Jack kam zu mir. Ich vertraute Jack. Dir vertraute ich auch, aber ich wusste, wir wussten, dass du nicht da sein würdest – nicht immer. Du warst meistens da, aber man muss immer präsent sein. Mensch sein bedeutet vor allem da sein, Hand.

– Du redest schon wieder von deinem Vater.

– Nein!

– Doch.

– Ja, stimmt. Er war nicht da, und das bedeutet, du musst da sein! Es bedeutet, ich kenne den Unterschied zwischen einem Menschen und einem Wurm. Und es bedeutet, dass ich Menschen, die Würmer sind, nicht ertragen kann. Menschen, die nicht da sind.

– Aber Will, bei dieser ganzen Reise geht es darum, dass du nicht da bist. Du bist nirgendwo. Wo bist du? Für wen bist du da? Du reist um die halbe Welt, fährst mit hundertsechzig km/h durch Länder, über die du so gut wie nichts weißt.

– Wir hatten mal vor, in den Weltraum zu reisen.

– Ich hatte das vor. Das war meine Idee.

– Wir haben darüber debattiert, ob wir alles hier zurücklassen würden, um in den Weltraum zu reisen. Was wir tun würden, wenn wir die Chance hätten, auf einer Forschungsmission in den Weltraum zu kommen, ohne

Rückkehrmöglichkeit. Ohne die Möglichkeit, Familie und Freunde je wiederzusehen. Die Entscheidung lautete, die Welt oder deinen Augen.

– Ich habe gesagt, ich würde gehen.

– Deshalb waren wir uns ja deiner auch so unsicher, Hand.

– Ich würde jetzt nicht mehr gehen.

– Jetzt würdest du nicht mehr gehen.

– Nein.

Wir lagen im Wald und mussten uns überlegen, was wir machen wollten. Ich hatte eine Vision, und wir würden sie inszenieren müssen. Ich erklärte Hand, dass ich auf einen dieser Bäume klettern würde und in sechs Metern Höhe von seinen Ästen zu einem anderen Baum springen würde, wo ich mich an einem Ast festhalten und runterhängen lassen würde.

»Nicht zu schaffen«, sagte Hand.

»Klar ist das zu schaffen.«

»Nicht von dir. Denk dran, was dir in Marokko passiert ist.«

»Das war was anderes. Ein bewegliches Ziel.«

»Diesmal gehst du dabei drauf.«

»Wir machen das«, sagte ich.

»Jetzt?«

»Ich brauch noch einen Moment.«

Zuerst musste ich mich ausruhen. Es schneite noch immer. Ich musste ganz sicher sein.

– Jack.

–

– Jack, ich weiß, du hasst uns, weil wir das machen. Ich weiß, du findest es blöd. Alles, was wir getan haben, ist nichts für dich, ich weiß.

–

– Jack, ich habe mich gezwungen, von dir zu träumen. Ich habe geträumt, du bist unter Eis, wach.

–

– Jack, großer Gott, gestern waren wir unter einer sengenden Sonne und in Wäldern unterwegs, die aussahen wie unsere Wälder. Jack, zwischen diesen Bäumen habe ich nach dir gesucht, und ich weiß, es ist töricht, aber in Saly, während wir diese Frau beobachteten, die sich später als Annette entpuppte, hat Hand von etwas gesprochen, das sich Multiversum nennt, und ich hab ihm eigentlich kein Wort geglaubt, war nicht überzeugt, dass das, was er da sagte, irgendeine Gültigkeit hatte oder irgendwie in etwas Wahrem verankert war, und trotzdem habe ich, während meine Gabel gegen mein Messer klickte, Möglichkeiten erwogen, und heute dann habe ich mich dabei ertappt, dass ich dachte, ich würde dich sehen. Heute schien es nicht möglich, sondern vielleicht sogar wahrscheinlich. Gerade hier, wo die Landschaft ganz ähnlich ist wie die bei uns zu Hause und – Das Multiversum ist eine Erklärung für das Träumen, nicht? Verdammt, Jack, ich hab wirklich gedacht, wir würden dich sehen. Aber ich weiß ja nicht mal, ob es dir möglich ist, an einem Ort wie diesem zu leben, ein anderes Du, wenn du in Wisconsin gestorben bist. Sind das viele Selbst, die gleichzeitig leben, gleichzeitig sterben, oder haben all unsere Selbst ihren eigenen Weg? Ich hätte danach fragen sollen. Wieso hab ich nicht danach gefragt?

–

– Aber, Jack, ich habe diesen ganzen Tag in Lettland gedacht, ich würde dich sehen. Die Menschen hier sehen aus wie wir, sehen aus wie unsere Nachbarn, und der Wald sieht aus wie unserer – heute sind wir auf der Suche nach den Liven eine Straße gefahren, die sich durch Kiefernwald schlängelte, ganz wie die Straße nach Phelps, und eine Sekunde lang habe ich geglaubt, dass, ja, so etwas möglich wäre, und dass, ja, Hand und ich zu dir geführt würden. Eine Sekunde lang habe ich gedacht, dass hinter der Biegung der Straße Licht und Klarheit wären und dass du da wärst und dass es so eine Art Überraschungsparty geben würde, verstehst du?

–

– Es war nur ein Augenblick, wo ich so etwas für möglich hielt, dass wir um eine Biegung der Straße kommen würden und dass dort eine Erklärung wäre, und ein Ende, und wir würden sagen *Ach so, stimmt, da ist er ja.* Oder, *Ja klar, klar, darauf ist es die ganze Zeit hinausgelaufen.* So was in der Art, weißt du?

–

– Jack, wir waren oberhalb von Marrakesch auf dem Gipfel des Atlasgebirges, wir sind gegen Mitternacht hingefahren, und wir wussten nicht mal genau, warum, aber wir sind allem entronnen, was uns verfolgte, und dann sind wir da hoch, und die ganze Zeit über, während wir immer höher fuhren, war ich sicher, dass es irgendeinen Grund gäbe. In letzter Zeit habe ich oft geglaubt, dass wir, wenn wir uns irgendwo hinbegeben, Antworten und einen Grund finden. Dass, wenn wir das Atlasgebirge im Dunkeln sehen und den Zwang spüren, im Dunkeln auf den Gipfel des Atlasgebirges zu fahren, dass wir, wenn wir erst oben angekommen sind, nachdem wir an Soldaten vorbeigefahren sind und Brücken überquert haben, dass uns dann ein Grund offenbart wird. Denn wenn nicht, warum sind wir dann hergekommen? Unsere eigenen Orientierungssysteme … tja, ich weiß einfach nicht, ob sie derzeit so gut funktionieren, ständig verirren wir uns zwischen winzig kleinen Gassen, Männer bedrohen andere Männer mit gezückten Messern, während wieder andere sie bejubeln und anstacheln, und ganz oft habe ich gedacht, dass das vielleicht die eigentliche Antwort war, dass wir bei ihnen bleiben sollten, dass der Wagen vor uns dazu da war, langsamer zu werden, und der Wagen hinter uns dazu da war, uns in die Zange zu nehmen, und dass sie uns gemeinsam dort behalten würden, in diesen dunklen Straßen. Doch dann war das Verfolgerauto weg und hat uns vielleicht ja auch gar nicht verfolgt, und dem Wagen, dem wir folgten, sind wir weiter gefolgt, und er hat uns den Weg zu den Bergen gewiesen. Alles löste sich auf, und wir konnten gehen, wohin wir wollten. Wir sind dort, unter dem leeren Himmel, und wir können gehen, wohin wir wollen.

–

– Also fuhren wir hinauf in die Berge, und die Luft wurde kälter und kälter, und wir beleuchteten die Baumwipfel mit unseren Scheinwerfern, und die ganze Zeit über waren wir sicher, dass es oben auf dem Gipfel einen Grund geben würde, doch dann waren wir auf dem Gipfel, wo wir uns den Gipfel vorstellten, und wir hielten an und traten hinaus auf die Straße und konnten spüren, dass wir an dem höchsten Punkt von etwas waren, und es war still. Es gab überhaupt kein Geräusch von irgendwas – keine Tiere, kein Wasser, keine Vögel, keine Insekten, nicht mal der Wind, der durch Bäume streift. Wir waren zu dem Berg gekommen, zu seiner Spitze, und da war nichts. Jack, in dieser Woche waren Hand und ich so oft an Orten, die, wie wir glaubten, zu uns sprechen würden, und wenn wir dort ankamen, sprach nichts zu uns. Im Krankenhaus, Jack, da war ich sicher, dass zu uns gesprochen wurde, dass uns eine Chance gewährt wurde, dass dieses elende Geld einen Sinn bekommen würde und Hand und ich einen Sinn bekommen würden, aber dann kam deine Mom raus auf den Parkplatz, die Hände auf dem Kopf.

–

– Ein paar Mal hier draußen und auf der Savanne sind Menschen aufgetaucht und haben uns Zeichen gegeben, und wir haben ihnen Zeichen gegeben, aber ich weiß nicht, ob wir einander je verstanden haben. Manchmal ja. Ich weiß nicht. Wir haben Geld als unsere Sprache erwählt, und ich weiß nicht, ob es die richtige war. Jack?

–

– Aber weißt du was, das Schlimmste war, oben auf diesem Berg zu sein und den Gedanken zu haben, dass ich wieder unten sein und durch die Straßen gejagt werden wollte. Ich will dir das eigentlich nicht erzählen, weil es mir nicht zusteht, mir so etwas zu wünschen, und ich bin sicher, du findest es empörend, wenn man bedenkt, wo du bist und warum, aber, Jack, als ich da oben auf dem Berg war, dem Nichts lauschte, auf nichts wartete und nichts hörte und immer stärker fror, wollte ich zurück nach unten in die Gassen. Jack, ich wollte verfolgt werden und wollte verfolgen, ich wollte lieber dem Tod nahe sein als in der Stille oben auf dem Berg. Jack, ich weiß nicht, ob du weißt, wie still es da oben war. Es war so dunkel! Es war viel heller unten in den Straßen, und selbst das Messer an der Kehle des Mannes, der an die Mauer der Gasse gedrückt wurde, schien so Trost verheißend, die Schneide erschien mir zärtlich, wie ein Finger, der mir sacht den Hals streichelt, und ich wollte später, am Straßenrand, als Hand und ich ausgestiegen waren und warteten, wieder dort unten sein, verirrt in diesem Getto. Dort unten gab es Regeln, und es gab eine Aufgabe, die es zu lösen galt, und es gab wenige Möglichkeiten, und mit wenigen Möglichkeiten geht so großer Trost einher, Jack!

–

– Jack, ich hab dir das nie erzählt, aber ich wünsche mir schon so lange etwas in der Art, ich wollte immer so etwas wie eine Grenze haben, und was ich jetzt sage, wirst du furchtbar finden, aber bevor du gegangen bist und sogar noch danach, hab ich Tagträume von Autounfällen gehabt. Beim Fahren hab ich mir gewünscht, mich zu überschlagen, zu schleudern, mich zu überschlagen und aus dem Wagen zu fallen und dass etwas passiert. Ich wollte auf dem Kopf landen und die Hälfte davon verlieren oder auf den Beinen landen und eines oder beide verlieren – ich wollte, dass etwas passiert, damit ich weniger Möglichkeiten hätte, damit meine Landkarte eine gerade Route mitten hindurch hätte, in Rot. Ich wollte Grenzen, Beschränkungen, um die Last zu erleichtern, denn das Qualvolle, Jack, als wir da oben im Dunkeln standen, war die Stille! Zu wissen, was zu tun ist, war das Einzige, was ich mir je gewünscht habe. In den letzten Monaten war ich völlig aufgeschmissen, die Ruhe lähmte mich, und einen Moment lang sprach etwas zu mir, und als wir dann hierher kamen oder in Afrika waren, da gab es hin und wieder Antworten, da gab es hin und wieder einen Chor, der für uns sang und auf etwas hinwies, und wir sahen und waren einverstanden, aber genauso oft gab es Stille, und wir standen blinzelnd unter der Sonne oder unter dem schwarzen Himmel, und wir mussten überlegen, was wir als Nächstes tun sollten.

–

– Himmel, Jack, es muss doch einen Grund geben, warum die Frau in London, die wunderbare Frau von der Information, uns hierher geschickt hat, nicht? Als wir dort waren, schien es Zufall zu sein, und wir dachten haha, wir haben alles im Griff, ja, haha, wir haben eine Woche, und da sind wir, warum nicht – aber dann, als wir im Flugzeug saßen und in Tallinn landeten, da hatte ich das Gefühl, das man immer kriegt, wenn man an einem Ort ankommt und sich fehl am Platze fühlt: Du fragst dich, was denn in der Welt falsch gelaufen ist, damit du hier sein kannst. Du willst wieder zurück. Du wünschtest, du wärst nie von zu Hause weg. Du hast einen Fehler gemacht. Alle haben einen Fehler gemacht. Es ist ein Albtraum. Du wünschtest, nie aufgebrochen zu sein. Du möchtest dich am liebsten wieder ins Bett legen und dein Geld später für CDs ausgeben. Aber du hoffst auch, dass dir rasch jemand erklärt oder dich daran erinnert, warum du überhaupt hier bist. So wie am Flughafen wahrscheinlich, wenn deine Verwandten dich abholen, deine Mutter, deine Vettern und Kusinen, eine Tante oder ein Onkel, Nichten – du würdest sie sehen, vielleicht deine pummeligen kleinen Kusinen, und sie würden dir ihre Hausaufgaben zeigen oder so, und du wüsstest, warum du gekommen bist. Aber so etwas hatte ich nie, das weißt du, und als wir in Estland oder einem dieser anderen Orte landeten, war da nichts, natürlich nicht, niemand wartete, und niemand wollte uns, niemand brauchte uns. Es gab nicht eine dünne Verbindung zwischen uns und irgendwem, und wir mussten anfangen, Verbindungen zu knüpfen, denke ich, sonst wären wir ganz allein, ohne irgendeine Spur oder ein Netz, und wenn wir ganz allein wären, Gespenster, unwichtig und ungebunden, keine Menschen, sondern nur Augen, dann wäre etwas falsch. Irgendwas würde sich falsch anfühlen. Ich will nicht bloß meine Augen sein, oder, Jack?

–

– Aber mal ehrlich: 32.000 Dollar? Was ist das für ein Scheiß? Was könnte das bloß bedeuten? Jack, in verschiedenen Phasen meines Lebens wollte ich nur aus Augen bestehen, aber ich will nicht nur aus Augen bestehen. Ich will das Messer an meiner Kehle, Jack, oder auf die Handtaschen der marokkanischen Frauen aufpassen, damit alle tanzen können. Und die 32.000 Dollar – ich weiß, du würdest mich für einen dämlichen Volltrottel halten, ich weiß, du würdest mich eine volle Minute lang anstarren und dir dabei mit der Zungenspitze die Zähne sauber machen, und zwar so, dass meine Dummheit auf mich zurückfällt. Aber ich glaube wirklich, es hat funktioniert, es fängt an zu funktionieren. Dann und wann funktioniert es.

–

– Jack, oben auf dem Berg haben wir nichts gehört, und es gab keine Ordnung. Es gab nicht mal eine Linie in der Mitte der Straße. Es gab keine Häuser, nicht mal Tiere. Doch unten in den Straßen, als Jäger und Gejagte, als Verfolger und Verfolgte, da gab es Ordnung! Geniale Ordnung! Keinen Zweifel an nur einem einzigen Moment – alles war ausgearbeitet, alles war Aktion. Ursache! Zweck! Eine Liebe, entstanden, weil es jemanden interessierte, dass wir da waren! Selbst wenn sie die Absicht hatten, uns auszurauben oder zu verstümmeln oder zu töten, ihr Interesse an uns war so groß, dass sie uns verfolgten. Es gab einen Grund, warum die Metzger ihre blutigen Karren unter den Fenstern der Häuser entlangschoben, in denen kleine Jungen die Messer hörten, noch immer scharf, nachdem sie so viele Kälber gevierteilt hatten, und sie wussten um ihre Zukunft. Es gab einen Grund! Und ich wollte der Junge in dem Zimmer sein. Ich wollte in dem Zimmer sein, sicher, behütet, in Gedanken bei einem Mädchen in einer Burka, das mit seiner Mutter durch die Straßen am Rande von Marrakesch geht und Fremden in

einem Auto zulächelt. Fremden in einem Auto zulächelt, unter der Burka, gütiger Himmel, stell dir vor! Das war's, Jack, Mannomann! Ich wollte in dem Zimmer sein, Jack, und daran denken, eines Tages eine Charlotte zu kennen – Scheiße, Jack, als wir jung waren, hast du da je daran gedacht, dass wir einmal eine Charlotte kennen würden, eine Charlotte mit Haaren bis hier und überall reichlich Fleisch, eine Charlotte, die uns umhauen konnte mit nur einem tiefen, vielsagenden Lachen? In dem Zimmer über den Straßen voller Messer wäre Leben, weil du nie weit von der Berührung einer Klinge oder dem heißen Atem deiner Mutter entfernt wärst, ihr Atem auf deinem Rücken, halb schlafend hinter dir, während du dir das Gemälde eines aufgebockten Segelbootes ansehen und von einem Haus auf dem Saturn träumen würdest – siehst du, dort in den engen Straßen war Ordnung! Da war eine Aufgabe, die es zu lösen galt! Da waren Menschen zu berühren und zu bekämpfen. Menschen zu berühren und zu bekämpfen! Verdammt, selbst Kämpfen ist besser als die Stille da oben – Ich will nur weiter durch die engen Gassen rasen, mich bedrängt fühlen, jagen und gejagt werden – jede Kreuzung war unsere einzige Möglichkeit, und das tat so gut! –, aber als wir hoch in die Berge fuhren, war alles anders – wir konnten nicht sehen, wo wir waren, wie hoch, wie weit es wäre bis zum Sturz nach unten.
Deshalb sind wir wieder nach unten gefahren. Und schon bald waren wir wieder in der Wärme des Labyrinths, auf der Suche nach irgendwas – nach einem Polizisten, der uns stoppte und nach Chicago fragte, nach Menschen, die Hand Zettel mit zärtlichen Botschaften zusteckten, nachdem wir ihnen den Einkaufswagen beigebracht hatten … Scheiße, Jack, ich weiß nicht, was das sollte, die ganze Tanzerei – was wir tun dürfen, wenn wir nach Dingen

suchen, die wir tun müssen. Was dürfen wir tun, wenn wir nach Dingen suchen, die wir tun müssen?

–

Jack, verzeih mir. Aber wir fahren nicht wieder da rauf, auf diesen Berg, oder überhaupt irgendeinen Berg, nie wieder.

»Hilf mir mal hoch.« Hand verschränkte die Finger, machte eine Räuberleiter und stemmte meinen Fuß hoch. Ich erwischte den niedrigsten Ast einer kräftigen Tanne und zog mich hoch. Ich stellte mich auf den Ast, der so dick war wie mein Bein und im rechten Winkel vom Stamm abging. Ich war in knapp zwei Metern Höhe.

»Spring doch einfach von da«, sagte Hand und sah zu mir hoch. »Ich fang dich auf. Das wird super.«

»Ich mein es ernst. Ich klettere hoch.«

»Tu's nicht.«

»Du weißt, dass du das immer schon tun wolltest.«

»Na und? Ich bin ich, du bist du. Du bist ein Wrack.«

Die nächsten paar Zweige stieg ich schnell hinauf. Sie waren sehr praktisch angeordnet, und nach einer Minute war ich gut fünfeinhalb Meter über der Erde. Es war heller hier, näher am Mond, aber meine Sicht war noch immer schlecht. Ich wusste nicht genau, wohin ich springen sollte. Ich hatte eine andere Vision, in der Hand gleichzeitig sprang, und zwar auf meinen Baum. Ich teilte ihm die Idee mit.

»Nein«, sagte er.

»Doch«, sagte ich.

Wenige Minuten später war Hand mit mir auf Augenhöhe, rund dreieinhalb Meter entfernt. Ich konnte seine Umrisse erkennen, nicht jedoch die Einzelheiten seines Gesichts. Wir suchten uns einen Ast an dem jeweils anderen Baum aus – er sich an meinem, ich mir an seinem –, auf die wir zuhechten wollten. Wir wollten springen und wie eine Turnerin am Stufenbarren einen Ast unterhalb unserer jetzigen Position packen, und sobald wir sicheren Halt hatten, wollten wir uns ganz bewusst und behutsam die letzten drei Meter fallen lassen, um auf den Füßen zu landen.

»Hast du einen Ast?«, fragte ich.

»Ich glaub schon. Den direkt unter dir.«

Ich hoffte, es war ein starker Ast. »Warte«, sagte ich und inspizierte den Ast unter mir. Er hatte einen Umfang von gut dreißig Zentimetern. Er sah stark aus. »Sieht gut aus«, sagte ich. »Ist meiner gut?«

Er machte das Gleiche. »Sieht stark aus«, sagte er.

»Okay«, sagte ich. »Mir wird kalt. Fertig?«

»Nein. Moment noch«, sagte er und pustete sich in die Hände. »Okay.«

»Okay.«

»Scheiße«, sagte er.

»Ich weiß.«

»Das wird ganz schön wehtun, wenn wir fallen«, sagte er.

»Da unten liegt nichts Spitzes. Wir können uns höchstens ein paar Knochen brechen.«

»Nicht auf dem Kopf landen, darauf kommt's an.«

»Ich weiß.«

»Schleppst du mich hier raus, falls ich mir was breche?«, fragte Hand.

»Hör auf.«

»Im Ernst.«

»Klar.«
»Gut. Okay. Scheiße.«
»Okay –«
»Mensch, das ist wie mit dem Helium«, sagte Hand.
»Was?«
»Das mit dem Helium. Hab ich dir das nicht erzählt?«
»Nein. Komm jetzt. Schluss mit der Verzögerungstaktik.«
»Das mit Raymond und dem Helium und so?«
»Nein.« Er war unerträglich, wenn er so war.
»Wir waren im Senegal. Ich habe dir davon erzählt, zumindest den Anfang. Am Tag danach.«
»Kann das denn nicht warten? Wir sollten es hinter uns bringen, bevor unsere Hände zu kalt zum Zupacken werden.«
»Darum geht's ja gerade.«
»Ich weiß.«
»Nein. Ich meine – okay, schon gut.«
»Countdown«, sagte ich, »bei null springen wir.«
»Das hier wollten wir schon machen, als wir acht waren. Weißt du noch?«
»Wir wollten von meinem Dach zum Baum springen, nicht von Baum zu Baum«, sagte ich. »Und jetzt halt die Klappe. Zehn.«
– Hand, du musst das machen.
»Neun.«
– Du verdammter Mistkerl, das hier ist für mich.
»Acht«, sagte ich und mir summte der Kopf. Konnten wir so weit springen? Wir hatten noch nicht ernsthaft über das Abstürzen geredet, die Möglichkeit abzustürzen.
»Sieben«, sagte ich.
– Hand: letzte Chance.
»Sechs«, sagte er.

Vielleicht war es ja doch nicht so weit. Wir fühlten uns sicher.
»Fünf«, sagte ich.
– Hand, wenn du springst, weiß ich, dass ich gehen kann.
»Vier«, sagte er.
Es war ein leichter Sprung. Es war kein leichter Sprung. Wir waren fünfeinhalb Meter hoch, und wir wollten rund vier Meter seitwärts springen. Falls wir keinen Ast trafen oder erwischten, um unseren Fall abzubremsen, würden wir uns ein Bein oder Schlimmeres brechen, das stand fest. *Bloß nicht auf dem Kopf landen*. Ich weiß, ich weiß.
»Drei«, sagte ich.
»Zwei«, sagte er.
»Eins«, sagte ich. »Los.«
»Jetzt?«
»Los, Hand!«
Er sprang auf mich zu, und ich sprang auf ihn zu. Wir segelten in der Luft aneinander vorbei. Die Luft war dunkel, und ich sah nur seine Augen, seine Hände wie riesige weiße Krallen und dann meinen eigenen Ast, der mein Gesichtsfeld zweiteilte, auf mich zusauste. Er traf meine Unterarme, und ich fiel, bis meine Hände ihn erwischten – ich hatte ihn erwischt! – und ich stoppte. Meine Beine schwangen vor mir hoch, und dann zurück hinter mich, das Gewicht riss an meinen Schultern – aber, Mann, ich hatte es getan. Ich stieß einen Schrei aus. Hand stieß einen Schrei aus. Ich drehte mich um und sah Hands Rücken, auch er baumelte mit ausgestreckten Armen, blickte über die Schulter zu mir.
»Wahnsinn«, sagte er.
»Ich weiß.«
Nach wenigen Sekunden ließen wir uns gleichzeitig

fallen, die letzten dreieinhalb Meter, und schlugen laut auf den trockenen Waldboden auf.
»Oh Mann«, sagte Hand.
»Ich weiß.«
»Ich hab das Gefühl, ich könnte alles erreichen.«
»Ja.«
»Ich meine, irgendwelche Häuser. Ich könnte von Haus zu Haus springen. Das wollte ich auch schon immer mal machen. Wieso sind wir siebenundzwanzig geworden, ohne das je versucht zu haben? Von Haus zu Haus zu springen? Das will doch schließlich jeder mal.«
Es war nicht so kalt auf der Erde, so tief. Meine Füße waren unter mir, zusammen und zur Seite gebogen, sodass sie aussahen wir gebrochen, aber sie waren in Ordnung, und es ging uns gut.

Wieder im Auto wärmten wir uns auf und zupften Ästchen und Blätter von unseren Sweatshirts, aus unseren Haaren, während wir den Sprung fünfzehn-, zwanzigmal nacherzählten, die besten Augenblicke, das Gefühl, richtig zu fliegen, auf dem Weg von einem Ast zum anderen, der unglaubliche Zug an den Schultern, sobald wir den Ast gepackt hatten, als würde uns ein Hai von unten an den Beinen reißen –
»Wie weit noch? Bis Riga«, fragte ich.
»Zirka eine Stunde.«
»Also dann: das Helium.«
»Bist du sicher, dass ich dir das nicht erzählt habe?«
»Ja. Lass uns fahren.«
Hand fuhr los, und wir verließen den Wald.
»Die chilenische Helium-Sache, Raymonds Geschichte?«

»Hast du mir nicht erzählt«, sagte ich. »Wie geht die Geschichte?«
»Ich habe gedacht, ich hätte dir das erzählt. Am letzten Abend, als du eingeschlafen bist und ich noch mal zu ihm aufs Zimmer gegangen bin, um Scotch zu trinken. Wir haben was getrunken, und er hat mir diese lange Geschichte über seine Vorfahren erzählt. Wir haben uns ewig lang unterhalten. Und davon hab ich dir nichts erzählt?«
»Scheiße.«
»Was ist?«
»Sieh mal.«
Uns kam ein Polizeiwagen entgegengebraust. Kurz darauf bremste er, der Fahrer schob den Arm aus dem Fenster und hielt uns an. Wir stoppten. Der Mann auf dem Beifahrersitz sprang aus dem Wagen und tauchte im Skianzug an unserem Fenster auf. Er sagte etwas auf Lettisch. Ich hob die Hände und machte ein ratloses Clownsgesicht. Er schnarrte erneut etwas durchs Fenster, und Hand erriet, was er wollte, und gab mir die Mietwagenpapiere, die ich zusammen mit meinem Führerschein durchs Fenster reichte. Er öffnete meine Tür und winkte mir, ihm zu folgen. Hand öffnete seine Tür, und jetzt standen wir alle. Der Officer, rotgesichtig mit blondem Kurzhaar, bedeutete Hand, wieder einzusteigen. Was er tat. Ich folgte dem Officer zu seinem Wagen, in dem ein dickerer Officer saß, ebenfalls im Skianzug.
»Zu schnell«, sagte der Erste.
Ich sagte, es tue mir Leid. Ich sei, sagte er, 123 gefahren, obwohl nur 90 km/h erlaubt seien. Ich lächelte beinahe.
»Oh«, sagte ich. Kurz zuvor waren wir 135 gefahren.
»Zu schnell!«, schrie er. Er war plötzlich zorniger geworden.
Das Verhältnis von Kilometern und Meilen in der Stunde

hatten wir noch nicht richtig durchschaut. Ich war offenbar zu schnell gefahren.

Der Cop war richtig wütend. »Ihr zahlen Strafe«, sagte er.

»Okay.«

Er sagte nicht, wie viel.

»Wie viel?«, fragte ich.

Er nahm einen Taschenrechner zur Hand, genau wie der Marokkaner vor zwei Tagen, und drückte 4-0-0.

»Nehmen Sie estnisches Geld?«, fragte ich.

Er seufzte übertrieben. Er nahm kein estnisches Geld. Er sagte irgendwas zu seinem Partner. Sie wirkten verwirrt, dann genervt. Sie debattierten.

»Mehr hab ich nicht«, sagte ich. Ich zeigte ihnen mein Portemonnaie mit estnischem Geld, zwischendrin ein paar Euros und britische Pfund. Er griff wieder zum Taschenrechner und tippte wieder was ein (*Nimm ihm mehr ab!* Wie viel? *Hast du den dicken Packen gesehen?* Schnapp ihn dir!)

Er zeigte mir den Taschenrechner. 2-0-0. Ich gab ihm 200 Kroon, und er winkte mich weg.

Als ich wieder im Auto war, fummelte Hand an der Stereoanlage herum.

»Ich hab eine Frage«, sagte er.

»Und?«

»Gibt es überhaupt ein Land, in dem wir nicht angehalten worden sind?«

»Nein.«

»Kein einziges.«

»Moment. Estland.«

»Wir sind in fünf Tagen viermal angehalten worden.«

Das stimmte.

Es gibt einen Bereich im Meer, der ist tief, aber nicht so tief, dass er schon schwarz ist. Er hat das Blau einer Blaubeere, violett in der Mitte, aber dieses Blau lässt Licht durch Millionen unsichtbarer Poren dringen. Die Farbe ist gleichmäßig verteilt, aber schillernd, eine Jupiterlampe, die durch grünblaues Gel leuchtet. Doch in dieses Blau hinein stoßen tintig lilaschwarze Wolken, bauschige Wolken, zu kleinen Wellen gerollt, und sie wachsen von unten, zerteilen das Meer zwischen dem Licht oben und dem Dunkel, das von unten heraufwächst.

Stell es auf den Kopf, und das war der Himmel über Riga.

Wie hatten wir uns Riga vorgestellt? Irgendwie schäbiger, mit weniger Glanz. Aber, großer Gott, als wir durch Vororte von Riga fuhren und schließlich ins Zentrum kamen, glitzerte und strotzte die Stadt vor Leben. Voller Geschäfte, abends um sieben noch hell erleuchtet, und Hotels, Casinos, Restaurants, Menschen mit langen Mänteln und hohen Pelzmützen auf dem Nachhauseweg, die riesigen Oberleitungsbusse oder wie auch immer man die Dinger nennt, die auf Schienen fahren und oben festgemacht sind, voll mit Berufstätigen, die noch einmal kleine, aber peinliche Fehler Revue passieren ließen und über Gott und seine ihnen so lange vorenthaltenen Gaben nachdachten.

Wir hielten vor einem Bekleidungsgeschäft, das an Gap erinnerte und das gleiche Personal von jungen und gelangweilten Frauen hatte. Es war geschlossen. Wir klopften ans Fenster, sahen die Frauen Kleidungsstücke zusammenfalten und Kleiderbügel aus Umkleidekabinen holen. Wir klopften erneut.

»Sorry«, sagte ich, als eine von ihnen, eine kurzhaarige, junge Frau mit dem Gesicht eines englischen Jungen, die Tür einen Spalt öffnete. »Wir brauchen unbedingt Hosen.

Können wir nicht noch rasch was kaufen? Es geht ganz schnell.«

Wir nahmen einfach an, dass sie unsere Sprache verstanden, und wir hatten Recht. Sie lächelte und ließ uns herein und schloss die Tür hinter uns ab. Ich ging zu einem Regal mit Hosen, suchte mir eine grüne Khaki-Hose in meiner Größe und brachte sie zur Kasse. Dort stand eine andere Frau, zierlich mit schwarzem Haar. Sie hatten beide einen ganz blassen, blütenblattrosa Teint.

Hand lud sie zum Essen ein. Sie sagten Nein. Sie erklärten, wir sollten am nächsten Tag wiederkommen, und dann würden sie mit uns essen gehen.

»Wir reisen morgen ab«, sagte ich.

»Aber ihr habt gesagt, ihr seid gerade erst angekommen«, sagte die Kleinere.

»Sind wir auch«, sagte ich. »Vor zehn Minuten.«

Ich wünschte mir wirklich, dass sie Ja sagen würden. Ich wünschte mir, mich auf dieser Reise wenigstens einmal mit jungen Frauen unterhalten zu können, die nicht käuflich waren.

»Ihr seid eingeladen«, sagte ich.

»Ihr müsst morgen kommen«, sagte die Größere. »Kommt morgen wieder. Morgen essen wir. Heute Abend haben wir was vor.«

Wir sagten, wir würden wiederkommen, wohl wissend, dass wir das nicht tun würden, und fuhren weiter und stiegen in einem Hotel in einem alten Gebäude ab, das die Farbe von nassem Sand hatte und gleich neben einem McDonald's Restaurant lag, das einen ganzen Häuserblock einnahm. Wir brachten unsere Sachen aufs Zimmer und sahen uns ein paar Minuten lang britische Nachrichten an. Sie berichteten von der Paris-Dakar-Rallye –

»Ach du Schande.«

»Nicht zu fassen.«
– obwohl es uns so vorkam, als hätten wir vor Wochen das letzte Mal davon gehört, dabei war es natürlich nur ein Tag gewesen, und zwei Tage zuvor waren die Autos auf uns zugerast, in Dakar, in der Realität.
Jetzt jedoch war die Rallye vorbei; irgendwer hatte gewonnen, irgendwer war gestorben. Ein bekannter Fahrer war gestorben, und das war eine Hauptmeldung wert, nicht jedoch der zufällige Tod von sieben Fußgängern entlang der Strecke.
Wir duschten und zogen uns an und ließen uns vom Portier ein Restaurant empfehlen. Draußen war es kälter als vorher. Es war einfach unzumutbar kalt. Menschen huschten von einer in Bernsteinlicht getauchten Tür zur nächsten in Bernsteinlicht getauchten Tür, über die engen Kopfsteinpflasterstraßen mit ihren alten Backsteinhäusern, in denen Geschäfte mit reich verzierten und sauberen europäischen Ladenfronten Lebensmittel, CDs, Souvenirs und Damenunterwäsche anboten.
Wir verliefen uns; wir waren hungrig. Hand fragte eine junge Frau, die die Hände tief in den Mantel gestopft hatte, ob sie Englisch sprach. Ohne den Schritt zu verlangsamen, log sie, indem sie auf Englisch verneinte.
Wir begannen zu joggen, suchten weiter nach dem Restaurant. Mit Hilfe von zwei Männern im mittleren Alter, die aussahen wie Einheimische, sich aber anhörten wie Australier, fanden wir es schließlich, und drinnen starrten uns alle an. Der Laden sah mittelalterlich aus und war sich dessen bewusst, mit großen Eichentischen und langen Bänken, besetzt mit lärmenden Freunden. Wir aßen, während die Leute starrten. Wir gingen, während die Leute starrten. Lag es an meinem Gesicht? Es lag immer an meinem Gesicht. Jeder hasste es, so ein Gesicht zu

sehen. Wir wollten mit allen gut Freund sein, wollten, dass wir alle gemeinsam fröhliche Lieder sangen, doch stattdessen lachten sie nur unter sich und starrten uns an. Wir gingen raus und wollten was trinken. Die Pflastersteine sogen unsere Schritte auf.

»Sieh dir das an.« Hand war stehen geblieben und zeigte auf ein kleines graviertes Schild über uns. »Das jüdische Museum.«

»Na und?«

»Ich hätte nicht gedacht, dass es hier noch welche gibt. Die Deutschen haben alle Juden im Baltikum umgebracht. Hab ich zumindest gedacht.«

Wir blieben einen Moment stehen. Ich hauchte in die Hände.

»Das muss der düsterste Ort in Riga sein«, sagte er.

»Ja.«

Hand fröstelte. »Ich könnte da nie reingehen. Kannst du dir vorstellen, hierher zurückzukommen? Jude zu sein und hierher zurückzukommen? Scheiße. Ausgeschlossen.«

Wir setzten uns wieder in Bewegung, und als wir die Kälte nicht mehr aushielten, gingen wir in eine kleine Bar und eine Wendeltreppe hinunter und hielten vor einem LaserTag-Labyrinth.

»Hier LaserTag?«, fragte Hand. Der Teenager an der Kasse stand auf –

»Riiichtig!«

– und führte uns in den Raum, der mit Leuchtfarben aus den Achtzigerjahren angestrichen war wie eine Retro-Disco für Junggesellinnen-Partys. Es war einerseits eine Bar, andererseits ein Laden für LaserTag-Zubehör, was wir eine echt spitzenmäßige Idee fanden. Wir gingen nach oben und bestellten zwei Bier. Wir sahen Leute durch die Kälte gehen, vor sich hin murmelnd, grimassierend, planend.

»Hier ist es kälter als in Chicago«, sagte ich.

»Das müssen ungefähr die gleichen Breiten sein. Die Luft fühlt sich genau gleich an.«

»Die gehen hier alle schnell.«

»Und alle tragen Schwarz.«

»Und Pelz.«

»Stimmt!«, sagte Hand. »So viel Pelz!«

»Fast alle Frauen tragen Pelz.«

»Vor allem ab vierzig aufwärts.«

»Aber warum das viele Schwarz?«

»Sie verleihen ihrer inneren Dunkelheit Ausdruck. Ihrer Finsternis. {Jetzt mit Soziologenstimme} Die Letten, so wird vielfach vermutet, hüllen sich in weite Mäntel und Pelze, weil sie *verschwinden* wollen. Sie schämen sich ihrer Körper. Und diese Mützen. Achte mal auf die großen Mützen, manche davon auch mit Pelzbesatz. Die tragen sie, weil sie sich ihrer Köpfe schämen–«

Zwei Frauen in unserer Nähe, an der Bar, nickten uns zu, hallo. Wir sagten hallo. Eigentlich sprach nur eine mit uns. Sie war etwa fünfzig, mit kurzem, schwarzem Haar, einer männlichen Kinnpartie, weit auseinander liegenden Augen, und sie sah ganz und gar aus wie eine typische Mom. Sie hob ihren Drink in unsere Richtung und stellte Fragen – woher, amüsiert ihr euch, welches Hotel. Wir sagten es ihr. Sie kam von der Bar an unseren Tisch und setzte sich. Ihr Name war Katya. Ihre Freundin, in einem flaumigen, blauen Pelzmantel, der ihre Nase kitzelte wie eine Federboa, blieb an der Bar auf dem hohen Hocker, die Beine verschränkt.

»Wie lange ihr bleibt in Riga?«, fragte sie.

»Wir reisen morgen ab«, sagte ich.

»Morgen! Ihr kommt hier nur für ein Glas!«
»Ja«, sagte Hand ganz ernst. »Wir haben gehört, das Bier in Lettland ist sehr gut.«
»Wo in Amerika ihr wohnt?«
Hand sagte Chicago.
»Chicago? Sehr gefährlich?«
»Sehr!«, antwortete er.
Dieser Kommentar veränderte den Verlauf der Unterhaltung und führte zur Ankunft der Frau im Pelz. Ihr Mantel war grün. Sie glitt von ihrem Hocker und begab sich an unseren Tisch.
»Sie spricht kein Englisch«, sagte Katya.
Die zweite Frau lächelte, hielt dann Daumen und Zeigefinger zwei Zentimeter auseinander. »Ein bisschen.« Sie lächelte erneut. Ihre Augen musterten mich und dann, genauer, Hand. Sie kniff sie zusammen, riss sie dann weit auf, irgendwie katzenhaft. Das tat sie mehrmals. Irgendwann musste ihr mal ein Idiot erzählt haben, das wäre sexy. Sie hieß Oksana.
»Entschuldigt, dass wir kein Lettisch sprechen«, sagte Hand.
»Wir auch sprechen kein Lettisch«, sagte Katya.
»Was hast du denn gerade mit deiner Freundin gesprochen?«
»Russisch. Wir sind keine Letten. Wir sind Russinnen.«
»Ach so. Dann seid ihr auch zu Besuch hier?«
»Nein. Wir sind hier geboren.«
»Und wieso seid ihr dann Russinnen?«
Sie sagte etwas zu ihrer grün bepelzten Freundin, und sie lachten beide – ein kurzes, fieses, hustendes Lachen, ein Lachen wie das Drohen mit geballten Fäusten.
»Halb Lettland ist russisch«, sagte sie.
»Oh«, sagten wir.

Wir mussten das als wahr akzeptieren, bis wir unseren Reiseführer erneut konsultieren konnten.

»Aber sie behandeln uns wie {Zunge raus, Hand abwinkend, abfällig, als fege sie ein Katze vom Tisch}.«

»Sie behandeln euch nicht gut? Warum?« – Hand erneut. Ich hätte ihn am liebsten geschlagen.

»Warum? Woher soll *ich* das wissen? Die sind alle korrupt.«

»Wer?«

»Die Regierung. In der Hand von Mafia. Die Menschen hier, sie sind gut. Aber die Regierung will uns nicht hier haben, und sie machen schwer für uns. Alles Kriminelle, Mafia.«

»Die Regierung ist die Mafia?« Hand war ehrlich interessiert. Der Barkeeper, in unserem Alter und spitzbärtig, beobachtete uns.

»Aber ja. In Russland es gibt auch Mafia, aber die sind nicht organisiert. Sie sind kaputt und sie {Geste eines Stichs ins Herz und eines Schnitts durch die Kehle}. Hier die Mafia ist organisiert.«

An dieser Stelle wusste ich, was Hand sagen würde – ich sah es aus weiter Ferne kommen, eine langsame Dampflok, stampfend und pfeifend – und ich konnte nichts tun, um sie aufzuhalten.

»Also könnte man das vielleicht als … organisiertes Verbrechen bezeichnen?«

»Genau«, sagte sie, nickte langsam mit dem Kopf, zeigte dann auf Hand und nahm schielend einen Schluck aus ihrem Glas. Sie bekam die Ironie nicht mit; Hand wusste das. Er war so ein Kotzbrocken.

Ein dicker Mann, bärtig und hässlich, mit dem verkniffenen Gesicht eines Gockels, der an der Bar gewesen war, stand jetzt hinter den Frauen und sprach uns an.

»Woher seid ihr?«, fragte er.

Wir antworteten, aus Montreal, und bedachten ihn mit einem bitteren französisch-kanadischen Blick, als wollte er uns auch unterdrücken.

»Mögt ihr diese Frauen?« Er fuhr mit einer Hand über ihre Köpfe hinweg, wie ein Game-Show-Model über einen Wäschetrockner.

Wir nickten beide. Wir mochten sie ganz gern.

Der Mann schnaubte. »Viele Leute mögen diese Frauen. Sehr nette Ladys!« Eine kleine Frau schob sich neben ihn, tippte ihm auf die Schulter, und sie gingen zur Tür.

»Viel Spaß«, sagte er über die Schulter.

Katya und Oksana blickten böse. Ich sah zu Hand hinüber, und wir wussten beide Bescheid. Wenn wir schlauer gewesen wären, hätten wir es früher kapiert. Aber wieso sind fast alle Frauen, denen wir begegnen, in dieser Branche tätig? *Wer würde denn sonst mit euch reden?* Ich will nicht so denken. *Und in welcher Branche seid ihr beide tätig, wenn nicht in der, wo Geld gegen Liebe getauscht wird?* Ach hör doch auf. *So groß ist der Unterschied gar nicht, oder?* Ich will aber glauben, dass er groß ist.

»Er ist dummer Mann«, sagte Katya. »Seht ihr, wie wir werden behandelt?«

Die Frauen sprachen über ihre Miete und die Arbeitsknappheit und über Katyas siebenjährigen Sohn. Ich fragte, ob sie ein Bild von ihm habe, aber sie hatte keins. Hand fragte, was sie beruflich machten. Katya stockte ein paar Sekunden, warf Oksana einen Blick zu. Sie seien arbeitslos, sagten sie. Oksana machte wieder diese Katzenaugennummer, Richtung Hand.

»Also«, sagte Katya, Richtung Hand, »tanzt ihr gern?«

Hand sagte, klar. Katya erzählte von einem Tanzclub namens The Pepsi –

»Wie das Getränk?«
»Ich weiß nicht.«
»Bei uns gibt es ein Getränk …«
»Ich weiß.«
– wo, wie sie uns versicherte, noch was los wäre, selbst heute Abend, sehr spät an einem Wochentag. Hand und ich sagten, vielleicht würden wir sie und ihre Freundin dort treffen. Die Lüge war für alle offensichtlich.
»Ihr werdet nicht kommen«, sagte die Katzenfrau zu Hand und zog einen Schmollmund.
»Wir werden's versuchen«, sagte Hand und nahm ihre schmale Hand zwischen seine beiden Hände, auf denen noch immer Marker-Spuren von dem Umschlag mit dem Scorpions-Text waren, den er in Senegal gemacht hatte.
Ich stand auf und signalisierte, dass ich nach Hause wolle. Er stand gleichfalls auf.
»Dann kommt ihr also. Ihr müsst«, sagte Katya.
»Ja«, sagte er.
– Es wäre mir fast lieber, wenn ihr uns einfach um Geld bitten würdet.
»Wann? Wie spät?«, sagte sie.
– Du versuchst es auf zweierlei Weise bei uns. Du wirst Hand Sex anbieten – du wirst ihm deine Freundin anbieten –, aber wenn das nicht klappt, bringst du die Sache mit deinem Kind ins Spiel. Und wir wissen nicht mal, ob du überhaupt einen Sohn hast.
– Du hast kein Recht uns zu verurteilen.
– Ich denke, ich darf nachdenken. Ich darf spekulieren.
– Du darfst keines von beidem. Nur ein einziger Tag in meinem Leben würde dich ruinieren.
»Wir ziehen uns nur um, und dann tanzen wir«, sagte Hand und schwang eine Hand über seine Kleidung, wie

eine Handsonde bei einer Sicherheitskontrolle. »Mit den Klamotten will ich nicht in die Disco.«
»Okay, dann in einer halben Stunde?«
»Ja. Dann treffen wir uns.«
»Ihr versprecht zu kommen?«
»Ja.«
»Ihr versprecht es?«
»Ja. Wir versprechen es.«
Ich war schon zur Tür hinaus, und Hand kam hinterher.
Die Straße war verlassen.
»Du willst dich doch nicht mit ihnen treffen?«, sagte ich.
»Nein.«
»Die mit dem Pelz war ganz hübsch.«
»Ich weiß nicht mal, was ich sagen soll«, sagte Hand. »Ich fühl mich so beschissen wegen ihnen. Bei Olga war das was anderes, sie hatte Aussicht auf einen neuen Job. Aber diese beiden – was hältst du davon, wenn wir ihnen das Geld geben?«
»Wir haben ihnen doch schon was gegeben, oder?«
»Nein, haben wir nicht. Wir haben ihre Getränke bezahlt.«
»Oh.«
»Du hast doch gehört, was Katya über ihr Kind erzählt hat, oder? Wir sollten ihnen das Geld geben. Gib ihr alles. Sie brauchen es, oder? Die haben die Esten im Nacken sitzen. Sie brauchen es.«
»Wer?«, sagte ich. »Sitzt ihnen im Nacken?«
»Ja. Die Letten. Sorry.«
»Ich will es ihnen nicht geben.«
»Warum? Weil du sie nicht magst.«
»Stimmt.«
»Aber was soll das denn heißen? Das macht keinen Sinn.

Willst du rumlaufen und Preise verteilen, wofür? Gutes Benehmen? Das hat mit Kontrolle zu tun.«
»Immer wenn du überhaupt nichts mehr kapierst, sagst du, es hat mit Kontrolle zu tun. *Das hat mit Kontrolle zu tun* ist *das* Schlagwort bei euch Küchenpsychologen geworden.«
Wir gingen Richtung Hotel, meinten wir, aber wir verloren immer mehr die Orientierung.
»Wenn du willst, kannst du ihnen das geben, was ich im Schuh hab.«
»Wie viel?«
»Rund 200 Dollar.«
»Ich finde, wir sollten.«
»Meinetwegen.«
Wir gingen zurück in ihre Richtung. Wir fingen wieder an zu joggen. Ich nahm beim Joggen die Knie ganz hoch, alles, um warm zu bleiben.
»Du hast das mit dem Helium noch nicht zu Ende erzählt«, keuchte ich. »Bevor uns die Cops angehalten haben.«
»Oh!« Er blieb schlagartig stehen. Er mochte solche dramatischen Gesten. »Das muss ich dir unbedingt erzählen!«
»Ich glaub, wir haben uns schon wieder verlaufen.«
»Ich weiß.«
Wir fragten einen älteren Mann, mit schweren Lidern und knochig. Der Mann machte uns ungefähr klar, wie weit wir vom Weg abgekommen waren. Wir dankten ihm und überlegten, ihn für die Auskunft zu bezahlen, doch sein Kamelhaarmantel verriet seinen Wohlstand. Wir hatten noch immer keinerlei Jacken.
»Schieß los«, sagte ich, als wir wieder an diesem LaserTag-Laden vorbeikamen.

»Okay«, sagte Hand. »Ich muss ganz von vorn anfangen. Also, zunächst mal, ich glaube, Raymonds Ahnen waren mehr oder weniger chilenische Ureinwohner, an der Pazifikküste – dem südwestlichen Teil des Landes. Dem Soundso-Archipel. Chronos. So ähnlich. Chronos-Archipel. Und dieses Volk hing der Theorie an oder vielleicht ist Glauben doch das bessere Wort dafür, dass alle Menschen alle ihre Verwandten mit sich tragen. Irgendwie im Blut, im Kopf.«

»So ist das nicht –«

Wir waren auf einer kopfsteingepflasterten Seitenstraße. Riga war so ordentlich, alles spiegelte die allerzartesten europäischen Gesten wider, und trotzdem war mir – Scheiße – so unverschämt kalt.

»Ich weiß, aber so haben sie es gesehen«, sagte Hand, »das machte den Unterschied aus, denke ich. Sie dachten, dass du nicht nur vom selben Blute bist wie deine Blutsverwandten, sondern dass du auch alle ihre Erinnerungen in dir trägst. Alle ihre *Seelen*. Du trägst ihre Träume und ihre Schmerzen und ihren Zorn und alles in dir. Raymond hat viel von dem üblen Zeug erzählt, das du in dir trägst. Zum Beispiel, wenn deine Verwandten irgendwie auf falsche Art gestorben sind.«

»Himmel. Klingt ja furchtbar.«

Wir blieben vor einem Laden stehen, in dem Käse und Elektrogeräte verkauft wurden. Es schien, als wären wir die einzigen Menschen, die in Riga zu Fuß unterwegs waren. Wenn wir doch mal Leute sahen, waren sie allein und gingen schnell, eingehüllt in Pelz.

»Nein, bei ihnen klang das ganz okay. Das hat was mit Dichte zu tun. Anscheinend wollten sie diese Dichte der Seele. Die Dichte ist wünschenswert. Anscheinend sehen sie die Seele genau anders als wir, für uns ist sie unglaublich leicht, ein fedriges Geisterding. Sie stellen sie sich als Berg vor. Wie ein Berg, den jeder von uns mit sich herumträgt, und du wünschst dir, dass der Berg stark und dicht ist, weil das bedeutet, dass deine Angehörigen ein Leben mit vielen Erfahrungen gelebt haben. Aber der Trick ist wohl der, einen Weg zu finden, sich noch bewegen zu können.«

»Mit deinem Berg.«

»Genau. An der Stelle bin ich nicht mehr ganz mitgekommen. Aber den Teil mit dem Blut und den Stimmen von allen im Kopf, den fand ich stark.«

Meine Füße waren eiskalt. Sie fühlten sich an wie Krallen.

»Das mit den Stimmen hast du nicht erzählt«, sagte ich.

»Sorry. Also, anscheinend kannst du diese Leute hören, die Toten und die Menschen, mit denen du blutsverwandt bist, zuerst deine Eltern und dann alle anderen, Tanten und Onkel und so weiter – irgendwo hast du Anteil an allem. In unterschiedlichem Maße, je nachdem. Tausende von Stimmen, vielleicht Millionen. Ein endloser Chor. Und alles ist in deinem Blut! Die Idee finde ich super. Ich musste an diese Glasfaserkabel denken, die jede Menge Informationen aufnehmen können –«

»Ach, ich bitte dich.«

»Ich glaub, wir müssen hier lang.«

»Okay.«

»Also, entscheidend ist jedenfalls, dass das die Menschen sind, für die du verantwortlich bist. Du trägst sie im wahrsten Sinne des Wortes die ganze Zeit mit dir rum. Du bist du, aber auch sie, in gewisser Weise ist das sehr viel konkreter als die jüdisch-christliche Variante. Und das hat nichts mit Reinkarnation zu tun – du wirst nie wieder richtig du selbst sein und irgendeinen Körper irgendwie kontrollieren können. Du stirbst und wirst zum Chor, zu

einer Stimme im Chor. Es klang wunderschön, wie Raymond das erklärt hat. Wenn wir uns also unterhalten, du und ich, sprechen wir auf einer gewissen Ebene mit den Stimmen von Tausenden. Und es ist unheimlich wichtig, das in Erinnerung zu behalten, und bei ihren Zeremonien und Lehren geht es, glaub ich, darum, einen besseren Kontakt zu dem Chor zu bekommen, ihn zu suchen und zu erkennen, mit ihm zu sprechen.«
»So was wie Channeling?«
»Nein, nein. Es kommt eher aufs Zuhören an. Aufs Rücksichtnehmen. Was hat er noch mal für ein Wort benutzt? Es war spanisch, glaube ich, und ihm fiel kein entsprechendes Wort auf Englisch oder Französisch ein. Es hieß so viel wie mit den Träumen von Tausenden sprechen, dem Urteil einer Ahnenreihe. Was ich so verstanden habe, dass man bei seinen Handlungen diesen Chor berücksichtigen soll.«
»Richtig.«
»Ich glaube, das war's.«
»Aber – Moment, ist das unser Hotel, der Turm da?«
»Nein. Wir sind direkt an dem Platz, weißt du nicht mehr?«
»Stimmt.«
»Also …«
»Na ja, es klingt so einengend. Als ob die ganze Familie dein Verhalten hinterfragen kann.«
Die Bar oder die Pepsi-Disco waren nirgendwo in Sicht, aber wir sahen wenigstens das McDonald's-Restaurant, was bedeutete, dass sie nicht mehr weit sein konnte.
»Komm, wir gehen rein und fragen den Portier«, sagte Hand.
Wir schritten durch die Drehtür in die hohe weiße Marmorhalle und uns wurde warm.

»Wart ihr high?«, fragte ich.
»Was spielt das denn für eine Rolle?«
»Erzähl weiter.«
Der Portier war weg. Wir standen am Empfang. Es gab kleine Pläne vom Stadtzentrum. Hand nahm einen. Auf der Rückseite war Werbung für Restaurants und Bars. Wir lokalisierten das Pepsi. Wir würden hingehen und sie finden. Wir standen in der Lobby und wärmten uns auf.
»Wir waren nicht high«, sagte Hand.
»Gut. Erzähl weiter. Die ganzen Stimmen im Kopf.«
»Vielleicht erklär ich das ja nicht richtig. Wie Raymond das ausgedrückt hat – das war so vollkommen – es kam mir einfach so reich vor, ihre Lebensweise. Sie trugen ihr Blut und ihre Stimmen mit solcher Anmut, verstehst du das?«
Nein. »Nein.«
»Es liegt an dieser Illusion, mit der wir leben, der Illusion, dass wir Dinge vergessen wollen. Dass wir vergessen müssen, um leben zu können, weil alles zu viel ist, unsere Last ist so groß, dass wir uns selbst gehirnamputieren müssen, zumindest teilweise, chemisch oder wie auch immer, hab ich Recht?«
»Klar«, sagte ich.
»Aber diese Menschen *wollen* alles und jeden mit sich herumtragen. Bei jedem Schritt gehen Tausende mit, bei jedem Wort sprechen Tausende mit. Sie vergessen nichts, weißt du – sie erkennen das Gewicht dieser Berge an, und jeder läuft mit diesen Bergen herum oder versucht, damit herumzulaufen. Mann, die waren echt faszinierend.«
»Das kann ich mir vorstellen. War das denn nun ein Gottesglaube? Gab's da eine Hauptberggottheit, die den Rest lenkte, die Miniberge?«
»Nein, nein. Das hätte auch nicht gepasst. Wozu bräuch-

test du einen zentralen Gott, der das Sagen hat, wenn jedermann die Weisheit von Tausenden in sich trägt? Per Akkumulation haben alle Menschen die Weisheit von Göttern, die Erfahrung von Unsterblichen. Zumindest potenziell.«
»Sie verehren sich selbst als Götter.«
»Nein. Es gibt überhaupt keine Gottesverehrung. Es geht nur darum, dass diese Menschen ihre Berge mit sich tragen und die Schwere ihrer Seelen kennen.«
»Kommt an dieser Stelle das Helium ins Spiel?«
»Komm, lass uns die Ladys suchen.«
Wir wappneten uns innerlich und traten wieder durch die Tür nach draußen, und die Kälte schlug von allen Seiten auf uns ein.
»Allem Anschein nach«, sprach Hand weiter, »haben diese Menschen vor Jahrhunderten, vor einem Jahrtausend Vögel verehrt.«
»Ach komm.«
»Sie waren total fasziniert vom Fliegen, stärker als die meisten Urstämme, und natürlich wollten sie auch selbst fliegen –«
»Aber es gibt da einen Haken: Sie sind Berge.«
»Genau, genau. Sie waren Berge und ganz schwer. Das wussten sie. Und so wurde das nach einer Weile zum Hauptproblem ihrer Kultur: Wie kann man fliegen? Wie kann man mit diesem Gewicht fliegen? Manche sprangen von kleinen Klippen und versuchten zu fliegen, stürzten aber ab. Auf diese Weise kamen Hunderte ums Leben, und sie nahmen an, dass ihre Seelen zu schwer waren.«
»Meine Güte.«
»Ja, sie sprangen einfach und stürzten ab. Es war schrecklich. Sie verloren ungefähr ein Drittel von jeder Generation. So viele starben. Also fingen sie an, die Vögel zu

beobachten, was sie aßen und taten, und versuchten, sie so gut sie konnten nachzuahmen.«
»Sie machten sich Flügel aus Federn.«
»Nein. Sie durften den Vögeln keinen Schaden zufügen, ihr Glaube erlaubte das nicht, deshalb kriegten sie nicht genug Federn zusammen. Das Wichtigste, was sie sich überlegten, war wohl die Vorstellung, dass –«
Er blieb stehen.
»Haben wir diesen Käseladen nicht schon mal gesehen?«
»Kann mich nicht erinnern.«
Er sah auf den Plan. Er bestimmte den Weg.
»Also, was meinten sie zu den Vögeln? Sie beobachteten sie rund hundert Jahre lang, und dann hatten sie was rausgefunden. Irgendwas mit der Luft. Das Einsaugen von Luft.«
»Ich wundere mich, dass du so viel behalten hast.«
»Oh, ich hab alles behalten. Aber mir ist schleierhaft, dass ich ihren Namen vergessen habe. Es gab einen indianischen Namen und einen englischen Spitznamen – Oh!«
»Was ist?«
»Die Luft-Sache ist mir wieder eingefallen. Sie haben also die Vögel beobachtet und studiert und gelangten dann zu dem Schluss, dass die Vögel Luft aßen, um oben zu bleiben. Sie haben gesehen, dass die Vögel mit offenem Mund flogen, wahrscheinlich so ähnlich wie Wale, die Plankton fressen oder so, und weil ihr Dorf so hoch auf dem Bergkamm lag, ließen sich die Vögel, die sie sahen, vermutlich Habichte und Falken, von den Aufwärtsströmungen tragen. Deshalb hielten diese Menschen die Flügel für nicht so wichtig.«
»Die Flügel waren nicht wichtig.«
»Ihrer Meinung nach ging es nur um das Einsaugen von

Luft. Sie überlegten sich – na ja, aus heutiger Sicht war ihre Wissenschaft natürlich ziemlich naiv, aber in gewisser Weise auch ehrgeizig. Die haben wirklich versucht, den Dingen auf den Grund zu gehen. Also haben sie sich überlegt, dass die Vögel aus der Luft irgendwas bekamen, was *sie* nicht bekamen, oder dass sie es anders verarbeiteten oder so. Sie betrachteten die Vögel als Behältnisse für Gase, wie Ballons, und die Flügel waren bloß Mittel zur Steuerung. Also dachten sie sich, dass sie auch Behältnisse für Gas sein könnten. Leichter als Luft. Und so fingen sie an zu springen.«

»Die sind irre.«

»Na ja, sie sehen die Vögel durchs Tal schweben, mal nach unten, mal nach oben, und sie kommen auf den Gedanken, dass es was mit dem Einsaugwinkel zu tun hat. Im Grunde experimentieren sie einfach so rum, und weil sie sich nicht mehr von den Klippen in den Tod stürzen wollen, springen sie jetzt einfach aus niedrigerer Höhe und versuchen sich mit dieser besonderen Luft vollzusaugen. Sie springen wie verrückt. Sie springen und sie rennen, und es wird einfach etwas ganz Alltägliches für sie, herumzuhüpfen und von einem Ort zum anderen zu flitzen.«

»Und was wollen sie damit erreichen? Ihren Heliuminhalt aufbauen?«

»So was in der Art. Sie fangen an, das Ganze zu mythologisieren, und behaupten, dass ihr Stamm eines Tages fliegen wird. Sie rechnen sich aus, wenn nur genug gesprungen und entsprechend viel von dieser besonderen Luft aufgenommen wird, dass es in vielleicht drei Generationen genügend Helium zum Fliegen in ihren Bergen geben wird.«

»Meine Güte.«

»Du sagst es, aber natürlich klappt das alles nicht, und tief in ihrem Innern schwant ihnen allmählich, genau wie es den Christen mit der Wiederkunft Christi geht, dass es vielleicht niemals passieren wird. Das heißt jedoch nicht, dass die Lehren wertlos sind. Das eine große Ziel hat viele nette Nebenprodukte. In diesem Fall fing die Rumspringerei an, ihnen Spaß zu machen, glaube ich. Sie war Teil ihrer Kultur. Sie sahen einen Berg und sprangen ihn runter. Sie sahen ein grünes Tal und rannten wie verrückt hinüber auf die andere Seite. Und sie hatten Sex wie verrückt, aber ich nehme an, das war bloß die Idee eines aufgefuchsten Geistlichen. Auf jeden Fall kam das alles den Spaniern ziemlich spanisch vor, die vielen Leute, die durch die Gegend rannten und hoppelten, mit weit geöffnetem Mund, als wären sie die ganze Zeit über total verblüfft oder voller Ehrfrucht, deshalb hielten sie diese Menschen immer für ein bisschen durchgeknallt.«

»Also haben sie sie einfach –«

»Das springende Volk!«

»Was?«

»So haben sie sie genannt. Die Spanier haben dieses Volk entdeckt, und weil alle die ganze Zeit herumsprangen, die Berge rauf und runter, haben sie sie das springende Volk genannt.«

»Das springende Volk.«

»Das springende Volk, genau. Sie sind wirklich gern gesprungen. Es wurde zu einem Initiationsritus, ein Riesensprung vom Felsenkamm, und sie verbanden diesen gesamten Brauch mit den Bergen, die sie mit sich trugen. Sie hielten an dem Helium-Gedanken fest, vielleicht war es auch Wasserstoff, aber es ging nicht mehr ums Fliegen, sondern darum, die Last zu erleichtern, den Berg aufzulockern. Also springen und rennen und schwimmen sie, manchmal rennen sie auch nur immerzu herum, um das Gewicht ihres Berges leichter zu machen. Irgendwann konnten sie gar nicht mehr ohne. Sie brauchten schließlich nicht nur feste Nahrung, sondern auch Helium-Nahrung.«

»Und leben die noch irgendwo?«

»In Chile? Nein. Sie wurden von den Spaniern verfolgt, glaube ich. Sie wurden in alle Richtungen zerstreut. Aber sie waren sowieso schon ziemlich nomadisch veranlagt, also war das nicht weiter schlimm. Ich glaube, die meisten haben sich irgendwie assimiliert. Raymond meint, er stammt von ihnen ab, aber das lässt sich praktisch nicht beweisen.«

»Oh.«

»Aber jetzt pass auf. Jetzt kommt das Beste. Oder mit das Beste. Irgendwann belagern die Konquistadoren das Hauptdorf des springenden Volkes, hoch oben auf einem zerklüfteten Felsenkamm. Im Grunde so was wie Masada. Ungefähr dreitausend Angehörige des springenden Volkes und schätzungsweise fünfzehnhundert Spanier, aber die Spanier haben Artillerie, daher weiß das springende Volk, dass es auf verlorenem Posten steht.«

»Also haben sie sich umgebracht.«

»Nein! Nein, nein. So was machen die nicht. Niemals.«

»Oh.«

»Niemals!«

»Also?«

»Sie sind gerannt!«

»Sie sind gerannt.«

»Die denken nämlich, dass sie die schnellsten Menschen auf Erden sind! Sie denken, dass sie jedem davonlaufen können, barfuß. Also warten sie ein Weilchen, ob die Spanier vielleicht wieder verschwinden, und dann hauen sie ab. Im Grunde fliegen sie davon. Sie nehmen ihre Berge und ab durch die Mitte.«

»Dann sind sie also einfach auf und davon?«

»Aus ihrer Sicht gab es nichts, wofür es sich zu kämpfen gelohnt hätte. Ich meine, die leben da friedlich vor sich hin, und mir nichts, dir nichts tauchen diese Fremden auf, die sie umbringen wollen oder was auch immer. Sie konnten das einfach nicht begreifen.«

»Also sind sie abgehauen.«

»Eine andere Sache, an die sie glaubten und die weit in ihre Geschichte und Philosophie zurückreicht, ist, dass sie nirgendwo richtig ansässig wurden. Sie blieben nirgendwo sehr lange. Sie waren keine Nomaden, in dem Sinne, dass sie alle paar Wochen weiterzogen, wie die indianischen Büffeljäger oder so, aber sie waren neugierig auf andere Orte, wollten andere Orte kennen lernen, und als diese Fremden es auf ihr Land abgesehen haben, sind sie zwar nicht gerade begeistert, aber sie haben auch nicht das Gefühl, dass es ihr Besitz ist, also –«

»Sind sie weggegangen.«

»Sie zogen weiter. Sie blieben in Bewegung. Es gab noch so viel zu sehen.«

»Und die Konquistadoren schnappten sich das Land oder Geld oder was auch immer.«

»Ja. Aber das springende Volk hinterließ eine Botschaft für die Konquistadoren, auf der Klippe über dem Dorf, in Stein gehauen. Wie sich herausstellte, war das im Grunde genommen der Wahlspruch des springenden Volkes, obwohl ich finde, dass er nicht viel Sinn ergibt. Ich meine, einerseits ja, andererseits nein. Raymond hat erzählt, dass er aus der ursprünglichen Sprache des springenden Volkes ins Spanische übersetzt worden ist und wieder zurück, dann ins Englische und so weiter, also lässt sich nicht mehr genau sagen, ob die Übersetzung einigermaßen korrekt ist. Ein amerikanischer Forscher hat den Text ein bisschen aufpoliert, glaube ich, ein Typ an der University of Chicago, damit er sich zumindest so anhört wie ein Satz, den du auf einer Klippe über einem belagerten Dorf in Stein meißeln würdest, damit die Eindringlinge ihn finden, wenn du weg bist.«

»Jetzt lass endlich die verdammte Botschaft hören.«

Hand holte tief Luft und öffnete die Hände, als empfange er das Geschenk des Regens. »IHR WERDET NOCH MERKEN, WIE SCHNELL WIR SIND!«, brüllte er hinaus in die kalte, müde Stadt.

Zehn Minuten später entdeckten wir es: The Pepsi lag etwa hundert Meter vor uns.

»Gut«, sagte Hand. »Ich hab schon überall kein Gefühl mehr.«

Es stand niemand an der Tür, und wir gingen eine breite Treppe hinunter in einen Raum mit niedriger Decke, roten Lampen und stumpfen, kupferfarbenen Barhockern. Es sah aus wie ein Privatkeller, der zum Partyraum umgebaut worden war. Gleich am ersten Tisch saßen Oksana und Katya mit Blick auf die Tür und strahlten, als wir plötzlich auftauchten und auf sie zugingen.

»Ich bin schockiert!«, sagte sie, als wir uns zu ihnen setzten, Hand neben Oksana und ich neben Katya. »Nie die Männer kommen!«

»Das hier«, sagte Hand mit genüsslicher Theatralik, »hätten wir um nichts auf der Welt verpasst.« Dann küsste er Oksana die Hand.

Wir tranken irgendwas Whiskyartiges, das sie auch tran-

ken, und Hand tanzte mit Oksana. Ich wollte nicht mit Katya tanzen. Das wäre, so dachte ich, wie mit einer der Mütter auf einer Hochzeit zu tanzen.
»Du magst mich nicht«, sagte sie und blickte auf meine Stirn.
»Doch«, sagte ich.
»Komm mit mir nach Hause. Du bist müde.«
Ich wollte nicht zu ihr nach Hause. Aber ich wollte auch nicht auf Hand warten. Hand brachte Oksana gerade den Charleston bei.
»Ich muss auf Hand warten«, sagte ich.
»Hand wird sich amüsieren.«
»Okay.«
Ich hatte kein sexuelles Interesse an Katya, und sie hatte keinerlei Charme. Sie war grob und versuchte gar nicht erst, nett zu sein. Ich wusste nicht, warum ich mit ihr mitging. Ich wollte ihre Wohnung sehen, glaube ich, und sehen, was sie glaubte dort mit mir anstellen zu können. Ich signalisierte Hand, der jetzt zu Cyndi Lauper langsam mit Oksana und ihrem Mantel tanzte – sie hatte ihn nicht ausgezogen und auf den ersten Blick sah es so aus, als tanzte Hand mit ihm, dem Mantel –, dass ich ging. Er warf mir einen besorgten Blick zu, der dann zu einem nachsichtigen Achselzucken wurde.
Draußen suchten wir uns ein Taxi, und auf der Rückbank merkte ich, dass Katya ein starkes Parfüm benutzte, ein durchdringender und klarer Geruch nach Aprikosen, aber alkoholisiert.
»Was hast du für einen Job?«, fragte sie.
»Ich arbeite für einen Bauunternehmer«, sagte ich.
»Was ist das?«
»Der baut Gebäude. Häuser, Büros. Wir bauen Sachen.«
»Ich verstehe. Du bist ein harter Mann.«

»Genau«, sagte ich. »Harter Mann.«
»Und so hast du dein Gesicht verletzt«, sagte sie, berührte mich am Ohr und strich mir dann ein Haar aus den Augen. »Beim Bauen.«
»Ja«, sagte ich.
»Das wird wieder weggehen«, sagte sie und wischte die Wunden aus meinem Gesicht, so wie sie zuvor die Russen und ihre Verbrechen weggewischt hatte.
Sie wohnte in einem Ziegelkasten im ersten Stock, den man über eine stockdunkle Treppe erreichte, die ich an ihrer Hand hinaufging und auf der wir über ein Tier stiegen, vermutlich ein Hund, aber übler riechend, etwa zehn Minuten vom Pepsi entfernt. Der Couchtisch war voll mit Tellern und Gläsern und anscheinend Schulbüchern. Darüber ein Foto von einem Mann in Uniform, zirka 1970, auf Plakatpappe geklebt und in Folie gepackt. Auf der Couch eine übergroße Decke mit der britischen Fahne als Muster. Darunter war eine Person. Der Sohn?
»Meine Nichte«, sagte Katya. Ich lugte um die Decke herum und sah den Kopf einer jungen Frau. Ich fragte mich, wo der Sohn war, falls sie einen Sohn hatte. »Komm mit«, befahl Katya.
Sie führte mich durch eine halbdunkle Diele, die die Farbe von nassem Sand hatte, und hinein in ihr Zimmer. Ein Doppelbett, ungemacht. An der Wand über dem Bett eine Hawaii-Landschaft, Wasserfälle, die durch hoffnungsvolles Grün rauschten. Sie ließ das Licht an.
»Setz dich«, sagte sie.
Ich setzte mich aufs Bett.
»Zieh deine Sachen aus«, sagte sie.
»Es ist kalt.«
»Ausziehen«, sagte sie und zeigte auf mein Hemd.
Ich zog das Hemd aus. Als mein Gesicht wieder auf-

tauchte, war sie weg. Ich hörte im Flur Wasser laufen, und dadurch wurde mir noch kälter, und ich überlegte, ob ich mein Hemd wieder anziehen sollte. Stattdessen zog ich auch Hose und Unterhose aus. Ich saß nackt auf dem Bett und fragte mich, ob meine Hoden auf irgendwas Unhygienischem ruhten.

Sie kam wieder durch die Tür und stellte sich vor mich.

»Was willst du hier?«, fragte sie.

»Wie bitte?« Ich sprach in ihren Bauch.

»Was soll ich jetzt für dich tun?«

Ich hatte keine Ahnung. Vor einer halben Stunde hatte ich ganz kurz gedacht, dass ich mich irgendwo auf dem Weg zwischen der Disco und hier doch zu ihr hingezogen fühlen oder für die Idee erwärmen könnte, mit dieser älteren, müden Frau zu schlafen. Doch jetzt, wo ich hier war, hatte ich das Gefühl, meine Kinderärztin zu besuchen. Ich zuckte die Achseln.

»Hinlegen«, sagte sie.

Ich ließ mich nach hinten aufs Bett fallen. Die Matratze war dünn und weich, Schaumstoff. Meine Zehen waren kalt und ich spürte einen Windzug, dünn aber kräftig, der mir von dem Fenster rechts übers Kinn strich.

»Umdrehen«, sagte sie.

Ich tat es. Mit dem Bauch auf dem Flanelllaken war mir wärmer. Ich schloss die Augen und spürte sofort, dass ich hier schlafen würde. Dreißig Sekunden vergingen, in denen ich das Rascheln von Kleidung hinter mir hörte. Das Poltern von Schuhen.

Ich spürte, wie das Bett am Rand nachgab, und dann ahnte ich Wärme über mir. Ihr Knie strich hinten über meinen linken Oberschenkel, und ihre rechte Hand sank dicht neben meiner rechten Schulter in die Matratze. Ihr Becken senkte sich zuerst auf mich, auf den oberen Teil meines Gesäßes, dann ihr Bauch auf mein Kreuz, dann berührten ihre Rippen und ihr Brustkasten meinen Rücken. Ihre Arme spiegelten meine und ruhten auf ihnen, und sie verschränkte die Finger mit meinen.

»Ist dir jetzt wärmer?«, raunte sie in meinen Nacken.

»Ja«, sagte ich. Es war so warm.

»Bleib einfach liegen«, sagte sie.

»Okay.«

Und das taten wir. Ich erwartete, ihr Atmen an meiner Wirbelsäule zu spüren, das Heben und Senken ihrer Brust, doch stattdessen ahnte ich es durch ihr Becken, das mir jedes Mal, wenn sie einatmete, ins Kreuz drückte. Ihr Zwerchfell zog sich bei jedem Atemzug zusammen, und ihr Beckenknochen drückte gegen mich, während ihre Atmung, hörbar an meinem Ohr, meinem Herz den Rhythmus vorgab. Ihr Gewicht war das ideale Gewicht, und mir war warm und ich wollte, dass ihr auch warm war.

Ich erwachte um halb fünf allein im Bett. Ich fand Katya im Wohnzimmer auf dem Boden vor dem Fernseher, den Rücken gegen die Couch gelehnt und in die rundliche Gestalt ihrer Nichte gedrückt. Sie sah sich Männer in Michigan an, die komplizierte Wasserskikunststücke bei hoher Geschwindigkeit vorführten.

»Und das ist alles?«, fragte sie.

»Ich muss gehen«, sagte ich.

»Wohin?«

Ich wollte es ihr so gerne sagen. Kairo. Kairo!

»Zurück zum Hotel. Wir fahren morgen zurück nach Tallinn.«

»Ist es schön?«
»Was? Tallinn?« Sie war noch nie dort gewesen – das war wie jemand aus Green Bay, der noch nie in Milwaukee war.
Sie nickte.
»Es ist sehr schön«, sagte ich. »Wir haben nicht viel gesehen.«
»Wirst du uns helfen?«, sagte sie und streckte die offene Hand aus.
Ich sah sie einen Moment lang an. Ihre Augen blinzelten nicht.
»Natürlich«, sagte ich und begann, in meinen Taschen zu kramen. Ich fand ein Päckchen Travellerschecks. Ich fragte mich, ob ich sie auf sie überschreiben konnte, nahm aber an, dass das nicht ging. In meiner seitlichen Beintasche waren rund 5.000 Kroon. Ich gab sie ihr und suchte weiter, wühlte immer wieder die Taschen durch. Wie viel war es wert, dass sie sich auf mich gelegt hatte? Das war nicht messbar. Man konnte sagen, dass es nichts wert war – dass es kostenlos hätte sein sollen –, oder man konnte sagen, Millionen, und beides wäre irgendwie sinnvoll. Nichts war quantifizierbar – besser gesagt, an irgendeinem Punkt war es mal so, und Zahlen konnten mit Zuversicht ausgesprochen werden, aber das war vorbei.
In einer anderen Tasche entdeckte ich einen Fünfzig-Dollar-Schein und gab ihn ihr. Sie legte die Kroon beiseite, faltete den US-Schein auseinander und inspizierte ihn. Mehr hatte ich nicht. Ich behielt ein paar lettische Münzen in der linken Vordertasche im Wert von rund 12 Dollar.
Sie bemerkte mein leichtes Unbehagen, weil ich alles weggegeben hatte, was ich bei mir trug. »Du wirst mehr bekommen«, sagte sie.

»Ich weiß«, sagte ich.
»Für Leute wie dich gibt es immer mehr«, sagte sie und zeigte auf die Wasserskiläufer, die zu zweit über eine Schanze rasten und dann hoch über eine Menschengruppe in einem Schlauchboot hinwegsegelten, das die Farbe frischen Blutes unter einer hoch stehenden Sonne hatte, zwölf geduckte Personen.

Ich nahm ein Taxi zurück durch die dunkle Stadt zum Esplanade-Park und rannte hindurch und stürmte ins Hotel. Im Fahrstuhl forderte ich mich selbst heraus, den Kopf an der Fahrstuhlwand zu fixieren. Dann tat ich es. Ich forderte mich selbst heraus, im Kreis im Fahrstuhl zu gehen, während mein Kopf an der Wand fixiert blieb, und tat auch das, wobei ich meinen Körper in die absurdesten Winkel brachte. Die Wand, der Boden und ich – wir waren eins, ein gleichschenkeliges Dreieck.
Hand war wach und telefonierte, um sich nach Kairo-Flügen zu erkundigen. Wir hatten noch zweiundvierzig Stunden, bis Hand zurück in St. Louis sein musste, und ich musste zu einer Hochzeit nach Cuernevaca, also rechneten wir rückwärts:
Drei Stunden von New York nach St. Louis
Zwei für die verlorenen Stunden = fünf Stunden Verlust
Elf zwischen New York und Kairo
Acht Stunden Verlust wegen Zeitunterschied
Macht vierundzwanzig Stunden
Acht Stunden, um von Riga nach Kairo zu kommen
Mindestens zweiunddreißig Stunden an Reisezeit.
Ich war ernüchtert. Hand war begeistert.
»Das macht satte zehn Stunden in Kairo! Perfekt!«

»Aber nur, wenn wir auf der Stelle aufbrechen. Es ist mitten in der Nacht, Hand. Wir verlieren noch mal acht Stunden, wenn wir hier schlafen.«

Er starrte mich ausdruckslos an, als wollte er abwarten, ob ich das zurücknehmen würde, was ich gerade gesagt hatte.

»Oh Gott«, sagte er. Er warf sich aufs Bett und verfluchte Lettland. Wessen Idee war Lettland überhaupt gewesen?, wollte er wissen. Ich wusste nicht mehr, wessen Idee es gewesen war. Wir hatten es aus einem großen grünen Buch ausgesucht. Wie konnten wir Kairo für Riga aufgeben? Er tigerte auf und ab. Er drehte die Heizung an und wieder aus. Er versuchte, das Fenster zu öffnen, aber so eine Art Fenster war das Fenster nicht. Er putzte sich die Zähne, machte dann ein Bier aus der Minibar auf.

Wir riefen trotzdem beim Flughafen an. Wir erfuhren, dass wir am nächsten Tag nach Kairo fliegen konnten, aber nur über Prag. Wir würden zehn Stunden in der Luft sein. Wir würden um zwei Uhr morgens in Ägypten landen. Hand war wieder munter.

»Das ist doch genau richtig. Wir steigen aus dem Flugzeug, nehmen uns ein Taxi nach Gizeh, klettern um fünf die Cheops-Pyramide hoch, pünktlich zum Sonnenaufgang. Wir sind da, wenn sie aufgeht, und dann rutschen wir wieder runter und haben noch reichlich Zeit, nach Hause zu kommen.«

Es klang gut. Wir riefen erneut die Fluggesellschaft an. Aber dann erfuhren wir, dass wir um sechs Uhr morgens aus Ägypten abfliegen mussten, damit Hand rechtzeitig in St. Louis sein konnte. Das war die einzige Möglichkeit. Allmählich dämmerten ihm die Beschränkungen.

»Dann hätten wir etwa zwei Stunden an den Pyramiden.«

»Stimmt.«

»Mitten in der Nacht.«
Ich nickte.
»Scheiße!« Er war außer sich. Er schaltete den Fernseher an, einen Pornosender. Zwei Amerikanerinnen hatten mit dem Wagen vor einem Haus am Strand gehalten und erkundigten sich bei zwei langhaarigen Männern nach dem Weg. Hand marschierte durchs Zimmer, stellte in der Luft Rechnungen auf, hielt Einsen mit dem Zeigefinger im Sinn, spielte Szenarien durch, fragte immer wieder dasselbe: *Wieso gibt's keinen Nachtflug? Bist du sicher, dass Sonnenaufgang erst um sechs ist …*
»Wir sollten jetzt los«, sagte er.
»Wohin?«
Jetzt hatten die Frauen und Männer Sex miteinander, die beiden Pärchen waren parallel und bewegten sich zunächst im Einklang, dann genau abwechselnd, zwei Kolben. Es war beeindruckend.
»Was ist mit Katya gelaufen?«, fragte er.
»Nicht viel.«
»Hast du dich ausgezogen?«
Ich nickte.
»Hast du dich geschützt?«
»Wir hatten keinen Sex.«
»Trotzdem. Wenn sie dich angefasst hat –«
»So war es nicht«, sagte ich.
»Tja, wir müssen hier weg«, sagte er. »Ich hasse es. Riga ist doof.« Er hielt nach irgendwelchen Bewegungen auf dem Platz vor dem Fenster Ausschau. Ich stimmte ihm zu, dass es sinnlos war, hier zu sein.
»Du weißt, dass das mit Kairo nicht klappt.«
»Aber Kairo war die wichtigste Station, wo ich hinwollte.«
»Hör mal –«

»Das ist die wichtigste Station, verdammt noch mal!«
Jetzt schminkten die beiden Frauen die beiden Männer, und dann saßen sie auf ihrem Schoß, alle nackt und kreisend, und zwar genau im passenden Rhythmus zum Soundtrack.
»Scheiße!«, schrie er.
»Sei ruhig, Mensch!«, sagte ich.
»Ich fasse es nicht, dass wir nicht nach Kairo kommen. Gottverdammt!« Er trat gegen den Fernseher, sodass ein Paneel aus Holzimitat abfiel, hinter dem sich die Einstellknöpfe verbargen.
»Jetzt reg dich ab, Hand«, sagte ich.
Er saß jetzt, auf dem Heizkörper, sah hinaus auf das gefrorene Riga, dann schrie er in sein Kissen, wie unfair das alles war, dass wir eine Woche hatten und in Riga waren und nicht rechtzeitig zum Sonnenaufgang nach Kairo kamen. Wie konnte denn alles andere so gut geklappt haben, sogar das mit der Schatzkarte war toll, und jetzt das?
Ich schlief ein, und Hand sah noch stundenlang fern, wobei er zwischendurch immer wieder Fluggesellschaften anrief, beschwörend flüsternd, mal flehend, mal vorwurfsvoll. Ich hatte eine unbestimmte Angst, dass er doch noch eine gute Verbindung auftreiben, mich wecken und darauf bestehen würde, dass wir sofort aufbrachen.
Doch am Morgen waren wir immer noch in Lettland und hatten bis zwei Uhr nachmittags Zeit bis zu einem Flug nach Kopenhagen, die Drehscheibe auf dem Weg nach New York und dann St. Louis für Hand und Mexico City für mich. Wir beschlossen, eine Stunde in nordwestlicher Richtung zu fahren, die Küste entlang, um nach dem livischen Dorf zu suchen. Sie waren mittellos und vom Aussterben bedroht, und nur fünf beherrschten noch ihre Sprache. Wir würden sie finden, sie mit allem überhäufen,

was wir noch hatten, Lettland und den Kontinent verlassen und nach Hause fliegen.
Wir waren fertig. Kein Kairo. Kein Sonnenaufgang auf der Cheops-Pyramide. Und von jetzt an, würde es keine Wahlmöglichkeiten mehr geben, nie mehr so wie jetzt. Gott, das war obszön. Wir hätten das Geld sparen sollen, das meiste, es investieren, damit es immer mehr geworden wäre. Ich hätte so was jedes Jahr machen können, wenn ich es besser geplant hätte. Ich plante nichts gut. Mir graute davor, wieder in Chicago zu sein, oder Memphis, wo auch immer – mir graute vor dem Stillstand, dem langsamen Ersticken an Akkumulation.
Wir brauchten mehr Geld und noch eine Woche irgendwo, und wir brauchten mehr senegalesische Männer, die in zukünftigen Feriensiedlungen wohnten, mehr Kinder, die Bonjour! riefen, mehr marokkanische Discos und sanfte Abschiedsküsse, Pralinen von einer Frau in einem Checkpointparka.

## DIENSTAG

Der Morgen im Hotelrestaurant bestand aus Anzügen, Kontinentalfrühstück und klimperndem Silber. Mir war schwindelig. Das Silberbesteck war so schwer.
»Heute musst du fahren«, sagte ich.
»Gut. Ich fahre. Ich möchte fahren.«
Wir lasen eine englische Zeitung, die den Jahrestag der Befreiung von Riga feierte. Lauter Bürger, ihre Atemluft ließ ihre Gesichter auf den kleinen Porträtschnappschüssen verschwimmen, erzählten, wo sie gewesen waren, was

sie empfunden hatten, und alle rühmten die Verteidiger des Funkturms. Wir liebten die Letten wieder. Sie waren unbeugsam, und sie nutzten das verfügbare Licht. Sie machten Feuer damit.

Hand saß am Steuer, und wir fuhren von der City aus nach Norden, an der Westküste der Bucht von Riga entlang, auf der Suche nach den Liven. Es war zehn Uhr, als wir losfuhren, und wir mussten rechtzeitig wieder in Riga sein, um den Flug um zwei Uhr nicht zu verpassen. Wir hatten das nicht durchdacht. Wir konnten es unmöglich schaffen, denn allein hin waren es mindestens 90 Meilen. Aber das war uns noch nicht klar. Die Landschaft war unveränderlich, war Wisconsin, der Himmel milchig und erdrückend.

Ich beschloss, dass wir Mo und Thor eine Postkarte aus Lettland schicken mussten. Ich hatte ein schlechtes Gewissen, seit wir die Schatzkarte gemacht hatten, weil ich wusste, dass ich für die beiden nie eine gemacht hatte. Ich holte eine Postkarte hervor und fing an, obwohl meine Hand unsicher war und ich mich wie betäubt oder betrunken fühlte. Ich hatte vor, den Brief an Stu zu schicken, mit der dringenden Bitte, ihn nicht Melinda zu zeigen.

*Mo! Thor!*

*(Wusstet Ihr, dass man in Skandinavien bei Begrüßungen immer das Ausrufungszeichen setzt? Ich glaube, das stimmt, obwohl ich das von Hand habe. Erinnert Ihr Euch an Hand? Er ist mit Euch ins Aquarium gegangen und hat Streit mit der Gruppenleiterin angefangen.) Also, ich hab ein paar Ratschläge für Euch. Ihr sollt sie nicht wirklich in die Tat umsetzen. Ich möchte bloß, dass Ihr sie hört, sie kennt, für irgendwann nach begangener Tat – wenn sie nichts mehr nützen. Hört nicht auf mich.*

*Ratschläge erreichen so selten ihr Zielpublikum. Das ist wie mit dem Schwert im Stein – man lässt es da, und vielleicht findet irgendjemand es eines Tages ganz nützlich. Sorry, Leute – wir fahren durch Lettland, und ich kann nicht für meinen Geisteszustand garantieren. 1. Gedanken sind aus Wasser, und Wasser sucht sich immer seinen Weg. 2. Wenn Ihr dem Wasser nicht ausweichen könnt, lauft ....*

»Was schreibst du da?«

»Eine Karte an die Zwillinge.«

»Du kannst jetzt nicht schreiben. Du verpasst ja alles.«

»Aber das sieht hier aus wie Michigan. Ich verpasse nichts.«

»Du kommst nie wieder hierher. Du solltest alles hier in dich aufsaugen. Überleg doch mal – das hier wirst du *nie wieder sehen*, nie!«

»Ich bin fast fertig. Lass mich zu Ende schreiben.«

»Du bist wie diese Leute, die im Flugzeug schlafen. Die fliegen über die Rockies oder so und schlafen, den Kopf ans Fenster gelegt.«

»Hand, du hast im Flugzeug geschlafen. Auf dem Weg nach Dakar.«

»Das war nachts.«

Er hatte Recht.

»Halt jetzt die Klappe, Mensch, und lass mich fertig schreiben.«

*3. Es gibt Bären und es gibt kleine Hunde. Seid stark wie ein Bär! Wenn sie Euch die Zähne ziehen, setzt Euch auf die Hunde. Bären vergessen immer, dass sie sich einfach auf die Hunde setzen können. Setzt Euch auf die Hunde!*

*4. Wenn es in Eurem Haus spukt, holt Eure Freunde und fangt an, die Wände einzureißen. Wie kann es in einem Haus spuken, das Ihr auseinander nehmt? Aha! ...*

Wir fuhren dicht am Wasser entlang, das Meer rechts von uns, durch eine karge Kiefernwaldlandschaft, ab und zu unterbrochen durch eine Siedlung, diese seltsame Mischung aus Ferienstrandhäusern und windschiefen Hütten. Wir wurden von Fußgängern und Motorradfahrern gleichermaßen begafft und argwöhnisch gemustert. Uns war nicht klar, wieso. An einer weiteren Tankstelle hasste man uns. Ich ließ den Plan mit der Postkarte fallen. Ich faltete die Postkarte zusammen und warf sie auf die Rückbank. Ich hatte keine Postkarten mehr und es nicht richtig hingekriegt. Wir fuhren weiter, die Sonne brachte das Eis auf unserer Windschutzscheibe zum Schmelzen.

»Da ist einer.«

Am Straßenrand stand ein Mann, auf einen krummen Stock gestützt. In bäuerlicher Kleidung, die Füße mit Lappen umwickelt. Ein verhutzeltes Gesicht, ein Rucksack vor den Füßen, ein Holzkarren.

»Wir fragen ihn, wo es nach Riga geht.«

Hand bremste.

Wir hielten neben ihm und Hand stieg aus. Ich sah, wie er fragend vor dem Mann gestikulierte. Der Mann hob einen dicken, krummen Finger und zeigte in die Richtung, aus der wir kamen. Hand machte eine gerade Signalfähnchenbewegung mit dem Arm, um sich zu vergewissern. Der Mann nickte verwundert. Volle zwanzig Sekunden lang zeigten sie abwechselnd dieselbe Straße hinunter in dieselbe Richtung. Wir alle wussten, wo es langging. Es war lächerlich. Der Weg ist immer offensichtlich, wenn man sich auf ihm befindet und die Straße gerade und kalt ist. Hand zog einen Packen Scheine heraus und hielt sie dem Mann hin. Der Mann winkte ab. Hand hielt sie ihm noch näher hin. Der Mann nahm sie, als wären sie etwas

Persönlicheres – eine Haarlocke oder eine selbst gemachte Karte. Dann wendete er sich ab und blieb stehen, beobachtete die Straße in der Richtung, aus der wir gekommen waren.

Nach einer Stunde waren wir nur einen halben Zentimeter auf der Karte vorangekommen, und wir wussten, dass wir es nicht rechtzeitig bis zu den Liven schaffen würden. Wir wendeten.

Als eine Art Trost bog ich von der Hauptstraße ab und fuhr über einen Pfad aufs Meer zu. Es war nicht so zugefroren wie auf der estnischen Seite, aber der Strand war ein Durcheinander aus tauendem Eis und Tümpeln. Ich dachte, wir sollten versuchen, ans Wasser zu gehen und vielleicht zu schwimmen. Hier zu schwimmen wäre spontan und unvergesslich, falls wir es überlebten.

Hand blieb am Wagen, während ich zum Wasser stapfte. Am Strand stand eine alte Kanone, voll gestopft mit Eisverpackungen. Ich ging knirschend weiter Richtung Ufer. Ich ging auf Eis, und es war nicht zu erkennen, wie tief darunter der Sand lag.

Ich ging hinaus zum Wasser, grau und übersät mit Eisschollen, so groß wie Softbälle. Eine große Eisplatte ragte vom Strand übers Wasser. Ich legte mich mit dem Bauch aufs Eis und beugte mich hinab, um das Wasser zu berühren. Am Phelps Lake hatte ich das auch gemacht. Im Winter war Wasser freundlicher und liebevoller.

Die Sonne war weg. Ich hatte ihre letzten paar Sekunden verpasst. Zeit war dehnbar geworden. Ich hatte Hand vergessen.

Ich legte die geöffnete Handfläche aufs Wasser. Das

Wasser, das sich leicht zu formlosen Wellen kräuselte, kam meiner Hand entgegen, um sie zu küssen.
Das Wasser war nicht Gott. Das Wasser, das sich leicht zu formlosen Wellen kräuselte, war nicht spirituell. Es war raues, kaltes Wasser, und es fühlte sich wunderbar an, als wir unsere Hand darauf legten, und es küsste unsere Handflächen wieder und wieder, würde nie aufhören, unsere Handflächen zu küssen – und warum war das nicht genug?
Dann brach ich ein. Das Eis unter meinen Beinen gab nach, und ich fiel durch die dicke Eisschicht und stand knietief in dem grauen, eiskalten Wasser. Ich war schon früher in Eis eingebrochen, schon oft, aber nie an einem Strand wie diesem mit einer grenzenlosen Wassermasse. Ich schnappte nach Luft. Eine Sekunde lang erkannte ich etwas. Ich erkannte etwas, das sich ruhig und richtig anfühlte. Es fühlte sich richtig an. Es fühlte sich richtig an. Es fühlte sich richtig an. Vielleicht war es so. Es gab einen Grund hierfür, dachte ich. So würde es sein. Wenn es passierte, würde es ungefähr so sein. Ich fragte mich, ob –
Ich drehte mich rasch nach Hand um, rechnete damit, dass er erschrocken angelaufen kam. Aber er hatte sich nicht von der Stelle gerührt. Er lachte.
Er war rund dreißig Meter entfernt und amüsierte sich prächtig. Ich dachte, ich hätte wirklich ein Problem – ich dachte, ich würde immer weiter fallen –, aber Hand hatte alles gesehen, gesehen, wie tief es war, und lachte.
»Arschloch«, sagte ich.
»Du bist unglaublich unterhaltsam«, sagte er.
Er kam herbeigetrottet und half mir raus.
Wir gingen zurück zum Wagen und stellten das Gebläse auf meine Füße ein. Meine Zehen waren kalte, aneinander

geklebte Steine. Ich zog die Schuhe aus, und meine Füße zerschmolzen wie Plastik.
Wir fuhren los. Hand lachte immer noch, aber ich erzählte ihm, dass das Wasser meine Hand wieder und wieder geküsst hatte, und er verstand, was ich meinte.
Mit 120 km/h brausten wir durch die Kiefern- und Birkenwälder Richtung Flughafen. Wir hatten eine Stunde für eine Strecke, für die man zwei gebraucht hätte. Wir fuhren genau in die Sonne, die schon recht niedrig stand, die Straße voll mit Quecksilber.

»Wir könnten über den Nordpol fliegen«, sagte Hand. Er fuhr und hatte gerade aufs Lenkrad gehämmert. Die Idee hatte ihn gepackt. »Wir sind doch ziemlich nah dran, oder?«
»Nein, ich –«
»Klar sind wir das. Zirka zwei Stunden mit dem Flugzeug. Wir fliegen über den Nordpol nach Hause. Das wird sogar noch besser als Kairo. Mehr will ich gar nicht.«
»Und du meinst wirklich, dass es Flüge über den Nordpol gibt, die heute noch von Riga abgehen?«
»Ja«, sagte er. »Das hab ich im Gefühl.«
Ich sagte nichts.
»Eigentlich bin ich ganz froh, nach Hause zu kommen«, sagte Hand. »Aber morgen schlaf ich mich auf der Arbeit erst mal aus. Es dauert bestimmt eine Woche, schätze ich, bis man wieder im Rhythmus ist.«
Der Flugplatz brannte.
»Wann kommst du von der Hochzeit zurück?«
– Gar nicht, Hand.
»Will.«

»Weiß ich noch nicht«, sagte ich. »Ich denke, ich bleib eine Weile da unten.«
– Ich werde weiterziehen, Hand.
»Wie lange?«, fragte er.
»Ich weiß nicht.«
Er starrte mich an.
»Fahr«, sagte ich. »Kuck auf die Straße.«
– Du verstehst mich, Hand.
– Jetzt ja.

Kurz vor Riga hielten wir an einer Bushaltestelle, um nach dem Weg zum Flughafen zu fragen, und Hand warf einen Packen Euros in die Plastikeinkaufstüte einer alten Frau. Wir rasten von der Landstraße auf eine Parallelstraße, die an einer ununterbrochenen Kette geschlossener Fabriken und verlassener Maschinen vorbeiführte. Nichts deutete darauf hin, dass hier in der Nähe ein Flughafen sein sollte, schon gar nicht der wichtigste Flughafen für Flüge aus Riga, obwohl wir unserer Karte zufolge schon drauf waren. Links von uns war ein weites, mit hohem, gelbem Gras bestandenes, freies Feld.
»Das kann er nicht sein«, sagte ich.
»Verdammt«, sagte Hand.
Wir fuhren durch lichte Waldstücke und zwischen Schrebergärten hindurch, während die Straße immer mehr Schlaglöcher bekam und sich in zahlreichen Ausläufern verlor. Schließlich führte sie auf einen großen Parkplatz vor einem stattlichen und völlig heruntergekommenen Gebäude, das an einen von diesen schönen, aus braunen Backsteinen erbauten Bahnhöfen im Mittleren Westen erinnerte.

Auf dem Parkplatz befand sich noch ein einziges anderes Fahrzeug, das gerade rausfuhr, als wir reinfuhren. Wir winkten, und es hielt.
»Verzeihung!«, sagte Hand.
Der Mann in dem kleinen, verwitterten Lieferwagen trug eine Malermütze und schüttelte den Kopf.
»Flughafen?«, fragte Hand auf gut Glück.
Der Mann schüttelte den Kopf und fuhr weiter.
Wir waren an einem stillgelegten sowjetischen Flugplatz.
»Verdammt«, sagte ich. »Wir verpassen unseren Flug.«
Wir fuhren denselben Weg zurück, den wir gekommen waren. Als wir außen an dem Flugplatz entlangrasten, brannte er. Anderthalb bis zwei Meter hohe Flammen auf einer Länge von fünfzig Metern. Wir hofften, dass das Absicht war. Ich dachte, dass wir vielleicht jemanden verständigen sollten. Aber auf dem Rollfeld stand ein Lastwagen mit zwei Männern drin. Sie hatten alles unter Kontrolle. Wir fuhren weiter, zu dem anderen Flughafen auf unserer Karte. Auf dem Weg hierher waren wir dort vorbeigekommen.
Wir hielten erneut an derselben Bushaltestelle, um uns zu vergewissern, dass die Richtung stimmte, und dort war noch immer dieselbe Gruppe von Wartenden, dieselbe Frau. Sie kam rasch auf den Wagen zu und begann zu plappern.
»Fahr weiter«, sagte ich. »Wir haben keine Zeit mehr.«
Wir waren wieder auf der Landstraße, die zurück über den Fluss führte, rund zwanzig Minuten vom Flughafen entfernt. Nach Vororten und verlassenen Gewerbegebieten kamen wir durch meilenlange Siedlungen aus Hütten, die anscheinend aneinander klebten, alle niedrig, aus Bauholzabfällen und Wellblech errichtet.

»Wir haben noch immer zu viel«, sagte ich.
Wir würden den Rest hier loswerden, egal an wen, obwohl wir keine Zeit hatten, anzuhalten und den Hüttenbewohnern das Geld persönlich zu geben. Ich hob meinen Rucksack von der Rückbank und schnappte mir den größten Teil des estnischen Geldes, das darin war. Ein paar Scheine verwahrte ich, als Souvenir für Mo und Thor.
»Wie viel ist es?«
»Alles«, sagte ich. »Wir reisen ab.«
Ich knüllte es zu kleinen Kugeln zusammen. Im Wert von etwa 3.000 Dollar.
»Los«, sagte Hand.
Ich schleuderte es aus dem Fenster zu den Hütten hinüber, während wir mit 80 km/h vorbeibrausten. Es landete in den Büschen zwischen Straßen und Unterkünften.
Ich zog das ganze britische Geld aus meinen Socken. Wir hatten alle Fenster auf. Wieder knüllte ich zusammen und warf. Der Wind war überall, und die Scheine wirbelten zurück ins Auto und schlugen uns ins Gesicht. Ich warf erneut.
»Das ist doch –!« Hand schrie irgendwas.
»Was?«, schrie ich. Mein Kopf ragte aus dem Fenster, sah das Geld kreisen und springen. Wieder warf ich. Diesmal öffnete sich der Packen mitten in der Luft, platzte auf wie eine Piñata, und das Geld wirbelte in unserem Kielwasser. Der Lastwagen hinter uns geriet ins Schleudern, weil er ihm ausweichen wollte.
Ich entdeckte einen Vorrat an marokkanischen Scheinen und warf ihn raus. Und estnisches Geld – alles. Und innerhalb einer Minute war es weg, und es war nichtig, und an dem richtigen Flughafen von Riga fegten wir an den

Sicherheitskräften vorbei, wieder in orangefarbenen Schneeanzügen, und schliefen auf dem Weg nach Dänemark.

Am Kopenhagener Flughafen hatten wir eine Stunde Aufenthalt. Es hatte kein Flüge über den Nordpol gegeben, was Hand schwer enttäuscht hatte. Am dänischen Zoll: »Sind Sie das erste Mal in Dänemark?« »Ja.« »Dann heiße ich Sie willkommen!«

Ich suchte mir ein Telefon und rief Mom an. Während ich wählte, ging ein Japaner vorbei, der ein Kinderpflaster auf der Stirn hatte.

»Und wer hat heute das Geld gekriegt?«, fragte Mom.

»Ein alter Bauer.«

»Oh, gut. Bauern sind gut.«

»Und einen Teil haben wir aus dem Autofenster geworfen.«

»Für noch mehr Bauern?«

»Wir haben keine Menschen gesehen. Wir sind an einer Hüttenstadt in der Nähe des Flughafens vorbeigekommen. Sie war endlos. Es wirkte fast künstlich.«

– Mom, ich werde dich mitnehmen. Wir treffen uns da unten und dann ziehen wir los. Immer weiter nach Süden. Ich hab noch etwas Geld übrig, und das werden wir zusammen los.

»Und du hast das Geld zum Fenster rausgeschmissen.«

»Genau. Hauptsächlich englisches Geld. Es war kalt.«

»Da fällt mir was ein. Hier hat jemand die Fenster offen gelassen.«

»Was?«

»Ich bin vom Markt nach Hause gekommen, und das

Haus wäre fast weggeflogen vor lauter Wind. Alles hat sich bewegt! Wie das Haus von Dorothy im *Zauberer von Oz*, Will. Und ich hab gedacht, *Wer kann denn bloß hier gewesen sein und alle Fenster offen gelassen haben?* Und mein Verstand hat mir nur einen Menschen genannt, einen gewissen Will H.«

»Mom.«

– Wir treffen uns, und dann ziehen wir los.

»Na ja, das Rätsel lösen wir wohl lieber nicht, was?«

– Es ist so schwer, dir zuzuhören, Mom. Du weißt es nicht mal. Hörst du nicht, wie ich nach Luft schnappe? Du hast mich danach noch nicht gesehen. Mom, du weißt nicht, was sie mit mir gemacht haben.

–

– Ich habe dir, meiner Mutter, noch nie irgendetwas Wesentliches geschenkt. Ich werde dir etwas schenken. Ich werde dich in diese Welt bringen, die vierte Welt oder was auch immer sie ist. Du weißt nicht, wie nah dran ich mich so viele Male in dieser Woche gefühlt habe. Mein Herz zittert und springt die ganze Zeit, Mom. Es ist so eigenartig. Aber ich fühle mich gut. Es läuft wirklich prima. Es wird richtig gut. Ich werde dich holen und mitnehmen, und wir werden schnell sein.

Hands Gesicht tauchte neben mir auf, nervös.

»Ich muss los«, erklärte ich ihr.

– Wir fliegen über den Ozean, Mom: über den Ozean!

Ich legte auf. Der Flughafen war voll mit schönen, sauber riechenden Menschen. Das musste der reichste und herrlichste Flughafen der Welt sein. Hand und ich stellten uns in die Warteschlange an der Sicherheitskontrolle.

Vor uns verabschiedete eine Familie oder eine große Gruppe Menschen einen etwa dreißigjährigen Mann, sie liebevoll und traurig und er unerträglich gut aussehend.

Zuerst umarmte ihn ein Mann, älter und mit schütterem Haar, und flüsterte ihm etwas zu. Vielleicht der Onkel. Dann stellte sich ein junges Mädchen, sechzehn, auf die Zehenspitzen – der gut aussehende Mann war groß – und umarmte ihn und küsste ihn. Dann stellte sich ein Junge, etwa dreizehn, auf die Zehenspitzen und umarmte ihn und küsste ihn. Außerdem waren vier Frauen in seinem Alter da, und sie traten nacheinander vor und drückten ihn fest und traten wieder zurück. Dann machten sie alle das Gleiche noch einmal, in derselben Reihenfolge, diesmal mit noch mehr Küssen. Schließlich war da seine Mutter, so schien es, die ich zuerst nicht gesehen hatte, die jetzt aber die Arme um ihn schlang, ihn auf den Hals küsste und ihm etwas ins Ohr flüsterte. Es war, die ganze Szene mit ihnen allen, schon fast obszön – so viel Liebe! –, aber andererseits wiederum war es doch nicht obszön, überhaupt nicht.

Hand und ich mussten zu verschiedenen Flugzeugen.

»Ich bin froh, dass wir das gemacht haben«, sagte er.

»Es war eine gute Woche«, sagte ich.

Wir schüttelten uns die Hand und verabschiedeten uns.

Zwischen meinem Platz, 13C, und dem eines Großvaters am Fenster war ein Platz frei, und wir streckten beide die Beine aus. Als wir einnickten, wussten wir, dass unsere Füße sich berührten, aber keiner machte sich die Mühe, die Beine wegzunehmen. Ich vergaß meinen Churchill im Flugzeug und kann mich nicht erinnern, in Heathrow gewesen zu sein; ich war dort, schlenderte umher und saß herum, wartete drei Stunden. Ich nahm den Anschlussflug und schlief mit aufrechter Lehne auf meinem Sitz am

Gang und landete am nächsten Morgen in Mexico City, mit einer kreiselnden und frisch aufgegangenen Sonne.

## MITTWOCH

Ich brauchte Bargeld und suchte nach Travellerschecks. Nichts im Rucksack, nichts in den Taschen. Ich sah noch einmal nach. Nichts. Ich hatte zu viel verteilt. Ich war ein Idiot. Ich hatte kein Geld. Ich wusste, dass ich erst in drei Tagen wieder was am Geldautomaten abheben konnte. Himmelherrgott.

In einer Tasche fand ich 2.000 Dirham. Ich ging damit zum mexikanischen Geldumtausch.

»Wir nehmen keine zweitrangigen Währungen«, sagte der Mann. Ich hätte was über den Peso sagen können, sagte aber nichts.

Dann fielen mir meine Schuhe ein. Ich setzte mich auf eine Bank und zog sie aus. Unter einer Sohle war ein Hundert-Dollar-Schein. Unter der anderen Sohle, zweifach gefaltet, waren 1.000 Dollar in Travellerschecks. Erlösung.

Aber sie waren durchgeweicht. Meine Travellerschecks, mittlerweile in Mexiko, waren noch immer nass von der Ostsee, weil ich im lettischen Eis eingebrochen war. Auf dem kleinen Tisch neben der Bank breitete ich sie zum Trocknen aus, alle zehn Schecks.

Während ich wartete, schielten Gepäckträger und Reisende zu mir und meinem Arrangement herüber. Es sah aus, als würde ich mit meinem Geld eine Patience legen oder Memory spielen. Ich lächelte schwach.

Ein Gruppe stand vor mir und beobachtete mich. Möglicherweise eine Familie. Da war ein junges Mädchen, etwa zwölf, aber noch mit reichlich Babyspeck, und die Kleine hatte was vor. Sie trat auf mich zu, gefolgt von den Übrigen.

»Hallo«, sagte sie. »Wie geht es Ihnen?«

Ich erwiderte, dass es mir gut gehe.

»Schön«, sagte sie. »Kann ich … kann ich Sie was fragen?« Sie hielt eine Kladde an die Brust gedrückt. Hinter ihr waren fünf breit lächelnde Gesichter. Vater, Mutter, kleiner Bruder (auch rundlich) und vielleicht Onkel und Tante? Sie sahen alle zu, ein paar Schritte im Hintergrund.

Ich fragte, ob sie das für die Schule mache. »*Para escuela?*«, sagte ich.

Sie lächelte und nickte. Ihr Bruder, der jetzt direkt hinter ihr stand, nickte auch. Er sah aus wie ein Junge, den ich kannte, als ich klein war, ein stämmiger, dunkler Kerl namens Carter.

»Sind Sie zum ersten Mal in Mexiko?«, fragte sie.

»Ja«, sagte ich.

Sie machte ein Häkchen in ihrer Kladde.

»Wie ist … Ihr Name?«

»Mein vollständiger Name?«

Sie schrieb etwas auf. Dann fragte sie weiter.

»Haben Sie schon mal mexikanisches Essen gegessen?«

»Ja. Oft.«

Sie dachte, mein Name sei Mein Vollständiger Name. Ich musste fast lachen. Durch ihr zu enges T-Shirt sah man ihren vorstehenden Bauchnabel, und Nilpferde tanzten auf ihrem Bauch.

»Haben Sie mexikanisches … Kunstanwärk gekauft?«, fragte sie.

»Kunsthandwerk? Nein, noch nicht.«
Sie machte wieder einen Haken.
»Gefällt Ihnen Mexiko?«
»Ja«, sagte ich. »Sehr. Ich liebe Mexiko.« Ich wollte noch so viel mehr sagen. Zuerst und vor allem wollte ich sagen, dass ich sie liebte. Und dass ich ihren Bruder liebte, und nur zum Teil deshalb, weil er wie mein allererster Freund aussah. Und ich liebte auch ihre Familie – welche wunderbare, erstaunliche Familie würde denn schon geschlossen zum Flughafen fahren, um der Tochter bei ihrem Schulprojekt für Gesellschaftskunde zu helfen? Sie würde nie etwas anderes erfahren als verschwenderische und unendliche Liebe. Ich wollte zu ihrer Familie dazugehören, bei ihnen bleiben. Ich würde meinen Beitrag leisten.
Ich grinste die Kleine an, und alle grinsten mich an.
»Vielen Dank«, sagte sie. »Können wir jetzt ein Foto machen?«
Ich sagte, gern. Ich saß noch, als der Vater mit einer Kamera vortrat und der Bruder sich neben mich stellte. Ich umschloss die Taille des Bruders, so viel Speck, und seine Schwester war rechts von mir.
»*Como te llamas?*«, fragte ich ihn.
»Gabriel«, sagte er.
»*Y tú?*«, fragte ich die Kleine.
»Tiffany«, sagte sie.
Ich sagte nichts.
»Tiffany María Cervantes«, sagte sie.
Ich lachte. Sie lächelte.
Diese beiden würden einander immer lieben. Dad machte das Foto und dankte mir. Ich wünschte mir eine Umarmung von dem Mädchen, fand aber, dass das seltsam wirken könnte. Sie würde es tun, mich umarmen, aber dann

würde ich ihnen Leid tun und sie würden sich fragen, was mit mir nicht stimmte, warum ich Zuwendung von wildfremden Zwölfjährigen brauchte.

Dann fiel mir ein, dass ihr Lehrer merken würde, dass sie das mit meinem Namen falsch gemacht hatte. Ich musste das auf ihrem Blatt verbessern.

»*Por favor*«, sagte ich. »*Mi nombre es … no es …*«

Sie blickte verwirrt. Ich wollte schon einfach ihren Stift nehmen und den Namen in ihrer Kladde verbessern, aber jetzt sah die Familie uns an, als ob irgendwas nicht stimmte.

»*Por favor*«, sagte ich noch einmal, nahm dann einen von den Schecks, noch immer ganz weich an den Rändern, hielt ihn ihr hin und unterstrich mit dem Finger meinen Namen in der Mitte. »*Mi …*«, sagte ich.

Die Implikationen wirbelten wild durcheinander. Mein Name war mein Name – war verständlich und vollständig –, nur solange er von dem Zenturio bewacht wurde, nur auf der Linie in der oberen Mitte des Schecks, und ich hasste diesen Namen, hasste ihn dort. Doch Tiffany María begriff. Sie fing an, meinen Namen in ihre Kladde abzuschreiben, Schneidezähne bissen auf Unterlippe, fest entschlossen, alles richtig zu machen. Dann war sie fertig und zeigte ihn mir. Ich lächelte.

Ich klopfte ihr auf den Rücken. Sie winkte zum Abschied. Ihre Familie hinter ihr winkte auch, und sie gesellte sich zu ihnen, und gemeinsam gingen sie den Gang hinunter, wo Licht durch die Türen fiel und sich in dicken weißen Streifen auf den Boden warf.

Ich schrieb hastig. Zuerst schrieb ich meinen Namen, unterschrieb jeden Scheck auf der unteren Linie, passend zu meiner Unterschrift. Ich unterschrieb neun Schecks und wusste, dass mich jeder einzelne dem Ziel einen Schritt näher brachte, mit meinem gottverdammten Namen endgültig abzuschließen. *Schwipp, wusch, schwipp, wusch* – jeder i-Punkt ein Stich nach diesem elenden Menschen. Und dann fing ich wieder von vorn an und schrieb den Namen des Mädchens mitten auf jeden Scheck, von Mal zu Mal mit mehr Klarheit und Schwung:

Tiffany María Cervantes
Tiffany María Cervantes
Tiffany María Cervantes
Tiffany María Cervantes
Tiffany María Cervantes
Tiffany María Cervantes
Tiffany María Cervantes
Tiffany María Cervantes
Tiffany María Cervantes

Und ich schob die Schecks zurück in den nassen Umschlag und wollte schon hinter ihnen herrennen – sie waren noch zu sehen, die ganze Familie, fünf weiße Türen weiter – aber konnten sie die Schecks wirklich eintauschen? Neunhundert Dollar, ausgestellt auf eine Zwölfjährige?

Ich kritzelte eine kurze Erklärung. Ich nahm die Schecks wieder heraus – ich konnte sie noch immer sehen; sie waren stehen geblieben, um einen weiteren Reisenden zu interviewen – und ich schrieb die Nummer meines Führerscheins auf jede Rückseite. Ich stopfte die Schecks wieder in den Umschlag. Das müsste als Beweis reichen. Ich war frei und lief hinter ihnen her, rannte wir verrückt, Brust rausgedrückt, Kinn vorgestreckt.

Sie verfolgten mich noch immer, lachend, aber verwirrt, als ich den Bus nach Cuernevaca bestieg. Es war richtig toll. Ich hatte kein Gepäck, das in das große Gepäckfach unter dem Bus gemusst hätte, und so sprang ich einfach rein, und der Bus fuhr los, während sie noch hinter mir herkamen, alle sechs, Tiffanys Vater als Erster, und hinter meiner getönten Fensterscheibe winkte ich ihnen zu, als wir davonbrausten.

Der Bus war voll besetzt und roch nach den Spaghetti, die jemand zum Lunch aß. Über unseren Köpfen war ein Fernseher, und eine romantische Komödie erwachte flimmernd zum Leben, gerade als eines der Babys im Bus anfing zu brüllen und kurz bevor ich in einen wunderbaren, schaukelnden, bleischweren, blauschwarzen Schlaf versank. Drei Stunden lang war ich völlig weggetreten, sabberte mir auf die Schulter, die Schädeldecke gegen das kühle, dunkle Fenster gedrückt.

Mein Zimmer war in einer riesigen, alten, gelben Villa, wo ein Großteil der Hochzeitsfeierlichkeiten stattfinden würde, ganz oben auf der Spitze eines Berges, über der verwinkelten und unbefahrbaren, ausgesprochen schönen, pastellfarbenen Patchworkstadt, mit Stallungen nebenan und Lilien überall. Ich kam spät an, nach zwei Uhr in der Nacht, und alles schlief. Während sie schliefen, lief ich durch die kühlen, leeren Gänge. Ich flog die Treppen hinunter und in den Hof. Auf dem Grundstück, dunkel und taunass, waren Pfauen – blaue Pfauen und auch drei weiße Pfauen, herrlich, so rein, dass sie etwas Erschreckendes an sich hatten, mit Schwanzfedern, die sich über einen Meter lang hinter ihnen erstreckten, jeder vollkommen und horizontal in der Schwebe, wie die Assistentin eines Magiers, schlafend und unbekümmert. Ich schlief in dem größten Bett, das ich je gesehen hatte, hoch über dem Boden und so weich, ein Bett über tausend Betten, umgeben von einer kleinen, eng verbundenen Schar von Büchern, in Mahagoni gefasst, über die Wunder der Heiligen.

Am nächsten Tag gab es ein Mittagessen, bei dem jeder, wirklich fast jeder, vielleicht hundert von den Hochzeitsgästen, einen Trinkspruch ausbrachte, manche auf Spanisch und Englisch, alle strahlend und Tränen mit Fingern und Handballen wegwischend, und es war so großartig, die Sonne, die die Schirme erhellte wie Laternen – auf dem grünen Rasen überall weinende Menschen. Braut und Bräutigam sprachen davon, wie viele Kinder sie sich wünschten – zwischen sechs und zwölf – und dass, unabhängig davon, wo sie schließlich leben würden – und ehrlich gesagt waren sie sich da noch ganz unsicher –, die Babys in Mexiko zur Welt kommen sollten, damit ihre Gesundheit robuster würde, nicht so zart, nicht wie bei den in Amerika geborenen Babys.

Und da war eine Frau, die ich noch von der Highschool kannte, Frances, mittlerweile schwanger und mit einem blonden Riesen aus Mexico City verheiratet, der am Sacramento River arbeitete, Wildwasserfahrer fotografierte, wenn sie um die Flussbiegung kamen, und ich hätte fast geweint, als ich sie sah – ich hätte nie gedacht, dass ich sie je wiedersehen würde! – und sie war so dick mit so roten Wangen, ihr Mann so stolz – es würde ein so hübsches Baby werden – und auf der eigentlichen Zeremonie, in einer uralten Kirche, eine Meile von dem Anwesen entfernt, gab es sehnsuchtsvolle Musik von einer o-beinigen, in Pflaumenblau gekleideten Mariachi-Band über uns, und als das Brautpaar nach draußen schritt, warfen wir rosa und gelbe und weiße Blütenblätter, alle noch feucht vom Leben, und die Nachbarskinder tobten herum, um sie aufzuheben und erneut zu werfen.

Auf dem Empfang am Abend, im Freien, unter einem Himmel mit kraftvollem Mond, zwischen den blendend weißen Tischdecken, zwischen den weißen Stühlen und zahllosen Lilien, aßen wir und kauften heimlich Zigarren von den Kellnern, und dann bewegte sich alles Richtung Tanzfläche, und ich wusste nicht, ob auch ich würde tanzen können, aber meine schwangere Freundin zog mich mit, und ich sprang mit ihr herum, nüchtern, während sie lachte und lachte. Mein Rücken fühlte sich gut an, und mein Kopf war klar. Als sie mit ihrem Mann ging, blieb ich noch, und ich tanzte mit der Braut, und mit dem Bräutigam, und mit kleinen Blumenmädchen, und mit der wildhaarigen Brautjungfer, deren Hand in meinem Kreuz von großer Kraft und äußerster Entschlossenheit zeugte –

Und schon bald waren nur noch zwanzig von uns übrig – die Eltern und Kinder waren nach Hause gegangen – und wir tanzten bis zwei und dann drei zu Slade und Quiet Riot und Cyndi Lauper, deren Stimme mit ihrer verdammten, klagenden, trauernden Hoffnung uns unter die Haut ging – der DJ aus Cuernevaca kannte alles und kannte Freude und wusste, wie man Freude bewahrte und sogar steigerte – und als wir um fünf alle vor Schweiß trieften und staunten, wie sehr wir doch vom Glück gesegnet waren, nachdem der letzte Bus abgefahren war, zu den Hotels, so dass wir zu Fuß gehen oder ein Taxi nehmen oder in dem hohen, weichen Gras unter einem Tisch schlafen mussten, da fingen sie an, in den Pool zu springen, und als sie reinsprangen, sprang ich auch rein. Ich zog mir Hose und Schuhe aus, in denen noch immer Bargeld aus einem kalten und misstrauischen Land steckte, und ich sprang rein – es dauerte so lange, bis ich landete, und in der Luft sah ich alle Gesichter! –, ich sprang mit weit offenem Mund, nahm alles in mich auf, und die Luft war kalt, und das Wasser war so kalt, aber ich sprang ganz rein, mit einem Schlag, und mein Herz erstarrte. Mann, ich dachte, das wäre das Ende, genau in dem Moment. Es blieb eine Minute lang stehen, Ehrenwort, aber dann kamen die Klänge und Bilder zurück, und ich lebte zwei weitere unendliche und herrliche Monate. Ich lebte. Wir lebten!

Danke Flagg, Marny, Sam, Jenny, Chris, Brie, John, Cressida, Andrew, Michael und Eli

Danke Sarah, Barb, Julie, Scott, Yosh und allen bei McSweeney's und in der Valencia, No. 826

Danke Toph und Bill

Dieses Buch verdankt Brent Hoff sehr sehr viel.

VV: AFWWE

Dieses Buch ist Beth gewidmet.